面向*21*世纪课程教材

中国现当代文学作品选读（修订版）

Zhongguo Xiandangdai
Wenxue Zuopin Xuandu

主　编　颜　敏／王嘉良

副主编　邹忠民／熊　岩

上海教育出版社

修订版"导读"修订人员(按音序排列)

陈　琳　　陈　茜　　程思义　　黄红春　　黄振林　　李洪华
熊　岩　　许爱珠　　颜　敏　　张俏静　　邹忠民

第一版"导读"撰稿人员(按音序排列)

陈　琳　　陈平辉　　陈　茜　　陈昭明　　戴瑶琴　　丁小卿
范家进　　黄振林　　江美玲　　景秀明　　孔小彬　　李宁宁
李陶冶　　刘　华　　刘晓鑫　　罗龙炎　　毛华兵　　谭　杰
汪雨涛　　王昭君　　王忠昌　　武　虹　　肖　文　　徐阿兵
徐润润　　许爱珠　　杨剑影　　张　晶　　张细珍　　章淑华
赵江滨　　钟俊昆　　邹贤尧　　邹忠民

目 录

小说编

诗歌编

3

参考文献编

小说编

荷花淀
——白洋淀纪事之一

孙　犁

月亮升起来,院子里凉爽得很,干净得很,白天破好的苇眉子潮润润的,正好编席。女人坐在小院当中,手指上缠绞着柔滑修长的苇眉子。苇眉子又薄又细,在她怀里跳跃着。

要问白洋淀有多少苇地?不知道。每年出多少苇子?不知道。只晓得,每年芦花飘飞苇叶黄的时候,全淀的芦苇收割,垛起垛来,在白洋淀周围的广场上,就成了一条苇子的长城。女人们,在场里院里编着席。编成了多少席?六月里,淀水涨满,有无数的船只,运输银白雪亮的席子出口,不久,各地的城市村庄,就全有了花纹又密、又精致的席子用了。大家争着买:

"好席子,白洋淀席!"

这女人编着席。不久在她的身子下面,就编成了一大片。她像坐在一片洁白的雪地上,也像坐在一片洁白的云彩上。她有时望望淀里,淀里也是一片银白世界。水面笼起一层薄薄透明的雾,风吹过来,带着新鲜的荷叶荷花香。

但是大门还没关,丈夫还没回来。

很晚丈夫才回来了。这年轻人不过二十五六岁,头戴一顶大草帽,上身穿一件洁白的小褂,黑单裤卷过了膝盖,光着脚。他叫水生,小苇庄的游击组长,党的负责人。今天领着游击组到区上开会去来。女人抬头笑着问:

"今天怎么回来的这么晚?"站起来要去端饭。水生坐在台阶上说:

"吃过饭了,你不要去拿。"

女人就又坐在席子上。她望着丈夫的脸,她看出他的脸有些红涨,说话也有些气喘。她问:

"他们几个哩?"

水生说:

"还在区上。爹哩?"

女人说:

"睡了。"

"小华哩?"

"和他爷爷去收了半天虾篓,早就睡了。他们几个为什么还不回来?"

水生笑了一下。女人看出他笑的不像平常。

"怎么了,你?"

水生小声说:

"明天我就到大部队上去了。"

女人的手指震动了一下,想是叫苇眉子划破了手,她把一个手指放在嘴里吮了一下。水生说:

"今天县委召集我们开会。假若敌人再在同口安上据点,那和端村就成了一条线,淀里的斗争形势就变了。会上决定成立一个地区队。我第一个举手报了名的。"

女人低着头说:

"你总是很积极的。"

水生说:

"我是村里的游击组长,是干部,自然要站在头里,他们几个也报了名。他们不敢回来,怕家里的人拖尾巴。公推我代表,回来和家里人们说一说。他们全觉得你还开明一些。"

女人没有说话。过了一会,她才说:

"你走,我不拦你,家里怎么办?"

水生指着父亲的小房叫她小声一些。说:

"家里,自然有别人照顾。可是咱的庄子小,这一次参军的就有七个。庄上青年人少了,也不能全靠别人,家里的事,你就多做些,爹老了,小华还不顶事。"

女人鼻子里有些酸,但她并没有哭。只说:

"你明白家里的难处就好了。"

水生想安慰她。因为要考虑准备的事情还太多,他只说了两句:

"千斤的担子你先担吧,打走了鬼子,我回来谢你。"

说罢,他就到别人家里去了,他说回来再和父亲谈。

鸡叫的时候,水生才回来。女人还是呆呆地坐在院子里等他,她说:

"你有什么话嘱咐嘱咐我吧。"

"没有什么话了,我走了,你要不断进步,识字,生产。"

"嗯。"

"什么事也不要落在别人后面!"

"嗯,还有什么?"

"不要叫敌人汉奸捉活的。捉住了要和他拼命。"这才是那最重要的一句,女人流着眼泪答应了他。

第二天,女人给他打点好一个小小的包裹,里面包了一身新单衣,一条新毛巾,一双新鞋子。那几家也是这些东西,交水生带去。一家人送他出了门。父亲一手拉着小华,对他说:

"水生,你干的是光荣事情,我不拦你,你放心走吧。大人孩子我给你照顾,什么也不要惦记。"

全庄的男女老少也送他出来,水生对大家笑一笑,上船走了。

女人们到底有些藕断丝连。过了两天,四个青年妇女集在水生家里来,大家商量:

"听说他们还在这里没走。我不拖尾巴,可是忘下了一件衣裳。"

"我有句要紧的话得和他说说。"

水生的女人说:

"听他说鬼子要在同口安据点……"

"哪里就碰得那么巧,我们快去快回来。"

"我本来不想去,可是俺婆婆非叫我再去看看他,有什么看头啊!"

于是这几个女人偷偷坐在一只小船上,划到对面马庄去了。

到了马庄,她们不敢到街上去找,来到村头一个亲戚家里。亲戚说:你们来的不巧,昨天晚上他们还在这里,半夜里走了,谁也不知开到哪里去。你们不用惦记他们,听说水生一来就当了副排长,大家都是欢天喜地的⋯⋯

几个女人羞红着脸告辞出来,摇开靠在岸边上的小船。现在已经快到晌午了,万里无云,可是因为在水上,还有些凉风。这风从南面吹过来,从稻秧苇尖上吹过来。水面还有一只船,水像无边的跳荡的水银。

几个女人有点失望,也有些伤心,各人在心里骂着自己的狠心贼。可是青年人,永远朝着愉快的事情想,女人们尤其容易忘记那些不痛快。不久,她们就又说笑起来了。

"你看说走就走了。"

"可慌(高兴的意思)哩,比什么也慌,比过新年,娶新——也没见他这么慌过!"

"拴马桩也不顶事了。"

"不行了,脱了缰了!"

"一到军队里,他一准得忘了家里的人。"

"那是真的,你们家里住过一些年轻的队伍,一天到晚仰着脖子出来唱,进去唱,我们一辈子也没那么乐过。等他们闲下来没有事了,我就傻想:该低下去头了吧。你猜人家干什么?用白粉子在我家影壁上画上许多圆圈圈,一个一个蹲在院子里,托着枪瞄那个,又唱起来了!"

她们轻轻划着船,船两边的水哗,哗,哗。顺手从水里捞上一棵菱角来,菱角还很嫩很小,乳白色。顺手又丢到水里去。那棵菱角就又安安稳稳浮在水面上生长去了。

"现在你知道他们到了哪里?"

"管他哩,也许跑到天边上去了!"

她们都抬起头往远处看了看。

"唉呀! 那边过来一只船。"

"唉呀! 日本,你看那衣裳!"

"快摇!"

小船拼命往前摇。她们心里也许有些后悔,不该这么冒冒失失走来;也许有些怨恨那些走远了的人。但是立刻就想,什么也别想了,快摇,大船紧紧追过来了。

大船追的很紧。

幸亏是这些青年妇女,白洋淀长大的,她们摇得小船飞快。小船活像离开了水皮的一条打跳的梭鱼。她们从小跟这小船打交道,驶起来,像织布穿梭,缝衣透针一般快。

假如敌人追上了,就跳到水里去死吧!

后面大船来的飞快。那明明白白是鬼子! 这几个青年妇女咬紧牙制止住心跳,摇橹的手并没有慌,水在两旁大声的哗哗,哗哗,哗哗哗!

"往荷花淀里摇! 那里水浅,大船过不去。"

她们奔着那不知道有几亩大小的荷花淀去,那一望无边际的密密层层的大荷叶,迎着阳光舒展开,就像铜墙铁壁一样。粉色荷花箭高高地挺出来,是监视白洋淀的哨兵吧!

她们向荷花淀里摇，最后，努力地一摇，小船窜进了荷花淀。几只野鸭扑楞楞飞起，尖声惊叫，掠着水面飞走了。就在她们的耳边响起一排枪！

整个荷花淀全震荡起来。她们想，陷在敌人的埋伏里了，一准要死了，一齐翻身跳到水里去。渐渐听清楚枪声只是向着外面，她们才又扒着船帮露出头来。她们看见不远的地方，那宽厚肥大的荷叶下面，有一个人的脸，下半截身子长在水里。荷花变成人了？那不是我们的水生吗？又往左右看去，不久各人就找到了各人丈夫的脸，啊，原来是他们！

但是那些隐蔽在大荷叶下面的战士们，正在聚精会神瞄着敌人射击，半眼也没有看她们。枪声清脆，三五排枪过后，他们投出了手榴弹，冲出了荷花淀。

手榴弹把敌人那只大船击沉，一切都沉下去了。水面上只剩下一团烟硝火药气味。战士们就在那里大声欢笑着，打捞战利品，他们又开始了沉到水底捞出大鱼来的拿手戏。他们争着捞出敌人的枪支、子弹带，然后是一袋子一袋子叫水浸透了的面粉和大米。水生拍打着水去追赶一个在水波上滚动的东西，是一包用精致纸盒装着的饼干。

妇女们带着浑身水，又坐到她们的小船上去了。

水生追回那个纸盒，一只手高高举起，一只手用力拍打着水，好使自己不沉下去。对着荷花淀吆喝：

"出来吧，你们！"

好像带着很大的气。

她们只好摇着船出来。忽然从她们的船底下冒出一个人来，只有水生的女人认得那是区小队的队长。这个人抹一把脸上的水问她们：

"你们干什么去来呀？"

水生的女人说：

"又给他们送了一些衣裳来！"

小队长回头对水生说：

"都是你村的？"

"不是她们是谁，一群落后分子！"说完把纸盒顺手丢在女人们船上，一汆，又沉到水底下去了，到很远的地方才钻出来。

小队长开了个玩笑，他说：

"你们也没有白来，不是你们，我们的伏击不会这么彻底。可是，任务已经完成，该回去晒晒衣裳了。情况还紧得很！"

战士们已经把打捞出来的战利品，全装在他们的小船上，准备转移。一人摘了一片大荷叶顶在头上，抵挡正午的太阳。几个青年妇女把掉在水里又捞出来的小包裹，丢给了他们，战士们的三只小船就奔着东南方向，箭一样飞去了。不久就消失在中午水面上的烟波里。

几个青年妇女划着她们的小船赶紧回家，一个个像落水鸡似的。一路走着，因过于刺激和兴奋，她们又说笑起来，坐在船头脸朝后的一个撅着嘴说：

"你看他们那个横样子，见了我们爱搭理不搭理的！"

"啊,好像我们给他们丢了什么人似的。"

她们自己也笑了,今天的事情不算光彩,可是:

"我们没枪,有枪就不往荷花淀里跑,在大淀里就和鬼子干起来!"

"我今天也算看见打仗了。打仗有什么出奇,只要你不着慌,谁还不会趴在那里放枪呀!"

"打沉了,我也会浮水捞东西,我管保比他们水式好,再深点我也不怕!"

"水生嫂,回去我们也成立队伍,不然以后还能出门吗!"

"刚当上兵就小看我们,过二年,更把我们看得一钱不值了,谁比谁落后多少呢!"

这一年秋季,她们学会了射击。冬天,打冰夹鱼的时候,她们一个个登在流星一样的冰床上,来回警戒。敌人围剿那百顷大苇塘的时候,她们配合子弟兵作战,出入在那芦苇的海里。

1945 年 5 月于延安

导读

孙犁(1913—2002),河北安平人。这是一篇洋溢着诗情画意的小说。作品真切地描写以水生嫂为代表的农村妇女送别丈夫走上战场的动人情景,以及她们深明大义、勇挑重担、乐于吃苦、不避艰险的精神境界。它是一支生活的乐曲,也是一首战斗的颂歌。作家用优美的抒情笔致,描画了白洋淀青年男女的生活情趣和战斗经历,表现了根据地人民英勇抗击日寇的革命英雄主义和革命乐观主义精神。

小说以散文的笔法叙写故事,既有小说的情节,又有散文的韵味;是叙事的散文,是抒情的小说。作品构思新颖,把紧张的战斗和日常生活细节自然地糅合在一起,情节开展疏密相间,详略得当,富有节奏感、韵律感。语言明丽隽永,浑然天成。

山地回忆

孙 犁

从阜平乡下来了一位农民代表,参观天津的工业展览会。我们是老交情,已经快有十年不见面了。我陪他去参观展览,他对于中纺的织纺,对于那些改良的新农具特别感兴趣。临走的时候,我一定要送点东西给他,我想买几尺布。

为什么我偏偏想起买布来?因为他身上穿的还是那样一种浅蓝的土靛染的粗布裤褂。这种蓝的颜色,不知道该叫什么蓝,可是它使我想起很多事情,想起在阜平穷山恶水之间度过的三年战斗的岁月,使我记起很多人。这种颜色,我就叫它"阜平蓝"或是"山地蓝"吧。

他这身衣服的颜色,在天津是很显得突出,也觉得土气。但是在阜平,这样一身衣服,织染既是不容易,穿上也就觉得鲜亮好看了。阜平土地很少,山上都是黑石头,雨水很多很暴,有些泥土就冲到冀中平原上来了——冀中是我的家乡。阜平的农民没有见过大的地块,他们所有的,只是像炕台那样大,或是像锅台那样大的一块土地。在这小小的、不规整的,有时是尖形的,有时是半圆形的,有时是梯形的小块土地上,他们费尽心思,全力经营。他们用石块垒起,用泥土包住,在边沿栽上枣树,在中间种上玉黍。

阜平的天气冷,山地不容易见到太阳。那里不种棉花,我刚到那里的时候,老大娘们手里搓着线锤。很多活计用麻代线,连袜底也是用麻纳的。

就是因为袜子,我和这家人认识了,并且成了老交情。那是个冬天,该是一九四一年的冬天,我打游击打到了这个小村庄,情况缓和了,部队决定休息两天。

我每天到河边去洗脸,河里结了冰,我登在冰冻的石头上,把冰砸破,浸湿毛巾,等我擦完脸,毛巾也就冻挺了。有一天早晨,刮着冷风,只有一抹阳光,黄黄的落在河对面的山坡上。我又登在那块石头上去,砸开那个冰口,正要洗脸,听见在下水流有人喊:

"你看不见我在这里洗菜吗?洗脸到下边洗去!"

这声音是那么严厉,我听了很不高兴。这样冷天,我来砸冰洗脸,反倒妨碍了人。心里一时挂火,就也大声说:

"离着这么远,会弄脏你的菜!"

我站在上风头,狂风吹送着我的愤怒,我听见洗菜的人也恼了,那人说:

"菜是下口的东西呀!你在上流洗脸洗屁股,为什么不脏?"

"你怎么骂人?"我站立起来转过身去,才看见洗菜的是个女孩子,也不过十六七岁。风吹红了她的脸,像带霜的柿叶,水冻肿了她的手,像上冻的红萝卜。她穿的衣服很单薄,就是那种蓝色的破袄裤。

十月严冬的河滩上,敌人往返烧毁过几次的村庄的边沿,在寒风里,她抱着一篮子水沤的杨树叶,这该是早饭的食粮。

不知道为什么,我一时心平气和下来。我说:

"我错了,我不洗了,你在这块石头上来洗吧!"

她冷冷地望着我,过了一会才说:

"你刚在那石头上洗了脸,又叫我站上去洗菜!"

我笑着说:

"你看你这人,我在上水洗,你说下水脏,这么一条大河,哪里就能把我脸上的泥土冲到你的菜上去?现在叫你到上水来,我到下水去,你还说不行,那怎么办哩?"

"怎么办,我还得往上走!"

她说着,扭着身子逆着河流往上去了。登在一块尖石上,把菜篮浸进水里,把两手插在袄襟底下取暖,望着我笑了。

我哭不得,也笑不得,只好说:

"你真讲卫生呀!"

"我们是真卫生,你们是装卫生!你们尽笑话我们,说我们山沟里的人不讲卫生,住在我们家里,吃了我们的饭,还刷嘴刷牙,我们的菜饭再不干净,难道还会弄脏了你们的嘴?为什么不连肠子肚子都刷刷干净!"说着就笑得弯下腰去。

我觉得好笑。可也看见,在她笑着的时候,她的整齐的牙齿洁白的放光。

"对,你卫生,我们不卫生。"我说。

"那是假话?你们一个饭缸子,也盛饭,也盛菜,也洗脸,也洗脚,也喝水,也尿泡,那是讲卫生吗?"她笑着用两手在冷水里刨抓。

"这是物质条件不好,不是我们愿意不卫生。等我们打败了日本,占了北平,我们就可以吃饭有吃饭的家伙,喝水有喝水的家伙了,我们就可以一切齐备了。"

"什么时候,才能打败鬼子?"女孩子望着我,"我们的房,叫他们烧过两三回了!"

"也许三年,也许五年,也许十年八年。可是不管三年五年,十年八年,我们总是要打下去,我们不会悲观的。"我这样对她讲,当时觉得这样讲了以后,心里很高兴了。

"光着脚打下去吗?"女孩子转脸望了我脚上一下,就又低下头去洗菜了。

我一时没弄清是怎么回事,就问:

"你说什么?"

"说什么?"女孩子也装没有听见,"我问你为什么不穿袜子,脚不冷吗?也是卫生吗?"

"咳!"我也笑了,"这是没有法子么,什么卫生!从九月里就反'扫荡',可是我们八路军,是非到十月底不发袜子的。这时候,正在打仗,哪里去找袜子穿呀?"

"不会买一双?"女孩子低声说。

"哪里去买呀,尽住小村,不过镇店。"我说。

"不会求人做一双?"

"哪里有布呀?就是有布,求谁做去呀?"

"我给你做。"女孩子洗好菜站起来,"我家就住在那个坡子上,"她用手一指,"你要没有布,我家里有点,还够做一双袜子。"

她端着菜走了,我在河边上洗了脸。我看了看我那只穿着一双"踢倒山"的鞋子,冻得发黑的脚,一时觉得我对于面前这山,这水,这沙滩,永远不能分离了。

我洗过脸,回到队上吃了饭,就到女孩子家去。她正在烧火,见了我就说:

"你这人倒实在,叫你来你就来了。"

我既然摸准了她的脾气,只是笑了笑,就走进屋里。屋里蒸气腾腾,等了一会,我才看见炕上有一个大娘和一个四十多岁的大伯,围着一盆火坐着。在大娘背后还有一位雪白头发的老大娘。一家人全笑着让我炕上坐。女孩子说:

"明儿别到河里洗脸去了,到我们这里洗吧,多添一瓢水就够了!"

大伯说:

"我们妞儿刚才还笑话你哩!"

白发老大娘瘪着嘴笑着说:

"她不会说话,同志,不要和她一样呀!"

"她很会说话!"我说,"要紧的是她心眼儿好,她看见我光着脚,就心疼我们八路军!"

大娘从炕角里扯出一块白粗布,说:

"这是我们妞儿纺了半年线赚的,给我做了一条棉裤,剩下的说给他爹做双袜子,现在先给你做了穿上吧。"

我连忙说:

"叫大伯穿吧!要不,我就给钱!"

"你又装假了,"女孩子烧着火抬起头来,"你有钱吗?"

大娘说:

"我们这家人,说了就不能改移。过后再叫她纺,给她爹赚袜子穿。早先,我们这里也不会纺线,是今年春天,家里住了一个女同志,教会了她。还说再过来了,还教她织布哩!你家里的人,会纺线吗?"

"会纺!"我说,"我们那里是穿洋布哩,是机器织纺的。大娘,等我们打败日本……"

"占了北平,我们就有洋布穿,就一切齐备!"女孩子接下去,笑了。

可巧,这几天情况没有变动,我们也不转移。每天早晨,我就到女孩子家里去洗脸。第二天去,袜子已经剪裁好,第三天去她已经纳底子了,用的是细细的麻线。她说:

"你们那里是用麻用线?"

"用线。"我摸了摸袜底,"在我们那里,鞋底也没有这么厚!"

"这样坚实。"女孩子说,"保你穿三年,能打败日本不?"

"能够。"我说。

第五天,我穿上了新袜子。

和这一家人熟了,就又成了我新的家。这一家人身体都健壮,又好说笑。女孩子的母亲,看起来比女孩子的父亲还要健壮。女孩子的姥姥九十岁了,还那么结实,耳朵也不聋,我们说话的时候,她不插言,只是微微笑着,她说:她很喜欢听人们说闲话。

女孩子的父亲是个生产的好手,现在地里没活了,他正计划贩红枣到曲阳去卖,问我能不能帮他的忙。部队重视民运工作,上级允许我帮老乡去作运输,每天打早起,我同大伯背上一百多斤红枣,顺着河滩,爬山越岭,送到曲阳去。女孩子早起晚睡给我们做饭,饭食很好,一天,大伯说:

"同志,你知道我是沾你的光吗?"

"怎么沾了我的光?"

"往年,我一个人背枣,我们妞儿是不会给我吃这么好的!"

我笑了。女孩子说:

"沾他什么光,他穿了我们的袜子,就该给我们做活了!"

又说:

"你们跑了快半月,赚了多少钱?"

"你看,她来查账了,"大伯说,"真是,我们也该计算计算了!"他打开放在被垫底下的一个小包袱,"我们这叫包袱账,赚了赔了,反正都在这里面。"

我们一同数了票子,一共赚了五千多块钱,女孩子说:

"够了。"

"够干什么了?"大伯问。

"够给我买张织布机子了! 这一趟,你们在曲阳给我买架织布机子回来吧!"

无论姥姥、母亲、父亲和我,都没人反对女孩子这个正义的要求。我们到了曲阳,把枣卖了,就去买了一架机子。大伯不怕多花钱,一定要买一架好的,把全部盈余都用光了。我们分着背了回来,累得浑身流汗。

这一天,这一家人最高兴,也该是女孩子最满意的一天。这像要了几亩地,买回一头牛;这像制好了结婚前的陪送。

以后,女孩子就学习纺织的全套手艺了:纺,拐,浆,落,经,镶,织。

当她卸下第一匹布的那天,我出发了。从此以后,我走遍山南塞北,那双袜子,整整穿了三年也没有破绽。一九四五年,我们战胜了日本强盗,我从延安回来,在碛口地方,跳到黄河里去洗了一个澡,一时大意,奔腾的黄水,冲走了我的全部衣物,也冲走了那双袜子。黄河的波浪激荡着我关于敌后几年生活的回忆,激荡着我对于那女孩子的纪念。

开国典礼那天,我同大伯一同到百货公司去买布,送他和大娘一人一身蓝士林布,另外,送给女孩子一身红色的。大伯没见过这样鲜艳的红布,对我说:

"多买上几尺,再买点黄色的。"

"干什么用?"我问。

"这里家家门口挂着新旗,咱那山沟里准还没有哩! 你给了我一张国旗的样子,一块带回去,叫妞儿给做一个,开会过年的时候,挂起来!"

他说妞儿已经有两个孩子了,还像小时那样,就是喜欢新鲜东西,说什么也要学会。

1949 年 12 月

(选自《孙犁文集》[第一集],

百花文艺出版社 1981 年版)

导读

　　《山地回忆》写于1949年12月，收于《孙犁文集》（百花文艺出版社1981年版）第一卷。这是孙犁在新中国刚成立时所写的一篇散文化的短篇小说。作品以战争期间所认识的阜平山区一位老乡进城前来探望为切入点，展开了一段"我"在战争年代与一户山区普通农家之间交往的深情回忆。

　　作品以叙事者"我"淡淡的感伤与往事不再的惆怅作为底蕴，来安排整篇故事的结构线索，所有的人物、场景、细节、画面及故事都通过了作者情感的沉淀和过滤，因此表达的重点也不再是对那个时代"军民鱼水情"这类宏伟主题的简单赞颂和响应，而是对战争年代军民之间相互扶持、相互支撑这种简单淳朴的人际关系的深情回忆。小战士"我"及那位农村小姑娘的形象虽然着墨不多，但"我"由开始的委屈到热心帮助这个家庭从事生产活动，姑娘从开始时的"责骂"到对这个小战士产生越来越多的好感，情感变化表现得相当简洁而传神。散文化的笔调更是贯穿始终，是新中国成立初期不可多得的优秀散文化小说。

洼地上的"战役"

路　翎

在春季的紧张的备战工作里,侦察排的人们除了到前沿、敌后去从事各种危险而艰苦的工作以外,还要做一件很特别的事情,这就是深夜里去侦察侦察二线上的自己人,试一试他们的警惕性,看一看那些新老岗哨是否能够尽职,摸一摸我们的二线阵地到底是不是结构得很坚强。因为,这个时期敌人的特务很活跃。这个任务是团政治委员给他们的,政治委员嘱咐他们,一般地看一看阵地是否警戒得很严密,岗哨们是否麻痹大意就可以了;当然也可以施展一点侦察员的本领,给那些麻痹大意的同志们一点警惕,但一定要防止不必要的误会和危险;如果发生了危险,就得由侦察员们负责。团政治委员说这个的时候口气很严格,但似乎也含着微笑,因为他深深地懂得这些侦察员的性格;在他说着话的时候,他们一个个的眼睛全闪亮闪亮。于是这天晚上,侦察员们就"突破"了自己人的好几块阵地。在他们看来,这里也"麻痹",那里也"大意",他们确实忘了这一切仅仅因为他们是一个久经锻炼的侦察员,有些岗哨实在是只有他们才能钻得进去;他们熟悉一切,不是像真正的敌人那样怀着恐惧,而是怀着喜悦,相信着他们和岗哨之间的友谊。确实麻痹大意的也有——二班长王顺,这个老伙计,就从二连的一个打瞌睡的岗哨那里缴来了一支步枪。但侦察员们并不是总能"战胜"自己人的,有一些老战士的岗哨,他们就无论用什么办法也钻不到空子,甚至有的在潜伏了一两个钟点以后,在老战士的严厉的喊叫下,只好走了出来,交代了口令,说明是自己人;他们和这些老战士大半都认识,于是就互相笑骂起来。……

二班长王顺,这个出色的侦察员,朝鲜战场上的一等功臣,在缴回了那倒楣的岗哨的一支步枪之后,下半夜又摸到九连的阵地上来了。九连的新战士多,他想着要好好教训他们一顿。九连有一个岗哨在麦田边的土坎上。那里和八连的阵地相连,离前沿比较远,又没有道路,平常最安静,因而他觉得也是最容易麻痹的,于是就摸过去,观察着地形和情况,在麦田边上的土坎后面潜伏下来了。这时候那个个子不怎么高,但是身体看来是非常结实的岗哨正在土坡上来回走动,似乎很不平静。从这岗哨的端着冲锋枪的紧张而又不正确的姿态,王顺看出来他是一个新战士,并且判断他最多不会站过两次哨。

这判断果然是正确的。新战士王应洪,这个十九岁的青年,从祖国参军来,分配到九连才一个星期。这是他第二次执行战士的职务,第一次是在连部的下面。王顺不久就发现这年轻人非常警惕,但这警惕并非由于战场上的沉着老练,而是由于激动,他在土坡上走来走去。

敌人向前沿的我军阵地打了一排多管火箭炮,那年轻的岗哨站下了,看着那一下子被几十个红火球包围着的十几里外的小山头。

"吓,你这穷玩意儿才吓不了谁!"他自言自语地说;接着他又疑问地对自己说:"这他妈到底是什么炮呀?"

他走动了一阵,又站下了,长久地看着前面的田地。

"这麦子都长得这么高啦，……朝鲜老百姓真是艰苦哪！"他大声说。

显然他有许多激动的思想，而这也是只有一个新战士才会有的；老战士们是不大容易激动的。他一定是非常景仰而又有些不安地看着前沿的山头，他还没有到那里去过；并且他因为眼前的麦田而想到了他的才离开不久的家乡。而在老战士、侦察员们看来，麦田，这常常不过是阵地上的一种地形。可是，听到这年轻人的喃喃自语，王顺虽然一方面在批评着他的幼稚，一方面却不禁心里很温暖，觉得这年轻人在将来的战斗中一定会很勇敢。他开始带着深切的关心在注意着他了。他看到这年轻人那么紧张地在捧着冲锋枪，并且显然地因这可爱的武器而激动，不时看看它，然后挺起胸膛。但随即王顺就注意到了，这冲锋枪的枪口布却是没有摘下的。"真胡来呀，这怎么能行？"他想，决定警惕他一下，于是轻轻地咳嗽了一声。

那年轻人凝神地听着了，显然他的耳朵是极敏锐的，有一双侦察员的耳朵。但是他却是这么没经验，并不出声，只是疑惑地对这边看着，然后小心翼翼地走下坡来了，丝毫也没有地形观念，不知道要隐蔽自己，并且尽往附近的开阔地里看。他正好经过王顺的身边，几乎要踩到了王顺的脚。王顺一动也不动，心里好笑。"这么没经验怎么行呀！"他想。当这年轻的哨兵满腹猜疑地又走回来，从他身边走过去的时候，心里就腾起了一阵热情——他没有意识到这是对这个年轻人的抑制不住的友爱——一下子跳起来把这年轻人从后面抱住了。

那年轻人在这突然袭击下最初是惊慌的，叫了一声，但随即就满怀着仇恨和决心和王顺进行格斗了——沉着起来了。王顺没有能夺下他的枪。他像一头牛一样结实，一下子就翻转身来把王顺也抱住了，显然地，他已经好久地在准备着和敌人进行面对面的搏斗了。……他的这炽热而无畏的仇恨的力量很使王顺感动。王顺就赶紧说："自己人，"并且说出了口令。

但那年轻人才不相信他是自己人，用着可怕的力量把他压在泥坡上，在他的肩上狠狠地打了一拳；这年轻人并不喊叫来寻求帮助，看来他是沉浸在仇恨中，非常相信自己的力量。王顺放弃了抵抗，甚至挨了这一拳还觉得愉快；虽然对于老侦察员，这种情形是不很漂亮的。

"自己人！侦察排的！"他说。

"管你什么人，我抓住你了！"那年轻人咬着牙叫，"不跟我走，我就枪毙你！"

"睁开眼睛吧！"王顺说，"你不看我连枪都没有拿出来？……"

可是他这句话只是提醒了那个新战士，他一只手按着王顺，动手来缴王顺腰上的手枪了。这就伤害了老侦察员的自尊。

"你没看见我是让你的么？"王顺按着枪，激动地喊着，"不许动我的枪，我发脾气啦！"

他像是在对小孩说话似的，可是那年轻人喊着："就是要缴你的枪！"

他是这样的坚决——看来是无法可想的。钦佩和友爱的感情到底战胜了侦察员的自尊，他就自动地去拿枪。可是那年轻人打开了他的手，敏捷地一下子把枪夺过去了。

"不错，他还能懂得这个，"王顺想，于是笑着说："好吧，我跟你走吧。"

这时，听见这里的这些声响和谈话，九连的两个游动哨已经作着战斗的姿态跑来了，他们也都不认得王顺，拥上来帮着王应洪抓住了他。于是，留下了一个担任警戒，其他的一个就和王应洪一道，动手把王顺押到连部去。王顺不再辩解，但在走进交通沟的时候，他却回过头来笑着对王应洪说：

"你警惕性不够高,我在你跟前蹲了半个多钟点了;我咳嗽的时候,你直着身子光往开阔地里看——要是我是敌人早把你干掉了。打仗要利用地形啊。"

王应洪很是疑惑了,生气地问:"你到底是干什么的?"

"我吗? 干我的老本行。你看,"他又转过脸来说,"要是现在我要逃还是逃得掉的,你把你那枪口布摘下来吧。要不一打枪管就会炸,你们连长就没告诉过你?"

王应洪羞得脸上一下子发烫了。等到老侦察班长又往前走去的时候,他悄悄地摘下了枪口布。

"你到底是干啥的?"

"你参军来几天啦?"

"你不用管!"他愤怒地说。

到了连部的洞子里,大声地喊了报告,他就对连长说:"抓住了一个……",抓住了一个什么呢,他就说不上来了。连长认得这老侦察班长,一看情形,马上了解了。

"好哇,有意思,"连长笑着说,"你们这些侦察排的就是有本事,怎么你的枪倒叫我们新战士缴来了呀?"

"别得意啦,我是让他的!"王顺自嘲地笑着说,"他蛮不讲理,那有啥办法呢? 你问我是不是让他的?"

"我蛮不讲理? 你别诬赖人啦……我把你一枪打掉我也没错!"

"那可使不得。打掉了我就吃不成饺子啦。"王顺说,心里特别喜爱这年轻人了。灯光下看出来,他是长得很英俊的。"你说说看我是不是让你的?"

"我要不揍你就让我啦!"

这激昂的、元气充沛的大声回答使得连部里的人们全体都大笑了。老侦察班长自己也笑了。那挨揍的地方,确实还有点痛。

对九连的警戒情况作了一点建议,王顺就回来了。自这以后,他的心里就对这个新战士留下了很深的印象,甚至高兴人们说起这件事,就是,他被新战士王应洪所"俘虏",还缴了枪。这件事情不久也就在全团流传起来,以至于团的首长们也都对新战士王应洪怀着特别的兴趣了。过了不久,从阵地下来休整,预备向各连调人来增强侦察排的时候,团参谋长就一下子想起了这个小伙子,建议说:"这个王应洪跟咱们那个王顺,他们是有点老交情呢,调他来吧;侦察排总是调的班级、副班级的老兵,我看调几个年轻的去也有好处。"这样,王应洪就到了侦察排,而且连里也把他分配到了二班。不用说,王顺对这件事是很高兴的,当那个年轻人背着结实的背包,精神抖擞地来到班上,对着他极其郑重也极其高兴地敬了一个礼的时候,他就笑着跑过去把他的手拉住了,接下他的背包,拍拍他的肩膀,说:"咱们是老交情啦,你说得对。你要不揍我我就不会让你!"

这年轻人马上就明朗地说:"班长,分配我任务吧。"

他是羡慕着侦察员,非常乐意到侦察排来的。他在这些时间里已经习惯于军事生活了,并且也晒黑了,长得更结实了。他把侦察员的工作看得很神秘,但也想得很简单,因此一来就要求任务。班长王顺告诉他,现在他们在练兵,要学会各种各样的本领才能执行侦察员的任务,并不是任何人都能干侦察员的。第二天一早,班长把全班带上了山头,要求每一个人都找寻一块自己以为合适的地形,在半分钟内隐蔽起来,然后他来检查。侦察员们迅速地在山坡上散开去了,马上就一个一个地消失了,唯有这新来的战士仍然暴露在山头上,他很激动,急于要找寻一个合适的、让班长赞美的地方,可是愈是这样,愈是觉着哪里也不合适;乱草中间不合适,石头背后也不合适,跑到这里又跑到那里。这时班长已经上来了,他就焦急地一下子伏在旁边的一棵小树下面。班长王顺显然是装作没看见他,先去搜索和检查别的人,批评表扬他们在紧急情况中所利用的地形,并且提出一些问题:如果敌人的火力从这个角度打来,你这条腿还要不要呢?他高声说着话,显然是要让全体都听见。听见这些,检查一下自己的情况,王应洪明白自己要算是最糟糕的了,而这时他恰好看见了附近的一条土坎,于是跳起来往土坎跑去。但是班长说话了:"谁在那里跑呀,咱们侦察员的纪律:伏下来,没有命令,不准动!你不怕把全班都暴露吗?"班长的声音是很温和的,有点嘲笑的味道,王应洪的脸一下子红到了耳根,痴痴地站在那里就不再动弹了。可是班长好像只是随便地说了这话,马上又不再注意他,又去继续检查别人了。他于是就又回到了原来的小树后面,照原来的姿势卧好,这时候他想:他一定要保持原来的样子,一动也不动,让班长来批评。班长最后才走近了他,简单地说:"你这里不好,除了这棵三个指头粗的小树干子,你是躺在土包上,没有一点隐蔽。你为什么会选择这里呢,因为你不沉着,人一不沉着,头脑就不灵活。"然后就集合了全班,开始了一天的练兵工作,没有再批评他了。……这样,这个青年就一点一滴地学习了起来,对班长充满了崇敬,爱上了这严格的军事生活。他想,他要发奋努力才能赶得上别人,才有资格在将来的战斗中要求任务。

练兵工作甚至有时候在深夜里也进行。因为排长调去学习去了,班长王顺还代理着全排的职务,他的工作非常忙。但即使这样,这个在侦察员中间威信极高的班长还能不时地抽出时间来和王应洪谈一些话,告诉他战场上的事情,勇敢的侦察员,他的那些牺牲了或调走了的战友们,在这样或那样的情况下怎么做;但关于在部队里流传着他自己的许多故事,他却避免提到。有一天王应洪忍不住地问了:是不是有一次,在五次战役的时候,他一个人深入敌后三十里,缴获了文件还炸掉了敌人的一个营指挥所?他笑笑说:那不过是敌人太熊了。过去那些没啥,看将来的任务吧。

总之,这两个人感情很好,练兵工作紧张而平静地进行,王应洪在任何工作上都非常积极,他拿班长做他的榜样。在那天晚上"俘虏"了班长的时候,班长给他的印象使他觉得这些侦察员们虽然大胆勇敢,却是有些调皮捣蛋的,但现在他觉得完全不是这样。他渴望执行任务的日子早一天到来,他渴望跟着班长去建立功绩……可是,这时候在他们的生活里却发生了一件意外的事情。

侦察排在练兵的这个时候是住在阵地后面的山沟里的一个村子里,这是这一带剩下的唯一的一个小村子,因为地形的关系,敌人的炮火射击不到的。王顺的这个班,住在一个姓金的老大娘家里。这老大娘六十二岁了,儿子是人民军战士,媳妇在敌机轰炸下牺牲,家里只有一个十九岁的、叫做金圣姬的姑娘;这一老一少在从事着田地里的艰苦的劳动。侦察员们住到她们家来以后,这母女两个总是抢他们的衣服来洗,他们也就抽空帮她们做一点事情。金圣姬这姑娘是农村剧团的一分子,曾经参加过慰问战士们的晚会。唱歌跳舞都很好,侦察员们来了以后,她是这山沟里最活跃的一个姑娘。这大方而活泼的姑娘不久就和侦察员们非常熟识了,叫得出每一个人的姓名。星期天,侦察员们休息的时候,她就和他们学着打扑克,教他们朝鲜话,又向他们学中国话。而在侦察员们爬到屋顶上去替她家收拾房子的时候,她就攀在梯子上递东西,不停地快乐地大笑着。她的中国话不久就学得很不错了,而且会唱侦察员们的所有的歌子。于是侦察员们,住在这两母女这里,就像是住在自己的家里一样。但是忽然地,这姑娘的神气里有了一点特别的东西,变得少说话了,沉思起来了。

　　班长王顺是很敏感的,他不久便觉察出来,她的这种变化是因为王应洪。侦察员们初来的时候,她最爱和王应洪说笑,嘲笑这年轻人的愣头愣脑的劲儿;带着天真的神气逗弄他,搬着手指教王应洪学习朝鲜话的一二三四,在王应洪发音错误的时候就大笑起来,每一次都要笑得流出眼泪。……在战线附近,在敌人的炮击声中,——她们的麦田附近经常落弹——这样天真快乐的姑娘是特别叫人高兴的。但后来她忽然地就不再和王应洪这样大笑了,见到王应洪的时候就显得激动,在他走过的时候总是痴痴地看着他。有时候,显出特别兴奋的样子,和王应洪说上几句话,就要脸红起来。可是王应洪却完全没有注意到这个,这个年轻人的全部心思都集中在练兵的工作和未来的战斗任务中。使得这姑娘对王应洪发生感情的重要的原因,正就是王应洪的这种热诚。他帮她家做的事最多,他一早一晚都要帮她家挑水,午饭后有一点时间还要去抢着帮老大娘劈柴。他做这些是很自然的,他觉得这家人家很艰苦,而他们住在这里,总是会有些打扰别人的:老大娘那么大年纪还抢着替他们洗衣裳。参与着这日常的家庭劳动,老大娘有时就递口水,递块毛巾给他,对待他像对儿子一样,而金圣姬那个姑娘,在这些接触中心里满是感激,从这感激就产生了一种抑制不住的感情和想象了。在院子里只有他单独一个人在干活的时候,她就和他说许多话,替他递这拿那。有一次,天刚亮他担水回来,那姑娘像每天一样赶快拿东西来接,热烈地瞅着他,希望他和她说话,可是他低着头倒了水,担着水桶又出去了。第二次挑水担回来的时候,金圣姬蹲在地上拿盆舀水,忽然抬起头来看着他,用生硬的中国话问:“你的家里几个人?”他爽快地回答说:“四口,父亲、母亲、哥哥、嫂嫂。”金圣姬紧张地、吃力地听着,红了脸,后来又想问什么,可是他已经唱起歌来,跑出去了。他什么也没有觉察出来。

　　第二天午后,别人都午睡了,他一个人在院子里挖着他的鞋子上的泥,老大娘忽然走过来,在他旁边蹲下了,拿一只手抚摩着他的肩膀,悄悄地用中国话问:“你的十九岁?”他说:“十九。”又问:“你结婚过吗?”他说:“没有。”老大娘于是对着他笑着,抚摩着他的头,说了很多他听不懂的朝鲜话。显然地那个女儿已经和母亲谈过她的心思了。可是这年轻的侦察员仍然什么也没有想到。老大娘的慈爱的抚摩,使他非常感动,他告诉她说,他的母亲也是快六十岁了,身体很好,和她一样还能下地劳动;又告诉她,他的母亲是很爱他的,他小的时候,看见他生病咽不下和着糠和榆树叶子的窝窝头,母亲就偷偷地哭,卖了自己的唯一的一件破棉衣,替他买来了两斤白面。他说着的时候看着老大娘,发觉老大娘脸上也有和母亲一样的皱纹,于是就想到,在他参军的时候母亲怎样地流了眼泪又微笑,说是:“我这儿子没有叫国民党土匪打死,今天怎能不乐意他去哇……”他于是激动起来,想要和老大娘谈这些。可是他不久就发现他的夹着几个朝鲜字的中国话老大娘一点也没有听懂,正像刚才她的话他没有听懂一样。他激动得很厉害,想着现在他是一个志愿军的侦察员,是在为他的受苦的、慈爱的母亲和这个受苦的、慈爱的老大娘而战斗了,于是站了起来,找出了斧头就去替老大娘劈柴。

　　老大娘含着泪看着这年轻人——她仿佛觉得他已经是她的家庭里的人了,并且她甚至想到了,当她的当人民军的儿子从前线回来时,将要怎样高兴地和他们家里的这个新人见面。而这个时候,金圣姬姑娘也正在厨房的门口对着这年轻人瞅着。她听见了她母亲对王应洪所说的一切话,但是王应洪后来所说的那些话她同样地没有能听懂。但是从这年轻人的激动的神情,她相信他已经能够懂得她的心了。

　　这种情况,这母女两个的动人的、热切的感情,渐渐地使得班长王顺很担忧。他相信王应洪不可能出什么岔子,但因为他特别喜爱王应洪,并且似乎和他还有着一种特别深刻的关系,因此就时刻害怕他会出岔子。而且,对于这一类的事情,老侦察员一向是很冷淡的,他还有一种简单的成见,就是,如果这一方面没有什么,那一方面也一定不会有什么的。因此他渐渐地有点疑惑了。他觉得,年轻人总难免的,他刚离开温暖的家不久——他听说过王应洪是怎样被母亲爱着——还不曾懂得、习惯战争生活,可能他被这个家庭的日常的劳动所吸引,可能他不知不觉地对金圣姬流露了什么。在军队的严格纪律和严酷的战争任务面前,这是断然不能被容许的。

但在这种考虑里,班长王顺的心里还有一种模模糊糊的他也说不上来的感情。当他的班里的一个战士对他反映了金圣姬和王应洪之间的状况,并且认为王应洪可能已经有了超越了军队纪律所容许的行为的时候,他才意识到自己的这种感情。他回想起了金圣姬的纯洁、赤诚的眼光,这眼光使他困惑。他想:她的心地是这样的简单,她怎能知道摆在一个战士面前的那严重的一切呢?可是,又何必要责难她不知道这一切,又为什么要使她知道这一切呢?

他是结过婚的人,并且有一个女孩。他一向很少写家信,总是以为他没有什么可写的,他觉得他对她们也一点都不思念。但金圣姬的神态和眼光,她在门前的田地里劳动的姿态,她在侦察员们走过的时候忽然直起腰来在他们里面找寻着什么的那种渴望的样子,就使得他隐隐约约地想起了那显得是很遥远的和平生活。金圣姬从一个小女孩长成大人了,她简直就是在炮火下成熟起来的,她特别宝贵她的青春,她爱上了纯洁的中国青年,她的一举一动都流露着,自自然然地,她渴望建立她的生活,和平的、劳动的生活。……正是这个,使他感到了模模糊糊的苦恼。

但军队的纪律和他心里的紧张的警惕却又使他不好去批评他班里那个战士的汇报。而且这个汇报使他对这件事情觉得更加疑惑起来,就是,王应洪可不可能在不知不觉之间对金圣姬流露了什么呢?经过一番考虑,他就把他所注意到的这一切汇报给连指导员。连指导员也很喜爱王应洪,但也对这件事做不出判断,于是指示说:好好注意,必要时找王应洪谈一次话。

指导员的意思是,如果现在真的还一点什么也没有,谈了话反而要影响王应洪的情绪的。王顺也觉得这个谈话很困难。但因为对这年轻人的特别的关切,因为对他的班的重大的责任感,王顺仍然当天晚上就找了王应洪到门前的土坡上去谈话了。

这谈话确实困难。王顺先是表扬了王应洪,表扬他在练兵中的进步,干工作的带头、勤劳和活跃,然后就说到了将来的战斗任务,说到一个革命军人的职责,说到纪律的重要。可是,说着这些,王应洪仍然一点也不明白。他从来都不怀疑这些真理。他以为班长是一般地在关心他,于是表示说,他是坚决要为革命奋斗到底的,他是青年团员,他希望能在将来的战斗里考验他!他热情而激动,就是不明白班长所暗示的那件事情。班长于是只好点破了。他说:"你觉得咱们房东那姑娘怎样?"

对这个问题,王应洪愣了一下。

"她挺好呀……"说到这里,他才一下子明白过来了。一定是班长不信任他,一定是别人说了他什么。这倔强的青年是不能忍受这种怀疑的,他痛心而愤慨了,叫着:"班长,你就这样看我么?"

班长王顺也是直性子,既然把问题点破了,他就决心搞到底,一定要弄出结果来,看这年轻人到底有没有什么。他于是不理会他的激动,冷淡地问:"你真的是没有什么?"

"你不相信你调查去好啦,这么不相信同志呀。"

这种说话的腔调,叫班长王顺愤怒了。这是孩子气的、老百姓的腔调。这在老军人看来是断然不能许可的，于是他冷冰冰地说：

"有纪律没有？你这口气是跟谁谈话啦？"

那年轻人一下子沉默了。过了一下，他以含着泪的、发抖的声音说："班长，刚才我是不对……我汇报给你啦，我真是对她一点心思也没有。"

班长沉默着。他很难过——他是这样地喜爱这个青年，刚才似乎也不必那么严厉的。这年轻人说的话也是真理：为什么要不相信自己的同志呢？

"好啦，就这样吧。"他想安慰他几句，可是什么话也说不出来。他又想起了金圣姬姑娘的那一对热诚的眼睛。

回到班上去，熄灯号以后，王应洪好久睡不着。他这时才回想起这些时来金圣姬姑娘的神态，觉得果然是有些什么的，心里很不安了。眼前就有一个难题：明天一早起来替不替老大娘挑水呢？他想，不挑算了，为什么要叫人误会呢？但这时候，透过门缝，他看见了灯光下的老大娘的疲劳的脸和花白的头发，她正在推着磨子，艰难地耸动着她的瘦削的肩膀；而从屋子里面，则传来了劈啪劈啪的单调的声音——金圣姬姑娘在打草袋。这劈啪劈啪的声音混合着磨子的沉闷的轰轰声，震动着他。这两母女每天都要劳碌到什么时候才睡啊！那么，为什么他不该替她们挑水呢？如果明天一早起来，发觉坛子里空着，她们要怎样想呢？当然啦，她们是决不会责怪他的，可是他自己怎么能过得去呢？……想着这个，他心里觉得沉痛起来。"我是清清白白的，我哪一点也没有错，为什么要这么不相信我呀！"他想，于是他含着眼泪激动地对自己说："不挑对不起人！坚决要挑！"

但是他仍然问了班长。看见班长在翻身的时候醒来了，他问："班长，早上我替不替她家挑水呢？"班长用很柔和的声音回答说："那当然可以。"然后又睡去了。这回答使他很安慰。

他是全班每天起得最早的，趁这个时间去替那两母女挑点水，这已经成了习惯了。但是第二天一早他刚一起来，悄悄地去拿水桶的时候，打草袋打到深夜才睡的金圣姬忽然迅速地推开门出来了，两只手编着辫子，赤着脚走到踏板上去，注视着他。他不和她招呼——下决心一句话也不说，拿了水桶就走。金圣姬活泼地跳下踏板穿上鞋子就来和他抢水桶。侦察员们住到这里来的最初几天，她也曾和他抢过水桶，那是因为她觉得，她不好要这些劳苦的战士们帮助她，而且，在朝鲜，背水和顶水，是妇女们的事情。但后来的这些天，她就不再来抢水桶了。今天不知为什么她忽然地又这么干了，也许是因为，她已经把他看做自己家里的人，她又想起来了男子的尊严，而担水是妇女的工作。但王应洪却不曾想到这些，似乎是有些赌气，用力地夺了水桶就走。他挑了水回来，那姑娘已经在灶前生着了火，听见了脚步声就回过头来了，望着他笑，跑过来找盆子盛水，可是他为了免得和她接近，赶紧地把水倒在一个坛子里了，慌慌忙忙地以致于把衣服泼湿了一大片。金圣姬啊哟地叫了一声，马上找东西来替他揩，找不着干净的东西，慌忙中就撩起裙子来预备拿裙子给他揩，可是他红着脸一转身就出去了，金圣姬蹲在地上还来不及起来。

这对于金圣姬是一个不小的打击。为什么这样呢？她有什么不对的么？难道她对战士们照顾得不好，不曾把他们的衣服洗得很清洁么？她站了起来，悄悄地流下了一点眼泪。这个年轻的朝鲜姑娘，好些天来，听见王应洪的声音就要幸福得脸红；一早上在灶前烧火，听着他的挑水的脚步声的时候，她就要不由地想起了，一个男子不应该挑水的，将来，她烧着火，担着水，他在院子里这里那里收拾一下，然后他们一块儿到田地里去劳动，——这就是家庭了。她觉得这好像没有什么不可能的。

战争总归要过去的。而且,在她的心上,他一点也不是生疏的外国人了。

她真是很委屈。可是她也是倔强的。第二天天刚亮,王应洪起了床预备来挑水的时候,小水缸里和坛子里却已经满了,她在灶前烧火,不曾看他一眼。

他于是觉得苦恼。她一点过错也没有,为什么昨天要那样对待她呢?……可是这种情况是不能这么继续下去的,晚上他就向班长王顺把昨天和今天挑水的情况汇报了,他觉得他很对不起人,他不知道要怎么办;他建议他们班搬一个家,可是他又觉得,无缘无故地搬了家,就更对不起这两母女了。他于是希望快点上阵地去。班长嘱咐他仍然照常挑水,并且态度不要那么生硬。

以后几天,他起得更早,抢着挑了水。金圣姬姑娘不再走近来,也不再和他说话,只是默默地看着他。他总是很快地办完事情就出去了。这种情形弄得他很慌乱,他心里开始出现了以前不曾有过的甜蜜的惊慌的感情。对这种感情他有很高的警惕,于是在金圣姬姑娘面前他的态度变得更生硬了。这天晚上回来,预备抽点时间洗一洗衣服,他发现他的一套脏了的军服已经叫她洗得很干净,而且熨得整整齐齐的。他一瞬间害怕别人看见,红着脸像是做错了什么事情似的,赶快把这套军服塞到背包下面去了。但第二天早晨,穿上了这衣服,——他决心一早就穿它,好使金圣姬心里高兴一点,来补救他的那些生硬的态度——往衣袋里一摸,却多了一件东西。拿出来一看,原来是一双用蓝布做面子,白布做底的,缝得非常细致的袜套。他没有什么犹豫就向班长汇报了,把这袜套交给了班长。班长拿着这袜套看了一阵,心里赞美着这年轻的战士的忠诚的纪律性,但又有点不安:过过穷苦的生活的人,是知道庄稼人家的艰难的;在这战争的山沟里,谁知道金圣姬姑娘费了多大的心思,才弄来了这一块簇新的蓝布?这两母女终年吃着酸菜和杂粮,而且那姑娘的裙子都打了补绽,她只有一条跳舞的时候才肯穿的比较新的红纱裙……这么考虑了一阵,黄昏的时候,他就嘱咐王应洪把这袜套还给金圣姬,虽然他知道这一定会使那姑娘委屈,但这没有办法,纪律比一切都重要。

这时金圣姬姑娘和她的母亲正在门前的踏板上吃饭,王应洪鼓起勇气来走过去了,不知为什么还敬了一个礼,把那袜套硬邦邦地往前一递,说:"还你!"就没有别的话了。

那姑娘一瞬间瞪着他,她母亲也瞪着他。

站在附近的班长王顺觉得这简直太糟糕了,这年轻人简直太生硬了,连一句客气话也不会说,更不用说要他交代几句军队的纪律了。于是赶忙走过去笑着用朝鲜话解释说,志愿军不好随便接受老百姓的东西。……他没说完,老大娘兴奋地站起来了,大声地辩解着说:她才不信这个!这并不是随便接受老百姓的东西呀。她并且指指响着炮声的前沿的方向说:这还能分家吗?金圣姬姑娘为什么不该感谢这年轻人呢?可是那姑娘望望她的母亲又望望王顺,一句话也不说,红着脸把那袜套接了过去,又低着头继续吃饭了。

以后一切就显得很平静,没有什么事情了;只不过王应洪变得更慎重,换下来衣服马上就洗;金圣姬去抢别人的衣服洗,却不再来抢他的了。对于王应洪说来,这件事情虽然多少也扰动了他,但却并不曾在他的心里占多大的位置;实际上,班长王顺对这件事还注意得比他多些。将近两个月的练兵期间,他已经学会了侦察员的各种本领,还学会了敌人的好几种火器——侦察员们,有时候是要夺取敌人的武器来使用的。他学习得这样热衷,以至于他没有时间来考虑金圣姬姑娘对他的感情。练兵任务快要结束的时候,一次打靶练习和演习动作中,他受到了团参谋处的表扬。这天黄昏,连指导员到他们班里来参加了他们的班务会,在做总结的时候也表扬了他。班务会以后指导员还不走,他是很活泼的人，看见金圣姬姑娘在那里推着小磨子磨麦子，便跳过去了，两腿在炕上一盘，夺过磨把来，非常熟练地磨了起来，一面就用非常好的朝鲜话讲着笑话，使得金圣姬不得不笑了起来——但这姑娘这时已是这么成熟了，不再像先前那么哈哈大笑了，而是侧着头，带着一种讥讽的神气微笑着。但指导员看见笑容就高兴，继续愉快地说笑着，因为他已经好些天不见到这姑娘的笑容了，他密切地注意着这件事情，赞美着他的年轻的战士，但也因了这姑娘的忧愁而有些不安。他帮她碾完了半斗多麦子才走。在他谈笑着的时候，王应洪赶着替她家的所有缸子坛子里挑满了水，因为他们明天一早还要有一次演习动作，怕来不及挑水；而且他们不久就要上阵地了，他觉得他不会有很多时间来帮助她们了，——没有这些帮助，她们是会要困难一点的。金圣姬姑娘听着指导员的话在发笑，好像完全没有注意到他在干活，这使得他也很高兴，对这两母女，对这一段生活，充满了感激的心情。

第二天上午，在山坡上的松树林子里，农村剧团的姑娘们给战士们做了一次演出。战士们围成一个圈子坐着，对这些熟识的姑娘们的表演觉得非常高兴。金圣姬有三个节目：唱了一个歌，跳了一个《春之舞》和一个《人民军战士之舞》。在《春之舞》里面，她穿上了她的唯一的一件粉红的纱裙；在《人民军战士之舞》里面，她演战士之妻。这时候人们才注意到她原来是这村子里的最美丽的姑娘，并且她表演得非常好。"人民军战士之妻"的好几个动作，使得有些战士的眼睛都潮湿了，甚至连老侦察员王顺都感动得说不出话来了。这表演的第一节的内容是：人民军之妻背着孩子，在敌机的轰炸下，送丈夫重返前方。王顺心里的感想很复杂，他就悄悄地注意着坐在他旁边的王应洪，可是这年轻人却好像没有什么感触，沉思地看着"人民军之妻"的飘动着的长裙——这个新战士，这时候是在想着虽然今天晚上他们就要上阵地，可是他却还没有战斗过，比起舞蹈里的那个挂着国旗勋章的人民军战士来，他真是差得太远了。他就是这样想的。后来发生了一点意外的情况，就是，班长王顺发觉出来，当金圣姬舞蹈着的时候，坐在圈子里面的村子里的姑娘们都在陆陆续续地朝这边看，而且悄悄耳语。……舞蹈一结束，姑娘们就用中国话叫起来了：欢迎王应洪唱一个！——她们甚至知道了他的姓名！战士们，包括连长和指导员在内，都轰的一下鼓掌了，而王顺就注意到，这时那个"人民军之妻"的脸上是闪耀着多么辉煌的幸福表情！王应洪很惊慌，哀求班长替他抵挡。王顺站起来了，自告奋勇地说："我来唱！"可是姑娘们说，你也要唱，先让他来！这时连指导员跑过来了，像哄小孩一样对王应洪耳语着，把面孔通红的王应洪拉了出来。王应洪敬了一个礼，终于低声地唱了一个歌。大家沉静地听着，他唱得实在不好，战士们都替他捏着一把汗，可是姑娘们却听得出神——唯有那个"人民军之妻"带着一种担忧的、惊讶的神色。歌声一停，从姑娘们里面爆发了狂烈的鼓掌，于是王顺又看到了，那个也在轻轻鼓着掌的"人民军之妻"的脸上，闪耀着多么辉煌的幸福表情！

黄昏的时候，天气很晴朗，侦察排上阵地了。他们离开村子的时候，村里的妇女儿童们都送到了村口，望着他们走下山坡。金圣姬母女也送出来了，可是金圣姬现在却显得冷淡而严肃。她跟在母亲后面，看也不看王应洪；她母亲摸摸这个战士又摸摸那个战士，最后就拉住王应洪的手，说着说着落下了眼泪，她却是一声也不响。她慢慢走着——在她自己的独特的思想中。

战士们走下了山坡，一边走一边回头招手、喊叫，大家都舍不得这些已经变得如此亲爱的人们，可是王应洪，既不回头也不说话，跑得很快，几步就奔下了山坡。

战士们走得很远了，在昏暗中看不见了，其他的一些送行的人们也陆续回去了，金圣姬才突然哭起来，拿手巾掩着脸急忙地朝家里跑去。因为到连部去谈话落在后面，最后才赶出村子的班长王顺，看见了这个。这姑娘哭着擦过他身边。

他站下来回头望着她,叹了一口气。

"这姑娘呀,我也不是没有妻子儿女的人,这叫我怎么才能跟你解释呢?"

他心里同时就更疼惜那个年轻的侦察员,这年轻人被这样的爱情包围着,可是自己不觉得,似乎还不懂得这个,一心只想着在战场上去建立功绩。于是王顺的眼前又一次地浮起了那遥远的和平生活,并且清清楚楚地意识到,这和平生活已经把那纯洁、心地正直、勇敢的年轻人交托给了他,在他的带领下,这年轻人正在大步走向战争,这个他还没有经历过的,他还不懂得的战争。

上阵地的第三天,听说战斗任务已经交给他们班,晚上就要出发,王应洪非常兴奋,就换上了那一套留了好些天的干净衣服。于是换衣服的时候他又发现了那双袜套,并且还增加了一条绣花的手帕,用中国字在两朵红花的上面绣了他的名字——很可能这姑娘是从他的背包或笔记本上模仿去的——又在花朵的下面绣了几个朝鲜字,他想那一定是她的名字。这两个名字都是用紫色的线绣的。他顿时心里起了惊慌的甜蜜的感情。第一个念头是想汇报给班长,但在从坑道里往外去的时候,他犹豫起来了。他想,现在班长这么忙,马上要出动了……等完成任务回来再说吧。

当然这时候他是想留下那条手帕。于是他把它仔细地折起来,放在胸前的口袋里。

黄昏的时候,王顺就带着他的班出发到敌后去了。任务是捉俘虏。

用侦察员们自己的话来说吧,任务是艰巨的。一个多星期以来,从敌人的炮火和敌人纵深里的活动情况上判断,前沿青石洞南山的敌人似乎变更了部署,而且似乎有发动进攻的模样;而我们又正在计划着一次规模较大的反击战,夺下敌人这条战线的咽喉青石洞南山。按照原定计划,这个战斗早些天就要发起了,一切准备工作都做好了,但是因为没有能最后地弄清敌人的变化而暂时地搁置了下来。上级指挥机关迫切地需要一个俘虏,但师的侦察队出动了两次都没有结果;战争两年多,敌人变得胆小而狡猾,俘虏不是那么容易捉到的。因此,这次就把团的侦察排的最好的一个班拿出去,把本来预备作为重要的下级干部而提升起来的侦察功臣王顺拿出去,这样,就在全班唤起一种极其严肃的感情,大家都明白这是关系全局的重要任务,这次出去,无论如何也要捉到一个俘虏。由于这种自觉的光荣意识,这个班里就升起了一股对敌人的傲气,在出动之前的紧张的准备工作里,他们的沉默的、严肃的、敏锐的神情和动作表示出来,无论是什么样的敌人,他们都要把他捏在手心里,只有他们先把敌人捏在手心里,全军才可以捏住前沿的山头,粉碎青石洞南山。在班长王顺的身上,这种对敌人的傲气是表现在冷静的眼光、变得很慢的严肃的动作和沉默的严厉的神情里面的;这负着重大责任的老侦察员是深知战前准备工作的重要的,他默默地、严厉地打量他班里的每一个人、每一支枪和每一双鞋带,不时地沉思起来,不耐烦和不相干的人说话,把那个跑来和他开了一句玩笑的连部通讯员一句话就熊走了。但在年轻的王应洪,这一股对敌人的傲气就表现在抑制不住的扬眉吐气的兴奋神色里,他无论如何也学不到班长的那股冷静。因而,当连长陪同着团参谋长来看一看他们的时候,班长王顺严厉地、惊心动魄地喊了立正的口令,他就扬着头、挺着胸,冲锋枪斜挂在胸前,显了那种特别吸引人的天真而高贵的神情。

认真说来,班长的这个和平常完全不同的立正的口令,才是他的军事生活里的第一课。特别因为他怀里揣着那一条绣花手帕,这也才是他的明朗的人生道路上的第一课。他的慈爱的母亲在贫苦的生活中给了他的童年许多温暖,这绣花手帕又给他带来了他所不熟悉的模糊而强大的感情,他现在要代表母亲,也代表那个姑娘——不论他对她如何冷淡,这一点是毫无疑问的——为祖国,为世界和平而战,这一切感触、思想、感情,都出现在班长的那个立正的口令中,或者说,因那个立正的口令而出现了;这立正的口令使他全心全意地觉得满足和幸福。

团参谋长是笑着走进坑道的,在王顺的立正的口令声中变得严肃了,一下子感觉到了这个班的这一股必胜的傲气,于是心里突然疼痛起这些青年来。他走到王应洪的面前就不觉地站了下来,对着这年轻的侦察员看了好一阵,严肃的脸上又露出了微笑。

"这就是他么?"他问连长。

连长没有弄清楚参谋长指的是什么,因为关于这个年轻人的所有的事情团里都知道,但他看出来参谋长是喜欢这年轻人的,于是高兴地回答说:

"就是他。"

"王应洪!"参谋长喊着,显出了幽默的神气,眼睛里闪出了友爱的讥讽的光芒,看着这年轻人。

"有!"王应洪大声回答,下巴更抬高了一点。

"听说是——你曾经把你们班长俘虏过,俘虏他是很不容易的啊,有这事么?"

"那是……"王应洪说,他想说:"那是班长让我的。"但马上觉得这样讲述不合乎一个军人的性格,于是大声回答:"报告,有这事!"

"唔,好!"参谋长显然很满意,虽然他早就知道这一切:"二班长,有这事么?"

"报告,有这事!"王顺骄傲地回答。全班的战士们的脸上都出现了微笑。

从这两句回答,参谋长就看出了这个班是团结得很坚强的。他检查了他们的行装和伪装圈:一切都合乎要求。他简单地又讲了讲这次任务的性质,并且抽出一个战士来问了一下他们准备的有哪几个战斗方案,指示了两点,于是这个班就出发了。

他们悄悄地、疾速地通过了敌人炮火封锁区,过了一条很浅的小河,顺着交通沟绕过一个山坡,潜伏着观察了一阵,就开始在黑暗中越过战线。

有一段路他们是在一片长满野花杂草的开阔地中间一点一点地前进的。左后面是我军的小山头,右边是敌人的山头,正往我军的阵地上打着机枪。这一阵机枪似乎帮助了他们,他们敏捷地跳跃着前进。王顺、副班长朱玉清,和其他的几个老侦察员都很熟悉道路和情况,这开阔地上不至于有敌人的岗哨:敌人不敢下来。他们刚通过不一会,就有一排机枪打在他们刚才越过战线的地方,显然地敌人是用火力盲目地警戒着那里。现在侦察员们的目标是一百米外开阔地中央的一丛槐树,槐树丛里面有土坎,可能敌人在那里安置了哨兵,如果是这样,而且不超出三个人,那就一下子干掉敌人,任务就基本完成了;如果没有,那就先占据这槐树丛再来计议。他们用战斗的队形分三面迫近这槐树丛了。天气阴沉而且吹着小风,很利于侦察员们的活动。班长王顺在前面发出了记号,大家卧倒,听着动静。除了微风吹动树叶,和附近的什么地方有溪水的流响声以外,没有别的声音。开阔地上长着一些春天的金达莱花,王应洪轻轻地拨开他面前的花枝,希望能更清楚地看见班长。但在这个不知不觉的动作里,他却摘下了一个花枝,把它衔在嘴里。这是因为他毕竟是初上战场,而这附近的这一片寂静特别使他激动,于是,面前的清楚可见的一切,杂乱的小草和小花,就叫他觉得安全和亲切:这些随处可见的小草和小花,仿佛是熟识的友人一般,忽然间就替他破除了战场上、敌人后方的那种神秘可怕的感觉——虽然他不曾意识到自己的这种状况。他在激动中比老战士们想得多。他甚至于忽然想，现在他可以写信告诉妈妈，他到敌人后方来战斗了。把那花枝在嘴里咬了一阵，班长又做了记号，他们又前进的时候，他就把花枝不知不觉地拿下来塞在衣袋里。他没有意识到这个，也不知道这是为什么。也许他的头脑是曾经闪过什么念头，他做这点多余的动作是为了对自己表示沉着。也许他会写信告诉母亲的——他老人家把朝鲜战场想得才简单哩。现在他们到了槐树丛边上了——里面没有敌人。

他们决定再深入。他们有好几个战斗方案，现在时间还多，看起来他们还不必考虑那最后一个战斗方案，就是用火力向少数的敌人强攻。因此他们就放过了山坡上的几处地方，那里有敌人的帐篷，传来说话的声音。他们紧挨着山边的一条小路前进，这小路是敌人前后交通的一条次要的通路，一定会遇到什么的。他们前进得很慢，贴着山坡和路坎，走几步听一下。他们不断地听见附近的山头上、帐篷里敌人的哇哇的声音，有一次还听见一个醉醺醺的歌声。枪声和炮声都落在他们远远的后面了。紧张的感觉加强着。快要走到小路转弯的地方，班长停下来了，向王应洪走来，对着他的耳朵说："往后传，在这里等，沿着路边拉开距离二十米一个，副班长带第二组到下边洼地里掩护……"这微小而又清楚的声音，好像不是班长的，好像是从很深的地底下传出来的一样。他往后传了。于是人们拉开了距离隐蔽了，现在，这个满怀激情的新兵，看不见他前面的班长，也看不见他后面的同伴了。

一点声音，一点动静也没有，王应洪贴在路边上杂草中间趴着，紧握着他的枪，并且摸了一下他腰上的手雷和加重手榴弹，以及那一把叫他觉得很威武的侦察员的匕首。虽然他的理智告诉他，班长和同志们就在几十米的前后或周围，在各个地方隐蔽，但是他仍然禁不住觉得可怕的孤独。他好不容易才抑制住他的冲动，就是，想往前爬一点，靠近班长，或者轻轻地喊一声试试——他多么渴望听见班长的声音啊。他的思想纷乱了起来。这样的寂静，这样绝对的静止——这是和练兵的时候完全不同的，那时候在寂静中甚至还觉得有趣——他从来也不曾经历过，他甚至觉得自己已经被这深深的寂静所笼罩，所麻痹，不可能再从地上起来了。他用各种方法鼓舞自己，可是他的思想活动好像也是很困难的。最初，他无论想什么，都不能摆脱这孤单和寂静的意识。他努力去想到连队、团参谋长、亲人们……后来他又想着母亲，想着他满十岁时候，母亲才替他做了一件新棉袄，替他试这新棉袄的时候，母亲不住地把他转过来又转过去，拍着他的胸又拍着他的背，非常幸福地对父亲说："看，正合身！正合身！"忽然地他想到，母亲到了北京，在天安门见着了毛主席。母亲拍着手跑到毛主席面前，鞠了一个躬。毛主席说："老太太，你好啊！"母亲说："多亏你老人家教育我的儿子，他现在到敌后去捉俘虏去啦。"于是他又想起了金圣姬，她在舞蹈。看见了她的坚决的、勇敢的表情，他心里有了一点那种甜蜜的惊慌的感觉。他说："你别怪我呀，你不看见我把你的手帕收下了吗？"可是金圣姬仍然在舞蹈，好像没有听见他似的；敌机投下炸弹来了，那个"人民军之妻"紧抱着孩子扬起头来，她的嘴唇边上和眼睛里都有着悲愤的、坚毅的表情；于是那个英勇的人民军战士一下子出现了，他的胸前闪耀着国旗勋章。……但忽然地这一切都消逝了，仍然是面前的草叶、灰白色的寂静的道路。想象着这亲爱的一切，一瞬间就排除了对周围的寂静的苦痛的感觉，一瞬间觉得，这并不是在敌人的旁边，而是在亲人们的中间。但这些闪电一样的想象马上就被从心底里冲出来的对于目前的处境的警惕打断了，于是重新又感觉到那孤单、寂静。……

多么漫长的时间呀。但这时更紧张的情况到来了——传来了一大群皮靴踏在沙土路上、踩过草叶的声音，这声音立刻更响，更清楚了，而且连说话的声音也听得见了。敌人，美国兵正在这条路上往这边走来。他抓紧了枪。在阴沉的天空的背景下，看得见那在草丛上面露出半截身子来的高大的敌人了，一个一个地从小路转弯的地方陆续显露出来，走得很密，总有一个排，有的还在吸烟，看得见那闪耀着的红火头。现在那走在前面的几个美国人照距离看起来是已经走过班长的身边了，可是班长那里没有枪响。如果有枪响，那他就会不顾一切地端起枪来冲上去，那样要好得多，可是现在不是这样。没有班长的口令，谁也不能动的。那么现在这些美国兵正朝自己走来……他忽然想：班长是不是还在那里呢？如果班长不在怎么办呀？这想法好像很真实，于是他差不多想要开枪了，或者想要怎么样地动作一下，反正是要动作一下，因为他正躺在路边上。但正在这个控制不住自己的时候，侦察员的铁的纪律使他的头脑一下子清醒了过来。

大皮靴杂乱地踏了过来。……这年轻的侦察员一动也不动，他的眼睛和枪口对准了他们。这纪律的意识战胜了一切，完全改变了他的状况。这就是，他意识到：他完全不属于自己，甚至也不属于自己的热情和勇敢，他的热情和勇敢必须绝对地属于伏在小路周围的黑暗中的他的班，而他的班属于他的连，他的团……。绝对的寂静正好对他证明了他的班的威严的存在，他现在能够清楚地意识到他的班长和同志们的眼光和动作。于是他觉得他是十倍、百倍地强大，寂静和孤单的感觉完全没有了，他有手榴弹和冲锋枪，在等待命令。这样，他的头脑就变得冷静而清楚，浑身都是无畏的力量——由于纪律的意识，他就从那个幻想着的热烈的青年，变成了真正的战士。

一个又一个的敌人踏过他的身边，有一只皮靴离得这么近，几乎踏着了他的肩膀。……他一动也不动，仇恨而冷静，像一个侦察员在这时候所应做的，数着敌人的数目，判断着他们的意图。敌人前后招呼着，通过去了。

班长那里仍然没有动静。

班长王顺决定放过这大约一个排的敌人，克服了战斗的诱惑——他的班是有可能歼灭这一个排的——那理由是不用说明的。但即使对于老侦察班长说来，克服这战斗热情的诱惑，也不是容易的，他有很多次这样的经验了。占着有利的地形，枪一响，盲目的敌人就成群地倒下，这是再好不过的事了，可是现在情形并不这么简单，他们是在敌人的纵深里，他不仅对他的班，而且对全军都负有重大的责任。而他的班，他从那绝对的沉寂里感觉到，现在是像他的身体的一部分一样，完全属于他的意志的，可是，不仅他们属于他，他也属于他们，在这种情况里要决断，是很沉重的。

是不是也有可能一下子歼灭敌人的大半，抓住了一个俘房就立即撤退呢？当这个排的最后几个人通过他的身边，就是说，当这个排全部都落在他的班的范围里的时候，他这么问着自己。但他本能地觉得事情不会这么简单。他伏在路边上的草丛里，看着那最后的一双大皮靴从他的面前两步远的地方踏过去了，紧紧地咬着牙才克制住了他心里的复杂的激动。他判断后面可能会有零散的敌人，于是决定继续等待。而这个时候他就更迫切地渴望着他的班继续保持着绝对的寂静，他心里不禁担心在他后面离他二十米远的那个年轻人——在这种时候，连老战士也有可能一下子弄出什么声音来的。初上战场时的那些感觉，他是记得很清楚的。当敌人经过他身边而向王应洪的位置走过去的时候，他替他感到苦痛的紧张。于是，当他的班保持着绝对的肃静和隐蔽放过了这一个排敌人之后，从这深沉的肃静中听出来这个班的威严的呼吸和坚强的纪律，他就觉得喜悦，并且从心底里赞美起那个初上战场的年轻人来了。

果然后面有零散的敌人。皮靴踏在沙土路上的声音又传来了，一个影子在天幕下出现了。这个敌人走得有些蹒跚，一面走一面自言自语，好像是喝醉了。这正是机会。这敌人到了他的附近，他正准备着一下子跃出去的时候，前面的路上却传来了急促的脚步声，另一个敌人凶恶地喊叫着追上来了。他以为他的班的行动被发觉了，但这时在他的眼前却出现了他所没有料到的事情：那追上来的敌人扑了上来就给了那第一个敌人一拳，那第一个敌人呜呜哇哇地叫着，在挨了第二拳之后就回击了。两个人打起架来。侦察员的眼光看出来，这两个人都是军官。于是他下决心趁这机会动手。而这时，好几个侦察员都从他们的位置上出来了：听着打架的声音，又被土坡遮拦着看不清楚，他们就以为是他们的班长在和敌人格斗。班长王顺拔出锋利的匕首，跳上去捅倒了一个敌人，第二个敌人狂叫起来向前逃跑，却被王应洪一下子奔出来抱住了。那敌人继续狂叫，王应洪恨透了这狂叫，用可怕的力量抱住他，几乎要一下子扭断他的筋骨，但这敌人却是意外的胆怯，在他的肩膀里好像是棉花团一样，顺着他的两臂的压力就抖索着对着他跪下来了。班长奔上来用一块布塞住了这敌人的嘴，这样他们就得到了一个俘虏。

但这时远远地传来了枪声。因为这个俘虏刚才的这一阵狂叫，刚刚过去的那一个排的敌人回转来了。狂叫着，奔跑着，离这里还有五六十公尺远就胡乱地放起枪。王顺命令侦察员们把俘虏拖到洼地里去，大家都向洼地里撤退，没有他的命令不准射击。他们刚离开小路，敌人的那个排已经迫近到四十公尺，已经在路边上散开，开起火来。并且右边山头上敌人的一挺机关枪也开起火来。

他们迅速地在洼地里退走，但到了洼地的中央，就叫敌人机枪的火力拦住了去路。而敌人的那个排已经向他们采取了包围的形势。于是王顺命令他的班散开来停止不动。他仍然不还击。

这老侦察员并不是第一次遇到这种危急的处境。他轻视这些敌人，他冷静地观察着情况，决心要把他的班，连同那个重要的俘虏，都带出去。洼地草丛里的这种寂静使敌人不安了——到底这些人是怎么回事呢？敌人不敢近来，只是架起了机枪朝这里那里地射击着，而右边山头上的那挺敌人的机枪，原来是胡打着的，这时反而向这挺机枪开火了。敌人里面发出了几声嚎叫，显然是被自己的火力打倒了几个。但后来就升起了一颗绿色的信号弹，山头上的火力停止了。

这时候王顺已经把他的班撤到一条干涸的沟里，占据了比较有利的地形。情况很危急，山头上的敌人可能就要下来，这里再不能停留，于是他下定了决心了。他命令王应洪跟着他留下来掩护全班；命令副班长朱玉清率领其他所有的人带着那个俘虏利用这条沟的地形向左后面撤退。当他和王应洪打响，把敌人的火力全吸引过来之后，朱玉清就应该带着侦察员们往左边的山坡后面冲去，进入一片树丛。除非敌人发觉了，进行追击，就不许回头。天亮以前必须把俘虏带到家。

副班长朱玉清想要自己留下来，其他几个侦察员也这样想，但他们听完王顺的清楚、简单、小声的命令以后，就不再作声了。班里的侦察员们大半都是王顺带领、培养出来的，连副班长朱玉清也是王顺带领出来的，大家都熟悉他的性格：对于这样的一个威望极高的班长和代理排长的命令，大家是无法说什么的。

于是人们开始撤退，抬着那个俘虏迅速地沿着小沟向左后面走去。估计他们已经快要爬上开阔地，而敌人的机枪正封锁着那里，王顺就命令王应洪留在沟里，听他的动静，他自己就爬上了沟沿，像箭一般地一下子跃到十米外的洼地中央的一个小土包后面去了。他一跃到那里就向三四十米外的敌人开火了，他打了一梭子就向右滚去，又打了一梭子，然后投出了手榴弹，并且喊着："同志们，三班的跟我来，四班的向右！"王应洪也开火了，他学习着他的班长，打了几枪马上又跑到另一个地点投出手榴弹，同样地喊着："五班的，在这里，同志们冲啊！"他真的觉得他和无数的人在一起战斗。敌人的火力被吸引过来了。这时候，苦痛地听着这两个战友的惊心动魄的喊声，副班长朱玉清和侦察员们带着俘虏安全地潜入了左山坡后的树丛。

班长不让别人，却让他留下来和他一同担当这个严重的战斗，王应洪觉得意外的幸福。并且班长是这么干脆，没有说明为什么单单留下他，也没有对他特别嘱咐什么，这种绝对的信任就使得他处在他从来不曾知道过的光明和欢乐里。他简直忘了他还是第一次处在敌人的火力下面；在他的一生里面，这还是第一次战斗。他觉得他仿佛已经是身经百战了——事实也确乎可以是这样的，当他屏息着趴在路边上，看着敌人的大皮靴踏过去而意识到战斗的纪律，并且随后他又活捉了那个敌人，使敌人在自己面前跪下，他的战士的心就迅速地成长了。

至于班长呢，他也说不明白为什么单单命令王应洪留下来。他也许是赞美了这新战士刚才在潜伏中的沉着，在活捉敌人时的勇敢，想要锻炼一下这心爱的战士；也许是出于高贵的荣誉心，想要叫这年轻人看一看，学一学他这个老侦察员是怎样战斗的；但也许是想到了那件使他不安的爱情，金圣姬那个姑娘的眼泪。谁知道呢，也许他觉得，叫王应洪留下来从事这个绝妙的、但也是殊死的战斗，就会给那个姑娘，那个不可能实现的爱情带来一点抚慰，并且加上一种光荣。他是看见过那个姑娘的那么辉煌的幸福表情的。这一点是确实的：因为那个姑娘的那种不可能实现的爱情，以及王应洪对这爱情的极为单纯的态度，他就更爱这年轻人了。他的决定总归是和这有点关系的，在战场上，人们总是把最艰巨的任务交给最心爱的人的，虽然这时候他似乎并没有想到这一切。

总之，英雄的老侦察员和他的助手打得非常漂亮，掩护着全班撤退了。

敌人在打了一阵机枪之后，忽然地停了火，而且还后退了几米。这奇妙的情况马上就揭晓了，原来敌人是非常隆重地在对待着这场战斗：空中出现了四五颗照明弹，随即就是一阵迫击炮弹短促地呼啸着落了下来，在这块洼地上爆炸了。显然敌人已经用无线电报话机联系了他们的炮阵地。这个班最初的那一阵绝对的沉寂骇住了他们，他们总以为这里有很多的志愿军，随后王顺和王应洪的突然的开火和喊叫更使他们觉得是证实了这一点，于是他们就来正规化地作战了。如果听一听敌人在无线电报话机里说些什么，以及敌人的指挥机关在怎样吼叫，确实会很有趣的——看到落在周围的炮弹，王顺不禁笑了。威风极啦，怎么不连榴弹炮也拿出来呀。

王顺滚回到沟里，命令王应洪停止射击，准备夺路撤退。这时，按照美国的步兵操典，在一顿炮击之后，以机枪掩护着，那一个排的敌人就从两翼包抄过来了，发出了呐喊的声音，卡宾枪打得像放鞭炮一样。而且，右边山头上的那挺机枪也向洼地中央射击起来。

因为这洼地上的"战役"的巨大规模而快活，王顺就着手来还击。这种快活的心情是战争里最可贵的，从这种快活的心情，他就做出了一个聪明而大胆的决定：从敌人阵线的正当中，就是从敌人的那挺机枪那里突破过去。左翼的十几个敌人已经顺着土坡向他们这边扑来了，王应洪打了一串子弹，他却甩出了一个手雷。这一声轰然的巨响使得敌人倒下了一大半，就在这当中，王顺招呼王应洪跟着他，跳出了这条干涸的沟，又往右边的敌人群里打了一个手雷。然后，完全出乎敌人的意料之外，这两个侦察员沿着一条土坎向着正当中的那挺机枪奔去了，而那挺机枪这时正向洼地中央的那个小土包周围热情地射击着,以为那里隐藏着志愿军的主力;而右边山头上的那个火力点,则是正在忙着射击洼地的后半部,确信这是封锁住了志愿军的退路。并且,没有被打死的敌人,这时正向洼地的中央,连同着那条干涸的水沟,发起了勇壮的冲锋。

洼地上的"战役",它的规模就是如此。这时那两个侦察员却突然出现在敌人的"纵深"里,用不几发子弹结果了那两个机枪手;灵机一动,王顺一下子扑倒在机枪的跟前,对准那些敌人射击起来了。事情于是非常简单,他射击了半分钟不到,就结束了这个洼地上的"战役",当剩余的、滚在沟里的敌人刚刚明白过来,又打出了信号弹的时候,他已经带着他的助手投入了黑暗的荒地,越过了一条小溪,跑进了大片的洋槐树丛了。

王顺在前面奔跑着,他的左胳膊负了一点伤,这时才觉得有些疼痛。他听着跟在他后面的王应洪的脚步声,他忽然听出来这脚步声有些沉重,正在这个时候,右腿负伤的王应洪栽倒了。

他们两个都弄不清楚这是在什么时候负的伤。王应洪身上的伤还不止一处。在当时,他一点也不曾感觉到自己是负伤了,充满了胜利的欢乐,无论手和脚都是灵活的。但现在这些伤被意识到了,一经被意识到,它们就发作了,于是王应洪支持不住了。

王顺一声不响地背起他就走。他们是一刻也不能在这附近停留的。敌人的整个的阵地这时一定是在骚动着,加强了警戒,要搜捕他们的。

意识到这紧张的情况,王应洪就要求班长不要管他,但是班长理都不理他。在年轻的新战士的心里,燃烧着壮烈的感情,他觉得他已获得足够的代价,他从来不曾想到他第一次参加的战斗有这么辉煌,他觉得现在是到了牺牲自己,而让班长脱险的时候了。于是,当他们出了树丛,迫近了敌人的警戒线,班长把他放在一条土坎后面,爬上去侦察情况的时候,他就下了这个决心:一有情况,他就留下来——像班长刚才带着他对全班所做的那样,用自己的火力和身体掩护班长脱险。

现在他们正在敌人阵地的旁边,这已经不是他们来的时候那一片开阔地,而是一条狭窄的山沟。这是最危险的地带,一有动静,敌人两边山头上的火力网就会把这一条不到四十公尺宽的山沟完全盖住;而且,两边的山坡上都有敌人的警戒。他只是在沙盘作业上学习过这一带的地形,班长却是知道一切的。但现在他们显然无从等待或另外选择道路。班长看了一看情况回来,就决定拖着他沿着土坎往山沟中间的几棵大树里面爬去。年轻的侦察员既经做了决定,看看没法开口向班长说什么,就把自己的冲锋枪扣在手中。他也用他的负伤的肢体带着爬,咬紧牙关来忍受可怕的疼痛。这是非常艰难的道路,每一分钟只能爬行四、五米。班长侧着身子,用右胳膊抱着他的胸部,用自己负了伤的左胳膊撑着地面,一步一步地拖着他。

"班长,……"他说。

"不许说话!"班长对着他的耳朵严厉地说。

"我牺牲了不要紧。"

"别说话,纪律!"

听到了这个,年轻的侦察员就不再作声了。

他们毕竟到了那几棵枝叶长得很稠密的栗子树里面了。他们在一个小土包后面的草丛里潜伏了下来。现在又得再看动静。这时左右两边的小山头上,敌人互相地喊着他们听不懂的话,然后,就有三个巡逻兵从左边山坡出来,踏着草地慢慢地走着,端着枪,编成警戒的队形,向着这个栗树林走来。

"班长,"年轻的侦察员含着眼泪在恳求了,"我打响的时候,你从右边撤出去……"

班长掩住了他的嘴巴。这个动作是为了警惕,但也是因为难过:说这种话叫老侦察员太伤心了。为了防止这年轻人的意外的行动——他感觉得出来这年轻人身上有着怎么样的一种激动,他也知道,在负了重伤的时候,人们会想些什么——他就拿负伤的左胳膊用力地压住了这年轻人的握着枪的手。

三个敌人的巡逻兵沿着土坎和草丛搜索,慢慢地逼近了这小小的栗树林中,其中的一个突然大吼了一声,于是王应洪震动了一下,但班长更用力地压住了他。老侦察员非常镇静,现在还不能判断他们是否已被发觉,因为敌人是常常要拿这一套来给自己壮胆的。三个敌人紧挨着走到这小栗树林来了,在离侦察员们潜伏着的土包三、四米的地方站下了,望这边瞧着。

连老练的侦察员这时也有些迷惑了。但侦察工作中的铁则支持着他,这就是,绝对不暴露自己。小风把粗硬的栗树叶吹得发响。这三个敌人互相说了什么,忽然地其中一个又向着右边吼叫了起来。于是他们走过去了。

大约二十分钟之后,侦察员们出了栗树林,沿着右边的山根一寸一寸地爬行,这一个拖着那一个。没爬行几十米,又出现了敌人的巡逻兵,于是紧紧地贴着地面伏着;愈来愈明显地感觉到年轻人身上的激动,王顺沉着地压着他的手腕,并且用力地捏了一下他的手。这个动作的意思是,他们是这样地相爱而血肉相连,他决不能丢下他,而且,他还很有力量。……负了伤的特别艰难的行动,以及敌人的加强警戒使得他们一直到天亮还没有爬出这条山沟。

眼看着快要天亮,王应洪就又要求班长不要管他;他甚至于哄骗班长说,只要班长先走,他就能慢慢爬回自己阵地的。班长不理他,这沉默是含怒的。班长拖着他爬到一条长满杂草野花的小沟里,使他躺在一块比较干的地方,又爬过去慢慢地弄来一些草把沟边上细心地伪装起来,——这两个侦察员就躺下了。在这条狭窄的沟里,着手来度过这个白天。他们离山头上的敌人地堡仅仅三十米。但白天的情况也有有利的地方,因为我们阵地上的火力已经能封锁到这个山坡,敌人是不大敢下阵地来的。

班长替王应洪包扎了伤口,也把自己的伤收拾了一下。这年轻人的伤势使他痛心。他竭力显得安静,拿出一块手帕来,在水里弄湿,轻轻地替他擦着脸。然后就拿出了一个馒头——这老侦察员,是有着这种周密的计算的——分了一半给他。

可是王应洪一口也不肯吃。他难过极了;意识到自己拖累了班长,这种心情比身上的伤还使他痛苦。他透过面前的杂草,定定地瞧着辉耀着阳光的五月的天空,一动也不动。

"纪律,"班长对着他的耳朵说,"你是祖国的好青年,你是人民的好战士,吃这半个馒头,这是纪律。"

于是王应洪开始吞吃馒头了。

黑夜过去了,现在是要再等到晚上。离自己的阵地还有两百米。但班长的脸上却出现了愉快的神情。他想要使这个年轻人改变心情,而且,胜利地完成了的捉俘房的任务,洼地上的那个杰出的战斗,对这年轻人所尽到的责任,这个狭窄的小沟里的神秘的隐蔽,这一切都使他变得像早晨的阳光一样愉快。于是他躺在王应洪身边,几乎是全身都躺在湿泥里,对着王应洪的耳朵小声地、活泼地说起话来了。

"你猜我头一回当侦察员的时候是怎么的！一听见敌人的声音我就发憷了，没有你这么沉着勇敢。那时候我的政治觉悟也不怎么高，还想家哩。我也是老战士一点一点带出来的；咱们部队就是这样，一代传一代，一代比一代强——咱们的这个英勇顽强的老传统。我带着你这也不是为了你，这是为了咱们全军，也是为了人民和党的事业，你为啥要难过呢?"

王应洪不作声。他在想："难道就不许我为了人民和党的事业掩护你撤退么?"

"今夜晚咱们肯定能回到家里，咱们要去见连长，见团首长，俘虏是你抓的，你这次的功劳我一定要给你报上去。连首长团首长都在盼着你呢。"

"我没啥功劳。真的。我就是觉着我够本了，天黑了你先把我留在这里吧。"王应洪冷淡地说。

"不哇，同志。"老侦察员热烈地对着他耳朵说，"够本，这思想要不得，错误的。咱们革命的战士，共产党员青年团员，不是这么容易就够本的哪。一代又一代的，战场上多少同志流血牺牲才培养出咱们来的呀，你算算这个账吧，歼灭了一个排的烂狗屎敌人就能够本?"沉默了一下，看见这年轻人仍然不作声，他忽然微笑着非常柔和地说："你还想着金圣姬那姑娘不?"

"没有。从来我就……"

"不是说的这。咱们也是为她，为老大娘战斗的，朝鲜人民血海深仇还没报，就够本?"这样他就把金圣姬姑娘也巧妙地拖到他的论据里面来了，他迫切地希望打动这青年战士的心，使他放弃那些苦痛的思想："你说，咱们回到家，过些天再到村子看看，金圣姬跟她妈见到咱们可要多高兴啊，我要好好地跟她谈一谈咱们的这场战斗……"

他的眼前就出现了那姑娘的闪耀着灿烂的幸福的面貌。他并且又想到了舞蹈里的那个"人民军之妻"。在他命令王应洪和他一同留下的那个严重的瞬间，以及在他拖着这青年爬进栗子树林的时候，这个灿烂的幸福面貌都似乎曾经在他的心里闪了一下。现在回想起来，好像确实是这样的。他替这个不论从军队的纪律，或是从王应洪本人说来都没有可能实现的爱情觉得光荣，于是他觉得，他拖着王应洪在山沟里一寸一寸地前进，除了是为了别的重大的一切以外，也是为着这姑娘。她曾经在那黄昏的山坡上掩面哭着从他的身边跑过，于是他觉得他是对她负着一种他也说不明白的、道义上的责任。他怜惜她不懂得战争，怜惜她的那个和平劳动的热望；他觉得他真是甘愿承担战争里的一切残酷的痛苦来使她获得幸福。于是，爬进栗子树林进入这条小沟，替王应洪裹着伤，要他吃馒头，拿纪律来强迫他，哄他，又对他小声地柔和地说着话，这一切动作都好像在对他心里的金圣姬姑娘说："你看，我是要把他带回来再让你看的，你要知道我爱他并不比你差，我更爱他，而且，你看，我绝不是你所想象的那种不通情理的冷冰冰的人!"

说来奇怪，他所担心的、所反对的那个姑娘的天真的爱情，此刻竟照亮了他的心，甚至比那年轻人自己都更深切地感觉到这个。那年轻人沉默着，透过面前的草叶和几枝紫红色的金达莱花望着明朗的天空，他此刻没有想到这个。从敌人在他的眼前出现以来，他一直忘了这个，但在刚才班长说到纪律的时候，他忽然意识到他有件什么事情做得不顶好，接着，班长说起了金圣姬，他才想起来这件办得不怎么好的事情就是他口袋里的那一张绣花的手帕。他现在觉得这件事情没有什么道理。他的那种年轻人的惊慌而甜蜜的幼稚心情，已经被激烈的战斗和对任务、对班长的严重的意识所抹去，似乎是在他的心里一丝一毫也不存留了。他所不满足的仅仅是他没有能及时地掩护班长出险，此外他在生活中就不再需要别的什么东西了，何况那个他从来也没想到过的爱情。他也不理解那个姑娘的要建立一个和平生活的热望，她离他似乎很遥远、很遥远了。……他觉得，他没有及时地把手帕的事汇报给班长，是一个错误。这样，他就摸索着把那张折得很整齐的手帕从胸前的口袋里拿出来了。

"班长，我还没跟你汇报，"他平静地说，"这是她又塞在我的军服口袋里的，昨天换衣服才发现……还有那双袜套。"

班长接过去，展开那手帕来看了一看，想了一想，就又替他塞回口袋里来了。

"你留起来吧。"

"不，这违反纪律。"

"我相信你，同志。留着吧。"班长温和地说。这手帕此刻竟这么有力地触动了他，使他又想起了金圣姬的所有的美好的希望——而这美好的希望竟是不能实现的。在将来，他们终归会给这姑娘奋斗出一个和平的生活来，她将要结婚并生育儿女，那时她会怎样来回忆现在的这一切呢？"回去我汇报给连部，"他又说，"我想连部会同意你收下的……在这件事情上，没有哪个同志会批评你不对的。"

"我要这个没有道理呀。"年轻的侦察员坚持地说。

"你留着吧。"班长同样坚持地说。

他们沉默了下来。远远的战线上有炮声，可是周围很沉寂。王顺继续想着这件事，这条手帕，女孩子家的希望，并且拿它来和他们眼前的处境对比，——眼前是毫不容情的战争，他们躺在敌人阵地上的这个泥沟里。他想，女人们是不了解这些的，当然，这也不必要她们了解。比方他那个老婆吧，离别六年了，来信总是以为他还是六年前的那个爱嬉闹的青年，总是嘱咐他进饮食要当心，早晚不要受凉——也不知她是托村里的哪位老先生写的。在和平的日子里，真是连伤风咳嗽也要担心，可是现在他是一个身经百战的老侦察员，不仅不再是爱嬉闹的青年，而且还规规矩矩地在无论什么泥沟里一潜伏就是几个钟点；早晚不要受凉！这真是从哪里说起呀。……可是这种思想却也牵动了他的一点回忆。老婆的信里说：女儿已经上小学，认得一百二十一个字了。他好一阵子想着这一百二十一个字，并且搬弄着手指，想要弄清楚这一百二十一到底是多大的一个数目。一下子他惊讶了："我在这么大的时候，一个字也还不认得呀！这数目可不小呀！"透过草叶，有一线阳光落在他的脸上，他闭了一下眼睛，忽然比任何时候都更深、更鲜明地感觉到他所从事的战斗的伟大意义。在敌人阵地上的这个小沟里，他清楚地看见，那扎着两条小辫子的、认得一百二十一个字的小姑娘在他所耕种过的田地边上跑过，还背了一个书包！——这个他在中间度过了将近二十年的受苦的日子的家乡，这个生了他、养育了他，用地主的皮鞭迎面地抽击过他的家乡，从来不曾这么亲爱过！

"我忘了告诉你啦，"他对着王应洪的耳朵小声说，"我的八岁的女儿秀真，她认得一百二十一个字啦。"

王应洪转过脸来，微微笑了一笑。他当然高兴听到这个，可是他实在不很了解，班长此刻为什么会这么愉快。他觉得这一切只是为了安慰他，可是他是怎么也不能忘记目前的处境的。他摆脱不开这个思想：要不是他，班长早就脱险了。而且他身上的伤口痛得像火烧一般，浑身都没有力气，这就使他对今天晚上的路程更为担心。总之，他的思想是纷乱而苦痛的。渐渐地他抵抗不住身体的疲劳，迷迷糊糊地睡去了。那些苦痛的思想在睡梦中还继续了一会儿，他梦见敌人包围了他们，他想要冲上前去掩护班长,可是他的四肢无论如何也不能动弹。接着,他的梦境变得柔和起来了,年轻的、孩子似的心灵活跃起来了,他梦见了纺车在他的眼前打转——母亲在摇着纺车;仿佛是病了,母亲在守护着他,对他说:"好好睡吧,一觉睡到大天光就好啦。"他说:"不用,上级给了我重要任务!"于是他向敌后出发。忽然地金圣姬跑了出来,问他:"我的手帕你留着啦?"他说:"留着啦。"这时朝鲜姑娘们一起围上来了,赞美地看着他胸前的国旗勋章,欢迎他唱歌,他很慌张,想要躲藏。金圣姬说:我代表他吧! 于是舞蹈起来。她不是在别的地方舞蹈,而是在北京,天安门前舞蹈,跳给毛主席看。母亲和毛主席站在一起。舞蹈完了,金圣姬扑到母亲跟前,贴着母亲的脸,说:"妈妈,我是你的女儿呀!"毛主席看着微笑了;毛主席并且也看了看他,对他点点头,他也没有忘记敬了一个礼。于是他坚强而快乐,继续向敌后出发,走进一条狭长的山沟……他心里一惊,苦痛的感觉又恢复过来,他醒来了。那在旁边睁着眼睛守护着他的,不是母亲,而是班长。看见他醒来,班长碰碰他,兴奋地小声说:

"你听!"

他疑惑地听了一下,没有听见什么。

"这还听不出吗? 我们的榴弹炮——打青石洞南山。"

果然是的:我们的榴弹炮在向右边的小山头后面的敌人的青石洞南山射击。这不是平常的单发的冷炮,这是急促射,是排炮,每一次总有二三十发炮弹呼啸着穿过他们右前方的天空,然后就传来巨大的隆隆爆炸,连这小山沟里也充满回响。王顺听着这个已经好一阵了。"再来三排,再干!"于是,好像是受着他的指挥似的,一排、两排、三排炮弹过来了。于是他判断着,这一定是副班长他们已经把俘房弄了回去,情况已经判明,说不定今天晚上就要发起那个准备已久的对青石洞南山的反击战。他把这个判断告诉了王应洪,于是他们兴奋地听着射击声。

不久,在他们后面的一些山头上,传出了敌人的重炮出口的声音,炮弹尖厉地划过空气从他们的顶空飞过去了;在重炮的射击声中,离得很近,还有一个化学迫击炮群的动作。老侦察员的耳朵清楚地判断着这些。有一个重炮群似乎是新出现的,而附近的这个迫击炮群,在这以前更是不曾射击过的,它的位置很利于控制我军向青石洞南山右侧运动的道路。显然的敌人最近布置了许多诡计,我军必须争取时间。他兴奋得甚至有些焦躁了,很懊悔自己不曾携带一个无线电报话机。我们的人有没有弄清楚敌人的炮阵地的这些变化呢?

就像是回答着他的焦心的疑问似的,我军的重炮向着敌人纵深里的重炮阵地,以及附近的这个迫击炮群还击了——也是排炮。落在附近的山头上的巨大的爆炸使得躺在狭窄的小沟里的这两个侦察员就受到了激烈的震动。显然的我军一下子就对准了敌人的新出现的炮阵地。

"肯定了! 肯定!"王顺说。俘房已经捉回,今天晚上就会发起战斗,这个他现在完全肯定了。

他是多么兴奋啊! 我军的猛烈的炮击,山沟里的巨大回响,狭窄的小沟里的激烈震动,这一切,使他觉得这是他的部队、首长、同志、亲人们在呼唤他,因那个"洼地上的战役"而欢笑,因他的苦痛而激怒,在支援他。

可是,对于侦察员们最爱听的我军的炮兵的这个合奏,王应洪却没有他的班长这样兴奋,虽然听着这些声音他的睁大着的眼睛也在发亮,并且嘴边上不时地闪过一点严肃的微笑。初上战场时的那些幼稚的激动已经在他的身上消失了,他忍受着他的伤口的痛楚,变得这样地沉着安静,虽然他刚才还以他的全部的年轻的热情梦见过金圣姬,但在清醒的时候他却对这个很冷淡;他觉得他心里很坚强。于是，看起来他的年龄仿佛一下子大了许多，仿佛他已经是身经百战的老兵，而那个热情的班长倒反而更像个青年了。

炮战沉寂下来不久，天就黄昏了。黄昏好像很长，很难耐，但天色毕竟黑了下来。这一天毕竟安静无事地过去了，王顺兴奋地准备出发。他甚至于有兴趣注意到了沟边上的那几棵紫红色的金达莱花，折下了一个带着两朵花的很小的花枝，插在王应洪胸前的衣袋里，并且开玩笑地说："替咱们那姑娘带朵花去，气死敌人吧。"

天黑定了下来，他们爬出了这隐蔽了一整天的小沟，王顺拖着王应洪，向前爬行。

可是王应洪仍然怀着昨天夜里以来的那个决心。这决心愈来愈坚强。因而，当两个敌人搜索着巡逻过来，他们又隐蔽在土坎边上的时候，他就悄悄地向前爬行——王顺一下子拉住他。但今天晚上星光明朗，他们的特别艰难的行动终于叫敌人发觉了。在草丛里又爬行了一阵之后，山边上传来了吼叫，立刻，两个敌人向着这边开着枪扑过来了。王应洪喊着："班长，你快走！"投出了手榴弹而且向前滚去。王顺冲上去打了一梭子子弹，打倒了这两个敌人，背起王应洪就跑。敌人从山边上陆续出现，卡宾枪打了过来——现在用不着再爬行了，没有办法再隐蔽了，于是王顺背着王应洪用所有的力气奔跑起来，在黑暗中高一步低一步地奔跑着，周围飞舞着敌人的盲目的枪弹。

还有五十米不到，就是敌我之间的开阔地了，冲过去！还有三十米，……还有十米了！但敌人追上来了。

"班长，班长！"王应洪喊着。

又跑了两步，王顺一下子卧倒，把王应洪放在一块石头后边，说了一句："你别动，放心吧！"就滚向旁边的一个土包，着手来和敌人做最后的决斗。约有一个班的敌人投掷着手榴弹卷过来了，突然地王应洪跪了起来——他居然还能跪起来——投出了手榴弹，而且越过那块石头一直迎着敌人滚去。王顺心里像刀割一般，拿冲锋枪掩护着他，打完了剩下来的半梭子子弹。凶恶的敌人卧倒了一下又站起，继续冲来。王应洪就整个地出现在敌人面前，拦住了敌人，进行决战了。敌人蜂拥上来，想要活捉他。他打完了冲锋枪里面的子弹，一下子站了起来，用他的负伤的腿向前奔去，奔到敌人的中间，火光一闪——一个手雷爆炸了。

剩下的几个敌人竟不敢再前进，而这时我军阵地上的火力支援过来了，我军的前沿部队出动了。……

苦痛的班长王顺，抱回了这个崇高的青年。敌人向王应洪拥来的时候他就向前奔去，投出了他那么宝贵地存留着的两颗手榴弹，……然后，他就扑倒在王应洪的身边了，喊着他，抚摩着他，推着他，可是他不再动弹了。但他仍然似乎听见了王应洪的柔和的、恳求的声音："班长，我打响的时候……"他哭了，可是他自己不觉得。他以愤怒的大力抱起他来，在呼啸的子弹下，背着他跑过了最后的那几十米的开阔地，跳进了交通沟；对于就在他的头顶和身边呼啸着的子弹，他抱着绝对冷淡的、无动于衷的心情，好像它们是绝对不能碰伤他似的。跳进了自己阵地的交通沟，听见了自己人的声音，他就在一阵软弱里倒下了，但头脑仍然很清醒，紧紧地抱着王应洪，喃喃地说："王应洪，我们回来啦！"……

夜里十点钟，根据从那个俘虏那里得来的情报——这居然是个上尉，从他的身上搜出了一份文件——我军发动了对青石洞南山的攻击，一个钟点以后就全部地歼灭了山头上的两个加强连的敌人。

班长王顺苦痛了很多天，他的身上揣着那一条染满了血的手帕。他先是把这手帕交给了连里，可是后来，团政委找他去谈话，又把这手帕还给他了。团政委详细地问着他们在敌后的一切，那年轻人曾经说过些什么话，以及洼地上的那一场战斗是怎么进行的。后来，沉默了一阵，就嘱咐他去看一看那个姑娘，把这件纪念品给她；政委说，依他看来，去看一看那两母女，告诉她们这件事，是比较合适的。王顺也这样想，可是好久都很难有这个勇气。这天早晨，上级给王应洪追记一等功的通报发下来了，他心里稍稍安慰了一点，就请示了连部，走下阵地来了。

金圣姬母女不知道这件事情。她们怎么能够知道那敌后的潜伏、洼地上的"战役"、栗树林中的爬行，她们怎么能知道这些呢？她们日日夜夜地望着闪着炮火的前沿，那里有她们的战士们，她们为他们洗过衣服，那里有那个心爱的青年，虽然他好像一直不懂得她们的心愿，但她们觉得，他终归是会要回来的。为什么不呢？人们说到中国军队的纪律，可是在她们看来，这与纪律有什么关系呢？

听说班长来了，金圣姬兴奋得像一阵风一样地从屋子里跑出来了，老大娘也笑着迎出来了。好几个妇女跟着进来了，因为她们好久没见到这些熟识的战士们了。不一会，小院子里已经围满了人。

班长王顺看了一看周围：自从他们上阵地以后，这院子里看来是没有什么变化。水缸也还在那里，装酸菜的坛子也还在那里，墙上的牵牛花开得很好。他甚至还注意到了支在水缸后面的那个打老鼠的小机器，那是王应洪帮老大娘做的。他坐了下来，对大家问了好以后，就不知道要怎样开口。母女两个，以及院子里的妇女们，都看着他。终于他简单地说起了他们的胜利，王应洪的牺牲，同时取出了那条绣着两个名字的、染满了鲜血的手帕。

在他一开口说话的时候，金圣姬的眼睛马上睁大了，嘴唇有点发抖，脸色苍白起来，这敏锐的姑娘已经猜到了。老大娘在看见了这条手帕的时候就哭起来，院子里的妇女们都哭了，可是金圣姬却不哭，只是脸色非常苍白，眼睛发亮，一动也不动地看着王顺和他手里的手帕。王顺在妇女们的哭声中继续慢慢地、困难地说下去，把手帕交给了金圣姬，随后又取出了一个纸包，从纸包里拿出了一张王应洪的照片。

老大娘哭得很厉害，可是金圣姬不哭。王顺注意到，这姑娘竟有这样的毅力，她一件一件地接过了东西，甚至还没有忘记把它们好好地折起来，包起来。只是她的眼睛更亮，睁得更大，脸色更苍白。

后来，王顺坐在踏板上，低着头，好久说不出话来。妇女们忍着泪肃静地看着他。他想要说一些话，政委也曾经嘱咐他说一点话，他想说："为了人类的美好的生活，王应洪同志英勇牺牲了，请你们不要难过，我们志愿军全体战士，要为这美好的生活战斗到底——请你们，请你，金圣姬同志，永远地记着他吧。"这庄严的言语来到他的心里了，可是这时候金圣姬一下子站了起来，对着他伸出手来，握着他的手并且对直地看着他的眼睛；忽然地她的手松了，她转过脸去用另一只手蒙住眼睛，她的身体在微微颤抖着，但马上她又转过脸来对直地看着他，紧握着他的手。这姑娘的手在一阵颤抖之后变得冰冷而有力，于是王顺觉得不再需要说什么了。

1953 年 11 月 5 日，北京

（选自《人民文学》1954 年第 3 期）

导读

路翎(1923—1994),原名徐嗣兴,祖籍安徽无为,生于江苏南京。《洼地上的"战役"》最初发表在 1954 年 3 月的《人民文学》上。这篇小说是路翎在抗美援朝期间亲赴朝鲜前线体验生活后所收获的重要果实之一。它以清新、委婉、细腻的笔触描绘了中国志愿军战士王应洪和朝鲜姑娘金圣姬之间纯朴而又真挚的爱情。初看,小说展现了"爱情和纪律的冲突":尽管王应洪努力以军队的纪律来严格要求自己,但他还是从内心深处萌生了对金圣姬的爱情。但值得注意的是,他的情感不是外化为火热的冲动,而是在一种委婉、含蓄的方式中得到了体现:他怀揣着姑娘偷偷塞在他衣裳里的手帕,也怀揣着自己"惊慌的甜蜜的感情",连同于他对祖国的眷恋和对老母的思念,最终在战斗中英勇地牺牲了。

小说以真实的战地生活为基础,敢于发掘和表现现实当中的矛盾和冲突,也不回避和掩饰人物身上的缺点和不足,实践着作者一贯的以真切的感情融入生活、拥抱生活的创作主张。小说以战争为背景,以王、金二人的感情发展为线索,"敏锐地抓住了处于战争漩涡中心的革命战士的心底深处的感情波澜"(野艾《对一个熟悉的陌生人的问候:向路翎致敬》),塑造了几个血肉丰满、生动可爱的人物形象,充分展现了他们丰富的内心世界,真实、感人。尽管作品因写出了人物身上的人情味,一时曾被指责为"个人的温情主义""歪曲了士兵们的真实的精神和神圣的责任感",甚至在此后给作家本人带来了极大的灾难,但作品因其思想光彩、艺术成就和魅力,多年之后终得公正评价,而在当代文学史上占有一席之位。

组织部来了个年轻人

王　蒙

一

　　三月,天空中纷洒着似雨似雪的东西。三轮车在区委会门口停住,一个年轻人跳下来。车夫看了看门口挂着的大牌子,客气地对乘客说:"您到这儿来,我不收钱。"传达室的工人、复员军人老吕微跛着脚走出,问明了那年轻人的来历后,连忙帮他搬下微湿的行李,又去把组织部的秘书赵慧文叫出来。赵慧文紧握着年轻人的两只手说:"我们等你好久了。"这个叫林震的年轻人,在小学教师支部的时候就与赵慧文认识。她的苍白而美丽的脸上,两只大眼睛闪着友善亲切的光亮,只是下眼皮上有着因疲倦而现出来的青色。她带林震到男宿舍,把行李放好,解开,把湿了的毡子晾上,再铺被褥。在她料理这些事情的时候,常常撩一撩自己的头发,正像那些能干而漂亮的女同志们一样。

　　她说:"我们等了你好久! 半年前就要调你来,区人民委员会文教科死也不同意,后来区委书记直接找区长要人,又和教育局人事室吵了一回,这才把你调了来。"

　　"可我前天才知道,"林震说,"听说调我到区委会,真不知怎么好。咱们区委会尽干什么呀?"

　　"什么都干。"

　　"组织部呢?"

　　"组织部就作组织工作。"

　　"工作忙不忙?"

　　"有时候忙,有时候不忙。"

　　赵慧文端详着林震的床铺,摇摇头,大姐姐似的不以为然地说:"小伙子,真不讲卫生! 瞧那枕头布,已经由白变黑;被头呢,吸饱了你脖子上的油;还有床单,那么多折子,简直成了泡泡纱……"

　　林震觉得,他一走进区委会的门,他的新的生活刚一开始,就碰到了一个很亲切的人。

　　他带着一种节日的兴奋心情跑着到组织部第一副部长的办公室去报到。副部长有一个古怪的名字:刘世吾。在林震心跳着敲门的时候,他正仰着脸衔着烟考虑组织部的工作规划。他热情而得体地接待林震,让林震坐在沙发上,自己坐在办公桌边,推一推玻璃上叠得高高的文件,从容地问:

　　"怎么样?"他的左眼微皱,右手弹着烟灰。

　　"支部书记通知我后天搬来,我在学校已经没事,今天就来了。叫我到组织部工作,我怕干不了,我是个新党员,过去作小学教师,小学教师的工作与党的组织工作有些不同……"

　　林震说着他早已准备好的话,说得很不自然,正像小学生第一次见老师一样。于是他感到这间屋子很热。三月中旬,冬天就要过去,屋里还生着火,玻璃上的霜花融解成一条条的污道子。他的额头沁出了汗珠,他想掏出手绢擦擦,在衣袋里摸索了半天没有找到。

　　刘世吾机械地点着头,看也不看地从那一大叠文件中抽出一个牛皮纸袋,打开纸袋,拿出林震的党员登记表,锐利的眼光迅速掠过,宽阔的前额上出现了密密的皱纹,闭了一下眼,手扶着椅子背站起来,披着的棉袄从肩头滑落了,然后用熟练的毫不费力的声调说:

"好,对,好极了,组织部正缺干部,你来得好。不,我们的工作并不难做,学习学习就会做的,就那么回事。而且你原来在下边工作的……相当不错嘛,是不是不错?"

林震觉得这种称赞似乎有某种嘲笑意味,他惶恐地摇头:"我工作做得并不好……"

刘世吾的不太整洁的脸上出现隐约的笑容,他的眼光聪敏地闪动着,继续说:"当然也可能有困难,可能。这是个了不起的工作。中央的一位同志说过,组织工作是给党管家的,如果家管不好,党就没有力量。"然后他不等问就加以解释:"管什么家呢? 发展党和巩固党,壮大党的组织和增强党组织的战斗力,把党的生活建立在集体领导、批评和自我批评与密切联系群众的基础上。这样做好了,党组织就是坚强的、活泼的、有战斗力的,就足以团结和指引群众,完成和更好地完成社会主义建设与社会主义改造的各项任务……"

他每说一句话,都干咳一下,但说到那些惯用语的时候,快得像说一个字。譬如他说"把党的生活建立在……上",听起来就像"把生活建在登登上",他纯熟地驾驭那些林震觉得是相当深奥的概念,像拨弄算盘子一样的灵活。林震集中最大的注意力,仍然不能把他讲的话全部把握住。

接着,刘世吾给他分配了工作。

当林震推门要走的时候,刘世吾又叫住他,用另一种全然不同的随意神情问:

"怎么样,小林,有对象了没有?"

"没……"林震的脸刷地红了。

"大小伙子还红脸?"刘世吾大笑了,"才二十二岁,不忙。"他又问:"口袋里装着什么书?"

林震拿出书,说出书名:"《拖拉机站站长与总农艺师》。"

刘世吾拿过书去,从中间打开看了几行,问:"这是他们团中央推荐给你们青年看的吧?"

林震点头。

"借我看看。"

"您有时间看小说吗?"林震看着副部长桌上的大叠材料,惊异了。

刘世吾用手托了托书,试了试分量,微皱着左眼说:"怎么样? 这么一薄本有半个夜车就看完啦。四本《静静的顿河》我只看了一个星期,就那么回事。"

当林震走向组织部大办公室的时候,天已经放晴,残留的几片云现出了亮晶晶的边缘。太阳照亮了区委会的大院子。人们都在忙碌:一个穿军服的同志挟着皮包匆匆走过,传达室的老吕提着两个大铁壶给会议室送茶水,可以听见一个女同志顽强地对着电话机子说:"不行,最迟明天早上! 不行……"还可以听见忽快忽慢的框哧框哧声——是一只生疏的手使用着打字机,"她也和我一样,是新调来的吧?"林震不知凭什么理由,猜打字员一定是个女的。他在走廊上站一站,望着耀眼的区委会的院子,高兴自己新生活的开始。

<h1 style="text-align:center">二</h1>

组织部的干部算上林震一共二十四个人,其中三个人临时调到肃反办公室去了,一个人半日工作准备考大学,一个人请产假。能按时工作的只剩下十九个人。四个人做干部工作,十五个人按工

厂、机关、学校分工管理建党工作,林震被分配与二厂支部联系组织发展党的工作。

组织部部长由区委副书记李宗秦兼任,他并不常过问组织部的事,实际工作是由第一副部长刘世吾掌握。另一个副部长负责干部工作。具体指导林震工作的是工厂建党组组长韩常新。

韩常新的风度与刘世吾迥然不同。他二十七岁,穿蓝色海军呢制服,干净得抖都抖不下土。他有高大的身材,配着英武的只因为粉刺太多而略有瑕疵的脸。他拍着林震的肩膀,用嘹亮的嗓音讲解工作,不时发出豪放的笑声,使林震想:"他比领导干部还像领导干部。"特别是第二天韩常新与一个支部的组织委员的谈话,加强了他给林震的这种印象。

"为什么你们只谈了半小时?我在电话里告诉你,至少要用两小时讨论发展计划!"

那个组织委员说:"这个月生产任务太忙……"

韩常新打断了他的话,富有教训意味地说:"生产任务忙就不认真研究发展工作了?这是把中心工作与经常工作对立起来,也是党不管党的一种表现……"

林震弄不明白什么叫"中心工作与经常工作对立起来"和"党不管党",他熟悉的是另外一类名词:"课堂五环节"与"直观教具"。他很钦佩韩常新的这种气魄与能力——迅速地提高到原则上分析问题和指示别人。

他转过头,看见正伏在桌上复写材料的赵慧文,她皱着眉怀疑地看一看韩常新,然后扶正头上的假琥珀发卡,用微带忧郁的目光看向窗外。

晚上,有的干部去参加基层支部的组织生活,有的休息了,赵慧文仍然赶着复写"税务分局培养、提拔干部的经验",累了一天,手腕酸痛,不时在写的中间撂下笔,摇摇手,往手上吹口气。林震自告奋勇来帮忙,她拒绝了,说:"你抄,我不放心。"于是林震帮她把抄过的美浓纸叠整齐,站在她身旁,起一点精神支援作用。她一边抄,一边时时抬头看林震,林震问:"干吗老看我?"赵慧文咬了一下复写笔,笑了笑。

三

林震是一九五三年秋天由师范学校毕业的,当时是候补党员,被分配到这个区的中心小学当教员。作了教师的他,仍然保持中学生的生活习惯:清晨练哑铃,夜晚记日记,每个大节日——五一、七一……以前到处求人们对他的意见。曾经有人预言,过不了三个月他就会被那些生活不规律的成年人"同化"。但不久以后,许多教师夸奖他也羡慕他了,说:"这孩子无忧无虑,无牵无挂,除了工作,就是工作……"

他也没有辜负这种羡慕,一九五四年寒假,由于教学上的成绩,他受到了教育局的奖励。

人们也许以为,这位年轻的教师就会这样平稳地、满足而快乐地度过自己的青年时代。但是不,孩子般单纯的林震,也有自己的心事。

一年以后,他更经常焦灼地鞭策自己。是因为社会主义高潮的推动,全国青年社会主义积极分子会议的召开,还是因为年龄的增长?

他已经二十二岁了,记得在初中一年级时作过一篇文,题目是"当我××岁的时候",他写成"当我二十二岁的时候,我要……"现在二十二岁,他的生命史上好像还是白纸,没有功勋,没有创造,没有冒险,也没有爱情——连给某个姑娘写一封信的事都没有做过。他努力工作,但是他作的少、慢,和青年积极分子们比较和生活的飞奔比较,难道能安慰自己吗? 他订规划,学这学那,作这作那,他要一日千里!

这时,接到调动工作的通知,"当我二十二岁的时候,我成了党工作者……"也许真正的生活在这里开始了? 他抑制住对于小学教育工作和孩子们的依恋,燃烧起对新的工作的渴望。支部书记和他谈话的那个晚上,他想了一夜。

就这样,林震口袋里装着《拖拉机站站长与总农艺师》,兴高采烈地登上区委会的石阶,对于党工作者(他是根据电影里全能的党委书记的形象来猜测他们的)的生活,充满了神圣的憧憬。但是,等他接触到那些忙碌而自信的领导同志,看到来往的文件和同时举行的会议,听到那些尖锐争吵与高深的分析,他眨眨那些有特别的淡褐色眼珠的眼睛,心里有点怯……

到区委会的第四天,林震去通华麻袋厂了解第一季度发展党员工作的情况,去以前,他看了有关的文件和名叫"怎样进行调查研究"的小册子,再三地请教了韩常新,他密密麻麻地写了一篇提纲,然后飞快地骑着新领到的自行车,向麻袋厂驶去。

工厂门口的警卫同志听说他是区委会的干部,没要他签名,信任地请他进去了。穿过一个大空场,走过一片放麻的露天仓库与机器隆隆响的厂房,他心神不安地去敲厂长兼支部书记王清泉办公室的门,得到了里面"进来"的回答后,他慢慢地走进去,怕走快了显得没有经验,他看见一个阔脸、粗脖子、身材矮小的男人正与一个头发上抹了许多油的驼背的男人下棋。小个子的同志抬起头,右手玩着棋子,问清了林震找谁以后,不耐烦地挥一挥手:"你去西跨院党支部办公室找魏鹤鸣,他是组织委员。"然后低下头继续下棋。

林震找着了红脸的魏鹤鸣,开始按提纲发问了:"一九五六年第一季度,你们发展了几个人?"

"一个半。"魏鹤鸣粗声粗气地说。

"什么叫'半'?"

"有一个通过了,区委拖了两个多月还没有批下来。"

林震掏出笔记本记了下来。又问:

"发展工作是怎么样进行的,有什么经验?"

"进行过程和向来一样——和党章的规定一样。"

林震看了看对方,为什么他说出的话像搁了一个星期的窝窝头一样干巴? 魏鹤鸣托着腮,眼睛看着别处,心里也像在想别的事。

林震又问:"发展工作的成绩怎么样?"

魏鹤鸣答:"刚才说过了,就是那些。"他好像应付似的希望快点谈完。

林震不知道应该再问什么了,预备了一下午的提纲,和人家只谈上五分钟就用完了。他很窘。

这时门被一只有力的手推开了。那个小个子的同志进来,匆匆忙忙地问魏鹤鸣:"来信的事你知道吗?"

魏鹤鸣无精打采地点了点头。

小个子的同志来回踱着步子,然后撒开腿站在房中央:"你们要想办法! 质量问题去年就提出来了,为什么还等着合同单位给纺织工业部写信? 在社会主义高潮当中我们的生产迟迟不能提高,这是耻辱!"

魏鹤鸣冷冷地看着小个子的脸,用颤抖的声音问:"您说谁?"

"我说你们大家!"小个子手一挥,把林震也包括在里面了。

魏鹤鸣因为抑制着的愤怒的爆发而显得可怕,他的红脸更红了,他站起来问:"那么您呢?您不负责任?"

"我当然负责。"小个子的同志却平静了,"对于上级,我负责,他们怎么处分我,我也接受。对于我,你得负责,谁让你做生产科长呢?你得小心……"说完,他威胁地看了魏鹤鸣一眼,走了。

魏鹤鸣坐下,把棉袄的扣子全解开了,喘着气。林震问:"他是谁?"魏鹤鸣讽刺地说:"你不认识?他就是厂长王清泉。"

于是魏鹤鸣向林震详细地谈起了王清泉的情况。王清泉原来在中央某部工作,因为在男女关系上犯错误受了处分,一九五一年调到这个厂子作副厂长,一九五三年厂长他调,他就被提拔做厂长。他一向是吃饱了转一转躲在办公室批批文件下下棋,然后每月在工会大会、党支部大会、团总支大会上讲话,批评工人群众竞赛没搞好,对质量不关心,有经济主义思想……魏鹤鸣没说完,王清泉又推门进来了。他看着左腕上的表,下令说:"今天中午十二点十分,你通知党、团、工会和行政各科室的负责人到厂长室开会。"然后把门砰的一带,走了。

魏鹤鸣嘟哝着:"你看他怎么样?"

林震说:"你别光发牢骚,你批评他,也可以向上级反映,上级决不允许有这样的厂长。"

魏鹤鸣笑了,问林震:"老林同志,你是新来的吧?"

"老林"同志脸红了。

魏鹤鸣说:"批评不动!他根本不参加党的会议,你上哪儿批评去?偶尔参加一次,你提意见,他说:'提意见是好的,不过应该掌握分寸,也应该看时间、场合。现在,我们不应该因为个人意见侵占党支部讨论国家任务的宝贵时间。'好,不占用宝贵时间,我找他个别提,于是我们俩吵成了现在这个样子。"

"向上级反映呢?"

"一九五四年我给纺织工业部和区委写了信,部里一位张同志与你们那儿的老韩同志下来检查了一回。检查结果是:'官僚主义较严重,但主要是作风问题,任务基本上完成了,只是完成任务的方法有缺点。'然后找王清泉'批评'了一下,又找我鼓励了一下,开展自下而上的批评的精神,就完事了。此后,王厂长有一个来月对工作比较认真,不久他得了肾病,病好以后他说自己是'因劳致疾',就又成了这个样子。"

"你再反映呀!"

"哼,后来与韩常新也不知说过多少次,老韩也不答理,反倒向我进行教育说,应该尊重领导,加强团结。也许我不该这样想,但我觉得也许要等到王厂长贪污了人民币或者强奸了妇女,上级才会重视起来!"

林震出了厂子再骑上自行车的时候,车轮旋转的速度就慢多了。他深深地把眉头皱起来。他发现他的工作的第一步就有重重的困难,但他也受到一种刺激,甚至是激励——这正是发挥战斗精神的时候啊!他想着想着,直到因为车子溜进了急行线而受到交通民警的申斥。

四

吃完午饭,林震迫不及待地找韩常新汇报情况。韩常新有些疲倦地靠着沙发背,高大的身体显得笨重,从身上掏出火柴盒,拿起一根火柴剔牙。

林震杂乱地叙述他去麻袋厂的见闻,韩常新脚尖打着地不住地说:"是的,我知道。"然后他拍一拍林震的肩膀,愉快地说:"情况没了解上来不要紧,第一次下去嘛。下次就好了。"

林震说:"可是我了解了关于王清泉的情况。"他把笔记本打开。

韩常新把他的笔记本合上,告诉他:"对,这个情况我早知道。前年区委让我处理过这个事情,我严厉地批评过他,指出他的缺点和危险性,我们谈了至少有三四个钟头……"

"可是并没有效果呀,魏鹤鸣说他只好一个月……"林震插嘴说。

"一个月也是效果,而且绝不止一个月。魏鹤鸣那个人思想上有问题,见人就告厂长的状……"

"他告的状是不是真的?"

"很难说不真,也很难说全真。当然这个问题是应该解决的,我和区委副书记李宗秦同志谈过。"

"副书记的意见是什么?"

"副书记同意我的意见,王清泉的问题是应该解决也是可能解决的……不过,你不要一下子就陷到这里边去。"

"我?"

"是的。你第一次去一个工厂,全面情况也不了解,你的任务又不是去解决王清泉的问题,而且,直爽地说,解决他的问题也需要更有经验的干部;何况我们并不是没有管过这件事……你要是一下子陷到这个里头,三个月也出不来,第一季度的建党总结还了解不了解? 上级正催我们交汇报呢!"

林震说不出话。

韩常新又拍拍林震的肩膀:"不要急躁嘛,咱们区三千个党员,百十几个支部,你一来就什么问题都摸还行?"他打了个哈欠,有倦意的脸上的粉刺涨红了:"啊——哈,该睡午觉了。"

"那,发展工作怎么再去了解?"林震没有办法地问。

韩常新又去拍林震的肩膀,林震不由得躲开了。韩常新有把握地说:"明天咱们俩一齐去,我帮你去了解,好不好?"然后他拉着林震一同到宿舍去。

第二天,林震很有兴趣地观察韩常新如何了解情况。三年前,林震在北京师范上学的时候,出去做过见习教师,老教师在前面讲,林震和学生一起听,学了不少东西。这次,他也抱着见习的态度,打开笔记本,准备把韩常新的工作过程详细记录下来。

韩常新问魏鹤鸣:"发展了几个党员?"

"一个半。"

"不是一个半,是两个,我是检查你们的发展情况,不是检查区委批没批。"韩常新纠正他,又问:"这两个人本季度生产计划完成的怎么样?"

"很好,他们一个超额百分之七,一个超额百分之四,厂里黑板报还表扬……"

谈起生产情况,魏鹤鸣似乎起劲了些,但是韩常新打断了他的话:"他们有些什么缺点?"

魏鹤鸣想了半天,空空洞洞地说了些缺点。

韩常新叫他给所举的缺点提一些例子。

提完例子,韩常新再问他党的积极分子完成本季度生产任务的情况,他特别感兴趣的是一些数字和具体事例,至于这些先进的工人克服困难、钻研创造的过程,他听都不要听。

回来以后,韩常新用流利的行书示范地写了一个"麻袋厂发展工作简况",内容是这样的:

……本季度(一九五六年一月—三月)麻袋厂支部基本上贯彻了积极慎重发展新党员的方针,在建党工作上取得了一定的成绩,新通过的党员朱××与范××受到了共产党员的光荣称号的鼓舞,增强了主人翁的观念,在第一季度繁重的生产任务中各超额百分之七,百分之四。广大积极分子,围绕在支部周围,受到了朱××与范××模范事例的教育,并为争取入党的决心所推动,发挥了劳动的积极性与创造性,良好地完成或者超额完成了第一季度的生产任务……(下面是一系列数字与具体事例)这说明:一、建党工作不仅与生产工作不会发生矛盾,而且大大推动了生产,任何借口生产忙而忽视建党工作的作法是错误的。二、……但同时必须指出,麻袋厂支部的建党工作,也仍然存在着一定的缺点……例如……

林震把写着"简况"的片艳纸捧在手里看了又看,他有一刹那甚至于怀疑自己去没去过麻袋厂,还是上次与韩常新同去时自己睡着了,为什么许多情况他根本不记得呢?他迷惑地问韩常新:

"这,这是根据什么写的?"

"根据那天魏鹤鸣的汇报呀。"

"他们在生产上取得的成绩是因为建党工作么?"林震口吃起来。

韩常新抖一抖裤脚,说:"当然。"

"不吧?上次魏鹤鸣并没有这样讲。他们的生产提高了,也可能是由于开展竞赛,也许由于青年团建立了监督岗,未必是建党工作的成绩……"

"当然,我不否认。各种因素是统一起来的,不能形而上学地割裂地分析这是甲项工作的成绩,那是乙项工作的成绩。"

"那,譬如我们写第一季度的捕鼠工作总结,是不是也可以用这些数字和事例呢?"

韩常新沉着地笑了,他笑林震不懂"行",他说:"那可以灵活掌握……"

林震又抓住几个小问题问:

"你怎么知道他们的生产任务是繁重的呢?"

"难道现在会有一个工厂任务很清闲吗?"

林震目瞪口呆了。

五

初到区委会十天的生活,在林震头脑中积累起的印象与产生的问题,比他在小学待了两年的还多,区委会的工作是紧张而严肃的,在区委书记办公室,连日开会到深夜。从汉语拼音到预防大脑炎,从劳动保护到政治经济学讲座,无一不经过区委会的忠实的手。林震有一次去收发室取报纸,看见一份厚厚的材料,第一页上写着"区人民委员会党组关于调整公私合营工商业的分布、管理、经营方法及贯彻市委关于公私合营工商业工人工资问题的报告的请示"。他怀着敬畏的心情看着这份厚得像一本书的材料和它的长题目。有时,一眼望去,却又觉得区委干部们是随意而松懈的,他们在办公时间聊天,看报纸,大胆地拿林震认为最严肃的题目开玩笑,例如,青年监督岗开展工作,韩常新半嘲笑地说:"吓,小青年们脑门子热起来啦……"林震参加的组织部一次部务会议也很有意思,讨论市委布置的一个临时任务,大家抽着烟,说着笑话,打着岔,开了两个钟头,拖拖沓沓,没有什么结果。这时,皱着眉思索了好久的刘世吾提出了一个方案,马上热烈地展开了讨论,很多人发表了使林震敬佩的精彩意见。林震觉得,这最后的三十多分钟的讨论要比以前的两个钟头有效十倍。某些时候,譬如说夜里,各屋亮着灯:第一会议室,出席座谈会的胖胖的工商业者愉快地与统战部长交换意见;第二会议室,各单位的学习辅导员们为"价值"与"价格"的关系争得面红耳赤;组织部坐着等待入党谈话的激动的年轻人,而市委的某个严厉的书记出现在书记办公室,找区委正副书记汇报贯彻工资改革的情况……这时,人声嘈杂,人影交错,电话铃声断断续续,林震仿佛从中听到了本区生活的脉搏的跳动,而区委会这座不新的、平凡的院落,也变得辉煌壮观起来。

在一切印象中,最突出和新鲜的印象是关于刘世吾的:刘世吾工作极多,常常同一个时间好几个电话催他去开会,但他还是一会儿就看完了《拖拉机站站长与总农艺师》,把书转借给了韩常新;而且,他已经把前一个月公布的拼音文字草案学会了,开始在开会时用拼音文字作记录。某些传阅文件刘世吾拿过来看看题目和结尾就签上名送走,也有的不到三千字的指示他看上一下午,密密麻麻地划上各种符号。刘世吾有时一面听韩常新汇报情况,一面漫不经心地查阅其他的材料,听着听着却突然指出:"上次你汇报的情况不是这样!"韩常新不自然地笑着,刘世吾的眼睛捉摸不定地闪着光;但刘世吾并不深入追究,仍然查他的材料,于是韩常新恢复了常态,有声有色地汇报下来。

赵慧文与韩常新的关系也被林震看出了一些疑窦:韩常新对一切人都是拍着肩膀,称呼着"老王"、"小李",亲热而随便。独对赵慧文,却是一种礼貌的"公事公办"的态度。这样说话:"赵慧文同志,党刊第一百〇四期放在哪里?"而赵慧文也用顺从包含着警戒的神情对待他。

……四月,东风悄悄地刮起,不再被人喜爱的火炉蜷缩在阴暗的贮藏室,只有各房间熏黑了的屋顶还存留着严冬的痕迹。往年,这个时候,林震就会带着活泼的孩子们去卧佛寺或者西山八大处踏青,在早开的桃李与混浊的溪水中寻找春天的消息……区委会的生活却不怎么受季节的影响,继续以那种紧张的节奏和复杂的色彩流转着。当林震从院里的垂柳上摘下一颗多汁的嫩芽时,他稍微有点怅惘,因为春天来得那么快,而他,却没作出什么有意义的事情来迎接这个美妙的季节……

晚上九点钟,林震走进了刘世吾办公室的门。赵慧文正在这里,她穿着紫黑色的毛衣,脸儿在灯光下显得越发苍白。听到有人进来,她迅速地转过头来,林震仍然看见了她略略突出的颧骨上的泪迹。他回身要走,低着头吸烟的刘世吾做手势止住他:"坐在这儿吧,我们就谈完了。"

林震坐在一角,远远地隔着灯光看报,刘世吾用烟卷在空中划着圆圈,诚恳地说:

"相信我的话吧,没错。年轻人都这样,最初互相美化,慢慢发现了缺点,就觉得很平凡。不要作不切实际的要求,没有遗弃,没有虐待,没有发现他政治上、品质上的问题,怎么能说生活不下去呢?才四年嘛。你的许多想法是从苏联电影里学来的,实际上,就那么回事……"

赵慧文没说话,她撩一撩头发,临走的时候,对林震惨然地一笑。

刘世吾走到林震旁边,问:"怎么样?"他丢下烟蒂,又掏出一支来点上火,紧接着贪婪地吸了几口,缓缓地吐着白烟,告诉林震:"赵慧文跟她爱人又闹翻了……"接着,他开开窗户,一阵风吹掉了办公桌上的几张纸,传来了前院里散会以后人们的笑声、招呼声和自行车铃响。

刘世吾把只抽了几口的烟扔出去,伸了个懒腰,扶着窗户,低声说:"真的是春天了呢!"

"我想谈谈来区委工作的情况,我有一些问题不知道怎么解决。"林震用一种坚决的神气说,同时把落在地上的纸页拾起来。

"对,很好。"刘世吾仍然靠着窗户框子。

林震从去麻袋厂说起:"……我走到厂长室,正看见王清泉同志……"

"下棋呢还是打扑克?"刘世吾微笑着问。

"您怎么知道?"林震惊骇了。

"他老兄什么时候干什么我都算得出来",刘世吾慢慢地说,"这个老兄棋瘾很大,有一次在咱这儿开了半截会,他出去上厕所,半天不回来,我出去一找,原来他看见老吕和区委书记的儿子下棋,他在旁边'支'上'招儿'了。"

林震把魏鹤鸣对他的控告讲了一遍。

刘世吾关上窗户,拉一把椅子坐下,用两个手扶着膝头支持着身体,轻轻地摆动着头:

"魏鹤鸣是个直性子,他一来就和王清泉吵得面红耳赤……你知道,王清泉也是个特殊人物,不太简单。抗日胜利以后,王清泉被派到国民党军队里工作,他作过国民党军的副团长,是个呱呱叫的情报人员。一九四七年以后他与我们的联系中断,直到解放以后才接上线。他是去瓦解敌人的,但是他自己也染上国民党军官的一些习气,改不过来,其实是个英勇的老同志。"

"这样……"

"是啊。"刘世吾严肃地点点头,接着说:"当然,这不能为他辩护,党是派他去战胜敌人而不是与敌人同流合污,所以他的错误是应该纠正的。"

"怎么去解决呢? 魏鹤鸣说,这个问题已经拖了好久。他到处写过信……"

"是啊。"刘世吾又干咳了一会,做着手势说,"现在下边支部里各类问题很多,你如果一一地用手工业的方法去解决,那是事倍功半的。而且,上级布置的任务追着屁股,完成这些任务已经感到很吃力。作为领导,必须掌握一种把个别问题与一般问题结合起来,把上级分配的任务与基层存在的问题结合起来的艺术。再者,王清泉工作不努力是事实,但还没有发展到消极怠工的地步;作风有些生硬,也不是什么违法乱纪;显然,这不是组织处理问题而是经常教育的问题。从各方面看,解决这个问题的时机目前还不成熟。"

林震沉默着,他判断不清究竟哪样对;是娜斯嘉的"对坏事决不容忍"对呢,还是刘世吾的"条件成熟论"对。他一想起王清泉那样的厂长就觉得难受,但是,他驳不倒刘世吾的"领导艺术"。刘世吾又告诉他:"其实,有类似毛病的干部也不止一个……"这更加使得林震睁大了眼睛,觉得这跟他在小学时所听的党课的内容不是一个味儿。

后来,林震又把看到的韩常新如何了解情况与写简报的事说了说,他说,他觉得这样整理简报不太真实。

刘世吾大笑起来,说:"老韩……这家伙……真高明……"笑完了,又长出一口气,告诉林震:"对,我把你的意见告诉他。"

林震犹豫着,刘世吾问:"还有别的意见么?"

于是林震勇敢地提出:"我不知道为什么,来了区委会以后发现了许多许多缺点,过去我想象的党的领导机关不是这样……"

刘世吾把茶杯一放："当然，想象总是好的，实际呢，就那么回事。问题不在有没有缺点，而在什么是主导的。我们区委的工作，包括组织部的工作，成绩是基本的呢，还是缺点是基本的？显然成绩是基本的，缺点是前进中的缺点。我们伟大的事业，正是由这些有缺点的组织和党员完成着的。"

走出办公室以后，林震有一种奇怪的感觉，和刘世吾谈话似乎可以消食化气，而他自己的那些肯定的判断，明确的意见，却变得模糊不清了。他更加惶惑了。

六

不久，在党小组会上，林震受到了一次严厉的批评。

事情是这样：有一次，林震去麻袋厂，魏鹤鸣说，由于季度生产质量指标没有达到，王厂长狠狠地训了一回工人，工人意见很大，魏鹤鸣打算找些人开个座谈会，搜集意见，准备向上反映。林震很同意这种作法，以为这样也许能促进"条件的成熟"。过了三天，王清泉气急败坏地到区委会找副书记李宗秦，说魏鹤鸣在林震支持下搞小集团进行反领导的活动，还说参加魏鹤鸣主持的座谈会的工人都有历史问题……最后说自己请求辞职。李宗秦批评了他的一些缺点，同意制止魏鹤鸣再开座谈会，"至于林震，"他对王清泉说，"我们会给以应有的教育的。"

批评会上，韩常新分析道："林震同志没有和领导上商量，擅自同意魏鹤鸣召集座谈会，这首先是一种无组织无纪律的行为……"

林震不服气，他说："没有请示领导，是我的错。但是我不明白为什么我们不但不去主动了解群众的意见，反而制止基层这样做！"

"谁说我们不了解？"韩常新跷起一只腿，"我们对麻袋厂的情况统统掌握……"

"掌握了而不去解决，这正是最痛心的！党章上规定着，我们党员应该向一切违反党的利益的现象作斗争……"林震的脸变青了。

富有经验的刘世吾开始发言了，他向来就专门能在一定的关头起扭转局面的作用。

"林震同志的工作热情不错，但是他刚来一个月就给组织部的干部讲党章，未免仓促了些。林震以为自己是支持自下而上的批评，是做一件漂亮事，他的动机当然是好的；不过，自下而上的批评必须有领导地去开展，譬如这回事，请林震同志想一想：第一，魏鹤鸣是不是对王清泉有个人成见呢？很难说没有。那么魏鹤鸣那样积极地去召集座谈会，可不可能有什么个人目的呢？我看不一定完全不可能。第二，参加会的人是不是有一些历史复杂别有用心的分子呢？这也应该考虑到。第三，开这样一个会，会不会在群众里造成一种王清泉快要挨整了的印象因而天下大乱了呢？等等。至于林震同志的思想情况，我愿意直爽地提出一个推测：年轻人容易把生活理想化，他以为生活应该怎样，便要求生活怎样，作为一个党工作者，要多考虑的却是客观现实，是生活可能怎样。年轻人也容易过高估计自己，抱负甚多，一到新的工作岗位就想对缺点斗争一番，充当个娜斯嘉式的英雄。这是一种可贵的、可爱的想法，也是一种虚妄……"

林震像被打中了似的颤了一下，他紧咬住了下嘴唇。

他鼓起勇气再问："那么王清泉……"刘世吾把头一仰："我明天找他谈话，有原则的并不仅是你一个人。"

七

星期六晚上,韩常新举行婚礼。林震走进礼堂,他不喜欢那弥漫的呛人的烟气,还有地上杂乱的糖果皮与空中杂乱的哄笑;没等婚礼开始他就退了出来。

组织部的办公室黑着,他拉开灯,看见自己桌上的信,是小学的同事们写来的,其中还夹着孩子们用小手签了名的信:

林老师:您身体好吗? 我们特别想您,女同学都哭了,后来就不哭了,后来我们作算术,题目特别特别难,我们费了半天劲,中于算出来了……

看着信,林震不禁独自笑起来了,他拿起笔把"中于"改成"终于",准备在回信时告诉他们下次要避免别字。他仿佛看见了系蝴蝶结的李琳琳、爱画水彩画的刘小毛和常常把铅笔头含在嘴里的孟飞……他猛把头从信纸上抬起来,所看见的却是电话、吸墨纸和玻璃板。他所熟悉的孩子的世界和他的单纯的工作已经离他而去了,新的工作要复杂得多……他想起前天党小组会上人们对他的批评。难道自己真的错了? 真的是莽撞和幼稚,再加几分年轻人的廉价的勇气? 也许真的应该切实估量一下自己,把分内的事作好,过两年,等到自己"成熟"了以后再干预一切吧?

礼堂里传来爆发的掌声和笑声。

一只手落在肩上,他吃惊地回过头来,灯光显得刺眼,赵慧文没有声响地站在他的身边,女同志走路都有这种不声不响的本事。

赵慧文问:"怎么不去玩?"

"我懒得去。你呢?"

"我该回家了,"赵慧文说:"到我家坐坐好吗? 省得一个人在这儿想心事。"

"我没有心事。"林震分辩着,但他接受了赵慧文的好意。

赵慧文住在离区委会不远的一个小院落里。

孩子睡在浅蓝色的小床里,幸福地含着指头。赵慧文吻了儿子,拉林震到自己房间里来。

"他父亲不回来吗?"林震问。

赵慧文摇摇头。

这间卧室好像是布置得很仓促,墙壁因为空无一物而显得过分洁白,盆架孤单地缩在一角,窗台上的花瓶傻气地张着口;只有床头小桌上的收音机,好像还能扰乱这卧室的安静。

林震坐在藤椅上,赵慧文靠墙站着。林震指着花瓶说:"应该插枝花,"又指着墙壁说:"为什么不买几张画挂上?"

赵慧文说:"经常也不在,就没有管它。"然后她指着收音机问:"听不听? 星期六晚上,总有好的音乐。"

收音机响了,一种梦幻的柔美的旋律从远处飘来,慢慢变得热情激荡。提琴奏出的诗一样的主题立即揪住了林震的心。他托着腮,屏住了气。他的青春,他的追求,他的碰壁,似乎都能与这乐曲相通。

赵慧文背着手靠在墙上,不顾衣服蹭上了石灰粉,等这段乐曲过去,她用和音乐一样的声音说:"这是柴可夫斯基的意大利随想曲,让人想到南国,想到海……我在文工团的时候常听它,慢慢觉得,这调子不是别人演奏出的,而是从我心里钻出来的……"

"在文工团?"

"参加军事干部学校以后被分配去的,在朝鲜,我用我的蹩脚的嗓子给战士唱过歌,我是个哑嗓子的歌手。"

林震像第一次见面似的又重新打量赵慧文。

"怎么? 不像了吧?"这时电台改放"剧场实况"了,赵慧文把收音机关了。"你是文工团的,为什么很少唱歌?"林震问。

她不回答,走到床边,坐下。她说:"我们谈谈吧,小林,告诉我,你对咱们区委的印象怎么样?"

"不知道,我是说,还不明确。"

"你对韩常新和刘世吾有点意见吧,是不?"

"也许。"

"当初我也这样,从部队转业到这里,和部队的严格准确比较,许多东西我看不惯。我给他们提了好多意见,和韩常新激动地吵过一回,但是他们笑我幼稚,笑我工作没做好意见倒一大堆,慢慢地我发现,和区委的这些缺点作斗争是我力不胜任的……"

"为什么力不胜任?"林震像刺痛了似的跳起来,他的眉毛拧在一起了。

"这是我的错,"赵慧文抓起一个枕头,放在腿上,"那时我觉得自己水平太低,自己也很不完美,却想纠正那些水平比自己高得多的同志,实在不量力。而且,刘世吾、韩常新还有别人,他们确实把有些工作做得很好。他们的缺点散布在咱们工作的成绩里边,就像灰尘散布在美好的空气中,你嗅得出来,但抓不住,这正是难办的地方。"

"对!"林震把右拳头打在左手掌上。

赵慧文也有些激动了,她把枕头抛开。话说得更慢,她说:"我做的是事务工作,领导同志也不大过问,加上个人生活上的许多牵扯,我沉默了,于是,上班抄抄写写,下班给孩子洗尿布、买奶粉。我觉得我老得很快,参加军干校时候那种热情和幻想,不知道哪里去了。"她沉默着,一个一个地捏着自己的手指,接着说:"两个月以前,北京市进入社会主义高潮,工人、店员还有资本家,放着鞭炮,打着锣鼓到区委会报喜,工人、店员把入党申请书直接送到组织部,大街上一天一变,整个区委会彻夜通明,吃饭的时候,宣传部、财经部的同志滔滔不绝地讲着社会主义高潮中的各种气象;可我们组织部呢? 工作改进很少! 打电话催催发展数字,按前年的格式添几条新例子写写总结……最近,大家检查保守思想,组织部也检查,拖拖沓沓开了三次会,然后写个材料完事。……哎,我说乱了,社会主义高潮中,每一声鞭炮都刺着我,当我复写批准新党员通知的时候,我的手激动得发抖,可是我们的工作就这样依然故我地下去吗?"她喘了一口气,来回踱着,然后接着说:"我在党小组会上谈自己的想法,韩常新满足地问:'难道我们发展数字的完成比例不是各区最高的? 难道市委组织部没要我们写过经验?'然后他进行分析,说我情绪不够乐观,是因为不安心事务工作……"

"开始的时候,韩常新给人一个了不起的印象,但是实际一接触……"林震又说起那次写汇报的事。

赵慧文同意地点头:"这一二年,虽然我没提什么意见,但我无时无刻不在观察。生活里的一切,有表面也有内容,做到金玉其外,并不是难事。譬如韩常新,充领导他会拉长了声音训人,写汇报他会强拉硬扯生动的例子,分析问题,他会用几个无所不包的概念;于是,俨然成了个少壮有为的干部,他漂浮在生活上边,悠然得意。"

"那么刘世吾呢?"林震问,"他决不像韩常新那样浅薄,但是他的那些独到的见解,精辟的分析,好像包含着一种可怕的冷漠,看到他容忍王清泉这样的厂长,我无法理解,而当我想向他表示什么意见的时候,他的议论却使人越绕越糊涂,除了跟着他走,似乎没有别的路……"

"刘世吾有一句口头语:'就那么回事。'他看透了一切,以为一切就那么回事。按他自己的说法,他知道什么是'是',什么是'非',还知道'是'一定战胜'非',又知道'是'不是一下子战胜'非',他什么都知道,什么都见过——党的工作给人的经验本来很多;于是他不再操心,不再爱也不再恨。他取笑缺陷,仅仅是取笑;欣赏成绩,仅仅是欣赏。他满有把握地应付一切,再也不需要虔诚地学习什么,除了拼音文字之类的具体知识。一旦他认为条件成熟需要干一气,他一把把事情抓在手里,教育这个,处理那个,俨然是一切人的上司。凭他的经验和智慧,他当然可以做好一些事,于是他更加自信。"赵慧文毫不容情地说道。这些话曾经在多少个不眠的夜晚萦绕在她的心头……

"我们的区委副书记兼部长呢? 他不管么?"

赵慧文更加兴奋了,她说:"李宗秦身体不好,他想去做理论研究工作,嫌区的工作过于具体。他作组织部长只是挂名,把一切事情推给刘世吾。这也是一种相当普遍的不正常的现象,有一批老党员,因为病、因为文化水平低,或者因为是首长爱人,他们挂着厂长、校长和书记的名,却由副厂长、教导主任、秘书或者某个干事作实际工作。"

"我们的正书记——周润祥同志呢?"

"周润祥是一个非常令人尊敬的领导同志,但是他工作太多,忙着肃反、私营企业的改造……各种带有突击性的任务,我们组织部的工作呢,一般说永远成不了带突击性的中心任务,所以他管的也不多。"

"那……怎么办呢?"林震直到现在,才开始明白了事情的复杂性,一个缺点,仿佛粘在从上到下的一系列的缘故上。

"是啊。"赵慧文沉思地用手指弹着自己的腿,好像在弹一架钢琴,然后她向着远处笑了,她说:"谢谢你……"

"谢我?"林震以为自己听错了。

"是的,见到你,我好像又年轻了。你天不怕地不怕,敢于和一切坏现象作斗争,于是我有一种婆婆妈妈的预感:你……一场风波要起来了。"

林震脸红了。他根本没想到这些,他正为自己的无能而十分羞耻。他嗫嚅着说:"但愿是真正的风波而不是瞎胡闹。"然后他问:"你想了这么多,分析得这么清楚,为什么只是憋在心里呢?"

"我老觉得没有把握,"赵慧文把手放在自己的胸前,"我看了想,想了又看,我有时候想得一夜都睡不好,我问自己:'你的工作是事务性的,你能理解这些吗?'"

"你怎么会这样想? 我觉得你刚才说的对极了! 你应该把你刚才说的对区委书记谈,或者写成材料给《人民日报》……"

"瞧,你又来了。"赵慧文露出润湿的牙齿笑了。

"怎么叫又来了?"林震不高兴地站起来,使劲搔着头皮,"我也想过多少次,我觉得,人要在斗争中使自己变正确,而不能等到正确了才去作斗争!"

赵慧文突然推门出去了,把林震一个人留在这空旷的屋子里,他嗅见了肥皂的香气,马上,赵慧文回来了,端着一个长柄的小锅,她跳着进来,像一个梳着三只辫子的小姑娘。她打开锅盖,戏剧性地向林震说:

"来,我们吃荸荠,煮熟了的荸荠,我没有找到别的好吃的。"

"我从小就喜欢吃熟荸荠,"林震愉快地把锅接过来,他挑了一个大的没剥皮就咬了一口,然后他皱着眉吐了出来,"这是个坏的,又酸又臭。"赵慧文大笑了。林震气愤地把捏烂了的酸荸荠扔到地上。

临走的时候,夜已经深了,纯净的天空上布满了畏怯的小星星。有一个老头儿吆喝:"炸丸子开锅!"推车走过。林震站在门外,赵慧文站在门里,她的眼睛在黑暗中闪光,她说:"下次来的时候,墙上就有画了。"

林震会心地笑着:"而且希望你把丢下的歌儿唱起来!"他摇了一下她的手。

林震用力地呼吸着春夜的清香之气,一股温暖的泉水在心头涌了上来。

八

韩常新最近被任命为组织部副部长。新婚和被提拔,使他愈益精神焕发和朝气勃勃。他每天刮一次脸,在参观了服装展览会以后又作了一套凡尔丁料子的衣服。不过,最近他亲自出马下去检查工作少了,主要是在办公室听汇报、改文件和找人谈话。刘世吾仍然那么忙……

一天,晚饭以后,韩常新把《拖拉机站站长与总农艺师》还给林震,他用手弹一弹那本书,点点头说:"很有意思,也很荒唐。当个作家倒不坏,编得天花乱坠。赶明儿我得了风湿性关节炎或者犯错误受了处分,就也写小说去。"

林震接过书,赶快拉开抽屉,把它压在最底下。

刘世吾坐在另一边的沙发上正出神地研究一盘象棋残局,听了韩常新的话,刻薄地说:"老韩将来得关节炎或者受处分倒不见得不可能,至于小说,我们可以放心,至少在这个行星上不会看到您的大作。"他说的时候一点不像开玩笑,以致韩常新尴尬地转过头,装没听见。

这时刘世吾又把林震叫过去,坐在他旁边,问:"最近看什么书了? 有没有好的借我看看?"

林震说没有。

刘世吾挪动着身体,斜躺在沙发上,两手托在脑后,半闭着眼,缓慢地说:"最近在《译文》上看了《被开垦的处女地》第二部的片段,人家写得真好,活得很……"

"您常看小说?"林震真不大相信。

"我愿意荣幸地表示,我和你一样地爱读书:小说、诗歌,包括童话。解放以前,我最喜欢屠格涅夫,小学五年级,我已经读《贵族之家》,我为伦蒙那个德国老头儿流泪,我也喜欢叶琳娜;英沙罗夫写得却并不好……可他的书有一种清新的、委婉多情的调子。"他忽地站起来,走近林震,扶着沙发背,弯着腰继续说,"现在也爱看,看的时候很入迷,看完了又觉得没什么,你知道,"他紧挨林震坐下,又半闭起眼睛,"当我读一本好小说的时候,我梦想一种单纯的、美妙的、透明的生活。我想去作水手,

49

或者穿上白衣服研究红血球，或者作一个花匠，专门培植十样锦……"他笑了，从来没这样笑过，不是用机智，而是用心。"可还是得做什么组织部长。"他摊开了手。

"为什么您把现在的工作看得和小说那么不一样呢？党的工作不单纯，不美妙，也不透明么？"林震友好而关切地问。

刘世吾接连摇头，咳嗽了一会，又站起来，靠到远一点的地方，嘲笑地说："党工作者不适合看小说。……譬如，"他用手在空中一划，"拿发展党员来说，小说可以写：'在壮丽的事业里，多少名新战士参加了无产阶级的先锋行列，万岁！'而我们呢，组织部呢，却正在发愁：第一，某支部组织委员工作马大哈，谈不清新党员的历史情况。第二，组织部压了百十几个等着批准的新党员，没时间审查。第三，新党员需经常委会批准，常委委员一听开会批准党员就请假。第四，公安局长参加常委会批准党员的时候老是打瞌睡……"

"您不对！"林震大声说，他像本人受了侮辱一样地难以忍受，"您看不见壮丽的事业，只看见某某在打瞌睡……难道您也打瞌睡了？"

刘世吾笑了笑，叫韩常新："来，看看报上登的这个象棋残局，该先挪车呢还是先跳马？"

九

魏鹤鸣告诉林震，他要求回到车间做工人，他说："这个支部委员和生产科长我干不了。"林震费尽唇舌，劝他把那次座谈会搜集的意见写给党报，并且质问他："你退缩了，你不信任党和国家了，是吗？"后来魏鹤鸣和几个意见较多的工人写了一封长信，偷偷地寄给报纸，连魏鹤鸣本人都对自己有些怀疑："也许这又是'小集团活动'？那就处罚我吧！"他是带着有罪的心情把大信封扔进邮箱的。

五月中旬，《北京日报》以显明的标题登出揭发王清泉官僚主义作风的群众来信。署名"麻袋厂一群工人"的信，愤怒地要求领导上处理这一问题。《北京日报》编者也在按语中指出："……有关领导部门应迅速作认真的检查……"

赵慧文首先发现了，她叫林震来看。林震兴奋得手发抖，看了半天连不成句子，他想："好！终于揭出来了！还是党报有力量！"

他把报纸拿给刘世吾看，刘世吾仔细地看了几遍，然后抖一抖报纸，客观地说："好，开刀了！"

这时，区委书记周润祥走进来，他问："王清泉的情况你们了解不？"

刘世吾不慌不忙地说："麻袋厂支部的一些不健康的情况那是确实存在的。过去，我们就了解过，最近我亲自找王清泉谈过话，同时小林同志也去了解过。"他转身向林震："小林，你谈谈王清泉的情况吧。"

有人敲门。魏鹤鸣紧张地撞进来，他的脸由红色变成了青色，他说，王厂长在看到《北京日报》以后非常生气，现在正追查写信的人。

……经过党报的揭发与区委书记的过问，刘世吾以出乎林震意料之外的雷厉风行的精神处理了麻袋厂的问题。刘世吾一下决心，就可以把工作作得很出色。他把其他工作交代给别人，连日与林震一起下到麻袋厂去。他深入车间，详细调查了王清泉工作的一切情况，征询工人群众的一切意见。然后，与各有关部门进行了联系，只用了一个多星期的时间，就对王清泉作了处理——党内和行政都予以撤职处分。

处理王清泉的大会一直到深夜,开完会,外面下起雨,雨忽大忽小,久久地不停息。风吹到人脸上有些凉。刘世吾与林震到附近的一个小铺子去吃馄饨。

这是新近公私合营的小铺子,整理得干净而且舒适。由于下雨,顾客不多。他们避开热气腾腾的馄饨锅,在墙角的小桌旁坐下来。

他们要了馄饨,刘世吾还要了白酒,他呷了一口酒,掐着手指,有些感触地说:"我这是第六次参加处理犯错误的负责干部的问题了,头几次,我的心很沉重。"由于在大会上激昂地讲过话,他的嗓音有些嘶哑,"党工作者是医生,他要给人治病,他自己却是并不轻松的。"他用无名指轻轻敲着桌子。

林震同意地点头。

刘世吾忽然问:"今天是几号?"

"五月二十。"林震告诉他。

"五月二十,对了。九年前的今天,'青年军'二〇八师打坏了我的腿。"

"打坏了腿?"林震对刘世吾的过去历史还不了解。

刘世吾不说话,雨一阵大起来,他听着那哗啦哗啦的单调的响声,嗅着潮湿的土气。一个被雨淋透的小孩子跑进来避雨,小孩的头发在往下滴水。

刘世吾招呼店员:"切一盘肘子。"然后告诉林震:"一九四七年,我在北大做自治会主席。参加五·二〇游行的时候,二〇八师的流氓打坏了我的腿。"他挽起裤子,可以看到一道弧形的疤痕,然后他站起来:"看,我的左腿是不是比右腿短一点?"

林震第一次以深深的尊敬和爱戴的眼光看着他。

喝了几口酒,刘世吾的脸微微发红,他坐下,把肉片夹给林震,然后斜着头说:"那时候……我是多么热情,多么年轻啊!我真恨不得……"

"现在就不年轻,不热情了么?"林震用期待的眼光看着。

"当然不,"刘世吾玩着空酒杯,"可是我真忙啊!忙得什么都习惯了,疲倦了。解放以来从来没睡够过八小时觉。我处理这个人和那个人,却没有时间处理处理自己。"他托起腮,用最质朴的人对人的态度看着林震,"是啊,一个布尔什维克,经验要丰富,但是心要单纯。……再来一两!"刘世吾举起酒杯,向店员招手。

这时林震已经开始被他深刻和真诚的抒发所感动了。刘世吾接着闷闷地说:"据说,炊事员的职业病是缺少良好食欲,饭菜是他们做的,他们整天和饭菜打交道。我们,党工作者,我们创造了新生活,结果,生活反倒不能激动我们……"

林震的嘴角动了动,刘世吾摆摆手,表示希望不要现在就和他辩论。他不说话,独自托着腮发愣。

"雨小多了,这场雨对麦子不错,"过了半天,刘世吾叹了口气,忽然又说:"你这个干部好,比韩常新强。"

林震在慌乱中赶紧喝汤。

刘世吾盯着他,亲切地笑着,问他:"赵慧文最近怎么样?"

"她情绪挺好。"林震随口说。他拿起筷子去夹熟肉,看见了他熟悉的刘世吾的闪烁的目光。

刘世吾把椅子拉近他,缓缓地说:"原谅我的直爽,但是我有责任告诉你……"

"什么?"林震停止了夹肉。

51

"据我看,赵慧文对你的感情有些不……"

林震颤抖着手放下了筷子。

离开馄饨铺,雨已经停了,星光从黑云下面迅速地露出来,风更凉了,积水潺潺地从马路两边的泄水池流下去。林震迷惘地跑回宿舍,好像喝了酒的不是刘世吾,倒是他。同宿舍的同志都睡得很甜,粗短的和细长的鼾声此起彼伏。林震坐在床上,摸着湿了的裤脚,眼前浮现了赵慧文的苍白而美丽的脸。……他还是个毛小伙子,他什么也没经历过,什么都不懂。他走近窗子,把脸紧贴在外面沾满了水珠的冰冷的玻璃上。

一〇

区委常委开会讨论麻袋厂的问题。

林震列席参加。他坐在一角,心跳,紧张,手心里出了汗。他的衣袋里装着好几千字的发言提纲,准备在常委会上从麻袋厂事件扯出组织部工作中的问题。他觉得麻袋厂问题的揭发和解决,造成了最好的机会,可以促请领导从根本上考虑一下组织部的工作。时候到了!

刘世吾正在条理分明地汇报情况。书记周润祥显出沉思的神色,用左拳托着士兵式的粗壮而宽大的脸,右腕子压着一张纸,时而在上面写几个字。李宗秦用食指在空中写划着。韩常新也参加了会,他专心地把自己的鞋带解开又系上。

林震几次想说话,但是心跳得使他喘不上气。第一次参加常委会,就作这种大胆的发言,未免过于莽撞吧?不怕,不怕!他鼓励自己。他想起八岁那年在青岛学跳水,他也一边听着心跳,一边生气地对自己说:"不怕,不怕!"

区委常委批准了刘世吾对于麻袋厂问题提出的处理意见,马上就要进行下面一项议程了,林震霍地举起了手。

"有意见吗?不举手就可以发言的。"周书记笑着说。

林震站起来,碰响了椅子,掏出笔记本看着提纲,他不敢看大家。

他说:"王清泉个人是作了处理了,但是如何保证不再有第二、第三个王清泉出现呢?我们应该检查一下区委组织工作中的缺点:第一,我们只抓了建党,对于巩固党没给以应有的注意,使基层的党内斗争处于自流状态。第二,我们明知有问题却拖延着不去解决,王清泉来厂子整整五年,问题一直存在而且愈发展愈严重。……具体地说,我认为韩常新同志与刘世吾同志有责任……"

会场起了轻微的骚动,有人咳嗽,有人放下了烟卷,有人打开笔记本,有人挪了一下椅子。

韩常新耸了一下肩,用舌头舔了一下扭动着的牙床,讽刺地说:"往往听到一种事后诸葛亮的意见:'为什么不早一点处理呢?'当然是愈早愈好罗……高、饶事件发生了,有人问为什么不早一点,贝利亚,也有人问为什么不早一点。再者,组织部并不能保证第二、第三个王清泉不会出现,林震同志也未尝能保证这一点。……"

林震抬起头,用激怒的目光看着韩常新。韩常新却只是冷冷地笑。林震压抑着自己说:"老韩同志知道缺点的存在是规律,但他不知道克服缺点前进更是规律。老韩同志和刘部长,就是抱住了头一个规律,因而对各种严重的缺点采取了容忍乃至于麻木的态度!"说完,他用手抹了抹头上的汗,他也不知道自己怎么敢说得这样尖锐,但是终究说出来了,他有一种如释重负的感觉。

李宗秦在空中划着的食指停住了。周润祥转头看看林震又看看大家,他的沉重的身躯使木椅发出了吱吱声。他向刘世吾示意:"你的意见?"

刘世吾点点头:"小林同志的意见是对的,他的精神也给了我一些启发……"然后他悠闲地溜到桌子边去倒茶水,用手抚摸着茶碗沉思地说:"不过具体到麻袋厂事件,倒难说了。组织部门巩固党的工作抓得不够,是的,我们干部太少,建党还抓不过来。麻袋厂王清泉的处理,应该说还是及时而有效的。在宣布处理的工人大会上,工人的情绪空前高涨,有些落后的工人也表示更认识到党的大公无私,有一个老工人在台上一边讲话一边落泪,他们口口声声说着感谢党,感谢区委……"

林震小声说:"是的,正因为这样,我才觉得我们工作中的麻木、拖延、不负责任是对群众犯罪。"他提高了声音,"党是人民的、阶级的心脏,我们不能容忍心脏上有灰尘,就不能容忍党的机关的缺点!"

李宗秦把两手交叉起来放在膝头,他缓缓地说,像是一边说一边思索着如何造句:"我认为林震、韩常新、刘世吾同志的主要争论有两个症结,一个是规律性与能动性的思想,……一个是……"

林震以不知从哪儿来的勇气对李宗秦说:"我希望不要只作冷静而全面的分析……"他没有说下去,他怕自己掉下眼泪来。

周润祥看一看林震,又看一看李宗秦,皱起了眉头,沉默了一会,迅速地写了几个字,然后对大家说:"讨论下一项议程吧。"

散会后,林震气恼得没有吃下饭,区委书记的态度他没想到。他不满甚至有点失望。韩常新与刘世吾找他一齐出去散步,就像根本没理会他对他们的不满意,这使林震更意识到自己和他们力量的悬殊。他苦笑着想:"你还以为常委会上发一席言就可以起好大的作用呢!"他打开抽屉,拿起那本被韩常新嘲笑过的苏联小说,翻开第一篇,上面写着:"按娜斯嘉的方式生活!"他自言自语:"真难啊!"

他缺少了什么呢?

———

第二天下班以后,赵慧文告诉林震:"到我家吃饭去吧,我自己包饺子。"他想推辞,赵慧文已经走了。

林震犹豫了好久,终于在食堂吃了饭再到赵慧文家去。赵慧文的饺子刚刚煮熟。她穿上暗红色的旗袍,系着围裙,手上沾满面粉,像一个殷勤的主妇似的对林震说:"新下来的豆角做的馅子……"

林震嗫嚅地说:"我吃过了。"

赵慧文不信,跑出去给他拿来了筷子,林震再三表示确实吃过,赵慧文不满意地一个人吃起来。林震不安地坐在一旁,一会儿看看这,一会儿看看那,一会儿搓搓手,一会儿晃一晃身体。

"小林,有什么事么?"赵慧文停止了吃饺子。

"没……有。"

"告诉我吧。"赵慧文目不转睛地看着他。

"昨天在常委会上我把意见都提了,区委书记睬都不睬……"

赵慧文咬着筷子端想了想,她坚决地说:"不会的,周润祥同志只是不轻易发表意见……"

"也许,"林震半信半疑地说,他低下头,不敢正面接触赵慧文关切的目光。

赵慧文吃了几个饺子,又问:"还有呢?"

林震的心跳起来了。他抬起头,看见了赵慧文的好意的眼睛,他轻轻地叫:"赵慧文同志……"

赵慧文放下筷子,靠在椅子背上,有些吃惊了。

"我很想知道,你是否幸福。"林震用一种粗重的完全像大人一样的声音说,"我看见过你的眼泪,在刘世吾的办公室,那时候春天刚来……后来忘记了。我自己马马虎虎地过日子,也不会关心人。你幸福吗?"

赵慧文略略疑惑地看着他,摇头,"有时候我也忘记……"然后点头,"会的,会幸福的。你为什么问它呢?"她安详地笑着。

林震把刘世吾对他讲的告诉了她:"……请原谅我,把刘世吾同志随便讲的一些话告诉了你,那完全是瞎说……我很愿意和你一起说话或者听交响乐,你好极了,那是自然而然的,……也许这里边有什么不好的,不合适的东西,马马虎虎的我忽然多虑了,我恐怕我扰乱谁。"林震抱歉地结束了。

赵慧文安详地笑着,接着皱起了眉尖儿,又抬起了细瘦的胳臂,用力擦了一下前额,然后她甩了一下头,好像甩掉什么不愉快的心事似的转过身去了。

她慢慢地走到墙壁上新挂的油画前边,默默地看画。那幅画的题目是"春",莫斯科,太阳在春天初次出现,母亲和孩子到街头去……

一会,她又转过身来,迅速地坐在床上,一只手扶着床栏杆,异常平静地说:"你说了些什么呀?真是!我不会做那些不经过考虑的事。我有丈夫,有孩子,我还没和你谈过我的丈夫,"她不用常说的"爱人",而强调地说着"丈夫","我们在五二年结的婚,我才十九,真不该结婚那么早。他从部队里转业,在中央一个部里做科长,他慢慢地染上了一种油条劲儿,争地位、争待遇,和别人不团结。我们之间呢,好像也只剩下了星期六晚上回来和星期一一走。我的看法是:或者是崇高的爱情,或者什么都没有。我们争吵了……但我仍然等待着……他最近出差去上海,等回来,我要和他好好谈一谈。可你说了些什么呢?"她又一次问,"小林,你是我所尊敬的顶好的朋友,但你还是个孩子——这个称呼也许不对,对不起。我们都希望过一种真正的生活,我们希望组织部成为真正的党的工作机构,我觉得你像是我的弟弟,你盼望我振作起来,是吧?生活是应该有互相支援和友谊的温暖,我从来就害怕冷淡。就是这些了,还有什么呢?还能有什么呢?"

林震惶恐地说:"我不该受刘世吾话的影响……"

"不,"赵慧文摇头,"刘世吾同志是聪明人,他的警告也许并不是完全没有必要,然后……"她深深地吐一口气,"那就好了。"

她收拾起碗筷,出去了。

林震茫然地站起,来回踱着步子,他想着,想着,好像有许多话要说,慢慢地,又没有了。他要说什么呢?本来什么都没有发生。生活有时候带来某种情绪的波流,使人激动也使人困扰,然后波流流过去,没有一点痕迹……真的没有痕迹吗?它留下对于相逢者的纯洁和美好的记忆,虽然淡淡,却难忘……

赵慧文又进来了,她领着两岁的儿子,还提着一个书包。小孩已经与林震见过几次面,亲热地叫林震"丈夫"——他说不清"叔叔"。

林震用强健的手臂把他举了起来。空旷的屋子里顿时充满了孩子的笑闹声。

赵慧文打开书包，拿出一叠纸，翻着，说："今天晚上，我要让你看几样东西。我已经把三年来看到的组织部工作中的一些问题和自己的意见写了一个草稿。这个……"她不好意思地摸了一下一张橡皮纸，"大概这是可笑的，我给自己规定了一个竞赛的办法。让今天的自己和昨天的自己竞赛。我划了表，如果我的工作有了失误——写入党批准通知的时候抄错了名字或者统计错了新党员人数，我就在表上划一个黑叉子，如果一天没有错，就画一个小红旗。连续一个月都是红旗，我就买一条漂亮的头巾或者别的什么奖励自己……也许，这像幼儿园的作法吧？你好笑吗？"

林震入神地听着，他严肃地说："决不，我尊敬你对你自己的……"

临走的时候，夜已经深了，林震站在门外，赵慧文站在门里，她的眼睛在黑暗中闪着光，她说："今天的夜色非常好，你同意吗？你嗅见槐花的香气了没有？平凡的小白花，它比牡丹清雅，比桃李浓馥，你嗅不见？真是！再见。明天一早就见面了，我们各自投身在伟大而麻烦的工作里边。然后晚上来找我吧，我们听美丽的意大利随想曲。听完歌，我给你煮荸荠，然后我们把荸荠皮扔得满地都是……"

……林震靠着组织部门前的大柱子好久好久地呆立着，望着夜的天空。初夏的南风吹拂着他——他来时是残冬，现在已经是初夏了。他在区委会度过了第一个春天。

他作好的事情简直很少，简直就是没有，但他学了很多，多懂了不少事，他懂了生活的真正的美好和真正的分量；他懂了斗争的困难和斗争的价值。他渐渐明白，在这平凡而又伟大的、包罗万象的、担负着无数艰巨任务的区委会，单凭个人的勇气是作不成任何事情的……从明天……

办公室的小刘走过来，叫他："林震，你上哪儿去了？快去找周润祥同志，他刚才找了你三次。"

区委书记找林震了吗？那么不是从明天，而是从现在，他要尽一切力量去争取领导的指引，这正是目前最重要的……

隔着窗子，他看见绿色的台灯和夜间办公室的区委书记的高大侧影，他坚决地、迫不及待地敲响领导同志办公室的门。

1956 年 5 月—7 月

导读

王蒙（1934—　），原籍河北南皮，生于北京。《组织部来了个年轻人》原载《人民文学》1956 年第 9 期，原名为《组织部新来的青年人》，是王蒙的成名作。

这篇小说通过组织部新来的年轻人林震的视角，以处理麻袋厂党支部的问题为中心情节展开叙述。林震是一个富于理想主义精神、富于原则性和正义感的青年党员干部。他来到党的组织部门，对党的工作者的生活充满了神圣的向往，但面对现实生活中的种种复杂现象，他感到惊疑和困惑，对党的基层组织内部存在着的官僚主义现象表示愤慨，进而与刘世吾等人发生尖锐矛盾冲突。这种矛盾实质上是对党和人民的事业的两种不同态度的矛盾。林震想用理想来改变现实，而他们想用现实来否定理想。林震这一形象既有性格上的意义，同时也有结构上的作用。正是通过他的眼光，塑造了一个颇有深度的官僚主义者刘世吾的形象。刘世吾是一个"圆形人物",既有冷漠、圆滑、世故的一面,同时有能力、有魄力,经验丰富。他的存在揭示了当时政治生活中的危机,也体现了政治对人性的异化。

小说在人物塑造的过程中,主要运用对比手法,通过林震、赵慧文、刘世吾、韩常新展开多重对比,从而使人物性格丰富多样,拓展了主题意蕴。

红　豆

宗　璞

　　天气阴沉沉的,雪花成团地飞舞着。本来是荒凉的冬天的世界,铺满了洁白柔软的雪,仿佛显得丰富了,温暖了。江玫手里提着一只小箱子,在×大学的校园中一条弯曲的小道上走着。路旁的假山,还在老地方。紫藤萝架也还是若隐若现的躲在假山背后。还有那被同学戏称为阿木林的枫树林子,这时每株树上都积满了白雪,真是"忽如一夜春风来,千树万树梨花开"了。雪花迎面扑来,江玫觉得又清爽又轻快。她想起六年以前,自己走着这条路,离开学校,走上革命的工作岗位时的情景,她那薄薄的嘴唇边,浮出一个微笑。脚下不觉愈走愈快,那以前住过四年的西楼,也愈走愈近了。

　　江玫走进了西楼的大门,放下了手中的箱子,把头上紫红色的围巾解下来,抖着上面的雪花。楼里一点声音也没有,静悄悄地。江玫知道这楼已作了单身女教职员宿舍,比从前是学生宿舍时,自然不同。只见那间门房,从前是工友老赵住的地方,门前挂着一个牌子,写着"传达室"三个字。

　　"有人么?"江玫环顾着这熟悉的建筑,还是那宽大的楼梯,还是那阴暗的甬道,吊着一盏大灯。只是墙边布告牌上贴着"今晚团员大会"的布告,又是工会基层选举的通知,用红纸写着,显得喜气洋洋的。

　　"谁呀?"一个苍老的声音从传达室里发出来。传达室门开了,一个穿着干部服的整洁的老头儿,站在门口。

　　"老赵!"江玫叫了一声,又高兴又惊奇,跑过去一把抱住了他。"你还在这儿!"

　　"是江玫!"老赵几乎不相信自己昏花的老眼,揉了揉眼睛,仔细看着江玫。"是江玫! 打前儿个总务处就通知我,说党委会新来了个干部,叫给预备一间房,还说这干部还是咱们学校的学生呢,我可再也没想到是你! 你离开学校六年啦,可一点没变样,真怪,现时的年青人,怎么再也长不老哇! 走! 领你上你屋里去,可真凑巧,那就是你当学生时住的那间房!"

　　老赵絮絮叨叨领着江玫上楼。江玫抚着楼梯栏杆,好像又接触到了六年以前的大学生生活。

　　这间房间还是老样子,只是少了一张床,有了些别的家具。窗外可以看到阿木林,还有阿木林后面的小湖,在那里,夏天时,是要长满荷花的。江玫四面看着,眼光落到墙上嵌着的一个耶稣苦像上。那十字架的颜色,显然深了许多。

　　好像是有一个看不见的拳头,重重地打了江玫一下。江玫觉得一阵头昏,问老赵:"这个东西怎么还在这儿?"

　　"本来说要取下来,破除迷信,好些房间都取下来了。后来又说是艺术品让留着,有几间屋子就留下了。"

　　"为什么要留下? 为什么要留下这一间的?"江玫怔怔地看着那十字架,一歪身坐在还没有铺好的床上。

　　"那也是凑巧呗!"老赵把桌上的一块破抹布捡在手里。"这屋子我都给收拾好啦,你归置归置,休息休息。我给你张罗点开水去。"

老赵走了。江玫站起身来,伸手想去摸那十字架,却又像怕触到使人疼痛的伤口似的,伸出手又缩回手,怔了一会儿,后来才用力一撤耶稣的右手,那十字架好像一扇门一样打开了。墙上露出一个小洞。江玫颠起脚尖往里看,原来被冷风吹得绯红的脸色刷的一下变得惨白。她低声自语:"还在!"遂用两个手指,箝出了一个小小的有象牙托子的黑丝绒盒子。

江玫坐在床边,用发颤的手揭开了盒盖。盒中露出来血点儿似的两粒红豆,镶在一个银丝编成的指环上,没有耀眼的光芒,但是色泽十分匀净而且鲜亮。时间没有给它们留下一点痕迹——。

江玫知道这里面有多少欢乐和悲哀。她拿起这两粒红豆,往事像一层烟雾从心上升起,泪水遮住了眼睛——。

那已经是八年以前的事了。那时江玫刚二十岁,上大学二年级。那正是一九四八年,那动荡的翻天覆地的一年,那激动,兴奋,流了不少眼泪,决定了人生的道路的一年。

在这一年以前,江玫的生活像是山岩间平静的小溪流,一年到头潺潺的流着,从来也没有波浪。她生长于小康之家,父亲做过大学教授,后来做了几年官。在江玫五岁时,有一天,他到办公室去,就再没有回来过。江玫只记得自己被送到舅母家去住了一个月,回家时,看见母亲如画的脸庞消瘦了,眼睛显得惊人的大,看去至少老了十年。据说父亲是患了急性肠炎去世了。以后,江玫上了小学上中学,上了中学上大学。在中学时,有一些密友常常整夜叽叽喳喳地谈着知心话。上大学后,因为大家都是上课来,下课走,不参加什么活动的人简直连同班同学也不认识,只认识自己的同屋。江玫白天上课弹琴,晚上坐图书馆看参考书,礼拜六就回家。母亲从摆着夹竹桃的台阶上走下来迎接她,生活就像那粉红色的夹竹桃一样与世隔绝。

一九四八年春天,新年刚过去,新的学期开始了。那也是这样一个下雪天,浓密的雪花安安静静地下着。江玫从练琴室里走出来,哼着刚弹过的调子。那雪花使她感到非常新鲜,她那年青的心充满了欢快。她走在两排粉妆玉琢的短松墙之间,简直想去弹动那雪白的树枝,让整个世界都跳起舞来。她伸出了右手,自己马上觉得不好意思,连忙缩了回来,掠了掠鬓发,按了按母亲从箱子底下找出来的一个旧式发夹,发夹是黑白两色发亮的小珠串成的,还托着两粒红豆,她的新同屋萧素说好看,硬给她戴在头上的。

在这寂静的道路上,一个青年人正急速地向练琴室走来。他身材修长,穿着灰绸长袍,罩着蓝布长衫,半低着头,眼睛看着自己前面三尺的地方,世界对于他,仿佛并不存在。也许是江玫身上活泼的气氛,脸上鲜亮的颜色搅乱了他,他抬起头来看了她一眼。江玫看见他有着一张清秀的象牙色的脸,轮廓分明,长长的眼睛,有一种迷惘的做梦的神气。江玫想,这人虽然抬起头来,但是一定并没有看见我。不知为什么,这个念头,使她觉得很遗憾。

晚上,江玫躺在床上,久久不能入睡。许多片断在她脑中闪过。她想着母亲,那和她相依为命的老母亲,这一生欢乐是多么少。好像有什么隐秘的悲哀在过早地染白她那一头丰盛的头发。她非常嫌恶那些做官的和有钱的人,江玫也从她那里承袭了一种清高的气息。那与世隔绝的清高,江玫想想,忽然好笑了起来。

江玫自己知道,觉得那种清高好笑是因为想到萧素的缘故。萧素是江玫这一学期的新同屋。同屋不久,可是两人已经成为很要好的朋友。萧素说江玫像是从另一个世界来的,清高这个词儿也是萧素说的,她还说:"当然,这也有好处也有不好处。"这些,江玫并不完全了解。只不知为什么,乱七八糟的一些片断都在脑海中浮现出来。

这屋子多么空!萧素还不回来。江玫很想看见她那白中透红的胖胖的面孔,她总是给人安慰、知识和力量。学物理的人总是聪明的,而且她已经四年级了,江玫想。但是在萧素身上,好像还不只是学物理和上到大学四年级,她还有着更丰富的东西,江玫还想不出是什么。

正乱想着,萧素推门进来了。

"哦!小鸟儿!还没有睡!"小鸟儿是萧素给江玫起的绰号。

"睡不着。直希望你快点回来。"

"为什么睡不着?"萧素带回来一个大萝卜,切了一片给江玫。

"等着吃萝卜,——还等着你给讲点什么。"江玫望着萧素坦白率真的脸,又想起了母亲。上礼拜她带萧素回家去,母亲真喜欢萧素,要江玫多听萧姐姐的话。

"我会讲什么?你是幼儿园?要听故事?唉,给你本小书看看。"江玫接过那本小书,书面上写着"方生未死之间"。

两人静静地读起书来了。这本书很快就把江玫带进了一个新的天地。它描写着中国人民受的苦难,在血和泪中,大家在为一种新的生活——真正的丰衣足食,真正的自由——奋斗,这种生活,是大家所需要的。

"大家?——"江玫把书抱在胸前,沉思起来。江玫的二十年的日子,可以说全是在那粉红色的夹竹桃后面度过的。但她和母亲一样,憎恶权势,憎恶金钱。母亲有时会流着泪说:"大家都该过好日子,谁也不该屈死。"母亲的"大家"在这本小书里具体化了。是的,要为了大家。

"萧素,"江玫靠在枕上说:"我这简单的人,有时也曾想过人活着是为了什么,但想不通。你和你的书使我明白了一些道理。"

"你还会明白得更多。"萧素热切地望着她。"你真善良——。你让我忘记刚才的一场气了。刚刚我为我们班上的齐虹真发火——。"

"齐虹?他是谁?"

"就是那个常去弹琴,老像在做梦似的那个齐虹,真是自私自利的人,什么都不能让他关心。"

萧素又拿起书来看了。

江玫也拿起书来,但她觉得那清秀的象牙色的脸,不时在她眼前晃动。

雪不再下了。坚硬的冰已经逐渐变软。江玫身上的黑皮大衣换成了灰呢子的,配上她习惯用的红色的围巾,洋溢着春天的气息。她跟着萧素生活渐渐忙起来。她参加了"大家唱"歌咏团和"新诗社"。她多么喜欢那"你来我来他来她来大家一齐来唱歌"的热情的声音,她因为《黄河大合唱》刚开始时万马奔腾的鼓声兴奋得透不过气来。她读着艾青、田间的诗,自己也悄悄写着什么"飞翔,飞翔,飞向自由的地方"的句子。"小鸟"成了大家对她的爱称。她和萧素也更接近,每天早上一醒来,先要叫一声"素姐"。

她还是天天去弹琴,天天碰见齐虹,可是从没有说过话。本来总在那短松夹道的路上碰见他。

后来常在楼梯上碰见他,后来江玫弹完了琴出来时,总看见他站在楼梯栏杆旁,仿佛站了很久了似的,脸上的神气总是那样漠然。

有一天天气暖洋洋的,微风吹来,丝毫不觉得冷,确实是春天来了。江玫在练琴室里练习贝多芬的月光曲,总弹也弹不会,老要出错,心里烦躁起来,没到时间就不弹了。她走出琴室,一眼就看见齐虹站在那里。他的神色非常柔和,劈头就问:

"怎么不弹了?"

"弹不会,"江玫多少带了几分诧异。

"你大概太注意手指的动作了。不要多想它,只记着调子,自然会弹出来。"

他在钢琴旁边坐下了,冰冷的琴键在他的弹奏下发出了那样柔软热情的声音。换上别的人,脸上一定会带上一种迷醉的表情,可是齐虹神采飞扬,目光清澈,仿佛现实这时才在他眼前打开似的。

"这是怎么样的人?"江玫问着自己。"学物理,弹一手好钢琴,那神色多么奇怪!"

齐虹停住了,站起来,看着倚在琴边的江玫,微微一笑。

"你没有听?"

"不,我听了。"江玫分辩道,"我在想——。"想什么,她自己也不知道。

"我送你回去,好么?"

"你不练琴么?"

"不想练。你看天气多么好!"

就这样,他们开始了第一次的散步,就这样,他们散步,散步,看到迎春花染黄了柔软的嫩枝,看到亭亭的荷叶铺满了池塘。他们曾迷失在荷花清远的微香里,也曾迷失在桂花浓酽的甜香里,然后又是雪花飞舞的冬天。哦!那雪花,那阴暗的下雪天!——

齐虹送她回去,一路上谈着音乐,齐虹说:"我真喜欢贝多芬,他真伟大,丰富,又那样朴实。每一个音符上都充满了诗意。"江玫懂得他的"诗意"含有一种广义的意思。她的眼睛很快地表露了她这种懂得。

齐虹接着说,"你也是喜欢贝多芬的。不是吗?据说肖邦最不喜贝多芬,简直不能容忍他的音乐。"

"可我也喜欢肖邦。"江玫说。

"我也喜欢。那甜蜜的忧愁——。人和人之间是有很多相同的也有很多不相同的东西。——"那漠然的表情又来到他的脸上。"物理和音乐能把我带到一个真正的世界去,科学的、美的世界,不像咱们活着的这个世界,这样空虚,这样紊乱,这样丑恶!"

他送她到西楼,冷淡地点了一个头就离开了,根本没有问她的姓名。江玫又一次感到有些遗憾。

晚上,江玫从图书馆里出来,在月光中走回宿舍。身后有一个声音轻轻唤她:"江玫!"

"哦!是齐虹。"她回头看见那修长的身影。

"你怎么知道我的名字?"齐虹问。月光照出他脸上热切的神气。

"你怎么知道我的名字?"江玫反问。她觉得自己好像认识齐虹很久了,齐虹的问题可以不必回答。

"我生来就知道,"齐虹轻轻地说。

两人都不再说话。月光把他们的影子投在地上。

以后，江玫出来时，只要是一个人，就总会听到温柔的一声"江玫"。他们愈来愈熟。不知从什么时候起，从图书馆到西楼的路就无限度地延长了。走啊，走啊，总是走不到宿舍。江玫并不追究路为什么这样长，她甚至希望路更长一些，好让她和齐虹无止境地谈着贝多芬和肖邦，谈着苏东坡和李商隐，谈着济慈和勃朗宁。他们都很喜欢苏东坡的那首江城子："十年生死两茫茫，不思量，自难忘，千里孤坟、无处话凄凉。"他们幻想着十年的时间会在他们身上留下怎样的痕迹。他们谈时间，空间，也谈论人生的道理——

齐虹说："人活着就是为了自由。自由，这两个字实在好极了。自就是自己，自由就是什么都由自己，自己爱做什么就做什么。这解释好吗？"他的语气有些像开玩笑，其实他是认真的。

"可是我在书里看见，认识必然才是自由。"江玫那几天正在看《大众哲学》。"人也不能只为自己，一个人怎么活？"

"呀！"齐虹笑道："我倒忘了，你的同屋就是萧素。"

"我们非常要好。"

因为看到路旁的榆叶梅，齐虹说用热闹两字形容这种花最好。江玫很赞赏这两个字。就把自由问题搁下了。

江玫隐约觉得，在某些方面，她和齐虹的看法永远也不会一致。可是她并没有去多想这个，她只欢喜和他在一起，遏止不住地愿意和他在一起。

一个礼拜天，江玫第一次没有回家。她和齐虹商量好去颐和园。春天的颐和园真是花团锦簇，充满了生命的气息。来往的人都脱去了臃肿的冬装，显得那样轻盈可爱。江玫和齐虹沿着昆明湖畔向南走去，那边简直没有什么人，只有和暖的春风和他们作伴。绿得发亮的垂柳直向他们摆手。他们一路赞叹着春天，赞叹着生命，走到玉带桥旁。

"这水多么清澈，多么丰满啊。"江玫满心欢喜地向桥洞下面跑去。她笑着想要摸一摸那湖水。齐虹几步就追上了她，正好在最低的一层石阶上把她抱住。

"你呀！你再走一步就掉到水里去了！"齐虹掠着她额前的短发，"我救了你的命，知道么？小姑娘，你是我的。"

"我是你的。"江玫觉得世界上什么都不存在了。她靠在齐虹胸前，觉得这样撼人的幸福渗透了他们。在她灵魂深处汹涌起伏着潮水似的柔情，把她和齐虹一起溶化。

齐虹抬起了她的脸，"你哭了？"

"是的。我不知为什么，为什么这样感动——"

齐虹也感动地望着她，在清澈的丰满的春天的水面上，映出了一双倒影。

齐虹喃喃地说："我第一次看见你，就是那个下雪天，你记得么？我看见了你，当时就下了决心，一定要永远和你在一起，就像你头上的那两粒红豆，永远在一起，就像你那长长的双眉和你那双会笑的眼睛，永远在一起。"

"我还以为你没有看见我——。"

"谁能看不见你！你像太阳一样发着光，谁能看不见你！"齐虹的语气是这样热烈，他的脸上真的散发出温暖的光辉。

他们循着没有人迹的长堤走去，因为没有别人而感到自由和高兴。江玫抬起她那双会笑的眼睛，悄声说："齐虹，咱们最好去住在一个没有人的岛上，四面是茫茫的大海，只有你是唯一的人，——"

齐虹快乐地喊了一声，用手围住她的腰。"那我真愿意！我恨人类！只除了你！"

对于江玫来说，正是由于深切的爱，才想到这样的念头，她不懂齐虹为什么要联想到恨，未免有些诧异地望着他。她在齐虹光亮的眼睛里读到了热情，但在热情后面却有一些冰冷的东西，使她发抖。

齐虹注意到她的神色，改了话题：

"冷吗？我的小姑娘。"

"我只是奇怪，你怎么能恨——"

"你甜蜜的爱，就是珍宝，我不屑把处境跟帝王对调。"齐虹顺口念着莎士比亚的两句诗，他确是真心的。可是江玫听来，觉得他对那两句诗的情感，更多于对她自己。她并没有多计较，只说是真有些冷，柔顺地在他手臂中，靠得更紧一些。

江玫的温柔的衰弱的母亲不大喜欢齐虹。江玫问她："他怎么不好？他哪里不好？"母亲忧愁地微笑着，说他是聪明极了，也称得起漂亮，但作为一个人，他似乎少些什么，究竟少些什么，母亲也说不出。在江玫充满爱情的心灵里，本来有着一个奇怪的空隙，这是任何在恋爱中的女孩子所不会感到的。而在江玫，这空隙是那样尖锐，那样明显，使她在夜里痛苦得睡不着。她想马上看见他，听他不断地诉说他的爱情。但那空隙，是无论怎样的诉说也填不满的罢。母亲的话更增加了江玫心上的阴影。更何况还有萧素。

红五月里，真是热闹非凡。每天晚上都有晚会。五月五日，是诗歌朗诵会。最后一个朗诵节目是艾青的《火把》。江玫担任其中的唐尼。她本来是再也不肯去朗诵诗的，她正好是属于一听朗诵诗就浑身起鸡皮疙瘩的那种人。萧素只问了她两句话："喜欢这首诗不？""喜欢。""愿意多有一些人知道它不？""愿意。""那好了。你去念罢。"江玫拂不过她，最后还是站到台上来了。她听到自己清越的声音飘在黑压压的人群上，又落在他们心里。她觉得自己就是举着火把游行的唐尼，感觉到了一种完全新的东西、陌生的东西。而萧素正像是指导着唐尼的李茵。她愈念愈激动，脸上泛着红晕。她觉得自己在和上千的人共同呼吸，自己的情感和上千的人一同起落。"黑夜从这里逃遁了，哭泣在遥远的荒原。"那雄壮的齐诵好像是一种无穷的力量，推着她，江玫想要奔跑，奔跑——。

回到房间里，她对萧素说："我今天忽然懂得了大伙儿在一起的意思，那就是大家有一样的认识，一样的希望，爱同样的东西，也恨同样的东西。"

萧素直看着她，问道："你和齐虹有一样的认识，一样的期望么？"

江玫很怪萧素这时提到齐虹，打断了她那些体会，她那双会笑的眼睛严肃起来："我真不知道怎样告诉你，我和齐虹，照我看，有很多地方，是永远也不会一致的。"

萧素也严肃地说："本来是不会一致。小鸟儿，你是一个好女孩子，虽然天地窄小，却纯洁善良。齐虹憎恨人，他认为无论什么人彼此都是互相利用。他有的是疯狂的占有的爱，事实上他爱的还是自己。我和他已经同学四年——"

"你怎么能这样说他！我爱他！我告诉你我爱他！"江玫早忘了她和齐虹之间的分歧，觉得有一团火在胸中烧，她斩钉截铁地说，砰地一声关上房门，到走廊里去了。

"回来！回来。"第一声是严厉的，第二声是温柔的。萧素打开房门，看见她站在走廊里，眼睛像星星般亮。"你这礼拜天回家吗？有点事要你做。"

江玫是从不拒绝萧素的任何要求的。她隐约觉得萧素正在为一个伟大的事业做着工作，萧素的生活是和千百万人联系在一起的，非常炽热，似乎连石头也能温暖。她望着萧素，慢慢走了回来。

"什么事？交给我办好了。"

"你不回家么？"

"原来想回去看看。听说面粉已经涨到三百万一袋了。前几天《大公报》登了几首小诗，有一点稿费，想去送给母亲。"江玫一下子觉得疲倦得要命，坐在椅子上。

萧素本来想说"不食人间烟火的江玫也知道关心物价了，"又一想，就没有说。只说：

"这里有几篇壁报稿子，礼拜一要出，你来把它们修改一遍，文字上弄通顺些，抄写清楚。我明天进城，可以把钱送给伯母。"她把稿子递给江玫，关心地看着她，说："过两天，咱们还要好好谈一谈。"

礼拜天，江玫吃过早饭就坐在桌旁看那些稿子。为什么这些短短的文字并不怎么通顺的文章这样有说服力？要民主反饥饿，像钟声一样在江玫耳边敲着。参加新诗朗诵会的兴奋心情又升起来了。《火把》中的唐尼的形象仿佛正站在窗帘上。

有人敲门。

"江玫！"是齐虹的声音。

江玫转过头去，正是齐虹站在门口，一脸温柔的笑意，在看着江玫。

"哦！你来了！"

"昨天晚上到你家里去了，伯母说你没有回来。我连家也没有回，就回学校来了。"他走上来握住江玫的手。

一提起齐虹的家，江玫眼前就浮现出富丽堂皇的大厅，老银行家在数着银元，叮叮当当响，这和江玫手上的那些文章很不调合。甚至齐虹，这温文尔雅的齐虹，也和它们很不调合，但江玫看见他，还是很高兴的。

"在干什么？要出壁报么？听说你还朗诵诗？你怎么？也参加民主运动了？我的女诗人！"

江玫不太喜欢他那说话的语气，颔首要他坐下。

"我是来找你出去玩的。你看天气多么好！转眼就是夏天了。我来接你到'绝域'去做春季大扫除。"

"绝域"是他们两个都喜欢的一个童话《潘彼得》中的神仙领域。他们的爱情就建筑在这些并不存在的童话，终究要萎谢的花朵，要散的云，会缺的月上面。

"今天不行呀，齐虹。"江玫抱歉地说。抽回了自己的手，理了理放在桌上的稿子。"萧素要我——"

"萧素！又是萧素！你怎么这么听她的话！"齐虹不耐烦地说。

"她的话对么！"

"可是你知道我多么想和你在一起，去听那新生的小蝉的叫唤，去看那新长出来的小小的荷叶——我想要怎样,就要做到!"齐虹脸上温柔的笑意不见了,好像江玫是他的一本书,或者一件仪器。

江玫惊诧地望着他。

"也许,你还会去参加游行罢!你真傻透了!就知道一个萧素!"愤怒的阴云使他的脸变得很凶恶。但他马上又换上一副温和的腔调:"跟我去罢,我的小姑娘。"

江玫咬着自己的嘴唇,几乎咬出血来。

门外有人叫:"小鸟儿!江玫!快来看看这幅漫画,合适不合适。"

江玫想要出去。齐虹却站在桌前不放她走。江玫绕到桌子这边,齐虹也绕了过来,照旧拦住她。江玫又急又气,怎么推他也推不动,不一会儿,江玫的头发散乱,那红豆发夹落在地下。马上就被齐虹那穿着两色镶皮鞋的脚踩碎了,满地散着黑白两色的小珠。江玫觉得自己整个的灵魂正像那个发夹一样给压碎了。她再没有一点力气,屈辱地伏在桌上哭起来。

齐虹需要的正是这样的哭泣。他捡起那两粒红豆,极其体贴地抚着她的肩:"原谅我,原谅我!我太任性,我只是说不出的要和你在一起,我需要你——"

"别哭了,别哭了,我的小姑娘。"齐虹真着急起来,"我再也不惹你生气了,再也不——再也不——"

江玫觉得这一切真没意思。她很快就抬起头来,擦干了眼泪。她看出来壁报是编不成了,但她也下定决心不跟他出去。只呆呆地坐着,望着窗外。

"好了,好了,不要生气。我来做个盒子把这两粒红豆装起来罢。做个纪念,以后决不会再惹你。咱们该把这两粒红豆藏在哪儿?"

以后,这两粒红豆就被装在一个精致的盒子里面,放在耶稣像后面的小洞里了。那小洞是齐虹偶然发现的。江玫睡在床上看见耶稣的像,总觉得他太累,因为他负荷着那么多人世间的痛苦。

这一次争吵以后,齐虹和江玫并不是再也不,而是把争吵哭泣,变成了他们爱情中的一部分。他们每次见面总有一阵风波,有时大有时小,但如有一天不见面,不看到听到对方的音容笑貌,在他们却又是受不了的事。他们的爱情正像鸦片烟一样,使人不幸,而又断绝不了。江玫一天天的消瘦了,苍白了,母亲望着她忍不住哭。齐虹脸上那种漠不关心神气消失了,换上的是提心吊胆的急躁和忧愁。因为他对人生不信任,他对爱情也不信任,他监视着爱情,监视着幸福,监视着江玫——。

就在这个时候,江玫也一天天明白了许多事。她知道少数人剥削多数人的制度该被打倒。她那善良的少女的心,希望大家都过好的生活。而且物价的飞涨正影响着江玫那平静温暖的小天地。母亲存着一些积蓄的那家银行忽然关了门。江玫和母亲一下子变成舅舅的负担了。江玫是决不愿意成为别人的负担的。她渴望着新的生活,新的社会秩序。共产党在她心里,已经成为一盏导向幸福自由的灯,灯光虽还模糊,但毕竟是看得见的了。

也就在这时候,江玫的母亲原有的贫血症愈来愈严重,医生说必须加紧治疗,每天注射肝精针,再拖下去的话,后果不堪设想。但是这一笔医药费用筹办起来谈何容易!舅舅已经是自顾不暇了,难道还去麻烦他?本来和齐虹一提也可以,但是江玫决不愿求他。江玫只自己发愁,夜里直睡不着觉。

萧素很快就看出来江玫有心事。一盘问,江玫就一五一十告诉了她。

"那可不能拖下去。"萧素立刻说,她那白白的脸上的神色总是那样果断。"我输血给她!小鸟儿,你看,我这样胖!"她含笑弯起了手臂。

江玫感动地抱住了她:"不行,萧素。你和我的血型一样,和母亲不一样,不能输血。"

"那怎么办?我们总得想办法去筹一笔款子——。"

第三天,晚上萧素兴高采烈地冲进房间。一进来就喊:"江玫!快看!"江玫吃惊地看她,她大笑着,扬起了一叠钞票。

"素!哪里来的?你怎么这样有本事!"江玫也笑了,笑得那样放心。这种笑,是齐虹极想要听而听不到的。

"你别管,明天快拿去给伯母治病吧。"萧素眨眨眼睛,故作神秘的说。

"非要知道不可!不然我不安心!"

"别说了。我要睡觉了。"萧素笑过了,一下子显得很是疲倦。她脱去了朴素的蓝外套,只穿着短袖竹布旗袍,坐在床边上。

江玫上下打量她,忽然看见她的臂弯里贴着一块橡皮膏。江玫过去拉起她的手,看看橡皮膏,又看看她的脸。

"有什么好打量的?"萧素微笑着抽回了手,盖上了被。

"你——抽了血?"

萧素满不在乎地说:"我卖了血。不只我一个人,还有几个伙伴。"

人常常会在一刹那间,也许只是因为一个眼神一个手势,伤透了心,破坏了友谊。人也常常会在一刹那间,也许就因为手臂上的一点针孔,建立了死生不渝的感情。江玫这时什么话也说不出来。她一下子跪在床边,用两只手遮住了脸。

礼拜六,江玫一定要萧素自己送钱去给母亲。萧素答应了和江玫一道回家,江玫也答应了萧素不告诉母亲钱的来源。两人欢欢喜喜回家去了。到了家,江玫才发现母亲已经病倒在床,这几天饭都是舅母那边送过来的。她站在衰老病弱的母亲床边,一阵心酸,眼泪夺眶而出。萧素也拿出了手绢。但她不只是看见这一位母亲躺在床上,她还看见千百万个母亲形销骨立心神破碎地被压倒在地下。

这一晚,两人自己做了面,端在母亲床边一同吃了。母亲因为高兴,精神也好了起来。她吃过了面,笑着说:"我真是病得老了,今天你舅母来,问我有火没有,我听成有狗没有:直告诉她从前咱们养了一只狗,名叫斐斐。——"萧素和江玫听了笑得不得了。江玫正笑着,想起了齐虹。她想:这种生活和感情是齐虹永远不会懂的。她也没有一点告诉给他的欲望。

六月,反对美国扶植日本的运动达到了高潮。江玫比以前更关心当前的政治局势。她感到美国正在筹谋着什么坏主意。很明显,扶植压迫中国人民八年之久的日本,在每一个中国人心上都会引起抑制不住的愤怒。

有一天,萧素和江玫坐在窗前,读着当时美驻华大使司徒雷登在报上发表的声明,一面读一面生气。声明中说:"如使日人成为饥饿不安之人民,则日人亦将续为和平之威胁,此种情形适为共产主义所需。如吾人诚意为一般之利益计,必须消灭鼓励共产主义之因素。"这很可以看清楚美国的目的究竟何在了。读完报纸,江玫愤愤地说:

"要不要共产主义,是我们自己的事!"

萧素微笑道:"你知道共产主义是什么?"

江玫坦率地说:"我不知道。不过我想那种生活总不会比现在坏。那时的人,都像你一样——"

萧素又笑道:"现在哪里不够好? 你吃着大米饭,穿的花布旗袍,还坏么?"

江玫倚在萧素身上,一面想,一面说:"这个人吃人的社会,不只在物质上,也在精神上。"她出了一会儿神,又说:"萧素,要知道,我是多么寂寞呵。"

萧素抚着她的肩,说:"人生的道路,本来不是平坦的。要和坏人斗争,也要和自己斗争——。"以后江玫在最困难的时候,总会想起这几句话。

六月九日,北京学生举行反美扶日大游行,江玫也参加了。

那天早上,窗外还黑得像老鸦的翅膀,江玫就起来收拾医药包,她是救护队的。她看看萧素空了一夜的床,又看看救护包上的红十字,心想萧素这一夜不知忙得怎样了,也许今天就会用这包里的绷带纱布来救护她罢。不知为什么,江玫特别为萧素和几个社团里的同学担心,江玫摸摸碘酒,和红药水的药瓶,心中又兴奋,又不安。

"小鸟儿快走呀!"同学在门外叫起来了。

她们跑到操场上,夏天的太阳刚在东柳村那边村庄的屋顶上射出一片红光。萧素正在人丛里,她分明是一夜没有睡,胖胖的面庞有些苍白,但精神还是那样好。她看见江玫和同学们跑来,脸上闪过一个嘉许的微笑:

"江玫!"

"萧素!"江玫悄悄地塞给她一个大苹果,那是齐虹昨天送来的。对于齐虹不断向西楼运来的各式各样的礼物,江玫只偶尔接受一点水果和糖食。

长长的队伍出发了,举着各种标语,沉默地走在郊外的大道上。愈走天愈亮,愈走路愈分明,一个男同学问江玫:"药包重吗? 我代你拿。"江玫微笑,说:"一个兵士的枪,能让人家代他背着吗?"那男同学也微笑,看着她穿着白衬衫蓝长裤红背心的雄赳赳的样子,问:"你永远都要做一个兵?"江玫严肃地睁大眼睛,略想了一想,她回答:"是的,永远。"

队伍七点钟就到了西直门,可是城门关了,进不去。人群中有的喊着:"不开城门,决不回校!"有的喊着:"大家冲呵,冲进去!"一时群情激昂,人声嘈杂,那些标语牌子忽高忽低地起伏着。萧素在队伍里跑来跑去叫着:"别嚷! 别乱! 已经去交涉了。"江玫忽然很希望自己是一个手执拂尘的仙女,用拂尘一指,城门马上便开——自己这样想想,又觉得好笑,还是等萧素他们交涉,萧素比仙女有用得多。

果然,到九点钟时,城门开了,队伍涌进城去,正遇到城里几个大学的同学拥在门前迎接他们。"同学们,你好!""兄弟们,你好!"热情的呼声,此起彼落,江玫觉得泪水已冲到了眼睛里,她连忙低下头,看着自己的鞋尖。

游行开始了,大家一步步地走着,一声声地喊着。"反对美国扶植日本!""要自由!""要独立!"口号像炸弹一样在空中炸了开来,路旁的有些军警脸上带了惊慌的神色。江玫几乎来不及想喊了些什么,只觉得每一步路每一声喊都使大家更接近光明——

队伍走过了西四西单天安门,绕南池子到北京大学的民主广场。走过天安门的时候,江玫望着那宏伟的建筑，心里升起一种怜悯而又惭愧的心情。天安门在不肖的子孙手里，蒙受了多少耻辱。江玫觉得那剥落的红墙也在盼望着：新的社会快点来，让中华民族站起来，让天安门也站起来！

在民主广场举行了群众大会，有几个教授讲演。也许是累了，也许是别的原因，江玫觉得思想很不集中，那种兴奋和激动已经过去了。她惦记着那黄昏笼罩了的初夏的校园，惦记着自己住的西楼，说得更确切些，她是惦记着那在西楼窗下徘徊的那个年青人。天知道他会急成什么样子，会发多么大的脾气，会做出怎样的事来！她把肩上挎的药包紧了一紧，感觉到一阵头昏。

萧素走过来了，低声问："你不舒服么？"

"没有，一点儿都没有！"江玫连忙振起了精神。自己暗暗责骂自己，在这样的场合，偏会想到他！

大队回到学校时，灯光已经缀满校园。江玫回到房间里，两腿再也抬不起来，像是绑上了两块大石头。这时有人敲门，江玫心中一紧，感到一场风暴就要发生了，她靠在床栏杆上，默默地啜着热水。门开了，进来的是老赵。他的眉头皱得打了结，手里拿着一个破碎的糖盒子，往桌上一放说：

"哎哟江小姐！可真不得了啦！我活了这么大年纪也没见过脾气这么火暴的人！你们这位齐先生别是用公鸡血喂大的吧？他要死了，准得下冰冻地狱把人镇凉了才行，要不然连阎王殿都给烧啦！"

"什么'你们齐先生'？别这么说。他怎么了。你快说呀。"江玫放下了手中的杯子。

"今儿个下午他来找您，我说江小姐游行去了。他一听，就把他带来的这盒糖扔到大门外台阶上了，像是扔球似的！盒子破了，糖都滚了出来，我看这盒糖呀，值一袋面的钱，心里怪舍不得，我说，'齐先生，江小姐不在，你给东西留下得了，干吗发这么大的火呀？'他一听更急了，一张脸煞红煞白，抄起门房的一个茶杯就摔在玻璃窗上，哗啦！你瞧这满地的玻璃渣子！我看他是有点儿疯病！摔完了拔腿就走，还扔在台阶上三百万的票子，那是让我们修玻璃买茶杯？您说是不是？"

"别说了。"江玫无力地挥手。"就补块玻璃买个茶杯罢。"

"这糖，我看怪可惜了的，给您捡了来了。"

"你带回家去，那不是我的，我不要。"

这时萧素已经进来了，把这一段话都听了去。她一回来就洗脸洗脚，都收拾好了就伏在桌上写什么。而江玫还靠在床栏杆上，一动也不动。

萧素停下笔来，"你干什么？小鸟儿？你这样会毁了自己的。看出来了没有？齐虹的灵魂深处是自私残暴和野蛮，干吗要折磨自己？结束了吧，你那爱情！真的到我们中间来，我们都欢迎你，爱你——"萧素走过来，用两臂围着江玫的肩。

"可是，齐虹——"江玫没有完全明白萧素在说什么。

"什么齐虹！忘掉他！"萧素几乎是生气地喊了起来，"你是个好孩子，好心肠，又聪明能干，可是这爱情会毒死你！忘掉他！答应我！小鸟儿。"

江玫还没有想到要忘掉齐虹。他不知怎么就闯入了她的生命，她也永不会知道该如何把他赶出去。她迟钝地说："忘掉他——忘掉他——我死了，就自然会忘掉。"

萧素真生她的气："怎么这样说话！好好儿要说到死！我可想活呢，而且要活得有价值！"她说着，颜色有些凄然。

"怎么了？素姐！"细心而体贴的江玫一眼就看出有什么不平常的事。对萧素的关心一下子把她自己的痛苦冲了开去。

萧素望着窗外，想了一会儿，说："危险得很。小鸟儿。我离开你以后，你还是要走我们的路，是不是？千万不要跟着齐虹走，他真会毁了你的。"

"离开我！"江玫一把抱住了萧素。"离开我！为什么！我要跟你在一起！"

"我要毕业了呀，家里要我回湖南去教书。"萧素似真似假地回答。她是湖南人，父亲是个中学教员。

"毕业？"

"是毕业呀。"

可是萧素并没有能毕业，当然也没有回湖南去教书。她去参加毕业考试的最后一项科目，就没有回来。

同学们跑来告诉江玫时，江玫正在为《英国小说选》这一门课写读书报告，读的书是英国女作家艾米莱·勃朗特的《咆哮山庄》。江玫和齐虹常常谈论这本书。齐虹对这本书有那么多警辟的见解，了解得那样透彻，他真该是最懂得人生最热爱人生的，但是竟不然——

萧素被捕的消息一下子就把江玫从《咆哮山庄》里拉出来了。江玫跳起来夺门而出，不顾那精心写作的读书报告撒得满地。好些同学跟她一起跑出了西楼，一直跑到学校门口，只看见一条笔直的马路，空荡荡的，望不到头。路边的洋槐上发散着淡淡的香气。江玫手扶着一棵洋槐树，连声问："在哪儿？在哪儿？"一个同学痛心地说："早装上闷子车，这会子到了警察局了。"江玫觉得天旋地转，两腿再没有一点力气，一下子就坐在地上了。大家都拥上来看她，有的同学过来搀扶她。

"你怎么了？"

"打起精神来，江玫！"

大家喊喊喳喳在说着。是谁愤愤的声音特别响："流血，流泪，逮捕，更教人睁开了眼睛！"

是呀！江玫心里说："逮走一个萧素，会让更多的人都长成萧素。"

江玫弄不清楚人群怎样就散开了，而自己却靠在齐虹的手臂上，缓缓走着。

齐虹对她说："我们系里那些进步同学嚷嚷着江玫晕倒了，我就明白是为了那萧素的缘故，连忙赶来。"

"对了。你们不是一起考高等数学吗？听说她是在课堂上被抓走的。"江玫这时多么希望谈谈萧素。

"是在考试时被抓走的。你看，干那些民主活动，有什么好下场！你还要跟着她跑！我劝你多少次——"

"什么！你说什么！"江玫叫了起来，她那会笑的眼睛射出了火光。"你！你真是没有心肝！"她把齐虹扶着她的手臂用力一推，自己向宿舍跑去了。跑得那么快，好像后面有什么妖魔鬼怪在追着她。

她好容易跑到自己房间，一下子扑在床上，半天喘不过气来。这时齐虹的手又轻轻放在她肩上了。齐虹非常吃惊，他不懂江玫为什么会发这么大的脾气，他曲着一膝伏在床前说：

"我又惹了你吗？玫！我不过忌妒着萧素罢了，你太关心她了。你把我放在什么地方？我常常恨她，真的，我觉得就是她在分开咱们俩——"

"不是她分开我们,是我们自己的道路不一样。"江玫抽咽着说。

"什么?为什么不一样?我们有些看法不同,我们常常打架,我的脾气,确实不好。不过,那有什么关系,反正我只知道,没有你就不行。我还没有告诉你,玫,我家里因为近来局势紧张,预备搬到美国去,他们要我也到美国去留学。"

"你!到美国去?"江玫猛然坐了起来。

"是的。还有你,玫。我已经和父亲说到了你,虽然你从来都拒绝到我家里去,他们对你都很熟悉。我常给他们看你的相片。"齐虹得意地拿出他随身携带的小皮夹子,那里面装着江玫的一张照片,是齐虹从她家里偷去的。那是江玫十七岁时照的,一双弯弯的充满了笑意的眼睛,还有那深色的嘴唇微微翘起,像是在和谁赌气。"我对他们说,你是一首最美的诗,一支最美的乐曲——"若说起赞美江玫的话来,那是谁也比不上齐虹的。

"不要说了。"江玫辛酸地止住了他。"不管是什么,可不能把你留在你的祖国呵。"

"可是你是要和我一块儿去的,玫,你可以接着念大学,我们要永远在一起,没有任何东西能分开我们。"

"不要说了,不要说了。"这是江玫唯一能说的话。

心上的重压逼得江玫走投无路。她真怕看萧素留下的那张空床,那白被单刺得她眼睛发痛。没有到礼拜六,她就回家去了。那晚正停电,母亲坐在摇曳的烛光下面缝着什么,在阴影里,她显得那样苍老而且衰弱,江玫心里一阵发痛,无声地唤着"心爱的母亲,可怜的母亲",眼泪不由自主地流了下来。

"玫儿!"母亲丢了手中的活计。

"妈妈!萧素被捉走了。"

"她被捉走了?"母亲对女儿的好朋友是熟悉的。她也深深爱着那坦率纯朴的姑娘,但她对这个消息竟有些漠然,她好像没有知觉似的沉默着,坐在阴影里。

"萧素被捉走了。"江玫又重复了一遍。她眼前仿佛看见一个殷红的圆圆的面孔。

"早想得到呵。"母亲喃喃地说。

江玫把手中的书包扔到桌上,跑过来抱住母亲的两腿。"您知道!"

"我不知道但我想得到。"母亲叹了一口气,用她枯瘦的手遮住自己的脸,停了一下,才说:"要知道你的父亲,十五年前,也是这样不明不白地就再没有回来。他从来也没有害过什么肠炎胃炎,只是那些人说他思想有毛病。他脾气倔,不会应酬人,还有些别的什么道理,我不懂,说不明白。他反正没有杀人放火,可我们就这样糊里糊涂地再也看不见他了——"母亲说着,失声痛哭起来。

原来父亲并不是死于什么肠炎!无怪母亲常常说不该有一个人屈死。屈死!父亲正是屈死的!江玫几乎要叫出来。她也放声哭了。母亲抚着她的头,眼泪浇湿了她的头发——

从父亲死后,江玫只看见母亲无言流泪,还从没有看见她这样激动过。衰弱的母亲,心底埋藏了多少悲痛和仇恨!江玫觉得母亲的眼泪滴落在她头上,这眼泪使得她逐渐平静下来了。是的,难道还该要这屈死人的社会么?彷徨挣扎的痛苦离开了她,仿佛有一种大力量支持着她走自己选择的路。她把母亲粗糙的手搁在自己被泪水浸湿的脸颊上,低声唤着:"父亲——我的父亲——"

门轻轻开了,烛光把齐虹的修长的影子投在墙上,母亲吃惊地转过头去。江玫知道是齐虹,仍埋着头不作声。齐虹应酬地唤了一声"伯母",便对江玫说:

"你怎么今天回家来了? 我到处找你找不着。"

江玫没有理他,抬头告诉母亲:"他要到美国去。"

"是要和江玫一块儿去,伯母。"齐虹抢着加了一句。

"孩子,你会去吗?"母亲用颤抖的手摸着女儿的头。

"您说呢? 妈妈!"江玫抱住母亲的双膝,抬起了满是泪痕的脸。

"我放心你。"

"您同意她去了,伯母?"人总是照自己所期待的那样理解别人的话,齐虹惊喜万分地走过来。

"母亲放心我自己做决定。她知道我不会去。"江玫站起来,直望着齐虹那张清秀的象牙色的脸。齐虹浑身上下都滴着水,好像他是游过一条大河来到她家似的。

可是齐虹自己一点不觉得淋湿了,他只看见江玫满脸泪痕,连忙拿出手帕来给她擦,一面说:"咱们别再闹别扭了,玫,老打架,有什么意思?"

"是下雨了吗?"母亲包起她的活计,"你们商量罢,玫儿,记住你的父亲。"

"我不知道下雨了没有。"齐虹心不在焉地回答,他没有看见江玫的母亲已经走出房去,他的眼睛一刻都没有离开江玫。

江玫呆呆地瞪着他,尽他拭去了脸上的泪,叹了一口气,说:"看来竟不能不分手了。我们的爱情还没有能让我们舍弃自己的一生。"

"我们一定会过得非常舒适而且快活——为什么提到舍弃,为什么提到分手?"齐虹狂热地吻着他最熟悉的那着粉红色指甲的小手。

"那你留下来!"江玫还是呆呆地看着他。

"我留下来? 我的小姑娘,要我跟着你满街贴标语,到处去游行么? 我们是特殊的人,难道要我丢了我的物理音乐,我的生活方式,跟着什么群众瞎跑一气,扔开智慧,去找愚蠢! 傻心眼的小姑娘,你还根本不懂生活,你再长大一点,就不会这样天真了。"

"傻心眼? 人总还是傻点好!"

"你一定得跟我走!"

"跟你走,什么都扔了。扔开我的祖国,我的道路,扔开我的母亲,还扔开我的父亲!"江玫的声音细若游丝,她自己都听不见自己在说什么。说到父亲两字,她的声音猛然大起来,自己也吃了一惊。

"可是你有我。玫!"齐虹用责备的语气说。他看见江玫眼睛里闪耀一种亮得奇怪的火光,不觉放松了江玫的手。紧接着一阵遏止不住的渴望和激怒,使他抓住了江玫的肩膀。他压低了声音,一字一字地说:"我恨不得杀了你! 把你装在棺材里带走!"

江玫回答说:"我宁愿听说你死了,不愿知道你活得不像个人。"

风呼啸着,雨滴急速地落着。疾风骤雨,一阵比一阵紧,忽然哗啦一声响,是什么东西摔碎了。齐虹把江玫搂在胸前,借着闪电的惨白的光辉,看见窗外阶上的夹竹桃被风刮到了阶下。江玫心里又是一阵疼痛,她觉得自己的爱情,正像那粉碎了的花盆一样,像那被吹落的花朵一样,永远不能再重新完整起来,永远不能再重新开在枝头。

这种爱情,就像碎玻璃一样割着人。齐虹和江玫,虽然都把话说得那样决绝,却还是形影相随。花池畔,树林中,不断地增添着他们新的足迹。他们也还是不断地争吵,流泪。——

十月里东北局势紧张,解放军排山倒海地压来,解放了好几个城市。当时蒋介石提出的方针是:"维持东北,确保华北,肃清华中。"虽然对华北是确保,但华北的"贵人"们还是纷纷南迁,齐虹的家在秋初就全部飞南京转沪赴美了,只有齐虹一个人留在北京。他告诉家里说论文还有点尾巴没写好,拿不到毕业文凭,而实际上,他还在等着江玫回心转意。他根本不相信江玫可能不跟他走。他,齐虹,这样的齐虹,又在发疯地爱着的齐虹! 在那执拗的江玫面前,他不只一次想,若真能把她包扎起来带走该有多好! 他脸上的神色愈来愈焦愁,紧张,眼神透露着一种凶恶。这些都常在黑夜里震荡着江玫的梦。

江玫的梦现在已不是那种透明的、颜色非常鲜亮的少女的梦了。局势的变化,萧素的被捕,齐虹的爱以及她自己的复杂的感情,使她多懂了许多事。在抗议"七五"事件(国民党屠杀东北来的青年学生)的游行里,她已经不再当救护队,而打着"反剿民,要活命,要请愿"的大标语走在队伍的前列了。她领头喊着"为死者申冤,为生者请命"的口号,她奇怪自己的声音竟会这样响。她想到,在死者里面有她的父亲;在生者里面有母亲、萧素和她自己。她渴望着把青春贡献给为了整个人类解放的事业,她渴望着生活来一次翻天覆地的变动。

后来据萧素说(萧素在解放后出狱,在广播电台做播音员,向全世界广播北京的声音),那时的地下组织原打算发展江玫参加地下民主青年联盟的,只是她和齐虹的感情,让人闹不清她究竟爱什么,憎恶什么,就搁下来了。江玫听说这话,只轻轻叹了口气。

一九四八年冬天,北京已经到了解放前夕。城里流传着这样的民谣:"家家挂红灯,迎接毛泽东。"最沉得住气的反动官员们大亨们都纷纷逃走了。齐虹家里几乎是一天一封电报催他走,并且代他订了飞机座位。那时江玫的中心工作是和同学们一起讨论怎样应"变",宣传护校。她为即将到来的解放,感到兴奋,好像等待着一件期待已久的亲人的礼物,满怀着感情,幻想解放后的日子。而同时,她和齐虹那注定了的无可挽回的分别啮咬着她的心。她觉得自己的心一面在开着花,同时又在萎缩。

一天,齐虹进城去了,直到晚上还没有露面。江玫坐在图书馆里,一页书也没有看,进来一个人她就抬头,可是直到电灯开了,齐虹还是不见。她忽然想,很可能他已经走了。走了,永远再也见不到他了。可是江玫一定还要再看他一眼,最后一眼!"齐虹! 齐虹!"江玫几乎要叫出来,叫得全图书馆都听见。她连忙紧咬着嘴唇,快步走出了图书馆。

那是那一年冬天的第一个下雪天。路上的雪还没有上冻,灯光照在雪花上,闪闪刺人的眼。江玫一直向北楼走去,她想看一看那正对着一棵白杨树梢的窗子,有没有灯光。那个房间她从没有去过,可是那窗口她却十分熟悉。齐虹常对她讲窗口的白杨树叶的沙沙声怎样伴着他度过多少不眠的夜。透过飞舞着的迷乱的雪花,她一下子就找到那棵白杨树,而那白杨树梢的窗口,漆黑一片,没有灯光。

江玫的心沉了下去。她两腿发软,站在北楼前,一动也不动。

也许他从城里回来太累,已经去睡了? 也许他还没有回来? 江玫快步走进了北楼,走到齐虹的房间,她敲门又推门,门是锁着的。

"难道再见不着他了！真见不着他了！"江玫走出北楼,心里在大声哭泣。她完全没有看见新诗社的一个同学从她身边走过,也没有听见人家在唤着"小鸟儿"。

好容易走到西楼,江玫真是一点力气都没有了。她想找个地方靠一靠再上楼,一眼看见自己房间里有灯光。那房间,自从萧素被抓去以后,是那样空,那样冷,晚上进去总是黑洞洞的。这时竟点着灯,这灯光温暖了江玫,她三步两步跑上去,在门外就叫着"虹！"

果然是齐虹在房间里等她,满脸的焦急使他看上去苍老了许多。他一看见江玫,连忙迎上来握着她的手,疲倦地、也多少有些安心地说:"你到底回来了！我以为我再也见不着你了。"

江玫没有回答。她怕自己会把刚才那一番焦急向他倾吐,会让他明白她多离不开他。而他却就要走了,永远地走了。

"明天一早的飞机,今晚就要去机场。"齐虹焦躁地说:"一切都已经定了,怎么样？咱们就得分别么？"

"分别？——永远不能再见你——"江玫看着那耶稣受难的像,她仿佛看见那像后的两粒红豆。

"完全可以不分别,永不分别！玫！只要你说一声同我一道走,我的小姑娘。"

"不行。"

"不行！你就不能为我牺牲一点！你说过只愿意跟我在一起！"

"你自己呢？"江玫的目光这样说。

"我么！我走的路是对的。我绝不能忍受看见我爱的人去过那种什么'人民'的生活！你该跟着我！你知道么！我从来没有这样求过人！玫！你听我说！"

"不行。"

"真的不行么？你就像看见一个临死的人而不肯去救他一样,可他一死去就再也不会活转来了。再也不会活了！走开的人永远也不会再回来。你会后悔的,玫！我的玫！"他摇着江玫的肩,摇得她骨头直响。

"我不后悔。"

齐虹看着她的眼睛,还是那亮得奇怪的火光。他叹了一口气,"好,那么,送我下楼罢。"

江玫温柔地代他系好围巾,拉好了大衣领子,一言不发,送他下楼。

纷飞的雪花在无边的夜里飘荡,夜,是那样静,那样静。他们一出楼门,马上开过来一辆小汽车,从车里跳出一个魁梧的司机。齐虹对司机摇摇手,把江玫领到路灯下,看着她,摇头,说:"我原来预备抢你走的。你知道么？你看,我预备了车。飞机票也买好了。不过,我看得出来,那样做,你会恨我一辈子。你会的,不是么？"他拿出一张飞机票,也许他还希望江玫会忽然同意跟他走,迟疑了一下,然后把它撕成几半。碎纸片混在飞舞的雪花中,不见了。"再见！我的玫。我的女诗人！我的女革命家！"他最后几句话,语气非常尖刻。江玫看见他的脸因为痛苦而变了形,他的眼睛红肿,嘴唇出血,脸上充满了烦躁和不安。江玫忽然想起,第一次看见他时,他脸上那种漠不关心,什么都没看见的神气。

江玫想说点什么,但说不出来,好像有千把刀子插在喉头。她心里想:"我要撑过这一分钟,无论如何要撑过这一分钟。"她觉得齐虹冰凉的嘴唇落在她的额上,然后汽车响了起来。周围只剩了一片白,天旋地转的白,淹没了一切的白——

她最后对齐虹说的一句话就是"我不后悔"。

江玫果然没有后悔。那时称她革命家是一种讽刺,这时她已经真的成长为一个好的党的工作者了。解放后又渐渐健康起来的母亲骄傲地对人说:"她父亲有这样一个女儿,死得也不算冤了。"

雪还在下着。江玫手里握着的红豆已经被泪水滴湿了。

"江玫!小鸟儿!"老赵在外面喊着。"有多少人来看你啦!史书记,老马,郑先生,王同志,还有小耗子——"

一阵笑语声打断了老赵不伦不类的通报。江玫刚流过泪的眼睛早已又充满了笑意。她把红豆和盒子放在一旁,从床边站了起来。

(选自《人民文学》1957年第7期)

导读

宗璞(1928—　　),原名冯钟璞,祖籍河南南阳,生于北京。1957年7月,《红豆》由《人民文学》的"革新特大号"作为"新人的作品"推荐发表。作品通过大学生江玫与齐虹由于生活态度和政治立场的分歧而导致的爱情悲剧,讲述了一个在时代巨变面前知识分子选择自己的人生道路的故事,表现出知识分子在人生十字路口进行选择的艰难和选择成功后的欢乐。

《红豆》在思想和艺术成就上的独特贡献,主要在于:一是知识分子成长的主题。作品主人公江玫一开始就不是英雄,最后也没有成为英雄,她虽然走上了革命道路,但没有像林道静(《青春之歌》的主人公)等知识分子典型那样"与工农相结合"。二是人物塑造没有观念化的痕迹。小说对成长过程中的女大学生江玫的描写没有受公式化的影响,对学生运动领袖萧素的刻画也没有落入概念化的俗套。三是诗意化的意境和散文化的笔法。温馨浪漫的情调和浓郁含蓄的人情味形成作品独特的文人韵味。四是倒叙的手法。这种叙述方式有助于在疾风暴雨的时代氛围中营造出爱情的小天地,而江玫因"红豆"而引发的怀旧情绪和情不自禁的泪水,则使作品带有一种温情脉脉的"感伤美"。

百合花

茹志鹃

一九四六年的中秋。

这天打海岸的部队决定晚上总攻。我们文工团创作室的几个同志,就由主攻团的团长分派到各个战斗连去帮助工作。大概因为我是个女同志吧!团长对我抓了半天后脑勺,最后才叫一个通讯员送我到前沿包扎所去。

包扎所就包扎所吧!反正不叫我进保险箱就行。我背上背包,跟通讯员走了。

早上下过一阵小雨,现在虽放了晴,路上还是滑得很,两边地里的秋庄稼,却给雨水冲洗得青翠水绿,珠烁晶莹。空气里也带有一股清鲜湿润的香味。要不是敌人的冷炮,在间歇的盲目的轰响着,我真以为我们是去赶集的呢!

通讯员撒开大步,一直走在我前面。一开始他就把我撩下几丈远。我的脚烂了,路又滑,怎么努力也赶不上他。我想喊他等等我,却又怕他笑我胆小害怕;不叫他,我又真怕一个人摸不到那个包扎所。我开始对这个通讯员生起气来。

嗳!说也怪,他背后好像长了眼睛似的,倒自动在路边站下了。但脸还是朝着前面。没看我一眼。等我紧走慢赶的快要走近他时,他又蹬蹬蹬的自个向前走了,一下又把我撩下几丈远。我实在没力气赶了,索性一个人在后面慢慢晃。不过这一次还好,他没让我撩得太远,但也不让我走近,总和我保持着丈把远的距离。我走快,他在前面大踏步向前;我走慢,他在前面就摇摇摆摆。奇怪的是,我从没见他回头看我一次,我不禁对这通讯员发生了兴趣。

刚才在团部我没注意看他,现在从背后看去,只看到他是高挑挑的个子,块头不大,但从他那副厚实实的肩膀看来,是个挺棒的小伙子,他穿了一身洗淡了的黄军装,绑腿直打到膝盖上。肩上的步枪筒里,稀疏的插了几根树枝,这要说是伪装,倒不如算作装饰点缀。

没有赶上他,但双脚胀痛得像火烧似的。我向他提出了休息一会后,自己便在做田界的石头上坐了下来。他也在远远的一块石头上坐下,把枪横搁在腿上,背向着我,好像没我这个人似的。凭经验,我晓得这一定又因为我是个女同志的缘故。女同志下连队,就有这些困难。我着恼地带着一种反抗情绪走过去,面对着他坐下来。这时,我看见他那张十分年轻稚气的圆脸,顶多有十八岁。他见我挨他坐下,立即张皇起来,好像他身边埋下了一颗定时炸弹,局促不安,掉过脸去不好,不掉过去又不行,想站起来又不好意思。我拼命忍住笑,随便的问他是哪里人。他没回答,脸涨得像个关公,讷讷半响,才说清自己是天目山人。原来他还是我的同乡呢!

"在家时你干什么?"

"帮人拖毛竹。"

我朝他宽宽的两肩望了一下,立即在我眼前出现了一片绿雾似的竹海,海中间,一条窄窄的石级山道,盘旋而上。一个肩膀宽宽的小伙,肩上垫了一块老蓝布,扛了几枝青竹,竹梢长长的拖在他后

面,刮打得石级哗哗作响。……这是我多么熟悉的故乡生活啊！我立刻对这位同乡,越加亲热起来。我又问:

"你多大了?"

"十九。"

"参加革命几年了?"

"一年。"

"你怎么参加革命的?"我问到这里自己觉得这不像是谈话,倒有些像审讯。不过我还是禁不住的要问。

"大军北撤时①我自己跟来的。"

"家里还有什么人呢?"

"娘,爹,弟弟妹妹,还有一个姑姑也住在我家里。"

"你还没娶媳妇吧?"

"……"他飞红了脸,更加忸怩起来,两只手不停地数摸着腰皮带上的扣眼。半晌他才低下了头,憨憨地笑了一下,摇了摇头。我还想问他有没有对象,但看到他这样子,只得把嘴里的话,又咽了下去。

两人闷坐了一会,他开始抬头看看天,又掉过来扫了我一眼,意思是在催我动身。

当我站起来要走的时候,我看见他摘了帽子,偷偷的在用毛巾拭汗。这是我的不是,人家走路都没出一滴汗,为了我跟他说话,却害他出了这一头大汗,这都怪我了。

我们到包扎所,已是下午两点钟了。这里离前沿有三里路,包扎所设在一个小学里,大小六个房子组成品字形,中间一块空地长了许多野草,显然,小学已有多时不开课了。

我们到时屋里已有几个卫生员在弄着纱布棉花,满地上都是用砖头垫起来的门板,算作病床。

我们刚到不久,来了一个乡干部,他眼睛熬得通红,用一片硬柏纸插在额前的破毡帽里,低低的遮在眼睛前面挡光。他一肩背枪,一肩挂了一杆秤;左手捧了一篮鸡蛋,右手提了一口大锅,呼哧呼哧的走。他一边放东西,一边对我们又抱歉又诉苦,一边还喘息的喝着水,同时还从怀里掏出一包饭团来嚼着。我只见他迅速的做着这一切。他说的什么我就没大听清。好像是说什么被子的事,要我们自己去借。我问清了卫生员,原来因为部队上的被子还没发下来,但伤员流了血,非常怕冷,所以就得向老百姓去借。哪怕有一二十条棉絮也好。我这时正愁工作插不上手,便自告奋勇讨了这件差事,怕来不及顺便也请了我那位同乡,请他帮我动员几家再走。他踌躇了一下,便和我一起去了。

我们先到附近一个村子,进村后他向东,我往西,分头去动员。不一会,我已写了三张借条出去,借到两条棉絮,一条被子,手里抱得满满的,心里十分高兴,正准备送回去再来借时,看见通讯员从对面走来,两手还是空空的。

"怎么,没借到?"我觉得这里老百姓觉悟高,又很开通,怎么会没有借到呢? 我有点惊奇的问。

"女同志,你去借吧! ……老百姓死封建。……"

---

① 一九四五年日本投降后,中国共产党为了全国人民实现和平的愿望,与国民党进行和平谈判,并忍痛撤出江南。但时隔不久,国民党竟背信撕毁"双十"协定,又向我中原、苏中等解放区大举进攻。

"哪一家？你带我去。"我估计一定是他说话不对。说崩了。借不到被子事小，得罪了老百姓影响可不好。我叫他带我去看看。但他执拗的低着头，像钉在地上似的，不肯挪步。我走近他，低声的把群众影响的话对他说了。他听了，果然就松松爽爽的带我走了。

我们走进老乡的院子里，只见堂屋里静静的，里面一间房门上，垂着一块蓝布红额的门帘，门框两边还贴着鲜红的对联。我们只得站在外面向里"大姐、大嫂"的喊，喊了几声，不见有人应，但响动是有了。一会，门帘一挑，露出一个年轻媳妇来。这媳妇长得好看，高高的鼻梁，弯弯的眉，额前一溜蓬松松的留海。穿的虽是粗布，倒都是新的。我看她头上已硬挑挑的挽了髻，便大嫂长大嫂短的向她道歉，说刚才这个同志来，说话不好别见怪等等。她听着，脸扭向里面，尽咬着嘴唇笑。我说完了，她也不作声，还是低头咬着嘴唇，好像忍了一肚子的笑料没笑完。这一来，我倒有些尴尬了，下面的话怎么说呢！我看通讯员站在一边，眼睛一眨不眨的看着我，好像在看连长做示范动作似的。我只好硬了头皮，讪讪的向她开口借被子了，接着还对她说了一遍共产党的部队，打仗是为了老百姓的道理。这一次，她不笑了，一边听着，一边不断向房里瞅着。我说完了，她看看我，看看通讯员，好像在掂量我刚才那些话的斤两。半晌，她转身进去抱被子了。

通讯员乘这机会，颇不服气的对我说道：

"我刚才也是说的这几句话，她就是不借，你看怪吧！……"

我赶忙白了他一眼，不叫他再说。可是来不及了，那个媳妇抱了被子，已经在房门口了。被子一拿出来，我方才明白她刚才为什么不肯借的道理了。这原来是一条里外全新的新花被子，被面是假洋缎的，枣红底，上面撒满白色百合花。她好像是在故意气通讯员，把被子朝我面前一送，说："抱去吧。"

我手里已捧满了被子，就一咦嘴，叫通讯员来拿。没想到他竟扬起脸，装作没看见。我只好开口叫他，他这才绷了脸，垂着眼皮，上去接过被子，慌慌张张地转身就走。不想他一步还没走出去，就听见"嘶"的一声，衣服挂住了门钩，在肩膀处，挂下一片布来，口子撕得不小。那媳妇一面笑着，一面赶忙找针拿线，要给他缝上。通讯员却高低不肯，挟了被子就走。

刚走出门不远，就有人告诉我们，刚才那位年轻媳妇，是刚过门三天的新娘子，这条被子就是她唯一的嫁妆。我听了，心里便有些过意不去，通讯员也皱起了眉，默默地看着手里的被子。我想他听了这样的话一定会有同感吧！果然，他一边走，一边跟我嘟哝起来了。

"我们不了解情况，把人家结婚被子也借来了，多不合适呀！……"我忍不住想给他开个玩笑，便故作严肃的说：

"是呀！也许她为了这条被子，在做姑娘时，不知起早熬夜，多干了多少零活，才积起了做被子的钱，或许她曾为了这条花被，睡不着觉呢。可是还有人骂她死封建。……"

他听到这里，突然站住脚，呆了一会，说：

"那！……那我们送回去吧！"

"已经借来了，再送回去，倒叫她多心。"我看他那副认真、为难的样子，又好笑，又觉得可爱。不知怎么的，我已从心底爱上了这个傻呼呼的小同乡。

他听我这么说，也似乎有理，考虑了一下，便下了决心似的说：

"好，算了。用了给她好好洗洗。"他决定以后，就把我抱着的被子，统统抓过去，左一条、右一条的披挂在自己肩上，大踏步的走了。

回到包扎所以后，我就让他回团部去。他精神顿时活泼起来了，向我敬了礼就跑了。走不几步，他又想起了什么，在自己挂包里掏了一阵，摸出两个馒头，朝我扬了扬，顺手放在路边石头上，说：

"给你开饭啦！"说完就脚不点地的走了。我走过去拿起那两个干硬的馒头，看见他背的枪筒里不知在什么时候又多了一枝野菊花，跟那些树枝一起，在他耳边抖抖的颤动着。

他已走远了，但还见他肩上撕挂下来的布片，在风里一飘一飘。我真后悔没给他缝上再走。现在，至少他要裸露一晚上的肩膀了。

包扎所的工作人员很少。乡干部动员了几个妇女，帮我们打水，烧锅，作些零碎活。那位新媳妇也来了，她还是那样，笑眯眯的抿着嘴，偶然从眼角上看我一眼，但她时不时的东张西望，好像在找什么。后来她到底问我说：

"那位同志弟到哪里去了？"我告诉她同志弟不是这里的，他现在到前沿去了。她不好意思地笑了一下说："刚才借被子，他可受我的气了！"说完又抿了嘴笑着，动手把借来的几十条被子、棉絮，整整齐齐的分铺在门板上、桌子上（两张课桌拼起来，就是一张床）。我看见她把自己那条白百合花的新被，铺在外面屋檐下的一块门板上。

天黑了，天边涌起一轮满月。我们的总攻还没发起。敌人照例是忌怕夜晚的，在地上烧起一堆堆的野火，又盲目的轰炸，照明弹也一个接一个的升起，好像在月亮下面点了无数盏的汽油灯，把地面的一切都赤裸裸的暴露出来了，在这样一个"白夜"里来攻击，有多困难，要付出多大的代价啊！我连那一轮皎洁的月亮，也憎恶起来了。

乡干部又来了，慰劳了我们几个家做的干菜月饼。原来今天是中秋节了。

啊！中秋节，在我的故乡，现在一定又是家家门前放一张竹茶几，上面供一副香烛，几碟瓜果月饼。孩子们急切的盼那炷香快些焚尽，好早些分摊给月亮娘娘享用过的东西，他们在茶几旁边跳着唱着："月亮堂堂，敲锣买糖，……"或是唱着："月亮嬷嬷，照你照我……"我想到这里，又想起我那个小同乡，那个拖毛竹的小伙，也许，几年以前，他还唱过这些歌吧！……我咬了一口美味的家做月饼，想起那个小同乡大概现在正趴在工事里，也许在团指挥所，或者是在那些弯弯曲曲的交通沟里走着哩！……

一会儿，我们的炮响了，天空划过几颗红色的信号弹，攻击开始了。不久，断断续续的有几个伤员下来，包扎所的空气立即紧张起来。

我拿着小本子，去登记他们的姓名、单位，轻伤的问问，重伤的就得拉开他们的符号，或是翻看他们的衣襟。我拉开一个重彩号的符号时，"通讯员"三个字使我突然打了个寒战，心跳起来。我定了下神才看到符号上写着×营的字样，啊！不是，我的同乡他是团部的通讯员。但我又莫名其妙的想问问谁，战地上会不会漏掉伤员。通讯员在战斗时，除了送信，还干什么。——我不知道自己为什么要问这些没意思的问题。

战斗开始后的几十分钟里，一切顺利，伤员一次次带下来的消息，都是我们突破第一道鹿寨，第二道铁丝网，占领敌人前沿工事打进街了。但到这里，消息忽然停顿了，下来的伤员，只是简单地回答说："在打。"或是"在街上巷战。"但从他们满身泥泞，极度疲乏的神色上，甚至从那些似乎刚从泥里掘出来的担架上，大家明白，前面在进行着一场什么样的战斗。

包扎所的担架不够了，好几个重彩号不能及时送后方医院，耽搁下来。我不能解除他们任何痛苦,只得带着那些妇女,给他们拭脸洗手,能吃的得喂他们吃一点,带着背包的,就给他们换一件干净衣裳,有些还得解开他们的衣服给他们拭洗身上的污泥血迹。

做这种工作,我当然没什么,可那些妇女又羞又怕,就是放不开手来。大家都要抢着去烧锅,特别是那新媳妇。我跟她说了半天,她才红了脸,同意了。不过只答应做我的下手。

前面的枪声,已响得稀落了。感觉上似乎天快亮了,其实还只是半夜。外边月亮很明,也比平日悬得高。前面又下来一个重伤员。屋里铺位都满了,我就把这位重伤员安排在房檐下的那块门板上。担架员把伤员抬上门板,但还围在床边不肯走。一个上了年纪的担架员,大概把我当做医生了,一把抓住我的膀子说:"大夫,你可无论如何要想办法治好这位同志呀!你治好他,我……我们全体担架队员给你挂匾……"他说话的时候,我发现其他的几个担架队员也都睁大了眼盯着我,似乎我点一点头,这伤员就立即会好了似的。我心想给他们解释一下,只见新媳妇端着水站在床前,短促地"啊"了一声,我急拨开他们上前一看,我看见了一张十分年轻稚气的圆脸,原来棕红的脸色,现已变得灰黄。他安详的合着眼,军装的肩头上,露着那个大洞,一片布还挂在那里。

"这都是为了我们,……"那个担架员负罪的说道,"我们十多付担架挤在一个小巷子里,准备往前运动,这位同志走在我们后面,可谁知道狗日的反动派不知从哪个屋顶上撂下颗手榴弹,手榴弹就在我们人缝里冒着烟乱转,这时这位同志叫我们快趴下,他自己就一下扑在那个东西上了。……"

新媳妇又短促地"啊"了一声。我强忍着眼泪,给那些担架员说了些话,打发他们走了。我回转身看见新媳妇已经轻移过一盏油灯,解开他的衣服,她刚才那种忸怩羞涩已经完全消失,只是庄严而虔诚的给他拭着身子,这位高大又年轻的小通讯员无声地躺在那里。……我猛然醒悟的跳起身,磕磕绊绊的跑去找医生,等我和医生拿了针药赶来,新媳妇正侧着身子坐在他旁边。

她低着头,正一针一线的在缝他衣肩上那个破洞。医生听了听通讯员的心脏,默默的站起身说:"不用打针了。"我过去一摸,果然手都冰冷了。新媳妇却像什么也没看见,什么也没听到,依然拿着针,细细的、密密的缝着那个破洞。我实在看不下去了,低声地说:

"不要缝了。"她却对我异样的瞟了一眼,低下头,还是一针一针地缝。我想拉开他,我想推开这沉重的氛围,我想看见他坐起来,看见他羞涩地笑。但我无意中碰到了身边一个什么东西,伸手一摸,是他给我开的饭,两个干硬的馒头。……

卫生员让人抬了一口棺材来,动手揭掉他身上的被子,要把他放进棺材去。新媳妇这时脸发白,劈手夺过被子,狠狠地瞪了他们一眼。自己动手把半条被子平展展的铺在棺材底,半条盖在他身上。卫生员为难地说:"被子……是借老百姓的。"

"是我的——"她气汹汹地嚷了半句。就扭过脸去。在月光下,我看见她眼里晶莹发亮,我也看见那条枣红底色上洒满白色百合花的被子,这象征纯洁与感情的花,盖上了这位平常的、拖毛竹的青年人的脸。

1958 年 3 月

导读

茹志鹃(1925—1998),原籍浙江杭州,生于上海。《百合花》原载《延河》1958 年第 4 期,是茹志鹃的成名作。小说写的是解放战争时期发生在我军前沿包扎所的一个小故事。通过新婚少妇毅然献出唯一嫁妆(一床枣红底洒满百合花的新被)为英勇牺牲的小通讯员铺在棺底和半盖在身上的情节,热情讴歌了子弟兵对人民的忠诚和人民对子弟兵的敬爱,歌颂了军民之间休戚相关、生死与共的真挚情感,从而歌颂了人民解放战争的正义性,揭示了人民解放事业必然胜利的根本原因。值得注意的是,小说以战争为背景,着力对战争中高尚纯洁的人性美、人情美进行诗意的表现。

作品主要通过抓住人物情感由淡而浓的变化来表现人物性格特点。如新媳妇的感情变化,作者用了由隐而显、由淡而浓、由弱而强的手法,并且集中通过给通讯员缀补肩上破洞和铺盖新被两个细节来加以表现。第一次是媳妇歉意地笑着要给通讯员缝补被撕破的衣服,第二次是看到那稚气的圆脸和挂下的一块布片,她"啊"了一声,这含而不露的深情,引出了她更为扣人心弦的举动,通讯员牺牲了,她仍然缝那个破洞,表现出惊人的冷静,这冷静里,潜藏着新媳妇深厚的感情。最后她亲自把新被铺在棺底,卫生员为难地说"被子……是借老百姓的",一向少言羞涩恬静的少妇,竟气汹汹地说:"是我的——"。这种由淡而浓的情感变化将新媳妇丰富的感情世界和纯朴优美的心灵表现得生动而自然。

《百合花》全篇结构细致严密,富于节奏感。以"我"贯串全篇,这使情节发展自然,富于节奏感;其次,细节描写的手法特别突出,用枪筒树枝和野菊花、破洞、馒头、被子等前后呼应,首尾贯穿,加强了作品结构的严密性。

小二黑结婚

赵树理

一 神仙的忌讳

刘家峧有两个神仙,邻近各村无人不晓:一个是前庄上的二诸葛,一个是后庄上的三仙姑。二诸葛原来叫刘修德,当年做过生意,抬脚动手都要论一论阴阳八卦,看一看黄道黑道。三仙姑是后庄于福的老婆,每月初一十五都要顶着红布摇摇摆摆装扮天神。

二诸葛忌讳"不宜栽种",三仙姑忌讳"米烂了"。这里边有两个小故事:有一年春天大旱,直到阴历五月初三才下了四指雨。初四那天大家都抢着种地,二诸葛看了看历书,又掐指算了一下说:"今日不宜栽种。"初五日是端午,他历年就不在端午这天做什么,又不曾种;初六倒是个黄道吉日,可惜地干了,虽然勉强把他的四亩谷子种上了,却没有出够一半。后来直到十五才又下雨,别人家都在地里锄苗,二诸葛却领着两个孩子在地里补空子。邻家有个后生,吃饭时候在街上碰上二诸葛便问道:"老汉!今天宜栽种不宜?"二诸葛翻了他一眼,扭转头返回去了,大家就嘻嘻哈哈传为笑谈。

三仙姑有个女孩叫小芹。一天,金旺他爹到三仙姑那里问病,三仙姑坐在香案后唱,金旺他爹跪在香案前听。小芹那年才九岁,晌午做捞饭,把米下进锅里了,听见她娘哼哼得很中听,站在桌前听了一会,把做饭也忘了。一会,金旺他爹出去小便,三仙姑趁空子向小芹说:"快去捞饭!米烂了!"这句话却不料就叫金旺他爹听见,回去就传开了。后来有些好玩笑的人,见了三仙姑就故意问别人"米烂了没有?"

二 三仙姑的来历

三仙姑下神,足足有三十年了。那时三仙姑才十五岁,刚刚嫁给于福,是前后庄上第一个俊俏媳妇。于福是个老实后生,不多说一句话,只会在地里死受。于福的娘早死了,只有个爹,父子两个一下地,家里就只留下新媳妇一个人。村里的年轻人们觉得新媳妇太孤单,就慢慢自动的来跟新媳妇做伴,不几天就集了一大群,每天嘻嘻哈哈,十分哄伙。于福他爹看见不像个样子,有一天发了脾气,大骂一顿,虽然把外人挡住了,新媳妇却跟他闹起来。新媳妇哭了一天一夜,头也不梳,脸也不洗,饭也不吃,躺在炕上,谁也叫不起来,父子两个没了办法。邻家有个老婆替她请了一个神婆子,在她家下了一回神,说是三仙姑跟上她了。她也哼哼唧唧自称吾神长吾神短,从此以后每月初一十五就下起神来,别人也给她烧起香来求财问病,三仙姑的香案便从此设起来了。

青年们到三仙姑那里去,要说是去问神,还不如说是去看圣像。三仙姑也暗暗猜透大家的心事,衣服穿得更新鲜,头发梳得更光滑,首饰擦得更明,官粉搽得更匀,不由青年们不跟着她转来转去。

这是三十年前的事。当时的青年,如今都已留下了胡子,家里大半又都是子媳成群。所以除了几个老光棍,差不多都没有那些闲情到三仙姑那里去了。三仙姑却和大家不同,虽然已经四十五岁,却偏爱当个老来俏，小鞋上仍要绣花，裤腿上仍要镶边，顶门上的头发脱光了，用黑手帕盖起来，只可惜官粉涂不平脸上的皱纹，看起来好像驴粪蛋上下了霜。

老相好都不来了，几个老光棍不能叫三仙姑满意，三仙姑又团结了一伙孩子们，比当年的老相好更多，更俏皮。

三仙姑有什么本领能团结这伙青年呢？这秘密在她女儿小芹身上。

三 小 芹

三仙姑前后生过六个孩子，就有五个没有成人，只落了一个女儿，名叫小芹。小芹当两三岁时候，就非常伶俐乖巧，三仙姑的老相好们，这个抱过来说是"我的"，那个抱起来说是"我的"。后来小芹长到五六岁，知道这不是好话，三仙姑教她说："谁再这么说，你就说'是你的姑姑'。"说了几回，果然没有人再提了。

小芹今年十八了，村里的轻薄人说，比她娘年轻时候好得多，青年小伙子们，有事没事，总想跟小芹说句话。小芹去洗衣服，马上青年们也都去洗；小芹上树采野菜，马上青年们也都去采。

吃饭时候，邻居们端上碗爱到三仙姑那里坐一会，前庄上的人来回一里路，也并不觉得远。这已经是三十年来的老规矩，不过小青年也这样热心，却是近二三年来才有的事。三仙姑起先还以为自己仍有勾引青年的本领，日子长了，青年们并不真正跟她接近，她才慢慢看出门道来，才知道人家来了为的是小芹。

不过小芹却不跟三仙姑一样：表面上虽然也跟大家说说笑笑，实际上却不跟人乱来，近二三年，只是跟小二黑好一点。前年夏天，有一天前响，于福去地，三仙姑去串门，家里只留下小芹一个，金旺来了，嬉皮笑脸向小芹说："这会可算是空子吧？"小芹板起脸来说："金旺哥！咱们以后说话要规矩些！你也是娶媳妇大汉了！"金旺撇撇嘴说："咦！装甚么假正经？小二黑一来管保你就软了！有便宜大家讨开点，没事；要正经除非自己锅底没有黑！"说着就拉住小芹的胳膊悄悄说："不用装模作样了！"不料小芹大声喊道："金旺！"金旺赶紧放手跑出来，一边还叨念道："等得住你！"说着就悄悄溜走了。

四 金旺弟兄

提起金旺来，刘家峧没有人不恨他，只有一个本家兄弟名叫兴旺跟他对劲。

金旺他爹虽是个庄稼人，却是刘家峧一只虎，当过几十年老社首，捆人打人是他的拿手好戏。金旺长到十七八岁，就成了他爹的好帮手，兴旺也学会了帮虎吃食，从此金旺他爹想要捆谁，就不用亲自动手，只要下个命令，自有金旺兴旺代办。

抗战初年，汉奸敌探溃兵土匪到处横行，那时金旺他爹已经死了，金旺、兴旺弟兄两个，给一支溃兵作了内线工作，引路绑票，讲价赎人，又做巫婆又做鬼，两头出面装好人。后来八路军来，打垮溃兵土匪，他两人才又回到刘家峧。

山里人本来就胆子小，经过几个月大混乱，死了许多人，弄得大家更不敢出头了。别的大村子都成立了村公所、妇救会、武委会，刘家峧却除了县府派来一个村长以外，谁也不愿意当干部。不久，县里派人来刘家峧工作，要选举村干部。金旺跟兴旺两个人看出这又是掌权的机会，大家也巴不得有人愿干,就把兴旺选为武委会主任,把金旺选为村政委员,连金旺老婆也被选为妇救会主席。其他各干部,硬捏了几个老头子出来充数。只有青抗先队长,老头子充不得。兴旺看见小二黑这个小孩子漂亮好玩,随便提了一下名就通过了,他爹二诸葛虽然不愿,可是惹不起金旺,也没有敢说什么。

村长是外来的,对村里情形不十分了解,从此金旺兴旺比前更厉害了,只要瞒住村长一个人,村里人不论哪个都得由他两个调遣。这几年来,村里的干部虽然调换了几个,而他两个却好象铁桶江山。大家对他两个虽是恨之入骨,可是谁也不敢说半句话,都恐怕扳不倒他们,自己吃亏。

五 小二黑

小二黑,是二诸葛的二小子,有一次反扫荡打死过两个敌人,曾得到特等射手的奖励。说到他的漂亮,那不只在刘家峧有名,每年正月扮故事,不论去哪一村,妇女们的眼睛都跟着他转。

小二黑没有上过学,只是跟他爹识了几个字。当他六岁时候,他爹就教他识字。识字课本既不是五经四书,也不是常识国语,而是从天干、地支、五行、八卦、六十四卦名等学起,进一步便学些《百中经》、《玉匣记》、《增删卜易》、《麻衣神相》、《奇门遁甲》、《阴阳宅》等书。小二黑从小就聪明,像那些算属相、卜六壬课、念大小流年或"甲子乙丑海中金"等口诀,不几天就都弄熟了,二诸葛也常把他引在人前卖弄。因为他长得伶俐可爱,大人们也都爱跟他玩;这个说:"二黑,算一算十岁属什么?"那个说:"二黑,给我卜一课!"后来二诸葛因为说:"不宜栽种"误了种地,老婆也埋怨,大黑也埋怨,庄上人也都传为笑谈,小二黑也跟着受了许多奚落。那时候小二黑十三岁,已经懂得好歹了,可是大人们仍把他当成小孩来玩弄,好跟二诸葛开玩笑的,一到了家,常好对着二诸葛问小二黑道:"二黑!算算今天宜不宜栽种?"和小二黑年纪相仿的孩子们,一跟小二黑生了气,就连声喊道:"不宜栽种不宜栽种……"小二黑因为这事,好几个月见了人躲着走,从此就和他娘商量成一气,再不信他爹的鬼八卦。

小二黑跟小芹相好已经二三年。那时候他才十六七,原不过冬天夜长时候,跟着些闲人到三仙姑那里凑热闹,后来跟小芹混熟了,好像是一天不见面也不能行。后庄上也有人愿意给小二黑跟小芹做媒人,二诸葛不愿意,不愿意的理由有三:第一小二黑是金命,小芹是火命,恐怕火克金;第二小芹生在十月,是个犯月;第三是三仙姑的声名不好。恰巧在这时候彰德府来了一伙难民,其中有个老李带来个八九岁的小姑娘,因为没有吃的,愿意把姑娘送给人家逃个活命。二诸葛说是个便宜,先问了一下生辰八字,掐算了半天说:"千里姻缘一线牵",就替小二黑收作童养媳。

虽然二诸葛说是千合适万合适,小二黑却不认账。父子俩吵了几天,二诸葛非养不行,小二黑说:"你愿意养你就养着,反正我不要!"结果虽把小姑娘留下了,却到底没有说清楚算什么关系。

六 斗 争 会

金旺自从碰了小芹的钉子以后,每日怀恨,总想设法报一仇。有一次武委会训练村干部,恰巧小二黑发疟疾没有去。训练完毕之后,金旺就对兴旺说:"小二黑是装病,其实是被小芹勾引住了,可以斗争他一顿。"兴旺就是武委会主任,从前也碰过小芹一回钉子,自然十分赞成金旺的意见,并且又叫金旺回去和自己老婆说一下,发动妇救会也斗争小芹一番。金旺老婆现任妇救会主席,因为金旺好到小芹那里去,早就恨得小芹了不得。现在金旺回去跟她说要斗争小芹,这才是巴不得的机会,丢下活计,马上就去布置。第二天,村里开了两个斗争会,一个是武委会斗争小二黑,一个是妇救会斗争小芹。

小二黑自己没有错,当然不承认,嘴硬到底,兴旺就下命令,把他捆起来送交政权机关处理。幸而村长脑筋清楚,劝兴旺说:"小二黑发疟疾是真的,不是装病,至于跟别人恋爱,不是犯法的事,不能捆人家。"兴旺说:"他已是有了女人的。"村长说:"村里谁不知道小二黑不承认童养媳。人家不承认是对的;男不过十六,女不过十五,不到订婚年龄。十来岁小姑娘,长大也不会来认这笔账。小二黑满有资格跟别人恋爱,谁也不能干涉。"兴旺没话说了,小二黑反要问他:"无故捆人犯法不犯?"经村长双方劝解,才算放了完事。

兴旺还没有离村公所,小芹拉着妇救会主席也来找村长,她一进门就说:"村长!捉贼要赃捉奸要双,当了妇救会主席就不说理了?"兴旺见拉着金旺的老婆,生怕说出这事与自己有关,赶紧溜走。后来村长问了问情由,费了好大一会唇舌,才给他们调解开。

七 三仙姑许亲

两个斗争会开过以后,事情包也包不住了,小二黑也知道这事是合理合法的了,索性就跟小芹公开商量起来了。

三仙姑却着了急。她跟小芹虽是母女,近几年来却不对劲。三仙姑爱的是青年们,青年们爱的是小芹。小二黑这个孩子,在三仙姑看来好像鲜果,可惜多一个小芹,就没了自己的份儿。她本想早给小芹找个婆家推出门,可是因为自己名声不正,差不多都是不愿意跟她结亲。开罢斗争会以后,风言风语都说小二黑要跟小芹自由结婚,她想要真是那样的话,以后想跟小二黑说句笑话都不能了,那是多么可惜的事,因此托东家求西家要给小芹找婆家。

"插起招军旗,就有吃粮人。"有个吴先生是在阎锡山部下当过旅长的退职军官,家里很富,才死了老婆。他在奶奶庙大会上见过小芹一面,愿意续她,媒人向三仙姑一说,三仙姑当然愿意。不几天过了礼帖,就算定了,三仙姑以为了却了一宗心事。

小芹已经和小二黑商量得差不多了,如何肯听她娘的话?过礼那一天,小芹跟她娘闹起来,把吴先生送来的首饰绸缎扔下一地。媒人走后,小芹跟她娘说:"我不管!谁收了人家的东西谁跟人家去!"

三仙姑愁住了,睡了半天,晚饭以后,说是神上了身,打了两个呵欠就唱起来。她起先责备于福管不了家,后来说小芹跟吴先生是前世姻缘,还唱些什么"前世姻缘由天定,不顺天意活不成……"于福跪在地下哀求,神非教他马上打小芹一顿不可。小芹听了这话,知道跟这个装神弄鬼的娘说不出什么道理来,干脆躲了出去,让她娘一个人胡说。

小芹一个人悄悄跑到前庄上去找小二黑,恰在路上碰上小二黑去找她,两个就悄悄拉着手到一个大窑里去商量对付三仙姑的法子。

八 拿 双

小芹把她娘怎样主婚怎样装神,唱些什么,从头到尾细细向小二黑说了一遍,小二黑说:"不用理她!我打听过区上的同志,人家说只要男女本人愿意,就能到区上登记,别人谁也作不了主……"

说到这里,听见外边有脚步声,小二黑伸出头来一看,黑影里站着四五个人,有一个说:"拿双拿双!"他两人都听出是金旺的声音,小二黑火了,大叫道:"拿? 没有犯了法!"兴旺也来了,下命令道:"捉住捉住! 我就看你犯法不犯法,给我操了好几天心了!"小二黑说:"你说去哪里咱就去哪里,到边区政府你也不能把谁怎么样! 走!"兴旺说:"走? 便宜了你! 把他捆起来!"小二黑挣扎了一会,无奈没有他们人多,终于被他们七手八脚打了一顿捆起来了。兴旺说:"里边还有个女的,也捆起来! 捉奸要双,这是她自己说的!"说着就把小芹也捆起来了。

前庄上的人都还没有睡,听见有人吵架,有些人就跑出去看,麻秆火把下看见捆着的两个人,大家不问就都知道了八九分。二诸葛也出来了,见小二黑被人家捆起来,就跪在兴旺面前哀求道:"兴旺! 咱两家没有什么仇! 看在我老汉面上,请你们诸位高高手……"兴旺说:"这事情,我们管不了,送给上级再说吧!"小二黑说:"爹,你不用管! 送到哪里也不犯法! 我不怕他!"兴旺说:"好小子! 要硬你就硬到底!"又逼住三个民兵说:"带他们走!"一个民兵问:"带到村公所?"兴旺说:"还到村公所干什么? 上一回不是村长放了的? 送给区武委会主任按军法处理!"说着就把他两个人捆上走了。

九 二诸葛的神课

邻居们见是兴旺弟兄们捆人,也没有人敢给小二黑讲情,等到他们走后,才把二诸葛招呼回家。

二诸葛连连摇头说:"唉! 我知道这几天要出事啦: 前天早上我上地去,才上到岭上,碰上个骑驴媳妇,穿了一身孝,我就知道坏了。我今年是罗睺星照耀,要谨防带孝的冲了运气,因此哪里也不敢去,谁知躲也躲不过! 昨天晚上二黑他娘梦见庙里唱戏。今天早上一个老鸹落在东房上叫了十几声……唉! 反正是时运,躲也躲不过。"他罗里罗嗦念了一大堆,邻居们听了有些厌烦,又给他说了一会宽心话,就都散了。

有事人哪里睡得着? 人散了之后,二诸葛家里除了童养媳之外,三个人谁也没有睡。二诸葛摸了摸脸,取出三个制钱占了一卦,占出之后吓得面色如土。他说:"了不得呀了不得! 丑土的父母动出午火的官鬼,火旺于夏,恐怕有些危险了。唉! 人家把他选成青年队长,我就说过不叫他当,小杂种硬要充人物头! 人家说要按军法处理,要不当队长哪里犯得了军法?"老婆也拍手跺脚道:"小爹呀! 谁知道你要闯这么大的事啦?!"大黑劝道:"不怕,事已经出下了,由他去吧! 我想这又不是人命事,也犯不了什么大罪! 既然他们送到区上了,我先到区上打听打听! 你们都睡吧!"说着点了灯笼就走了。

二诸葛打发大黑去后,仍然低头细细研究方才占的那一卦。停了一会,远远听着有个女人哭,越哭越近,不大一会就来到窗下,一推门就进来了。二诸葛还没有看清是谁,这女人就一把把他拉住,带哭带闹说:"刘修德,还我闺女! 你的孩子把我的闺女勾引到哪里了? 还我……"二诸葛老婆正气得死去活来,一看见来的是三仙姑,正赶上出气,从炕上跳下来拉住她道:"你来了好! 省得我去找你! 你母女两个好生生把我个孩子勾引坏,你倒有脸来找我! 咱两人就也到区上说说理!"两个女人滚成一团,二诸葛一个人拉也拉不开,也再顾不上研究他的卦。三仙姑见二诸葛老婆已经不顾了命,自己先胆怯了几分,不敢恋战,小闹了一会挣脱出来就走了。二诸葛老婆追出门来,被二诸葛拦回去,还骂个不休。

十 恩典恩典

二诸葛一夜没有睡,一遍一遍念:"大黑怎么还不回来,大黑怎么还不回来。"第二天天不明就起程往区上走,走到半路,远远看见大黑、三个民兵已都回来了,还来了区上一个助理员,一个交通员。他远远就喊叫道:"大黑!怎么样?要紧不要紧?"大黑说:"没有事!"说着就走到跟前,助理员跟三个民兵先走了。大黑告交通员说:"这就是我爹!"又向二诸葛说:"区上添传你跟于福老婆。你去吧,没有事!二黑跟小芹两个人,一到区上就放开了。区上早就听说兴旺跟金旺两个人不是东西,已经把他两个人押起来了,还派助理员到咱村开大会调查他们横行霸道的证据。我赶到那里人家就问罢了,听说区上还许咱二黑跟小芹结婚。"二诸葛说:"不犯罪就好,结婚不行,命相不对!你没有听说添传我做什么?"大黑说:"不知道,大约也没有什么大事。你去吧,我先回去告我娘说。"交通员说:"老汉!这就算见了你了!你去吧,我再传那一个去!"说了就跟大黑相跟着走了。

二诸葛到了区上,看见小二黑跟小芹坐在一条板凳上,他就指着小二黑骂道:"闯祸东西!放了你你还不快回去?你把老子吓死了!不要脸!"区长道:"干什么?区公所是骂人的地方?"二诸葛不说话了。区长问:"你就是刘修德?"二诸葛答:"是!"问:"你给刘二黑收了个童养媳?"答:"是!"问:"今年几岁了?"答:"属猴的,十二岁了。"区长说:"女不过十五岁不能订婚,把人家退回娘家去,刘二黑已经跟小芹订婚了!"二诸葛说:"她只有个爹,也不知逃难逃到哪里去了,退也没处退。女不过十五不能订婚,那不过是官家规定,其实乡间七八岁订婚的多着哩。请区长恩典恩典就过去了……"区长说:"凡是不合法的订婚,只要一方面不愿意都得退!"二诸葛说:"我这是两家情愿!"区长问小二黑道:"刘二黑!你愿意不愿意?"小二黑说:"不愿意!"二诸葛的脾气又上来了,瞪了小二黑一眼道:"由你啦?"区长道:"给他订婚不由他,难道由你啦?老汉!如今是婚姻自主,由不得你了,你家养的那个小姑娘,要真是没有娘,就算成你的闺女好了。"二诸葛道:"那也可以,不过还得请区长恩典恩典,不能叫他跟于福这闺女订婚!"区长说:"这你就管不着了!"二诸葛发急道:"千万请区长恩典恩典,命相不对,这是一辈子的事!"区长道:"老汉!你不要糊涂了!强逼着你十九岁的孩子娶上个十二岁的小姑娘,恐怕要生一辈子气!我不过是劝一劝你,其实只要人家两个人愿意,你愿意不愿意都不相干。回去吧!童养媳没处退就算成你的闺女!"二诸葛还要请区长"恩典恩典",一个交通员把他推出来了。

十一 看 看 仙 姑

三仙姑去寻二诸葛,一来为的是逞逞闹气的本领,二来为的是遮遮外人的耳目,其实让小芹吃一吃亏她很高兴,所以跟二诸葛老婆闹了一阵之后,回去就睡了。第二天早上,她起得很迟,于福虽比她着急,可是自己既没有主意,又不敢叫醒她,只好自己先去做饭,饭快成的时候,三仙姑慢慢起来梳妆,于福问道:"不去打听打听小芹?"她说:"打听她做甚啦?她的本领多大啦?"于福也再没有敢说什么,把饭菜做成了放在炉边等,直等到她梳妆罢了才开饭。

饭还没有吃罢,区上的交通员来传她。她好像很得意,嗓子拉着长长的说:"闺女大了咱管不了,就请区长替咱管教管教!"她吃完了饭,换上新衣服、新手帕、绣花鞋、镶边裤,又擦了一次粉,加了几件首饰,然后叫于福给她备上驴,她骑,于福给她赶上,往区上去。

到了区上。交通员把她引到区长房子里,她趴下就磕头,连声叫道:"区长老爷,你可要给我作主!"区长正伏在桌上写字,见她低着头跪在地下,头上戴了满头银首饰,还以为是前两天跟婆婆生了气的那个年轻媳妇,便说道:"你婆婆不是有保人吗? 为什么不找保人?"三仙姑莫名其妙,抬头看了看区长的脸。区长见是个擦着粉的老太婆,才知道是认错了。交通员道:"认错人了! 这就是于小芹的娘!"区长打量了她一眼道:"你就是小芹的娘呀? 起来! 不要装神做鬼! 我什么都清楚! 起来!"三仙姑站起来了。区长问:"你今年多大岁数?"三仙姑说:"四十五。"区长说:"你自己看看你打扮得像个人不像?"门边站着老乡一个十来岁的小闺女嘻嘻笑了。交通员说:"到外边耍!"小闺女跑了。区长问:"你会下神是不是?"三仙姑不敢答话。区长问:"你给你闺女找了个婆家?"三仙姑答:"找下了!"问:"使了多少钱?"答:"三千五。"问:"还有些什么?"答:"有些首饰布匹!"问:"跟你闺女商量过没有?"答:"没有!"问:"你闺女愿意不愿意?"答:"不知道!"区长道:"我给你叫来你亲自问问她!"又向交通员道:"去叫于小芹!"

刚才跑出去的那个小闺女,跑到外边一宣传,说有个打官司的老婆,四十五了,擦着粉,穿着花鞋。邻近的女人们都跑来看,挤了半院,唧唧哝哝说:"看看! 四十五了!""看那裤腿!""看那鞋!"三仙姑半辈子没有脸红过,偏这会沉不住气了,一道道热汗在脸上流。交通员领着小芹来了,故意说:"看什么? 人家也是个人吧,没有见过? 闪开路!"一伙女人们哈哈大笑。

把小芹叫来,区长说:"你问问你闺女愿意不愿意!"三仙姑只听见院里的人说"四十五""穿花鞋",羞得只顾擦汗,再也开不得口。院里的人们忽然又转了话头,都说"那是人家的闺女""闺女不如娘会打扮",也有人说"听说还会下神",偏又有个知道底细的断断续续讲"米烂了"的故事,这时三仙姑恨不得一头碰死。

区长说:"你不问我替你问! 于小芹,你娘给你找的婆家你愿意跟人家结婚不愿意?"小芹说:"不愿意! 我知道人家是谁?"区长问三仙姑道:"你听见了吧?"又给她讲了一会婚姻自主的法令,说小芹跟小二黑订婚完全合法,还吩咐她把吴家送来的钱和东西原封退了,让小芹跟小二黑结婚。她羞愧之下,一一答应了下来。

十二 怎 么 到 底

三个民兵回到刘家峧,一说区上把兴旺金旺二人押起来,又派助理员来调查他们的罪恶,真是人人拍手称快。午饭后,庙里开一个群众大会,村长报告了开会宗旨,就请大家举他两个人的作恶事实。起初大家还怕扳不倒人家,人家再返回来报仇,老大一会没有人说话,有几个胆子太小的人,还悄悄劝大家说:"忍事者安然。"有个被他两人作践垮了的年轻人说:"我从前没有忍过? 越忍越不得安然! 你们不说我说!"他先从金旺领着土匪到他家绑票说起,一连说了四五款,才说道:"我歇歇再说,先让别人也说几款!"他一说开了头,许多受过害的人也都抢着说起来: 有给他们花过钱的,有被他们逼着上过吊的,也有产业被他们霸了的,老婆被他们奸淫过的。他两人还派上民兵给他们自己割柴,拨上民夫给他们自己锄地;浮收粮,私派款,强迫民兵捆人,……你一宗他一宗,从晌午说到太阳落,一共说了五六十款。

区上根据这些罪状把他们两人送到县里,县里把罪状一一证实之后,除叫他们赔偿大家损失外,又判了十五年徒刑。

经过这次大会之后,村里人也都敢出头了。不久,村干部又都经过大改选,村里人再也不敢乱投坏人的票。这其间,金旺老婆自然也落了选。偏她还变了口吻,说:"以后我也要进步了。"

两个神仙也有了变化:

三仙姑那天在区上被一伙妇女围住看了半天,实在觉得不好意思,回去对着镜子研究了一下,真有点打扮得不像话;又想到自己的女儿快要跟人家结婚,自己还卖什么老俏?这才下了个决心,把自己的打扮从顶到底换了一遍,弄得像个长辈人的样子,把三十年来装神弄鬼的那张香案也悄悄拆去。

二诸葛那天从区上回去,又向老婆提起二黑跟小芹的命相不对,他老婆道:"把你的鬼八卦收起吧!你不是说二黑这回了不得吗?你一辈子放个屁也要卜一课,究竟抵了些什么事?我看小芹满不错,能跟咱二黑过就很好!什么命相对不对?你就不记得'不宜栽种'?"二诸葛见老婆都不相信自己的阴阳,也就不好意思再到别人跟前卖弄他那一套了。

小芹和小二黑各回各家,见老人们的脾气都有些改变,托邻居们趁势和说和说,两位神仙也就顺水推舟同意他们结婚。后来两家都准备了一下,就过门。过门之后,小两口都十分得意,邻居们都说是村里第一对好夫妻。

夫妻们在自己卧房里有时候免不了说玩话:小二黑好学三仙姑下神时候唱"前世姻缘由天定",小芹好学二诸葛说"区长恩典,命相不对"。淘气的孩子们去听窗,学会了这两句话,就给两位神仙加了新号:三仙姑叫"前世姻缘",二诸葛叫"命相不对"。

1943 年 5 月写于太行

导读

赵树理(1906—1970),山西沁水人。本篇摄下的是解放区农村的一个侧影。在这里,青年男女追求婚姻自主仍遇到阻力,说明了几千年延续下来的封建意识和封建势力的顽固。但作品毕竟以青年人的斗争胜利告终,这就正确揭示了解放区农村的深刻变革,讴歌了中国共产党领导下的民主政权的力量。

小说在人物形象塑造上的突出成就是成功地刻画了二诸葛和三仙姑两个落后农民的形象。他们各具个性,前者侧重表现其思想意识上的陈腐观念,后者则还有个人品质问题,但都表现了农村小生产者精神上的沉重负荷和文化习俗的惰性,从一个方面提出了农村实行民主改革、教育农民的重要性。作为一代新型农民的代表,小二黑和小芹为争取应得的幸福同封建和落后思想所展开的不妥协的斗争精神,也给人留下了较深的印象。

赵树理小说在艺术上体现了显著的民族风格和大众化趋向。本篇即采用中国传统小说的写法,故事单线发展,情节连贯,首尾照应,很适合农民读者的阅读口味。语言朴实生动,幽默风趣,表现力极强,做到了语言的大众化和形象化。

"锻炼锻炼"(存目)

赵树理

导读

　　这篇小说最初发表于《火花》1958年8月号,《人民文学》于同年的9月号予以转载。作品描写了以不同方式调动农业社社员生产积极性的社干部的形象。老主任王聚海工作经验丰富,凡事讲究先摸熟群众"脾性"然后再对症下药,上面政策要执行,但对群众也顾及情面,强调因势利导,可这样的基层干部在当时却成了嘲弄批评的对象。更年轻的社副主任杨小四却完全是另一种类型的农村基层干部,他不仅采取"大字报"形式批判两个缺乏参加农业社劳动积极性的女社员"小腿疼"和"吃不饱",又以"政府规定""罚款""坐牢""到法院"等大帽子吓退前来论理的当事人,还进一步运用计谋把平时不乐意参加社里劳动的女社员骗到地里,并造成几个女社员"偷"社里棉花的口实,从而给农业社"整风"带来反面典型,在全社大会上予以公开批判。

　　作品生动曲折地表现了农业社里复杂的干群关系及普通社员生产积极性的低落。叙述方式和语言上保持了赵树理一贯追求的"大众化"特点,活泼生动,富有生活气息,强调故事的完整性,并渗透着一种幽默感及深藏不露的讽喻色彩,其细节和场面本身所显示的内涵大大超过了作者当时的主观设定。

太阳照在桑干河上（存目）

丁　玲

导读

　　丁玲（1904—1986），原名蒋冰之，湖南临澧人。《太阳照在桑干河上》是丁玲创作的反映土改斗争的优秀长篇小说，出版于 1948 年。它的成功标志了延安文艺座谈会以后长篇创作达到的新高度，曾荣获 1951 年度斯大林文学奖二等奖。

　　小说描述华北某地一个名叫暖水屯的村子的土改斗争从酝酿发动到几经曲折终于斗倒地主的过程，真实深刻地反映了农村土改运动的尖锐性与复杂性，形象地描写出各阶层人物的精神状态，表现了中国农民在中国共产党领导下所取得的巨大历史进步。作品的突出特点是：一方面表现了农村错综复杂的阶级关系，特别是封建地主阶级的势力在农村盘根错节、枝缠蔓绕的状态，使农民与地主的阶级阵线变得难解难分。这就提出了土改中一个关键性问题：必须清醒地看到农村阶级斗争的复杂性。只有把最隐蔽的也是最狡猾、凶狠的恶霸地主斗倒，土改才可能取得真正的胜利。另一方面，由斗争的复杂性所规定，作品着重表现土改在农村各阶层人物心中所激起的巨大的波澜，以深刻细腻的描写深入揭示人物复杂的心理矛盾及其发展变化，着力刻画农民如何冲击封建思想束缚，提高民主革命觉悟，勇敢斗争的心灵变化过程，从而有力地表现了土改不仅改变了几千年的封建秩序，同时也改变了人们思想面貌的深远历史意义。作品在表现这一深刻思想时，刻画了一系列成长的人物形象，如在斗争中逐步克服弱点，增长才干，终于锻炼成为一个积极沉着的好干部的党支部书记张裕民；经历了痛苦的心理冲突，努力摆脱感情缠绕，成为土改积极分子的农会主任程仁；罪恶昭彰、劣迹斑斑，在运动中又老谋深算但终于无法抗拒历史潮流的狡猾地主钱文贵等。

　　作品艺术上的成功之处，是以宏大繁复的结构描绘农村生活的丰富复杂性，情节线索纷繁，然而主次分明，繁而不乱。刻画人物注重揭示人物内在的心理矛盾，描写正面人物不回避性格弱点，写反面人物也不作简单化处理，从而使形象刻画得血肉丰满，富有生活实感。

暴风骤雨(存目)

周立波

导读

周立波(1908—1979),原名周绍仪,湖南益阳人。《暴风骤雨》出版于1948年,是反映土改斗争的优秀长篇小说,曾荣获1951年度斯大林文学奖三等奖。小说描写了东北地区一个名叫元茂屯的村子从1946年到1947年土地改革的全过程。全书分两部,第一部以赵玉林为中心人物,展现了元茂屯农民对恶霸地主韩老六的斗争,后以赵玉林在剿匪中英勇牺牲结束。第二部写一年后萧祥带领工作队再进元茂屯,扭转出现反复的不利形势。主人公是郭全海,他带领农民进行锄奸反特和对地主杜善人的斗争,最后巩固了胜利果实,并带头参军入伍。小说透过形象的画面,展示了土改运动中斗争的艰巨性和激烈性,并试图告诉人们,要摧垮几千年的封建土地制度,必然会遭到阶级敌人隐蔽的或明火执仗的反抗。但在中国共产党领导下,广大觉醒了的农民,终于以暴风骤雨的气势冲垮了封建地主势力。作品着力塑造了赵玉林和郭全海两个在斗争中迅速成长起来的英雄人物,同时也刻画了老孙头、老田头、白玉山、赵大嫂等各具个性的人物形象。

这部小说艺术上的特点是故事线索明晰,情节紧张,人物行动性强,风格粗犷质朴,体现显著的民族风格。语言简洁明快,大量采用东北人民生动活泼的口语,具有很强的表现力和浓厚的地方色彩。缺点是第一、二部之间有脱节之感,第二部结构有些松散。

创业史(存目)

柳 青

导读

柳青(1916—1978),原名刘蕴华,陕西吴堡人。该作第一部由中国青年出版社于1960年最初出版。这是作家在50年代初举家迁移至陕西省长安县皇甫村安家落户,经过长期的观察和体验所写成的长篇小说,意在完整而全面地描写和反映中国农民在农村社会主义改造过程中的历史命运。作品原计划写4部,第一部写互助组,第二部写初级社,第三部写两个初级社,第四部写高级社,以此来系统地描写农村合作化运动的全过程。作者最后完成的是第一部,第二部只完成上卷及下卷的前4章。目前对于该作的研究与评论一般均以第一部为依据。

《创业史》第一部写的是由梁生宝为组长、并由乡区县各级党组织直接领导扶植的北方农村的一个重点互助组如何克服种种困难,在第一次取得粮食大丰收后又迅速扩展成立了全区第一个农业合作社的故事。正如小说题目及庞大的写作计划所显示的,作家试图通过50年代的“农村社会主义改造运动”来表现中国农村农民的创业史诗,但因为整个构思与写作均以当时的农村政策为出发点和依据,因此其艺术真实性及整体的艺术魅力不能不被深深打上那个时代的历史印痕。

小说围绕着是无条件地响应、拥护和积极参与合作化运动,还是对此表示怀疑犹豫、不信任、疏离甚至反对这一运动,构织出了庞大的人物关系网络。但第一部的焦点人物则是梁三老汉和梁生宝父子俩。评论界对于作家全力推出的“农村社会主义新人”梁生宝这个人物形象,在作品发表不久就产生过很大争议,认为对他的塑造存在着“三多三不足”的概念化现象,即“写理念活动多,性格刻画不足;外围烘托多,放在冲突中表现不足;抒情议论多,客观描绘不足”。而作为“中间人物”的梁三老汉则得到了更多的认可,作品对这个人物身上那种祖祖辈辈世代相传的“发家致富”梦的执着,以及在新的时代里不得不逐步放弃梦想的痛苦历程,表现得十分真切感人,具有极为丰富的历史内涵与深邃的现实意蕴。尽管作家对“中间人物”“反面人物”的理解都没有超越那个时代的意识形态限定,但也注意挖掘他们内心生活的一些生动细节,因而避免了过浓的概念化与简单化倾向,给今天的读者保留了值得珍惜的历史真实性。

此外,作品中时时可见的抒情性议论,尽管从整体上讲因为时代政治印痕的过强而失去其价值,但仍有不少紧密结合人物行动、内心冲突及情节推进所展开的抒情性议论还是可以活跃作品的叙述气氛、化解过强的理性制约的,并使作品具备了一定的思辨性和哲理性。因此《创业史》尽管存在这样那样的历史局限,仍然不失为一部具有重要文学史意义的长篇小说。

红日（存目）

吴 强

导读

  吴强（1910—1990），江苏涟水人。《红日》于 1957 年由中国青年出版社出版，是继《保卫延安》之后的又一部正面反映大规模国内革命战争的史诗性著作。它结构宏伟、内容丰富、人物众多、场面壮观，既展示了广阔的战争生活画面，又艺术地再现了解放战争中人民军队的英勇气概和革命豪情。

  《红日》是一部将历史真实与艺术虚构相结合的作品。小说以 1946 年夏蒋介石全面发动内战为背景，以国共两军在涟水、莱芜、孟良崮的三大战役为中心展开故事。作品成功地塑造了一系列血肉丰满、富有魅力的人物形象。从基层指战员刘胜、石东根到部队高级将领沈振新、梁波，作品在表现他们的忠诚、勇敢、富有牺牲精神的同时，也注意揭示人物性格丰富性、复杂性的特点。对英雄人物个性的展示，对将领恋爱、下棋、喝酒等生活化场景的描绘，不但没有遮蔽英雄身上的光辉，反而增添了人物形象的亲切与可爱。反面人物张灵甫的形象，由于突破了人物塑造脸谱化、程式化和漫画化的惯有模式，而一再被评论家称道。以今天的眼光来看，作为人民解放军的主要对手，作品给予张灵甫这一角色的篇幅实在少得可怜，为其提供的性格发展空间也极为狭小。但这对于处于特殊历史时空下的作者来说是一个大胆的尝试。60 年代《红日》受到批判，被指责为"歪曲我军官兵形象""美化国民党反动派的形象"，以及过多和不恰当的爱情描写等，作品原本在文学虚构上的有益经验反倒成了反面教育的典型案例。

  《红日》对当代文学大规模战争叙事所提供的示范意义，是这部作品又一可圈可点之处。50 年代的革命战争小说如《铁道游击队》《敌后武工队》《林海雪原》等大都借鉴传统的传奇小说的叙事经验，故事情节表现得曲折生动，引人入胜。但是，这种传奇的手法对于小规模游击战争的描述很有效，而对于大规模现代战争的表现则无能为力。即便像《保卫延安》这样意图表现大规模现代战争的作品仍在相当程度上依赖传奇叙事。而《红日》则突破了这种叙事模式，它将笔墨重点放在与国民党七十四师相抗衡的军一级的作战单位上，用较大的篇幅直接地、多角度地展现大规模的战役，同时又将笔触延伸到连排班这些最基层的作战单位，点面结合，既有对战争全景式的展现，又有对战争局部的细致入微的描述。作品不仅描写了悲壮激烈的战争场面，而且将战争中的一切生活场景和各种人物的思想活动都有条不紊地、自然而然地交织在一起。既有对我军上下一致的革命英雄主义的讴歌，也有对敌人内部明争暗斗、互相倾轧的表现。视野开阔而层次分明，场面宏大而结构紧凑，充分体现作者高超的叙事能力。

　　在"十七年"革命战争小说当中,从作品的思想艺术水平上看《红日》应该算是上乘之作。作品对人物(无论是正面人物还是反面人物)性格复杂性的揭示以及日常生活场景的加入,都使得文本呈现出比较丰富的美学形态。这一方面说明强势的国家话语还没有完全压抑文学作品所应具有的审美价值;另一方面对于艺术审美价值的强调,又使得文本有可能逸出主流意识形态的框架而处在规范的边缘或之外。《红日》偏离规范而产生的异质性成分成为今天可以继续深入阐释的资源。

红旗谱(存目)

梁 斌

导读

梁斌(1914—1996),河北蠡县人,早年从事过地方党政工作和文化宣传活动。同那个年代许多作家一样,作者的抱负是写出一部反映"时代精神"又具有宏阔社会生活画面的"史诗性"著作,作品因此被设想为气势恢宏的长卷式结构。第一部《红旗谱》1957年12月由中国青年出版社出版,写"反割头税"和"二师学潮"斗争;第二部《播火记》(1963年)主要写高蠡暴动;第三部《烽烟图》(1983年)反映"七七事变"后北方抗日救亡运动。

《红旗谱》是一部讲述革命起源同时又具有民族风格的史诗性作品。小说的开端写朱老巩、严老祥阻止恶霸冯兰池毁钟侵田大闹柳树林,从而揭开了20世纪冀中农民运动的序幕。三个家庭(朱、严、冯),两个阵营,从此开始了你死我活的斗争。从"大闹柳树林"到"对簿公堂",再到"反割头税"斗争、保定"二师学潮",都是敌对双方的力量比拼。作品意图在一个宏大的时空背景下,以精细的笔墨描绘新民主主义革命时期中国农民斗争的轨迹——从自发到自觉反抗,从个人到集体斗争,从失败到胜利。同时作品清楚地表现阶级斗争胜利的关键,在于作为人民群众的领路人、革命的坚强领导核心——共产党的组织与指导。作者对革命历史的想象与讲述并不能脱离主流意识形态,文学创作首先是对作家政治理论的考量,于是原本十分丰富复杂的历史事件被整合进政党的意识形态当中,并一一得到单一而清晰的说明。这样,小说中家仇族恨被转换为阶级对抗,家族生活流程被解释为与革命斗争历程同步,在对中国农民革命史的想象性中完成了这样一个主题:"中国农民只有在共产党的领导下才能更好地团结起来,战胜阶级敌人,解放自己。"

《红旗谱》所具有的民族风格首先体现在人物形象的塑造上。作品着力刻画了朱老忠这一性格鲜明同时又具有民族文化心理的人物形象。朱老忠被认为是十七年文学中最有光彩的典型,其思想性格深刻地概括了上世纪劳动人民的英雄品质和历史命运。之所以有如此之高的评价,根本原因在于这个形象本身的饱满生动。具体说来,作品成功地把握到了朱老忠这一"草莽好汉"与自觉的农民革命英雄之间的契合点,或者说作为成长中的农民革命英雄的朱老忠,内在生命力源自传统的民族文化积淀。家破人亡的悲惨遭遇,父亲"只要有口气,就要为我报仇"的临终遗言,滋生了他强烈的复仇精神;二十年闯荡江湖的传奇经历,造就了他"为朋友两肋插刀"的侠义性,他不惜用血汗钱给朱老明治病,卖掉心爱的牛犊资助江涛念书,冒险探视江涛,都表现出粗犷豪爽、慷慨仗义的性格特点;他的沉着冷静,"大丈夫报仇,十年不晚"的坚韧,也让人联想到《水浒传》中的绿林豪侠。如果说朱老忠体现了中华民族不畏强暴、百折不挠的一面,那么严志和则代表着我们民族性格中保守、懦弱的一面。面对重重压迫,他也有反抗的要求,但又难以摆脱因袭的历史重负,表现出逆来顺受、安分守己的心理。

《红旗谱》的民族风格还体现在对北方民间生活场景及风俗文化的细致描绘上,作者在有意无意之间绘织出一幅幅乡间的风土画卷,如对赶集市、逛庙会以及北方民间玩鸟风习的描写等。在艺术手法上,《红旗谱》注意吸收中国古典小说的表现方法,主要借助语言和行动来刻画人物,但又适当吸收外国小说细腻描写之长,做到了"比西洋小说的写法略粗一点,但比中国的一般小说更细一些"。在语言方面,小说十分注意语言的个性化、口语化、生活化;叙述语言来自民间,充满了浓厚的地域文化气息。

小说从第二卷"反割头税"斗争开始,主要人物朱老忠就处于边缘地位,到第三卷"保二师学潮",江涛成了名副其实的主角(实际上在"反割头税"斗争中江涛就已成长为运动的领导人物),朱老忠的地位则下降为扮车夫救学生的无关紧要的角色。作品在获得表现的深入和空间跨度的宏阔的同时,无疑也背离了作者的表现完美和理想的中国农民英雄的初衷,知识分子活动占据了小说三分之二以上的篇幅,这让人怀疑《红旗谱》描述的不是农民革命史,而是革命知识分子成长史。并且江涛这一重点表现的人物形象又是类型化的,不够饱满生动,这是小说存在的明显不足之处。

青春之歌（存目）

杨 沫

导读

杨沫(1914—1995)，原名杨成业，祖籍湖南湘阴。其代表作《青春之歌》1958 年由作家出版社首次出版之后，人民文学出版社 1960 年重版，以后多次再版。这是新中国成立后第一部以知识分子的成长历程为情节线索的长篇小说，带有"自叙传"色彩。这种叙事模式的运用在长篇小说中并不少见，主要集中于两种趋向，一种是以作家的人生经历为主，作品中人物包含了作家本身的原型；另一种是以其他人物经历为主，塑造形象，展开情节。这两种模式在当时十分普遍，分别以《青春之歌》和《红旗谱》为代表。

《青春之歌》以"九一八"事变到"一二·九"运动这一段爱国学生运动高涨的年代为背景，以主人公林道静的人生道路作为线索展开。同那时代的不少女性一样，林道静以逃婚出走开始了对封建家庭的反抗和对自由解放的追求。现实的黑暗冷酷让她绝望无助，余永泽的出现完成了对林道静的第一次救赎。具有中世纪"骑士"之风的北大学生余永泽让她拥有了缠绵的爱情和温暖的生活，但也使她如同折翼的小鸟，无法展翅。两人从结合到决裂，让我们清晰地体察到小资产阶级知识分子完成从要求个体解放到积极投身社会解放角色转变的复杂而曲折的心灵历程。炽热的革命者卢嘉川是林道静阶级意识的启蒙者、拯救她灵魂的导师，与之相比，余永泽就显得渺小而自私、狭隘和平庸。卢嘉川把林道静从沉闷的个人生活当中解救出来，唤醒了她的革命意识，让她从狭小的家庭来到了广阔的社会，使之逐渐变成一个坚定的无产阶级革命战士，完成了林道静的第二次转变。这部有关中国现代知识分子道路的故事，是由"选择"和"成长"这样两个方面来展开和完成的，前者体现为不同青年所走的人生道路，后者体现为林道静的成长道路，它被表现为一条时代道路。从反抗封建家庭要求个性解放到走上革命道路，从小资产阶级知识分子到"无产阶级革命者"。

《青春之歌》的艺术成就，首先体现在人物塑造上。作者把人物放入尖锐的斗争中加以刻画，善于运用对比的手法和典型的细节以及心理描写塑造人物，使作品中知识分子的形象比起同时期小说更加丰满。尤其是林道静的形象，几乎成为那一时代的从小资产阶级知识分子到革命知识分子的形象代表。其次，作品情节生动，结构宏大，将个人的成长历程与轰轰烈烈的革命运动相结合，将主人公的人生轨迹与 30 年代的社会现实紧密相连。与《青春之歌》并称为"青春三部曲"的《芳菲之歌》(1986)和《英华之歌》(1990)，可以看作是林道静性格在新的历史时期的续写。

　　无论从思想内涵还是艺术成就来看,《青春之歌》都有其独特价值和意义,作品展现的不仅是个体生命的成长与完善,还昭示出每个时代都会碰到的人生价值的取向与选择问题,不管是那个时代的人们还是现在的我们,都可以从中汲取各自所需的精神养料。

红岩（存目）

罗广斌　杨益言

导读

　　罗广斌(1924—1967)，重庆忠县人。杨益言(1925—　)，原籍四川武胜，生于重庆。二人皆于 1948 年被捕，囚在"中美合作所"的渣滓洞集中营，同在 1949 年 11 月重庆解放前夕越狱。《红岩》是作者基于这段特殊的人生经历，通过不断修正与补充个人记忆而形成的特定历史时空下的特殊文本。小说的前身是罗广斌、杨益言、刘德彬三人合作完成的革命回忆录《在烈火中永生》(1956 年)，随后作者对其不断修改完善，直到 1961 年由中国青年出版社出版时已是第五稿了。

　　《红岩》是"十七年"文学中唯一以狱中斗争为主题的革命历史小说。小说集中表现了上世纪四十年代末期，国民党势力在中国大陆逐步走向崩溃，国民党特务机关疯狂捕捉重庆的地下工作者，试图作最后挣扎，而狱中的共产党人则针锋相对地同国民党势力进行艰苦卓绝的斗争。除了对"狱中斗争"这一主线进行详尽的描述之外，作品还表现了中共城市地下组织所领导的革命运动以及农村根据地的武装斗争和农民运动。这样的内容安排保证了主题的深度和内容的广度。

　　《红岩》艺术上的特点首先表现在对人物群像的刻画上。它不只是着力刻画一两个英雄人物，而是以极其虔诚的态度和饱满的热情塑造了战斗在监狱这一特殊战场上的英雄群体。坚定的信念、顽强的意志是他们的共同特征，同时他们又个性鲜明、形象生动：许云峰的果敢、成岗的坚韧、江姐的豪迈、齐晓轩的机智、华子良的隐忍，都给人以极其深刻的印象。其次，小说结构宏伟谨严、情节跌宕起伏。小说中"狱内"与"狱外"这一主一辅两条线索交织展开，有条不紊。狱内斗争短兵相接，紧张激烈，狱外的革命活动则提供了一个宏大的背景。同时作者在情节安排上也颇具匠心，往往有意设置悬念，或故意"节外生枝"造成情节发展一波三折，引人入胜。最后，作者饱满的革命激情贯注全篇，作品呈现出乐观、高昂、悲壮相交织的美学形态。在感性层面上，战友的罹难是悲恸的缘由，而在理性层面上，作为一部"震撼人心的共产主义教科书"，它又必定要给人以乐观的信念。

　　总体来说，《红岩》是一部意识形态痕迹十分明显的小说，作者的倾向性也是一目了然的。作品中分明存在着两个截然不同的世界：一个黑暗一个光明，一个邪恶一个正义，一个行将就木一个朝气蓬勃。作者笔下的英雄人物是居住在"魔鬼的宫殿里"的勇敢斗士，在作者错位式的叙述当中(施加刑罚者成为受审判的对象)处于一个明显的优势地位。肉身的受难成全了灵魂的圣洁，这部革命英烈小说因此而具有了准宗教意义。

陈奂生上城

高晓声

一

"漏斗户主"①陈奂生,今日悠悠上城来。

一次寒潮刚过,天气已经好转,轻风微微吹,太阳暖烘烘,陈奂生肚里吃得饱,身上穿得新,手里提着一个装满东西的干干净净的旅行包,也许是力气大,也许是包儿轻,简直像拎了束灯草,晃荡晃荡,全不放在心上。他个儿又高、腿儿又长,上城三十里,经不起他儿晃荡;往常挑了重担都不乘车,今天等于是空身,自更不用说,何况太阳还高,到城嫌早,他尽量放慢脚步,一路如游春看风光。

他到城里去干啥?他到城里去做买卖。稻子收好了,麦垄种完了,公粮余粮卖掉了,口粮柴草分到了,乘这个空当,出门活动活动,赚几个活钱买零碎。自由市场开放了,他又不投机倒把,卖一点农副产品,冠冕堂皇。

他去卖什么?卖油绳。自家的面粉,自家的油,自己动手做的。今天做好今天卖,格啦嘣脆,又香又酥,比店里的新鲜,比店里的好吃,这旅行包里装的尽是它;还用小塑料袋包装好,有五根一袋的,有十根一袋的,又好看,又干净。一共六斤,卖完了,稳赚三元钱。

赚了钱打算干什么?打算买一顶簇新的、刮刮叫的帽子。说真话,从三岁以后,四十五年来,没买过帽子。解放前是穷,买不起;解放后是正当青年,用不着;文化大革命以来,肚子吃不饱,顾不上穿戴,虽说年纪到把,也怕脑后风了。正在无可奈何,幸亏有人送了他一顶"漏斗户主"帽,也就只得戴上,横竖不要钱。七八年决分以后,帽子不翼而飞,当时只觉得头上轻松,竟不曾想到冷。今年好像变娇了,上两趟寒流来,就缩头缩颈,伤风打喷嚏,日子不好过,非买一顶帽子不行。好在这也不是大事情,现在活路大,这几个钱,上一趟城就赚到了。

陈奂生真是无忧无虑,他的精神面貌和去年大不相同了。他是过惯苦日子的,现在开始好起来,又相信会越来越好,他还不满意么?他满意透了。他身上有了肉,脸上有了笑;有时候半夜里醒来,想到囤里有米、橱里有衣,总算像家人家了,就兴致勃勃睡不着,禁不住要把老婆推醒了陪他聊天讲闲话。

提到讲话,就触到了陈奂生的短处,对着老婆,他还常能说说,对着别人,往往默默无言。他并非不想说,实在是无可说。别人能说东道西,扯三拉四,他非常羡慕。他不知道别人怎么会碰到那么多新鲜事儿,怎么会想得出那么多特别的主意,怎么会具备那么多离奇的经历,怎么会记牢那么多怪异的故事,又怎么会讲得那么动听。他毫无办法,简直犯了死症毛病,他从来不会打听什么,上一趟街,

---

① "漏斗户主":系作者写的另一篇小说《漏斗户主》(发表于《钟山》一九七九年第二期)主人公陈奂生的外号。漏斗户,意指常年负债的穷苦人家。

回来只会说"今天街上人多"或"人少"、"猪行里有猪"、"青菜贱得卖不掉"……之类的话。他的经历又和村上大多数人一样，既不特别，又是别人一目了然的，讲起来无非是"小时候娘常打我的屁股，爹倒不凶"、"也算上了四年学，早忘光了"、"三九年大旱，断了河底，大家捉鱼吃"、"四九年改朝换代，共产党打败了国民党"、"成亲以后，养了一个儿子、一个小女"……索然无味，等于不说。他又看不懂书；看戏听故事，又记不牢。看了《三打白骨精》，老婆要他讲，他也只会说："孙行者最凶，都是他打死的。"老婆不满足，又问白骨精是谁，他就说："是妖怪变的。"还是儿子巧，声明"白骨精不是妖怪变的，是白骨精变成的妖怪。"才算没有错到底。他又想不出新鲜花样来，比如种田，只会讲"种麦要用锄头抨碎泥块"、"莳秧一蔸莳六棵"，……谁也不要听。再如这卖油绳的行当，也根本不是他发明的，好些人已经做过一阵了，怎样用料？怎样加工？怎样包装？什么价钱？多少利润？什么地方、什么时间买客多、销路好？都是向大家学来的经验。如果他再向大家夸耀，岂不成了笑话！甚至刻薄些的人还会吊他的背筋："嗳！连'漏斗户主'也有油、粮卖油绳了，还当新闻哩！"还是不开口也罢。

如今，为了这点，他总觉得比别人矮一头。黄昏空闲时，人们聚拢来聊天，他总只听不说，别人讲话也总不朝他看，因为知道他不会答话，所以就像等于没有他这个人。他只好自卑，他只有羡慕。他不知道世界上有"精神生活"这一个名词，但是生活好转以后，他渴望过精神生活。哪里有听的，他爱去听，哪里有演的，他爱去看，没听没看，他就觉得没趣。有一次大家闲谈，一个问题专家出了个题目："在本大队你最佩服哪一个？"他忍不住也答了腔，说："陆龙飞最狠。"人家问："一个说书的，狠什么？"他说："就为他能说书，我佩服他一张嘴。"引得众人哈哈大笑。

于是，他又惭愧了，觉得自己总是不会说，又被人家笑，还是不说为好。他总想，要是能碰到一件大家都不曾经过的事情，讲给大家听听就好了，就神气了。

二

当然，陈奂生的这个念头，无关大局，往往蹲在离脑门三、四寸的地方，不大跳出来，只是在尴尬时冒一冒尖，让自己存个希望罢了。比如现在上城卖油绳，想着的就只是新帽子。

尽管放慢脚步，走到县城的时候，还只下午六点不到。他不忙做生意，先就着茶摊，出一分钱买了杯热茶，啃了随身带着当晚餐的几块僵饼，填饱了肚子，然后向火车站走去。一路游街看店，遇上百货公司，就弯进去侦察有没有他想买的帽子，要多少价钱？三爿店看下来，他找到了满意的一种。这时候突然一拍屁股，想到没有带钱。原先只想卖了油绳赚了利润再买帽子，没想到油绳未卖之前商店就要打烊；那么，等到赚了钱，这帽子就得明天才能买了。可自己根本不会在城里住夜，一无亲，二无眷，从来是连夜回去的，这一趟分明就买不成，还得光着头冻几天。

受了这点挫折，心情挺不愉快，一路走来，便感得头上凉嗖嗖，更加懊恼起来。到火车站时，已过八点了。时间还早，但既然来了，也就选了一块地方，敞开包裹，亮出商品，摆出摊子来。这时车站上人数不少，但陈奂生知道难得会有顾客，因为这些都是吃饱了晚饭来候车的，不会买他的油绳，除非小孩嘴馋吵不过，大人才会买。只有火车上下车的旅客到了，生意才会忙起来。他知道九点四十分、十点半，各有一班车到站，这油绳到那时候才能卖掉，因为时近半夜，店摊收歇，能买到吃的地方不多，旅客又饿，自然争着买。如果十点半卖不掉，十一点二十分还有一班车，不过太晏了，陈奂生宁可剩点回去也不想等，免得一夜不得睡，须知跑回去也是三十里啊。

果然不错,这些经验很灵,十点半以后,陈奂生的油绳就已经卖光了。下车的旅客一拥而上,七手八脚,伸手来拿,把陈奂生搞得昏头昏脑,卖完一算账,竟少了三角钱,因为头昏,怕算错了,再认真算了一遍,还是缺三角,看来是哪个贪小利拿了油绳未付款。他叹了一口气,自认晦气。本来他也晓得,人家买他的油绳,是不能向公家报销的,那要吃而不肯私人掏腰包的,就会耍一点魔术,所以他总是特别当心,可还是丢失了,真是双拳不敌四手,两眼难顾八方。只好认了吧,横竖三块钱赚头,还是有的。

他又叹了口气,想动身凯旋回府。谁知一站起来,双腿发软,两膝打颤,竟是浑身无力。他不觉大吃一惊,莫非生病了吗? 刚才做生意,精神紧张,不曾觉得,现在心定下来,才感浑身不适,原先喉咙嘶哑,以为是讨价还价喊哑的,现在连口腔上卟都像冒烟,鼻气火热;一摸额头,果然滚烫,一阵阵冷风吹得头皮好不难受。他毫无办法,只想先找杯热茶解渴。那时茶摊已无,想起车站上有个茶水供应地方,便强撑着移步过去。到了那里,打开龙头,热水倒有,只是找不到茶杯。原来现在讲究卫生,旅客大都自带茶缸,车站上落得省劲,就把杯子节约掉了。陈奂生也顾不得卫生不卫生,双手捧起龙头里流下的水就喝。那水倒也有点烫,但陈奂生此时手上的热度也高,还忍得住,喝了几口,算是好过一点。但想到回家,竟是千难万难;平常时候,那三十里路,好像经不起脚板一颠,现在看来,真如隔了十万八千里,实难登程。他只得找个位置坐下,耐性受痛,觉得此番遭遇,完全错在忘记了带钱先买帽子,才受凉发病。一着走错,满盘皆输;弄得上不上、下不下,进不得、退不得,卡在这儿,真叫尴尬。万一严重起来,此地举目无亲,耽误就医吃药,岂不要送掉老命! 可又一想,他陈奂生是个堂堂男子汉,一生干净,问心无愧,死了也闭眼不闭;活在世上多种几年田,有益无害,完全应该提供宽裕的时间,没有任何匆忙的必要。想到这里,陈奂生高兴起来,他嘴巴干燥,笑不出声,只是两个嘴角,向左右同时嘻开,露出一个微笑。那扶在椅上的右手,轻轻提了起来,像听到了美妙的乐曲似的,在右腿上赏心地拍了一拍,松松地吐出口气,便一头横躺在椅子上卧倒了。

三

一觉醒来,天光已经大亮,陈奂生体肢瘫软,头脑不清,眼皮发沉,喉咙痒痒地咳了几声;他懒得睁眼,翻了一个身便又想睡。谁知此身一翻,竟浑身颤了几颤,一颗心像被线穿着吊了几吊,牵肚挂肠。他用手一摸,身下贼软;连忙一个翻身,低头望去,证实自己猜得一点不错,是睡在一张棕绷大床上。陈奂生吃了一惊,连忙平躺端正,闭起眼睛,要弄清楚怎么会到这里来的。他好像有点印象,一时又糊涂难记,只得细细琢磨,好不容易才想出了县委吴书记和他的汽车,一下子理出头绪,把一串细关节脉都拉了出来。

原来陈奂生这一年真交了好运,逢到急难,总有救星。他发高烧昏睡不久,候车室门口就开来一部吉普车,载来了县委书记吴楚。他是要乘十二点一刻那班车到省里去参加明天的会议。到火车站时,刚只十一点四十分,吴楚也就不忙,在候车室徒步起来,那司机一向要等吴楚进了站台才走,免得他临时有事找不到人,这次也照例陪着。因为是半夜,候车室旅客不多,吴楚转过半圈,就发现了睡着的陈奂生。吴楚不禁笑了起来,他今秋在陈奂生的生产队里蹲了两个月,一眼就认出他来,心想这老实肯干的忠厚人,怎么在这儿睡着了? 若要乘车,岂不误事。便走去推醒他;推了一推,又发现那屁股底下,垫着个瘪包,心想坏了,莫非东西被偷了? 就着紧推他,竟也不醒。这吴楚原和农民玩惯了的,一时调皮起来,就去捏他的鼻子;一摸到皮肤热辣辣,才晓得他病倒了,连忙把他扶起,总算把他弄醒了。

这些事情,陈奂生当然不晓得。现在能想起来的,是自己看到吴书记之后,就一把抓牢,听到吴书记问他:"你生病了吗?"他点点头。吴书记问他:"你怎么到这里来的?"他就去摸了摸旅行包。吴书记问他:"包里的东西呢?"他就笑了一笑。当时他说了什么?究竟有没有说?他都不记得了;只记得吴书记好像已经完全明白了他的意思,便和驾驶员一同扶他上了车,车子开了一段路,叫开了一家门(机关门诊室),扶他下车进去,见到了一个穿白衣服的人,晓得是医生。那医生替他诊断片刻,向吴书记笑着说了几句话(重感冒,不要紧),倒过半杯水,让他吃了几片药,又包了一点放在他口袋里,也不曾索钱,便代替吴书记把他扶上了车,还关照说:"我这儿没有床,住招待所吧,安排清静一点的地方睡一夜就好了。"车子又开动,又听吴书记说:"还有十三分钟了,先送我上车站,再送他上招待所,给他一个单独房间,就说是我的朋友……"

陈奂生想到这里,听见自己的心扑扑跳得比打钟还响,合上的眼皮,流出晶莹的泪珠,在眼角膛里停留片刻,便一条线挂下来了。这个吴书记真是大好人,竟看得起他陈奂生,把他当朋友,一旦有难,能挺身而出,拔刀相助,救了他一条性命,实在难得。

陈奂生想,他和吴楚之间,其实也谈不上交情,不过认识罢了。要说有什么私人交往,平生只有一次。记得秋天吴楚在大队蹲点,有一天突然闯到他家来吃了一顿便饭,听那话音,像是特地来体验体验"漏斗户"的生活改善到什么程度的。还带来了一斤块块糖,给孩子们吃。细算起来,等于两顿半饭钱。那还算什么交情呢!说来说去,是吴书记做了官不曾忘记老百姓。

陈奂生想罢,心头暖烘烘,眼泪热辣辣,在被口上拭了拭,便睁开来细细打量这住的地方,却又吃了一惊。原来这房里的一切,都新堂堂、亮澄澄,平顶(天花板)白得耀眼,四周的墙,用青漆漆了一人高,再往上就刷刷白,地板暗红闪光,照出人影子来;紫檀色五斗橱,嫩黄色写字台,更有两张出奇的矮凳,比太师椅还大,里外包着皮,也叫不出它的名字来。再看床上,垫的是花床单,盖的是新被子,雪白的被底,崭新的绸面,刮刮叫三层新。陈奂生不由自主地立刻在被窝里缩成一团,他知道自己身上(特别是脚)不大干净,生怕弄脏了被子……随即悄悄起身,悄悄穿好了衣服,不敢弄出一点声音来,好像做了偷儿,被人发现就会抓住似的。他下了床,把鞋子拎在手里,光着脚跑出去;又眷顾着那两张大皮椅,走近去摸一摸,轻轻捺了捺,知道里边有弹簧,却不敢坐,怕压瘪了弹不饱。然后才真的悄悄开门,走出去了。

到了走廊里,脚底已冻得冰冷,一瞧别人是穿了鞋走路的,知道不碍,也套上了鞋。心想吴书记照顾得太好了,这哪儿是我该住的地方!一向听说招待所的住宿费贵,我又没处报销,这样好的房间,不知要多少钱,闹不好,一夜天把顶帽子钱住掉了,才算不来呢。

他心里不安,赶忙要弄清楚。横竖他要走了,去付了钱吧。

他走到门口柜台处,朝里面正在看报的大姑娘说:"同志,算账。"

"几号房间?"那大姑娘恋着报纸说,并未看他。

"几号不知道。我住在最东那一间。"

那姑娘连忙丢了报纸,朝他看看,甜甜地笑着说:"是吴书记汽车送来的?你身体好了吗?"

"不要紧,我要回去了。"

"何必急,你和吴书记是老战友吗?你现在在哪里工作?……"大姑娘一面软款款地寻话说,一面就把开好的发票交给他。笑得甜极了。陈奂生看看她,真是绝色!

但是,接到发票,低头一看,陈奂生便像给火钳烫着了手。他认识那几个字,却不肯相信。"多少?"他忍不住问,浑身燥热起来。

"五元。"

"一夜天?"他冒汗了。

"是一夜五元。"

陈奂生的心,忐忑忑忑大跳。"我的天!"他想:"我还怕困掉一顶帽子,谁知竟要两顶!"

"你的病还没有好,还正在出汗呢!"大姑娘惊怪地说。

千不该,万不该,陈奂生竟说了一句这样的外行语:"我是半夜里来的呀!"

大姑娘立刻看出他不是一个人物,她不笑了,话也不甜了,像菜刀剁着砧板似的笃笃响着说:"不管你什么时候来,横竖到今午十二点为止,都收一天钱。"这还是客气的,没有嘲笑他,是看了吴书记的面子。

陈奂生看着那冷若冰霜的脸,知道自己说错了话,得罪了人,哪里还敢再开口,只得抖着手伸进袋里去摸钞票,然后细细数了三遍,数定了五元;交给大姑娘时,那外面一张人民币,已经半湿了,尽是汗。

这时大姑娘已在看报,见递来的钞票太零碎,更皱了眉头。但她还有点涵养,并不曾说什么,收进去了。

陈奂生出了大价钱,不曾讨得大姑娘欢喜,心里也有点忿忿然。本想一走了之,想到旅行包还丢在房间里,就又回过来。

推开房间,看看照出人影的地板,又站住犹豫:"脱不脱鞋?"一转念,忿忿想道:"出了五块钱呢!"再也不怕弄脏,大摇大摆走了进去,往弹簧太师椅上一坐:"管它,坐瘪了不关我事,出了五元钱呢。"

他饿了,摸摸袋里还剩一块僵饼,拿出来啃了一口,看见了热水瓶,便去倒一杯开水和着饼吃。回头看刚才坐的皮凳,竟没有瘪,便故意立直身子,扑嗵坐下去……试了三次,也没有坏,才相信果然是好家伙。便安心坐着啃饼,觉得很舒服。头脑清爽,热度退尽了,分明是刚才出了一身大汗的功劳。他是个看得穿的人,这时就有了兴头,想道:"这等于出晦气钱——譬如买药吃掉!"

啃完饼,想想又肉痛起来,究竟是五元钱哪!他昨晚上在百货店看中的帽子,实实在在是二元五一顶,为什么睡一夜要出两顶帽钱呢?连沈万山都要住穷的;他一个农业社员,去年工分单价七角,困一夜做七天还要倒贴一角,这不是开了大玩笑!从昨半夜到现在,总共不过七、八个钟头,几乎一个钟头要做一天工,贵死人!真是阴错阳差,他这副骨头能在那种床上躺尸吗!现在别的便宜拾不着,大姑娘说可以住到十二点,那就再困吧,困到足十二点走,这也是捞多少算多少。对,就是这个主意。

这陈奂生确是个向前看的人,认准了自然就干,但刚才出了汗,吃了东西,脸上嘴上,都不惬意,想找块毛巾洗脸,却没有。心一横,便把提花枕巾捞起来干擦了一阵,然后衣服也不脱,就盖上被头困了,这一次再也不怕弄脏了什么,他出了五元钱呢。——即使房间弄成了猪圈,也不值!

可是他睡不着,他想起了吴书记。这个好人,大概只想到关心他,不曾想到他这个人经不起这样高级的关心。不过人家忙着赶火车，哪能想得周全！千怪万怪，只怪自己不曾先买帽子，才伤了风，才走不动，才碰着吴书记，才住招待所，才把油绳的利润搞光，连本钱也蚀掉一块多……那么，帽子还买不买呢？他一狠心：买，不买还要倒霉的！

想到油绳，又觉得肚皮饿了。那一块僵饼，本来就填不饱，可惜昨夜生意太好，油绳全卖光了，能剩几袋倒好；现在懊悔已晚，再在这床上困下去，会越来越饿，身上没有粮票，中饭到哪里去吃！到时候饿得走不动，难道再在这儿住一夜吗？他慌了，两脚一蹬，把被头踢开，拎了旅行包，开门就走。此地虽好，不是久恋之所，虽然还剩得有二、三个钟点，又带不走，忍痛放弃算了。

他出得门来，再无别的念头，直奔百货公司，把剩下来的油绳本钱，买了一顶帽子，立即戴在头上，飘然而去。

一路上看看野景，倒也容易走过；眼看离家不远，忽然想到这次出门，连本搭利，几乎全部搞光，马上要见老婆，交不出账，少不得又要受气，得想个主意对付她。怎么说呢？就说输掉了；不对，自己从不赌。就说吃掉了；不对，自己从不死吃。就说被扒掉了；不对，自己不当心，照样挨骂。就说做好事救济了别人；不对，自己都要别人救济。就说送给一个大姑娘了，不对，老婆要犯疑……那怎么办？

陈奂生自问自答，左思右想，总是不妥。忽然心里一亮，拍着大腿，高兴地叫道："有了。"他想到此趟上城，有此一番动人的经历，这五块钱花得值透。他总算有点自豪的东西可以讲讲了。试问，全大队的干部、社员，有谁坐过吴书记的汽车？有谁住过五元钱一夜的高级房间？他可要讲给大家听听，看谁还能说他没有什么讲的！看谁还能说他没见过世面？看谁还能瞧不起他，唔！……他精神陡增，顿时好像高大了许多。老婆已不在他眼里了；他有办法对付，只要一提到吴书记，说这五块钱还是吴书记看得起他，才让他用掉的，老婆保证服帖。哈，人总有得意的时候，他仅仅花了五块钱就买到了精神的满足，真是拾到了非常的便宜货，他愉快地划着快步，像一阵清风荡到了家门……。

果然，从此以后，陈奂生的身份显著提高了，不但村上的人要听他讲，连大队干部对他的态度也友好得多，而且，上街的时候，背后也常有人指点着他告诉别人说："他坐过吴书记的汽车。"或者"他住过五块钱一夜的高级房间。"……公社农机厂的采购员有一次碰着他，也拍拍他的肩胛说："我就没有那个运气，三天两头住招待所，也住不进那样的房间。"

从此，陈奂生一直很神气，做起事来，更比以前有劲得多了。

（选自《人民文学》1980 年第 2 期）

导读

高晓声（1928—1999），江苏武进人。1957 年，因与陆文夫、陈椿年等江苏青年作家组织"探索者"文学社，筹划创办文学刊物《探求者》而成为右派分子，失去公职，被遣送到武进的农村务农，当了二十多年农民。主要作品有《李顺大造屋》《"漏斗户"主》《陈奂生上城》《陈奂生出国》等。

《陈奂生上城》原载于《人民文学》1980 年第 2 期，是"陈奂生系列"小说中最精彩的篇章，也是作者最主要的代表作之一。小说采用悲喜交加的手法刻画了新时期初期中国农民的生存状态。喜的是像陈奂生这样勤劳、朴实和善良的中国农民物质生活有了转机和希望，他们囤里有了余粮,可以用自家的产品到集市换点活钱,这些实实在在的生活好转,读者都在替陈奂生们欣喜。悲的是陈奂生值得骄傲和说道的是曾被县委书记关心过,他周围的人从此也对他刮目相看。这种官本位心理,深刻标示出社会现代民主文明的真实状况。

作品叙述一位普通农民陈奂生上城,因生了一场小病而坐了县委书记的车,并住了五元钱一夜的县委招待所,同时也生发了"破财心痛病"。但在经过一番愤懑和发泄之后,想到自己总算有点自豪的东西可以向村人讲一讲了,因为他被县委书记吴楚关心过,这在他们村是没有过的大喜事,于是精神陡增,高兴而归。陈奂生上城的奇遇,又悲又喜地写出了处在社会变革时期的老一代农民,背负着历史的重负而步履维艰,喜忧参半地前行着。作品形象地概括了改革开放之初中国农村现实生活的历史性的深刻变化,也表现了作者对陈奂生们精神世界的探索和对中国农民命运转变的深度思考,这里面也能照出中国"国民性"的影子。

小说采用了"土洋结合,寓洋于土"的艺术手法。一方面通过人物的动作、语言,特别是个性化的细节来表现人物的思想、性格。另一方面又用较多篇幅细致入微地写出他的心理活动,将中国传统小说艺术手法与西方小说艺术手法进行了简练而又和谐的结合。语言方面既有扑面而来的乡土气息,又有诙谐和幽默的意趣。小说既极力渲染喜剧气氛,又暗喻了以屈辱的工分制为表征的农村经济给中国农民精神上造成的荒凉卑微感。

灵与肉

张贤亮

他是一个被富人遗弃的儿子……

——维克多·雨果《悲惨世界》

一

许灵均没有想到还会见着父亲。

这是一间陈设考究的客厅,在这家高级饭店的七楼。窗外,只有一片空漠的蓝天,抹着疏疏落落的几丝白云。而在那儿,在那黄土高原的农场,窗口外就是绿色的和黄色的田野,开阔而充实。他到了这里,就像忽然升到云端一样,有一种晃晃悠悠的感觉,再加上父亲烟斗里喷出的青烟像雾似地在室内飘浮,使眼前的一切更如同不可捉摸的幻觉了。可是,父亲吸的还是那种包装纸上印着印第安酋长头像的烟斗丝,这种他小时候经常闻到的、略带甜味的咖啡香气,又从嗅觉上证实了这不是梦,而是的的确确的现实。

"过去的就让它过去吧!"父亲把手一挥。三十年代初期他在哈佛取得学士学位以后,一直保持着在肯布里季时的气派。现在,他穿着一套花呢西服,翘着腿坐在沙发上。"我一到大陆,就学会了一句政治术语,叫'向前看'。你还是快些准备出国吧!"

房里的陈设和父亲的衣着使他感到莫名的压抑。他想,过去的是已经过去了,但又怎能忘记呢?

整整三十年了,也是这样一个秋天,他捏着母亲写的地址,找到霞飞路上的一所花园洋房。阵雨过后,泛黄的树叶更显得憔悴,滴滴水珠从围墙里的法国梧桐上滴落下来。围墙上拉着带刺的铁丝;大门也是铁的,涂着严峻的灰色油漆。他揿了很长时间门铃,铁门上才打开一方小小的窗口。他认得这个门房,正是经常送信给父亲的人。门房领着他,经过一条两旁栽着冬青的水泥路,进到一幢两层楼洋房里的起居室。

那时,父亲当然比现在年轻多了,穿着一件米黄色的羊毛披肩,手肘倚在壁炉上,低着头抽烟斗。壁炉前面的高背沙发上,坐着母亲成天诅咒的那个女人。

"这就是那个孩子?"他听见她问他的父亲,"倒是挺像你的。来,过来!"

他没有过去,但不由自主地瞥了她一眼。他记得他看见了一对明亮的眼睛和两片涂得很红的嘴唇。

"有什么事? 嗯?"父亲抬起头来。

"妈病了,她请你回去。"

"她总是有病,总是……"父亲愤然离开壁炉,在地毯上来回走着。地毯是绿色的,上面织有白色的花纹。他的眼睛追踪着父亲的脚步,强忍住不让泪水流出来。

"你跟你妈说,我等一下就回去。"父亲终于站在他面前。但他知道这个答复是不可靠的,母亲在电话里听过不止一次了。他胆怯而固执地要求:"她要您现在就回去。"

"我知道,我知道……"父亲把手搭在他肩膀上,轻轻地把他推向门口,"你先回去,坐我汽车回去。要是你妈病得厉害,叫她先去医院。"父亲送他到前厅,突然,又很温存地摸着他的头,嗫嚅地说,"你要是再大一点就好了,你就懂得,懂得……你妈妈,很难和她相处。她是那样,那样……"他扬起脸,看见父亲蹙皱着眉,一只手不住地擦着额头,表现出一种软弱的、痛苦的神情,反而有点可怜起父亲来。

然而,当他坐在父亲的克莱斯勒小汽车里,在滚动着金黄落叶的法租界穿行的时候,他的泪水却一下子涌出来了。一股屈辱、自怜、孤独的情绪陡然袭来。谁也不可怜! 只有自己才可怜! 他没有受过多少母亲的爱抚,母亲摩挲麻将的时候比摩挲他头发的时候多得多;他没有受过多少父亲的教诲,父亲一回家,脸就是阴沉的、懊丧的、厌倦的,然后就和母亲开始无休无止的争吵。父亲说他要是再大一点就好了,就能懂得……实际上,十一岁的他已经模模糊糊地懂得了一些:他母亲最需要的是他父亲的温情,而父亲最需要的却是摆脱这个脾气古怪的妻子。不论是他母亲和父亲,都不需要他! 他,不过是一个美国留学生和一个地主小姐不自由的婚姻的产物而已。

后来,父亲果然没有回家。不久,当他母亲知道父亲带着外室离开了大陆,没几天也就死在一家德国人开的医院里。

而正在这时,解放大军开进了上海……

现在,经过了三十年漫长的岁月,经过历史上任何三十年都从未容纳过的那么多变故,这个父亲却突然回来了,并且还要把他带到国外去。整个事情是那么不可思议,以致他都不能完全相信坐在他面前的是他的父亲,坐在他父亲面前的就是他自己。

刚刚,在父亲的女秘书密司宋打开贮藏室给父亲拿衣服的时候,他看见大大小小的箱子上贴满了花花绿绿的旅馆商标:洛杉矶的、东京的、曼谷的、香港的,还有美国环球航空公司印着波音747的椭圆形标签。从这个小小的贮藏室里掀开了一个广阔的世界。而他呢,只不过是在三天前得到领导转来的国际旅行社的通知,经过两天两夜汽车和火车的颠簸才到这里。他提来的灰色人造革提包放在长沙发的一角。这种提包在农场还算是比较"洋气"的,但一到这间客厅也好像忸怩起来,可怜巴巴地缩成一团。提包上面放着他的尼龙网袋,里面装着他的牙具和几个在路上吃剩下来的茶叶蛋。他看着那几个诧异得咧开了嘴的、畏缩地挤在一起的茶叶蛋,想起临走那天晚上,秀芝还叫他多带些茶叶蛋给父亲吃,不禁苦笑了一下。

前天,秀芝一定要带着清清到县城的汽车站去送他。自他们结婚,他还没有离开过农场,他这次远行简直成了他们小家庭的一次划时代的壮举。

"爸爸,北京在啥子地方?"

"北京在县城的东北边。"

"北京有好多好多县城大吗?"

"有好多好多县城大。"

"有马兰花吗?"

"没有。"

"有沙枣子吗?"

"没有。"

"唉——"清清像大人似地长叹一声,用手托着下颏,显得非常失望,她认为好地方是应该有马兰花和沙枣子的。

"傻丫头,北京可是个大地方咧!"赶车的老赵逗她,"你爸爸这回可要远走高飞罗!说不定要跟你爷爷出国哩。是不是,许老师?"

秀芝跷着腿坐在老赵背后,向他微微一笑。她没有说话,但仅仅这一笑,就表现了她的信赖和忠贞。她不能想象他会到别的国家去,就和清清不能想象北京有多大一样。

车辙交错的土路坎坷不平,牲口在上面颠簸地踏着碎步。路北边是一片整齐的条田,路南边,在雾霭朦胧的地方,就是他原来放马的草场。这里的一切都像是有股磁性的吸力。是的,这里的一草一木都能勾起他绵绵不尽的回忆,现在陡然感到更加亲切。他知道三棵紧挨着的白杨后面,有一棵粗壮的沙枣树。他下车折了一枝,几个人在车上一颗颗地吃起来。这是西北特有的酸涩而略带甜味的野果,六〇年饥荒的年代,他曾经靠这种野果度日。很多年没有吃了,现在吃起来却品出了一种特别令人留恋的乡土味,怪不得清清要问北京有没有沙枣呢!

"她爷爷保险没有吃过沙枣!"秀芝把核吐到车外,笑着说。这是她发挥了最大的想象力来想象这个从国外回来的公公了。

其实并不需要想象,父子两人是如此相似,就是秀芝在街上碰见公公也会认得出来。两个人都是细长的眼睛,线条纤细的、挺直的鼻梁,轮廓丰满的嘴唇,甚至举手抬足之间都表现出基因的痕迹。父亲并不显老,虽然肤色和儿子一样黝黑,但那一定是在洛杉矶或是香港的海滨浴场上晒出来的,一点也不憔悴。父亲仍然是那样讲究,那样注意仪表,头发尽管花白却一丝不乱,手背上虽然出现了老人斑,但指甲却修剪得十分光洁。茶几上,在精致的咖啡杯周围,散乱地放着三B牌烟斗、摩洛哥羊皮的烟丝袋、金质打火机和镶着钻石的领针。

他怎么会吃过沙枣呢!

二

"啊,这儿还能听到丹尼·尼德门的《恒河上的月光》!"密司宋能说一口纯正的普通话。她长得高大丰满,身上散发出一股素馨花的香气,一头长长的黑发被一条紫色的缎带束在脑后,不时像马尾一样甩动着。"董事长,您看,北京人跳迪斯科比香港人还够味,他们现在也现代化了!"

"任何人都抵御不了享乐的诱惑。"父亲像把一切都看透了的哲学家似地笑着。"他们现在也不承认自己是禁欲主义者了。"

吃完晚饭,父亲和密司宋把他带到舞厅。他没有想到北京也有这样的地方。小时候,他也曾跟父母到过上海的"梯梯斯"、"百乐门"和"法国夜总会",现在应该像是旧地重游。但是,当他看到在柔和的乳白色的灯光中,像男人一样的女人和像女人一样的男人在他身边像月光中的幽灵似地游荡的时候,却感到不安起来,就像一个观众突然被拉到舞台上去当演员一样,他无法进入要他扮演的角色。刚才在餐厅里,他看见有的菜只动了几筷子就端了回去,竟从肠胃里发出一阵痉挛似的反感。在他那儿,上县城的国营食堂都要带一个铝制饭盒,把吃剩下的饭菜带回家去。

大厅里响着乐曲,有几对男女跳起奇形怪状的舞蹈。他们不是搂抱在一起,而是面对面像斗鸡一样互相挑逗,前仰后合。这些人就这样来消耗过剩的精力！他想起现在正在热得发烫的稻田里收割的人们。他们弯着腰,从右到左,又从左到右不停地摆动上肢。偶尔,他们抬起头向远远的担子嘶哑地喊道:"喂,水,水……"啊,要是他现在能够躺在那一片绿荫下,在汩汩的黄色的渠水边,闻着饱含稻草和苜蓿香气的微风,那该有多好……

"您会跳舞吗? 许先生。"忽然,他听见密司宋在旁边问他。他刚捕捉到的一点味儿马上消失了。他掉过头瞥了她一眼:她也有一对明亮的眼睛和两片涂得很红的嘴唇。

"不,不会。"他心不在焉地向她笑笑。他会放马、会犁田、会收割、会扬场……为什么他要会跳舞——跳眼前这样的舞呢?

"你别为难他了,"父亲笑着对密司宋说,"你看,汪经理来请你了。"

一个穿灰色西服的漂亮男子绕过桌子走来,笑嘻嘻地向密司宋一弯腰,两人翩翩下了舞池。

"你还要考虑什么呢? 嗯?"父亲又燃起烟斗,"你比我还清楚,共产党的政策是经常变的,现在办签证还比较容易,以后怎么样,就很难说了。"

"我也有我所留恋的。"他转过身来面对着父亲。

"包括那些痛苦吗?"父亲意味深长地问。

"唯其有痛苦,幸福才更显出它的价值。"

"嗯?"父亲凝视着他,不解地耸了耸肩膀。

他心头突然掠过一阵惆怅。这才想起父亲也是属于这个陌生的、不可理解的世界的。形体上的相似消除不了精神上的隔膜。他也像父亲凝视他那样望着父亲,而两个人的目光都不能透过对方的视网膜看到深处的东西。

"是还……还怨恨吗?"最后,父亲低下眼睛。

"不,完全不是!"他把手一挥。这个动作也完全像他父亲。"正如您说的:过去的已经过去了。这完全是另外的事……"

舞曲变换了。这次是低沉的、缓慢的,像渠水经过长长的渠道。灯光好似暗淡了一些,他看不清舞池里憧憧的人影。父亲低下头,用手不住地擦着额头,又表现出那种软弱的、痛苦的神情。"是呀,过去的是已经过去了。可是回想起来,还是痛苦的……不过,我的确很想念你,尤其到了现在……"

父亲喃喃的低语配上这支比较典雅的舞曲,也使他动了感情。"是的,这我相信。"他沉思地说,"我也想念过你的。"

"是吗?"父亲抬起头来。

是的。二十年前,在那个秋天的夜晚,月光穿过被大雨淋破窗纸的窗棂,洒在一群像一堆堆破布的人们身上。十几个人睡在一间低矮的土坯房里。他紧贴着墙根,带着土碱味的潮气浸透了他的衣服。他冷得直打寒战。干脆从湿漉漉的稻草上爬起来。外面,泥泞在月光下像碎玻璃一样闪光。到处是残存的雨水。空气里弥漫着腐败的水腥气。他找到马圈。那里还比较干燥,马粪尿蒸发出一股熏人的暖气。马、骡子、毛驴都在各自的槽头上吭哧吭哧地嚼着干草。他看到有一段马槽前没有拴牲口,就爬了进去,像初生的耶稣一样睡在木头马槽里。

月光斜射进来，在马棚的山墙上划出一条分开光与影的对角线。一匹匹牲口的头垂在马槽边，像对着月亮朝拜似的。这时，他陡然感到非常凄怆，整个情景完全象征性地指出了他孤独的处境：人们抛弃了他，使他来和牲口为伍！

他哭了。狭窄的马槽夹着他的身躯，正像生活从四面八方在压迫他一样。先是被父亲遗弃。母亲死了，舅舅把母亲所有的东西都卷走，单单撇下了他。以后他搬到学校宿舍，靠人民助学金上学。共产党收留了他，共产党的学校教育了他。在五十年代那种开朗的气氛中，虽然他具有一副在畸形的家庭中养成的孤僻、敏感和沉默寡言的性格，但也慢慢地溶化在一个大集体里；和五十年代所有的中学生一样，他对未来也有一个美丽的梦。毕业了，梦成了现实。他穿着蓝布制服，夹着备课本，拿着粉笔走进教室。他有了自己的生活道路。但是，因为学校支部书记要完成抓右派的指标，就又把他推到父亲那一边去。好像肉体上的血缘关系必然决定阶级的传宗接代，他又成了资产阶级一分子。过去，资产阶级遗弃了他，只给他留下一个履历表上的"资产"，后来，人们又遗弃了他，却给他头上戴了一顶资产阶级右派的帽子。他成了被所有的人都遗弃了的人，流放到这个偏僻的农场来劳教。

一匹马吃完了面前的干草，顺着马槽向他这边挪动过来。它尽着缰绳所能达到的距离，把嘴伸到他头边。他感到一股温暖的鼻息喷在他的脸上。他看见一匹棕色马掀动着肥厚的嘴唇在他头边寻找槽底的稻粒。一会儿，棕色马也发现了他。但它并不惊惧，反而侧过头来用湿漉漉的鼻子嗅他的头，用软乎乎的嘴唇擦他的脸，这阵抚慰使他的心颤抖了。他突然抱着长长的、瘦骨嶙峋的马头痛哭失声，把眼泪抹在它棕色的鬃毛上。然后，他跪爬在马槽里，拼命地把槽底的稻粒扒在一起，堆在棕色马面前。

啊，父亲，那时你在哪里？

三

现在，这个父亲终于回来了！

这不是梦，父亲就睡在他隔壁；这不是梦，他自己也的的确确是睡在一张柔软的席梦思床上。他摸着身下的床垫，和那硬邦邦的木头马槽多么不同！月光透过薄纱窗帷，在地毯上、沙发上、床上投下一块块边缘模糊的菱形方格。在朦胧的月光中，这一天获得的印象这时又鲜明地呈现了出来，而他所得到的总的感觉，则是他完全不适应、不习惯这一切。父亲回来了，但这却是一个全然陌生的人。父亲的回来不过是勾引起他痛苦的回忆，打破了他的平静而已。

尽管已到秋天，但房间里好像越来越闷热。他索性掀开毛毯，翻身坐起来，扭亮台灯，用漠然的眼光环顾四周。最后，他的目光落在自己的躯体上。他看到肌肉突起的胳膊，看到静脉曲张的小腿肚，看到趾头分得很开的双脚，看到手掌、脚跟上发黄的茧子，他想起了下午父亲对他的谈话。

下午，喝完咖啡，父亲支使开密司宋，对他谈到公司在海外的发展，谈到他的几个异母弟的无能，谈到对他和故土的思念。

"……有你在身边，我能得到一点安慰。"父亲说，"三十年前的事，我后来越来越觉着不安。我知道大陆上讲究家庭出身，老搞阶级斗争，你的日子不会好过，甚至以为你已经不在了，心里总是惦记你。你小时候的模样经常在我脑子里出现。尤其是你生下来，你爷爷为你在南京外交部旁边的华侨招待所设汤饼筵的那天,你在奶妈怀里的样子,我记得清清楚楚,就像是昨天一样。那天,申新的荣家、先施的郭家、华纺的刘家、英美烟草公司的郑家都从上海来了人。你知道,你是我们家的长房长孙……"

现在,当他在罩着淡绿色灯罩的灯光下,看着自己裸露着的强健的肌体的时候,他突然获得了一个极其新奇的印象。因为他还是第一次从父亲口里听到他记忆的史前时期——他儿时的情景,于是,过去的自己和现在的自己在脑海中形成了一个非常鲜明的对比。终于,他发现了他们父子之间隔膜的真正所在:他这个钟鸣鼎食之家的长房长孙,曾经裹在锦缎的襁褓中,在红灯绿酒之间被京沪一带工商界大亨和他们的太太啧啧称赞的人,已经变成了一个名副其实的劳动者了!而在这两端之间的全部过程,是糅合着那么多痛苦和欢欣的平凡的劳动!

他解除劳教以后,因为无家可归,于是被留在农场放马,成了一名放牧员。

清晨,太阳刚从杨树林的梢上冒头,银白色的露珠还在草地上闪闪发光,他就把栅栏打开。牲口用肚皮抗着肚皮,用臀部抗着臀部争先恐后地往草场跑。土百灵和呱呱鸡发出快乐的和惊慌的叫声从草丛中蹿出。它们展开翅膀,斜掠过马背,像箭一样地向杨树林射去。他骑在马上,在被马群踏出一道道深绿色痕迹的草场上驰骋,就像一下子扑到大自然的怀抱里一样。

草场上有一片沼泽,长满细密的芦苇。牲口分散在芦苇丛中,用它们阔大而灵活的嘴唇嚼着嫩草。在沼泽外面,只听见它们不停的喷鼻声和哗哗的趟水声。他在土堆的斜坡上躺下,仰望天空,雪白的云朵像人生一样变化无穷。风擦过草尖,擦过沼泽的水面吹来,带着清新的湿润,带着马汗的气味,带着大自然的呼吸,从头到脚摩挲遍他的全身,给了他一种极其亲切的抚慰。他伸开手臂,把头偏向胳肢窝,他能闻到自己的汗味,能闻到自己生命的气息和大自然的气息混在一起。这种心旷神怡的感觉是非常美妙的。它能引起他无边的遐想,认为自己已经融化在旷野的风中;到处都有他,而他却又失去了自己的独特性。他的消沉,他的悲怆,他对命运的委屈情绪也随着消失,而代之以对生命和自然的热爱。

中午,马匹一头头从芦苇丛中趟出来,带着滚圆的肚皮,抖擞着鬃毛,甩动着尾巴驱赶马虻和牛蝇。它们信赖地、亲昵地聚在他周围,用和善的大眼睛望着它们的牧人。有时,长着白色花斑的七号马会绕过几头瘦乏的牲口,悄悄地蹓到瘸腿的一百号旁边,用长着稀疏胡须的嘴唇掀动它、戏弄它。一百号也不示弱,调过屁股,用本来就没有着地的瘸腿使劲地向后一弹。七号马急速躲开,高昂起头,像一个顽皮的孩子玩丢手帕的游戏一样,在马群中转来转去,溅起闪着银光的水花。每在这个时候,他就要拿起长鞭,严厉地吆喝几声。于是,所有的马都会竖起耳朵,并向七号马投去责怪的眼光。七号马也安静下来,像一个受了呵斥的小学生似的,站在水深到膝的沼泽里,掀起嘴唇,无聊地锉着长长的门牙。这时,他会感到他不是生活在一群牲口中间,而是像童话里的王子,在他身边的是一群通灵的神物。

在正午的阳光下,远方,云影在山脚下缓缓地移动;沼泽里,一种叫"水牛"的水鸟也感到了炎热,开始用嘴对着芦根咕咕地鸣叫。这里,不仅有风吹草低见牛羊的苍茫,而且有青山绿水的纤丽。祖国,这样一个抽象的概念,会浓缩在这个有限的空间,显出他全部瑰丽的形体。他感到了满足:生活,毕竟是美好的! 大自然和劳动,给予了他许多在课堂里得不到的东西。

有时,阵雨会向草场扑来。它先在山坡上垂下透明的、像黑纱织成的帷幕一样的雨脚,把灿烂的阳光变成悦目的金黄色,洒在广阔的草原上。然后,雨脚慢慢地随风飘拂,向山坡下移动过来。不一会儿,豆大的雨点就斜射下来了,整个草原就腾起一阵白蒙蒙的烟雾。在这之前,他必须把马群赶到林带里去。他骑在马上,拿着长鞭,迎着雨头风,敞开像翅膀一样的衣襟,在马群周围奔驰,呵叱和指挥离群的马儿。于是,他会感到自己躯体里充满着热腾腾的力量,他不是渺小的和无用的;在和风、和雨、和集结起来的蚊蚋的搏斗中,他逐渐恢复了对自己的信心。

各队的放牧员只有在这种时候才能聚在一起。为他们避雨而设的窝棚,就像一叶扁舟似的停泊在白蒙蒙的雨雾中。窝棚里凉爽潮湿,弥漫着劣质烟草的青烟。他听着放牧员们诙谐的对话和粗野的戏谑,惊讶他们对劳动、对生活并没有他那么多复杂的感情,他对自己的这种新体验感到惊奇。原来他们本来就是朴实的、单纯的:生活虽然艰苦,但始终是愉快而满足的。他开始羡慕他们。

有一次,一个六十多岁的老放牧员问他:"人说你是右派,啥叫右派?"

他羞愧地低下头,讷讷地说:"右派……右派就是犯了错误的人。"

"右派就是五七年那阵子说了点实话的人。"七队的放牧员说,"那一年,整的是读书人。"七队的放牧员是个心直口快的汉子,平时爱开玩笑,人们都叫他"郭骗子"。

"说实话叫啥'犯错误',要都不说实话,天下都乱套了。"老放牧员抽着烟锅,沉思地说,"可话说回来,还是劳动好,别当干部。我快七十的人了,眼不花、耳不聋、腰不弯、吃炒豆子嘎嘣嘎嘣的……"

"所以你下辈子还得劳动!"郭骗子笑着打断他的话。

"下辈子劳动有啥不好?"老放牧员郑重地说,"离了劳动,人都活不成,当官的当不成,念书的也念不成……"

这种简短的、朴拙的、断断续续的话语,经常会像阵雨过后的彩虹一样,在他心上激起一种美好的感情,使他渴望回到平凡的质朴中去,像他们一样获得那种愉快的满足。

在长期的体力劳动中,在人和自然不断地进行物质变换当中,他逐渐获得了一种固定的生活习惯。习惯顽强地按照自己的模式来塑造他。久而久之,过去的一切就隐褪成了一场模糊的梦,又好似是从书上读到的关于别人的故事。他的记忆,也被这种固定的生活习惯和与以前截然不同的生活方式拦腰折断了。那在大城市里的生活变得虚幻起来,只有现在这一切才是实实在在的。最后,他就变成了适合于在这块土地上生活,而且也只能在这块土地上生活的人:他成了一名真正的放牧员!

到了文化大革命开始的那一年,人们也早已忘掉了他的过去,只是到了狂热阶段,才有人想起他还是个右派,需要把他拉出来示众一番。可是,这时几个队的放牧员聚在窝棚里经过一番商量,一口咬定坡下的草情不好,跟场部招呼了一声,呼啦一下把牲口都赶到山坡上去。他当然得跟着去,因为没有一个革命群众愿意放弃革命,来顶替他这个好几个月不能回家的差使。放牧员们帮他把简单的行李往马背上一搭,骑上马,晃悠晃悠地离开了闹腾腾的是非之地。上了大路,放牧员们欢快地叫喊着:"去啵!咱们上山去,管他们妈嫁给谁!"他们此起彼伏地吹起尖厉的口哨,不断地发出短促的吆喝声,得得的马蹄在大路上扬起团团黄色的尘雾。远方,就是像翡翠一样晶莹闪光的山坡草场……这一天,他永远当作一种极其特殊的温情,是那样深刻地留在他的记忆里。

这里有他的痛苦,也有他的欢乐,有他对人生各个方面的体验,而他的欢乐离开了和痛苦的对比,则会变得黯然失色,毫无价值。

去年春天,他突然从山上的草场被叫回场部。他拿着草帽惴惴不安地走进挂着"政治处"牌子的办公室。董副主任对他宣读了一个文件,然后告诉他,过去把他错划成了右派,现在给他改正过来了,还要安排他到农场学校教书。董副主任的面孔庄重得毫无表情。一只早来的苍蝇在办公室嗡嗡地飞来飞去,一会儿停在墙壁上,一会儿停在档案柜上。董副主任的眼睛随它转来转去,手里捏着本杂志跃跃欲试。

"你去吧,到隔壁房里找潘干事拿调令,明天到学校报到。"苍蝇终于落在办公桌上,杂志"啪"地一下,但苍蝇却狡猾地飞跑了,董副主任又失望地坐在椅子上。"以后可要好好干了,再不能犯错误了。唉!"

他被这突然来临的事震动了,以致就像受到电击一般,精神处在半痴半呆的状态之中。在认识上,他并不能完全理解这次改正在国家政治生活中的意义和对他本人生活的根本性改变;他过去甚至也没有敢想象有这样一天。但是在直觉上,他的幸福感在不断地增长。一种纯然的快乐情绪就像酒精在血管里一样,开始把半痴半呆转化成兴奋的晕眩。先是他的喉咙发干,然后全身轻微地颤抖,最后眼泪不能遏止地往外汹涌,并且从胸腔里发出一阵低沉的、像山谷里的回音一样的哭声。这副情景,使庄重得毫无表情的董副主任也感动了,竟向他伸出手来。他两手捧着董副主任的手,这时,才开始对未来有了一个朦胧的希望。

从此以后,他又穿上了蓝布制服,夹着备课本,拿着粉笔走进教室,重续了二十二年前那个美丽的梦。农场的职工都不富裕,孩子们大都穿得破破烂烂,教室里混合着汗味、尘土味和干燥的阳光味。孩子们在简陋的课桌后面瞪大了天真的眼睛惊异地瞧着他,想不到一个放牲口的人成了他们的老师。可是不久,他就使孩子们信服了。他并没有做出什么特殊的贡献;他甚至还没有敢想象他就是在为社会主义服务,为"四化"服务,他认为那是英雄们的业绩。他只是在自己的岗位上兢兢业业地尽到了他的责任。然而,就是这样,他也受到了孩子们的尊敬。临来北京的那个早晨,他看见孩子们一伙一伙地站在上学的小路上望着他乘坐的马车。大概他们也听说他找到了在外国的爸爸,要跟有钱的爸爸出国了吧。他们一个个都压抑着惜别的冲动,带着沮丧的神情,默默地目送他的马车过了军垦桥,过了白杨树林,消失在荒地的那边⋯⋯

有时,放牧员们还会从十几里外来看他。那位老放牧员现在已经八十出头了,腿脚依然强健。他坐在炕上,捧起一本《现代汉语词典》摩挲着:"还是有学问的人能,看这么厚的书,这怕要看一辈子哩!""这是字典,是查字的,""郭嗙子"告诉他,"你真是,活糊涂了!""是呀,活了一辈子睁眼瞎,看电影连个名字都不认得,光看个人影儿动弹。"放牧员们感叹着,在这崭新的时代里产生了对文化的需求。"干啥都得有文化。上次我给牲口拿药,差点把外用的喂了牲口。""郭嗙子"说,"'老右',你可是从咱们堆里出来的。咱们这些人完了,咱们的孩子可托付你了⋯⋯""是呀,"老放牧员说,"你要是教得我那小孙孙能看这么厚的书本本子,也不负咱们穷哥们在草场上滚出来的交情⋯⋯"

这些毫无文采的语言,非常形象地说明了他工作的意义,使他对未来的希望更加明确起来。他在他们身上闻到马汗味,闻到汗水饱满的青草味,闻到浓烈的大自然的气息;他们给他带来那么熟悉的、亲切的感觉,和跟父亲与密司宋在一起时所有的那种压抑感迥然不同。

他在他们眼里,在学生们眼里,在和他一起工作的同志们眼里看到了自己的价值。有什么能比在别人眼里看到自己的价值是宝贵的更幸福呢?

四

上午,他和密司宋跟父亲逛王府井大街。他发觉他已经不适应城市生活了。这里的地面铺着水泥和沥青,完全不像乡村的土地,踏上去是那么松软湿润;大街上川流不息地来往着互不相识的人,既热闹而又冷漠。而且,四处不停地响着的噪音,不一会儿就使他神经紧张得疲乏了。

在工艺品商店,父亲开出了一张六百块钱的支票,订了一套工艺精细的景德镇青花餐具。他却在瓷器商店里挑了一个两块多钱的泡菜坛子。坛子小巧玲珑,转圈用黄色和棕色的花纹组成古色古香的图案,就和汉墓的出土文物一样。这样漂亮的家庭用具,是西北的小县城里没有见过的。秀芝早就想有一个像样的泡菜坛子,老是说她家乡的泡菜坛如何如何好。现在家里的一个,还是别人从陕西抱来的瓦制品,是秀芝花了好几晚上给人纳了五双鞋底换来的,周围早已渗出了盐渍,白花花的,实在难看得很。

"您的太太一定很漂亮,"回到饭店,密司宋妩媚地对他笑着说,"您这样爱她,真叫人嫉妒哩!"她今天又换了衣服,红黑相间的丝衬衫上罩了件淡紫色的开襟毛衣,下面配了一条灰色薄呢裙子。经秋天的阳光蒸烤,素馨花的香气更浓烈了。

"婚姻总是一种条约和义务。"父亲在一旁叹了口气,慢慢地搅动着杯里的咖啡,也许是联想到自己,仔细地斟酌着词句说,"不管和妻子有没有感情,都要把这个条约和义务恪守到底,不然就会使你良心不安,引起痛苦的懊悔。这次我叫你出去,不单单是你一个人,你要把你妻子和孩子都带上。"

"那么,许先生,您谈谈您的罗曼史好吗?"密司宋又说:"您的恋爱一定很动人。我不相信像您这样英俊的男人没有女人追求您。"

"我哪有什么恋爱,"他像是抱歉地笑了笑,"我和我妻子结婚的时候还不认识,更谈不上什么罗曼史了。"

"啊!"密司宋顿时表示出一种夸张的惊奇,而父亲也不解地耸了耸肩膀。

他想把他和秀芝结婚的经过详细地告诉他们,但是这种反常的婚姻方式的背景却是一场大灾难,而这场大灾难又是民族的耻辱。他怕告诉他们以后,反而会引起他们嘲笑那在他心中认为是神圣的东西。他踌躇地考虑着,默默地呷着咖啡。咖啡苦中有甜,而且甜和苦是不能分开的。二者混合在一起才形成了这种特殊的、令人兴奋和引人入胜的香味。父亲和密司宋能品出咖啡的妙处,但他们能理解生活的复杂性吗?在那动乱的年代里,婚姻也和生活的其他方面一样,完全脱离了常轨,纯粹靠盲目的偶然性来排列组合。他们只会从偶然性中看到荒谬的一面,不能体会到偶然性也会表现为一种奇特的命运,把完全意想不到的幸福突然赏赐给人。而且,越是在困苦的环境,这种突如其来的幸福就越是珍贵。他和秀芝奇特的结婚,后来在他们共同回忆时每次都会引起既悲凉又热烈的感情,这怕是其他任何人难以理解的。

那是一九七二年春天的一个下午,他和往常一样,给牲口饮了水,拦好马圈,回到小屋。刚放下鞭子,"郭喷子"就闯进门来。

"喂,'老右',你要老婆不要?""郭喘子"兴冲冲地说,"你要老婆,只要你开金口,晚上就给你送来。"

"那你就送来吧,"他笑着回答他。他以为"郭喘子"是在和他开玩笑。

"好!咱们君子一言。你准备准备。女方的证明已经有了,你这边我刚跟你们书记说了。你们书记说只要你同意,他立刻开证明。好,我给你开了证明,回家路过场部就把证明交给政治处,转回来就把人带来,你今晚上就洞房花烛夜吧!"

天刚黑,他正坐在小板凳上看《解放军文艺》,就听见外面一群孩子喊:"'老右'的老婆来了!'老右'的老婆来了!"接着,门咣啷一声,"郭喘子"又像下午那样闯了进来。

"好了!我酒不喝你一口,水你总得赏一口吧?真够呛!一下午脚不沾地来回跑了三十里路。"他伸手从铅桶里舀了瓢井水,咕咚咕咚地喝光,然后用袖子一抹嘴,长长地"嗨"了一声,才朝门外叫道:"喂!你怎么不进来?进来,进来!这就是你的家。来认识认识,这就是我说的'老右',大名叫许灵均。啥都好,就是穷点,可是越穷越光荣嘛!"

这时,他才看见门外的一群孩子面前真的站着个陌生的姑娘,穿着一件皱皱巴巴的灰上衣,拎一个小白包袱,冷淡而又仔细地打量着这间布满灰尘和锅烟的小土房,好像她真准备在这里住下似的。

"这……这怎么行!"他大吃一惊,"你这个玩笑简直开得太大了!"

"这怎么不行?你别马虎,""郭喘子"从口袋里掏出张纸,"啪"地一声往炕沿上一拍,"证明都开来了。这可是法律,法律,你懂不懂?我可是跟政治处说你去放马了,叫我代领。你要是撒手不干,就太不够意思了。听见吗,'老右'?"

"这怎么行?这怎么行?……"他摊开双手,连连反问"郭喘子"。姑娘可是进来了,坦然地坐在他刚刚坐的小板凳上,好像他们两人说的话与她无关一样。

"怎么行?你们两口子的事来问我,我问谁去?""郭喘子"又把"法律"放回炕上。"好了,好好过吧!明年有了胖小子,可别忘了请我喝喜酒。"他走到门口,又开两手,像轰小鸡一样轰走孩子,"看啥?看啥?没见过你们爹跟你们妈结婚?回去问问你们爹跟你们妈去!走、走、走!"

"郭喘子"就这样一甩手走了。

在昏黄的灯光下,他悄悄地端详姑娘。她并不漂亮,小小的翘鼻子周围长着细细的雀斑,一头黄色的、没有光泽的头发,神情疲惫,面容憔悴。不知怎么,他对她产生了深深的怜悯,于是倒了杯水放在木箱上说:"你喝吧,走了那么远路……"

她抬起头,看到他诚挚的目光,默默地把一杯水喝完,体力好像恢复了一些,就跪上炕叠起了被子,然后拉过一条裤子,把膝盖上磨烂的地方展在她的大腿上,解开自己拎来的小白包袱,拿出一小方蓝布和针线,低着头补缀了起来。她的动作有条不紊,而且有一股被压抑的生气。这股生气好像不能在她自身表现出来,而只能在经过她手整理的东西上表现出来。外表委顿的她,把这间土房略加收拾,一切的一切都马上光鲜起来。她灵巧的手指触摸在被子、褥子、衣服等等上面,就像按在音阶不同的琴键上面一样,土房里会响起一连串非常和谐的音符。

突然,他想起了那匹棕色马,心里顿时感到一阵酸楚的甜蜜。他觉得他不仅早就认识了她,而且等待了多年。一种从来没有出现过的心荡神移的感觉袭倒了他,使他不能自制地跌坐在姑娘旁边。

他两手捂着脸,既不敢相信他真的得到了幸福,担心这件侥幸的事会给他带来新的不幸,又极力想在手掌的黑暗中细细地享受这种新奇的感情。这时,姑娘停住了手中的针线。她的直觉告诉她:这是一个能依托终生的人。她对他竟没有一点陌生的感觉,非常自然地把手轻轻地搭在他伛偻着的脊背上。于是,两个人就坐在铺着破麻袋的炕沿上,一直唏嘘地说到天明。

秀芝原来是四川人。那几年,天府之国搞得连红苕都吃不上,饥饿的农民不得不大量外流。姑娘们还比较好办,在外地随便找个对象就嫁了出去。一个村里只要有一个姑娘在外地成了家,就一个一个提携家乡的姐姐妹妹。这样,成串成串的姑娘就拎着她们可怜的小包袱离开巴山蜀水,闯出阳平关,越过秦岭,穿过数不清的长长短短的隧道,往陕西、往甘肃、往青海、往宁夏、往新疆去奔她们的前程。家里能紧得出钱的就买张车票,没有钱的就一站一站偷乘火车。她们的小包袱里只包着几件补缀过的衣服、一面小圆镜子和一把木梳,就靠这些装备,她们把自己美丽的青春当作赌注,押在这个人生的赌场上,也许会赢来幸福,也许会输个净光……

在灵均这个地区的农场,早就风行这种八分钱的婚姻。没有结婚的小伙子和老光棍们,付不起娶当地姑娘的彩礼,就会求四川来的妇女。这些四川妇女都像是随身带着一沓子人事卡片,她们随便想出一个,只要一封信回去,就招之即来,来之能婚,秀芝就是被招来的一个。她来找的是七队一个开拖拉机的小伙子。但等她揣着大队的证明,风尘仆仆地一站一站挪到这个农场,小伙子却在三天前翻了车,不治身亡了。她连火葬场都没有去,也不必去,谁也不欠谁的情。她也不好意思到那一个同乡家里去,她知道那个同乡也很困难,丈夫是个残废,结婚第二年就生了个孩子。她只得呆呆地坐在七队的马圈前面,像日暮似地看着自己慢慢移动的影子。

"郭喁子"中午提着水壶回马圈灌开水,知道了她的情况,就把一群马扔在草地上,挨家挨户地为她寻找出路。七队现在只有三个单身汉子,他们一个一个到马圈前面观看了一番,可是这个身体干瘦的矮个子姑娘引不起他们兴趣,最后,"郭喁子"想起了已经有三十四五岁的灵均。

他就是这样结的婚。这就是他的罗曼史。

"'老右'结婚了!"这在生产队竟成了大事。这些疲于"抓革命"的人也乐于从派性纠缠中暂时解脱出来,全都对这个从来也不属于哪一派的、对谁也没有损害的、一直老老实实"促生产"的"右派分子"表示了同情。人毕竟是有人性的,他们在给灵均的温暖中自己也悄悄地感到了温暖,觉得自己还没有在"损失最小最小"的革命中损失掉全部的人性。他们有的给他一口锅,有的给他几斤粮,有的给他几尺布票……而且又由一个年轻的兽医发起每家送五毛钱,给他凑出一笔安家的基金;甚至支部会议上也出现了自文化大革命以来从未出现过的统一:一致通过了一项决议——按制度给了他三天婚假。人,毕竟是美好的,即使在那黑暗的日月里!

他们俩就靠人们施舍的这点同情开始建立自己的家庭。

秀芝原来是个乐观的、勤快的女人。她只在家乡坝上的小学读过两年书,不能对生活抒发出诗意的感受。她来的第二天晚上,放映队在晒场上放映了《列宁在一九一八》。从此,华西里的一句台词就成了她的口头禅。"面包会有的,牛奶也会有的。"她老是笑嘻嘻地这样说。她生得细眉小眼,一笑起来,眼睛会眯成一条像月牙儿似的弯弯的细缝,再配上她那两个小小的酒窝,倒也有一种特别的动人之处。

灵均放马,白天不在家。她一个人在中午顶着烈日又和泥又掌模子,脱了一千多块土坯。然后,把晒干的土坯一车车拉回来,在他们门前围起三面围墙,在九百六十万平方公里土地上,她突然划出了十八平方米土地归自己使用。她说:"在我们老家,家家门口都有树,哪有出门就见天的哟!"于是,她又在野地里刨了两棵碗口粗的白杨树,以惊人的力气拖了回来,栽在院子的两边。院子围好,她就养开了家禽。她养鸡、养鸭、养鹅、养兔子,后来又喂了几对鸽子,在人们中间博得了个"海陆空军总司令"的外号。国营农场不许工人自己养猪,这是她最大的遗憾,她常躺在枕头上对灵均说,她梦见她养的猪已经长得多大多大了。

他们所在的这个偏僻的农场,是像一潭死水似的地方,领导对正确的东西执行不力,对错误的东西贯彻得也不积极,尽管有"割资本主义尾巴"的压力,但秀芝也能像一株顽强的小草一般,在石板缝中伸出自己的绿茎。她养的小动物们,就和在魔术师的箱子里一样,繁殖得飞快。"面包会有的,牛奶也会有的。"果然,一年以后他们的生活就大变了样。他们的工资虽然还是那样微薄,但是已经能过上丰衣足食的生活了。秀芝真有逆转社会发展规律的本领,在别人高喊向共产主义过渡的时候,她在他们家里完成了自然经济对商品经济的复辟,一切都是从秀芝手里生产出来的。她收工回来,鸡、鸭、鹅、鸽子也都跟着她回来。清清背在她背上,鸡鸭鹅围在她脚下,鸽子立在她肩头;柴禾在炉膛里燃着,水在铁锅里烧着,她虽然没有学过"运筹学",可是就像千手观音一样,不慌不忙,先后有序,面面俱到。

这个吃红苕长大的女人,不仅给他带来了从来没有享受过的家庭温暖,并且使他生命的根须更深入地扎进这块土地里,而根须所汲取的营养就是他们自己的劳动。她和他的结合,更加强化了他对这块土地的感情,使他更明晰地感觉到以劳动为主体的生活方式的单纯、纯洁和正当。他得到了他多年前所追求的那种愉快的满足。

董副主任宣布他的问题得到改正的那天,当他开好证明,又从财务科领出按政策规定给他补助的五百块钱回到家,把经过原原本本告诉秀芝时,秀芝脸上也放出了奇异的光彩。她在围裙上擦干净手,一张张地点着崭新的钞票。

"喂,秀芝,从今以后我们就和别人一样了!"他在屋里洗脸,朝小伙房里的秀芝高兴地叫道:"喂,秀芝,你怎么不说话? 你在干什么?"

"嘟个搞起的哟!"秀芝笑着说,"我数都数不清罗! 数了好几遍。这么多钱!"

"哎呀! 你这个人真是……钱算得了什么? 值得高兴的是,我在政治上获得了新生……"

"啥子政治新生、政治新生! 在我眼睛里你还是个你哟! 过去说是右派,隔了大半辈子又说把你搞错了;说是把你搞错了,又叫你二天莫再犯错误,晓得搞的啥子名堂哟! 到底是哪个莫再犯错误哟! 我们过去嘟个子过,二天还嘟个子过。有了钱才能安逸。你莫吵我,让我再好好数数。"

是的,比他小十五岁的秀芝从来没有把他看得和别人有什么不同,她永远保持着庄稼人朴实的理智。什么右派不右派,这个概念根本没有进入她小小的脑袋。她只知道他是个好人,老实人,这就够了。她在干活的时候常跟别的妇女说:"我们清清她爹可是个老实巴交的下苦人,三脚踢不出个屁来,狼赶到屁股后头都不着急。要是欺负这样的人,真是作孽,二辈子都要背时!"

是的,秀芝爱钱,平时恨不能把一分钱镍币辦成两半花。区区五百块钱,也就使她大大地满足了,使她的手指颤抖了,使她眼里闪出喜悦的泪光。可是,当她知道他父亲是个有钱的"外国资本家"时,却没有提一个钱字,只是叫他多带些五香茶叶蛋去给父亲吃。她常常对只有七岁的清清教育道:

"钱只有自己挣来的花得才有意思,花得才心里安逸。我买盐的时候,我知道这是我卖鸡蛋得来的钱;我买辣子的时候,我知道这是我割稻子得来的钱;我给你买本本的时候,我知道这是我加班打场得来的钱……"她没有什么抽象的理论,没有什么高深的哲理,然而这些朴素的、明白的、心安理得的话语,已经使他们家庭这个最小的成员也认识到:劳动是高贵的;只有劳动的报酬才能使人得到愉快的享受;由剥削或依赖得来的钱财是一种耻辱!

秀芝不会唱歌。清清满月时,他们一家三口乘进城的卡车到全县唯一的一家照相馆去照了一张"全家福"。县城的街上有卖冰棍的,拖长了嗓子喊着:"冰——棍!冰——棍!"以后,"冰——棍"就成了秀芝的催眠曲。她一面拍着清清,一面学西北人的口音轻轻地唱着:"冰——棍!冰——棍!"……那单调的、悠远的、而又如梦幻般甜蜜的歌声,不仅把清清引入梦乡,也使在一旁看书的他感到一种朴拙得近于原始的幸福,进入一种纯粹的美的境界。

王府井大街上也有卖冰棍的,但是他们不喊,坐在铺子里板着面孔,这多没有意思!他思念那如梦幻般甜蜜的催眠曲,思念那抱着"面包会有的,牛奶也会有的"乐观精神的笑靥。

不,他不能待在这里。他要回去!那里有他的患难时帮助过他的人们,而现在他们正盼望着他的帮助;那里有他汗水浸过的土地,现在他的汗水正在收割过的田野上晶莹闪光;那里有他相濡以沫的妻子和女儿;那里有他的一切;那里有他生命的根!

五

他终于回来了,终于又回到这熟悉的小小的县城。汽车站前面横着全县唯一的柏油马路,那上面仍然蒙着一层薄薄的黄尘,风一吹,就在商店、银行和邮局门口打旋。马路对面的那架弹花机仍然响着单调的嘣嘣声,好像自他走后就没有停过似的。汽车站门前仍然拥挤着卖醪糟的、卖油饼的、卖瓜子的农民;两边,仍然是东倒西歪的土房,有的门上还能看到古老的雕花门楣。那座新盖的戏院仍然困在横七竖八的脚手架当中,一群工人还在它四周忙碌着。

但是,他一下车,就有一种像是从降落伞落到地面的感觉,他的脚又踏着实地了。他爱这里的一切,连同她的瑕疵,就像他爱自己的生活,包括过去的痛苦一样。

黄昏,他搭乘的马车路过原来住的生产队。残阳正从西山上斜射过来,村庄和村庄里的人们都罩在一片模糊的玫瑰色之中。只有秀芝栽的两棵白杨树高耸在一片土房子的屋顶上面,静静的,一点也不摇曳,仿佛正对他全神贯注地凝望着一样。

牲口回来了,横穿过土路,它们好像认出了他,呆呆地立在路两旁,睁大眼睛望着他。马车远去了,它们才掉过头,懒洋洋地向自己的圈棚踱去。

他的心里泛起了一股温暖的柔情。他想起临回来之前父亲和他的谈话。那天晚上,父子两人面对面地坐在沙发上。父亲穿着丝质睡衣,伛偻着背,神情懊丧地抽着烟斗。

"这么快就走吗?"父亲问他。

"是的,学校准备期中考试了。"

父亲沉默了一会,又说:"这次我回来,看到了你,很高兴。"父亲虽然努力保持平静,但下唇却轻微地抖动着。"我发现你非常非常成熟了。这也许是你有坚定信念的缘故吧。这样也好!人所追求的不过是信念。老实说,过去我也追求过,可是,宗教并不能给人什么……"说到这里,父亲表示厌倦地挥了挥手,又继续说下去,然而却跳到另外一个题目上。"去年在巴黎,我看到一本英文版的《莫泊桑选集》,里面有一篇一个国会议员和他早年生的儿子重逢的故事。那个儿子后来成了一个白痴。我看了,一晚上没睡着觉。以后,我经常好像看到你一副凄惨的样子站在我的面前。现在看到你这个样子,我也放心了。你的确出乎我意外,你变得像一个,变得像一个……"变得像一个什么,父亲始终没有想出一个恰当的概念,但是他从父亲眼睛里看到了欣慰的眼神。他觉得他们父子都对这次重逢和分别感到满意,他们各自得到了各自需要的东西。父亲在良心上得到了安慰;他在一个关键的时刻回顾了自己的半生,从而领悟到一点人生的意义。

太阳完全隐没在西山后面了。她射出的几束橘黄色的强光指向山顶的晚霞,又从晚霞上折射下来,散在山坡的草场上,山下的田野上和村庄上,最后变成了一片柔和的暮色。离学校越来越近了,远远地已经能看到那一片操场,就像一泓明净的湖水处在泛黄的芨芨草滩中间。在晚风的吹拂下,他胸中的柔情也逐渐荡漾开去,终于形成了一股暖流在他全身回旋。他感到,父亲说他有坚定的信念,并没有真正理解他现在的精神状态。任何理性上的认识,如果没有感性作为基础,就全部是空洞的。在某些方面,在某些时候,感情要比理念更重要。而他这二十多年来在人生的体验中获得的最宝贵的东西,正是劳动者的情感。想到这里,他眼睛濡湿了。他是被自己感动了:他没有白白走过那么艰苦的道路。

他终于看到了学校。他家门口正站着几个人向大路上这辆马车眺望。秀芝围的白布围裙,在柔和而苍茫的暮色中就像一点皎洁的星光。很快地,那里人越聚越多,最后,他们看出了是他,全都向大路上奔跑。最前面的是一个穿红衣裳的小女孩,她就像迸射出的一团火,飞也似地向他扑来。她越跑越近,越跑越近,越跑越近……

导读

张贤亮(1936—),江苏盱眙人。因在《延河》1957年7月号发表诗《大风歌》成为右派分子。据张贤亮自述,在1958年到1976年的十八年中,他两次劳改,一次管制,一次"群专"(即交由"人民群众"监督、专政),一次投入监狱。1979年开始重新写作,主要作品有中短篇小说《土牢情话》《邢老汉和狗的故事》《灵与肉》《绿化树》《男人的一半是女人》,长篇小说《习惯死亡》《我的菩提树》等。

张贤亮的短篇小说《灵与肉》发表在《朔方》1980年9月第9期。小说以内敛而丰沛的情感,严峻而深沉的笔触描述了主人公许灵均坎坷的命运。被打成"右派"之后,许灵均生活在西北边陲农场。在孤独的生存境遇中,他却从与大自然的亲近交融中,与社会底层普通劳动者的相处中,与李秀芝荒唐而又幸福的爱情遭遇中,获得了丰富而又坚定的人生信念和生活理性。当他在美国发迹的父亲来到北京,劝说他出国继承自己的财富与事业的时候,许灵均冷静地选择了自己的人生道路,回到了边陲小镇那属于他自己的家。他的父亲看到自己的儿子在历史悲剧中并没有变成一个白痴和精神残废者,也欣慰地返回了美国。作品从扭曲的时代中挖掘出美,挖掘出从普通人身上迸射出的真与善的光辉。凝聚在主人公命运遭遇中的伤痕与甜蜜、痛苦与欢乐、荒唐与幸福,蕴含着深刻的生活哲理。物质的匮乏与精神的压抑,使人性中最基本同时又是最闪光的情感——同情、理解、善良和友爱,显得那么美丽动人。小说人物描写个性鲜明而又富有感染力,具有深刻的哲理内涵,又有感情充沛的诗性描述。这篇小说后来改编成电影《牧马人》,影响更大。

爱,是不能忘记的

张 洁

我和我们这个共和国同年。三十岁,对于一个共和国来说,那是太年轻了。而对一个姑娘来说,却有嫁不出去的危险。

不过,眼下我倒有一个正儿八经的求婚者。看见过希腊伟大的雕塑家米伦所创造的"掷铁饼者"那座雕塑么?乔林的身躯几乎就是那尊雕塑的翻版。即使在冬天,臃肿的棉衣也不能掩盖住他身上那些线条的优美的轮廓。他的面孔黝黑,鼻子、嘴巴的线条都很粗犷。宽阔的前额下,是一双长长的眼睛。光看这张脸和这个身躯,大多数的姑娘都会喜欢他。

可是,倒是我自己拿不准主意要不要嫁给他。因为我闹不清楚我究竟爱他的什么,而他又爱我的什么?

我知道,已经有人在背地里说长道短:"凭她那些条件,还想找个什么样的?"

在他们的想象中,我不过是一头劣种的牲畜,却变着法儿想要混个肯出大价钱的冤大头。这使他们感到气恼,好像我真的干了什么伤天害理的、冒犯了众人的事情。

自然,我不能对他们过于苛求。在商品生产还存在的社会里,婚姻,也像其他的许多问题一样,难免不带着商品交换的烙印。

我和乔林相处将近两年了,可直到现在我还摸不透他那缄默的习惯到底是因为不爱讲话,还是因为讲不出来什么?逢到我起意要对他来点智力测验,一定逼着他说出对某事或某物的看法时,他也只能说出托儿所里常用的那种辞藻:"好!"或"不好!"就这么两档,再也不能换换别的花样儿了。

当我问起:"乔林,你为什么爱我"的时候,他认真地思索了好一阵子。对他来说,那段时间实在够长了。凭着他那宽阔的额头上难得出现的皱纹,我知道,他那美丽的脑壳里面的组织细胞,一定在进行着紧张的思维活动。我不由地对他生出一种怜悯和一种歉意,好像我用这个问题刁难了他。

然后,他抬起那双儿童般的、清澈的眸子对我说:"因为你好!"

我的心被一种深刻的寂寞填满了。"谢谢你,乔林!"

我不由地想:当他成为我的丈夫,我也成为他的妻子的时候,我们能不能把妻子和丈夫的责任和义务承担到底呢?也许能够。因为法律和道义已经紧紧地把我们拴在一起。而如果我们仅仅是遵从着法律和道义来承担彼此的责任和义务,那又是多么悲哀啊!那么,有没有比法律和道义更牢固、更坚实的东西把我们联系在一起呢?

逢到我这样想着的时候,我总是有一种古怪的感觉,好像我不是一个准备出嫁的姑娘,而是一个研究社会学的老学究。

也许我不必想这么许多,我们可以照大多数的家庭那样生活下去:生儿育女,厮守在一起,绝对地保持着法律所规定的忠诚……虽说人类社会已经进入了二十世纪七十年代,可在这点上,倒也不妨像几千年来人们所做过的那样,把婚姻当成一种传宗接代的工具,一种交换、买卖,而婚姻和爱情也可以是分离着的。既然许多人都是这么过来的，为什么我就偏偏不可以照这样过下去呢？

不，我还是下不了决心。我想起小的时候，我总是没缘没故地整夜啼哭，不仅闹得自己睡不安生，也闹得全家睡不安生。我那没有什么文化却相当有见地的老保姆说我"贼风入耳"了。我想这带有预言性的结论，大概很有一点科学性，因为直到如今我还依然如故，总好拿些不成问题的问题不但搅扰得自己不得安宁，也搅扰得别人不得安宁。所谓"禀性难移"吧！

我呢，还会想到我的母亲，如果她还活着，她会对我的这些想法，对乔林，对我要不要答应他的求婚说些什么？

我之所以习惯地想到她，绝不因为她是一个严酷的母亲，即使已经不在人世也依然用她的阴魂主宰着我的命运。不，她甚至不是母亲，而是一个推心置腹的朋友。我想，这多半就是我那么爱她，一想到她已经离我远去便悲从中来的原因吧！

她从不教训我，她只是用她那没有什么女性温存的低沉的嗓音，柔和地对我谈她一生中的过失或成功，让我从这过失或成功里找到我自己需要的东西。不过，她成功的时候似乎很少，一生里总是伴着许许多多的失败。

在她最后的那些日子里，她总是用那双细细的、灵秀的眼睛长久地跟随着我，仿佛在估量着我有没有独立生活下去的能力，又好像有什么重要的话要叮嘱我，可又拿不准主意该不该对我说。准是我那没心没肺，凡事都不大有所谓的派头让她感到了悬心。她忽然冒出了一句："珊珊，要是你吃不准自己究竟要的是什么，我看你就是独身生活下去，也比糊里糊涂地嫁出去要好得多！"

照别人看来，作为一个母亲，对女儿讲这样的话，似乎不近情理。而在我看来，那句话里包含着以往生活里的极其痛苦的经验。我倒不觉得她这样叮咛我是看轻我或是低估了我对生活的认识。她爱我，希望我生活得没有烦恼，是不是？

"妈妈，我不想嫁人！"我这么说，绝不是因为害臊或是在忸怩作态。说真的，我真不知道一个姑娘什么时候需要做出害臊或忸怩的姿态，一切在一般人看来应该对孩子隐讳的事情，母亲早已从正面让我认识了它。

"要是遇见合适的，还是应该结婚。我说的是合适的！"

"恐怕没有什么合适的！"

"有还是有，不过难一点——因为世界是这么大，我担心的是你会不会遇上就是了！"她并不关心我嫁得出去还是嫁不出去，她关心的倒是婚姻的实质。

"其实，您一个人过得不是挺好吗？"

"谁说我过得挺好？"

"我这么觉得。"

"我是不得不如此……"她停住了说话，沉思起来。一种淡淡的、忧郁的神情来到了她的脸上。她那忧郁的、满是皱纹的脸，让我想起我早年夹在书页里的那些已经枯萎了的花。

"为什么不得不如此呢？"

"你的为什么太多了。"她在回避我。她心里一定藏着什么不愿意让我知道的心事。我知道，她不告诉我，并不是因为她耻于向我披露，而多半是怕我不能准确地估量那事情的深浅而扭曲了它，也多半是因为人人都有一点珍藏起来的、留给自己带到坟墓里去的东西。想到这里，我有点不自在。

这不自在的感觉迫使我没有礼貌、没有教养地追问下去:"是不是您还爱着爸爸?"

"不,我从没有爱过他。"

"他爱您吗?"

"不,他也不爱我!"

"那你们当初为什么结婚呢?"

她停了停,准是想找出更准确的字眼来说明这令人费解和反常的现象,然后显出无限悔恨的样子对我说:"人在年轻的时候,并不一定了解自己追求的、需要的是什么,甚至别人的起哄也会促成一桩婚姻。等到你再长大一些、更成熟一些的时候,你才会明白你真正需要的是什么。可那时,你已经干了许多悔恨得让你感到锥心的蠢事。你巴不得付出任何代价,只求重新生活一遍才好,那你就会变得比较聪明了。人说'知足者常乐',我却享受不到这样的快乐。"说着,她自嘲地笑了笑,"我只能是一个痛苦的理想主义者。"

莫非我那"贼风入耳"的毛病是从她那里来的? 大约我们的细胞中主管"贼风入耳"这种遗传性状的是一种特别尽职尽责的基因。

"您为什么不再结婚呢?"

她不大情愿地说:"我怕自己还是吃不准自己到底要什么。"她明明还是不肯对我说真话。

我不记得我的父亲。他和母亲在我很小的时候便分手了。我只记得母亲曾经很害羞地对我说过他是一个相当漂亮的、公子哥儿似的人物。我明白,她准是因为自己也曾追求过那种浅薄而无聊的东西而感到害臊。她对我说过:"晚上睡不着觉的时候,我常常迫使自己硬着头皮去回忆青年时代所做的那些蠢事、错事! 为的是使自己清醒。固然,这是很不愉快的,我常会羞愧地用被单蒙上自己的脸,好像黑暗里也有许多人在盯着我瞧似的。不过这种不愉快的感觉里倒也有一种赎罪似的快乐。"

我真对她不再结婚感到遗憾。她是一个很有趣味的人,如果她和一个她爱着的人结婚,一定会组织起一个十分有趣味的家庭。虽然她生得并不漂亮,可是优雅、淡泊,像一幅淡墨的山水画。文章写得也比较美,和她很熟悉的一位作家喜欢开这样的玩笑:"光看你的作品,人家就会爱上你的!"

母亲便会接着说:"要是他知道他爱的竟是一个满脸皱纹、满头白发的老太婆,他准会吓跑了。"

到了这样年龄,她绝不会是还不知道自己到底要什么。这分明是一句遁词。我之所以这么说,是因为她有一些引起我生出许多疑惑的怪毛病。

比如,不论她上哪儿出差,她必得带上那二十七本一套的、一九五〇年到一九五五年出版的契诃夫小说选集中的一本。并且叮咛着我:"千万别动我这套书。你要看,就看我给你买的那一套。"这话明明是多余的。我有自己的一套,干嘛要去动她的那套呢? 况且这话早已三令五申地不知说过多少遍了。可她还是怕有个万一时候。她爱那套书爱得简直像是得了魔怔一般。

我们家有两套契诃夫小说选集。这也许说明对契诃夫的爱好是我们家的家风,但也许更多的是为了招架我和别的喜欢契诃夫的人。逢到有人想要借阅的时候,她便拿了我房间里的那套给人。有一次,她不在家的时候,一位很熟的朋友拿了她那套里的一本。她知道了之后,急得如同火烧了眉毛,立刻拿了我的一本去换了回来。

从我记事的那天起,那套书便放在她的书橱里了。别管我多么钦佩伟大的契诃夫,我也不能明白，那套书就那么百看不厌，二十多年来有什么必要天天非得读它一读不可？

有时，她写东西写累了，便会端着一杯浓茶，坐在书橱对面，瞧着那套契诃夫小说选集出神。要是这个时候我突然走进了她的房间，她便会显得慌乱不安，不是把茶水泼了自己一身，便是像初恋的女孩子，头一次和情人约会便让人撞见似地羞红了脸。

我便想：她是不是爱上了契诃夫？要是契诃夫还活着，没准真会发生这样的事。

当她神志不清，就要离开这个世界的时候，她对我说的最后一句话是："那套书——"她已经没有力气说出"那套契诃夫小说选集"这样一个长句子。不过我明白她指的就是那一套。"……还有，写着，'爱，是不能忘记的'……笔记本和我，一同火葬。"

她最后叮咛我的这句话，有些，我为她做了，比如那套书。有些，我没有为她做，比如那些题着"爱，是不能忘记的"笔记本子。我舍不得。我常想，要是能够出版，那一定是她写过的那些作品里最动人的一篇，不过它当然是不能出版的。

起先，我以为那不过是她为了写东西而积累的一些素材。因为它既不像小说，也不像札记；既不像书信，也不像日记。只是当我从头到尾把它们读了一遍的时候，渐渐地，那些只言片语与我那支离破碎的回忆交织成了一个形状模糊的东西。经过久久的思索，我终于明白，我手里捧着的，并不是没有生命、没有血肉的文字，而是一颗灼人的、充满了爱情和痛苦的心，我还看见那颗心怎样在这爱情和痛苦里挣扎、熬煎。二十多年啦，那个人占有着她全部的情感，可是她却得不到他。她只有把这些笔记本当做是他的替身，在这上面和他倾心交谈。每时，每天，每日，每年。

难怪她从没有对任何一个够意思的求婚者动过心，难怪她对那些说不出来是善意的愿望或是恶意的闲话总是淡然地一笑付之。原来她的心已经填得那么满，任什么别的东西都装不进去了。我想起"曾经沧海难为水，除却巫山不是云"的诗句，想到我们当中多半人不会这样去爱，而且也没有人会照这个样子来爱我的时候，我便感到一种说不出的怅惘。

我知道了三十年代末，他在上海做地下工作的时候，一位老工人为了掩护他而被捕牺牲，撇下了无依无靠的妻子和女儿。他，出于道义，责任，阶级情谊和对死者的感念，毫不犹豫地娶了那位姑娘。逢到他看见那些由于"爱情"而结合的夫妇又因为"爱情"而生出无限的烦恼的时候，他便会想："谢天谢地，我虽然不是因为爱情而结婚，可是我们生活得和睦、融洽，就像一个人的左膀右臂。"几十年风里来、雨里去，他们可以说是患难夫妻。

他一定是她那机关里的一位同志。我会不会见过他呢？从到过我家的客人里，我看不出任何迹象，他究竟是谁呢？

大约一九六二年的春天，我和母亲去听音乐会。剧场离我们家不太远，我们没有乘车。

一辆黑色的小轿车悄无声息地停在人行道旁边。从车上走下来一个满头白发、穿着一套黑色毛呢中山装的、上了年纪的男人。那头白发生得堂皇而又气派！他给人一种严谨的、一丝不苟的、脱俗的、明澄得像水晶一样的印象。特别是他的眼睛，十分冷峻地闪着寒光，当他急速地瞥向什么东西的时候，会让人联想起闪电或是舞动着的剑影。要使这样一对冰冷的眼睛充满柔情，那必定得是特别强大的爱情，而且得为了一个确实值得爱的女人才行。

他走过来，对母亲说："您好！钟雨同志，好久不见了。"

"您好！"母亲牵着我的那只手突然变得冰凉，而且轻轻地颤抖着。

他们面对面地站着,脸上带着凄厉的、甚至是严峻的神情,谁也不看着谁。母亲瞅着路旁那些还没有抽出嫩芽的灌木丛。他呢,却看着我:"已经长成大姑娘了。真好,太好了,和妈妈长得一样。"

他没有和母亲握手,却和我握了握手。而那手也和母亲的手一样,也是冰冷的,也是轻轻地颤抖着的。我好像变成了一路电流的导体,立刻感到了震动和压抑。我很快地从他的手里抽出我的手,说道:"不好,一点也不好!"

他惊讶地问我:"为什么不好?"或许我以为他故作惊讶。因为凡是孩子们说了什么直率得可爱的话的时候,大人们都会显出这副神态的。

我看了看妈妈的面孔。是,我真像她。这让我有些失望:"因为她不漂亮!"

他笑了起来,幽默地说:"真可惜,竟然有个孩子嫌自己的母亲不漂亮。记得吗?五三年你妈妈刚调到北京,带你来机关报到的那一天?她把你这个小淘气留在了走廊外面,你到处串楼梯,扒门缝,在我房间的门上夹疼了手指头。你哇啦哇啦地哭着,我抱着你去找妈妈?"

"不,我不记得了。"我不大高兴,他竟然提起我穿开裆裤时代的事情。

"啊,还是上了年纪的人不容易忘记。"他突然转身向我的母亲说:"您最近写的那部小说我读过了。我要坦率地说,有一点您写得不准确。您不该在作品里非难那位女主人公……要知道,一个人对另一个人产生感情原没有什么可以非议的地方,她并没有伤害另一个人的生活……其实,那男主人公对她也会有感情的。不过为了另一个人的快乐,他们不得不割舍自己的爱情……"

这时,有一个交通民警走到停放小汽车的地方,大声地训斥着司机,说车停的不是地方。司机为难地解释着。他停住了说话,回头朝那边望了望,匆匆地说了声:"再见!"便大步走到汽车旁边,向那民警说:"对不起,这不怪司机,是我……"

我看着这上了年纪的人,也俯首帖耳地听着民警的训斥,觉得很是有趣。当我把顽皮的笑脸转向母亲的时候,我看见她是怎样地窘迫呀!就像小学校里一个一年级的小女孩,凄凄惶惶地站在那严厉的校长面前一样,好像那民警训斥的是她而不是他。

汽车开走了,留下了一道轻烟。很快地,就连这道轻烟也随风消散了,好像什么都没有发生过,而我,不知道为什么却没有很快地忘记。

现在分析起来,他准是以他那强大的精神力量引动了母亲的心。那强大的精神力量来自他那成熟而坚定的政治头脑,他在动荡的革命时代里出生入死的经历,他活跃的思维,工作上的魄力,文学艺术上的素养……而且——说起来奇怪,他和母亲一样喜欢双簧管。对了,她准是崇拜他。她说过,要是她不崇拜那个人,那爱情准连一天也维持不下。

至于他爱不爱我的母亲,我就猜不透了。要是他不爱她,为什么笔记本里会有这样一段记载呢?

"这礼物太厚重了。不过您怎么知道我喜欢契诃夫呢?"

"你说过的!"

"我不记得了。"

"我记得。我听到你有一次在和别人闲聊的时候说起过。"

原来那套契诃夫小说选集是他送给母亲的。对于她,那几乎就是爱情的信物。

没准儿,他这个不相信爱情的人,到了头发都白了的时候才意识到他心里也有那种可以称为爱情的东西存在,到了他已经没有权力去爱的时候,却发生了这足以使他献出全部生命的爱情。这可真够凄惨的。也许不只是凄惨,也许还要深刻得多。

关于他,能够回到我的记忆里来的就是这么一小点。

她那迷恋他,却又得不到他的心情有多么苦呀!为了看一眼他乘的那辆小车,以及从汽车的后窗里看一眼他的后脑勺,她怎样煞费苦心地计算过他上下班可能经过那条马路的时间;每当他在台上做报告,她坐在台下,隔着距离、烟雾、昏暗的灯光、窜动的人头,看着他那模糊不清的面孔,她便觉得心里好像有什么东西凝固了,泪水会不由地充满她的眼眶。为了把自己的泪水瞒住别人,她使劲地咽下它们。逢到他咳嗽得讲不下去,她就会揪心地想到为什么没人阻止他吸烟?担心他又会犯了气管炎。她不明白为什么他离她那么近而又那么遥远?

他呢,为了看她一眼,天天,从小车的小窗里,眼巴巴地瞧着自行车道上流水一样的自行车辆,闹得眼花缭乱;担心着她那辆自行车的闸灵不灵,会不会出车祸;逢到万一有个不开会的夜晚,他会不乘小车,自己费了许多周折来到我们家的附近,不过是为了从我们家的大院门口走这么一趟;他在百忙中也不会忘记注意着各种报刊,为的是看一看有没有我母亲发表的作品。

在他的一生中,一切都是那么清楚、明确,哪怕是在最困难时刻。但在这爱情面前却变得这样软弱,这样无能为力。这在他的年纪来说,实在是滑稽可笑的。他不能明白,生活为什么偏偏是这样安排着的?

可是,临到他们难得地在机关大院里碰了面,他们又竭力地躲避着对方,匆匆地点个头便赶紧地走开去。即使这样,也足以使我母亲失魂落魄,失去听觉、视觉和思维的能力,世界立刻会变成一片空白……如果那时她遇见一个叫老王的同志,她一定会叫人家老郭,对人家说些连她自己也听不懂的话。

她一定死死地挣扎过,因为她写道:

我们曾经相约:让我们互相忘记。可是我欺骗了你,我没有忘记。我想,你也同样没有忘记。我们不过是在互相欺骗着,把我们的苦楚深深地隐藏着。不过我并不是有意要欺骗你,我曾经多么努力地去实行它。有多少次我有意地滞留在远离北京的地方,把希望寄托在时间和空间上,我甚至觉得我似乎忘记了。可是等到我出差回来,火车离北京越来越近的时候,我简直承受不了冲击得使我头晕眼花的心跳,我是怎样急切地站在月台上张望,好像有什么人在等着我似的。不,当然不会有。我明白了,什么也没有忘记,一切都还留在原来的地方。年复一年,就跟一棵大树一样,它的根却越来越深地扎下去,想要拔掉这生了根的东西实在太困难了,我无能为力。

每当一天过去,我总是觉得忘记了什么重要的事情,或是夜里突然从梦中惊醒:发生了什么事情!不,什么也没有发生,我清清楚楚地意识到:没有你!于是什么都显得是有缺陷的,不完满,而且是没有任何东西可以弥补的。我们已经到了这一生快要完结的时候了,为什么还要像小孩子一样地忘情?为什么生活总是让人经过艰辛的跋涉之后才把你追求了一生的梦想展现在你的眼前?而这梦想因为当初闭着眼睛走路,不但在叉道上错过了,而且这中间还隔着许多不可逾越的沟壑。

对了,每每母亲从外地出差回来,她从不让我去车站接她,她一定愿意自己孤零零地站在月台上,享受他去接她的那种幻觉。她,头发都白了的、可怜的妈妈,简直就像个痴情的女孩子。

那些文字并没有多少是叙述他们的爱情的,而多半记载的都是她生活里的一些琐事:她的文章为什么失败,她对自己的才能感到了惶惑和猜疑;珊珊(就是我)为什么淘气,该不该罚她;因为心神恍惚她看错了戏票上的时间,错过了一场多么好的话剧;她出去散步,忘了带伞,淋得像个落汤鸡……她的精神明明日日夜夜都和他在一起,就像一对恩爱的夫妻。其实,把他们这一辈子接触过的时间累计起来计算,也不会超过二十四小时。而这二十四小时,大约比有些人一生享受到的东西还深,还多。莎士比亚笔下的朱丽叶说过:"我不能清算我财富的一半。"大约,她也不能清算她的财富的一半。

似乎他在文化大革命中死于非命。也许因为当时那种特定的历史条件,这一段的文字记载相当含糊和隐晦。我奇怪我那因为写文章而受着那么厉害的冲击的母亲,是用什么办法把这习惯坚持下来的? 从这隐晦的文字里,我还是可以猜得出,他大约是对那位红极一世,权极一时的"理论权威"的理论提出了疑问,并且不知对谁说过,"这简直就是右派言论"。从母亲那沾满泪痕的纸页上可以看出,他被整得相当惨,不过那老头子似乎十分坚强,从没有对这位有大来头的人物低过头,直到死的时候,留下来的最后一句话还是:"就是到了马克思那里,这个官司也非打下去不可。"

这件事一定发生在一九六九年的冬天,因为在那个冬天里,还刚近五十岁的母亲一下子头发全白了。而且,她的臂上还缠上了一道黑纱。那时,她的处境也很难。为了这条黑纱,她挨了好一顿批斗,说她坚持四旧,并且让她交代这是为了谁?

"妈妈,这是为了谁?"我惊恐地问她。

"为一个亲人!"然后怕我受惊似地解释着,"一个你不熟悉的亲人!"

"我要不要戴呢?"她做了一个许久都没有对我做过的动作,用手拍了拍我的脸颊,就像我小的时候她常做的那样。她好久都没有显出过这么温柔的样子了。我常觉得,随着她的年龄和阅历的增长,特别是那几年她所受过的折磨,那种温柔的东西似乎离她越来越远了,也或许是被她越藏越深了,以致常常让我感到像个男人。

她恍惚而悲凉地笑了笑,说:"不,你不用戴。"

她那双又干又涩的眼睛显得没有一点水分,好像已经把眼泪哭干了。我很想安慰她,或是做点什么使她高兴的事。她却对我说:"去吧!"

我当时不知为什么生出了一种恐怖的感觉,我觉得我那亲爱的母亲似乎有一半已经随着什么离我而去了。我不由地叫了一声:"妈妈!"

我的心情一定被我那敏感的妈妈一览无余地看透了。她温和地对我说:"别怕,去吧! 让我自己待一会儿。"

我没有错,因为她的确这样地写着:

你去了。似乎我灵性里的一部分也随你而去了。

我甚至不能知道你的下落,更谈不上最后看你一眼。我也没有权利去向他们质询,因为我既不是亲眷又不是生前好友……我们便这样地分离了。我恨不能为你承担那非人间的折磨,而应该让你活下去! 为了等到昭雪的那一天,为了你将重新为这个社会工作,为了爱你的那些个人们,你都应该活着啊! 我从不相信你是什么三反分子,你是被杀害的、最优秀者中间的一个。假如不是这样,我怎么会爱你呢? 我已经不怕说出这三个字。

纷纷扬扬的大雪不停地降落着。天哪,连上帝也是这样地虚伪,他用一片洁白覆盖了你的鲜血和这谋杀的丑恶。

我从没有拿我自己的存在当成一回事。可现在,我无时不在想,我的一言一行会不会惹得你严厉地皱起你那双浓密的眉毛？我想到我要好好地活着,好好地生活,像你那样,为我们这个社会——它不会总像现在这样,惩罚的利剑已经悬在那帮狗男女的头上——真正地做一点工作。

我独自一人,走在我们唯一一次曾经一同走过的那条柏油小路上,听着我一个人的脚步声在沉寂的夜色里响着、响着……我每每在这小路上徘徊、流连,哪一次也没有像现在这样使我肝肠寸断。那时,你虽然也不在我身边,但我知道,你还在这个世界上,我便觉得你在伴随着我,而今,你的的确确不在了,我真不能相信。

我走到了小路的尽头,又折回去,重新开始,再走一遍。

我弯过那道栅栏,习惯地回头望去,好像你还站在那里,向我挥手告别。我们曾淡淡地、心不在焉地微笑着,像两个没有什么深交的人,为的是尽力地掩饰住我们心里那镂骨铭心的爱情。那是一个没有一点诗意的初春的夜晚,依然在刮着冷峭的风。我们默默地走着,彼此离得很远。你因为长年害着气管炎,微微地喘息着。我心疼你,想要走得慢一点,可不知为什么却不能。我们走得飞快,好像有什么重要的事情在等着我们去做,我们非得赶快走完这段路不可。我们多么珍惜这一生中唯一的一次“散步”,可我们分明害怕,怕我们把持不住自己,会说出那可怕的、折磨了我们许多年的那三个字：“我爱你”。除了我们自己,大概这个世界上没有一个活着的人会相信我们连手也没有握过一次！更不要说其他！

不,妈妈,我相信,再没有人能像我那样眼见过你敞开的灵魂。

啊,那条柏油小路,我真不知道它是那样充满了辛酸的回忆的一条小路。我想,我们切不可忽略世界上任何一个最不起眼的小角落,谁知道呢？那些意想不到的小角落会沉默地缄藏着多少隐秘的痛苦和欢乐呢？

难怪她写东西写得疲倦了的时候,她还会沿着我们窗后的那条柏油小路慢慢地踱来踱去。有时是彻夜不眠后的清晨,有时甚至是月黑风高的夜晚,哪怕是在冬天,哪怕峭厉的风像发狂的野兽似地吼叫,卷着沙石噼里啪啦地敲打着窗棂……那时,我只以为那不过是她的一种怪僻,却不知她是去和他的灵魂相会。

她还喜欢站在窗前,瞅着窗外的那条柏油小路出神。有一次,她显出那样奇特的神情,以致我以为柏油小路上走来了我们最熟悉的、最欢迎的客人。我连忙凑到窗前,在深秋的傍晚,只有冷风卷着枯黄的落叶,飘过那空荡荡的小路的路面。

好像他还活着一样,用文字和他倾心交谈的习惯并没有因为他的去世而中断。直到她自己拿不起来笔的那一天。在最后一页上,她对他说了最后的话：

我是一个信仰唯物主义的人,现在我却希冀着天国。倘若真有所谓天国,我知道,你一定在那里等待着我。我就要到那里去和你相会,我们将永远在一起,再也不会分离。再也不必怕影响另一个人的生活而割舍我们自己。亲爱的,等着我,我就要来了——。

我真不知道,妈妈,在她行将就木的这一天,还会爱得那么沉重。像她自己所说的,那是镂骨铭心的。我觉得那简直不是爱,而是一种疾痛,或是比死亡更强大的一种力量。假如世界上真有所谓不朽的爱,这也就是极限了。她分明至死都感到幸福：她真正地爱过。她没有半点遗憾。

　　如今,他们的皱纹和白发早已从碳水化合物变成了其它的什么元素。可我知道,不管他们变成什么,他们仍然在相爱着。尽管没有什么人间的法律和道义把他们拴在一起,尽管他们连一次手也没有握过,他们却完完全全地占有着对方。那是任什么都不能使他们分离的。哪怕千百年过去,只要有一朵白云追逐着另一朵白云;一棵青草傍依着另一棵青草;一层浪花打着另一层浪花;一阵轻风紧跟着另一阵轻风……相信我,那一定就是他们。

　　每每我看着那些题着"爱,是不能忘记的"笔记本,我就不能抑制住自己的眼泪。我哭,这不止一次地痛哭,仿佛遭了这凄凉而悲惨的爱情的是我自己。这要不是大悲剧就是大笑话。别管它多么美,多么动人,我可不愿意重复它!

　　英国大作家哈代说过:"呼唤人的和被呼唤的很少能互相应答。"我已经不能从普通意义上的道德观念去谴责他们应该或是不应该相爱。我要谴责的却是:为什么当初他们没有等待着那个呼唤着自己的灵魂?

　　如果我们都能够互相等待,而不糊里糊涂地结婚,我们会免去多少这样的悲剧哟!

　　到了共产主义,还会不会发生这种婚姻和爱情分离着的事情呢?既然世界是这么大,互相呼唤的人也就可能有互相不能应答的时候,那么说,这样的事情还会发生?可是,那是多么悲哀啊!可也许到了那时,便有了解脱这悲哀的办法!

　　我为什么要钻牛角尖呢?

　　说到底,这悲哀也许该由我们自己负责。谁知道呢?也说不定还得由过去的生活所遗留下来的那种旧意识负责。因为一个人要是老不结婚,就会变成对这种意识的一种挑战。有人就会说你的神经出了毛病,或是你有什么见不得人的隐私,或是你政治上出了什么问题,或是你刁钻古怪,看不起凡人,不尊重千百年来的社会习惯,你准是个离经叛道的邪人……总之,他们会想出种种庸俗无聊的玩意儿来糟蹋你。于是,你只好屈从于这种意识的压力,草草地结婚了事。把那不堪忍受的婚姻和爱情分离着的镣铐套到自己的脖子上去,来日又会为这不能摆脱的镣铐而受苦终身。

　　我真想大声疾呼地说:"别管人家的闲事吧!让我们耐心地等待着,等着那呼唤我们的人,即使等不到也不要糊里糊涂地结婚!不要担心这么一来独身生活会成为一种可怕的灾难。要知道,这兴许正是社会生活在文化、教养、趣味……等等方面进化的一种表现!"

(选自《北京文艺》1979 年第 11 期)

导读

　　张洁(1937—　　),原籍辽宁抚顺,生于北京。作品主要有小说《爱,是不能忘记的》《祖母绿》《方舟》《沉重的翅膀》《无字》和长篇散文《世界上最疼我的那个人去了》等。张洁以写作具有女性意识和反映女性问题的作品著称,但她的许多作品并不仅仅限于表现女性问题。《爱,是不能忘记的》原载于《北京文艺》1979 年第 11 期。这篇较早地涉及爱情与婚姻的矛盾,在当时引起很大的争议。女主人公钟雨对于那个遭受历史厄运的男主人公的超越一切的坚贞不渝的恋情,显示了没有爱情的婚姻是不道德的价值观。

　　小说以感伤的笔调,叙述了母女两代的爱情。女作家钟雨与老干部刻骨铭心地相爱,但是这种爱只是痛苦地埋在心底，既不能得到，也不会忘记。这一爱情悲剧，对于到了出嫁年龄而尚未找到真正爱情的女儿珊珊，无疑是一面很好的镜子：不要重复母亲的道路——当初因追求那种浅薄无聊的东西而草率结婚，后来追求到理想的爱情又不能实现；也不要重蹈老干部的覆辙——以道义与情谊作为婚姻的基础，这样做虽然能保持家庭生活的和睦，但缺少精神生活上的共同情趣。作品表现了"只有以爱情为基础的婚姻才是合乎道德的"这一严肃的人生命题。作品从社会学的观点出发，写出了社会主义时代爱情与婚姻的矛盾，甚至对老干部出于道义、责任、阶级情谊建立起来的婚姻关系也提出了异议，这在当代文学史上还是第一次，表现出作者可贵的探索与勇气。

　　细腻的感情描写，是作品最显著的特色。没有引人入胜的故事，没有跌宕起伏的情节，那细致入微的感情抒发，叩击着读者的心弦。女作家钟雨强烈、深沉、执着的苦恋，有一种撼人心魄的力量。正是这种难以实现而又无法摆脱和忘记的爱，形成了作品温柔而忧郁的基调。作品的感情描写执着凝重，笔调委婉细腻。

受 戒

汪曾祺

明海出家已经四年了。

他是十三岁来的。

这个地方的地名有点怪,叫庵赵庄。赵,是因为庄上大都姓赵。叫做庄,可是人家住得很分散,这里两三家,那里两三家。一出门,远远可以看到,走起来得走一会,因为没有大路,都是弯弯曲曲的田埂。庵,是因为有一个庵。庵叫菩提庵,可是大家叫讹了,叫成荸荠庵。连庵里的和尚也这样叫。"宝刹何处?"——"荸荠庵。"庵本来是住尼姑的。"和尚庙"、"尼姑庵"嘛,可是荸荠庵住的是和尚。也许因为荸荠庵不大,大者为庙,小者为庵。

明海在家叫小明子。他是从小就确定要出家的。他的家乡不叫"出家",叫"当和尚"。他的家乡出和尚。就像有的地方出劁猪的,有的地方出织席子的,有的地方出箍桶的,有的地方出弹棉花的,有的地方出画匠,有的地方出婊子,他的家乡出和尚。人家弟兄多,就派一个出去当和尚。当和尚也要通过关系,也有帮。这地方的和尚有的走得很远。有到杭州灵隐寺的、上海静安寺的、镇江金山寺的、扬州天宁寺的。一般的就在本县的寺庙。明海家田少,老大、老二、老三,就足够种的了。他是老四。他七岁那年,他当和尚的舅舅回家,他爹、他娘就和舅舅商议,决定叫他当和尚。他当时在旁边,觉得这实在是在情在理,没有理由反对。当和尚有很多好处。一是可以吃现成饭。哪个庙里都是管饭的。二是可以攒钱。只要学会了放瑜伽焰口,拜梁皇忏,可以按例分到辛苦钱。积攒起来,将来还俗娶亲也可以;不想还俗,买几亩田也可以。当和尚也不容易,一要面如朗月,二要声如钟磬,三要聪明记性好。他舅舅给他相了相面,叫他前走几步,后走几步,又叫他喊了一声赶牛打场的号子:"格当嘚——",说是"明子准能当个好和尚,我包了!"要当和尚,得下点本,——念几年书。哪有不认字的和尚呢!于是明子就开蒙入学,读了《三字经》、《百家姓》、《四言杂字》、《幼学琼林》、《上论、下论》、《上孟、下孟》,每天还写一张仿。村里都夸他字写得好,很黑。

舅舅按照约定的日期又回了家,带了一件他自己穿的和尚领的短衫,叫明子娘改小一点,给明子穿上。明子穿了这件和尚短衫,下身还是在家穿的紫花裤子,赤脚穿了一双新布鞋,跟他爹、他娘磕了一个头,就随舅舅走了。

他上学时起了个学名,叫明海。舅舅说,不用改了。于是"明海"就从学名变成了法名。

过了一个湖。好大一个湖!穿过一个县城。县城真热闹:官盐店,税务局,肉铺里挂着成边的猪,一个驴子在磨芝麻,满街都是小磨香油的香味,布店,卖茉莉粉、梳头油的什么斋,卖绒花的,卖丝线的,打把式卖膏药的,吹糖人的,耍蛇的,……他什么都想看看。舅舅一劲地推他:"快走!快走!"

到了一个河边,有一只船在等着他们。船上有一个五十来岁的瘦长瘦长的大伯,船头蹲着一个跟明子差不多大的女孩子,在剥一个莲蓬吃。明子和舅舅坐到舱里,船就开了。

明子听见有人跟他说话,是那个女孩子。

"是你要到荸荠庵当和尚吗?"

明子点点头。

"当和尚要烧戒疤呕! 你不怕?"

明子不知道怎么回答,就含含糊糊地摇了摇头。

"你叫什么?"

"明海。"

"在家的时候?"

"叫明子。"

"明子! 我叫小英子! 我们是邻居。我家挨着荸荠庵。——给你!"

小英子把吃剩的半个莲蓬扔给明海,小明子就剥开莲蓬壳,一颗一颗吃起来。

大伯一桨一桨地划着,只听见船桨泼水的声音:

"哗——许! 哗——许!"

……

荸荠庵的地势很好,在一片高地上。这一带就数这片地高,当初建庵的人很会选地方。门前是一条河。门外是一片很大的打谷场。三面都是高大的柳树。山门里是一个穿堂。迎门供着弥勒佛。不知是哪一位名士撰写了一副对联:

大肚能容容天下难容之事
开颜一笑笑世间可笑之人

弥勒佛背后,是韦驮。过穿堂,是一个不小的天井,种着两棵白果树。天井两边各有三间厢房。走过天井,便是大殿,供着三世佛。佛像连龛才四尺来高。大殿东边是方丈,西边是库房。大殿东侧,有一个小小的六角门,白门绿字,刻着一副对联:

一花一世界
三藐三菩提

进门有一个狭长的天井,几块假山石,几盆花,有三间小房。

小和尚的日子清闲得很。一早起来,开山门,扫地。庵里的地铺的都是箩底方砖,好扫得很,给弥勒佛、韦驮烧一炷香,正殿的三世佛面前也烧一炷香、磕三个头,念三声"南无阿弥陀佛",敲三声磬。这庵里的和尚不兴做什么早课、晚课,明子这三声磬就全都代替了。然后,挑水,喂猪。然后,等当家和尚,即明子的舅舅起来,教他念经。

教念经也跟教书一样,师父面前一本经,徒弟面前一本经,师父唱一句,徒弟跟着唱一句。是唱哎。舅舅一边唱,一边还用手在桌上拍板。一板一眼,拍得很响,就跟教唱戏一样。是跟教唱戏一样,完全一样哎。连用的名词都一样。舅舅说,念经:一要板眼准,二要合工尺。说:当一个好和尚,得有条好嗓子。说:民国十年闹大水,运河倒了堤,最后在清水潭合龙,因为大水淹死的人很多,放了一台大焰口,十三大师——十三个正座和尚,各大庙的方丈都来了,下面的和尚上百。谁当这个首座? 推来推去,还是石桥——善因寺的方丈! 他往上一坐,就跟地藏王菩萨一样,这就不用说了;那一声"开香赞",围看的上千人立时鸦雀无声。说:嗓子要练,夏练三伏,冬练三九,要练丹田气!说:要吃得苦中苦,方为人上人!说:和尚里也有状元、榜眼、探花!要用心,不要贪玩!舅舅这一番大法说得明海和尚实在是五体投地,于是就一板一眼地跟着舅舅唱起来:

> "炉香乍爇——"
>
> "炉香乍爇——"
>
> "法界蒙薰——"
>
> "法界蒙薰——"
>
> "诸佛现金身……"
>
> "诸佛现金身……"
>
> ……

等明海学完了早经,——他晚上临睡前还要学一段,叫做晚经,——荸荠庵的师父们就都陆续起床了。

这庵里人口简单,一共六个人。连明海在内,五个和尚。

有一个老和尚,六十几了,是舅舅的师叔,法名普照,但是知道的人很少,因为很少人叫他法名,都称之为老和尚或老师父,明海叫他师爷爷。这是个很枯寂的人,一天关在房里,就是那"一花一世界"里。也看不见他念佛,只是那么一声不响地坐着。他是吃斋的,过年时除外。

下面就是师兄弟三个,仁字排行:仁山、仁海、仁渡。庵里庵外,有的称他们为大师父、二师父;有的称之为山师父、海师父。只有仁渡,没有叫他"渡师父"的,因为听起来不像话,大都直呼之为仁渡。他也只配如此,因为他还年轻,才二十多岁。

仁山,即明子的舅舅,是当家的。不叫"方丈",也不叫"住持",却叫"当家的",是很有道理的,因为他确确实实干的是当家的职务。他屋里摆的是一张桌,桌子上放的是账簿和算盘。账簿共有三本。一本是经账,一本是租账,一本是债账。和尚要做法事,做法事要收钱,——要不,当和尚干什么?常做的法事是放焰口。正规的焰口是十个人。一个正座,一个敲鼓的,两边一边四个。人少了,八个,一边三个,也凑合了。荸荠庵只有四个和尚,要放整焰口就得和别的庙里合伙。这样的时候也有过。通常只是放半台焰口。一个正座,一个敲鼓,另外一边一个。一来找别的庙里合伙费事;二来这一带放得起整焰口的人家也不多。有的时候,谁家死了人,就只请两个,甚至一个和尚咕噜咕噜念一通经,敲打几声法器就算完事。很多人家的经钱不是当时就给,往往要等秋后才还。这就得记帐。另外,和尚放焰口的辛苦钱不是一样的。就像唱戏一样,有份子。正座第一份。因为他要领唱,而且还要独唱。当中有一大段"叹骷髅",别的和尚都放下法器休息,只有首座一个人有板有眼地慢声吟唱。第二份是敲鼓的。你以为这容易呀?哼,单是一开头的"发擂",手上没功夫就敲不出迟疾顿挫!其余的,就一样了。这也得记上:某月某日、谁家焰口半台,谁正座,谁敲鼓……省得到年底结账时赌咒骂娘。……这庵里有几十亩庙产,租给人种,到时候要收租。庵里还放债。租、债一向倒很少亏欠,因为租佃借钱的人怕菩萨不高兴。这三本账就够仁山忙的了。另外香烛灯火、油盐"福食",这也得随时记记账呀。除了账簿之外,山师父的方丈的墙上还挂着一块水牌,上漆四个红字:"勤笔免思"。

仁山所说当一个好和尚的三个条件,他自己其实一条也不具备。他的相貌只要用两个字就说清楚了:黄,胖。声音也不像钟磬,倒像母猪。聪明么?难说,打牌老输。他在庵里从不穿袈裟,连海青直裰也免了。经常是披着件短僧衣,袒露着一个黄色的肚子。下面是光脚踏拉着一双僧鞋,——新鞋他也是趿拉着。他一天就是这样不衫不履地这里走走,那里走走,发出母猪一样的声音:"嗯——嗯——"。

二师父仁海。他是有老婆的。他老婆每年夏秋之间来住几个月,因为庵里凉快。庵里有六个人,其中之一,就是这位和尚的家眷。仁山、仁渡叫她嫂子,明海叫她师娘。这两口子都很爱干净,整天的洗涮。傍晚的时候,坐在天井里乘凉。白天,闷在屋里不出来。

三师父是个很聪明精干的人。有时一笔账大师兄扒了半天算盘也算不清,他眼珠子转两转,早算得一清二楚。他打牌赢的时候多,二三十张牌落地,上下家手里有些什么牌,他就差不多都知道了。他打牌时,总有人爱在他后面看歪头胡。谁家约他打牌,就说"想送两个钱给你。"他不但经忏俱通(小庙的和尚能够拜忏的不多),而且身怀绝技,会"飞铙"。七月间有些地方做盂兰会,在旷地上放大焰口,几十个和尚,穿绣花袈裟,飞铙。飞铙就是把十多斤重的大铙钹飞起来。到了一定的时候,全部法器皆停,只几十副大铙紧张急促地敲起来。忽然起手,大铙向半空中飞去,一面飞,一面旋转。然后,又落下来,接住。接住不是平平常常地接住,有各种架势,"犀牛望月"、"苏秦背剑"……这哪是念经,这是要杂技。也许是地藏王菩萨爱看这个,但真正因此快乐起来的是人,尤其是妇女和孩子。这是年轻漂亮的和尚出风头的机会。一场大焰口过后,也像一个好戏班子过后一样,会有一个两个大姑娘、小媳妇失踪,——跟和尚跑了。他还会放"花焰口"。有的人家,亲戚中多风流子弟,在不是很哀伤的佛事——如做冥寿时,就会提出放花焰口。所谓"花焰口"就是在正焰口之后,叫和尚唱小调,拉丝弦,吹管笛,敲鼓板,而且可以点唱。仁渡一个人可以唱一夜不重头。仁渡前几年一直在外面,近二年才常住在庵里。据说他有相好的,而且不止一个。他平常可是很规矩,看到姑娘媳妇总是老老实实的,连一句玩笑话都不说,一句小调山歌都不唱。有一回,在打谷场上乘凉的时候,一伙人把他围起来,非叫他唱两个不可。他却情不过,说:"好,唱一个。不唱家乡的。家乡的你们都熟。唱个安徽的。"

> 姐和小郎打大麦,
> 一转子讲得听不得。
> 听不得就听不得。
> 打完了大麦打小麦。

唱完了,大家还嫌不够,他就又唱了一个:

> 姐儿生得漂漂的,
> 两个奶子翘翘的。
> 有心上去摸一把,
> 心里有点跳跳的。
> ……

这个庵里无所谓清规,连这两个字也没人提起。

仁山吃水烟,连出门做法事也带着他的水烟袋。

他们经常打牌。这是个打牌的好地方。把大殿上吃饭的方桌往门口一搭,斜放着,就是牌桌。桌子一放好,仁山就从他的方丈里把筹码拿出来,哗啦一声倒在桌上。斗纸牌的时候多,搓麻将的时候少。牌客除了师兄弟三人,常来的是一个收鸭毛的,一个打兔子兼偷鸡的,都是正经人。收鸭毛的担一副竹筐,串乡串镇,拉长了沙哑的声音喊叫:

"鸭毛卖钱——!"

偷鸡的有一件家什——铜蜻蜓。看准了一只老母鸡,把铜蜻蜓一丢,鸡婆子上去就是一口。这一啄,铜蜻蜓的硬簧绷开,鸡嘴撑住了,叫不出来了。正在这鸡十分纳闷的时候,上去一把薅住。

明子曾经跟这位正经人要过铜蜻蜓看看。他拿到小英子家门前试了一试,果然! 小英的娘知道了,骂明子:

"要死了! 儿子! 你怎么到我家来玩铜蜻蜓了!"

小英子跑过来:

"给我! 给我!"

她也试了试,真灵,一个黑母鸡一下子就把嘴撑住,傻了眼了!

下雨阴天,这二位就光临荸荠庵,消磨一天。

有时没有外客,就把老师叔也拉出来,打牌的结局,大都是当家和尚气得鼓鼓的:"×妈妈的! 又输了! 下回不来了!"

他们吃肉不瞒人。年下也杀猪。杀猪就在大殿上。一切都和在家一样,开水、木桶、尖刀。捆猪的时候,猪也是没命地叫。跟在家里不同的,是多一道仪式,要给即将升天的猪念一道"往生咒",并且总是老师叔念,神情很庄重:

"……一切胎生、卵生、息生,来从虚空来,还归虚空去。往生再世,皆当欢喜。南无阿弥陀佛!"

三师父仁渡一刀子下去,鲜红的猪血就带着很多沫子喷出来。

……

明子老往小英子家里跑。

小英子的家像一个小岛,三面都是河,西面有一条小路通到荸荠庵。独门独户,岛上只有这一家。岛上有六棵大桑树,夏天都结大桑葚,三棵结白的,三棵结紫的;一个菜园子,瓜豆蔬菜,四时不缺。院墙下半截是砖砌的,上半截是泥夯的。大门是桐油油过的,贴着一副万年红的春联:

> 向阳门第春常在
> 积善人家庆有余

门里是一个很宽的院子。院子里一边是牛屋、碓棚;一边是猪圈、鸡窠,还有个关鸭子的栅栏。露天地放着一具石磨。正北面是住房,也是砖基土筑,上面盖的一半是瓦,一半是草。房子翻修了才三年,木料还露着白茬。正中是堂屋,家神菩萨的画像上贴的金还没有发黑。两边是卧房。隔扇窗上各嵌了一块一尺见方的玻璃,明亮亮的,——这在乡下是不多见的。房檐下一边种着一棵石榴树,一边种着一棵栀子花,都齐房檐高了。夏天开了花,一红一白,好看得很。栀子花香得冲鼻子。顺风的时候,在荸荠庵都闻得见。

这家人口不多。他家当然是姓赵。一共四口人:赵大伯、赵大妈,两个女儿,大英子、小英子。老两口没有儿子。因为这些年人不得病,牛不生灾,也没有大旱大水闹蝗虫,日子过得很兴旺。他们家自己有田,本来够吃的了,又租种了庵上的十亩田。自己的田里,一亩种了荸荠,——这一半是小英子的主意,她爱吃荸荠,一亩种了慈姑。家里喂了一大群鸡鸭,单是鸡蛋鸭毛就够一年的油盐了。赵大伯是个能干人。他是一个"全把式",不但田里场上样样精通,还会罩鱼、洗磨、凿砻、修水车、修船、砌墙、烧砖、箍桶、劈篾、绞麻绳。他不咳嗽,不腰疼,结结实实,像一棵榆树。人很和气,一天不声不响。赵大伯是一棵摇钱树,赵大娘就是个聚宝盆。大娘精神得出奇。五十岁了,两个眼睛还是清亮亮的。不论什么时候,头都梳得滑溜溜的,身上衣服都是格挣挣的。像老头子一样,她一天不闲着。煮猪食,喂猪,腌咸菜,——她腌的咸萝卜干非常好吃,舂粉子、磨小豆腐、编蓑衣、织芦筐。她还会剪花样子。这里嫁闺女、陪嫁妆、磁坛子、锡罐子,都要用梅红纸剪出吉祥花样,贴在上面,讨个吉利,也才好看:"丹凤朝阳"呀、"白头到老"呀、"子孙万代"呀、"福寿绵长"呀。二三十里的人家都来请她:"大娘,好日子是十六,你哪天去呀?"——"十五,我一大清早就来!"

"一定呀!"——"一定!一定!"

两个女儿,长得跟她娘像一个模子里托出来的。眼睛长得尤其像,白眼珠鸭蛋青,黑眼珠棋子黑,定神时如清水,闪动时像星星。浑身上下,头是头,脚是脚。头发滑溜溜的,衣服格挣挣的。——这里的风俗,十五六岁的姑娘就都梳上头了。这两个丫头,这一头的好头发!通红的发根,雪白的簪子!娘女三个去赶集,一集的人都朝她们望。

姐妹俩长得很像,性格不同。大姑娘很文静,话很少,像父亲。小英子比她娘还会说,一天咭咭呱呱地不停。大姐说:

"你一天到晚咭咭呱呱——"

"像个喜鹊!"

"你自己说的!——吵得人心乱!"

"心乱?"

"心乱!"

"你心乱怪我呀!"

二姑娘话里有话。大英子已经有了人家。这人她偷偷地看过,人很敦厚,也不难看,家道也殷实,她满意。已经下过小定,日子还没有定下来。她这二年,很少出房门,整天赶她的嫁妆。大裁大剪,她都会。挑花绣花,不如娘。她可又嫌娘出的样子太老了。她到城里看过新娘子,说人家现在绣的都是活花活草。这可把娘难住了。最后是喜鹊忽然一拍屁股:"我给你保举一个人!"

这人是谁,是明子。明子念"上孟下孟"的时候,不知怎么得了半套《芥子园》,他喜欢得很。到了荸荠庵,他还常翻出来看,有时还把旧账簿子翻过来,照着描。小英子说:

"他会画!画得跟活的一样!"

小英子把明海请到家里来,给他磨墨铺纸,小和尚画了几张,大英子喜欢得了不得!

"就是这样,就是这样!这就可以乱孱!"——所谓"乱孱"是绣花的一种针法:绣了第一层,第二层的针脚插进第一层的针缝,这样颜色就可由深到淡,不露痕迹,不像娘那一代绣的花是平针,深浅之间,界限分明,一道一道的。小英子就像个书童,又像个参谋:

"画一朵石榴花!"

"画一朵栀子花!"

她把花掐来,明海就照着画。

到后来,凤仙花、石竹子、水蓼、淡竹叶、天竺果子、腊梅花,他都能画。

大娘看着也喜欢,搂住明海的和尚头:

"你真聪明! 你给我当一个干儿子吧!"

小英子捺住他的肩膀,说:

"快叫! 快叫!"

小明子跪在地下磕了一个头,从此就叫小英子的娘做干娘。

大英子绣的三双鞋,三十里方圆都传遍了。很多姑娘都走路坐船来看。看完了,就说:"啧啧啧,真好看! 这哪是绣的,这是一朵鲜花!"她们就拿了纸来央大娘求了小和尚来画。有求画帐檐的,有求画门帘飘带的,有求画鞋头花的。每回明子来画花,小英子就给他做点好吃的,煮两个鸡蛋,蒸一碗芋头,煎几个藕团子。

因为照顾姐姐赶嫁妆,田里的零碎生活小英子就全包了。她的帮手,是明子。

这地方的忙活是栽秧、车高田水、薅头遍草、再就是割稻子、打场了。这几茬重活,自己一家是忙不过来的。这地方兴换工。排好了日期,几家顾一家,轮流转。不收工钱,但是吃好的。一天吃六顿,两头见肉,顿顿有酒。干活时,敲着锣鼓,唱着歌,热闹得很。其余的时候,各顾各,不显得紧张。

薅三遍草的时候,秧已经很高了,低下头看不见人,一听见非常脆亮的嗓子在一片浓绿里唱:

栀子哎开花哎六瓣头哎……

姐家哎门前哎一道桥哎……

明海就知道小英子在哪里,三步两步就赶到,赶到就低头薅起草来。傍晚牵牛"打汪",是明子的事。——水牛怕蚊子。这里的习惯,牛卸了轭,饮了水,就牵到一口和好泥水的"汪"里,由它自己打滚扑腾,弄得全身都是泥浆,这样蚊子就咬不透了。低田上水,只要一挂十四轧的水车,两个人车半天就够了。明子和小英子就伏在车杠上,不紧不慢地踩着车轴上的拐子,轻轻地唱着明海向三师父学来的各处山歌。打场的时候,明子能替赵大伯一会,让他回家吃饭。——赵家自己没有场,每年都在荸荠庵外面的场上打谷子。他一扬鞭子,喊起了打场号子:

"格当嗻——"

这打场号子有音无字,可是九转十三弯,比什么山歌号子都好听。赵大娘在家,听见明子的号子,就侧起耳朵:

"这孩子这条嗓子!"

连大英子也停下针线:

"真好听!"

小英子非常骄傲地说:

"十三省数第一!"

晚上,他们一起看场。——荸荠庵收来的租稻也晒在场上。他们并肩坐在一个石磙子上,听青蛙打鼓,听寒蛇唱歌,——这个地方以为蝼蛄叫是蚯蚓叫,而且叫蚯蚓叫"寒蛇",听纺纱婆子不停地纺纱,"唦——",看萤火虫飞来飞去,看天上的流星。

"呀!我忘了在裤带上打一个结!"小英子说。

这里的人相信,在流星掉下来的时候在裤带上打一个结,心里想什么好事,就能如愿。

……

"掼"荸荠,这是小英子最爱干的生活。秋天过去了,地净场光,荸荠的叶子枯了,——荸荠的笔直的小葱一样的圆叶子里是一格一格的,用手一掐,哔哔地响,小英子最爱掐着玩,——荸荠藏在烂泥里。赤了脚,在凉浸浸滑溜溜的泥里踩着,——哎,一个硬疙瘩!伸手下去,一个红紫红紫的荸荠。她自己爱干这生活,还拉了明子一起去。她老是故意用自己的光脚去踩明子的脚。

她挎着一篮子荸荠回去了,在柔软的田埂上留了一串脚印。明海看着她的脚印,傻了。五个小小的趾头,脚掌平平的,脚跟细细的,脚弓部分缺了一块。明海身上有一种从来没有过的感觉,他觉得心里痒痒的。这一串美丽的脚印把小和尚的心搞乱了。

……

明子常搭赵家的船进城,给庵里买香烛,买油盐。闲时是赵大伯划船;忙时是小英子去,划船的是明子。

从庵赵庄到县城,当中要经过一片很大的芦花荡子。芦苇长得密密的,当中一条水路,四边不见人。划到这里,明子总是无端端地觉得心里很紧张,他就使劲地划桨。

小英子喊起来:

"明子!明子!你怎么啦?你发病啦?为什么划得这么快?"

……

明海到善因寺去受戒。

"你真的要去烧戒疤呀?"

"真的。"

"好好的头皮上烧八个洞,那不疼死啦?"

"咬咬牙。舅舅说这是当和尚的一大关,总要过的。"

"不受戒不行吗?"

"不受戒的是野和尚。"

"受了戒有啥好处?"

"受了戒就可以到处云游,逢寺挂褡。"

"什么叫'挂褡'?"

"就是在庙里住。有斋就吃。"

"不把钱?"

"不把钱。有法事,还得先尽外来的师父。"

"怪不得都说'远来的和尚会念经'。就凭头上这几个戒疤?"

"还要有一份戒牒。"

"闹半天,受戒就是领一张和尚的合格文凭呀!"

"就是!"

"我划船送你去。"

"好。"

小英子早早就把船划到荸荠庵门前。不知是什么道理,她兴奋得很。她充满了好奇心,想去看看善因寺这座大庙,看看受戒是个啥样子。

善因寺是全县第一大庙,在东门外,面临一条水很深的护城河,三面都是大树,寺在树林子里,远处只能隐隐约约看到一点金碧辉煌的屋顶,不知道有多大。树上到处挂着"谨防恶犬"的牌子。这寺里的狗出名的厉害。平常不大有人进去。放戒期间任人游看,恶狗都锁起来了。

好大一座庙!庙门的门槛比小英子的胳膝都高。迎门矗着两块大牌,一边一块,一块写着斗大两个大字:"放戒",一块是:"禁止喧哗"。这庙里果然是气象庄严,到了这里谁也不敢大声咳嗽。明海自去报名办事,小英子就到处看看。好家伙,这哼哈二将、四大天王、有三丈多高,都是簇新的,才装修了不久。天井有二亩地大,铺着青石,种着苍松翠柏。"大雄宝殿",这才真是个"大殿"!一进去,凉飕飕的。到处都是金光耀眼。释迦牟尼佛坐在一个莲花座上。单是莲座,就比小英子还高。抬起头来也看不全他的脸,只看到一个微微闭着的嘴唇和胖墩墩的下巴。两边的两根大红蜡烛,一搂多粗。佛像前的大供桌上供着鲜花、绒花、绢花,还有珊瑚树、玉如意、整棵的大象牙。香炉里烧着檀香。小英子出了庙,闻着自己的衣服都是香的。挂了好些幡。这些幡不知什么缎子的,那么厚重,绣的花真细。这么大一口磬,里头能装五担水!这么大一个木鱼,有一头牛大,漆得通红的。她又去转了转罗汉堂,爬到千佛楼上看了看。真有一千个小佛!她还跟着一些人去看了看藏经楼。藏经楼没有什么看头,都是经书!妈吔!逛了这么一圈,腿都酸了。小英子想起还要给家里打油,替姐姐配丝线,给娘买鞋面布,给自己买两个坠围裙飘带的银蝴蝶,给爹买旱烟,就出庙了。

等把事情办齐,晌午了。她又到庙里看了看,和尚正在吃粥。好大一个"膳堂",坐得下八百个和尚。吃粥也有这样多讲究:正面法座上摆着两个锡胆瓶,里面插着红绒花,后面盘膝坐着一个穿了大红满金绣袈裟的和尚,手里拿了戒尺。这戒尺是要打人的。哪个和尚吃粥吃出了声音,他下来就是一戒尺。不过他并不真的打人,只是做个样子。真稀奇,那么多的和尚吃粥,竟然不出一点声音!她看见明子也坐在里面,想跟他打个招呼又不好打。想了想,管他禁止不禁止喧哗,就大声喊了一句:"我走啦!"她看见明子目不斜视地微微点了点头,就不管很多人都朝自己看,大摇大摆地走了。

第四天一大清早小英子就去看明子。她知道明子受戒是第三天半夜,——烧戒疤是不许人看的。她知道要请老剃头师傅剃头,要剃得横摸顺摸都摸不出头发茬子,要不然一烧,就会"走"了戒,烧成了一片。她知道是用枣泥子先点在头皮上,然后用香头子点着。她知道烧了戒疤就喝一碗蘑菇汤,让它"发",还不能躺下,要不停地走动,叫做"散戒"。这些都是明子告诉她的。明子是听舅舅说的。

她一看,和尚真在那里"散戒",在城墙根底下的荒地里。一个一个,穿了新海青,光光的头皮上都有八个黑点子。——这黑疤掉了,才会露出白白的、圆圆的"戒疤"。和尚都笑嘻嘻的,好像很高兴。她一眼就看见了明子。隔着一条护城河,就喊他:

"明子!"

"小英子!"

"你受了戒啦?"

"受了。"

"疼吗?"

"疼。"

"现在还疼吗?"

"现在疼过去了。"

"你哪天回去?"

"后天。"

"上午? 下午?"

"下午。"

"我来接你!"

"好!"

……

小英子把明海接上船。

小英子这天穿了一件细白夏布上衣,下边是黑洋纱的裤子,赤脚穿了一双龙须草的细草鞋,头上一边插着一朵栀子花,一边插着一朵石榴花。她看见明子穿了新海青,里面露出短褂子的白领子,就说:"把你那外面的一件脱了,你不热呀!"

他们一人一把桨。小英子在中舱,明子扳艄,在船尾。

她一路问了明子很多话,好像一年没有看见了。

她问,烧戒疤的时候,有人哭吗? 喊吗?

明子说,没有人哭,有个山东和尚骂人:

"俺日你奶奶,俺不烧了!"

她问善因寺的方丈石桥是相貌和声音都很出众吗?

"是的。"

"说他的方丈比小姐的绣房还讲究。"

"讲究。什么东西都是绣花的。"

"他屋里很香?"

"很香。他烧的是伽楠香,贵得很。"

"听说他会做诗,会画画,会写字?"

"会。庙里走廊两头的砖额上,都刻着他写的大字。"

"他是有个小老婆吗?"

"有一个。"

"才十九岁?"

"听说。"

"好看吗?"

"都说好看。"

"你没看见?"

"我怎么会看见?我关在庙里。"

明子告诉她,善因寺一个老和尚告诉他,寺里有意选他当沙弥尾,不过还没有定,要等主事的和尚商议。

"什么叫'沙弥尾'?"

"放一堂戒,要选出一个沙弥头,一个沙弥尾。沙弥头要老成,要会念很多经。沙弥尾要年轻,聪明,相貌好。"

"当了沙弥尾跟别的和尚有什么不同?"

"沙弥头,沙弥尾,将来都能当方丈。现在的方丈退居了,就当。石桥原来就是沙弥尾。"

"你当沙弥尾吗?"

"还不一定哪。"

"你当方丈,管善因寺?管这么大一个庙?!"

"还早呐!"

划了一气,小英子说:"你不要当方丈!"

"好,不当。"

"你也不要当沙弥尾!"

"好,不当。"

又划了一气,看见那一片芦花荡子了。

小英子忽然把桨放下,走到船尾,趴在明子的耳朵旁边,小声地说:

"我给你当老婆,你要不要?"

明子眼睛鼓得大大的。

"你说话呀!"

明子说:"嗯。"

"什么叫'嗯'呀!要不要,要不要?"

明子大声地说:"要!"

"你喊什么!"

明子小小声说:"要——!"

"快点划!"

小英子跳到中舱,两只桨飞快地划起来,划进了芦花荡。

芦花才吐新穗。紫灰色的芦穗,发着银光,软软的,滑溜溜的,像一串丝线。有的地方结了蒲棒,通红的,像一枝一枝小蜡烛。青浮萍,紫浮萍。长脚蚊子,水蜘蛛。野菱角开着四瓣的小白花。惊起一只青桩(一种水鸟),擦着芦穗,扑鲁鲁飞远了。

……

导读

汪曾祺(1920—1997),江苏高邮人。主要作品有《受戒》《大淖记事》等。《受戒》最初发表于《北京文学》1980 年第 10 期。

《受戒》这篇小说以优美舒展的笔调,构筑了一个世外桃源般的村庄。这是一处理想化的净土,一切都顺乎自然,人们有着和谐健康的人性,享受着充满世俗美的牧歌式生活。这里的乡民,男耕女织,温饱无虞,忧乐随心。即便是当和尚,也同样是快乐的,与别地方的人箍桶、弹棉花一样,都是一种职业,不受任何清规戒律的束缚,不仅可以赌博骂人、杀猪吃肉、唱风情小调,还可以娶妻生子。小说的主人公小和尚明子和农家少女小英子,就是生活在这种"桃花源"式世界中的一对活泼可爱的小儿女。作者细腻地描写了明子和小英子之间蒙眬清爽的爱情,谱写了一曲诗性田园里的人性欢歌。

《受戒》写的是作者"四十三年前的一个梦",是作者"梦中情怀"的诗意表达。整个小说在回忆的凝望中展开,浮躁尽除,娓娓道来。《受戒》的写法承接了沈从文的创作传统,与当时习惯的现实主义手法不同,不注重人物性格,不讲究故事情节,而着力于气氛的渲染和诗意细节的描写,呈现散文样的优美韵致。它以一种"闲话"式文体和"漫谈"韵味的语言,信马由缰,时而铺展,时而穿插,语调平和亲切,语言干净准确,小说如水般流淌,韵味悠长。

绿　夜

张承志

他终于登上了那座小山。他抬起头来,深深地吸了一口气,向远方望去。

明亮而浓郁的绿色令人目眩。左右前后,天地之间都是这绿的流动。它饱含着苦涩、亲切和捉摸不定的一股忧郁。这漫无际涯的绿色,一直远伸到天边淡蓝的地平线,从那儿静静地等着他、望着他,一点点地在他心里勾起滋味万千的回忆。

在这一望无际的绿色上方,只有他的思绪在无声地盘旋轻飞,像是那绿中充盈的情调的旋律。他感到身心都透明般地宁静。

小奥云娜那时才八岁。她骑在马上,抓着鞍桥不肯松手。她紧闭着小嘴,牢牢地盯着他。后来她哇地嚎啕起来。本来把她抱上马背不过是为了冲淡分别的感伤。淡蓝的地平线上涌来了浩荡的白云,蓝空上排着云朵的长阵。奥云娜,这八岁小女孩的心理是怎样的呢?那天地间的一抹浅蓝中,又为什么能绵绵不尽地涌流出白白的云朵呢?

这是多么新鲜的感觉呵:可以自由地遐想,但用不着真的去寻找答案。大海般的绿色滤去了嘈杂、拥挤、热腻的昨天。此刻,在这儿,可以独自站一会儿,静静地想想过去。整整八年,他总是难得有机会这样站一会儿。也许是没有适当的时间和环境。可是在那匆忙的奔波中,他又确实常有过这样的念头:喂,该停下来,该仔细想想。也许,在人的一生中,需要留一些时间给这种独自一人的、平和的、不受干扰的思索。

八年了。八年前,他就是从这个小山坡前,顺着这条三股车辙印的道路走向那喧嚣着的、熙来攘往的都市的。最初他常常回忆。他想起过小奥云娜驼羔般聪慧的大眼睛和甜甜的酒窝。他甚至曾经发表过一首关于小奥云娜的小诗。在那首儿歌般的小诗里,他把小奥云娜称为一条"欢快的小河"。可是,哦,生活——冬天运蜂窝煤、储存大白菜,夏天嗡嗡而来的成团蚊蝇,简易楼下日夜轰鸣的加工厂,买豆腐时排的长队……淹没了诗。在深夜里,有时心里也曾闪过一眨星光,但他已经很难捕捉住那曾使他的心颤抖的一瞬。

而这一切都已离他远去。这茫无涯际的青青的原野,这弯曲的三股车辙印,这低缓的小山坡,正把他带回到昔日。在这儿他曾被晒成黑红色。在这儿他曾恶煞般和人打架。在这儿他第一次懂得了劳动的艰难和自豪。他凝望着这无边的绿色。蓝空中巨大的白船般的云朵无声地驶去了,深黛的云影移开后,那三股车道在阳光的直射下显得明亮而线条清晰。那里通向他逝去的青春。他已经听见一声遥远的呼唤。他的眼睛湿润了。"哦,草原。"他轻声说。

这里是锡林郭勒。是由左右苏尼特、东西乌珠穆沁、阿巴嘎和阿巴哈纳尔等响亮的地名组成的锡林郭勒草原。他终于回到了这里。他觉得自己就要打开紧闭着的、心上的门。表弟说过:"祝你在洛西南特的瘦背上骑得稳。"为什么呢?"因为堂·吉诃德为寻找假想的敌人踏上征途,而你为寻找想象的净土而提起旅行袋。"他默默地看了表弟一眼。应当对属于不同时代的人闭紧心扉。他和他仅差十岁,但属于两代人。他怎么能把小奥云娜的事告诉他,再被他恣意挖苦嘲弄一番呢!不,小奥云娜是不能玷污的……也许,八年前的一切都已烟消云散,但岁月、生活和动荡的历史留给他的惟一礼物,就是小奥云娜的笑脸。他比表弟仅仅多这么一点财富。当然,表弟是不会承认这种结论的。承认他、同意他、等待和安慰他的,是这锡林郭勒大草原。

他等不及捎口信给毡包。他一到公社,就大步踏上了这条三马车道。他解开衣服,草原的长风直入胸怀。草梢在脚下刷刷地分开。他渴望看到那可爱的小姑娘。他的眼前已经清晰地现出了一对甜甜的酒窝。

"老弟,这回采风,时机难得。怎么样?计划捞多少?"人流正匆匆地涌向办公楼底层那长长的楼道。河南口音的侉乙己追着他问个不休。"这回弄个长篇小说,抓它个两三千!上回那不中——咋写个小妮儿!"脚步嚓嚓,人流匆匆。"你别以为人人都和你一样,光想捞钱……""咋?"侉乙己恨恨地嚷起来,"你咋着了!你崇高多少?你编小妮儿那几句词,还不是落了十块!少一分你能行?"一阵哄笑。原来下班的人都在蛮有滋味地听着。他们赞成侉乙己。楼道光线很暗。脚步声、谈笑声在墙壁上击出回音。他默默走着。孤独使人痛苦。缺乏沟通彼此的语言使人孤独。人们为什么更欣赏侉乙己的或表弟的语言呢?难道大家都讨厌用真诚的、亲切的、尊重别人感情,也使自己更纯净的语言交谈么?

这个河南侉子就这样无耻地嘲弄了,不,是侮辱了他神圣的小奥云娜。他觉得自己的心里也涌进一股污浊的脏水。这脏水居然那么轻易地冲进了他一直悄悄保留在心底的、使他的心温柔和潮润的、那一小块淡绿色的领地。他突然感到疲倦,他累得要命。

他微喘着,大步走向草原深处。这里是驰骋着自由酷烈的风儿的、开人胸襟的莽原。在这里可以不必心有城府。在这里可以把市场上大葱和烂西红柿的气味,把十二平米的家和它的拥塞,把楼下加工厂的嗓音和冷冰冰的售货员,还有那河南腔的下流语言全部忘掉。在这里可以把疲惫的肉体埋在茂盛的箭草、马镰草和青灰色的艾可草丛里。他满怀感激地吞咽着这里的清爽空气。这时他才明白来到这里的必要。

"今年夏天,你回内蒙去吧。""开玩笑!哪有那么多钱?"他奇怪地望着低头织毛线的妻子。"我能领到五十块奖金。另外还可以再挤出一些。""算啦。连我喝酒抽烟你都叫唤。""不,这回不一样。你下周就请假走吧。""为什么呢?""不为什么……我觉得,你一直盼着回去一次。"她原来有一双锐利的眼睛。他迟疑了:"可是家里,老人,孩子……""没关系,去吧。"他吻了吻她的眼睛,心头掠过一道生疏了的温暖的波动。

那天晚上她炸了花生米。可是他的筷子却总是夹滑。在他若有所思时总是这样。妻子也许就是常在这种时候注视着他。一个扎着两只羊角小辫的小姑娘正在对他笑。侉乙己骑在一匹马上指手画脚,马儿把他摔在地上。小奥云娜笑了,露出小酒窝。他忍俊不禁,所以又把一颗花生米掉在地上。一旁,妻子拍着褡褟中的儿子,微微地也笑了。夜里他一直在做梦。小奥云娜缠着他,要他翻译那首小诗。他绞了一夜脑汁。

他走完了三股车道在草原上画出的那个巨大的弧形。那座熟悉的敖包山从地平线下慢慢浮现出来。清凉的风带来阵阵苦蒿和艾可草的呛人苦味儿。在远处,在开阔的盆地中心,隐约能辨出一个小小的灰点。那是一座破旧的、颜色发灰的蒙古包。炊烟随着流雾,正从那里袅袅升起。小奥云娜，我可爱的小妹妹，我清澈的小河，你好么？你还记得我们分别时，你骑在我的马鞍上不肯下来的往事么？你还记得父亲、母亲，还有老奶奶流着泪水，望着我们的情景么？

他的眼眶里盈满了晶莹的泪。"小奥云娜，是我。你的哥哥回来了。"他轻声说。

哦，青春，你好！我来看你。因为我没有能留你永驻，像保尔·柯察金，像那些生命之树常青的勇士一样。我已经与你分别日久。但我也不同于表弟。表弟说："我们没有昨天。"这是他的宣言。而我却既有昨天也有你。你由憧憬、艰辛、低下地位带来的屈辱感和自尊感，真正养活自己的劳动中留下的深深脚印组成。当然，还有爱情，尤其是对它激动的想象。表弟说："没落的人才回顾过去。我们只面对现实。"但他也应该感到缺憾。至少该为他没有唱过、而且是没有在暴风雪之夜的帐篷里，在通红的牛粪火旁唱过那些歌子遗憾。"我们的旗帜火一样红，星星和火把指明前程。""老伯伯请我们来到果园。孩子们是谁呀打哭了伙伴。""少先队，我们快乐的少先队！快快来，快把歌儿唱起来！"我们起劲地、一支接一支地唱。当然，也唱《红河村》、《长征组歌》、《十五的月亮》和那个听说作者被张春桥判了十年刑的知识青年的歌。那种唱法会给人带来神奇的感受。我们唱着，传递着会心的眼神和微笑。心里盈满着泪珠、醇酒和露水……后来，人走了，但那声音、那灼烤、那旋律、那心境却和迁徙后的营盘痕迹一起，在此长留。它就是你，青春……

白发苍苍的老奶奶拄着一节断马杆，颤巍巍地，伸着瘦骨嶙峋的手迎面奔来。没有人扶她走。她虎背熊腰的儿子已经先她辞世。老人声音微弱地叨叨着，缓缓地跑来。她捧住他的头噌地亲了一口。这亲吻电流般击穿了他的肉体，击碎了他心上的锈垢。表弟不理解，侉乙己不会相信，一个穿风衣的城市青年就在这片箭草地上被一个白发蓬乱、衣袍肮脏的蒙古老太婆搂在怀里。老奶奶摸索着他的脸和肩头，唠叨着说他瘦了。她坚信他八年来是在城里受苦。"多奇怪，"他想着，便却又感到老奶奶说得切中隐痛。他忍不住流下泪。他把头埋在老人怀里。

这个家仍然喜欢在夏季靠敖包山居住。青草如旧。山冈如旧。小河如旧。永远沾着一层细粪末的垫毡和油腻的捻金线枕头也如旧。羊群还是在敖包山上散成一个星群。酸奶桶里舀出的奶子还是稠稠的、散发着熟悉的凉味儿。嫂子给他煮的还是拳头大的饺子。她还是把舀起沸茶的铜勺举在孩子头顶上威胁他们。女人们还是在濛濛细雨中跪在一片泥泞中挤奶。马儿在奔跑时还是在耳边掀起呼啸的风。歪着骑马的牧人还是那样姿态浪漫。套马杆子还是那么富有弹性地在空中划出弧线。酒还是散装的更受欢迎。当然，用兽医的酒精对井水也不错。一口喝掉半小碗还是烧得胸口发痛。可是老头门德如果高兴地使劲拍他的肩膀，并且瞪圆眼睛朝着脸色阴沉的瘸子乔洛吼一会《金翅小鸟》的话，再喝半碗也可以考虑。晚霞还是那么鲜艳。月夜还是那么清澄如洗。沉睡的毡包内还是那么静寂。直径四米的圆形地面上，不同民族、不同辈分的人的呼吸还是那么酣沉而平和。半圆形天窗里嵌进的那块蓝紫色的夜空，和点缀其上的三颗亮晶晶的小星，还是那么使他联想到阿克肖诺夫的《带星星的火车票》。

到达那天，他没有见到小奥云娜。在她赶着牛车从敖包山北的亲戚家回来以前，他想像着八年后那扎羊角辫的小女孩的模样。他心里在悄悄呼唤着她。小奥云娜，回来吧，你快活飞舞的破衣衫，你让人心疼的小酒窝！骑在我的马背上来吧，我的黑眼睛的小天使，我明净的小河！

第二天，一个穿着蓝布袍子的少女从牛车上下来了。她把蓬松的长发低垂在沾满油污、奶渍和稀牛粪的蓝布袍上，不声不响地从他身旁走过，躲到嫂子背后。她没有羊角似的翘小辫，没有两个酒窝。她皮肤粗糙，眼神冷淡。她甚至没有亲热地喊他一声阿哈——哥哥。他慌了。他从提包里掏出塑料袋，那是妻子跑遍全城买来的尼龙衫。玫瑰花上滚着几道雪白的浪。他的手在抖。"奥云娜，"他唤道，"唉——这是给你的。"声音也在抖。他没有叫她"小奥云娜"。这不是那个"小"女孩了。少女接了过来，低着头走开了。她听见他在门外收拾牛车。他感到此刻妻子、表弟、侉乙己都在盯着自己的脊背。这是他的小诗、他干旱心田中的绿洲、他青春往事的象征、他的小奥云娜么？

生活露出平凡单调的骨架。草原褪尽了如梦的轻纱。就像肥嫩的手抓肉吃完以后，人们开始更心平气和地煮那些晒硬的肉干一样。穿上玫瑰红的尼龙衫又套上蓝布袍子的少女不会再是梳羊角辫的小奥云娜、小天使和欢乐的小河了。她满不在乎地用捧过牛粪的手挤着玫瑰红和雪白上的虱子。她躲在门外听着老门德和她母亲议论着娶她当儿媳妇的话。她抓起勺子和靴子朝哭个不停的弟弟扔去。她把满脸盆面粉擦成面条。她摔倒一米高的肥羊，骑在上面撕下滑腻的夏毛。她用大眼睛好奇地直盯着她在八岁时曾经那样留恋过的兄长。她若有所思，又猛然一甩辫子走开。就像老奶奶一样拖着长调，在没有月光和星星的黑夜里吓狼。她像每一个蒙古女人一样，睡在门外的勒勒车上，盖着一块条毡守夜。她淋着细雨，踏着泥泞，她长高了，她成熟了。她粗糙的脸庞上留着两块冬天的冻疤。小河、小溪、小泉奏出的明快儿歌已经逝而不返，浑浊的内陆河水正在干旱的大草原上无声地流。

他常常在奥云娜忙碌的时候注视着她。奥云娜有一只属于自己的青花山羊羔，那是一个亲戚家的出嫁姑娘在春季送给她的礼物。当时小羊羔只有一丁点儿大。她用弟弟的奶瓶每天给它补奶。傍晚，当归来的羊群悄悄出现在山坡上时，那只系着铃铛的青花小羊就咩咩叫着离群而来。他注视着小羊羔冲进乳青色的薄暮或是橘红的落霞，朝奥云娜奔来。这是奥云娜一天中最快活的时刻，也是他能听到奥云娜清脆的、使他感到的"阿哈！阿哈！"的喊声的时刻。水一样平静和怅惘的日子在这时掀起一层微微的喜悦的涟漪。这银铃样的喊声刺着他的耳鼓。他在其中辨出了八年前小奥云娜天真稚嫩的音素。"哎——阿哈来了！等一等！"他笨拙地答应着跑去。他把奶瓶高高地举起，小青羊羔急得直立起来。奥云娜咯咯地笑了，她红扑扑的脸蛋上又深深地旋出了两个甜美的酒窝。"阿哈！阿哈！"她快活地摇着他。

在这样的时刻里，他感到陶醉。因为在他发现自己失去了那个八岁的小天使和"欢乐的小河"以后，还是捕捉到了这美好的一刻。小奥云娜在他长达六年的草原生涯中，也只是在最后一天不让他上马离去。妻子也仅仅是在那个晚上使他感受到奇异的、心的亲近。他自己也一样：八年中仅仅一次产生过那样美好的情思并把它变成那首小诗。

过了几天，半醉的瘸会计乔洛来到毡包里。他乜斜着醉眼，冷冷地盯了他一眼，然后栽倒在毡子上。他开始对奥云娜说出一些难听的秽语。嫂子不在家。老奶奶睡在角落里。乔洛嘎声笑着，把碗里的酒泼在奥云娜的赤脚上。奥云娜躲闪着，咯咯笑着，又给他添着酒。她鼓舞了这醉鬼。于是乔洛借着酒劲，拖着瘸腿凑过去。他推倒了奥云娜，放肆地扯开奥云娜蓝色和玫瑰红的领口，把酒咕嘟嘟地灌进她的怀里。而奥云娜却似乎十分快乐，她咯咯的笑声更清脆了。

他的心在剧烈地急跳。他抑制着怒火。白发的奶奶在一旁嘟囔着梦话。奥云娜的笑声使他联想到简易楼下那加工厂女工们的吵闹声。"想象的净土",表弟一定正露出富有哲理的微笑。她贴身穿的玫瑰红和雪白的紧身衫一定浸透了乔洛的酒。他逼视着乔洛。这不是可以谅解的强悍的驯马手,这是一个阴沉的、五十来岁的丑恶瘸子。是讲蒙语的侉乙己。"小妮儿——"他突然恶心,想吐,他撞开小门冲到了包外。他又感到那首小诗淹没在恶毒的舌头和哄笑中唤起的痛苦之中。他在民族印刷厂有个熟人叫乌·巴雅尔,"嗨,蒙古人嘛!"乌·巴雅尔说,"你过去问一声好,他们就杀一只羊。"事实可没有这么简单。而对青春的记忆却比这简单。在岁月冲刷了很久之后,它留存下来,留在记忆里,像一个梦。可为什么又有瘸子乔洛、侉乙己呢?他们专门消灭这些梦。

后来,他看着奥云娜扶着这醉鬼走过去。在棚车那儿,奥云娜热心地把瘸子扶上马。她走回来时惊奇地望了他一眼。他斜靠着毡壁,看着姑娘从他身旁匆匆走过。哦,奥云娜,难道我们之间也没有了那种亲近和纯净的语言么?那为你写的诗句,难道竟溅不起你心上的一点波浪么?

奥云娜从山脚赶来一群乳牛。她敏捷地把牛一头头拴在车上。随即又从箱车里舀出一盆面粉。她飞快地提来一桶水。她揉好了不成形状的馒头,然后用蓝袍子前襟兜来一兜牛粪。炉火熊熊烧起来了。可是最小的弟弟在哭。她塞给弟弟一个染成红色的羊拐骨,然后拍着他,哼着催眠曲。她洗净一叠瓷碗,她斟上一碗热奶茶,加上一勺黄油。她走了过来。"阿哈,喝茶啦。"她的声音平静自然。他抬起头,奥云娜黑黑的眼睛正凝视着他。他接过碗来。奥云娜添上燃料,然后走到那排乳牛跟前。她单膝跪在牛腿下的泥泞里。"嗤——嗤——"白色的奶浆喷射到木桶里。就在这时,太阳沉入了敖包山。乌云和白云都变幻了色彩。一派金红从山顶的云霞中朝这儿斜斜投来,镀红了一条狭长的草原和这座毡包。奥云娜成了一个披着红霞的、不认识的美丽姑娘。

哦,岁月不会为你而停止流逝,小奥云娜也不会为你而永远是八岁。和你一样,她也正迎面走向自己的人生,在生活的长流中浮沉。执拗地醒着去寻找逝去的梦是件可怕的事。应当让那种过于纯洁的梦永远萦绕在心头。因为在现实中追求梦境就是使梦破灭。你来到这荒莽的草原,而表弟只向往黄山和庐山,那些名胜只有服务,不会有梦。侉乙己则只向往钱,钱更不是梦。他们都比你更实际,因此也比你更安宁。

梦的破灭不是坏事,这使他将把献给梦的爱情投入现实。抓住生活中的那瞬间的美,向奥云娜讲述那首小诗,和她一块走进晚霞,朝小青羊羔高高举起奶瓶,在奥云娜的笑声中,舒展开疲惫的躯体和感情,享受这美好的一瞬吧。

日子一天天过去了。他在草原古老的、日出而作的秩序中,在那循回不已的低缓节奏中平静了,感悟了。他开始更深地理解了奥云娜。生活总是这样:它的调子永远像陕北的信天游,青海的花儿与少年,蒙古的长调一样。周而复始,只有简单的两句,反复的两句。连风靡当代世界的"folk song"唱法也未离此宗。① 生活只是交响乐中两个主题永远矛盾的第一乐章。瘸乔洛耍的酒疯就是贝多芬著名的"命运的叩门"。正因为矛盾永恒才被人们代代咏叹,正因此,听到信天游、长调、花儿与少年才会有相似的感受。表弟错了。侉乙己错了。他自己也错了。只有奥云娜是对的。她比谁都更早地、既不声张又不感叹地走进了生活。她使水变成奶茶,使奶子变成黄油。她在命运叩门时咯咯

---

① folk song:英语,民谣。这里指现代歌唱的一个流派。下文中的日本歌唱家冈林信康、佐田雅志均属这种唱法。

地笑。她更累、更苦、更艰难。冲刷她的风沙污流更黑、更脏、更粗暴和难以躲避。然而她却给人们以热茶和食物，给小青羊羔以生命，给夕阳西下的草原以美丽的红衣少女。为什么要打搅她，也折磨自己呢？不，要和奥云娜和睦相处。要使这有限的几天假期更和谐和更有哲理，要使它成为人生旅途的一道清流。

他的心平静了，呼吸均匀了，眼神柔和了。他骑着大白马悠闲地串门。他去找那和善的老头门德学唱《金翅小鸟》。早晨，他在清爽的晨风中活动着筋骨；傍晚，他和奥云娜一块沐浴在红霞中喂小青羊羔。他舒适地枕着那个油腻黑污的绣枕，吸着透入毡墙的夏夜草原的清润空气。晚上，听完收音机里那个关于名叫烟筒的丈夫和名叫灶火的老婆的烟鬼夫妻的蒙语相声，带着忍俊不禁的神情，他香甜地睡着了。现实比表弟预言的美好，比乌·巴雅尔介绍的真实，又比他自己想像的复杂而合理。被大白菜、蜂窝煤和简易楼下轰鸣的噪音折磨得太累的肉体和他的神经、感情一起，正在这广袤的草原和如水的星夜里得到休息。他感到安慰和满足。他惬意地裹紧白发老奶奶给他盖上的毯子。他的呼吸和夜草原上牧草的潮声和谐地融在一起。

这一天，他在六十里外的牧马人帐篷里喝了不少酒。当他歪歪斜斜地跨在马背上走向归途时，远处快要沉没的一轮红日上方正拥着一团团深蓝色的乌云。

天黑了。没有星星。马儿快步小跑着，它认识路。他抬起头，嗅到腥腥的雨气。他猜想漆黑的夜空上一定也正奔跑着、聚集着乌云。9点半钟，他刚刚涉过诺盖乌苏小河。深重的雨点落下来了，草原上响着密麻麻的噼啪声。

夹布袍子湿透了。雨水淌过灼热的脖颈，冰凉地滑在胸脯上。微醉的骑手不会讨厌夜雨。淋着雨会产生一种空旷的、踏入人生漫漫长途时的勇敢。他纵马前行。两小时后，他催着马儿踏上了高高的敖包山。

雨丝濛濛的夜色中闪烁着一点光亮，像一颗翡翠的夜明珠。绿幽幽的，等待着他。是手电筒的灯光，是打给他的信号，就像暗夜的海洋上那灯塔的信号一样。他抽了马一鞭，向那灯光驰去。

奥云娜站在门外的雨中。披着雨衣，举着手电筒。"阿哈！"她啪啪地踏着地上的积水奔来。她接过缰绳。她扶着他的手臂。她帮助他跳下马来。雨声淅沥。这雨声中飘着一个陌生的乐句。瘸子乔洛也是在这儿被她扶上了马。他看见奥云娜面颊上紧贴着缕缕湿发。那个奇怪的乐句轻悄悄地叩着他的心弦。锅里已经煮开了香气袭人的羊肉面条，嫂子快活地问他是骑着马回来的还是马驮着他回来的。老奶奶搔着银白的乱发，可能那儿有个虱子。她告诉他今晚收音机又讲了那个烟筒丈夫和灶火老婆的有趣相声。面汤滚烫。羊肉喷香。有个家真好。佟乙已如果听见这个"家"字，一定会露出黄牙。下雨的夜里谁都往家跑。在锡林郭勒的千里草原上，他在下雨时只往这儿跑。人世间只有这里在雨夜为他举起灯光。他吞着面条。牛粪火烤着赤裸的胸口。他给嫂子讲着牧马帐篷的位置，给奶奶学着烟鬼夫妻婚礼上的发言。他笑着、吃着、说着。而心里却满盛着另一些话。原来是这样：最由衷的话语是不能说出来的。说出书面语式的词汇反而使人发窘。他有点想哭。有人推他，是奥云娜端着一只小碗。酒味儿又香又烈。他一饮而尽。一股滚烫的暖流慢慢向肚肠滑去，又击响了那个轻叩心弦的神秘乐句。它不属于信天游、花儿与少年和蒙古长调。它是什么呢？"阿哈！""嗯？""还喝吗？""再倒半小碗吧，奥云娜！"

以后他有意在夜晚回家。全家也完全可以理解去找老门德学唱《金翅小鸟》的必要。他跋涉了两千里来寻找地球上一个直径四米的毡包,他还想反复体味在白天和黑夜从远方奔向大地上这一点时的深切感受。

迷濛的、潜伏着一脉生机的原野蒙着浓重的夜幕。万籁俱寂,苍穹宁静。大地的弹性从马蹄那儿传遍全身,轻摇着惆怅的心绪。他从暗夜中辨出一种均匀的色素,那是融入夜色中的、七月青草的绿。浩森的暗绿中亮起了一颗明亮的星,那是奥云娜为他举起的灯。那灯光也被染上了淡淡发绿的光晕,像是雾霭弥漫的拂晓湖面上跳跃着一簇荧光。蹄声惊起了宿鸟,引出了那个轻盈的乐句。那么优美,那么感人。哦,绿夜,四季的精英,大地的柔情。这绿夜抚摸着他,拥抱着他,安慰着他,使他不顾一切地朝前走。他又在编织着一个梦么?表弟已经皱起眉头。办公楼楼道的人流中已经响起哄声。但他微笑了。他已经不能承认关于两句矛盾的歌词的醒悟,因为这绿夜中有一个新奇的旋律在诞生并向他呼喊。

时间飞快地过去了。他收拾了行装。

白发老奶奶送给他一个红布缝成的小方块护身符。嫂子送给他妻子一块绿绸子。牧人们送给他一罐罐黄油和花斑透明的瓷碗。门德阿爸送给他一壶奶酒。冈林信康唱过:“逝去了,那往日的亲切。”左田雅志也唱过:“你去了,带着脸上的泪水。”而他没有带着泪水,而是带着绿夜中奥云娜为他点燃的灯光。逝去了的已不能追还,但明天他又会怀念此刻的亲切。人总是这样:他们喜欢记住最美好的那一部分往事并永远回忆它,而当生活无情地改变或粉碎了那些记忆时,他们又会从这生活中再找到一些东西并记住它。这是一种弱点么?也许,人就应当这样。哪怕一次次失望。因为生活中确有真正值得记忆和怀念的东西。

奥云娜欢叫起来。就在此刻天空中又出现了那金红的云霞。“阿哈,快!”他忙答应着跑去。小青花羔已经在围着奥云娜蹦跳。他高高举起了奶瓶。这最后一个傍晚应当这样度过。他暗暗希望,在太阳、云层、时间、草原、小青花羔和奥云娜相会时迸射出的,那自然与人的美好画面中,也能有他瘦削的微小身影。

“阿哈!”“嗯?”“你明天就走么?”“哦,明天不走不行啦。”“还再来么?”“嗯……”“能带我城里的嫂嫂一块来么?”“她吗?不,奥云娜,连阿哈自己也不知道能不能再来。”“路很远,是么?”“……”“啊哈!”“嗯?”“我想把这只青羊羔送给你。”“真的吗?”“当然!你已经会喂它了。”“傻瓜,城市里不能养羊。”“那怎么办呢?我还能送你什么呢?”“今天夜里,你再给我打一次手电光吧,小奥云娜!”

奥云娜惊讶地望着他。他从她手里抱过小青羊羔,把它撒在草地上。小青羊羔咩地叫了一声,又扑回来,朝他蹦跳着。奥云娜快活地咯咯笑了。这个身穿破旧蓝布袍子的姑娘全身通红,她鲜艳的脸颊上现出了两个深深的、动人的酒窝。

夜晚,他告别了老门德一家,纵马驰向等待着他的毡包。诺盖乌苏小河的水面上闪烁着暗淡的波光。清凉的夜风掀着流动的草浪。朦胧的、茫茫的黑土地厚实又温暖。七月的夜,绿色的夜,把他悄悄地抱入怀中。他纵开马儿,在这绿夜中飞一般疾驰着。

表弟会问:“你找到了什么?”妻子也会问:“你感觉怎么样?”不,他寻找的已不复存在。他的感情也未必轻松。但只有他自己知道:这也并非是一个新的梦。他的脚已经深深踏进了这真实的无边青草,他不会再写那样幼稚的小诗。像成年的保尔·柯察金为孤独的妈妈奏出的手风琴声一样,他也将把自己的歌唱得沉着、热情而节奏有力。他用力扯住飞奔的马儿,伫立在茫茫的绿夜中。那个神妙的乐句已经展开为一个新的、雄浑的乐章。这音乐的旋律和夜的纯净的绿色,流进了他的心。他感到这颗心从来没有这样湿润、温柔、丰富和充满着活力。他凝望着莽莽无垠的、亲爱的夜草原。"哦,别了,草原。别了,绿色的夜。别了,我的奥云娜……"他轻声说。

这时,那极远极远的绿夜深处,亮起了一颗星。

导读

张承志(1948—),回族,原籍山东济南,生于北京。"文革"期间在内蒙古草原"插队"。主要作品有中短篇小说《老桥》《北方的河》《黄泥小屋》《奔驰的美神》《黑骏马》《神示的诗篇》,长篇小说《金牧场》《心灵史》等。张承志的小说有一种散文化的倾向和浪漫主义的格调。

《绿夜》发表于1982年,是一首充满激情的草原情诗。它所描写的是一个从蒙古锡林郭勒草原返城的知识青年,八年后重返牵魂绕的草原时所见、所感、所悟。在他的心目中,那个他曾经朝夕相处的漫无涯际的原野,以及那里古老淳朴的生活,简直是理想的天国。那里有自由驰骋的风、开人胸襟的莽原,有一直远远伸到天边的令人目眩的绿色,有慈祥的蒙古老奶奶,尤其那个蒙古小姑娘小奥云娜,活泼纯真,像"快乐的小河",驼羔般聪慧的大眼睛和甜甜的酒窝,一直悄悄保留在他的心底,使他的心温柔和潮润。一想到大草原的茫茫绿野,那绿中充盈的情调和旋律,他就感到全身心都透明般地宁静。然而,当他为寻找想象的净土而提起旅行袋,真正走近他心中的"净土"时,现实并不像他向往的那样纯净和美好。八年前的一切都已烟消云散。特别是他心中的小奥云娜已变得面目全非,没有了小辫,没有了两个酒窝,皮肤粗糙,眼神冷淡。经过岁月和生活的打磨,她几乎变得像草原上的母亲和老奶奶一样。特别是她对卑俗或无礼行为的纵容,更令他感到了深深的失落。但随着日子一天天过去和感悟的深入,他从奥云娜的宁静中看到了她的成长和成熟,看到了她正迎面走向自己的人生。于是,他在"返回"草原"追寻"青春中获得感悟的深化和情感的升华。他深深意识到,真正的生活本来就是由那些养活自己的劳动所留下来的一串脚印组成的,由憧憬、艰辛、屈辱感、自尊感,以及爱情和青春组成的。他悟得了执拗地醒着去寻找白云般的梦是虚幻的,他的脚已经深深踏进了真实的无边青草。他要让那纯洁的梦永远萦绕在心头,将自己的歌唱得更沉着、热情而有力。《绿夜》作品将主人公情感的波动和心灵的感悟与所见所及,黏合在一起,在一种富于流动感和跳跃性的叙述中,诗意地展示出来,情真意长而亲切感人,呈现出浓郁的抒情散文色彩和风格。

棋　王

阿　城

一

车站是乱得不能再乱,成千上万的人都在说话。谁也不去注意那条临时挂起来的大红布标语。这标语大约挂了不少次,字纸都折得有些坏。喇叭里放着一首又一首的语录歌儿,唱得大家心更慌。

我的几个朋友,都已被我送走插队,现在轮到我了,竟没有人来送。父母生前颇有些污点,运动一开始即被打翻死去。家具上都有机关的铝牌编号,于是统统收走,倒也名正言顺。我虽孤身一人,却算不得独子,不在留城政策之内。我野狼似的转悠一年多,终于还是决定要走。此去的地方按月有二十几元工资,我便很向往,争了要去,居然就批了。因为所去之地与别国相邻,斗争之中除了阶级,尚有国际,出身孬一些,组织上不太放心。我争得这个信任和权利,欢喜是不用说的,更重要的是,每月二十几元,一个人如何用得完?只是没人来送,就有些不耐烦,于是先钻进车厢,想找个地方坐下,任凭站台上千万人话别。

车厢里靠站台一面的窗子已经挤满各校的知青,都探出身去说笑哭泣。另一面的窗子朝南,冬日的阳光斜射进来,冷清清地照在北边儿众多的屁股上。两边儿行李架上塞满了东西。我走动着找我的座位号,却发现还有一个精瘦的学生孤坐着,手笼在袖管儿里,隔窗望着车站南边儿的空车皮。

我的座位恰与他在一个格儿里,是斜对面儿,于是就坐下了,也把手笼在袖里。那个学生瞄了我一下,眼里突然放出光来,问:"下棋吗?"倒吓了我一跳,急忙摆手说:"不会!"他不相信地看着我说:"这些细长的手指头,就是个捏棋子儿的,你肯定会。来一盘吧,我带着家伙呢。"说着就抬身从窗钩上取下书包,往里掏着。我说:"我只会马走日,象走田。你没人送吗?"他已把棋盘拿出来,放在茶几上。塑料棋盘却搁不下,他想了想,就横摆了,说:"不碍事,一样下。来来来,你先走。"我笑起来,说:"你没人送吗?这么乱,下什么棋?"他一边码好最后一个棋子,一边说:"我他妈要谁送?去的是有饭吃的地方,闹得这么哭哭啼啼的。来,你先走。"我奇怪了,可还是拈起炮,往当头上一移。我的棋还没移到,他的马却"啪"的一声跳好,比我还快。我就故意将炮移过当头的地方停下。他很快地看了一眼我的下巴,说:"你还说不会?这炮二平六的开局,我在郑州遇见一个名手,就是这么走,险些输给他。炮二平五当头炮,是老开局,可有气势,而且是最稳的。嗯?你走。"我倒不知怎么走了,手在棋盘上游移着。他不动声色地看着整个棋盘,又把手袖笼起来。

就在这时,车厢乱了起来。好多人拥进来,隔着玻璃往外招手。我就站起身,也隔着玻璃往北看月台上。站上的人都拥到车厢前,都在叫,乱成一片。车身忽地一动,人群"嗡"地一下,哭声四起。我的背被谁捅了一下,回头一看,他一手护着棋盘,说:"没你这么下棋的,走哇!"我实在没心思下棋,而且心里有些酸,就硬硬地说:"我不下了。这是什么时候!"他很惊愕地看着我,忽然像明白了,身子软下去,不再说话。

车开了一会儿，车厢开始平静下来。有水送过来，大家就掏出缸子要水。我旁边的人打了水，说："谁的棋？收了放缸子。"他很可怜的样子，问："下棋吗？"要放缸子的人说："反正没意思，来一盘吧。"他就很高兴，连忙码好棋子。对手说："这横着算怎么回事儿？没法儿看。"他搓着手说："凑合了，平常看棋的时候，棋盘不等于是横着的？你先走。"对手很老练地拿起棋子儿，嘴里叫着："当头炮。"他跟着跳上马。对手马上把他的卒吃了，他也立刻用马吃了对方的炮。我看这种简单的开局没有大意思，又实在对象棋不感兴趣，就转了头。

这时一个同学走过来，像在找什么人，一眼望到我，就说："来来来，四缺一，就差你了。"我知道他们是在打牌，就摇摇头。同学走到我们这一格，正待伸手拉我，忽然大叫："棋呆子，你怎么在这儿？你妹妹刚才把你找苦了，我说没见啊。没想到你在我们学校这节车厢里，气儿都不吭一声儿。你瞧你瞧，又下上了。"

棋呆子红了脸，没好气儿地说："你管天管地，还管我下棋？走，该你走了。"就又催促我身边的对手。我这时听出点音儿来，就问同学："他就是王一生？"同学睁了眼，说："你不认识他？唉呀，你白活了。你不知道棋呆子？"我说："我知道棋呆子就是王一生，可不知道王一生就是他。"说着，就仔细看着这个精瘦的学生。王一生勉强笑一笑，只看着棋盘。

王一生简直大名鼎鼎。我们学校与旁边几个中学常常有学生之间的象棋厮杀，后来拼出几个高手。几个高手之间常摆擂台，渐渐地，几乎每次冠军就都是王一生了。我因为不喜欢象棋，也就不去关心什么象棋冠军，但王一生的大名，却常被班上几个棋篓子供在嘴上，我也就对其事迹略闻一二，知道王一生外号棋呆子，棋下得很神不用说，而且在他们学校那一年级里数理成绩总是前数名。我想棋下得好而有个数学脑子，这很合情理，可我又不信人们说的那些王一生的呆事，觉得不过是大家寻逸闻鄙事以快言论罢了。后来运动起来，忽然有一天大家传说棋呆子在串联时犯了事儿，被人押回学校了。我对棋呆子能出去串联表示怀疑，因为以前大家对他的描述说明他不可能解决串联时的吃喝问题。可大家说呆子确实去串联了，因为老下棋，被人瞄中，就同他各处走，常常送他一点儿钱，他也不问，只是收下。后来才知道，每到一处，呆子必然挤地头看下棋。看上一盘，必然把输家挤开，与赢家杀一盘。初时大家看他其貌不扬，不与他下。他执意要杀，于是就杀。几步下来，对方出了小汗，嘴却不软。呆子也不说话，只是出手极快，像是连想都不想。待到对方终于闭了嘴，连一圈儿观棋的人也要慢慢思索棋路而不再支招儿的时候，与呆子同行的人就开始摸包儿。大家正看得紧张，哪里想到钱包已经易主？待三盘下来，众人都摸头。这时呆子倒成了棋主，连问可有谁还要杀？有那不服的，就坐下来杀，最后仍是无一盘得利。后来常常是众人齐做一方，七嘴八舌与呆子对手。呆子也不忙，反倒促众人快走，因为师傅多了，常为一步棋如何走自家争吵起来。就这样，在一处呆子可以连杀上一天，后来有那观棋的人发觉钱包丢了，闹嚷起来。慢慢有几个有心计的人暗中观察，看见有人掏包，也不响，之后见那人晚上来邀呆子走，就发一声喊，将扒手与呆子一齐绑了，由造反队审。呆子糊糊涂涂，只说别人常给他钱，大约是可怜他，也不知钱如何来，自己只是喜欢下棋。审主看他呆相，就命人押了回来，一时各校传为逸事。后来听说呆子认为外省马路棋手高手不多，不能长进，就托人找城里名手邀战。有个同学就带他去见自己的父亲，据说是国内名手。名手见了呆子，也不多说，只摆一副据传是宋时留下的残局，要呆子走。呆子看了半晌，一五一十道来，替古人赢了。名手很惊奇，要收呆子为徒。不料呆子却问："这残局你可走通了？"名手没反应过来，就说："还未通。"呆子说:"那我为什么要做你的徒弟?"名手只好请呆子开路,事后对自己的儿子说:"你这个同学桀骜不驯,棋品连着人品,照这样下去,棋品必劣。"又举了一些最新指示,说若能好好学习,棋锋必健。后来呆子认识了一个捡烂纸的老头儿,被老头儿连杀三天而仅赢一盘。呆子就执意要替老头儿去撕大字报纸,不要老头儿劳动。不料有一天撕了某造反团刚贴的"檄文",被人拿获,又被这造反团栽诬于对立派,说对方"施阴谋,弄诡计",必讨之,而且是可忍,孰不可忍! 对立派又阴使人偷出呆子,用了呆子的名义,对先前的造反团反戈一击。一时呆子的大名"王一生"贴得满街都是,许多外省来取经的革命战士许久才明白王一生原来是个棋呆子,就有人请了去外省会一些江湖名手。交手之后,各有胜负,不过呆子的棋据说是越下越精了。只可惜全国忙于革命,否则呆子不知会有什么造就。

这时,我旁边的人也明白对手是王一生,连说不下了。王一生便很沮丧。我说:"你妹妹来送你,你也不知道和家里人说说话儿,倒拉着我下棋!"王一生看着我说:"你哪儿知道我们这些人是怎么回事儿! 你们这些人好日子过惯了,世上不明白的事儿多着呢! 你家父母大约是舍不得你走了?"我怔了怔,看着手说:"哪儿来父母,都死球了。"我的同学就添油加醋地叙了我一番,我有些不耐烦,说:"我家死人,你倒有了故事了。"王一生想了想,对我说:"那你这两年靠什么活着?"我说:"混一天算一天。"王一生就看定了我问:"怎么混?"我不答。呆了一会儿,王一生叹一声,说:"混可不易。一天不吃饭,棋路都乱。不管怎么说,你父母在时,你家日子还好过。"我不服气,说:"你父母在,当然要说风凉话。"我的同学见话不投机,就岔开说:"呆子,这里没有你的对手,走,和我们打牌去吧。"呆子笑一笑,说:"牌算什么,瞌睡着也能赢你们。"我旁边儿的人说:"据说你下棋可以不吃饭?"我说:"人一迷上什么,吃饭倒是不重要的事。大约能干出什么事儿的人,总免不了有这种傻事。"王一生想一想,又摇摇头,说:"我可不是这样。"说完就去看窗外。

一路下去,慢慢我发觉我和王一生之间,既开始有互相的信任和基于经验的同情,又有各自的疑问。他总是问我与他认识之前是怎么生活的,尤其是父母死后的两年是怎么混的。我大略地告诉他,可他又特别在一些细节上详细地打听,主要是关于吃。例如讲到有一次我一天没有吃到东西,他就问:"一点儿也没吃到吗?"我说:"一点儿也没有。"他又问:"那你后来吃到东西是在什么时候?"我说:"后来碰到一个同学,他要用书包装很多东西,就把书包翻倒过来腾干净,里面有一个干馒头,掉在桌上就碎了。我一边儿和他说话,一边儿就把这些碎馒头吃下去。不过,说老实话,干烧饼比干馒头解饱得多,而且顶时候儿。"他同意我关于干烧饼的见解,可马上又问:"我是说,你吃到这个干馒头的时候是几点? 过了当天夜里十二点吗?"我说:"噢,不。是晚上十点吧。"他又问:"那第二天你吃了什么?"讲老实话,我不太愿意复述这些事情,尤其是细节。我说:"当天晚上我睡在那个同学家。第二天早上,同学买了两个油饼,我吃了一个。上午我随他去跑一些事,中午他请我在街上吃。晚上嘛,我不好意思再在他那儿吃,可另一个同学来了,知道我没什么着落,硬拉了我去他家,当然吃得还可以。怎么样? 还有什么不清楚?"他笑了,说:"你才不是你刚才说的什么'一天没吃东西',你十二点以前吃了一个馒头,没有超过二十四小时。更何况第二天你的伙食水平不低,平均下来,你两天的热量还是可以的。"我说:"你恐怕还是有些呆! 要知道,人吃饭,不但是肚子的需要,而且是一种精神需要。不知道下一顿在什么地方,人就特别想到吃,而且,饿得快。"他说:"你家道尚好的时候,有这种精神压力吗? 有,也只不过是想好上再好,那是馋。馋是你们这些人的特点。"我承认他说得有些道理,禁不住问他:"你总在说你们、你们,可你算什么人?"他迅速看着其它地方,只是不看我,说:"我当然不同了。我主要是对吃要求得比较实在。唉,不说这些了,你真的不喜欢下棋?何以解忧?唯有象棋。"我瞧着他说:"你有什么忧?"他仍然不看我,"没有什么忧,没有。'忧'这玩意儿,是他妈文人的作料儿。我们这种人,没有什么忧,顶多有些不痛快。何以解不痛快?唯有象棋。"

我看他对吃很感兴趣,就注意他吃的时候。列车上给我们这几节知青车厢送饭时,他若心思不在下棋上,就稍稍有些不安。听见前面大家拿吃时铝盒的碰撞声,他常常闭上眼,嘴巴紧紧收着,倒好像有些恶心。拿到饭后,马上就开始吃,吃得很快,喉结一缩一缩的,脸上绷满了筋。常常突然停下来,很小心地将嘴边或下巴上的饭粒儿和汤水油花儿用整个儿食指抹进嘴里。若饭粒儿落在衣服上,就马上一按,拈进嘴里。若一个没按住,饭粒儿由衣服上掉到地,他也立刻双脚不再移动,转了上身找。这时候他若碰上我的目光,就放慢速度。吃完以后,他把两只筷子舔了,拿水把饭盒冲满,先将上面一层油花吸净,然后就带着安全抵岸的神色小口小口地呷。有一次,他在下棋,左手轻轻地叩茶儿。一粒干缩了的饭粒儿也轻轻跳着。他一下注意到了,就迅速将那个干饭粒儿放进嘴里,腮上立刻显出筋络。我知道这种干饭粒儿很容易嵌到槽牙里,巴在那儿,舌头是赶它不出的。果然,呆了一会儿,他就伸手到嘴里去抠。终于嚼完和着一大股口水,"咕"地一声儿咽下去,喉结慢慢移下来,眼睛里有了泪花。他对吃是虔诚的,而且很精细。有时你会可怜那些饭被他吃得一个渣儿都不剩,真有点儿惨无人道。我在火车上一直看他下棋,发现他同样是精细的,但就有气度得多。他常常在我们还根本看不出已是败局时就开始重码棋子,说:"再来一盘吧。"有的人不服输,非要下完,总觉得被他那样暗示死刑存些侥幸,他也奉陪,用四五步棋逼死对方,说:"非要听'将',有瘾?"

我每看到他吃饭,就回想起杰克·伦敦的《热爱生命》,终于在一次饭后他小口呷汤时讲了这个故事,我因为有过饥饿的经验,所以特别渲染了故事中的饥饿感觉。他不再喝汤,只是把饭盒端在嘴边儿,一边不动地听我讲。我讲完了,他呆了许久,凝视着饭盒里的水,轻轻吸了一口,才很严肃地看着我说:"这个人是对的。他当然要把饼干藏在褥子底下。照你讲,他是对失去食物发生精神上的恐惧,是精神病?不,他有道理,太有道理了。写书的人怎么可以这么理解这个人呢?杰……杰什么?嗯,杰克·伦敦,这个小子他妈真是饱汉子不知饿汉子饥。"我马上指出杰克·伦敦是一个如何如何的人。他说:"是呀,不管怎么样,像你说的,杰克·伦敦后来出了名,肯定不愁吃的,他当然会叼着根烟,写些嘲笑饥饿的故事。"我说:"杰克·伦敦丝毫也没有嘲笑饥饿,他是……"他不耐烦地打断我说:"怎么不是嘲笑?把一个特别清楚饥饿是怎么回事儿的人写成发了神经,我不喜欢。"我只好苦笑,不再说什么。可是一没人和他下棋了,他就又问我:"嗯?再讲个吃的故事?其实杰克·伦敦那个故事挺好。"我有些不高兴地说:"那根本不是个吃的故事,那是一个讲生命的故事。你不愧为棋呆子。"大约是我脸上有种表情,他于是不知怎么办才好。我心里有一种东西升上来,我还是喜欢他的,就说:"好吧,巴尔扎克的《邦斯舅舅》听过吗?"他摇摇头。我就又好好儿描述一下邦斯这个老饕。不料他听完,马上就说:"这个故事不好,这是一个馋的故事,不是吃的故事。邦斯这个老头儿若只是吃而不馋,不会死。我不喜欢这个故事。"他马上意识到这最后一句话,就急忙说:"倒也不是不喜欢。不过洋人总和咱们不一样,隔着一层。我给你讲个故事吧。"我马上感了兴趣:棋呆子居然也有故事!他把身体靠得舒服一些,说:"从前哪,"笑了笑,又说:"老是他妈从前,可这个故事是我们院儿的五奶奶讲的。嗯——老辈子的时候,有这么一家子,吃喝不愁。粮食一囤一囤的,顿顿想吃多少吃多少,嘿,可美气了。后来呢,娶了个儿媳妇。那真能干,就没说把饭做糊过,不干不稀,特解饱。可这媳妇,每做一顿饭,必抓出一把米藏好……"听到这儿,我忍不住插嘴:"老掉牙的故事了,还不是后来遇了荒年,大家没饭吃,媳妇把每日攒下的米拿出来,不但自家有了,还分给穷人?"他很惊奇地坐直了,看着我说:"你知道这个故事?可那米没有分给别人,五奶没有说分给别人。"我笑了,说:"这是教育小孩儿要节约的故事,你还拿来有滋有味儿地讲,你真是呆子,还不是一个吃的故事。"他摇摇头,说:"这太是吃的故事了,首先得有饭,才能吃,这家子有一囤一囤的粮食,可光穷吃不行,得记着断顿儿的时候,每顿都要欠一点儿。老话儿说'半饥半饱日子长'嘛。"我想笑但没笑出来,似乎明白了一些什么。为了打消这种异样的感触,就说:"呆子,我跟你下棋吧。"他一下高兴起来,紧一紧手脸,啪啪啪就把棋码好,说:"对,说什么吃的故事,还是下棋。下棋最好,何以解不痛快?唯有下象棋。啊?哈哈哈,你先走。"我又是当头炮,他随后把马跳好。我随便动了一个子儿,他很快地把兵移前一格儿。我并不真心下棋,心想他念到中学,大约是读过不少书的,就问:"你读过曹操的《短歌行》?"他说:"什么《短歌行》?"我说:"那你怎么知道'何以解忧,唯有杜康'?"他愣了,问:"杜康是什么?"我说:"杜康是一个造酒的人,后来也就代表酒,你把杜康换成象棋,倒也风趣。"他摆了一下头,说:"啊,不是。这句话是一个老头儿说的,我每回和他下棋,他总说这句。"我想起了传闻中的捡烂纸的老头儿,就问:"是捡烂纸的老头儿吗?"他看了我一眼,说:"不是。不过,捡烂纸的老头儿棋下得好,我在他那儿学到不少东西。"我很感兴趣地说:"这老头儿是个什么人?怎么下得一手好棋还捡烂纸?"他很轻地笑了一下,说:"下棋不当饭。老头儿要吃饭,还得捡烂纸。可不知他以前是什么人。有一回,我抄的几张棋谱不知怎么找不到了,以为当垃圾倒出去了,就到垃圾站去翻,正翻着,这个老头推着筐过来了,指着我说:'你个大小伙子,怎么抢我的买卖?'我说不是,是找丢了的东西,他问什么东西,我没搭理他。可他问个不停,'钱?存折儿?结婚帖子?'我只好说是棋谱,正找着,就找着了。他说叫他看看。他在路灯底下挺快就看完了,说'这棋没根哪'。我说这是以前市里的象棋比赛。可他说,'哪儿的比赛也没用,你瞧这,这叫棋路?狗脑子。'我心想怕是遇上异人了,就问他当怎么走,老头儿哗哗说了一通谱儿,我一听,真的不凡,就提出要跟他下一盘。老头让我先说。我们俩就在垃圾站下盲棋,我是连输五盘。老头儿棋路猛,听头几步,没什么,可着子真阴真狠,打闪一般,网得开,收得又紧又快。后来我们见天儿在垃圾站下盲棋,每天回去我就琢磨他的棋路,以后居然跟他平过一盘,还赢过一盘,其实赢的那盘我们一共才走了十几步。老头儿用铅丝耙子敲了半天地面,叹一声,'你赢了。'我高兴了,直说要到他那儿去看看。老头儿白了我一眼,说,'撑的?!'告诉我明天晚上再在这儿等他。第二天我去了,见他推着筐远远来了。到了跟前,从筐里取出一个小布包,递到我手上,说这也是谱儿,让我拿回去,看瞧得懂不。又说哪天有走不动的棋,让我到这儿来说给他听听,兴许他就走动了。我赶紧回到家里,打开一看,还真他妈不懂。这是本异书,也不知是哪朝哪代的,手抄,边边角角儿,补了又补。上面写的东西,不像是说象棋,好像是说另外的什么事儿。我第二天又去找老头儿,说我看不懂,他哈哈一笑,说他先给我说一段儿,提个醒儿。他一开说,把我吓了一跳。原来开宗明义,是讲男女的事儿,我说这是'四旧'。老头儿叹了,说什么是旧?我这每天捡烂纸是不是在捡旧?可我回去把它们分门别类,卖了钱,养活自己,不是新?又说咱们中国道家讲阴阳,这开篇是借男女讲阴阳之气。阴阳之气相游相交,初不可太盛,太盛则折。折就是'折断'的'折'。"我点点头。"'太盛则折,太弱则泻。'老头儿说我的毛病是太盛。又说,若对手盛,则以柔化之。可要在化的同时,造成克势。柔不是弱,是容,是收,是含。含而化之,让对手入你的势。这势要你造,需无为而无不为。无为即是道,也就是棋运之大不可变,你想变,就不是象棋,输不用说了,连棋边儿都沾不上。棋运不可悖,但每局的势要自己造。棋运和势既有,那可就无所不为了。玄是真玄,可细琢磨,是那么个理儿。我说,这么讲是真提气,可这下棋,千变万化,怎么才能准赢呢?老头儿说这就是造势的学问了。造势妙在契机。谁也不走子儿,这棋没法儿下。可只要对方一动,势就可入,就可导。高手你入他很难,这就要损。损他一个子儿,损自己一个子儿,先导开,或找眼钉下,止住他的入势,铺排下自己的入势。这时你万不可死损,势式要相机而变。势式有相因之气,势套势,小势导开,大势含而化之,根连根,别人就奈何不得。老头儿说我只有套,势不太明。套可以算出百步之远,但无势,不成气候。又说我脑子好,有琢磨劲儿,后来输我的那一盘,就是大势已破,再下,就是玩了。老头儿说他日子不多了,无儿无女,遇见我,就传给我吧。我说你老人家棋道这么好,怎么还干这种营生呢?老头儿叹了一口气,说这棋是祖上传下来的,但有训——'为棋不为生',为棋是养性,生会坏性,所以生不可太盛。又说他从小没学过什么谋生本事,现在想来,倒是训坏了他。"我似乎听明白了一些棋道,可很奇怪。就问:"棋道与生道难道有什么不同么?"王一生说:"我也是这么说,而且魔怔起来,问他天下大势。老头儿说,棋就是这么几个子儿,棋盘就这么大,无非是道与势不同,可这子儿你全能看在眼底。天下的事,不知道的太多。这每天的大字报,张张都新鲜,虽看出点道儿,可不能究底。子儿不全摆上,这棋就没法儿下。"

我就又问那本棋谱。王一生很沮丧地说:"我每天带在身上,反复地看。后来你知道,我撕大字报被造反团捉住,书就被他们搜了去,说是'四旧',给毁了,而且是当着我的面儿毁的。好在书已在我的脑子里,不怕他们。"我就又和王一生感叹了许久。

火车终于到了。所有的知识青年都又被用卡车运到农场。在总场,各分场的人上来领我们。我找到王一生,说:"呆子,要分手了,别忘了交情,有事儿没事儿,互相走动。"他说当然。

二

这个农场在大山林里,活计就是砍树,烧山,挖坑,再栽树。不栽树的时候,就种点儿粮食。交通不便,运输不够,常常就买不到煤油点灯。晚上黑灯瞎火,大家凑在一起臭聊,天南地北。又因为常割资本主义尾巴,生活就清苦得很,常常一个月每人只有五钱油,吃饭钟一敲,大家就疾跑如飞。大锅菜是先煮后搁油,油又少,只在汤上浮几个大花儿。落在后边,常常就只能吃清水南瓜或清水茄子。米倒是不缺,国家供应商品粮,每人每月四十二斤。可没油水,挖山又不是轻活,肚子就越吃越大。我倒是没什么,毕竟强似讨吃。每月又有二十几元工薪,家里没有人惦记着,又没有找女朋友,就买了烟学抽,不料越抽越凶。

山上活儿紧时,常常累翻,就想:呆子不知怎么干?那么精瘦的一个人。晚上大家闲聊,多是精神会餐。我又想,呆子的吃相可能更恶了。我父亲在时,炒得一手好菜,母亲都比不上他。星期天常邀了同事,专事品尝,我自然精于此道,因此聊起来,常常是主角,说得大家个个儿腮胀,常常发一声喊,将我按倒在地上,说像我这样儿的人实在是祸害,不如宰了炒吃。下雨时节,大家都慌忙上山去挖笋,又到沟里捉田鸡,无奈没有油,常常吃得胃酸。山上总要放火,野兽们都惊走了,极难打到。即使打到,野物们走惯了,没膘,熬不得油。尺把长的老鼠也捉来吃,因鼠是吃粮的,大家说鼠肉就是人肉，也算吃人吧。我又常想，呆子难道不馋？好上加好，固然是馋，其实饿时更馋。不馋，吃的本能不能发挥，也不得寄托。又想，呆子不知还下不下棋。我们分场与他们分场隔着近百里，来去一趟不容易，也就见不着。

转眼到了夏季，有一天，我正在山上干活儿，远远望见山下小路上有一个人。大家觉得影儿生，就议论是什么人。有人说是小毛的男的吧。小毛是队里一个女知青，新近在外场找了一个朋友，可谁也没见过。大家就议论可能是这个人来找小毛，于是满山喊小毛，说她的汉子来了。小毛丢了锄，跌跌撞撞跑过来，伸了脖子看。还没待小毛看好，我却认出来人是王一生——棋呆子。于是大叫，别人倒吓了一跳，都问："找你的？"我很得意。我们这个队有四个省市的知青，与我同来的不多，自然他们不认识王一生。我这时正代理一个管三四个人的小组长，于是对大家说："散了，不干了。大家也别回去，帮我看看山上可有什么吃的弄点儿。到钟点儿再下山，拿到我那儿去烧。你们打了饭，都过来一起吃。"大家于是就钻进乱草里去寻了。

我跳着跑下山，王一生已经站住，一脸高兴的样子，远远地问："你怎么知道是我？"我到了他跟前说："远远就看你呆头呆脑，还真是你。你怎么老也不来看我？"他跟我并排走着，说："你也老不来看我呀！"我见他背上的汗浸出衣衫，头发已是一绺一绺的，一脸的灰土，只有眼睛和牙齿放光，嘴上也是一层土，干得起皱，就说："你怎么摸来的？"他说："搭一段儿车，走一段儿路，出来半个月了。"我吓了一跳，问："不到百里，怎么走这么多天？"他说："回去细说。"

说话间已经到了沟底队里，场上几只猪跑来跑去，个个儿瘦得赛狗。还不到下班时间，冷冷清清的，只有队上伙房隐隐传来叮叮当当的声音。

到了我的宿舍，就直进去。这里并不锁门，都没有多余的东西可拿，不必防谁。我放了盆，叫他等着，就提桶打了热水来给他洗。到了伙房，与炊事员讲，我这个月的五钱油全数领出来，以后就领生菜，不再打熟菜。炊事员问："来客了？"我说："可不！"炊事员就打开锁了的柜子，舀一小匙油找了个碗盛给我，又拿了三只长茄子，说："明天还来打菜吧，从后天算起，方便。"我从锅里舀了热水，提回宿舍。

王一生把衣裳脱了，只剩一条裤衩，呼噜呼噜地洗。洗完后，将脏衣服按在水里泡着，然后一件一件搓，洗好涮好，拧干晾在门口绳上。我说："你还挺麻利的。"他说："从小自己干，惯了。几件衣服，也不费事。"说着就在床上坐下，弯过手臂，去挠后背，肋骨一根根动着。我拿出烟来请他抽。他很老练地敲出一支，舔了一头儿，倒过来叼着。我先给他点了，自己也点上。他支起肩深吸进去，慢慢地吐出来，浑身荡一下，笑了，说："真不错"我说："怎么样？也抽上了？日子过得不错吧。"他看看草顶，又看看在门口转来转去的猪，低下头，轻轻拍着净是绿筋的瘦腿，半晌才说："不错，真的不错。还说什么呢？粮？钱？还要什么呢？不错，真不错。你怎么样？"他透过烟雾问我。我也感叹了，说："钱是不少，粮也多，没错儿，可没油哇。大锅菜吃得胃酸。主要是没什么玩儿的，没书，没电，没电影儿。去哪儿也不容易，老在这个沟儿里转，闷得无聊。"他看看我，摇一下头，说："你们这些人哪！没法儿说，想的净是锦上添花。我挺知足，还要什么呢？你呀，你就是叫书害了。你在车上给我讲的两个故事，我琢磨了，后来挺喜欢的。你不错，读了不少书。可是，归到底，解决什么呢？是呀，一个人拼命想活着，最后都神经了，后来好了，活下来了，可接着怎么活呢？像邦斯那样？有吃，有喝，好收藏个什么，可有个馋的毛病，人家不请吃就活得不痛快。人要知足，顿顿饱就是福。"他不说了，看着自己的脚趾动来动去,又用后脚跟去擦另一只脚的背,吐出一口烟,用手在腿上掸了掸。

我很后悔用油来表示我对生活的不满意,还用书和电影儿这种可有可无的东西表示我对生活的不满足,因为这些在他看来,实在是超出基准线之上的东西,他不会为这些烦闷。我突然觉得很泄气,有些同意他的说法。是呀,还要什么呢? 我不是也感到挺好了吗? 不用吃了上顿惦记着下顿,床不管怎么烂,也还是自己的,不用窜来窜去找刷夜的地方。可我常常烦闷的是什么呢? 为什么就那么想看看随便什么一本书呢? 电影儿这种东西,灯一亮就全醒过来了,图个什么呢? 可我隐隐有一种欲望在心里,说不清楚,但我大致觉出是关于活着的什么东西。

我问他:"你还下棋吗?"他就像走棋那么快地说:"当然,还用说?"我说:"是呀,你觉得一切都好,干嘛还要下棋呢? 下棋不多余吗?"他把烟卷儿停在半空,摸了一下脸,说:"我迷象棋。一下棋,就什么都忘了。呆在棋里舒服。就是没有棋盘、棋子儿,我在心里就能下,碍谁的事儿啦?"我说:"假如有一天不让你下棋,也不许你想走棋的事儿,你觉得怎么样?"他挺奇怪地看着我说:"不可能,那怎么可能? 我能在心里下呀! 还能把我脑子挖了? 你净说些不可能的事儿。"我叹了一口气,说:"下棋这事儿看来是不错。看了一本儿书,你不能老在脑子里过篇儿,老想看看新的。可棋不一样了,自己能变着花样儿玩。"他笑着对我说:"怎么样,学棋吧? 咱们现在吃喝不愁了,顶多是照你说的,不够好,又活不出个大意思来。书你哪儿找去? 下棋吧,有忧下棋解。"我想了想,说:"我实在对棋不感兴趣。我们队倒有个人,据说下得不错。"他把烟屁股使劲儿扔出门外,眼睛又放出光来:"真的? 有下棋的? 嘿,我真还来对了。他在哪儿?"我说:"还没下班呢。看你急的,你不是来看我的吗?"他双手抱着脖子仰在我的被子上,看着自己松松的肚皮,说:"我这半年,就找不到下棋的。后来想,天下异人多得很,这野林子里我就不信找不到个下棋下得好的。现在我请了事假,一路找人下棋,就找到你这儿来了。"我说:"你不挣钱了? 怎么活着呢?"他说:"你不知道,我妹妹在城里分了工矿,挣钱啦,我也就不用给家寄那么多钱了。我就想,趁这工夫儿,会会棋手。怎么样? 你一会儿把你说的那人找来下一盘?"我说当然,心里一动,就又问他:"你家里到底是怎么个情况呢?"他叹了一口气,望着屋顶,很久才说:"穷。困难啊! 我们家三口儿人,母亲死了,只有父亲、妹妹和我。我父亲嘛,挣得少,按平均生活费的说法儿,我们一人才不到十块。我母亲死后,父亲就喝酒,而且越喝越多,手里有俩钱儿就喝,就骂人。邻居劝,他不是不听,就是一把鼻涕一把泪,弄得人家也挺难过。我有一回跟我父亲说,'你不喝就不行? 有什么好处呢?'他说,'你不知道酒是什么玩意儿,它是老爷们儿的觉啊! 咱们这日子挺不易,你妈去了,你们又小。我烦哪,我没文化,这把年纪,一辈子这点子钱算是到头儿了。你妈死的时候,嘱咐了,怎么着也要供你念初中再挣钱。你们让我喝口酒,啊? 对老人有什么过不去的,下辈子算吧。'"他看了看我,又说:"不瞒你说,我母亲解放前是窑子里的。后来大概是有人看上了,做了人家的小,也算从良。有烟吗?"我扔过一根烟给他,他点上了,把烟头儿吹得红红的,两眼不错眼珠儿地盯着,许久才说:"后来,我妈又跟人跑了。据说买她的那家欺负她,当老妈子不说,还打。后来跟的这个是什么人,我不知道,我只知道我是我妈跟这个人生的,刚一解放,我妈跟的那个人就不见了。当时我妈怀着我,吃穿无着,就跟了我现在这个父亲。我这个后爹是卖力气的,可临到解放的时候儿,身子骨儿不行了,又没文化,钱就挣得少。和我妈过了以后,原指着相帮着好一点儿,可没想到添了我妹妹后,我妈一天不如一天。那时候我才上小学,脑筋好,老师都喜欢我。可学校春游、看电影我都不去,给家里省一点儿是一点儿。我妈怕委屈了我,拖累着个身子,到处找活。有一回,我和我母亲给印刷厂叠书页子,是一本讲象棋的书。叠好了,我妈还没送去,我就一篇一篇对着看。不承想,就看出点儿意思来。于是有空儿就到街上看人家下棋。看了有些日子,就手痒痒,没敢跟家里要钱,自己用硬纸剪了一副棋,拿到学校去下。下着下着就熟了。于是又到街上和别人下。原先我看人家下得挺好,可我这一跟他们真下,还就赢了。一家伙就下了一晚上,饭也没吃。我妈找了来,把我打回去。唉,我妈身子弱,都打不疼我。到了家,她竟给我跪下了,说,'小祖宗,我就指望你了! 你若不好好儿念书,妈就死在这儿。'我一听这话吓坏了,忙说,'妈,我没不好好儿念书。您起来,我不下棋了。'我把我妈扶起来坐着。那天晚上,我跟我妈叠页子,叠着叠着,就走了神儿,想着一路棋。我妈叹一口气说,'你也是,看不上电影儿,也不去公园,就玩儿这么个棋。唉,下吧。可妈的话你得记着,不许玩儿疯了。功课要是落下了,我不饶你。我和你爹都不识字儿,可我们会问老师。老师若说你功课跟不上,你再说什么也不行。'我答应了。我怎么会把功课落下呢? 学校的算术,我跟玩儿似的。这以后,我放了学,先做功课,完了就下棋,吃完饭,就帮我妈干活儿,一直到睡觉。因为叠页子不用动脑筋,所以就在脑子里走棋,有的时候,魔怔了,会突然一拍书页,喊棋步,把家里人都吓一跳。"我说:"怨不得你棋下得这么好,小时候棋就都在你脑子里呢!"他苦笑笑说:"是呀,后来老师就让我去少年宫象棋组,说好好儿学,将来能拿大冠军呢! 可我妈说,'咱们不去什么象棋组,要学,就学有用的本事。下棋下得好,还当饭吃了? 有那点儿工夫,在学校多学点儿东西比什么不好? 你跟你们老师说,不去象棋组,要是你们老师还有没教你的本事,你就跟老师说,你教了我,将来有大用呢。啊? 专学下棋? 这以前都是有钱人干的! 妈以前见过这种人,那都有身分,他们不指着下棋吃饭。妈以前呆过的地方,也有女的会下棋,可要的钱也多。唉,你不知道,你不懂。下下玩儿可以,别专学,啊?'我跟老师说了,老师想了想,没说什么。后来老师买了一副棋送我,我拿给妈看,妈说,'唉,这是善心人哪! 可你记住,先说吃,再说下棋。等你挣了钱,养活家了,爱怎么下就怎么下,随你。'"我感叹了,说:"这下儿好了,你挣钱,你就能撒着欢儿地下了,你妈也就放心了。"王一生把脚搬上床,盘了坐,两只手互相捏着腕子,看着地下说:"我妈看不见我挣钱了。家里供我念到初一,我妈就死了。死之前,特别跟我说,'这一条街都说你棋下得好,妈信,可妈在棋上疼不了你。你在棋上怎么出息,到底不是饭碗。妈不能看你念完初中,跟你爹说了,怎么着困难,也要念完。高中,妈打听了,那是为上大学,咱们家用不着上大学,你爹也不行了,你妹妹还小,等你初中念完了就挣钱,家里就靠你了。妈要走了,一辈子也没给你留下什么,只捡人家的牙刷把,给你磨了一副棋。'说着,就叫我从枕头底下拿出一个小布包,打开一看,都是一小点儿大的子儿,磨得是光了又光,赛象牙,可上头没字儿。妈说,'我不识字,怕刻不对。你拿了去,自己刻吧,也算妈疼你好下棋。'我们家多困难,我没哭过,哭管什么呢? 可看着这副没字儿的棋,我绷不住了。"

我鼻子有些酸,就低了眼,叹道:"唉,当母亲的。"王一生不再说话,只是抽烟。

山上的人下来了,打到两条蛇。大家见了王一生,都很客气,问是几分场的,那边儿伙食怎么样。王一生答了,就过去摸一摸晾着的衣裤,还没有干。我让他先穿我的,他说吃饭要出汗,先光着吧。大家见他很随和,也就随便聊起来。我自然将王一生的棋道吹了一番,以示来者不凡。大家就都说让队里的高手"脚卵"来与王一生下。一个人跑去喊,不一刻,脚卵来了。脚卵是南方大城市的知识青年,个子非常高,又非常瘦。动作起来颇有些文气,衣服总要穿得整整齐齐,有时候走在山间小路上,看到这样一个高个儿纤尘不染,衣冠楚楚,真令人生疑。脚卵弯腰进来,很远就伸出手来要握,王一生糊涂了一下，马上明白了，也伸出手去，脸却红了。握过手，脚卵把双手捏在一起端在肚子前面，说："我叫倪斌，人儿倪，文武斌。因为腿长，大家叫我脚卵。卵是很粗俗的话，请不要介意，这里的人文化水平是很低的。贵姓？"王一生比倪斌矮下去两个头，就仰着头说："我姓王，叫王一生。"倪斌说："王一生？蛮好，蛮好，名字蛮好的。一生是哪两个字？"王一生一直仰着脖子，说："一二三的一，生活的生。"倪斌说："蛮好，蛮好。"就把长臂曲着往外一摆，说："请坐。听说你钻研象棋？蛮好，蛮好，象棋是很高级的文化。我父亲是下得很好的，有些名气，嗯，他们都知道。我会走一点点，很爱好，不过在这里没有对手。你请坐。"王一生坐回床上，很尴尬地笑着，不知说什么好。倪斌并不坐下，只把手虚放在胸前，微微向前侧了一下身子，说："对不起，我刚刚下班。还没有梳洗，你候一下好了，我马上就来。噢，问一下，乃父也是棋道里的人么？"王一生很快地摇头，刚要说什么，但只是喘了一口气。倪斌说："蛮好，蛮好。好，一会儿我再来。"我说："脚卵洗了澡，来吃蛇肉。"倪斌一边退出去，一边说："不必了，不必了。好的，好的。"大家笑起来，向外嚷："你到底来不来？什么'不必了，好的'！"倪斌在门外说："蛇肉当然是要吃的，一会儿下棋是要动脑筋的。"

大家笑着脚卵，关了门，三四个人精着屁股，上上下下地洗，互相开着身体的玩笑。王一生不知在想什么，坐在床里边，让开擦身的人。我一边将蛇头撕下来，一边对王一生说："别理脚卵，他就是这么神神道道的一个人。"有一个人对我说："你的这个朋友要是真有两下子，今天有一场好杀。脚卵的父亲在我们市里，真是很有名气哩。"另外的人："爹是爹，儿是儿，棋还遗传了？"王一生说："家传的棋，有厉害的。几代沉下的棋路，不可小看。一会儿下起来看吧。"说着就紧一紧手脸。我把蛇挂起来，将皮剥下，不洗，放在案板上，用竹刀把肉划开，并不切断，盘在一个大碗内，放进一个大锅里，锅底蓄上水，叫："洗完了没有？我可开门了！"大家慌忙穿上短裤。我到外边地上摆三块土坯，中间架起柴引着，就将锅放在土坯上，把猪吆喝远了，说："谁来看着？别叫猪拱了。开锅后十分钟端下来。"就进屋收拾茄子。

有人把脸盆洗干净，到伙房打了四五斤饭和一小盆清水茄子，捎回来一棵葱和两瓣野蒜、一小块姜，我说还缺盐，就又有人跑去拿来一块，捣碎在纸上放着。

脚卵远远地来了，手里抓着一个黑木盒子。我问："脚卵，可有酱油膏？"脚卵迟疑了一下，返身回去。我又大叫："有醋精拿点儿来！"

蛇肉到了时间，端进屋里，掀开锅，一大团蒸气冒出来，大家并不缩头，慢慢看清了，都叫一声好。两大条蛇肉亮晶晶地盘在碗里，粉粉地冒鲜气。我嗖地一下将碗端出来，吹吹手指，说："开始准备胃液吧！"王一生也挤过来看，问："整着怎么吃？"我说："蛇肉碰不得铁，碰铁就腥，所以不切，用筷子撕着蘸料吃。"我又将切好的茄块儿放进锅里蒸。

脚卵来了，用纸包了一小块儿酱油膏，又用一张小纸包了几颗白色的小粒儿，我问是什么，脚卵说："这是草酸，去污用的，不过可以代替醋。我没有醋精，酱油膏也没有了，就这一点点。"我说："凑合了。"脚卵把盒子放在床上，打开，原来是一副棋，乌木做的棋子，暗暗的发亮。字用刀刻出来，笔画很细，却是篆字，用金丝银丝嵌了，古色古香。棋盘是一幅绢，中间亦是篆字：楚河汉界。大家凑过去看，脚卵就很得意，说："这是古董，明朝的，很值钱。我来的时候，我父亲给我的。以前和你们下棋，用不到这么好的棋。今天王一生来嘛，我们好好下。"王一生大约从来没有见过这么精彩的棋具，很小心地摸，又紧一紧手脸。

我将酱油膏和草酸冲好水,把葱末、姜末和蒜末投进去,叫声:"吃起来!"大家就乒乒乓乓地盛饭,伸筷撕那蛇肉蘸料,刚入嘴嚼,纷纷嚷鲜。

我问王一生是不是有些像蟹肉,王一生一边儿嚼着,一边儿说:"我没吃过螃蟹,不知道。"脚卵伸过头去问:"你没吃过螃蟹?怎么会呢?"王一生也不答话,只顾吃。脚卵就放下碗筷,说:"年年中秋节,我父亲就约一些名人到家里来,吃螃蟹,下棋,品酒,作诗。都是些很高雅的人,诗做得很好的,还要互相写在扇子上。这些扇子过多少年也是很值钱的。"大家并不理会他,只顾吃。脚卵眼看蛇肉渐少,也急忙捏起筷子来,不再说什么。

不一刻,蛇肉吃完,只剩两副蛇骨在碗里。我又把蒸熟的茄块儿端上来,放少许蒜和盐拌了。再将锅里热水倒掉,续上新水,把蛇骨放进去熬汤。大家端一口气,接着伸筷,不一刻,茄子也吃净。我便把汤端上来,蛇骨已经煮散,在锅底刷拉刷拉地响。这里屋外常有一二处小丛的野茴香,我就拔来几棵,揪在汤里,立刻屋里异香扑鼻。大家这时饭已吃净,纷纷舀了汤在碗里,热热的小口呷,不似刚才紧张,话也多起来了。

脚卵抹一抹头发,说:"蛮好,蛮好的。"就拿出一支烟,先让了王一生,又自己叼了一支,烟包正待放回衣袋里,想了想,便放在小饭桌上,摆一摆手说:"今天吃的,都是山珍,海味是吃不到了。我家里常吃海味的,非常讲究。据我父亲讲,我爷爷在时,专雇一个老太婆,整天就是从燕窝里拨脏东西。燕窝这种东西,是海鸟叼来小鱼小虾,用口水粘起来的。所以里面各种脏东西多得很,要很细心地一点一点清理,一天也就能搞清一个,再用小火慢慢地蒸。每天吃一点,对身体非常好。"王一生听呆了,问:"一个人每天就专门是管做燕窝的?好家伙!自己买来鱼虾,熬在一起,不等于燕窝吗?"脚卵微微一笑,说:"要不怎么燕窝贵呢?第一,这燕窝长在海中峭壁上,要舍命去挖。第二,这海鸟的口水是很珍贵的东西,是温补的。因此,舍命,费工时,又是补品;能吃燕窝,也是说明家里有钱和有身分。"大家就说这燕窝一定非常好吃。脚卵又微微一笑,说:"我吃过的,很腥。"大家就感叹了,说费这么多钱,吃一口腥,太划不来。

天黑下来,早升在半空的月亮渐渐亮了。我点起油灯,立刻四壁都是人影子。脚卵就说:"王一生,我们下一盘?"王一生大概还没有从燕窝里醒过来,听见脚卵问,只微微点一点头。脚卵出去了。王一生奇怪了,问:"嗯?"大家笑而不答。一会儿,脚卵又来了,穿得笔挺,身后随来许多人,进屋都看看王一生。脚卵慢慢摆好棋,问:"你先走?"王一生说:"你吧。"大家就上上下下围了看。

走出十多步,王一生有些不安,但也只是暗暗捻一下手指。走过三十几步,王一生很快地说:"重摆吧。"大家奇怪,看看王一生,又看看脚卵,不知是谁赢。脚卵微微一笑,说:"一赢不算胜。"就伸手抽一颗烟点上。王一生没有表情,默默地把棋重新码好。两人又走。又走到十多步,脚卵半天不动,直到把一根烟吸完,又走了几步,脚卵慢慢地说:"再来一盘。"大家又奇怪是谁赢了,纷纷问。王一生很快地将棋码成一个方堆,看着脚卵问:"走盲棋?"脚卵沉吟了一下,点点头。两人就口述棋步。好几个人摸摸头,摸摸脖子,说下得好没意思,不知道谁是赢家,就有几个人离开走出去,把油灯带得一明一暗。

我觉出有点儿冷,就问王一生:"你不穿点我衣裳?"王一生没有理我。我感到没有意思,就坐在床里,看大家也是一会儿看看脚卵,一会儿看看王一生,像是瞧从来没见过的两个怪物。油灯下,王一生抱了双膝,锁骨后陷下两个深窝,盯着油灯,时不时拍一下身上的蚊虫。脚卵两条长腿抵在胸口，一只大手将整个儿脸遮了，另一只大手飞快地将指头捏来弄去。说了许久，脚卵放下手，很快地笑一笑，说："我乱了，记不得。"就又摆了棋再下。不久，脚卵抬起头，看着王一生说："天下是你的。"抽出一支烟给王一生，又说："你的棋是跟谁学的？"王一生也看着脚卵，说："跟天下人。"脚卵说："蛮好，蛮好，你的棋蛮好。"大家看出是谁赢了，都高兴得松动起来，盯着王一生看。

脚卵把手搓来搓去，说："我们这里没有会下棋的人，我的棋路生了。今天碰到你，蛮高兴的，我们做个朋友。"王一生说："将来有机会，一定见见你父亲。"脚卵很高兴，说："那好，好极了，有机会一定去见见他。我不过是玩玩棋。"停了一会儿，又说："你参加地区的比赛，没有问题。"王一生问："什么比赛？"脚卵说："咱们地区，要组织一个运动会，其中有棋类。地区管文教的书记我认得，他早年在我们市里，与我父亲认识。我到农场来，我父亲给他带过信，请他照顾。我找过他，他说我不如打篮球。我怎么会打篮球呢？那是很野蛮的运动，要伤身体的。这次运动会，他来信告诉我，让我争取参加农场的棋类队到地区比赛，赢了，调动自然好说。你棋下到这个地步，参加农场队，不成问题。你回你们场，去报名就可以了。将来总场选拔，肯定会有你。"王一生很高兴，起来把衣裳穿上，显得更瘦，大家又聊了很久。

将近午夜，大家都散去，只剩下宿舍里同住的四个人与王一生、脚卵。脚卵站起来，说："我去拿些东西来吃。"大家都很兴奋，等着他。一会儿，脚卵弯腰进来，把东西放在床上，摆出六颗巧克力，半袋麦乳精，纸包的一斤精白挂面。巧克力大家都一口咽了，来回舔着嘴唇。麦乳精冲成稀稀的六碗，喝得满屋喉咙响。王一生笑嘻嘻地说："世界上还有这种东西？苦甜苦甜的。"我又把火升起来，开了锅，把面下了，说："可惜没有调料。"脚卵说："我还有酱油膏。"我说："你不是只有一小块儿了吗？"脚卵不好意思地说："咳，今天不容易，王一生来了，我再贡献一些。"就又拿了来。

大家吃了，纷纷点起烟，打着哈欠，说没想到脚卵还有如许存货，藏得倒严实，脚卵急忙申辩这是剩下的全部了。大家吵着要去翻，王一生说："不要闹，人家的是人家的，从来农场存到现在，说明人家会过日子。倪斌，你说，这比赛什么时候开始呢？"脚卵说："起码还有半年。"王一生不再说话。我说："好了，休息吧。王一生，你和我睡在我的床上。脚卵，明天再聊。"大家就起身收拾床铺，放蚊帐。我和王一生送脚卵到门口，看他高高的个子在青白的月光下远远去了。王一生叹一口气，说："倪斌是个好人。"

王一生又呆了一天，第三天早上，执意要走。脚卵穿了破衣服，捎着锄来送。两人握了手，倪斌说："后会有期。"大家远远在山坡上招手。我送王一生出了山沟，王一生拦住，说，"回去吧。"我嘱咐他，到了别的分场，有什么困难，托人来告诉我，若回来路过，再来玩儿。王一生整了整书包带儿，就急急地顺公路走了，脚下扬起细土，衣裳晃来晃去，裤管儿前后荡着，像是没有屁股。

三

这以后，大家没事儿，常提起王一生，津津有味儿地回忆王一生光膀子大战脚卵。我说了王一生如何如何不容易，脚卵说："我父亲说过的，'寒门出高士'。据我父亲讲，我们祖上是元朝的倪云林。倪祖很爱干净，开始的时候，家里有钱，当然是讲究的。后来兵荒马乱，道义败了，倪祖就卖了家产，到处走，常在荒村野店投宿，很遇到一些高士。后来与一个会下棋的村野之人相识，学得一手好棋。现在大家只晓得倪云林是元四家里的一个，诗书画绝佳，却不晓得倪云林还会下棋。倪祖后来信佛参禅,将棋炼进禅宗,自成一路。这棋只我们这一宗传下来。王一生赢了我,不晓得他是什么路,总归是高手了。"大家都不知道倪云林是什么人,只听脚卵神吹,将信将疑,可也认定脚卵的棋有些来路,王一生既赢了脚卵,当然更了不起。这里的知青在城里都是平民出身,多是寒苦的,自然更看重王一生。

将近半年,王一生不再露面。只是这里那里传来消息,说有个叫王一生的,外号棋呆子,在某处与某某下棋,赢了某某。大家也很高兴,即使有输的消息,都一致否认,说王一生怎么会输呢?我给王一生所在的分场队里写了信,也不见回音,大家就催我去一趟。我因为这样那样的事,加上农场知青常常斗殴,又输进火药枪互相射击,路途险恶,终于没有去。

一天脚卵在山上对我说,他已经报名参加棋类比赛了,过两天就去总场,问王一生可有消息?我说没有。大家就说王一生肯定会到总场比赛,相约一起请假去总场看看。

过了两天,队里的活儿稀松,大家就纷纷找了各种借口请假到总场,盼着能见着王一生。我也请了假出来。

总场就在地区所在地,大家走了两天才到。这个地区虽是省以下的行政单位,却只有交叉的两条街,沿街有一些商店,货架上不是空的,即是"展品概不出售"。可是大家仍然很兴奋,觉得到了繁华地界,就沿街一个馆子一个馆子地吃,都先只叫净肉,一盘一盘地吞下去,拍拍肚子出来,觉得日光晃眼,竟有些肉醉,就找了一处草地,躺下来抽烟,又纷纷昏睡过去。

醒来后,大家又回到街上细细吃了一些面食,然后到总场去。

一行人高高兴兴到了总场,找到文体干事,问可有一个叫王一生的来报到。干事翻了半天花名册,说没有。大家不信,拿过花名册来七手八脚地找,真的没有,就问干事是不是搞漏掉了。干事说花名册是按各分场报上来的名字编的,都已分好号码,编好组,只等明天开赛。大家你望望我,我望望你,搞不清是怎么回事。我说:"找脚卵去。"脚卵在运动员们住下的草棚里,见了他,大家就问。脚卵说:"我也奇怪呢。这里乱糟糟的,我的号是棋类,可把我分到球类组来住,让我今晚就参加总场联队训练,说了半天也不行,还说主要靠我进球得分。"大家笑起来,说:"管他赛什么,你们的伙食差不了。可王一生没来太可惜了。"

直到比赛开始,也没有见王一生的影子。问了他们分场来的人,都说很久没见王一生了。大家有些慌,又没办法,只好去看脚卵赛篮球。脚卵痛苦不堪,规矩一点儿不懂,球也抓不住,投出去总是三不沾,抢得猛一些,他就抽身出来,瞪着大眼看别人争。文体干事急得抓耳挠腮,大家又笑得前仰后合。每场下来,脚卵总是嚷野蛮,埋怨脏。

赛了两天,决出总场各类运动代表队,到地区参加地区决赛。大家看看王一生还没有影子,就都相约要回去了。脚卵要留在地区文教书记家再待一两天,就送我们走一段。快到街口,忽然有人一指:"那不是王一生?"大家顺着方向一看,真是他。王一生在街另一面急急地走来,没有看见我们。我们一齐大叫,他猛地站住,看见我们,就横过街向我们跑来。到了跟前,大家纷纷问他怎么不来参加比赛?王一生很着急的样子,说:"这半年我总请事假出来下棋,等我知道报名赶回去,分场说我表现不好,不准我出来参加比赛,连名都没报上。我刚找了由头儿,跑上来看看赛得怎么样。怎么样?赛得怎么样?"大家一迭声儿说早赛完了,现在是参加与各县代表的比赛,夺地区冠军。王一生愣了半晌,说:"也好,夺地区冠军必是各县高手,看看也不赖。"我说:"你还没吃东西吧?走,街上随便吃点儿什么去。"脚卵与王一生握过手,也惋惜不已。大家就又拥到一家小馆儿,买了一些饭菜,边吃边叹息。王一生说:"我是要看看地区的象棋大赛。你们怎么样? 要回去了吗?"大家都说出来的时间太长,要回去。我说:"我再陪你一两天吧。脚卵也在这里。"于是又有两三个人也说留下来再要一要。

脚卵就领留下的人去文教书记家,说是看看王一生还有没有参加比赛的可能。走不多久,就到了。只见一扇小铁门紧闭着,进去就有人问找谁,见了脚卵,不再说什么,只让等一下。一会儿叫进了,大家一起先进一幢大房子,只见窗台上摆了一溜儿花草,伺候得很滋润。大大的一面墙上只一幅毛主席诗词的挂轴儿,绫子黄黄的很浅。屋内只摆几把藤椅,茶几上放着几张大报与油印的简报。不一会儿,书记出来,胖胖的,很快地与每个人握手,又叫人把简报收走,就请大家坐下来。大家没见过管着几个县的人的家,头都转来转去地看。书记呆了一下,就问:"都是倪斌的同学吗?"大家纷纷回过头看书记,不知该谁回答。脚卵欠一欠身,说:"都是我们队上的。这一位就是王一生。"说着用手掌向王一生一倾。书记看着王一生说:"噢,你就是王一生? 好。这两天,倪斌常提到你。怎么样,选到地区来赛了吗?"王一生正想答话,倪斌马上就说:"王一生这次有些事耽误了,没有报上名。现在事情办完了,看看还能不能参加地区比赛。您看呢?"书记用胖手在扶手上轻轻拍了两下,又轻轻用中指很慢地擦着鼻沟儿,说:"啊,是这样。不好办。你没有取得县一级的资格,不好办。听说你很有天才,可是没有取得资格去参加比赛,下面要说话的,啊?"王一生低了头,说:"我也不是要参加比赛,只是来看看。"书记说:"那是可以的,那欢迎。倪斌,你去桌上,左边的那个桌子,上面有一份打印的比赛日程。你拿来看看,象棋类是怎么安排的。"倪斌早一步跨进里屋,马上把材料拿出来,看了一下,说:"要赛三天呢!"就递给书记。书记也不看,把它放在茶几上,掸一掸手,说:"是啊,几个县嘛。啊? 还有什么问题吗?"大家都站起来,说走了。书记与离他近的人很快地握了手,说:"倪斌,你晚上来,嗯?"倪斌欠欠身说好的,就和大家一起出来。大家到了街上,舒了一口气,说笑起来。

大家漫无目的地在街上走,讲起来还要在这里呆三天,恐怕身上的钱支持不住。王一生说他可以找到睡觉的地方,人多一点恐怕还是有办法,这样就能不去住店,省下不少钱。倪斌不好意思地说他可以住在书记家。于是大家一起随王一生去找住的地方。

原来王一生已经来过几次地区,认识了一个文化馆画画儿的,于是便带了我们投奔这位画家。到了文化馆,一进去,就听见远远有唱的,有拉的,有吹的,便猜是宣传队在演练,只见三四个女的,穿着蓝线衣裤,胸撅得不能再高,一扭一扭地走过来,近了,并不让路,直脖直脸地过去。我们赶紧闪在一边儿,都有点儿脸红。倪斌低低地说:"这几位是地区的名角。在小地方,有她们这样的功夫,蛮不容易的。"大家就又回过头去看名角。

画家住在一个小角落里,门口鸡鸭转来转去,沿墙摆了一溜儿各类杂物,草就在杂物中间长出来。门又被许多晒着的衣裤布单遮住。王一生领我们从衣裤中弯腰过去,叫那画家。马上就乒乒乓乓出来一个人,见了王一生,说:"来了? 都进来吧。"画家只是一间小屋,里面一张小木床,到处是书、杂志、颜色和纸笔。墙上钉满了画的画儿。大家顺序进去,画家就把东西挪来挪去腾地方,大家挤着坐下,不敢再动。画家又迈过大家出去,一会儿提来一个暖瓶,给大家倒水。大家传着各式的缸子、碗,都有了,捧着喝。画家也坐下来,问王一生:"参加运动会了吗?"王一生叹着将事情讲了一遍。画家说:"只好这样了,要待几天呢?"王一生就说:"正是为这事来找你。这些都是我的朋友。你看能不能找个地方,大家挤一挤睡?"画家沉吟半晌,说:"你每次来,在我这里挤还凑合。这么多人,嗯——让我看看。"他忽然眼里放出光来,说:"文化馆有个礼堂,舞台倒是很大。今天晚上为运动会的人演出,演出之后,你们就在舞台上睡,怎么样?今天我还可以带你们进去看演出。电工与我很熟的,跟他说一声,进去睡没问题。只不过脏一些。"大家都纷纷说再好不过了。脚卵放下心的样子,小心地站起来,说:"那好,诸位,我先走一步。"大家要站起来送,却谁也站不起来。脚卵按住大家,连说不必了,一脚就迈出屋外。画家说:"好大的个子!是打球的吧?"大家笑起来,讲了脚卵的笑话。画家听了,说:"是啊,你们也都够脏的。走,去洗洗澡,我也去。"大家就一个一个顺序出去,还是碰得叮当乱响。

原来这地区所在地,有一条江远远流过。大家走了许久,方才到了。江面不甚宽阔,水却很急,近岸的地方,有一些小洼儿。四处无人,大家脱了衣裤,都很认真地洗,将画家带来的一块肥皂用完。又把衣裤泡了,在石头上抽打,拧干后铺在石头上晒,除了游水的,其余便纷纷趴在岸上晒。画家早就洗完,坐在一边儿,掏出个本子在画。我发觉了,过去站在他身后看。原来他在画我们几个人的裸体速写。经他这一画,我倒发现我们这些每日在山上苦的人,却矫健异常,不禁赞叹起来。大家又围过来看,屁股白白的晃来晃去。画家说:"干活儿的人,肌肉线条极有特点,又很分明,虽然各部分发展可能不太平衡,可真的人体,常常是这样,变化万端,我以前在学院画人体,女人体居多,太往标准处靠,男人体也常静在那里,感觉不出肌肉滚动,越画越死。今天真是个难得的机会。"有人说羞处不好看,画家就在纸上用笔把说的人的羞处涂成一个疙瘩,大家就都笑起来。衣裤干了,纷纷穿上。

这时已近傍晚,太阳垂在两山之间,江面上便金子一般滚动,岸边石头也如热铁般红起来。有鸟儿在水面上掠来掠去,叫声传得很远。对岸有人在拖长声音吼山歌,却不见影子,只觉声音慢慢小了。大家都凝了神看。许久,王一生长叹一声,却不说什么。

大家又都往回走,在街上拉了画家一起吃些东西,画家倒好酒量。天黑了,画家领我们到礼堂后台入口,与一个人点头说了,招呼大家悄悄进去,缩在边幕上看。时间到了,幕并不开,说是书记还未来。演员们都化了妆,在后台走来走去,抻一抻手脚,互相取笑着。忽然外面响动起来,我拨了幕布一看,只见书记缓缓进来,在前排坐下,周围空着,后面黑压压一礼堂人。于是开演,演出甚为激烈,尘土四起。演员们在台上泪光闪闪,退下来一过边幕,就喜笑颜开,连说怎么怎么错了。王一生倒很入戏,脸上时阴时晴,嘴一直张着,全没有在棋盘前的镇静。戏一结束,王一生一个人在边幕拍起手来,我连忙止住他,向台下望去,书记不知什么时候已经走了,前两排仍然空着。

大家出来,摸黑拐到画家家里,脚卵已在屋里,见我们来了,就与画家出来和大家在外面站着,画家说:"王一生,你可以参加比赛了。"王一生问:"怎么回事儿?"脚卵说,晚上他在书记家里,书记跟他叙起家常,说十几年前常去他家,见过不少字画儿,不知运动起来,损失了没有?脚卵说还有一些,书记就不说话了。过了一会儿书记又说,脚卵的调动大约不成问题,到地区文教部门找个位置,跟下面打个招呼,办起来也快,让脚卵写信回家讲一讲。于是又谈起字画古董,说大家现在都不知道这些东西的价值,书记自己倒是常在心里想着。脚卵就说,他写信给家里,看能不能送书记一两幅,既然书记帮了这么大忙,感谢是应该的。又说,自己在队里有一副明朝的乌木棋,极是考究,书记若是还看得上,下次带上来。书记很高兴,连说带上来看看。又说你的朋友王一生,他倒可以和下面的人说一说,一个地区的比赛,不必那么严格,举贤不避私嘛。就挂了电话,电话里回答说,没有问题,请书记放心,叫王一生明天就参加比赛。

大家听了,都很高兴,称赞脚卵路道粗。王一生却没说话。脚卵走后,画家带了大家找到电工,开了礼堂后门,悄悄进去。电工说天凉了,问要不要把幕布放下来垫盖着?大家都说好,就七手八脚爬上去摘下幕布铺在台上。一个人走到台边,对着空空的座位一敬礼,尖着嗓子学报幕员,说:"下一个节目——睡觉。现在开始。"大家悄悄地笑,纷纷钻进幕布躺下了。

躺下许久,我发觉王一生还没有睡着,就说:"睡吧,明天要参加比赛呢!"王一生在黑暗里说:"我不赛了,没意思。倪斌是好心,可我不想赛了。"我说:"咳,管它!你能赛棋,脚卵能调上来,一副棋算什么?"王一生说:"那是他父亲的棋呀!东西好坏不说,是个信物。我妈留给我的那副无字棋,我一直性命一样存着,现在生活好了,妈的话,我也忘不了。倪斌怎么就可以送人呢?"我说:"脚卵家里有钱,一副棋算什么呢?他家里知道儿子活得好一些了,棋是舍得的。"王一生说:"我反正是不赛了,被人作了交易,倒像是我占了便宜。我下得赢下不赢是我自己的事,这样赛,被人戳脊梁骨。"不知是谁也没睡着,大约都听见了,咕噜一声:"呆子。"

四

第二天一早儿,大家满身是土地起来,找水擦了擦,又约画家到街上去吃。画家执意不肯,正说着,脚卵来了,很高兴的样子。王一生对他说:"我不参加这个比赛。"大家呆了,脚卵问:"蛮好的,怎么不赛了呢?省里还下来人视察呢!"王一生说:"不赛就不赛了。我说了说,脚卵叹道:"书记是个文化人,蛮喜欢这些的。棋虽然是家里传下的,可我实在受不了农场这个罪,我只想有个干净的地方住一住,不要每天脏兮兮的。棋不能当饭吃的,用它通一些关节,还是值的。家里也不很景气,不会怪我。"画家把双臂抱在胸前,抬起一只手摸了摸脸,看着天说:"倪斌,不能怪你。你没有什么了不得的要求。我这两年,也常常犯糊涂,生活太具体了。幸亏我还会画画儿。何以解忧?唯有——唉。"王一生很惊奇地看着画家,慢慢转了脸对脚卵说:"倪斌,谢谢你。这次比赛决出高手,我登门去与他们下。我不参加这次比赛了。"脚卵忽然很兴奋,攥起大手一顿,说:"这样,这样!我呢,去跟书记说一下,组织一个友谊赛。你要是赢了这次的冠军,无疑是真正的冠军。输了呢,也不太失身分。"王一生呆了呆:"千万不要跟什么书记说,我自己找他们下。要下,就与前三名都下。"

大家也不好再说什么,就去看各种比赛,倒也热闹,王一生只钻在棋类场地外面,看各局的明棋。第三天,决出前三名。之后是发奖,又是演出,会场乱哄哄的,也听不清谁得的是什么奖。

脚卵让我们在会场等着,过了不久,就领来两个人,都是制服打扮。脚卵作了介绍,原来是象棋比赛的第二、三名。脚卵说:"这就是王一生,棋蛮厉害的,想与你们两位高手下一下,大家也是一个互相学习的机会。"两个人看了看王一生,问:"那怎么不参加比赛?我们在这里呆了许多天,要回去了。"王一生说:"我不耽误你们,与你们两人同时下。"两人互相看了看,忽然悟到,说:"盲棋?"王一生点一点头,两人立刻变了态度,笑着说:"我们没下过盲棋。"王一生说:"不要紧,你们看着明棋下。来,咱们找个地方儿。"话不知怎么就传了出去,立刻嚷动了,全场上各县的人都说有一个农场的小子没有赛着,不服气,要同时与亚、季军比试。百十个人把我们围了起来,挤来挤去地看,大家觉得有了责任,便站在王一生身边儿。王一生倒低了头,对两个人说:"走吧,走吧,太扎眼。"有一个人挤了进来,说:"哪个要下棋?就是你吗?我们大爷这次是冠军,听说你不服气,我来请你。"王一生慢慢地说:"不必。你大爷要是肯下,我和你们三人同下。"众人都轰动了,拥着往棋场走去。到了街上,百十人走成一片。行人见了,纷纷问怎么回事,可是知青打架?待明白了,就都跟着走。走过半条街,竟有上千人跟着跑来跑去。商店里的店员和顾客也都站出来张望。长途车路过这里开不过,乘客们纷纷探出头来,只见一街人头攒动,尘土飞起多高,轰轰的,乱纸踏得嚓嚓响。一个傻子呆呆地在街中心,咿咿呀呀地唱,有人发了善心,把他拖开,傻子就依了墙根儿唱。四五条狗窜来窜去,觉得是它们在引路打狼,汪汪叫着。

到了棋场,竟有数千人围住,土扬在半空,许久落不下来。棋场的标语标志早已摘除,出来一个人,见这么多人,脸都白了。脚卵上去与他交涉,他很快地看着众人,连连点头儿,半天才明白是借场子用,急忙打开门,连说"可以可以",见众人都要进去,就急了。我们几个,马上到门口守住,放进脚卵、王一生和两个得了荣誉的人。这时有一个人走出来,对我们说:"高手既然和三个人下,多我一个也不怕,我也算一个。"众人又嚷动了,又有人报名。我不知怎么办好,只得进去告诉王一生。王一生咬一咬嘴说:"你们两个怎么样?"那两个人赶紧站起来,连说可以。我出去统计了,连冠军在内,对手共是十人。脚卵说:"十不吉利的,九个人好了。"于是就九个人。冠军总不见来,有人来报,既是下盲棋,冠军只在家里,命人传棋。王一生想了想,说好吧。九个人就关在场里,墙外一副明棋不够用,于是有人拿来八张整开白纸,很快地画了格儿。又有人用硬纸剪了百十个方棋子儿,用红黑颜色写了,背后粘上细绳,挂在棋格儿的钉子上,风一吹,轻轻地晃成一片,街上人们也喊成一片。

人是越来越多。后来的人拼命往前挤,挤不进去,就抓住人打听,以为是杀人的告示。妇女们也抱着孩子们,远远围成一片。又有许多人支了自行车,站在后架上伸脖子看,人群一挤,连着倒,喊成一团。半大的孩子们钻来钻去,被大人们用腿拱出去。数千人闹闹嚷嚷,街上像半空响着闷雷。

王一生坐在场当中一个靠背椅上,把手放在两条腿上,眼睛虚望着,一头一脸都是土,像是被传讯的歹人。我不禁笑起来,过去给他拍一拍土。他按住我的手,我觉出他有些抖。王一生低低地说:"事情闹大了。你们几个朋友看好,一有动静,一起跑。"我说:"不会。只要你赢了,什么都好办。争口气,怎么样?有把握吗?九个人哪!头三名都在这里!"王一生沉吟了一下,说:"怕江湖的不怕朝廷的,参加过比赛的人的棋路我都看了,就不知道其他六个人会不会冒出冤家。书包你拿着,不管怎么样,书包不能丢。书包里有……"王一生看了看我,"我妈的无字棋。"他的瘦脸上又干又脏,鼻沟儿也黑了,头发立着,喉咙一动一动的,两眼黑得吓人。我知道他拼了,心里有些酸,只说:"保重!"就离了他。他一个人空空地在场中央,谁也不看,静静的像一块铁。

棋开始了。上千人不再出声儿。只有自愿服务的人一会儿紧一会儿慢地用话传出棋步,外边儿自愿服务的人就变动着棋子儿。风吹得八张大纸哗哗地响,棋子儿荡来荡去。太阳斜斜地照在一切上,烧得耀眼。前几十排的人都坐下了,仰起来看,后面的人也挤得紧紧的,一个个土眉土眼,头发长长短短吹得飘,再没人动一下,似乎都要把命放在棋里搏。

我心里忽然有一种很古的东西涌上来,喉咙紧紧地往上走。读过的书,有的近了,有的远了,模糊了。平时十分佩服的项羽、刘邦都在目瞪口呆,倒是尸横遍野的那些黑脸士兵,从地下爬起来,哑了喉咙,慢慢移动。一个樵夫,提了斧在野唱。忽然又仿佛见了呆子的母亲,用一双弱手一张一张地折书页。

我不由伸手到王一生的书包里去掏摸,捏到一个小布包儿,拽出来一看,是个旧蓝斜纹布的小口袋,上面用线绣了一只蝙蝠。布的四边儿都用线做了圈口,针脚很是细密。取出一个棋子,确实很小,在太阳底下竟是半透明的,像是一只眼睛,正柔和地瞧着。我把它攥在手里。

太阳终于落下去,立刻爽快了。人们仍在看着,但议论起来。里边儿传出一句王一生的棋步,外边儿的就嚷动一下。专有几个人骑车为在家的冠军传送着棋步,大家就不太客气,笑话起来。

我又进去,看见脚卵很高兴的样子,心里就松开一些,问:"怎么样?我不懂棋。"脚卵抹一抹头发,说:"蛮好,蛮好。这种阵势,我从来也没见过,你想想看,九个人与他一个人下,九局连环!车轮大战!我要写信给我的父亲,把这次的棋谱都寄给他。"这时有两个人从各自的棋盘前站起来,朝着王一生一鞠躬,说:"甘拜下风。"就捏着手出去了。王一生点点头儿,看了他们的位置一眼。

王一生的姿势没有变,仍旧是双手扶膝,眼平视着,像是望着极远极远的远处,又像是盯着极近极近的近处,瘦瘦的肩挑着宽大的衣服,土没拍干净,东一块儿,西一块儿。喉结许久才动一下。我第一次承认象棋也是运动,而且是马拉松,是多一倍的马拉松!我在学校时,参加过长跑,开始后的五百米,确实极累,但过了一个限度,就像不是在用脑子跑,而像一架无人驾驶的飞机,又像是一架到了高度的滑翔机,只管滑翔下去。可这象棋,始终是处在一种机敏的运动之中,兜捕对手,逼向死角,不能疏忽。我忽然担心起王一生的身体来。这几天,大家因为钱紧,不敢怎么吃,晚上睡得又晚,谁也没想到会有这么一个场面。看着王一生稳稳地坐在那里,我又替他赌一口气:死顶吧!我们在山上扛木料,两个人一根,不管路不是路,沟不是沟,也得咬牙,死活不能放手。谁若是顶不住软了,自己伤了不说,另一个也得被木头震得吐血。可这回是王一生一个人过沟过坎儿,我们帮不上忙。我找了点儿凉水来,悄悄走近他,在他眼前一挡,他抖了一下,眼睛刀子似的看了我一下,一会儿才认出是我,就干干地笑了一下。我指指水碗,他接过去,正要喝,一个局号报了棋步。他把碗高高地平端着,水纹丝儿不动。他看着碗边儿,回报了棋步,就把碗缓缓凑到嘴边儿。这时下一个局号又报了棋步,他把嘴定在碗边儿,半响,回报了棋步,才咽一口水下去,"咕"的一声儿,声音大得可怕,眼里有了泪花。他把碗递过来,眼睛望望我,有一种说不出的东西在里面游动,嘴角儿缓缓流下一滴水,把下巴和脖子上的土冲开一道沟儿。我又把碗递过去,他竖起手掌止住我,回到他的世界里去了。

我出来,天已黑了。有山民打着松枝火把,有人用手电照着,黄乎乎的,一团明亮。大约是地区的各种单位下班了,人更多了,狗也在人前蹲着,看人挂动棋子,眼神凄凄的,像是在担忧。几个同来的队上知青,各被人围了打听。不一会儿,"王一生"、"棋呆子"、"是个知青"、"棋是道家的棋",就在人们嘴上传。我有些发噱,本想到人群里说说,但又止住了,随人们传吧,我开始高兴起来。这时墙上只有三局在下了。

忽然人群发一声喊。我回头一看,原来只剩了一盘,恰是与冠军的那一盘,盘上只有不多几个子儿。王一生的黑子儿远远近近地峙在对方棋营格里,后方老帅稳稳地呆着,尚有一"士"伴着,好像帝王与近侍在聊天儿,等着前方将士得胜回朝;又似乎隐隐看见有人在伺候酒宴,点起尺把长的红蜡烛,有人在悄悄地调整管弦,单等有人跪奏捷报,鼓乐齐鸣。我的肚子拖长了音儿在响,脚下觉得软了,就拣个地方坐下,仰头看最后的围猎,生怕有什么差池。

红子儿半天不动,大家不耐烦了,纷纷看骑车的人来没来,嗡嗡地响成一片。忽然人群乱起来,纷纷闪开。只见一老者,精光头皮,由旁人搀着,慢慢走出来,嘴嚼动着,上上下下看着八张定局残子。众人纷纷传着,这就是本届地区冠军,是这个山区的一个世家后人,这次"出山"玩玩儿棋,不想就夺了头把交椅，评了这次比赛的大势，直叹棋道不兴。老者看完了棋，轻轻抻一抻衣衫，跺一跺土，昂了头，由人搀进棋场。众人都一拥而起。我急忙抢进了大门，跟在后面。只见老者进了大门，立定，往前看去。

王一生孤身一人坐在大屋子中央，瞪眼看着我们，双手支在膝上，铁铸一个细树桩，似无所见，似无所闻。高高的一盏电灯，暗暗地照在他脸上，眼睛深陷进去，黑黑的似俯视大千世界，茫茫宇宙。那生命像聚在一头乱发中，久久不散，又慢慢弥漫开来，灼得人脸热。

众人都呆了，都不说话。外面传了半天，眼前却是一个瘦小黑魂，静静地坐着，众人都不禁吸了一口凉气。

半响，老者咳嗽一下，底气很足，十分洪亮，在屋里荡来荡去。王一生忽然目光短了，发觉了众人，轻轻地挣了一下，却动不了。老者推开搀的人，向前迈了几步，立定，双手合在腹前摩挲了一下，朗声叫道："后生，老朽身有不便，不能亲赴沙场。使人传棋，实出无奈。你小小年纪，就有这般棋道，我看了，汇道禅于一炉，神机妙算，先声有势，后发制人，遣龙治水，气贯阴阳，古今儒将，不过如此。老朽有幸与你接手，感触不少，中华棋道，毕竟不颓，愿与你做个忘年之交。老朽这盘棋下到这里，权做赏玩，不知你可愿意平手言和，给老朽一点面子？"

王一生再挣了一下，仍起不来。我和脚卵急忙过去，托住他的腋下，提他起来。他的腿仍然是坐着的样子，直不了，半空悬着。我感到手里好像只有几斤的分量，就示意脚卵把王一生放下，用手去揉他的双腿。大家都拥过来，老者摇头叹息着。脚卵用大手在王一生身上、脸上、脖子上缓缓地用力揉。半响，王一生的身子软下来，靠在我们手上，喉咙嘶嘶地响着，慢慢把嘴张开，又合上，再张开，"啊啊"着。很久，才呜呜地说："和了吧。"

老者很感动的样子，说："今晚你是不是就在我那儿歇了？养息两天，我们谈谈棋？"王一生摇摇头，轻轻地说："不了，我还有朋友。大家一起出来的，还是大家在一起吧。我们到、到文化馆去，那里有个朋友。"画家就在人群里喊："走吧，到我那里去，我已经买好了吃的，你们几个一起去。真不容易啊。"大家慢慢拥我们出来，火把一圈儿照着。山民和地区的人层层围了，争睹棋王风采，又都点头儿叹息。

我搀了王一生慢慢走，光亮一直随着。进了文化馆，到了画家的屋子，虽然有人帮着劝散，窗上还是挤满了人，慌得画家急忙把一些画儿藏了。

人渐渐散了，王一生还有些木。我忽然觉出左手还攥着那个棋子，就张了手给王一生看。王一生呆呆地盯着，似乎不认得，可喉咙里就有了响声，猛然"哇"地一声儿吐出一些黏液，呜呜地说："妈，儿今天……妈——"大家都有些酸，扫了地下，打来水，劝了。王一生哭过，滞气调理过来，有了精神，就一起吃饭。画家竟喝得大醉，也不管大家，一个人倒在木床上睡去。电工领了我们，脚卵也跟着，一齐到礼堂台上去睡。

夜黑黑的，伸手不见五指。王一生已经睡死。我却还似乎耳边人声嚷动，眼前火把通明，山民们铁了脸，掮着柴火在林中走，咿咿呀呀地唱。我笑起来，想：不做俗人，哪儿会知道这般乐趣？家破人亡，平了头每日荷锄，却自有真人生在里面，识到了，即是幸，即是福。衣食是本，自有人类，就是每日在忙这个。可囿在其中，终于还不太像人。倦意渐渐上来，就拥了幕布，沉沉睡去。

导读

阿城(1949—　)，本名钟阿城，原籍四川江津，生于北京。主要作品有《棋王》《树王》《孩子王》等。《棋王》最初发表于《上海文学》1984 年第 7 期。

《棋王》讲述的是"文革"时一个普通知识青年王一生的故事。遭逢乱世的王一生沉落在社会的底层，其生活境遇就是一个字——"穷"。在这样的境遇中，王一生将自己的生存倾注于两件事——"吃饭"与"下棋"。通过王一生对"吃"的高度重视，表现了一种实际普通的生活态度，展示了他非凡的生命耐力。解决了生存的基本问题，他全部的精神享受就是下象棋。如痴如醉的迷棋，使他成为"棋呆子""棋神"，这种超功利的爱好使他获得快乐与自由，"何以解不痛快？唯有下象棋"。作品从简单原始的人生现象提炼出复杂深厚的文化意蕴，集道、禅、儒于一体，使古代的智慧和现实的承应会通。

王一生的身上凝聚着中国传统文化的精粹、大俗大雅的人格形象、怡然自得的生活态度、无为无所不为的人生之道，这一切都寄托着作者的人格理想。整个小说生命形式与艺术形式同构，返璞归真的日常化的平和叙说，沉静地、缓缓道出人生百态。语言简洁、饱满、节制而富有弹性。

我的遥远的清平湾

史铁生

北方的黄牛一般分为蒙古牛和华北牛。华北牛中要数秦川牛和南阳牛最好,个儿大,肩峰很高,劲儿足。华北牛和蒙古牛杂交的牛更漂亮,犄角向前弯去,顶架也厉害,而且皮实、好养。对北方的黄牛,我多少懂一点。这么说吧:现在要是有谁想买牛,我担保能给他挑头好的。看体形,看牙口,看精神儿,这谁都知道;光凭这些也许能挑到一头不坏的,可未必能挑到一头真正的好牛。关键是得看脾气,拿根鞭子,一甩,"嗖"的一声,好牛就会瞪圆了眼睛,左蹦右跳。这样的牛干起活来下死劲,走得欢。疲牛呢?听见鞭子响准是把腰往下一塌,闭一下眼睛。忍了。这样的牛,别要。

我插队的时候喂过两年牛,那是在陕北的一个小山村儿——清平湾。

我们那个地方虽然也还算是黄土高原,却只有黄土,见不到真正的平坦的塬地了。由于洪水年年吞噬,塬地总在塌方,顺着沟、渠、小河,流进了黄河。从洛川再往北,全是一座座黄的山峁或一道道黄的山梁,绵延不断。树很少,少到哪座山上有几棵什么树,老乡们都记得清清楚楚;只有打新窑或是做棺木的时候,才放倒一、两棵。碗口粗的柏树就稀罕得不得了。要是谁能做上一口薄柏木板的棺材,大伙儿就都佩服,方圆几十里内都会传开。

在山上拦牛的时候,我常想,要是那一座座黄土山都是谷堆、麦垛,山坡上的胡蒿和沟壑里的狼牙刺都是柏树林,就好了。和我一起拦牛的老汉总是"唏溜唏溜"地抽着旱烟,笑笑说:"那可就一股劲儿吃白馍馍了。老汉儿家、老婆儿家都睡一口好材。"

和我一起拦牛的老汉姓白。陕北话里,"白"发"破"的音,我们都管他叫"破老汉"。也许还因为他穷吧,英语中的"poor"就是"穷"的意思。或者还因为别的:那几颗零零碎碎的牙,那几根稀稀拉拉的胡子。尤其是他的嗓子——他爱唱,可嗓子像破锣。傍晚赶着牛回村的时候,最后一缕阳光照在崖畔上,红的。破老汉用镢头挑起一捆柴,扛着,一路走一路唱:"崖畔上开花崖畔上红,受苦人过得好光景……"声音拉得很长,虽不洪亮,但颤巍巍的,悠扬。碰巧了,崖顶上探出两个小脑瓜,竖着耳朵听一阵,跑了:可能是狐狸,也可能是野羊。不过,要想靠打猎为生可不行,野兽很少。我们那地方突出的特点是穷,穷山穷水,"好光景"永远是"受苦人"的一种盼望。天快黑的时候,进山寻野菜的孩子们也都回村了,大的拉着小的,小的扯着更小的,每人的臂弯里都挎着个小篮儿,装的苦菜、苋菜或者小蒜、蘑菇……孩子们跟在牛群后面,"叽叽嘎嘎"地吵,争抢着把牛粪撮回窑里去。

越是穷地方,农活也越重。春天播种;夏天收麦;秋天玉米、高粱、谷子都熟了,更忙;冬天打坝、修梯田,总不得闲。单说春种吧,往山上送粪全靠人挑。一担粪六七十斤,一早上得送四、五趟;挣两个工分,合六分钱。在北京,才够买两冰棍儿的。那地方当然没有冰棍儿,在山上干活渴急了,什么水都喝。天不亮,耕地的人们就扛着木犁、赶着牛上山了。太阳出来,已经耕完了几垧地。火红的太阳把牛和人的影子长长地印在山坡上,扶犁的后面跟着撒粪的,撒粪的后头跟着点籽的,点籽的后头是打土圪垃的,一行人慢慢地、有节奏地向前移动,随着那悠长的吆牛声。吆牛声有时疲惫、凄婉;有时又欢快、诙谐,引动一片笑声。那情景儿几乎使我忘记自己是生活在哪个世纪,默默地想着人类遥远而漫长的历史。人类好像就是这么走过来的。

清明节的时候我病倒了,腰腿疼得厉害。那时只以为是坐骨神经疼,或是腰肌劳损,没想到会发展到现在这么严重。陕北的清明前后爱刮风,天都是黄的。太阳白蒙蒙的。窑洞的窗纸被风沙打得"刷拉拉"响。我一个人躺在土炕上……

那天,队长端来了一碗白馍……

陕北的风俗,清明节家家都蒸白馍,再穷也要蒸几个。白馍被染得红红绿绿的,老乡管那叫"zi chui"。开始我们不知道是哪两个字,也不知道什么意思,跟着叫"紫锤"。后来才知道,是叫"子推",是为纪念春秋时期一个叫介子推的人的。破老汉说,那是个刚强的人,宁可被人烧死在山里,也不出去做官。我没有考证过,也不知史学家们对此作何评价。反正吃一顿白馍,清平湾的老老少少都很高兴。尤其是孩子们,头好几天就喊着要吃子推馍馍了。春秋距今两千多年了,陕北的文化很古老,就像黄河。譬如,陕北话中有好些很文的字眼:"喊"不说"喊",要说"呐喊";香菜,叫芫荽;"骗人"也不说"骗人",叫作"玄谎"……连最没文化的老婆儿也会用"酝酿"这词儿。开社员会时,黑压压坐了一窑人,小油灯冒着黑烟,四下里闪着烟袋锅的红光。支书念完了文件,喊一声:"不敢睡!大家讨论下一个!"人群中于是息了鼾声,不紧不慢地应着:"酝酿酝酿了再……"这"酝酿"二字使人想到那儿确是革命圣地,老乡们还记得当年的好作风。可在我们插队的那些年里,"酝酿"不过是一种习惯了的口头语罢了。乡亲们说"酝酿"的时候,心里也明白:球是不顶!可支书让发言,大伙总得有个说的;支书也是难,其实那些政策条文早已经定了。最后,支书再喊一声:"同意啊不?"大伙回答:"同意——"然后回窑睡觉。

那天,队长把一碗"子推"放在炕沿上,让我吃。他也坐在炕沿上,"吧嗒吧嗒"地抽烟。"子推"浮头用的是头两茬面,很白;里头都是黑面,麸子全磨了进去。队长看着我吃,不言语。临走时,他吹吹烟锅儿,说:"唉!'心儿'家不容易,离家远。""心儿"就是孩子的意思。

队里再开会时,队长提议让我喂牛。社员们都赞成。"年轻后生家,不敢让腰腿作下病,好好价把咱的牛喂上!"老老小小见了我都这么说。在那个地方,担粪、砍柴、挑水、清明磨豆腐、端午做凉粉、出麻油、打窑洞……全靠自己动手。腰腿可是劳动的本钱;唯一能够代替人力的牛简直是宝贝。老乡把喂牛这样的机要工作交给我,我心里很感动,嘴上却说不出什么。农民们不看嘴,看手。

我喂十头,破老汉喂十头,在同一个饲养场上。饲养场建在村子的最高处,一片平地,两排牛棚,三眼堆放草料的破石窑。清平河水整日价"哗哗啦啦"的,水很浅,在村前拐了一个弯,形成了一个水潭。河湾的一边是石崖,另一边是一片开阔的河滩。夏天,村里的孩子们光着屁股在河滩上折腾,往水潭里"扑通扑通"地跳,有时候捉到一只鳖,又笑又嚷,闹翻了天。破老汉坐在饲养场前面的窑顶上看着,一袋接一袋地抽烟。"'心儿'家不晓得愁,"他说,然后哑着个嗓子唱起来:"提起那家来,家有名,家住在绥德三十里铺村……"破老汉是绥德人,年轻时打短工来到清平湾,就住下了。绥德出打短工的,出石匠,出说书的,那地方更穷。

绥德还出吹手。农历年夕前后。坐在饲养场上,常能听到那欢乐的唢呐声。那些吹手也有从米脂、佳县来的,但多数是绥德人。他们到处串,随便站在谁家窑前就吹上一阵。如果碰巧那家要娶媳妇,他们就被推去,"呜哩哇啦"地吹一天,吃一天好饭。要是运气不好,吹完了,就只能向人家要一点吃的或钱。或多或少,家家都给,破老汉尤其给得多。他说:"谁也有难下的时候"。原先,他也干过那营生,吃是能吃饱,可是常要受冻,要是没人请,夜里就得住寒窑。"揽工人儿难,哎哟,揽工人儿难;正月里上工十月里满,受的牛马苦,吃的猪狗饭……"他唱着,给牛添草。破老汉一肚子歌。

小时候就知道陕北民歌。到清平湾不久,干活歇下的时候我们就请老乡唱,大伙都说破老汉爱唱,也唱得好。"老汉的日子熬煎咧,人愁了才唱得好山歌。"确实,陕北的民歌多半都有一种忧伤的调子。但是,一唱起来,人就快活了。有时候赶着牛出村,破老汉憋细了嗓子唱《走西口》,"哥哥你走西口,小妹妹也难留,手拉着哥哥的手,送哥送到大门口。走路你走大路,再不要走小路,大路上人马多,来回解忧愁……"场院的婆姨、女子们嘻嘻哈哈地冲我嚷,"让老汉儿唱个《光棍哭妻》嘛,老汉儿唱得可美!"破老汉只做没听见,调子一转,唱起了《女儿嫁》:"一更里叮当响,小哥哥进了我的绣房,娘问女孩儿什么响,西北风刮得门闩响嘛哎哟……"往下的歌词就不宜言传了。我和老汉赶着牛走出很远了,还听见婆姨、女子们在场院上骂。老汉冲我眨眨眼,撅一条柳条,赶着牛,唱一路。

破老汉只带着个七八岁的小孙女过。那孩子小名儿叫"留小儿"。两口人的饭常是她做。

把牛赶到山里。正是晌午。太阳把黄土烤得发红,要冒火似的。草丛里不知名的小虫子"磁——磁——"地叫。群山也显得疲乏,无精打采地互相挨靠着。方圆十几里内只有我和破老汉,只有我们的吆牛声。哪儿有泉水,破老汉都知道:几镢头挖成一个小土坑,一会儿坑里就积起了水。细珠子似的小气泡一串串地往上冒,水很小,又凉又甜。"你看下我来,我也看下你……"老汉喝水,抹抹嘴,扯着嗓子又唱一句。不知道他又想起了什么。

夏天拦牛可不轻闲,好草都长在田边,离庄稼很近。我们东奔西跑地吆喝着,骂着。破老汉骂牛就像骂人、爹、娘、八辈祖宗,骂得那么亲热。稍不留神,哪个狡猾的家伙就会偷吃了田苗。最讨厌的是破老汉喂的那头老黑牛,称得上是"老谋深算"。它能把野草和田苗分得一清二楚。它假装吃着田边的草,慢慢接近田苗,低着头,眼睛却溜着我。我看着它的时候,田苗离它再近它也不吃,一副廉洁奉公的样儿;我刚一回头,它就趁机啃倒一棵玉米或高粱,调头便走。我识破了它的诡计,它再接近田苗时,假装不看它,等它确信无虞把舌头伸向禁区之际,我才大吼一声。老家伙趔趔趄趄地后退,既惊慌又愧悔,那样子倒有点可怜。

陕北的牛也是苦,有时候看着它们累得草也不想吃,"呼哧呼哧"喘粗气,身子都跟着晃,我真害怕它们趴架。尤其是当年那些牛争抢着去舔地上渗出的盐碱的时候,真觉得造物主太不公平。我几次想给它们买些盐,但自己嘴又馋,家里寄来的钱都买鸡蛋吃了。

每天晚上,我和破老汉都要在饲养场上呆到十一、二点,一遍遍给牛添草。草添得要勤,每次不能太多。留小儿跟在老汉身边,寸步不离。她的小手绢里总包两块红薯或一把玉米粒。破老汉用牛吃剩下的草疙节打起一堆火,干的"噼噼啪啪"响,湿的"磁磁"冒烟。火光照亮了饲养场,照着吃草的牛,四周的山显得更高,黑魆魆的。留小儿把红薯或玉米埋在烧尽的草灰里;如果是玉米,就得用树枝拨来拨去,"啪"地一响,爆出了一个玉米花。那是山里娃最好的零嘴儿了。

留小儿没完没了地问我北京的事。"真个是在窑里看电影?""不是窑,是电影院。""前回你说是窑里。""噢,那是电视。一个方匣匣,和电影一样。"她歪着头想,大约想象不出,又问起别的。"啥时想吃肉，就吃？""嗯。""玄谎！""真的。""成天价想吃呢？""那就成天价吃。"这些话她问过好多次了，也知道我怎么回答，但还是问。"你说北京人都不爱吃白肉？"她觉得北京人不爱吃肥肉，很奇怪。她仰着小脸儿，望着天上的星星；北京的神秘，对她来说，不亚于那道银河。

"山里的娃娃什么也解①不开"，破老汉说。破老汉是见过世面的，他三七年就入了党，跟队伍一直打到广州。他常常讲起广州：霓虹灯成宿地点着、广州人连蛇也吃、到处是高楼、楼里有电梯……留小儿听得觉也不睡。我说："城里人也不懂得农村的事呢。""城里人解开个狗吗？"留小儿问，"咯咯"地笑。她指的是我们刚到清平湾的时候，被狗追得满村跑。"学生价连犍牛和牛牛也解不开"，留小儿说着去摸摸正在吃草的牛，一边数叨："红犍牛、猴②犍牛、花生牛……爷！老黑牛咋是难活③下了，不肯吃！""它老了，熬④了。"老汉说。山里的夜晚静极了，只听得见牛吃草的"沙沙"声、蛐蛐叫，有时远处还传来狼嗥。破老汉有把破胡琴，"吱吱嘎嘎"地拉起来，唱："一九头上才立冬，阎王领兵下河东，幽州困住杨文广，年太平，金花小姐领大兵，……"把历史唱了个颠三倒四。

留小儿最常问的还是天安门。"你常去天安门？""常去。""常能照着⑤毛主席？""哪的来，我从来没见过。""咦?！他就生⑥在天安门上，你去了会照不着？"她大概以为毛主席总站在天安门上，像画上画的那样。有一回她趴在我耳边说："你冬里回北京把我引上行不？"我说："就怕你爷爷不让，""你跟他说说嘛，他可相信你说的了。盘缠我有。""你哪儿来的钱？""卖鸡蛋的钱，我爷爷不要，都给了我，让我买裤裤儿的。""多少？""五块！""不够。""嘻——我哄你，看，八块半!"她掏出个小布包，打开，有两张一块的，其余全是一毛、两毛的。那些钱大半是我买了鸡蛋给破老汉的。平时实在是饿得够呛想解解馋，也就是买几个鸡蛋。我怎么跟留小儿说呢？我真想冬天回家时把她带上。可就在那年冬天，我病厉害了。

其实，喂牛没什么难的，用破老汉的话说，只要勤谨，肯操心就行。喂牛，苦不重⑦，就是熬人，夜里得起来好几趟，一年到头睡不成个囫囵觉。冬天，半夜从热被窝里爬出来的滋味可不是好受的。尤其五更天给牛拌料，牛埋下头吃得香，我坐在牛槽边的青石板上能睡好几觉。破老汉在我耳边叨唠：黑市的粮价又涨了、合作社来了花条绒、留小儿的袄烂得露了花……我"哼哼哈哈"地应着，刚梦见全聚德的烤鸭，又忽然掉进了什刹海的冰窟窿，打了个冷战醒了，破老汉还没唠叨完。"要不回窑睡去吧，二次料我给你拌上"，老汉说。天上划过一道亮光，是流星。月亮也躲进了山谷。星星和山峦，不知是谁望着谁，或者谁忘了谁，"这营生不是后生家做的，后生家正是好睡觉的时候"，破老汉说，然后"唉，唉——"地发着感慨。我又迷迷糊糊地入了梦乡。

碰上下雨下雪，我们俩就躲进牛棚。牛棚里尽是粪尿，连打个盹的地方也没有。那时候我的腿和腰就总酸疼。"倒运的天"！破老汉骂，然后对我说："北京够咋美，偏来这山沟沟里做什么嘛。""您

---

① 解：陕北方言中读 hai。

② 猴：小。

③ 活：病。

④ 熬：累。

⑤ 照着：望见。

⑥ 生：住。

⑦ 苦不重：活儿不重。

那时候怎么没留在广州?"我随便问。他抓抓那几根黄胡子,用烟锅儿在烟荷包里不停地剜,瞪着眼睛愣半天,说:"咋!让你把我问着了,我也不晓得咋价日鬼的。"然后又愣半天,似乎回忆着到底是什么原因。"唉,毡毛搋不成个毡,山里人当不成个官。"他说,"我那阵儿要是不回来,这阵儿也住上洋楼了,也把警卫员带上了。山里人憨着咧,只要打罢了仗就回家,哪搭儿也不胜窑里好。毡!要不,我的留小儿这阵儿还愁穿不上个条绒袄儿?"

每回家里给我寄钱来,破老汉总嚷着让我请他抽纸烟。"行!"我说:"'牡丹'的怎么样?""唏——'黄金叶'的就拔尖了!""可有个条件,"我凑到他耳边,"得给'后沟里的'送几根去。""憨娃娃!"他骂。"后沟里的"指的是住在后沟里的一个寡妇,比破老汉小十九岁,村里人都知道那寡妇对破老汉不错。老汉抽着纸烟,望着远处。我也唱一句:"你看下我来,我也看下你……"递给他几根纸烟,向后沟的方向示意。他不言传,笑眯眯地不知道想了什么。末了,他把几根纸烟装进烟荷包,说:"留小儿大了嫁到北京去呀!"说罢笑笑,知道那是不沾边儿的事。

在后山上拦牛的时候,远远地望着后沟里的那眼土窑洞,我问破老汉:"那婆姨怎么样?""亮亮妈,人可好。"他说。我问:"那你干嘛不跟她过?""唏——老了老了还……"他打岔,"算了吧!"我说:"那你夜里常往她窑里跑。"我其实是开玩笑。"咦!不敢瞎说!"他装得一本正经。我诈他:"我都看见了,你还不承认!"他不言传了,尴尬地笑着。其实我什么也没看见。

破老汉望着山脚下的那眼窑洞。窑前,亮亮妈正费力地劈着一疙瘩树根;一个男孩子帮着她劈,是亮亮。"我看你就把她娶了吧,她一个人也够难的。再说就有人给你缝衣裳了。""唉,丢下留小儿谁管?""一搭里过嘛!""她的亮亮也娇惯得危险①,留小儿要受气呢。后妈总不顶亲的。""什么后妈,留小儿得管她叫奶奶了。""还不一样?"山里没人,我们敞开了说。亮亮家的窑顶上冒起了炊烟。老汉呆呆地望着,一缕蓝色的轻烟在山沟里飘绕。小学校放学的钟声"当当"地敲响了。太阳下山了,收工的人们扛着锄头在暮霭中走。拦羊的也吆喝着羊群回村了,大羊喊,小羊叫"咩咩"地响成一片。老汉还是呆呆地坐着,闷闷地抽烟。他分明是心动了,可又怕对不起留小儿。留小儿的大②死得惨,平时谁也不敢向破老汉问起这事,据说,老汉一想起就哭,自己打自己的嘴巴。听说,都是因为破老汉舍不得给大夫多送些礼,把儿子的病给耽误了;其实,送十来斤米或者面就行。那些年月啊!

秋天,在山里拦牛简直是一种享受。庄稼都收完了,地里光秃秃的,山洼、沟掌里的荒草却长得茂盛。把牛往沟里一轰,可以躺在沟门上睡觉;或是把牛赶上山,在山下的路口上坐下,看书。秋山的色彩也不再那么单调:半崖上小灌木的叶子红了,杜梨树的叶子黄了,酸枣棵子缀满了珊瑚珠似的小酸枣……尤其是山坡上绽开了一丛丛野花,淡蓝色的,一丛挨着一丛,雾蒙蒙的。灰色的小田鼠从黄土坷垃后面探头探脑;野鸽子从悬崖上的洞里钻出来,"扑楞楞"飞上天;野鸡"咕咕嘎嘎"地叫,时而出现在崖顶上,时而又钻进了草丛……我很奇怪,生活那么苦,竟然没人逮食这些小动物。也许是因为没有枪,也许是因为这些鸟太小也太少,不过多半还是因为别的。譬如:春天燕子飞来时,家家都把窗户打开,希望燕子到窑里来作窝;很多家窑里都住着一窝燕儿,没人伤害它们,谁要是说燕子的肉也能吃,老乡们就会露出惊讶的神色,瞪你一眼:"咦!燕儿嘛!"仿佛那无异于亵渎了神灵。

---

① 危险:严重、厉害之意。
② 大:爹。

种完了麦子,牛就都闲下来了,我和破老汉整天在山里拦牛。老汉闲不着,把牛赶到地方,跟我交代几句就不见了。有时忽然见他出现在半崖上,奋力地劈砍着一棵小灌木。吃的难,烧的也难,为了一把柴,常要爬上很高很陡的悬崖。老汉说,过去不是这样,过去人少,山里的好柴砍也砍不完,密密匝匝的,人也钻不进去。老人们最怀恋的是红军刚到陕北的时候,打倒了地主,分了地,单干。"才红了①那阵儿,吃也有得吃,烧也有得烧,这咋会儿,做过啦②!"老乡们都这么说。真是,"这咋会儿",迷信活动倒死灰复燃。有一回,传说从黄河东来了神神,有些老乡到十几里外的一个破庙去祷告,许愿。破老汉不去。我问他为什么,他皱着眉头不说,又哼哼起《山丹丹开花红艳艳》。那是才红了那阵儿的歌。过了半天,使劲磕磕烟袋锅,叹了口气:"都是那号婆姨闹的!""哪号?"我有点明知故问。他用烟袋指指天,摇摇头,撇撇嘴:"那号婆姨,我一照就晓得……"如此算来,破老汉反"四人帮"要比"四·五"运动早好几年呢!

在山里,有那些牛作伴即便剩我一个人,也并不寂寞。我半天半天地看着那些牛,它们的一举一动都意味着什么,我全懂。平时,牛不爱叫,只有奶着犊子的生牛才爱叫。太阳偏西,奶着犊儿的生牛就急着要回村了,你要是不让它回,它就"哞——哞——"地叫个不停,急得团团转,无心再吃草。有一回,我在山洼洼里,睡着了,醒来太阳已经挨近了山顶。我和破老汉吆起牛回村,忽然发现少了一头。山里常有被雨水冲成的暗洞,牛踩上去就会掉下去摔坏。破老汉先也一惊,但马上看明白,说:"没麻搭,它想儿了,回去了。"我才发现,少了的是一头奶犊儿的生牛。离村老远,就听见饲养场上一声声牛叫了,儿一声,娘一声,似乎一天不见,母子间有说不完的贴心话。牛不老③在母亲肚子底下一下一下地撞,吃奶,母牛的目光充满了温柔、慈爱,神态那么满足,平静。我喜欢那头母牛,喜欢那只牛不老。我最喜欢的是一头红犍牛,高高的肩峰,腰长腿壮,单套也能拉得动大步犁。红犍牛的犄角长得好,又粗又长,向前弯去;几次碰上邻村的牛群,它都把对方的首领顶得败阵而逃。我总是多给它拌些料,犒劳它。但它不是首领。最讨厌的还是那头老黑牛,不仅老奸巨猾,而且专横跋扈,双套也会气喘吁吁,却占着首领的位置。遇到外"部落"的首领,它倒也勇敢,但不上两个回合,便跑得比平时都快了。那头老生牛就好,虽然比老黑牛还老,却和蔼得很,再小的牛冲它伸伸脖子,它也会耐心地为之舔毛……和牛在一起,也可谓其乐无穷了,不然怎么办呢? 方圆十几里内看不见一个人,全是山。偶尔有拦羊的从山梁上走过,冲我呐喊两声。黑色的山羊在陡峭的岩壁上走,如走平地,远远看去像是悬挂着的棋盘;白色的绵羊走在下边,是白棋子。山沟里有泉水,渴了就喝,热了就脱个精光,洗一通。那生活倒是自由自在,就是常常饿肚子。

破老汉有个弟弟,我就是顶替了他喂牛的。据说那人奸猾,偷牛料;头几年还因为投机倒把坐过县大狱。我倒不觉得那人有多坏,他不过是蒸了白馍跑到几十里外的水站上去卖高价,从中赚出几升玉米、高粱米。白面自家舍不得吃。还说他捉了乌鸦,做熟了当鸡卖,而且白馍里也掺了假。破老汉看不上他弟弟,破老汉佩服的是老老实实的受苦人。

一阵山歌,破老汉担着两捆柴回来了。"饿了吧?"他问我。"我把你的干粮吃了,"我说。"吃得

---

① 才红了:指红军刚到陕北。

② 做过啦:弄糟了。

③ 牛不老:牛犊。

下那号干粮?"他似乎感到快慰,他"哼哼唉唉"地唱着,带我到山背洼里的一棵大杜梨树下。"咋吃!"他说着爬上树去。他那年已经五十六岁了,看上去还要老,可爬起树来却比我强。他站在树上,把一杈杈结满了杜梨的树枝撅下来,扔给我。那果实是古铜色的,小指盖儿大小,上面有黄色的碎斑点,酸极了,倒牙。老汉坐在树杈上吃,又唱起来:"对面价沟里流河水,横山里下来些游击队……"那是《信天游》。老汉大约又想起了当年。他说他给刘志丹抬过棺材,守过灵。别人说他是吹牛。破老汉有时是好吹吹牛。"牵牛牛开花羊跑春,二月里见罢到如今……"还是《信天游》。我冲他喊:"不是夜来黑喽①,才见罢吗?""憨娃娃,你还不赶紧寻个婆姨?操心把'心儿'耽误下!"他反唇相讥。"'后沟里的'可会迷男人?""咦!亮亮妈,人可好!""这两捆柴,敢是给亮亮妈砍的吧?""谁情愿要,谁扛去。"这话是真的,老汉穷,可不小气。

有一回我半夜起来去喂牛,借着一缕淡淡的月光,摸进草窑。刚要揽草,忽然从草堆里站起两个人来,吓得我头皮发麻,不禁喊了一声,把那两个人也吓得够呛。一个岁数大些的连忙说:"别怕,我们是好人。"破老汉提着个马灯跑了过来,以为是有了狼。那两个人是瞎子说书的,从绥德来。天黑了,就摸进草窑,睡了。破老汉把他们引回自家窑里,端出剩干粮让他们吃。陕北有句民谣:"老乡见老乡,两眼泪汪汪。"老汉和两个瞎子长吁短叹,唠了一宿。

第二天晚上,破老汉操持着,全村人出钱请两个瞎子说了一回书。书说得乱七八糟,李玉和也有,姜太公也有,一会是伍子胥一夜白了头,一会又是主席语录。窑顶上,院墙上,磨盘上,坐得全是人,都听得入神。可说的是什么,谁也含糊。人们听的那么个调调儿。陕北的说书实际是唱,弹着三弦儿,哀哀怨怨地唱,如泣如诉,像是村前汩汩而流的清平河水。河水上跳动着月光。满山的高粱、谷子被晚风吹得"沙沙"响,时不时传来一阵响亮的驴叫。破老汉搂着留小儿坐在人堆里,小声跟着唱。亮亮妈带着亮亮坐在窑顶上,穿得齐齐整整。留小儿在老汉怀里睡着了,她本想是听完了书再去饲养场上爆玉米花的,手里攥着那个小手绢包儿。山村里难得热闹那么一回。

我倒宁愿去看牛顶架,那实在也是一项有益的娱乐,给人一种力量的感受,一种拼搏的激励。我对牛打架颇有研究。二十头牛(主要是那十几头犍牛、公牛)都排了座次,当然不是以姓氏笔画为序,但究竟根据什么,我一开始也糊涂。我喂的那头最壮的红犍牛却敬畏破老汉喂的那头老黑牛。红犍牛正是年轻力壮的时候,肩峰上的肌肉像一座小山,走起路来步履生风,而老黑牛却已显出龙钟老态,也瘦,只剩了一副高大的骨架。然而,老黑牛却是首领。遇上有哪头母牛发了情,老黑牛便几乎不吃不喝地看定在那母牛身旁,绝不允许其他同性接近。我几次怂恿红犍牛向它挑战,然而只要老黑牛晃晃犄角,红犍牛便慌忙躲开。我实在憎恨老黑牛的狂妄、专横,又为红犍牛的怯懦而生气。后来我才知道,牛的排座次是根据每年一度的角斗,谁夺了魁,便在这一年中被尊崇为首领,享有"三宫六院"的特权,即便它在这一年中变得病弱或衰老,其他的牛也仍为它当年的威风所震慑,不敢贸然不恭。习惯势力到处在起作用。可是,一开春就不同了,闲了一冬,十几头犍牛、公牛都积攒了气力,是重新较量、争魁的时候了。"男子汉"们各自权衡了对手和自己的实力,自然地推举出一头(有时是两头)体魄最大,实力最强的新秀,与前冠军进行决赛。那年春天,我的红犍牛处在新秀的位置上,开始对老黑牛有所怠慢了。我悄悄促成它们决斗,把它们引到开阔的河滩上去(否则会有危险)。这事

---

① 夜来黑喽:昨天晚上。

不能让破老汉发觉,否则他会骂。一开始,红犍牛仍有些胆怯,老黑牛尚有余威。但也许是春天的母牛们都显得愈发俊俏吧,红犍牛终于受不住异性的吸引或是轻蔑,"哞——哞——"地叫着向老黑牛挑战了。它们拉开了架势,对峙着,用蹄子刨土,瞪红了眼睛,慢慢地接近,接近……猛地扭到一起。这时候需要的是力量,是勇气。犄角的形状起很大作用,倘是两支粗长而向前弯去的角,便极有利,左右一晃就会顶到对方的虚弱处,然而,红犍牛和老黑牛都长了这样两支角。这就要比机智了。前冠军毕竟老朽了,过于相信自己的势力和威风,新秀却认真、敏捷。红犍牛占据了有利地形(站在高一些的地方比较有利),逼得老黑牛步步退却,只剩招架之功。红犍牛毫不松懈,瞅准机会把头一低,一晃一冲,顶到了对方的脖子。老黑牛转身败走,红犍牛追上去再给老首领的屁股上加一道失败的标记。第一回合就此结束。这样的较量通常是五局三胜制或九局五胜制。新秀连胜几局,元老便自愿到一旁回忆自己当年的骁勇去了。

为了这事,破老汉阴沉着脸给我看。我笑嘻嘻地递过一根纸烟去。他抽着烟,望着老黑牛屁股上的伤痕,说:"它老了呀! 它救过人的命……"

据说,有一年除夕夜里,家家都在窑里喝米酒,吃油馍,破老汉忽然听见牛叫、狼嗥。他想起一头出生不久的牛不老,赶紧跑到牛棚。好家伙,就见这黑牛把一只狼顶在墙旮旯里,黑牛的脸被狼抓得流着血,但它一动不动,把犄角牢牢地插进了狼的肚子。老汉打死了那只狼,卖了狼皮,全村大抽了一回纸烟。

"不,不是这。"破老汉说,"那一年村里的牛死的死,杀的杀(他没说是哪年),快光了。全凭好歹留下来的这头黑牛和那头老生牛,村里的牛才又多起来。全靠了它,要不全村人倒运吧!"破老汉摸摸老黑牛的犄角。他对它分外敬重。"牛死了,可不敢吃它的肉,得埋了它。"破老汉说。

可是,老黑牛最终还是被人拖到河滩上杀了。那年冬天,老黑牛不小心踩上了山坡上的暗洞,摔断了腿。牛被杀的时候要流泪,是真的。只有破老汉和我没有吃它的肉。那天村里处处飘着肉香。老汉呆坐在老黑牛空荡荡的槽前,只一个劲抽烟。

我至今还记得这么件事:有天夜里,我几次起来给牛添草,都发现老黑牛站着,不卧下。别的牛都累得早早地卧下睡了,只有它喘着粗气,站着。我以为它病了。走进牛棚,摸摸它的耳朵,这才发现,在它肚皮底下卧着一只牛不老。小牛犊正睡得香,响着均匀的鼾声。牛棚很窄,各有各的"床位",如果老黑牛卧下,就会把小牛犊压坏。我把小牛犊赶开(它睡的是"自由床位"),老黑牛扑通一声卧倒了。它看着我,我看着它。它一定是感激我了,它不知道谁应该感激它。

那年冬天我的腿忽然用不上劲儿了,回到北京不久,两条腿都开始萎缩。

住在医院里的时候,一个从陕北回京探亲的同学来看我,带来了乡亲们捎给我的东西:小米、绿豆、红枣儿、芝麻……我认出了一个小手绢包儿,我知道那里头准是玉米花。

那个同学最后从兜里摸出一张十斤的粮票,说是破老汉让他捎给我的。粮票很破,渍透了油污,中间用一条白纸相连。

"我对他说这是陕西省通用的。在北京不能用,破老汉不信,说:'咦! 你们北京就那么高级? 我卖了十斤好小米换来的,咋啦不能用?!'我只好带给你。破老汉说你治病时会用得上。"

唔,我记得他儿子的病是怎么耽误了的,他以为北京也和那儿一样。

十年过去了。前年留小儿来了趟北京,她真的自个儿攒够了盘缠! 她说这两年农村的生活好多了,能吃饱,一年还能吃好多回肉。她说,黑肉①真的还是比白肉好吃<u>些</u>。

"清平河水还流吗?"我糊里巴涂地这样问。

"流哩嘛!"留小儿"咯咯"地笑。

"我那头红犍牛还活着吗?"

"在哩! 老下了。"

我想象不出我那头浑身是劲儿的红犍牛老了会是什么样,大概跟老黑牛差不多吧,既专横又慈爱……

留小儿给他爷爷买了把新二胡。自己想买台缝纫机,可没买到。

"你爷爷还爱唱吗?"

"一天价瞎唱。"

"还唱《走西口》吗?"

"唱。"

"《揽工调》呢?"

"什么都唱。"

"不是愁了才唱吗?"

"咦?! 谁说?"

关于民歌产生的原因,还是请音乐家和美学家们去研究吧。我只是常常记起牛群在土地上舔食那些渗出的盐的情景,于是就又想起破老汉那悠悠的山歌:"崖畔上开花崖畔上红,受苦人过得好光景……"如今,"好光景"已不仅仅是"受苦人"的一种盼望了。老汉唱的本也不是崖畔上那一缕残阳的红光,而是长在崖畔上的一种野花,叫山丹丹,红的,年年开。

哦,我的白老汉,我的牛群,我的遥远的清平湾……

(选自《青年文学》1983 年第 1 期)

导读

史铁生(1951—   ),北京人。初中毕业后于 1969 年到陕北延安地区"插队"。三年后因双腿瘫痪回到北京。主要作品有:《我的遥远的清平湾》《命若琴弦》《务虚笔记》《我与地坛》。

《我的遥远的清平湾》原载于《青年文学》1983 年第 1 期。这篇小说其实是关于生命意义的追问。作品的表现角度新颖,它跟某些同类题材的小说不一样,没有展示知青所经受的苦难,没有诉说社会对知青的不公平的待遇,作者满怀深情地描绘了陕北农民质朴、憨厚的情愫,赞颂了他们金子般纯净的心灵,表达了对劳动人民火一样的挚爱,由此找到了生命的意义。

作者着力塑造了一个具有崇高灵魂的普通农民形象——白老汉。这位早年参加过革

---

① 黑肉:瘦肉或精肉。白肉:肥肉。

命战争的农民,在"文革"的贫穷时期,仍用自己的心去温暖别人的心,用自己微弱的力量去帮助别人。他可以端出仅剩的一点干粮,给过路的瞎子吃;他可以把极其珍贵的十斤粮票,送给生病的知识青年。更可贵的是,在历史曲折行进的过程中,他不像其他乡亲,将自身命运寄托于求神拜佛,他清醒而又敏感地意识到是高层领导中某些人的瞎折腾,导致了人民生活如此艰难。通过这一农民形象,我们看到了劳动人民的大智慧、广阔胸怀和强大的精神力量。作品的字里行间洋溢着真挚的感情。无论是写人、状物、叙事,都会使你感到作者对那山、那牛、那人的一往情深。从作品中那美丽的秋色、可爱的牛群中,可以真切地感受到作者对清平湾的乡亲有着多么深沉而热烈的感情。作品的结构很有特色。它表面是由一些互不连贯的"散碎往事"连缀而成,结构上似乎不那么严谨。但作者把自己对清平湾、对乡亲的真挚感情作为贯穿作品的线索,同时用陕北民歌信天游把各个生活细节巧妙地连接起来,使作品成为一个有机整体。

十八岁出门远行

余 华

　　柏油马路起伏不止,马路像是贴在海浪上。我走在这条山区公路上,我像一条船。这年我十八岁,我下巴上那几根黄色的胡须迎风飘飘,那是第一批来这里定居的胡须,所以我格外珍重它们。我在这条路上走了整整一天,已经看了很多山和很多云。所有的山所有的云,都让我联想起了熟悉的人。我就朝着它们呼唤他们的绰号。所以尽管走了一天,可我一点也不累。我就这样从早晨里穿过,现在走进了下午的尾声,而且还看到了黄昏的头发。但是我还没走进一家旅店。

　　我在路上遇到不少人,可他们都不知道前面是何处,前面是否有旅店。他们都这样告诉我:"你走过去看吧。"我觉得他们说的太好了,我确实是在走过去看。可是我还没走进一家旅店。我觉得自己应该为旅店操心。

　　我奇怪自己走了一天竟只遇到一次汽车。那时是中午,那时我刚刚想搭车,但那时仅仅只是想搭车,那时我还没为旅店操心,那时我只是觉得搭一下车非常了不起。我站在路旁朝那辆汽车挥手,我努力挥得很潇洒。可那个司机看也没看我,汽车和司机一样,也是看也没看,在我眼前一闪就他妈的过去了。我就在汽车后面拼命地追了一阵,我这样做只是为了高兴,因为那时我还没有为旅店操心。我一直追到汽车消失之后,然后我对着自己哈哈大笑,但是我马上发现笑得太厉害会影响呼吸,于是我立刻不笑。接着我就兴致勃勃地继续走路,但心里却开始后悔起来,后悔刚才没在潇洒地挥着的手里放一块大石子。

　　现在我真想搭车,因为黄昏就要来了,可旅店还在它妈肚子里。但是整个下午竟没再看到一辆汽车。要是现在再拦车,我想我准能拦住。我会躺到公路中央去,我敢肯定所有的汽车都会在我耳边来个急刹车。然而现在连汽车的马达声都听不到。现在我只能走过去看了。这话不错,走过去看。

　　公路高低起伏,那高处总在诱惑我,诱惑我没命奔上去看旅店,可每次都只看到另一个高处,中间是一个叫人沮丧的弧度。尽管这样我还是一次一次地往高处奔,次次都是没命地奔。眼下我又往高处奔去。这一次我看到了,看到的不是旅店而是汽车。汽车是朝我这个方向停着的,停在公路的低处。我看到那个司机高高翘起的屁股,屁股上有晚霞。司机的脑袋我看不见,他的脑袋正塞在车头里。那车头的盖子斜斜翘起,像是翻起的嘴唇。车厢里高高堆着箩筐,我想着箩筐里装的肯定是水果。当然最好是香蕉。我想他的驾驶室里应该也有,那么我一坐进去就可以拿起来吃了。虽然汽车将要朝我走来的方面开去,但我已经不在乎方向。我现在需要旅店,旅店没有就需要汽车,汽车就在眼前。

　　我兴致勃勃地跑了过去,向司机打招呼:"老乡,你好。"

　　司机好像没有听到,仍在拨弄着什么。

　　"老乡,抽烟。"

这时他才使了使劲，将头从里面拔出来，并伸过来一只黑乎乎的手，夹住我递过去的烟。我赶紧给他点火，他将烟叼在嘴上吸了几口后，又把头塞了进去。

于是我心安理得了，他只要接过我的烟，他就得让我坐他的车。我就绕着汽车转悠起来，转悠是为了侦察箩筐的内容。可是我看不清，便去使用鼻子闻，闻到了苹果味。苹果也不错，我这样想。

不一会他就修好了车，就盖上车盖跳了下来。我赶紧走上去说："老乡，我想搭车。"不料他用黑乎乎的手推了我一把，粗暴地说："滚开。"

我气得无话可说，他却慢慢悠悠打开车门钻了进去，然后发动机响了起来。我知道要是错过这次机会，将不再有机会。我知道现在应该豁出去了。于是我跑到另一侧，也拉开车门钻了进去。我准备与他在驾驶室里大打一场。我进去时首先是冲着他吼了一声："你嘴里还叼着我的烟。"这时汽车已经活动了。

然而他却笑嘻嘻地十分友好地看起我来，这让我大惑不解。他问："你上哪？"

我说："随便上哪。"

他又亲切地问："想吃苹果吗？"他仍然看着我。

"那还用问。"

"到后面去拿吧。"

他把汽车开得那么快，我敢爬出驾驶室爬到后面去吗？于是我就说："算了吧。"

他说："去拿吧。"他的眼睛还在看着我。

我说："别看了，我脸上没公路。"

他这才扭过头去看公路了。

汽车朝我来时的方向驰着，我舒服地坐在坐椅上，看着窗外，和司机聊着天。现在我和他已经成为朋友了。我已经知道他是在个体贩运。这汽车是他自己的，苹果也是他的。我还听到了他口袋里面钱儿叮当响。我问他："你到什么地方去？"

他说："开过去看吧。"

这话简直像是我兄弟说的，这话可真亲切。我觉得自己与他更亲近了。车窗外的一切应该是我熟悉的，那些山那些云都让我联想起来了另一帮熟悉的人来了，于是我又叫唤起另一批绰号来了。

现在我根本不在乎什么旅店，这汽车这司机这坐椅让我心安而理得。我不知道汽车要到什么地方去，他也不知道。反正前面是什么地方对我们来说无关紧要，我们只要汽车在驰着，那就驰过去看吧。

可是这汽车抛锚了。那个时候我们已经是好得不能再好的朋友了。我把手搭在他肩上，他把手搭在我肩上。他正在把他的恋爱说给我听，正要说第一次拥抱女性的感觉时，这汽车抛锚了。汽车是在上坡时抛锚的，那个时候汽车突然不叫唤了，像死猪那样突然不动了。于是他又爬到车头上去了，又把那上嘴唇翻了起来，脑袋又塞了进去。我坐在驾驶室里，我知道他的屁股此刻肯定又高高翘起，但上嘴唇挡住了我的视线，我看不到他的屁股。可我听得到他修车的声音。

过了一会他把脑袋拔了出来，把车盖盖上。他那时的手更黑了，他的脏手在衣服上擦了又擦，然后跳到地上走了过来。

"修好了？"我问。

"完了,没法修了。"他说。

我想完了,"那怎么办呢?"我问。

"等着瞧吧。"他漫不经心地说。

我仍在汽车里坐着,不知该怎么办。眼下我又想起什么旅店来了。那个时候太阳要落山了,晚霞则像蒸汽似地在升腾。旅店就这样重又来到了我脑中,并且逐渐膨胀,不一会便把我的脑袋塞满了。那时我的脑袋没有了,脑袋的地方长出了一个旅店。

司机这时在公路中央做起了广播操,他从第一节做到最后一节,做得很认真。做完又绕着汽车小跑起来。司机也许是在驾驶室里呆得太久,现在他需要锻炼身体了。看着他在外面活动,我在里面也坐不住,于是打开车门也跳了下去。但我没做广播操也没小跑。我在想着旅店和旅店。

这个时候我看到坡上有五个人骑着自行车下来,每辆自行车后座上都用一根扁担绑着两只很大的箩筐,我想他们大概是附近的农民,大概是卖菜回来。看到有人下来,我心里十分高兴,便迎上去喊道:"老乡,你们好。"

那五个人骑到我跟前时跳下了车,我很高兴地迎了上去,问:"附近有旅店吗?"

他们没有回答,而是问我:"车上装的是什么?"

我说:"是苹果。"

他们五人推着自行车走到汽车旁,有两个人爬到了汽车上,接着就翻下来十筐苹果,下面三个人把筐盖掀开往他们自己的筐里倒。我一时间还不知道发生了什么,那情景让我目瞪口呆。我明白过来就冲了上去,责问:"你们要干什么?"

他们谁也没理睬我,继续倒苹果。我上去抓住其中一个人的手喊道:"有人抢苹果啦!"这时有一只拳头朝我鼻子下狠狠地揍来了,我被打出几米远。爬起来用手一摸,鼻子软塌塌地不是贴着而是挂在脸上,鲜血像是伤心的眼泪一样流。可当我看清打我的那个身强力壮的大汉时,他们五人已经跨上自行车骑走了。

司机此刻正在慢慢地散步,嘴唇翻着大口大口喘气,他刚才大概跑累了。他好像一点也不知道刚才的事。我朝他喊:"你的苹果被抢走了!"可他根本没注意我在喊什么,仍在慢慢地散步。我真想上去揍他一拳,也让他的鼻子挂起来。我跑过去对着他的耳朵大喊:"你的苹果被抢走了。"他这才转身看了我起来,我发现他的表情越来越高兴,我发现他是在看我的鼻子。

这时候,坡上又有很多人骑着自行车下来了,每辆车后面都有两只大筐,骑车的人里面有一些孩子。他们蜂拥而来,又立刻将汽车包围。好些人跳到汽车上面,于是装苹果的箩筐纷纷而下,苹果从一些摔破的筐中像我的鼻血一样流了出来。他们都发疯般往自己筐中装苹果。才一瞬间工夫,车上的苹果全到了地下。那时有几辆手扶拖拉机从坡上隆隆而下,拖拉机也停在汽车旁,跳下一帮大汉开始往拖拉机上装苹果,那些空了的箩筐一只一只被扔了出去。那时的苹果已经满地滚了,所有人都像蛤蟆似地蹲着捡苹果。

我是在这个时候奋不顾身扑上去的,我大声骂着:"强盗!"扑了上去。于是有无数拳脚前来迎接,我全身每个地方几乎同时挨了揍。我支撑着从地上爬起来时,几个孩子朝我击来苹果,苹果撞在脑袋上碎了,但脑袋没碎。我正要扑过去揍那些孩子,有一只脚狠狠地踢在我腰部。我想叫唤一声,可嘴巴一张却没有声音。我跌坐在地上,我再也爬不起来了,只能看着他们乱抢苹果。我开始用眼睛去寻找那司机,这家伙此时正站在远处朝我哈哈大笑,我便知道现在自己的模样一定比刚才的鼻子更精彩了。

那个时候我连愤怒的力气都没有了。我只能用眼睛看着这些使我愤怒极顶的一切。我最愤怒的是那个司机。

坡上又下来了一些手扶拖拉机和自行车,他们也投入到这场浩劫中去。我看到地上的苹果越来越少,看着一些人离去和一些人来到。来迟的人开始在汽车上动手,我看着他们将车窗玻璃卸了下来,将轮胎卸了下来,又将木板撬了下来。轮胎被卸去后的汽车显得特别垂头丧气,它趴在地上。一些孩子则去捡那些刚才被扔出去的箩筐。我看着地上越来越干净,人也越来越少。可我那时只能看着了,因为我连愤怒的力气都没有了。我坐在地上爬不起来,我只能让目光走来走去。

现在四周空荡荡了,只有一辆手扶拖拉机还停在趴着的汽车旁。有个人在汽车旁东瞧西望,是在看看还有什么东西可以拿走。看了一阵后才一个一个爬到拖拉机上,于是拖拉机开动了。

这时我看到那个司机也跳到拖拉机上去了,他在车斗里坐下来后还在朝我哈哈大笑。我看到他手里抱着的是我那个红色的背包。他把我的背包抢走了。背包里有我的衣服和我的钱,还有食品和书。可他把我的背包抢走了。

我看着拖拉机爬上了坡,然后就消失了,但仍能听到它的声音,可不一会连声音都没有了。四周一下子寂静下来,天也开始黑下来。我仍在地上坐着,我这时又饥又冷,可我现在什么都没有了。

我在那里坐了很久,然后才慢慢爬起来。我爬起来时很艰难,因为每动一下全身就剧烈地疼痛,但我还是爬了起来。我一拐一拐地走到汽车旁边。那汽车的模样真是惨极了,它遍体鳞伤地趴在那里,我知道自己也是遍体鳞伤了。

天色完全黑了,四周什么都没有,只有遍体鳞伤的汽车和遍体鳞伤的我。我无限悲伤地看着汽车,汽车也无限悲伤地看着我。我伸出手去抚摸了它。它浑身冰凉。那时候开始起风了,风很大,山上树叶摇动时的声音像是海涛的声音,这声音使我恐惧,使我也像汽车一样浑身冰凉。

我打开车门钻了进去,坐椅没被他们撬去,这让我心里稍稍有了安慰。我就在驾驶室里躺了下来。我闻到了一股漏出来的汽油味,那气味像是我身内流出的血液的气味。外面风越来越大,但我躺在坐椅上开始感到暖和一点了。我感到这汽车虽然遍体鳞伤,可它心窝还是健全的,还是暖和的。我知道自己的心窝也是暖和的。我一直在寻找旅店,没想到旅店你竟在这里。

我躺在汽车的心窝里,想起了那么一个晴朗温和的中午,那时的阳光非常美丽。我记得自己在外面高高兴兴地玩了半天,然后我回家了,在窗外看到父亲正在屋内整理一个红色的背包,我扑在窗口问:"爸爸,你要出门?"

父亲转过身来温和地说:"不,是让你出门。"

"让我出门?"

"是的,你已经十八了,你应该去认识一下外面的世界了。"

后来我就背起了那个漂亮的红背包,父亲在我脑后拍了一下,就像在马屁股上拍了一下。于是我欢快地冲出了家门,像一匹兴高采烈的马一样欢快地奔跑了起来。

1986 年 11 月 16 日 北京

导读

余华(1960—),祖籍山东高唐,浙江海盐人。他1984年开始文学创作,陆续创作了短篇小说《十八岁出门远行》《偶然事件》《四月三日事件》《世事如烟》《河边的错误》,长篇小说《在细雨中呼喊》《许三观卖血记》《活着》。余华前期小说中对于"暴力"和"死亡"的精确而冷静的叙述,被批评家称为"残忍的才华"。而90年代的几部长篇(《活着》《许三观卖血记》),加入了含而不露的幽默和温情。

《十八岁出门远行》最初发表于《北京文学》1987年第1期,是余华的成名作。这篇小说生动描写了少年人进入成人世界所遇到的障碍和发生的心理动荡,揭示了世界的荒诞无常和青年人在这种荒谬人生面前的深刻迷惘。

一个少年抱着对成人世界的热切向往冲出家门,然而他的真诚不但未能受到成人世界的接纳,此后所遭遇的一切都让他惊愕不已。出行途中"我"搭车远行,行到一处坡道,货车无端抛锚。接着老乡们涌上来抢苹果。为保护苹果,"我"挺身而出,结果被打得满脸是血;然而,司机不仅对眼前发生的一切视若无睹,还似乎充当这帮"暴民"的帮凶,对着"我"快意地大笑。最后"我"被成人世界所抛弃,"只有遍体鳞伤的汽车和遍体鳞伤的我。我无限悲伤地看着汽车,汽车也无限悲伤地看着我。"一个涉世之初的孩子本来对未知的成人世界充满期望,然而,进入眼帘的是罪恶和欺诈,于是,"我"对这个布满着陷阱、阴谋的世界充满了困惑和恐惧。余华曾说:"人类自身的肤浅来自经验的局限和对精神本质的疏远,只有脱离常识,背弃现状世界提供的秩序和逻辑,才能自由地接近真实。"

余华的小说从叙述风格看大致可分为两类:一类以传统的写实手法为主,但又不同于传统故事小说;另一类则借鉴西方现代主义表现手法,打破时空界限,制造神秘氛围,还原欲望骚动,表现心理混乱的种种奇异感觉。这篇小说典型地体现了后一种叙述风格。莫言曾把余华称作"当代文坛上第一个清醒的说梦者",认为《十八岁出门远行》是一篇"条理清楚的仿梦小说"。小说自始至终充满了种种不确定的、令人难以捉摸的情绪,整个过程犹如发生在梦境中一般,充满了恍惚、怪诞和不可思议。小说的高明之处在于,尽管它具有梦魇般的恍惚效果,但它所描述的一切都是合乎逻辑的,细节准确无误,让人感受到一种梦幻而残忍的美丽。

系在皮绳扣上的魂（存目）

扎西达娃

导读

扎西达娃(1959—　)，藏族，四川巴塘人。70年代末开始创作，代表作有《系在皮绳扣上的魂》《西藏，隐秘岁月》等小说。《系在皮绳扣上的魂》《西藏，隐秘岁月》这两篇具有深刻社会和民族内涵的作品，算得上西藏魔幻现实主义的里程碑。他的小说创作借助神话传说和艺术象征，创造一种魔幻的艺术境界；同时遵循"变现实为幻想而不失其真"的原则，通过魔幻境界的折射，真实地展现西藏处于历史变革时期的社会生活。

《系在皮绳扣上的魂》最初发表于《西藏文学》1985年第1期。是一篇典型的西藏魔幻小说。小说开头部分写"我"和桑杰达普活佛的对话，活佛于临终弥留之际向人们讲述了有关香巴拉的神话与两个康巴人的传说。更加神奇的是，活佛回忆的情景与"我"未曾公开的一篇小说的内容竟然完全一致。中间部分写成两个康巴人的传说，塔贝与婛不辞劳苦跋山涉水寻找通往香巴拉的道路，且进入到人迹罕至的喀隆雪山下深谷底部的掌纹地带。结尾部分写"我"去掌纹地带寻找自己小说的主人公，终于在一块巨石下发现将死的塔贝，而这位苦修者依然沉浸在对天国的缅想中。最后"我"领着婛往回走，重新回到现实世界。

透过上述神奇虚幻的故事，小说折射了复杂的象征意义。苦修者塔贝在活佛的指引下执着地寻觅通往"人间净土"的道路，尽管他已走得精疲力竭，仍对理想国深信不疑，直到死于喀隆雪山。婛则是个盲从者，既渴望离开"毫无生气的土地"，又不知道出路在哪里，只好跟着塔贝盲目寻求。"甲"村的现代文明与世俗欢乐使她从愚昧中苏醒，终于留下来开始新的生活。两个人物的不同经历具有深刻的现实意义。在西藏的现实生活中，既有现代化进程，又有传统宗教信仰和习俗，从而构成这块神奇土地复杂的文化景观。这是西藏从中世纪迅速走向社会主义进程中势必会产生的社会现象。塔贝与婛正是今日西藏不少藏族同胞精神状态的反映。婛从家乡走到"甲"村是从过去走到现在，而由"甲"村再去翻越喀隆雪山，寻找通往天国的道路，又是返回到过去。历史与现代的冲撞及其后果在小说中给人们带来深深的思考。

小说充满西藏的地域特色与宗教神秘的氛围，同时，小说的叙事灵活而多变。"我"的活动超越时空限制，时而与活佛对话，时而在复述传说，时而进入传说中莲花生掌纹地带，而活佛与老人更带有浓重的神秘色彩。小说中既有往昔的神话传说，又有现代的生活场景，过去、现在、未来交汇融合，构成一种扑朔迷离、令人神往的艺术世界。

爸爸爸(存目)

韩少功

导读

韩少功(1953—),湖南长沙人。《爸爸爸》最初发表于《人民文学》1985年第6期。其主要作品有《爸爸爸》《女女女》《马桥词典》等。

《爸爸爸》以魔幻、夸张和荒诞的手法,主要描绘了一个具有象征意义的白痴——丙崽。丙崽一生下来,就一个死人相,是个永远长不大的侏儒和白痴。他眼目无神,行动呆滞,脑袋畸形,思维混乱,一生只会嘟哝"爸爸爸"和"×妈妈"这两句话,是一个集愚昧、粗鄙、丑陋等历史积垢于一身的怪胎。然而,这个令人厌恶的白痴,在鸡头寨竟然被村民视为神灵,他的"爸爸爸"和"×妈妈"竟被视为阴阳二卦,他本人也被尊奉为"丙仙""丙大爷",而受到全体村民的顶礼膜拜。丙崽和鸡头寨的"丙崽们",是民族文化劣根性的象征和理性普遍迷失的形象写照。在塑造丙崽形象的过程中,小说还把湘山鄂水地带的历史变迁,以及此地民间的祭祀打冤、迷信崇拜、乡规土语糅合在一起,刻画出一幅颇具神秘感和象征色彩的民俗图画,以种种隐喻着封闭、愚昧、病残、保守顽固的意象,显现出带有某种原始形态的生命形式、生活方式和生存状态。从而深刻揭露了"文化构成的巨大缺陷",理性批判了民族文化当中的劣根性。而小说最后丙崽的顽强生存,也表明了古代文化的痼疾难以根除。

在表现方法上,《爸爸爸》所采用的是一种富于想象力的魔幻手法,故意淡化故事的背景,模糊故事的时空坐标,安置神秘怪异的人物与事物,并将"刑天"等神话传说引入其中,使作品呈现出一种神奇怪诞并带有一层淡淡喜剧色彩的美学风貌。其叙事语态从容而冷峻,奇幻中带着思考,俚俗中藏着沉重,幽默中透着苍凉,字里行间,意味深长。

红高粱（存目）

莫　言

导读

　　莫言（1956—　　），本名管谟业，山东高密人。主要作品有《透明的红萝卜》《红高粱家族》《爆炸》《丰乳肥臀》等。2012 年，莫言凭借长篇小说《蛙》获得诺贝尔文学奖。

　　《红高粱》最初发表于《人民文学》1986 年第 3 期。它和莫言的其他几篇中短篇小说《高粱酒》《狗道》《高粱殡》《狗皮》《奇死》组合成的长篇小说称为《红高粱家族》。《红高粱》用"我爷爷""我奶奶"的第一人称叙述方法，以历史和现实交汇的视点，将家族传奇与抗日故事结合在一起。一方面赞颂了原始的生命力，批判了现代文明对生命力的压制，"在进步的同时，我真切感到种的退化"。另一方面，作者站在民间的立场上对历史进行了重新审视。小说以"红高粱"为主体象征，代表了自由野性的生命力、强烈激荡的爱情。

　　"我奶奶"是小说中最能体现红高粱精神的女性形象。"她什么事都敢做，只要她愿意"，她敢爱敢恨，蔑视一切陈规陋习，以奔放的生命欲望和刚强的生命意志追求爱情，追求人性的自由。她和"我爷爷"在高粱地的野合是两个生命激情迷荡的欢爱，是对旧式婚姻戕害人性的彻底反叛。同时，她又深明大义，是为国捐躯的"抗日的先锋，民族的英雄"，她在临死前的对天默语和发问，正是对其可歌可泣的一生最好的赞美和评判。

　　而小说中的"我爷爷"，同样野性勃勃，杀人越货与精忠报国并举，他的身上充满了匪气与英雄气，而他对"我奶奶"的爱，又表现了他的侠骨柔情。

　　《红高粱》在艺术上的显著特点是采用了新的叙述方式。叙述人"我"和故事之间有着一种奇特的张力，他是一个全知的叙述者，通过"预述"等方法打破时间的连续性，在过去、现在和将来三种时间之中自由穿梭，使故事时间和叙述时间、故事人物和叙述人之间产生极大的艺术张力，从而也使《红高粱》对于历史的复活并使其充分主体化和心灵化的特点更加鲜明。小说充满了感官印象的大肆描写，暗合了作品中生机盎然的自由精神。违背常规的比喻与通感等修辞手法的大量出现，显示了作者超常的语言运用能力。

山上的小屋

残 雪

在我家屋后的荒山上,有一座木板搭起来的小屋。

我每天都在家中清理抽屉。当我不清理抽屉的时候,我坐在围椅里,把双手平放在膝头上,听见呼啸声。是北风在凶猛地抽打小屋杉木皮搭成的屋顶,狼的嗥叫在山谷里回荡。

"抽屉永生永世也清理不好,哼。"妈妈说,朝我做出一个虚伪的笑容。

"所有的人的耳朵都出了毛病。"我憋着一口气说下去,"月光下,有那么多的小偷在我们这栋房子周围徘徊。我打开灯,看见窗子上被人用手指捅出数不清的洞眼。隔壁房里,你和父亲的鼾声格外沉重,震得瓶瓶罐罐在碗柜里跳跃起来。我蹬了一脚床板,侧转肿大的头,听见那个被反锁在小屋里的人暴怒地撞着木板门,声音一直持续到天亮。"

"每次你来我房里找东西,总把我吓得直哆嗦。"妈妈小心翼翼地盯着我,向门边退去,我看见她一边脸上的肉在可笑地惊跳。

有一天,我决定到山上去看个究竟。风一停我就上山,我爬了好久,太阳刺得我头昏眼花,每一块石子都闪动着白色的小火苗。我咳嗽着,在山上辗转。我眉毛上冒出的盐汗滴到眼珠里,我什么也看不见,什么也听不见。我回家时在房门外站了一会,看见镜子里那个人鞋上沾满了湿泥巴,眼圈周围浮着两大团紫晕。

"这是一种病。"听见家人们在黑咕隆咚的地方窃笑。

等我的眼睛适应了屋内的黑暗时,他们已经躲起来了——他们一边笑一边躲。我发现他们趁我不在的时候把我的抽屉翻得乱七八糟,几只死蛾子、死蜻蜓全扔到了地上,他们很清楚那是我心爱的东西。

"他们帮你重新清理了抽屉,你不在的时候。"小妹告诉我,目光直勾勾的,左边的那只眼变成了绿色。

"我听见了狼嗥,"我故意吓唬她,"狼群在外面绕着房子奔来奔去,还把头从门缝里挤进来,天一黑就有这些事。你在睡梦中那么害怕,脚心直出冷汗。这屋里的人睡着了脚心都出冷汗:你看看被子有多么潮就知道了。"

我心里很乱,因为抽屉里的一些东西遗失了。母亲假装什么也不知道,垂着眼。但是她正恶狠狠地盯着我的后脑勺,我感觉得出来。每次她盯着我的后脑勺,我头皮上被她盯的那块地方就发麻,而且肿起来。我知道他们把我的一盒围棋埋在后面的水井边上了,他们已经这样做过无数次,每次都被我在半夜里挖了出来。我挖的时候,他们打开灯,从窗口探出头来。他们对于我的反抗不动声色。

吃饭的时候我对他们说:"在山上,有一座小屋。"

他们全都埋着头稀哩呼噜地喝汤,大概谁也没听到我的话。

"许多大老鼠在风中狂奔。"我提高了嗓子,放下筷子,"山上的砂石轰隆隆地朝我们屋后的墙倒下来,你们全吓得脚心直出冷汗,你们记不记得?只要看一看被子就知道。天一晴,你们就晒被子,外面的绳子上总被你们晒满了被子。"

父亲用一只眼迅速地盯了我一下,我感觉到那是一只熟悉的狼眼。我恍然大悟。原来父亲每天夜里变为狼群中的一只,绕着这栋房子奔跑,发出凄厉的嗥叫。

"到处都是白色在晃动,"我用一只手抠住母亲的肩头摇晃着,"所有的都那么扎眼,搞得眼泪直流。你什么印象也得不到。但是我一回到屋里,坐在围椅里面,把双手平放在膝头上,就清清楚楚地看见了杉木皮搭成的屋顶。那形象隔得十分近,你一定也看到过,实际上,我们家里的人全看到过。的确有一个人蹲在那里面,他的眼眶下也有两大团紫晕,那是熬夜的结果。"

"每次你在井边挖得那块麻石响,我和你妈就被悬到了半空,我们簌簌发抖,用赤脚蹬来蹬去,踩不到地面。"父亲避开我的目光,把脸向窗口转过去。窗玻璃上沾着密密麻麻的蝇屎。"那井底,有我掉下的一把剪刀。我在梦里暗暗下定决心,要把它打捞上来。一醒来,我总发现自己搞错了,原来并不曾掉下什么剪刀,你母亲断言我是搞错了。我不死心,下一次又记起它。我躺着,会忽然觉得很遗憾,因为剪刀沉在井底生锈,我为什么不去打捞。我为这件事苦恼了几十年,脸上的皱纹如刀刻的一般。终于有一回,我到了井边,试着放下吊桶去,绳子又重又滑,我的手一软,木桶发出轰隆一声巨响,散落在井中。我奔回屋里,朝镜子里一瞥,左边的鬓发全白了。"

"北风真凶,"我缩头缩脑,脸上紫一块蓝一块,"我的胃里面结出了小小的冰块。我坐在围椅里的时候,听见它们叮叮当当响个不停。"

我一直想把抽屉清理好,但妈妈老在暗中与我作对。她在隔壁房里走来走去,弄得踏踏地响,使我胡思乱想。我想忘记那脚步,于是打开一副扑克,口中念着:"一二三四五……"脚步却忽然停下了,母亲从门边伸出来墨绿色的小脸,嗡嗡地说话:"我做了一个很下流的梦,到现在背上还流冷汗。"

"还有脚板心,"我补充说:"大家的脚板心都出冷汗。昨天你又晒了被子。这种事,很平常。"

小妹偷偷跑出来告诉我,母亲一直在打主意要弄断我胳膊,因为我开关抽屉的声音使她发狂,她一听到那声音就痛苦得将脑袋浸入冷水里,直泡得患上重伤风。

"这样的事,可不是偶然的。"小妹的目光永远的直勾勾的,刺得我脖子上长出红色的小疹子来。"比如说父亲吧,我听他说那把剪刀,怕说了有二十年了?不管什么事,都是由来已久的。"

我在抽屉侧面打上油,轻轻地开关,做到毫无声响。我这样试验了好多天,隔壁的脚步没响,她被我蒙蔽了。可见许多事都是可以蒙混过去的,只要你稍微小心一点儿。我很兴奋,起劲地干起通宵来,抽屉眼看就要清理干净一点儿,但是灯泡忽然坏了,母亲在隔壁房里冷笑。

"被你房里的光亮刺激着,我的血管里发出怦怦的响声,像是在打鼓。你看看这里,"她指着自己的太阳穴,那里爬着一条圆鼓鼓的蚯蚓。"我倒宁愿是坏血症。整天有东西在体内捣鼓,这里那里弄得响,这滋味,你没尝过。为了这样的毛病,你父亲动过自杀的念头。"她伸出一只胖手搭在我的肩上,那只手像被冰镇过一样冷,不停地滴下水来。

有一个人在井边捣鬼。我听见他反复不停地将吊桶放下去,在井壁上碰出轰隆隆的响声。天明的时候,他咚地一声扔下水桶,跑掉了。我打开隔壁的房门,看见父亲正在昏睡,一只暴出青筋的手难受地抠紧了床沿,在梦中发出惨烈的呻吟。母亲披头散发,手持一把笤帚在地上扑来扑去。她告诉我,在天明的那一瞬间,一大群天牛从窗口飞进来,撞在墙上,落得满地皆是。她起床来收拾,把脚伸进拖鞋,脚趾被藏在拖鞋里的天牛咬了一口,整条腿肿得像根铅柱。

"他,"母亲指了指昏睡的父亲,"梦见被咬的是他自己呢。"

"在山上的小屋里,也有一个人正在呻吟。黑风里夹带着一些山葡萄的叶子。"

"你听到了没有?"母亲在半明半暗里聚精会神地将耳朵贴在地板上,"这些个东西,在地板上摔得痛昏了过去。它们是在天明那一瞬间闯进来的。"

那一天,我的确又上了山,我记得十分清楚。起先我坐在藤椅里,把双手平放在膝头上,然后我打开门,走进白光里面去。我爬上山,满眼都是白石子的火焰,没有山葡萄,也没有小屋。

(选自《人民文学》1985 年第 8 期)

导读

残雪(1953—),原名邓小华,祖籍湖南耒阳,生于湖南长沙。作品主要有《山上的小屋》《苍老的浮云》《公牛》《我在那个世界里的事情》《阿梅在一个太阳天里的愁思》《黄泥街》《天堂里的对话》《突围表演》等。她的小说现实与梦幻加以"混淆",创造了充满阴森和恐怖的气氛的怪异世界。

《山上的小屋》最初发表于《人民文学》1985 年第 8 期。小说建构了一个梦魇般的世界。这里,人物被遗弃在阴湿、黑暗、虫兽横行的鬼蜮,极度的惊恐与绝望使所有人都陷入了畸形的敏感和歇斯底里的状态。在这个世界里,人是孤独的、痛苦的,人与人之间互相戒备、仇视。残雪以刻意扫除亲情的冷酷写了"我"充满恶意与仇视的家庭关系。一边是我"永远也清理不完的抽屉",这喻指个人生存的历史及其荒诞的境遇;一边是母亲的恶意注视、狼一样的父亲的冷漠、"我"自己无数次的被窥视。"我"希望有一座"山上的小屋",这象征着独立于罪恶人世的个人生存空间,但它并不真正存在,只是一个幻觉。小说中的"我"虽然拥有完整的家庭,感受到的却不是亲情与关爱,而是令人齿骨发寒的敌视。家人之间没有亲情和爱情,只有猜疑与嫉恨。而"我"的反抗只能是质问与蒙混,显得那么乏力与迷惘。心理的变态也产生了物象的变形。许多大老鼠在风中奔突,有一个人反复不停地把吊桶放下井去,在井壁上碰得轰隆作响……"我"的灵魂就在这个梦魇里痛苦地扭动。残雪的敏感使她创造了一个变形、荒诞的世界,从这变形、荒诞世界里折射出一个痛苦、焦灼的灵魂。人性之"恶"成为人性的不可回避的一部分在小说中受到高度重视。

《山上的小屋》表现了人在痛苦中挣扎而又无法摆脱痛苦的人生体验。文学作品作为一种人生经验的升华,不可避免地被注入作者特殊的生命体验。残雪经历过"文革"那段狂热与迷失相继的岁月,对那段时期的反思将不可避免地浮现在作品中。我们不妨将永远理不清的抽屉理解为作者不堪岁月的苦痛而又理不清头绪的思索,将山上飘忽的小屋理解为作者心中时隐时现的迷惘的追求。尽管作品中的"我"肉体经受着病变,情感遭受着凌迟,但"我"确实是缓慢地体验着个体意识的复苏,人性的触角开始在社会的"冰层"中艰涩而费力地伸展。

妻妾成群（存目）

苏 童

导读

　　苏童(1962—　)，江苏苏州人，1984 年毕业于北京师范大学。主要作品有小说《一九三四年的逃亡》《妻妾成群》《米》《妇女乐园》《我的帝王生涯》《红粉》等。《妻妾成群》最初发表于《收获》1989 年第 6 期，后来因被著名导演张艺谋拍摄成电影《大红灯笼高高挂》而影响广泛。苏童的叙述风格流畅而优雅。

　　《妻妾成群》是苏童的代表作之一，作者以对生命与性的想象和体验消解了人们所习惯的关于人的社会性、伦理性的"本质"，而使人还原到"本能"的意义上来。从作者对历史的主观体验与想象的角度看，这篇小说具有"新历史主义"小说的典型特征。作者以幻想的方式构造了一个想象的世界，中心人物是四太太颂莲。颂莲原本是个大学生，由于家庭的变故而嫁给了年已五十的陈佐千老爷。在日复一日的为妾生涯中，她和周围的女性一样，开始呈现出旧式女性的种种本能特征：总想独占丈夫的恩宠，希望为丈夫生个传宗接代的儿子，与其他太太甚至与丫环争风吃醋。对年轻有为、曲意逢迎的大少爷飞浦心存好感，并对其怀有非分之想。她在失去陈佐千的恩宠后，竟不顾一切地引诱飞浦同她上床。至此，作为一个曾经受过良好教育的女性，颂莲的社会性、文化性和伦理性面貌全然消失，而纯粹被自然本能所取代，这一本能在她失宠后更加赤裸地表现出来：为了夺回丈夫的恩宠，她愿意像"狗"一样地侍奉男人，然而，她清纯的气质和直率的品性终究挽救不了一个小妾的命运。最后，她终于从三太太的结局中看到了自己的毁灭而精神崩溃。颂莲的悲剧堪称是"美丽的毁灭"，美丽聪明而淫荡是她的生命本质，毁灭是她必然的命运。从小说看，颂莲的毁灭是双向的。一方面，是陈家花园里压抑人性的陈规陋习使其毁灭——把女人变成动物再加以毁灭；另一方面，颂莲的毁灭又是一种自我毁灭，作为一个女性，她虽然受过良好的教育，但并未摆脱旧式女性的种种陋习。

　　在《妻妾成群》中，颂莲和所有人物都被剥去了文明与理性的外衣，而使他们还原到人的本性的基础上，从而显示出现代思潮中一个著名观点：人的理性与文化都是"表象"或"假象"的外衣，人的存在是一种生命现象的存在，是一种非理性的、自然状态的存在，从某种意义上说，是一种性本能存在。小说的题材表面上似乎是历史，但本质上是在借用意象中的历史和人物来表达上述思想，或表现对人的本质存在的探讨。

　　苏童的小说擅长刻画女性形象，封建时代的旧式女性的凄婉命运，在苏童手里焕发出了特殊的艺术韵味。在他看来，"女性身上凝聚着更多的小说因素"。他的小说中的那些女性,优雅明净,任性薄命,浑身散发着绵长的感伤诗意。苏童小说的叙事优雅从容,纯净如水,《妻妾成群》尤见他的这一特色。这篇看上去古典味十足的小说,既采用了非常现代的叙事方法,也强调语言感觉和叙事句法,文笔朴实却韵味悠长,风格清雅而富有江南情调。

顽主（存目）

王　朔

导读

　　王朔（1958—　　），北京人，自由撰稿人。主要创作有小说《空中小姐》《浮出海面》《一半是火焰一半是海水》《顽主》《玩儿的就是心跳》《一点正经没有》《我是你爸爸》《动物凶猛》《你不是一个俗人》《过把瘾就死》《千万别把我当人》等。

　　《顽主》原载1987年第6期《收获》。小说《顽主》描写了一群都市青年的生存状态和精神状态，他们志大才疏，喜欢高谈阔论，否定脚踏实地，对一切人和事都一致采取嘲讽姿态和诋毁言语。对长辈，于观和他爸爸之间无法沟通，只能以互不干涉来避免父子的战争，而丁小鲁的妈妈试图去理解他们，但更多的是只能听之任之。对同辈，宝康的文学追求和刘美萍对"现代派"的向往是他们讽刺的谈资和嘲弄的对象。顽主们凭借着所谓的特立独行来把自己的玩世游戏进行到底，以此证明"玩世"就包含着他们全部的光荣和梦想。小说对神圣进行了颠覆，对一切自命不凡的精英意识都进行着辛辣的嘲讽，顽主们集体的努力是以他们的不正经向正经宣战。小说对作家的讽刺最为集中而强烈，明确地把作家与流氓等同在一起，批判的矛头直指知识分子群体。对宝康介绍的文学前辈赵尧舜，于观等人在不屑的同时戳穿了他的"伪崇高"，而赵尧舜也根本无法理解于观等人的"贫"和"玩"。

　　王朔在小说中充分挥洒着他调侃的功力，他无所顾忌地调侃一切，对一切进行着谐谑化处理。同时王朔打破了常规小说的写法，并不追求严谨的叙事结构，小说呈现着片段化叙事的风格。"三T"公司（替人解难替人解闷替人受过）每一项为人排忧解难项目的出现和完成过程，都如同一个个独立的情景剧。先有不得志的作家宝康成为他们的服务对象，他迫切需要一个"正式"的颁奖来体现自己的创作实力，于是公司为他安排了一个"三T"奖；杨重代替王明水医生去和他的女朋友手绢柜柜长刘美萍约会，在黔驴技穷不断被追问"现代派"的问题后，杨重三人带她去玩碰碰车以实现彻底摆脱；于观又遇上了一个活着没劲的青年，恳求着打于观两耳光以求发泄；马青的任务是代替一位丈夫去接受他妻子的一顿臭骂。几个故事的主人公各不相识，他们的故事也是相对独立的，"三T"公司是把他们连贯起来的纽带。在叙述语言上，《顽主》吸收了大量的城市流行语，王朔把这些语汇的最本真、最自然的状态呈现出来，而一些政治性的话语被有意识的语境误置。王朔小说的语言魅力体现在他随心所欲地运用着这些城市市民语，甚至可以用最阳春白雪的话说出最下里巴人的内容。

风景(存目)

方　方

导读

　　方方(1956—　　),本名汪芳,原籍江西彭泽,生于南京,1957年随父母迁至武汉。主要作品有《风景》《桃花灿烂》《行云流水》《落日》等。《风景》最初发表于《当代作家》1987年第5期。

　　这篇小说讲述了汉口一个平民之家的生存经历。这个家庭所展现的是中国社会底层最常见的一种:多子女(九个儿女)、赤贫的家境(十一口人共挤一陋室、儿女们以偷煤拣菜维持家庭的基本需求)。父亲粗暴凶悍,母亲风骚粗俗,九个儿女如野草般在放任自流中成长。小说以七哥的故事为主线,同时串联起其他几个孩子的故事。大哥和枝姐之间那种近似畸形的惨烈的爱,二哥为爱而死的痴情,三哥对女性的仇恨,哑巴四哥的安静平和、知足常乐,五哥六哥在事业场上的拼命周旋,还有大香小香浅薄的家庭生活。小说的灵魂人物是七哥,他是一个积极生存者。七哥曾经是在兄弟姐妹中最为人欺负的一个,睡在暗湿的床底下、挨打受骂、拾破烂和菜,他是在真正干硬冷漠的环境中成长起来的。而最后,他自觉地选择不择手段改变自己的命运,以婚姻来得到自己梦寐以求的社会地位。他命运的变迁验证了以生存为核心的民间价值尺度。

　　这篇小说的叙述者是家中早夭婴儿——长眠地下的小八子。以亡灵的视角讲述生者的故事,显得更加冷漠和残酷,同时也突出了荒诞与虚无,借此说明世俗生活的粗俗混乱,反而不如彼岸世界安宁。正如小说中所说:"我以十分冷静的目光一滴不漏地看着他们劳碌奔波,看着他们的艰辛和凄惶。"小说中有大量逼近生活原色的细节描写,加深了作品的可读性,甚至在某种程度上使读者真切地感受到生活近似残忍的真实。

热也好冷也好活着就好

池 莉

这天,大约是下午四点钟光景。有个赤膊男子骑辆破自行车,"嗞"地刹在小初开堂门前的流水沟里,不下车,脚尖蹭地上,将汗湿透的一张钱揉成一坨,两手指一弹,准确地弹到小初开堂的柜台上。

"喂。猫子。给支体温表。"

猫子愉快地应声"呃。"去拿体温表。

收费的汉珍找了零钱,说,"谁呀?"

猫子说:"不晓得谁。"

汉珍说:"不晓得他叫你猫子?"

猫子说:"江汉路一条街人人都晓得我叫猫子。"

汉珍说:"哟,像蛮大名气一样。"

猫子说:"我实事求是。"

汉珍张了张嘴,没想出什么恰当的话来,也就闭了口,将摇头的电扇定向自己的脸,眼光从吹得东倒西歪的睫毛丛中模糊地投向街上。

猫子走到流水沟边递体温表给顾客,顷刻间两人都晒得汗滚油流。突然,他们被吓了一大跳,接着他们哈哈大笑,都说:"这个婊子养的!"

猫子又取出一支体温表给了顾客。汉珍说:"出么事了?"

猫子只顾津津有味地笑,扔过又一支体温表的钱。

汉珍说:"出么事了吵?"

猫子说:"你猜猜?"

汉珍说:"这么热的天让我猜?你这个人!"

猫子说:"猜猜有趣些。你死也猜不着。"

汉珍:"我真是要劝燕华别嫁你。个巴妈一点都不男子汉。"

猫子说:"么事男子汉?浅薄!告诉你吧,砰——体温表爆了,水银标出去了!"

汉珍猛地睁大眼睛,说:"我不信!"

"不信?这样——砰。"猫子做动作。动作很传神。

汉珍说:"世界真奇妙。"

猫子白汉珍一眼,摹仿"正大综艺"节目主持人姜昆的普通话:"世界真奇妙。"

他们捂着肚皮笑了。这天余下的钟点过得很快。他们没打瞌睡,谈论了许多奇奇怪怪的话题,好有意思。

下班了猫子本来是准备回自己家的,现在他改变决定还是回燕华家。今天体温表都爆了,多热的天,他要帮帮燕华。既然他们是在谈朋友,他就要表现体贴一点儿。

出了小初开堂,顺着大街走三分钟,燕华家就到了。旧社会过来的老房子,门面小,里头博大精深,地道战一样复杂,不知住了多少家。进门就是陡峭狭窄的木质楼梯,燕华家住二楼,住二楼其中的两间房。燕华一间,她父亲一间,都有十五个平方米,这种住房条件在武汉市的江汉路一带那是好得没说的了。所以燕华就更有俏皮的资本啦。猫子认为:燕华不俏皮谁俏皮? 要长相有长相,要房子有房子,要技术有技术,要钱是个独生女。燕华不俏皮谁俏皮? 人嘛,不过,话该这么说,燕华只管俏她的,猫子有猫子的把握。

住一楼的王老太在楼梯口坐只小板凳剥毛豆。王老太像钟点,每天下午六点钟准坐这儿择菜。

猫子说:"太。热啊。"

王老太说:"热啊猫子。"

猫子给王老太一盒仁丹,说:"太。热不过了就吃点仁丹。"

王老太说:"咳呀吃么仁丹,这大把年纪了活着害人,只唯愿一口气上不来去了才好。"

猫子说:"看太说到哪里去了。"

王老太倒出几粒银光闪烁的仁丹丸子含在舌头上,含糊地说:"猫子啊,燕华今天轮早班了,你小点心。"

用不着王老太提醒,猫子心中有数。燕华是公共汽车司机,一周一轮班,早班凌晨四点发车,最是睡不好觉的班次。燕华一轮到上早班就寻着猫子发火。所以猫子今天本来是要回自己家的。

燕华在厨房里洗菜,穿了件相当于男式背心的女背心,下面是花布裤头,整个背部包括裤头的腰全汗湿得贴在身上。厨房几家共用,几家的女人都在忙碌饭菜,自然都汗湿得不比燕华少。猫子想这里好比游泳池了。

猫子说:"热啊嫂子们。"

女人们说:"猫子好甜的嘴。"

猫子说:"燕华。"

燕华哗啦啦洗菜,不理他。

猫子说:"燕华我来洗吧。"

燕华继续洗菜不理人。

猫子朝女人们做了个求助的手势,女人们就说:"燕华死丫头,有福不会享。"

猫子说:"就是。"

燕华竖起一根手指,将脸面上的汗珠刮得飞溅,说:"去去。说不来呢做么事又来了? 说你妈病了呢你妈这么快就好了?"

猫子说:"你不晓得今天出了什么事呢,我特意来告诉你的。"

燕华横了他一眼。

女人们都问:"么事呀么事呀?"

猫子说:"我卖一支体温表,拿到街上给顾客。只晒了一会太阳,砰——水银标出来了,体温表爆了。"

女人们说:"啧啧啧啧,你看这武汉婊子养的热! 多少度哇!"

燕华说："吹！"

猫子说："我吹吗？我是吹的人吗？"

燕华说："你以为你不吹？十男九吹。"

猫子说："那让嫂子们说句公道话。"

女人们说："猫子真不是吹的人。燕华别冤枉他了。"

燕华说："你们干什么干什么？八国联军打中国呀。"说完忍不住笑，扭身跑了。

猫子脱了T恤衫，赤膊上阵洗菜。接着切菜。接着炒菜。叮叮当当，做得大汗淋漓，热火朝天。

女人们说："猫子啊，一个怕老婆的毛坯子。"

猫子说："怕就怕。怕老婆有么事丑的。当代大趋势。其实呢，是心疼她，上早班多辛苦。"

女人们说："猫子真是个好男将哦，又体贴人又勤快，又不赌不嫖。"

猫子说："你们又不接客，么样晓得我不嫖啊？"

一个女人跑上来拧了猫子的嘴。其他几个咬牙切齿笑，说："这个小狗日的！"

猫子大笑。

菜饭刚做好。燕华的父亲回来了。老师傅白发白眉，寿星老头模样。老通城餐馆退休的豆皮师傅，没休一天又被高薪返聘回去了。据说他是当年给毛泽东主席做豆皮的厨师之一。这一带街坊邻居无不因此典故而敬慕他。

一厨房的人都一迭声打招呼。

"许师傅您家回来了。"

许师傅说："回了回了。今天好热啊。"

人都应："热啊热啊。"

许师傅说："猫子你热死了，快到房里吹吹电扇。"

猫子说："无所谓，吹也是热风。"

燕华冲了凉水澡出来。黑色背心白色短裤裙，乳房大腿都坦率地鼓着，英姿飒爽。猫子冲她打了个响指。她扭了扭腰要走。

许师傅说："燕华！帮猫子摆饭菜。"

太阳这时正在一点一点沉进大街西头的楼房后边，余辉依然红亮地灼人眼睛。洒水车响着洒水音乐过来过去，马路上腾腾起了一片白雾，紧接着干了。黄昏还没来呢，白天的风就息了。这个死武汉的夏天！

燕华拎了两桶水，一遍又一遍洒在自家门口的马路上，终于将马路洒出了湿湿的黑颜色。待她直起腰的时候，许多人家已经搬出竹床了。

燕华叫："猫子。"

猫子在楼上回答："来了。"

过了一会儿猫子还没下楼。

燕华不满意了。高叫："猫子——"

猫子搬了张竹床下来了。

燕华说："老不下来老不下来，地方都给人家占了。"

猫子说:"哎你小点声好不好?你这人啦,谁家的竹床自有谁家的老地方。大家都要睡,挤紧点就挤紧点呗。"

燕华声音低了下来,却没服气,说:"就你懂事,就你会做人,就你讨街坊喜欢,德性!"

猫子说:"我实事求是嘛。"

猫子和燕华一边嘀咕着一边干活。他们摆好了一张竹床两只躺椅,鸿运扇搁竹床一头,电视机搁竹床另一头。几个晒得黑鱼一样的半大男孩窜来窜去碰得电线荡来荡去,燕华就说:"咄,咄。"赶小动物似的。猫子觉得怪有趣,说:"这些儿子们。"

许师傅摇把折扇下楼来了。他已经冲了个澡,腰间穿条老蓝的棉绸大裤衩,坐进躺椅里,望着燕华和猫子,一种十分受用的样子。

竹床中央摆的是四菜一汤。别以为家常小菜上不了谱,这可是最当令的武汉市人最爱的菜了:一是鲜红的辣椒凉拌雪白的藕片,二是细细的瘦肉丝炒翠绿的苦瓜,三是筷子长的鳘鲦鱼煎得两面金黄又烹了葱姜酱醋,四是卤出了花骨朵朵的猪耳朵薄薄切了一小碟子。汤呢,清淡,丝瓜蛋花汤。汤上飘一层小磨麻香油。

燕华给父亲倒了一杯酒,给猫子也倒了一杯酒。"黄鹤楼"的酒香和着菜香就笼罩了一大片马路。隔壁左右的邻居说:"许师傅,好菜呀。"

许师傅用筷子直点自家的菜,说:"来来喝一口。"

邻居说:"您家莫客气。"

许师傅说:"那就有偏了。"

燕华冷笑着自言自语:"恶心。"

猫子说:"咳,老人嘛。"

马路对面也是成片的竹床。有人扯着嗓子叫道:"许师傅,好福气呀。"

许师傅说:"福气好福气好。"

燕华开了电视,正好雄壮的国歌升起。大街两旁的竹床上都开饭了。举目四顾,全是吃东西的嘴脸。许师傅喝得很香。猫子也香。一条湿毛巾搭在肩上,吃得勇猛,一会儿就得擦去滚滚的汗。燕华盛了一小碗绿豆稀饭,有一口没一口地喝,筷子在菜盘子里拨来拨去,百无聊赖。

猫子说:"燕华,我的菜是不是做得呱呱叫?"

燕华说:"你自我感觉良好。"

猫子说:"嗤,许伯伯?"

许师傅说:"是呱呱叫。猫子不简单呐。"

燕华说:"我吃不香。这么热的天还吃得下东西?"

猫子说:"这是没睡好的原因,上早班太辛苦了。所以我不回家,来给你做菜。"

许师傅听完就嘻嘻地乐。燕华说:"他油嘴滑舌。先头说是因为出了体温表的事。"

猫子猛拍大腿,他怎么居然还没告诉未来老丈人今天的大新闻呢!他说:"许伯伯,今天出了件希奇事。一支体温表在街上砰地爆了,水银柱标出玻璃管了!"

许师傅歪着头想象了好半天,惊叹道:"真是世界之大无奇不有哇!猫子,体温表最高多少度?"

猫子说:"摄氏42度。"

许师傅说:"这个婊子养的! 好热啊!"

燕华放下碗,说:"热死了。不吃了。"

猫子说:"热是热,吃归吃呀。"

燕华说:"像个苕。"

猫子说:"不吃晚上又饿。"

燕华说:"像个苕。人是活的咧,就叫饿死了? 满街的宵夜不晓得吃。"

猫子说:"好吧好吧,十二点钟去吃宵夜。"

燕华说:"你美哩,谁要你陪,我早和人家约好了。"

猫子说:"谁? 和谁?"

燕华说:"你是太平洋的警察? ——管得真宽。"

许师傅说:"猫子别理她! 燕华像放多了胡椒粉,口口呛人。还是个姑娘伢咧。"

燕华说:"姑娘伢么样? 姑娘伢么样?"

许师傅说:"姑娘伢要文静本分温顺。"

燕华说:"怕又是旧社会了吧?"

猫子说:"许伯伯您家莫和她怄气。"

许师傅说:"都不理她。"

一老一少两个男人就去看电视。燕华从鼻子里哼哼两声,转过身望街去坐;眼睛怔怔变幻着各种情绪。一般姑娘家只是背了人才有这种神态的。所以贴街行走的外地人冷不丁瞧见了燕华便吓了一跳。

街上行人稀了一些,却也稀不到哪儿去。武汉市城区每平方公里平均将近四千人,江汉路又是城区最繁华的商业区,行人又能稀到哪儿去? 照旧是车水马龙。不过日暮黄昏了,竹床全出来了,车马就被挤到马路中间去了。本市人不觉得有什么异常,与公共汽车,自行车等等一块儿走在大街中间。外地人就惊讶得不得了。他们侧身慢慢地走,长长一条街,一条街的胳膊大腿,男女区别不大,明晃晃全是肉。武汉市这风景呵!

电视播映国际新闻了。

猫子大声宣布:"嗨,国际啦国际啦。"

在伊拉克侵占科威特之后,猫子主动负起了提醒街坊看国际新闻的责任。几家的男人端着饭碗跑了过来。

伊拉克吞并了科威特又想搞沙特阿拉伯。

猫子说:"个婊子养的伊拉克,吃饱了撑的。"

男人们都感慨:"这个婊子养的!"

有人说:"这婊子破坏我们亚运会。等开完了亚运再打不迟嘛。"

许师傅说:"毛主席说过,侵略者决无好下场。你们信不信?"

猫子说:"我信。有钱的国家都出动了,收拾它是迟早的事。"

男人们说:"那难说。阿盟其实不喜欢美国佬。咱们出兵算了,赚点外汇,减少点人口,又主持了正义,刀切豆腐两面光。不知江书记想到了这点没有?"

许师傅说:"你怎么这思想呢? 现在的年轻人?"

大家说:"许师傅啊,我们哪有什么思想,比不得您家,毛泽东思想武装的。"

许师傅知道这是玩笑话,和气地笑了。

臭了一顿伊拉克,接着又臭武汉的持续高温。再接下来是广告,又臭广告。臭广告时人就渐渐散了。

猫子一放下碗,许师傅就说:"燕华,收碗。"

燕华说:"我要等汉珍。"

猫子说:"哦,汉珍。你们好紧的口,都不告诉我。"

燕华说:"你是个么事大人物,要告诉你?"

许师傅说:"收碗,燕华!"

猫子说:"我来收碗。"

许师傅说:"不行猫子。街坊邻居都看着,我家这点家教还是有的。燕华收碗。"

燕华不情不愿起身收拾碗筷,猫子给她打下手。

王老太和女人们看着燕华、猫子上了楼,就对许师傅说:"您家做得对,燕华脾气是焦躁了一些。猫子是个几好的伢,换个人燕华要吃亏的。"

许师傅说:"是的哟,像猫子这忠厚的男伢现在哪里去找? 现在的女伢们时兴找洋毛子,洋毛子会给他丈人炒苦瓜吃么? 燕华要是不跟猫子,我捶断她的腿。"

燕华满以为猫子会主动洗碗的,谁知他放下饭锅就走。燕华说:"猫子啊。"

猫子说:"干什么呀?"

燕华说:"好好! 我算看透你了!"

猫子说:"今儿都没给个好脸色嘛。"

燕华说:"么样脸色是好?"说着就露出了笑。

猫子说:"这就对了。谈朋友嘛要有具体行动。"

猫子一把拉过燕华拥进怀里。燕华说:"太热了。"胳膊却不由自主揽住了猫子的腰。两人扭扭绊绊进了房间。房间完全是个蒸笼,墙壁、地板、家具,摸哪儿都是烫的。等他们出房间时都有点儿中暑了。

汉珍是晚上八点半来的。燕华又换了一件新潮太阳裙和她走了。她们嘻嘻哈哈对猫子说:"拜拜。"

这个时候,住人的房子空了。男女老少全睡在马路两旁。竹床密密麻麻连成一片,站在大街上一望无际。各式各样的娱乐班子很快组合起来。

许师傅本来是要摸两把麻将的。新近相识的王厨师来了。王厨师是武汉人,在远洋轮上工作了三十年,最近退休回了老家。着了迷寻着许师傅讲究武汉小吃。他们还有一个忠实的听众王老太。王老太在许师傅谈论的武汉小吃中度过了大半生。

一个嫂子约猫子打麻将。

许师傅说:"猫子去玩吧。"

猫子说:"我不玩麻将。"

嫂子说:"玩么事呢? 总要玩点么事啊。"

猫子说:"我和他们去聊天。"

嫂子说:"天有么事聊头? 二百五! 没听人说的么:十一亿人民八亿赌,还有两亿在跳舞,剩下的都是二百五。"

猫子说:"二百五就二百五。现在的人不怕戴帽子。"

嫂子膝下的小男孩爬竹床一下子摔跤了,哇地大哭。她丈夫远远叫道:"你这个婊子养的聋了! 伢跌了!"

嫂子拎起小男孩,说:"你这个婊子养的么样搞的咻!"

猫子说:"个巴妈苕货,他是婊子养的你是么事?"

嫂子笑着拍猫子一巴掌,说:"哪个骂人了不成? 不过说了句口头语,个巴妈装得像不是武汉人一样。"

猫子抱起小男孩,送到他家竹床上。这家男人递了猫子一支烟。

猫子说:"王师傅我说个新闻吓你一跳。"

男人说:"个巴妈。"

猫子说:"今天,就是今天,下午四点,我们店一支体温表在太阳下待了两分钟,水银就冲破了玻璃管。"

男人扬起眉毛,半天才说:"真的?"

猫子很高兴,吐出一串烟圈。

男人说:"你说吓人不吓人,多热! 还要不要人活嘛!"

猫子豪迈地笑,说:"个婊子养的,我们不活了!"

前边有人叫了:"猫子,过来坐。"

猫子前边去了。一大群人在说话看电视。猫子将电视机撤灭了,有声有色讲了今天体温表的事。人们听了十分激动。有人建议给武汉晚报写篇通讯。有人建议给市长专线打电话:多热的天,你还让我们全天上班吗? 由此受到启发,有人提出政府在搞鬼,不让电台如实报天气预报,以免人心浮动。立即有人出来反驳,说测气象不是测的大马路,科学有科学的讲究,搞科学的人不会撒谎。猫子参加了争论,与他争论的小伙子说体温表事件很有可能不是气温的问题而是体温表质量问题。猫子极为气愤,因为体温表是他进的货,全是一等品。

许师傅这时也成了谈话的中心人物。围绕着他的除了王老太全是剃着青皮光头的老头子。

许师傅显然有几分得意忘形,他说毛主席吃完豆皮,到厨房来和厨师一一握手,最后拍着他的肩说:你的豆皮味道好极了!

老人们乐得跟小孩一样。许师傅自嘲说:"啊,是有点像雀巢咖啡的广告。"

王老太说:"再讲讲朝鲜国吃四季美的故事。"

许师傅就又讲金日成某年某月某日到武汉访问了四季美的小笼汤包。吃完就走了,去北京了。十多天后金日成启程回国,上车前突然对送行的中央首长说:"我还有一个小问题始终没想通。"中央首长请他讲,金日成说:"那武汉市四季美的汤包,汤是么样进包子的?"

老人们更乐得不知怎么才好,捧着茶杯咕咕喝茶,过那痛快的瘾。

王厨师说:"个杂种,我漂洋过海不晓得跑了多少国家和城市,个杂种,他们的油条都是软皮隆的,只有我们武汉的油条是酥酥的。"

许师傅说:"咳,提不得喽。说那上海吧,十里洋场,过早吃泡饭;头天的剩饭用开水一泡,就根咸菜,还是上海! 北京首都哩,过早就是火烧面条,面条火烧。广州深圳,开放城市,老鼠蛇虫,什么恶心人他们吃什么。哪个城市比得上武汉? 光是过早,来,我们只数有点名堂的——"

王老太扳起指头就数开了:老通城的豆皮,一品香的一品大包,蔡林记的热干面,谈炎记的水饺,田恒启的糊汤米粉,厚生里的什锦豆腐脑,老谦记的牛肉枯炒豆丝,民生食堂的小小汤圆,五芳斋的麻蓉汤圆,同兴里的油条,顺香居的重油烧梅,民众甜食的沈汁酒,福庆和的牛肉米粉。王老太的牙齿不关缝,气一急潜出了一挂口水。她难为情地用手遮住了嘴巴,说:"丢丑了丢丑了,老不死的涎都馋出来了。"

老人们鼓掌。

王厨师说:"不愧老汉口! 会吃! 我这个人喜欢满街瞎吃。过个早,面窝,糍粑,欢喜坨酥饺,核糍,糯米鸡,一样吃一个,好吃啊!"

许师傅说:"那不是吹的,全世界全国谁也比不过武汉的过早。"

老人们自豪极了,说:"就是就是。"

夜就这样渐渐深了。

公共汽车不再像白天那样呼呼猛开。它嗤嗤喘着气,载着半车乘客,过去了好久才过来。推麻将的声音变得清晰起来。竹床上睡的人因为热得睡不着不住地翻来覆去。女人家耳朵上,颈脖上和手腕手指上的金首饰在路灯的照射下一闪一闪地发亮。竹床的竹子在汗水的浸润下使人不易觉察地慢慢变红着……

燕华正在回家的路上。

燕华和汉珍又约了两个高中女同学。四个姑娘穿得时髦之极。摩丝定型发胶将刘海高高耸在前额,脸上是浓妆艳抹。她们的步态是时装模特儿的猫步,走在大街上十分引人注目,没玩什么她们就开心极了。

她们没去跳舞也没看电影。就是逛大街。从江汉路逛到六渡桥,又从六渡桥逛回江汉路。吃冰淇淋,吃什锦豆腐脑,你出钱请一次,她出钱请一次。

汉珍说了今天体温表的新闻。

燕华说了今天她车上售票员小乜和乘客相骂的事。说是两个北方男人坐过了站,小乜要罚款。北方人不肯掏钱,还诉了一通委屈。小乜就说:"赖儿叭叭的,亏了裆里还长了一坨肉。"

北方人看着小乜是个年轻姑娘,不敢相信自己的耳朵,大声问:嘛?

小乜也大声告诉他们:鸡巴。不懂吗?

北方人面红耳赤,赶快掏出了钱。

四个姑娘笑得一塌糊涂。燕华顶快活,说:"个婊子养的,家里一个老头子,一个男朋友,想讲给人听又讲不出口,憋死我了。"

汉珍说:"那你就结婚当嫂子嘛。我看猫子已经等不得了。"

另外两个女同学说:"燕华只怕都是嫂子喽,猫子那老实?"

燕华扑过去撕女同学的嘴，闹得一团锦簇在霓虹灯下乱滚。

她们又议论了影星歌星，议论了黄金首饰的价格与款式，议论了各自的男朋友，议论了被歹徒杀害的"娟兰"和"两兰"，为这四个女性叹息了一番。

汉珍说："要是你们遇上了歹徒怎么办？"

燕华说："老子不怕！凭么事让他搞钱？我们公司赚几个钱容易？全是老子们没日没夜开车赚的。邪不压正，你越怕越出鬼。"

姑娘们说："是这个话，怕他也一样杀你。"

走着说着，实在走不动了，她们才分了手。

燕华买了宵夜拎回家来。

许师傅在躺椅上闭目养神。

燕华说："爸爸吃点浓汁酒吧。猫子呢？"

许师傅说："前边玩。"

燕华踮脚往前望，望见一片又一片竹床，没见猫子。

猫子这时其实在燕华的视线内，但他躺在四的竹床上。四的竹床都与众不同，脚矮，所以被遮挡住了。

四是个有点年纪的单身汉。街坊传说他是个作家，他本人则不置可否。四是他的小名。许多人讨厌他酸文假醋，猫子却有点喜欢他。因为和四说话可以胡说八道。

猫子说："四，我给你提供一点写作素材好不好？"

四说："好哇。"

猫子说："我们店一支体温表今天爆炸了。你看邪乎不邪乎？"

四说："哦。"

猫子说："怎么样？想抒情吧？"

四说："他妈的。"

猫子说："他妈的四，你发表作品用什么名字？"

四唱起来："不要问我从哪里来，我的故乡在远方，为什么流浪，流浪远方，流浪。"

猫子说："你真过瘾，四。"

四将大背头往天一甩，高深莫测仰望星空，说："你就叫猫子吗？"

猫子说："我有学名，郑志恒。"

四说："不，你的名字叫人！"

猫子说："当然。"

然后，四给猫子聊他的一个构思，四说准把猫子聊得痛哭流涕。四讲到一半的时候，猫子睡着了。四就放低了声音，坚持讲完。

燕华洗了个澡，穿着汗衫短裤，沿着街低低叫唤："猫子。猫子。"

四听见了却没回答。他想的是：让男人们自由一些吧。

凌晨一点钟了。燕华回到自家竹床上想睡上一会儿。王老太在她耳朵边说："伢，猫子是个好男将啊。"

燕华说:"晓得。"

王老太又说:"男怕干错行,女怕找错郎啊!"

燕华说:"晓得晓得。"

王老太深深叹了一口气,不出声了。

燕华迷迷糊糊睡了一觉,一身汗,热醒了。三点半,该去上班了。

燕华的第一趟车四点钟准时发出。售票员依然是小乜。车过江汉路时,她们发现了猫子。猫子睡在四的竹床上,毫不客气摊成个大字。燕华最恨四,说:"这个混账东西,哪儿不好睡。"

小乜说:"猫子搭帐篷了。"

燕华说:"呸,流氓。"

小乜说:"个巴妈,他在大街上'搭帐篷',我把眼睛剜瞎它?"

燕华说:"个婊子养的!"

小乜说:"结婚吧。莫丢人了。"

小乜纵情大笑。

燕华说:"小点声伙计,武汉市就现在能睡一会。"

小乜掩住口,吃吃笑个不住。

燕华驾驶着两节车厢的公共汽车,轻轻在竹床的走廊里穿行,她尽量不踩油门,让车像人一样悄悄走路。

导读

池莉(1957—),湖北晒阳人。主要作品有《烦恼人生》《不谈爱情》《太阳出世》等。《热也好冷也好活着就好》最初发表于《小说林》1991年第1—2期。

这篇小说截取武汉高温难耐的夏季的一天来描绘一幅幽默俏皮的"武汉市民消夏图"。小说中的人物均是普通的市民阶层,如售货员、公交司机、退休厨师等。小说所写的无非是上班聊天、斗嘴,下班吃饭、乘凉、海侃神聊、逛街这样一些司空见惯的日常琐事,可就是这样的一些小事将汉口底层市民那无聊而真率、粗俗又机巧、好卖弄又时显破绽的性情表现得惟妙惟肖。

这篇小说并不着意于情节的曲折离奇,作者笔力舒缓,力图展示武汉市民本真的生存状态,字里行间流露出对这种市民生活的认同与喜爱。温度计在高温中爆炸的细节在小说中多次出现,成为贯串全文的重要线索。对话组成了小说的全部,并以大量的短句为主。整篇小说力图保持武汉地区市民语言的纯正和原汁原味,以呈现普通人身上那种乐观知足而又恣肆泼辣的精神。但小说结尾出人意料地写到燕华"轻轻在竹床的走廊里穿行,她尽量不踩油门,让车像人一样悄悄走路"。就这么一个细节将武汉女子泼辣中的体贴淋漓尽致地展示出来了,而且使整篇小说仿佛带着一丝夏日的凉风的味道。

一地鸡毛（存目）

刘震云

导读

　　刘震云(1957—　　)，河南延津人。主要作品有《一地鸡毛》《单位》《温故一九四二》等。《一地鸡毛》最初发表于《小说家》1991年第1期。

　　这篇小说用一种冷峻而带点调侃的笔调不动声色地描写着大学毕业生小林在单位和家庭的种种遭遇和心灵轨迹的演变。曾经有过理想与激情的主人公现在的生活总是围绕着日常琐事与单位中的恩怨是非，从而真实地反映了普通中国人在20世纪八九十年代的日常生存状态。而小林最终在艰难而窘迫的生活面前通过心理调整走向随遇而安，如小说结尾所写："小林又想，如果收拾完大白菜，老婆能用微波炉再给他烤点鸡，让他喝瓶啤酒，他就没有什么不满足的了。"显示着小林在适应环境和认同现实的过程中个性逐步退隐乃至消失，而小林浑然不觉甚至有点高兴了。

　　这篇小说以生动的细节和朴拙有味的白描取胜。如小说开头小林家的豆腐馊了的这个一直被人称道的细节描写，作者不仅通过这个细节把故事讲得娓娓动人，而且又引出了小林和老婆、老婆和保姆之间的矛盾，更重要的是，在作者冷静而郑重的叙事笔调中，读者对小职员小林那种清贫而尴尬的生存处境产生了深切的体会。同时，作者又善于把一个个的细节连缀起来，使之浑然一体。结构的散淡化是这篇小说的又一大特点。它没有传统小说对故事开端、发展、高潮、结局的用心经营，而是看似随意地信笔描摹：豆腐馊了、查水表的老头来了、礼送不出去了、家里又来了老家客人了、孩子病了等诸如此类的琐屑杂事，使读者深深体会到日常生活是如何销蚀磨损掉人的生命意志和个性尊严。

空的窗

陈 染

　　孤独的人最常光顾的地方是邮局。老人是在两年前的黄昏时分得出这一结论的。无论你相信抑或不相信,他都对自己的发现表现出坚定不移的信念。

　　两年前的一个沉闷而阴郁的下午,绵绵的雨雾终于在嘶嘶啦啦纠缠了七天七夜之后打住,太阳灼热的光线像一把寒光凛凛的匕首,从太阳应该消失的西天角斜逼出来,横亘在鼠街的中央地带,这时已是迟暮时分。老人正站在街边观望着什么,他发现自己有一半脸颊亮在阳光里,另一半脸颊埋在阴影里,于是,他把自己的脸完全拉进街角的一级高台阶上面的阴影里边去。

　　这举动与他的心境有关。比如,有一天夜晚,我送两个朋友去车站,一个男一个女,这男人和女人本身并无故事。他们都是我的好朋友,一个天南一个地北,在来我家做客之前并不相识。我要说的是在我送别他们的时候,那场景所给予我的对人生的一点小感悟。

　　那女人外观艳丽且凄凉,黑黑的长发披散着被夜风抚弄得时起时落,飘飘扬扬,像一面柔软的黑色缎旗,眼睛大大地洞张着,里边盛满忧郁,在黑夜中闪闪烁烁,楚楚动人。作为女人,我对拥有这种眼睛和神韵的同类,会从心灵里某个深深的部位产生一种疼痛感,这个格调总与我自己的生活经历相投合。她刚刚离了婚,从遥远的北方城市逃到我生活的这个城市。当时,夜色已经很浓稠,车站正好有一盏路灯突兀地亮着,在四际茫茫的黑暗中,这灯光给人以突然的暴露感。我们三个人在站牌下站定后我所看到的第一个动作就是那女人向后退了一步,把自己的脸躲进身后一条电线杆的瘦长的阴影里。随即,我发现我自己也闪了一下身,躲开那令人暴露的灯光,和她并排而立,脚下踏着那条横卧在鼠街车站的电线杆的影子,我们俩从头到脚被电线杆的影子保护起来。

　　我们的对面,在光秃秃四处无藏的光亮里,那男人(我当时在自己心里把他塑造得完美无缺,我热恋着我自己想象而成的男人,而这男人其实与他关系不大)乐呵呵迎视而站,眼睛安然地裸露在光芒之下。他是从一个边远的南方小城过五关斩六将杀进我生活的这个文化氛围很浓的城市里工作的,并且很快又将离开我到一个遥远的国度去学习,因此,他心中充满信心和希望,并不因离开我而觉失去什么。我的这个对于人生的一点小感悟就是在此时产生的:倘若你在任何一种光芒里——比如日光、阳光、灯光——看到两个或三个或四个人聚在一起,他们每个人对于光芒的或迎视或背立的选择,决不只是一种偶然为之的空间位置,那绝对与心境有关,似乎是很随意的站立位置,但那却是一种必然的结局。

　　两年来,种种回忆使我一直在思索黑暗与光亮这个既相悖又贯通的生命问题。这个问题与我下面的故事有关。

　　那一天,在阴雨初晴的黄昏时分,老人被忽然绽开的阳光逼到鼠街东侧的高台阶上边的阴影里边去。高台阶的上边正好是一家小邮局。七天七夜的绵雨过后,邮局里显得格外繁忙。孤独的老人,忽然发现在死寂的生活中有一块角落与全世界相连,人们在这里与远在太平洋那一边的亲人爱友清晰地说着话,一个女孩在走出电话间时,神采飞扬地说,她刚刚听到了纽约清晨清扫街道的洒水车的声音。老人心中莫名地激动起来,这里还是疲倦的黄昏,而太平洋的那一边已是阳光初照的清晨了,哦,世界有这样大! 老人兴味十足地在邮局里观看起来。有人风风火火排队寄发邮政快件,有人慢吞吞把信封投进四平八稳的信箱,还有人四处借着钢笔或圆珠笔,以便填写电报内容。有个面色苍白得好像没有温度的年轻女人,握着电话筒,光流泪出不了声。这个女人给他留下很深的印象。几天后,他在另外一个地方又见到了这个年轻女人。

老人连续好多天在邮局里进进出出四处张望。有一天,他正在被这个繁忙的孤独世界所感动,想着自己的这一生似乎没有收到过什么人的信、并考虑着给什么人写封信的时候,忽然他听到一个很年轻的声音从身边掠过:"有病,有病,肯定这人有病。"老人的目光追随着那声音,那声音是一位身穿墨绿色邮电部门工作服的小伙子发出的,他走到柜台里,和一位穿同样服装的姑娘指指点点。老人凑过去,看到他们正嘲笑地议论一封信的信封。老人戴起老花镜,看到那信封上写:北京八宝山老山骨灰堂第五区第一百零五号收。老人的心像被什么东西攥了一下,他立刻想起两天前在老伴儿去世后的她的第一个生辰日。那一天,他熄灭了房间里所有的电灯,燃起三支蜡烛,在昏黄的烛光下,他笨手笨脚包了五十九个一寸大小的饺子。老伴儿去世正好五十九岁。然后,他把这五十九个小饺子抛洒在鼠街西头的一条通往远处的污水河里。河水像一只庞大的铁锅里的沸水,跌宕跳跃,小饺子落到河水里犹若水耗子一般上下蹿起,最后被河水跳着舞带走了。可是,忽然,老人望着那远去的河水哭泣起来,说饺子忘记煮了,还是生的。

那一天,正是晚饭前,太阳的余晖把河水涂染成让人心疼的血红,我正好站在河边,便走上去安慰老人说:阴间的吃法与我们阳间的吃法不同,饺子煮熟再吃是我们阳间的吃法,若按阳间的吃法把煮熟的饺子抛洒河中,你的老伴儿肯定在阴间无法收到。老人抬起头望望我,似乎得到安慰。他说他好像见过我,在邮局里,我举着话筒光流泪不出声。然后他就走了。我就是在那一天认识的老人。那时,我还可以像正常人一样走路交谈,像正常人一样看到光明或逃开光明。

还是先把我放在一边,继续说老人的故事。我与这个故事的关系,到最后你便可以发现。

那一天,老人回到家,给老伴儿写封信的欲望撞击着他,他在房间里走过来走过去,坐不下去站不起来,最后终于没有写。没有写的原因很简单,他要诉说的太多太多,以至无法落笔,无法开头和结尾,只好选择沉默。正像我们太亲太近的人,你无法描写他一样。你能够诉说或描写的对象,必须具备一个条件,那就是与你的距离,没有距离,也就无法存在诉说和描写。

老人把神思拉回到邮局里,望望眼前那封投寄"北京八宝山老山骨灰堂第五区第一百零五号收"的信出了声。

"年轻人,我要找你们邮局的局长。"他说。

那个穿邮局制服的青年抬起头,看看老人庄严的面孔。拥有这种面孔的人肯定是有非见局长不可的事,是糊弄不走拒绝不了的。青年人朝着一个什么方向都不是的空中一指:那儿。老人楼上楼下左边右边花了十七八分钟时间,在第七与第八之间没有房号的房间里的第七十八号茶杯前终于找到邮局局长,在这个不大的邮局里。老人气喘吁吁掏出自己的证件,自我介绍说他是鼠街中心小学的退休教师,退休的时候正好老伴儿又去世了,他活着没有了希望,没有人再需要他,他希望局长能给他一份工作,他不要钱只是义务劳动。

局长先是漫不经心地听着,后来他被老人眼角里混浊的水花以及他那种为别人所掌握的悬而未定的希望感所造成的抽搐的嘴角所感动,"那么你能做什么呢?"

老人立刻来了精神,说:"我可以投送那些无法送达的死信。"

局长很是痛快,"好了,就这样吧,每月我们发给你四十元就算补助费。"

"谢谢,谢谢!"老人一下子充实起来,轻盈起来,光亮起来。步伐铿铿然,螺旋下楼。手里攥着第一封将要去送的死信。

这是两年前一个很晴朗的午日所发生的事。就在那天,忽然之间,老人那无所依恃于世界又无人需要于他的孤独感,在那个午日的矮矮的两层楼梯的旋转中消失殆尽。

生命又回到老人的躯体上,他觉得自己又活得充实而有意义起来,像他当年在鼠街中心小学与孩子们在一起时一样,尽管"b、p、m""人与入字的不同",他讲了四十二年之久,但他从没有重复感,每一次讲都如第一次。就像一个爱着一个女人的男人看见太阳每天都是新的一样,就像热爱生命的老赫尔曼·黑塞认为我们的生命永远是出生后的第一天一样。

可是,又在忽然之间,黑暗降临了。就是现在。老人正坐在两年前他在第七与第八之间没有房号的房间里的第七十八号茶杯前找到的邮局局长面前。

"你应该在家里休息,人应该服老,腿脚怎么也是不如年轻时候。"局长表情沉痛,咬着牙说出了这几句话,他知道这个决定对老人意味着什么。

老人把头低埋在两腿上,腰骨弯塌下来,一动不动,像一只风干了的人形标本。一行浊混的老泪在他那被皱纹纵纵横横切割的脸颊上左右徘徊,绵延而下,终于掉在老人肥肥的裤脚上。

半个月前,老人在邮局门外的高台阶上摔了一跤,右膝擦破了皮肉,浓黯的血滴顺着小腿爬到脚面上。换在年轻人身上,这点伤本不算什么,可是老人的右膝却一日日鼓胀起来,髌骨浮肿起来。医生说是软组织损伤所造成的积液,需卧床十天。

"请你能理解我们,我们必须对你负责任。"邮局局长接着说。他看了看老人,从抽屉里取出一个口袋,"两年来你为我们工作,我们非常感激! 这是给你的一点心意。"

老人头也没抬,生命的意义都没有了,心意还算什么呢。

局长重重叹了一声,又从抽屉里取出一样东西,"这是最后一封死信。"

老人抬了头,看了看那牛皮纸信封上写的字:

北京鼠街每天太阳初升时分开窗眺望的女人收

他的眼睛亮了一下,随即又淹没在盛满眼眶的绝望里。

这时候,我并没有无端消失。这两年中,在老人从送达死信的重任中重新找回生命的意义的时候,有一天,我失去了我生命中最为珍贵的。那是一个普通得令人无法回忆出任何天气特征的下午,我等待了很久很久的一个人忽然站在我面前,这久别而去的人(就是那位被我想象加工而成的令我迷恋的男人)终于从一个遥远的国度回到我身边,我激动又委屈地流着泪,一句话也说不出来。他轻轻抚摸着我瘦削的肩,脸颊埋在我的长发和肩胛骨里蹭来蹭去,像是从未离开过我、也从未遗忘过我一样。我便把脊背像猫一样弓起来,低低呻吟一声。我知道他永远不会完全属于我一个人,正像我的精神不能完全属于他一样。无论世人承认抑或不承认,我们无法做到一生只爱一个男人或女人,而那些爱的确是真诚的,只要能够称作爱。这是事实。性关系并不是爱的全部关系。即使这样,我仍然为他奉献了巨大代价。就在这天,他的到来,使那潜藏在我身体里的旷日已久的障碍,终于彻底形成了。我失去了同得到的一样珍贵的东西。这世界总是很公平。后边你将会知道这一切。

还是先把我放下,继续讲老人的故事。

老人那天蹒跚地走出邮局不大的大门,手里攥着那封死信。他心里郁郁地盘算起来,最后一封死信! 果真到了最后的时刻吗?他想起曾经在一份报纸上看到的一幅漫画,画面上一个活得非常带劲的男人说:"我有太多需要活下去的理由,要付房子的贷款,车子的贷款,录像机的贷款……"当时,老人立刻就把这个问题摆在自己面前让自己回答:我有太多需要活下去的理由,我每天或每两天就会得到一封死信,然后要设法把它送到稀奇古怪的死信的主人手里;一天也许我自己也会得到一封什么人寄来的死信。老人觉得无论去送达陌生人的死信,还是等待一封寄给自己的未知的死信,都是活下去的伟大理由。而现在,这个理由终于到达了存在的边缘,送完这封死信,理由就不复存在了。

最后的时刻到了。最后的时刻果真到了。

老人打开家门,闷了一天的房子有一股霉味,墙壁由于连日阴雨而浮了一层绿茸茸的东西。在他进屋的一瞬间,啪啦一声重重的脆响溅在地上,一堆细细碎碎的白玻璃在响声里摊在地上。老人迟缓地把目光落在那堆碎玻璃上时,是在事情已经发生半分钟之后。老伴儿的遗像埋没在碎玻璃里挣扎着朝他微笑,长长的奇怪的笑容从刚才那一声爆破声里扭曲地绽出,在多种角度的碎玻璃的折光里变了形。墙壁的潮湿使挂着镜框的贴钩连着一层白白的灰皮一同脱落下来。老人弯下身,受伤的右膝发出铁器生锈一般吱吱的叫声,他抚去那笑容上闪闪烁烁的白玻璃,但是,那长长的穿越了两年多岁月的微笑终于在破碎声中折断。他把老伴儿的划破的遗像拾起来,放在床上躺下,不知所措。

他在房间里转了几圈,然后便开始像往常那样找东西。找什么他自己并不清楚,反正他找了起来。两年来,老人的家什凌乱不堪,找什么什么准找不到,而不找什么什么准在那儿等着人去拿。所以老人已经习惯了当想找什么时就不想找到什么的思维方式,那样一来,不想找到什么什么兴许反倒自己跳出来。可是,这会儿老人脑子里却一片空白,不知道自己要找什么,但还是顽强地找起来。他先是在堆放铁钉、改锥、瓶盖起子一类小东西的抽屉里翻到一根麻绳,他犹豫着打了个死结,套了床翅上试试,结果一拉,那绳子就断了。老人失望地把它丢在一边,又去找。他走到卫生间,卫生间里有点昏暗,他看看悬在墙角半空的角柜,角柜上堆满雪花膏、梳子、刷子之类的小用品,老伴儿活着的时候,那些小用品曾经非常有活气,晶亮着绚丽着呼唤主人。现在,它们覆盖在一层灰蒙蒙的尘埃之下黯然失色。他打开一瓶雪花膏,那膏状物已经干枯发黄,他嗅了嗅,隐约还有一丝香味。一种想把这个干枯发黄的东西吃下去的欲望占领了他,他犹豫着,想着自己到底在做什么。忽然,一件小东西撞入他的眼帘,那是一个薄薄的刮胡子的刀片,他恐惧地颤抖起来,一个场面随之而生:淋淋鲜血在刀片的细微的切割声里从动脉血管中喷射出来,房顶、墙壁一时间爆满血花,如注的血浆像紫罗兰猛然绽开一般挂满雪白的房间。老人又想起几年前曾在报刊上看到的一段描述:"刀片划破眼球,流出紫色的浆汁,舌尖上品尝汽油的味道……"他当时想,这残忍的刺激性的故事准是一个情感脆弱而又带有一点自虐心理的女人想象的,她在生活中准是无力自卫才转头在故事里施放残忍与恐怖。从那时开始,他就害怕刀片,每每总是把它埋在什么东西下边,使刀片后面的故事不至于裸露出来。现在,他的神经再也承受不住这小小的薄薄的满身鬼气的小东西所带给他的想象了,他把它颤抖地丢进马桶,哗一下就把它冲走了。老人又回到卧房里,定定神,然后给自己冲了一杯淡茶,安静下来。

"不找了,不找了。"他对自己说。

这时,就在他放着茶杯的茶几上放着一小瓶东西,那东西忽然光芒四射起来,老人的眼睛一下子被它抓住了。这是一小瓶阿普唑仑片(甲基三唑安定片),他牢牢地把它攥在手里。

老人恐惧着悬了半天的心莫名其妙地踏实起来。他终于完成了一项重大的使命——选择。心理上的平衡,使他安安稳稳睡了一大觉。

第二天老人醒来的时候,天已大亮,玫瑰色的阳光已在他的床上绵延,轻柔地波动。他急忙爬起来,抓起桌上那封牛皮纸的死信就出了屋。鼠街上人来人往全像急匆匆上班赶路,一脸的不情愿,男女老幼都把自行车骑得像杂技演员似的。这真是一个奇特的国度,全中国都会演杂技。老人神色紧张地想着,躲着身前身后鱼儿一般窜动跳跃的自行车,心里发着慌。这时,他想起自己出门前忘记了吃药。几年来,老人每天三次每次三片地服用复方丹参片,这是一种活血化瘀、理气止疼的用于胸中憋闷的中药。老人并没有心脏病,他只是听说此药有益于健康和长寿。他每每总是感谢政府给予他的公费医疗。总是想,尽管不能吃上很好的补品食物,但总能吃上不错的补药,若是在美国,连补药也吃不上。他的手在裤兜里搜寻起房门钥匙,准备返回去吃药。这才发现,出来时连房门也忘记锁了,老人重重地叹了一声"老了老了"。他并不怕有人进他的屋,老伴儿生病时,她没有公费医疗,他把家里值钱的东西全拿出去卖光了。现在,即使有小偷光临,也不会对他的叮当响的家感兴趣。若正好是一个性情温良的小偷,说不定还会同情地在他的茶几上留下几元钱。老人担心的是猫、耗子还有毒蜘蛛这类东西。老伴儿死于莫名其妙的肠胃疼,死前精神也错乱,拉着老人的手一个劲叫"大兄弟大兄弟";长一声短一声地对着隔壁邻居小张他爹叫道"李大哥李大哥",直叫得连老人自己也对着小张他爹喊起李大哥李大哥来。弄得小张他爹张大哥惊愕不已。后来,老人想,兴许就是因为吃了野猫、耗子、毒蜘蛛这类小东西啃噬过的食物。所以,老伴儿去世后他养成一种洁癖,食物、茶杯等等凡入口的东西都用干净的布罩上。昨天,老人喝茶的杯子忘在茶几上,没有罩。他被自己这一连串的忘记,搞得懊丧起来。他的手仍在兜里搜寻。无意间,一样东西触摸到他的手指,他感到一股寒冷从指尖传递到全身,兜里装的那小瓶阿普唑仑片。于是,老人又为自己刚才居然产生懊丧情绪而懊丧起来,为自己的惜命态度而惭愧起来。

"你这个自相矛盾的老家伙,不是已经选择了吗?"他在心里说。

他坚毅地向前走去。手里提着的那封死信,很重,像是全人类覆灭之前写给上帝的最后一封信。他从鼠街西头的那条污水河开始,沿着街道向东走去。他仰着头,留心察看着每一扇窗子。活了大半辈子,他生平还是第一次感悟到那些千奇百怪的窗子比过往行人的脸孔更富于表情,更富于故事,它们生动地向你敞开着心扉,各种色彩情调的窗帘,或是晨风里徐徐漫出,像是要伸出手抚摸你的脸孔；或是羞答答半掩面、欲言又止地曼声而歌。老人仰着头，一路向东走下去。他盼望着看到哪个窗子前面有一个开窗眺望的女人，他把那封信交给她，也就完成了最后一桩心事。他一直走到鼠街东头，也没看到一张女人的脸在窗前眺望。于是，他想，今天已经过了"清晨太阳初升时分"了。

接下来的几天，老人都早早地就来到鼠街，从太阳刚一跳出地平线开始，他沿鼠街一路向东走去，太阳像新生儿，把嫩嫩的肉红色洒在刚刚被行人踏醒而显得冷清凄凉的街道上。他仰头张望每一扇窗口，想象着有一个女人正在等待他手里的信，他想象她很美丽，年轻而有生命力，她的眼睛像梦幻一样迷蒙闪烁，嘴巴微微张着，呼吸着太阳初升时分的阳光。有一天，一个年轻的男人从她的窗前走过，他感到她的目光比太阳的照耀更令他心情激荡。后来他就到远方去了，也许他是一个海员，面对着茫茫大海，一片灰蓝色压迫着他的眼睛，他想起了她。他写了一封信给她，但他不知道她的门牌号码和姓名。老人这样想着。他为自己一生的最后一件有意义的事情是为着这样一个女人而做，感到欣慰，感到辉煌。

终于有一天，奇迹发生了。

当晨光把第一抹红晕撒在鼠街西头的时候，污水河旁边的一幢四层小楼的窗口站立着一个女人。也许她每天这时都站在那儿，只是他没有看见。她站着好像在眺望被阳光涂染成金黄色的尘埃旋转着上升，又像在静心倾听污水河慢吞吞掀出的一两声悠长而古怪的歌声，神情专注、恬淡。老人先看到的是她飘扬的黑发，确切地说，他先是以为那是一扇柔软的黑绸窗帘在晨风里荡漾徐拂；要不是那团黑色中央的过于苍白的脸所形成的反差，老人无法相信那团燃烧的晴空里的黑颜色是一个女人的长发。他定了定神。那是一张与他的想象迥然相异的苍白得好像没有温度的脸，那面孔他觉得好像在哪儿见过。她的眼睛大而干枯，目光缥缈而且没有光泽。她全身的生命似乎只流动在飞舞的长发里。这样的面孔很难使老人想到幸福这个词，那是一种茫然而无力自卫的神情。老人向女人挥挥手，又喂喂了几声，但那女人在四层楼的窗口只是专注地眺望远方。

老人判断了一下房间的方位就上了楼。房门并没有锁，他一敲，那房门就闪开了一道缝。

老人说："我可以进来吗？我找一个人。"

那女人转过身来，神态安详、宁和。她穿着一条月白色长裙，窗口的风使那柔软的长裙在她的过于瘦削的肢体上鼓荡翻飞，使她看上去幽灵一般哀婉动人。

"您是找我吗？"她出了声。

老人有点吃惊，这种面孔的女人怎么能发出这样柔和而平稳的声音呢？

"你每天都在清晨开窗眺望吗？"

这时候，女人已经知道他是谁了，他曾经在两年前一个黄昏时分，在污水河边哭泣。

"是的。但我不一定认识你要找的人。"她仍然微笑。

"那么，也许我就是找你。"

"怎么是也许呢？"

那女人临窗而立，头发在窗口绽开。室内正弥散着轻轻的音乐，那乐声柔和、亲切，含着淡淡的忧伤，水一样裹在老人的肢体上。他在离房门最近的一把椅子上坐下来。

他开始讲述自己，说了自己的来龙去脉，从两年前由鼠街中心小学退休到老伴去世，从在邮局帮助送达死信到现在失去了任何生活的意义。他不知道为什么要说这些,但他说了,说了许多。然后他把那封牛皮纸的信交到女人手里。

最后他说:"完成了最后这一桩事,我也该结束了。"

那女人并不急于拆信,她专注地倾听着老人的话。

老人准备走了,站起身。忽然又问:"你每天清晨都在窗口眺望什么呢?"

女人说:"那是一幅画。"

然后她转过身去,面向窗外。室内的乐声便填满了她身后的空间。

"这幅画的背景是用蜡笔涂成的顶天立地的赭石色冰河,"女人说起来,"你从窗子望出去正好可以看到。在河流的一角站立着一个鲜艳夺目的用黑色勾勒的女人,她的头发垂到腰间,闪耀着发蓝发绿的亮光。她的面部也是用蜡笔涂成,眼睛黑洞洞睁得很大,嘴角绽开浅绿色的微笑。她的没有年龄的裸体用阴影烘托出来。她正专注地看一枚疼痛的太阳从血红色的冰河里鲜活地跳跃出来,看金翅鱼和雪白的鸟儿以及浓阴招展的一株什么树在冰河背景里共同狂舞。那女人哼着一首人们听不见的歌,静静地与一切追求生命的灵物交谈,她不是用声音,不是用性别,也不是用心灵,而是用生命。"

老人似懂非懂听着她把长长的句子说完。停了一会儿,老人干涩地笑了一下,然后又笑了一下,说:"你真是睁着眼睛说瞎话。窗外那条污水河是土灰色的,这一点连瞎子也知道。"

"是的,"女人转过身来,顿了半天,说:"您说得对,我当然知道。"

"你当然应该……"老人忽然停住了。他这才发现女人的眼睛洞开着却没有眼睛,那儿只是两个凝固不动的黑洞,像两只燃烧成灰烬的黑炭。它呆滞而僵硬地守在理应射出光芒的地方却没有射出光芒。

老人一下子震惊了。

"对,我是个瞎子。"

"喔,老天爷。对不起。"

女人又微笑起来,"不,一切都很正常。"

然后,她走到老人跟前,把那封牛皮纸的信还给老人。"您看我是个瞎子,我无法眺望什么,所以这信不是我的。您去找吧,也许很久才能找到她,也许永远也找不到,但您要找下去。"

老人几乎要哭了,他望着她那光洁的脸孔,一句话也说不出来。

他把信接过来,转身又悄悄放在桌子上,就走了。

"再见。"

"再见。"

这些天来老人一直闷闷不乐,绝望已极,在苍凉与昏暗的心境中寻找一位每天太阳初升时分开窗眺望的女人,这心境持续到他终于看到这个女人终日被吞没在漫无边际的黑暗里。

老人走下那女人楼梯的时候,渐渐重现了两年前从邮局局长手里接过第一封死信时的情景,他又充实起来,轻盈起来,光亮起来,步伐铿铿然,螺旋下楼。只是手里没有了要去送达的死信。

在故事即将讲完的时候,我必须告诉你一件事,就是在那个普通得令人无法回忆出任何天气特征的下午,我所失去的最珍贵的东西是什么。那是我的光明的世界。每天清晨,是我站在故事里那个在太阳初升时分开窗眺望的女人的位置上。我已经习惯了黑暗。

几年前,当我还看得见光亮的时候,我曾经把自己躲到车站电线杆的阴影里;现在,当世界真的永远交付给我一片茫茫黑暗的时候,我用心灵寻找着光亮。我不能说我已经完成了黑暗与光亮这个既相悖又贯通的生命过程,但我的的确确领悟到这是生命存在的两个层次。

每天下午四时半,我便迈着伦敦一般古老而沉稳的脚步,走到鼠街邮局买一份盲人日报,然后微笑着走进白天的黑暗中。那是阳光的脚步。我无所谓白天与黑夜,亮度于我不存在意义。我的生命每天从下午四时半开始,而在太阳初升后结束。接近黄昏时分,我从黑色的阳光里买回那份盲人日报,然后泡上一杯色泽清淡、品味醇香的清茶,坐在工作桌前开始思索和工作。我的工作单调又创新,我用文字和思想把我心灵看到的东西设计成一幅幅画面,然后交给画家们去画。每日如此。世界上有一种职业叫作家,我的"坐家"职业差一点与那个职业相同。但我并不等于真的终日在家坐着。我常常在夜深人静的夏夜游摸在街头,我看到金色的阳光像瀑布倾洒在苍茫大地,照耀着浓浓的黑夜。在如洗的光束下,鼠街两侧的梧桐叶如一团团银白色的大花朵凌空开放,与高远的天空遥相对应。我裹满一身阳光走进一个老朋友家里,于是,他或她便会很高兴地为了我临时改变一下黑夜与白天的生物习惯,然后沏上两杯清香的茶。我告诉他或她世界吞没在黑夜里的事情,他或她告诉我世界翻腾在白天里的事情。

有一天深夜,我怀念起我的一位远在雾都生活的会唱歌、会把看不见的钢琴弹奏出美妙音乐又会写小说的旧友,她由于终日生活在大雾里,所以我觉得她和我一样总要用心灵辨别方向而不是用眼睛。我记不清她是否就是那个早年曾经和我一同站在我迷恋的那男人的对面,而躲进鼠街车站电线杆阴影里边去的女人,总之是那一类即使我永远也看不到她,也不会忘记的朋友。我给她写了一封信,我说:连绝望这件事存在的本身也不要绝望,我和你同在。

我记不清是不是在我失去光明之前从什么先人的书里看到过这句话。从前我已遗忘。盲文里没有这些。

另一次,也是在深夜,孤独的冷月照在我的身体上,皎白的肌肤光滑如鱼。走,离开,这几个大字在我的血液里涌动,使我无法安睡。我不知道去哪儿,哪儿都可以,只要是离开,只是走出惯性。

我想,我将开始茫茫黑夜漫游了。那一天,我将仔仔细细把心灵一般破损的窗棂审视一番,敞开着离去,让那首痴情的《在这里等你》的歌永远重复地从我的窗子里流出,然后,我将走进没有边际的时间与空间的黑暗里。我会拾到许多光明的故事,用盲文写给我的同类。

我相信,鼠街老人会在我离开的空窗子前看到我。

1990 年夏

导读

陈染(1962—　),生于北京。主要作品有小说《世纪病》《纸片儿》《嘴唇里的阳光》《与往事干杯》《潜性逸事》《私人生活》。陈染的文学创作具有一种明确的性别意识,她的关于女性成长的书写已经成为当代女性写作的一桩个案,而她的小说也被称为"90 年代女性写作的路标之一"。

　　短篇小说《空的窗》发表于1991年《收获》第1期。小说主要描写了两个人物：一个是死了老伴的退休老人，一个是双目失明的年轻女人。当退休老人由于无法忍受孤独和生命的无意义而打算结束生命时，被这个终日生活在黑暗里却每日凭窗远望、憧憬着生活和光明的女人所感动，心境由空虚苍凉变为充实轻盈光亮。这篇小说在陈染小说系列中属于过渡性作品，即由早期表现大学生"青春忧郁症"的"宣泄式"练笔及拓展想象力的"小镇系列""神话体"实验，迈向较为成熟的、代表作家个人风格的"女性私语化"写作的过渡时期的作品。这一时期的陈染仍为当时的文学时尚所引诱，小说在文体特征上颇具当时"先锋小说"的风格，即全知式叙述视点与女性第一人称叙述视点的交错使用，以及由此造成的对故事的拆解式排列组合，再加上小说中较为明显的对某种"永恒意味"生存命题的表现——主体生命中的黑暗与光明的相悖与贯通。不过，这篇作品已经在两个方面体现出陈染"个人化"女性写作的重要特点：一、以从未有过的形式回到女性个人生活，小说中女性第一人称叙述的部分以一种拒绝"典型化"的勇敢与坦诚，将作者自己的真实内心体验交付给读者，以忧伤而诗意的笔调描述了年轻女人"我"与异性间创伤性的爱情体验、"我"与知己同性间始终不渝的同契相通，而"我"那美丽而忧郁、孤独而无助的女性形象则成为陈染此后一系列作品中反复出现的女主人公；二、在感觉、场景和意象方面创造出丰富的女性幻想经验，小说中所描写的"我"孤守房中的幽居生活场景，确立了陈染全部创作女性立场——孤独地在"一间自己的房间"中向读者展示或诉说女性漂泊无归的心灵秘史。小说中使用的"空的窗"，连同后来的"门""口袋"等悬浮性意象，构成了陈染小说中普遍性的隐喻，喻示了渴望、期待的女性焦虑，而结局往往一无所获，归宿难寻。

芙蓉镇（存目）

古 华

导读

古华(1942—)，湖南省嘉禾人。主要作品有《芙蓉镇》《爬满青藤的木屋》等。长篇小说《芙蓉镇》初刊于《当代》1981年第1期上，后作者做了较大改动，同年11月由人民文学出版社出版。获首届茅盾文学奖。

《芙蓉镇》融潇湘风情于时代的风云中，在社会时代的大背景与人物活动地域的小舞台上展现历史政治的风云变幻、人物命运的乖谬多舛，具有浓郁的地方色彩和强烈的艺术魅力。作为新时期"反思文学"的代表作之一，《芙蓉镇》从社会、政治、文化心理及人性层面对"文革"这段历史及其创伤记忆进行深入反思，并于叙述的缝隙中流露作者独特的感性生命体验与自觉的审美追求，从而使其具有超出当时文学潮流的美学价值与历史地位。

小说通过小地域的几个男女人物的人生离合，再现大世道的沉浮变幻。芙蓉姐胡玉音是小说的灵魂人物，她秀外慧中，外柔内刚，性格贤淑却又总被命运捉弄。小说以她为叙述焦点，围绕其三次情感起伏，穿针引线式交织起错综复杂的人物关系网，由此展现历史的"罪性"，此种罪性在于政治跟风与权力斗争下，人们的心智与良知被这股"风"蒙蔽，从而造成人与人之间的互戕互害。如政治女将李国香对芙蓉姐的妒忌与迫害便是利用了这股"风"对他人所实行的私怨式报复。权力斗争的泛化，造成了人性的异化。这一方面是政治历史的错误，另一方面也与中国民间的深层文化心理有关。这些小镇人物在那一时代大风大浪中的摇摆与挣扎，既体现了民间的生存哲学，包含了一种生命意志及由之体现出的生命价值，又隐存着阴暗而蒙昧的心理圬垢，即在求生本能的盲目支配下，人性的自私、褊狭与残忍会促使人为着单纯的活着而勾心斗角，害人又害己。芙蓉姐、秦书田是"文革"中典型的善良受害者形象，但也因其善良受害更烈；害人者李国香即便政治生活如鱼得水，个人私生活却终是很不幸福的，此种意义上又是害己者；而运动根子王秋赦最后的发疯既是"一个可悲可叹的时代的尾音"，更是人性相残下的牺牲品。

新时期文学开始之初背景下的《芙蓉镇》，在创作观念与结构模式上既有着"反思文学"的"问题意识"，如对"文革"这段历史的自觉的反省思考，又有一种"观念性结构"，即旨归于通过人物命运的演变来展开对社会政治的批判反思。在叙述模式上，还因袭借鉴传统民间文学的故事原型。如爱情与权力冲突的教诲故事模型，即爱情与权力往往是冲突矛盾的，两者不可兼得。黎满庚为权力割舍爱情，惩罚是连生六个女儿；李国香利用权力破坏他人的幸福，结果"文革"后权力、爱情都失去；秦书田不求权力只重真情便最终得到了爱情与儿子。这种典型的结局安排是一种民间善恶道德观在作者创作观中的隐形渗透。又如胡玉音的三次爱情磨难,不幸失去恋人与丈夫最终又化为幸运与获得,便是流传久远的"历尽劫难终成正果"的创作模式在小说中的现代变形。另外,在人物塑造上也似带有"善有善报,恶有恶报"的类型化倾向。这某种程度上,也体现了作者创作观念的老套与局限。

　　"芙蓉镇"已然成为中国小城镇的象征,并体现着一定的文化内涵,镇与人共同展示了潇湘风俗,演绎了时代风云。

在细雨中呼喊（存目）

余 华

导读

长篇小说《在细雨中呼喊》初刊于《收获》1991 年第 6 期,原名《呼喊与细雨》,出版单行本时改为现名。

当余华完成了这部作品之后,他情不自禁地对朋友说:"我写出了一部杰作!"时光的流逝证明作家所言非虚。《在细雨中呼喊》是余华的第一部长篇小说,同时也是他个人的重要转型之作。这是一部关于"成长"的小说。在中国现代小说发展史上,成长小说是一个非常重要的门类,从叶圣陶的《倪焕之》、茅盾的《虹》、路翎的《财主底儿女们》,到杨沫的《青春之歌》、竹林的《生活的路》,一直到铁凝的《玫瑰门》。但《在细雨中呼喊》有意淡化了时代背景,更加注重成长历程中丰富的感性生命体验。小说讲述了一位江南少年的成长历程和心路历程。作品的结构来自对记忆中的时间感受,叙述者自由地往来于过去、现在、将来三个时空之中。小说以一个成年人的回忆组织细节,在具体描述上则用孩童般的视角观察世界,交叉之中呈现了一个少年独特的成长感受,同时收集并整合了记忆的碎片。

《在细雨中呼喊》里,小说承接了余华的主要创作内容,对恐惧及孤独的描写,对死亡、暴力与性的关注。如小说的叙述从黑夜开始,以黑夜结束,"我"的成长岁月一直被无边无际的黑夜所笼罩,对黑夜的恐惧成为贯串小说始终的一种主导性的情绪,那最后的"光明"不过是焚毁一切的一场大火,"我"是以叛逆的方式成长,缺少成人世界的关爱,也缺少安全感。孤独总是伴着恐惧而生,小说开头写了这样一句话,"再也没有比孤独的无依无靠的呼喊更让人战栗了,在雨中空旷的黑夜里。"作品中死亡的方式离奇多样,如祖父预言式的死亡,苏宇在冷漠中孤独的死去,弟弟的意外身亡等。而对性的展示则更加丰富多彩,尤其是少年人对性的美丽幻想,刻画得十分真实。当然这部小说作为余华的转型之作,创作风格上发生了变化。由前期的冷漠叙述转为了较为温情的诉说,作者不再是局外人,他将自己的感情融入人物的身上,如对苏宇、鲁鲁的关爱,对冯玉青命运的同情,对哥哥孙光平的理解,从而更加深入地关注了人的存在意义和价值。作品的故事性被加强,作者由先锋立场开始走向了民间立场,这种变化在他的后两部小说《活着》《许三观卖血记》里有更多的反映。

白鹿原(存目)

陈忠实

导读

陈忠实(1942—　　)，生于西安东郊灞桥区。主要作品有《白鹿原》《乡村》《蓝袍先生》等。《白鹿原》初刊于《当代》1992年第6期和1993年第1期。1993年6月由人民文学出版社出版，并获第四届茅盾文学奖。

《白鹿原》以关中渭河平原上白鹿村的历史变迁为背景，围绕白、鹿两家族几代人半个世纪以来的错综复杂的矛盾斗争，展现了清末至新中国成立近五十年来家族命运心灵史、社会政治演变史、民族文化精神史。历史与文化是其纵横交织的两条主线，一并构成一部关于民族心灵秘史的现代历史小说与文化寓言。

《白鹿原》不是一般意义上的历史小说，而是一部现代意义上的民族文化的心灵秘史。作者首先是以一种超党派、超阶级的人类历史观来观照历史，以一种反思历史的当代性立场来"却顾所来径"，这不仅表现在朱先生以一语中的的口气将中国的党派政治与权力斗争喻为"翻鏊子"，纷繁变幻的政治运动在他看来只不过是历史同一层次的循环与重复，更表现在对历史纷繁变幻原貌的最大限度存真上。而在民族矛盾与家族纷争的历史循环震荡中，作者又以文化守成主义者的身份立场进入历史又超越历史，把握其中恒定不变的东西，也即儒家仁义文化的精髓之所在。所谓文化守成主义，不同于文化保守派的因循守旧，而是既维护文化传统中具有积极意义的实质性因素，同时又对其负面影响有着清醒的认知与理性的批判。《白鹿原》充分体现了作者对儒家仁义文化之精髓的充分肯定与颂扬。"白鹿"作为核心意象，在小说中三次出现，便是传统文化与民族精魂的象征。既象征白鹿式的文化精灵人物，体现其正面的文化人格，如朱先生的儒士风范、仁者精神，白嘉轩的德高望重、正直仁义；又象征着宗族守护神和文化原型式的民族图腾。另一方面，作者在正面歌颂儒家文化的忠孝仁义、温柔敦厚、礼敬有加的同时，又深入其内部以挖掘文化的悖论性所在，即在其文化亮区的背后还拖着一条暗影，也即儒家宗法等级制与道德伦理观对人性自由、生命爱欲的压抑扭曲。其中的女性形象田小娥便如一面反光镜反照出儒家文化的暗影。黑娃为她抛宗弃祖，是宗法家族的逆子形象；鹿子霖对她的乘虚而入私欲占有，则是道貌岸然的文化面具下隐藏的暗垢沉渣；作为族长继承人的白孝文却在她那里寻回被压抑的生命力；鹿三对她更是鄙视咒恨，而作为文化嫡子与家族族长且胸怀仁义、品行端正的白嘉轩，在对待田小娥的问题上也显露其道德伦理观上的保守、虚伪乃至残忍；甚至于朱先生也因女子不净对之排斥，而显其文化的某些褊狭，这无不是儒文化深层隐含的污垢之所在。

作者以深刻的历史视点与文化立场透视历史的循环怪圈与文化的二律背反,某种程度上具有宿命论色彩与文化寓言性。

　　《白鹿原》以漫长的时间跨度、宏阔的社会背景叙述白鹿原上两个家族的生死沉浮、民族历史的沧桑巨变,构筑具有史诗般宏伟气魄的叙述结构。在叙述模式上,则具有家族小说的形态特征。它以白、鹿两个家族为叙事的经典蓝本,阐释着关于天灾与人祸、出走与回归、繁衍与毁灭、裂变与再生、循环与轮回的多重主题;在表现手法上,主要以传统现实主义写法为主,同时又大胆吸纳潜意识、非理性、魔幻神秘主义等现代派手法,极大增强了小说的艺术魅力与审美效应。而且小说中还有一系列由白鹿、鳌子、白狼、天狗等意象组成的象征体系;在语言风格上,具有史诗的凝重、厚实、苍茫而悲壮之感。同时,作者深谙关中地域方言,得其神韵并于其中提炼许多幽默、地道而活泛的方言土语,增强了小说语言的弹性与丰富性。

古船(存目)

张 炜

导读

张炜(1956—),山东栖霞人。主要作品有长篇小说《古船》《九月寓言》《柏慧》《家族》等,中篇小说《秋天的愤怒》《蘑菇七种》等,短篇小说集和散文集《玉米》《融入野地》《夜思》等。《古船》初刊于《当代》1986年第5期,人民文学出版社1987年初版。

《古船》以地处山东胶东地区,位于城乡交叉处的洼狸镇为中心展开故事,在近四十年的历史背景下选择了四个时间片断:解放前后及土改时期、大跃进及困难时期、"文革"时期与80年代初期,全景式地描述了中国农村社会历史的变迁和几代农民的苦难历程。作者在这些劫难的痛苦历史反思中,坚执悲天悯人的真诚,深入人性底蕴和民族古远文化的深处,从而将一个地区性的叙事构架上升为对民族命运的探寻。

小说选择了洼狸镇上具有代表性的三个家族作为人物的历史环境和心理背景(同时也是小说情节发展的线索之一)。这就是善于经营工商业,有文化、有眼光的隋家;依赖残余的封建宗法体制独霸一方,具有凶残奸诈心理的暴发户式的赵家;古怪邪癖、善良而软弱的李家。虽然这三个家族范围内又有在物质和精神上处于不同层次的人物,但他们不同程度上都存有精神上的家族遗传性。赵炳就典型地遗传了儒家文化的糟粕和道家文化的邪气。他的"中庸之道"是为了占据并稳固封建霸主的地位,他的"闭藏精气"成为侮狎女性、延年益寿的手段,传统文化的负面效应滋生出一个狠毒阴鸷的伪君子。当然,文化传统的精华也可以创造性地转换成维系现代社会道德文明的纽带,隋抱朴最后就成为一个兼济天下的博大人道主义者,在他身上,作者寄予了向现代社会转换的人性希望。《古船》中人性与家族文化的缠绕,深刻地揭示出历史前行的艰难和传统文化的古老沉积。

在艺术上,《古船》全景式的恢弘与独特的艺术表现浑然一体,形成突破我国当代长篇小说创作的美学风范。首先,小说打破了传统现实主义的藩篱,既深沉凝重又扑朔迷离,既写实又魔幻,经验的表象世界之中有超验,现实主义之中有象征和隐喻。无论是小说中出现的突发事件还是故事人物,都带有独特的隐喻性。而"古船"本身就是一个具有寓意的喻体,从它的昔日辉煌、沧桑历程、迷人魅力及警醒召唤来看,都无疑是中华民族的缩影。这种独特艺术手法的应用,极大地丰富了作品的思想内涵。其次,小说叙述结构恢弘纷繁而有条理。《古船》宽广的历史现实跨度,决定了它以时间为经,但小说在时间的经度上不是顺时叙述,而是历史与现实的相互交叉的叙述。它的叙述范围则决定了它以宗法家族文化组织为纬,主要人物和事件都出自洼狸镇的赵家、隋家和李家。因而《古船》在时间与家族文化组织的经纬交织的叙述结构中，显得纷繁复杂而又从容不迫，历史与现实、城市与乡村错落有致而转换自如。最后是强烈的主体意识。小说无论是现实描述、历史思考还是人物刻画，都贯注了人性道德的理想激情。不过，同时也应该看到，正是作者主体的过于投入，暴露出一些不无偏激的审美浪漫主义和道德理想主义情绪。

九月寓言(存目)

张 炜

导读

《九月寓言》原刊于《收获》1992年第3期。它的发表,既标志着张炜创作上的又一超越性进展,也显示了当代长篇小说创作新的美学追求。

这是一个关于迁徙、关于野地、关于民间的生存寓言故事。作品所表现的这个小村的历史起源于流浪人,当他们在奔走逃难中来到了濒海的这片广袤野地时才住脚。"停吧,停吧",大伙互相吆喝。当地人根据"停吧"的谐音将他们叫做"脠鲅"。这是一种剧毒的鱼,谁也不敢碰。这预示着常态社会对小村的拒绝心理,也显示着在此栖居下来的他们一直保留着一些特殊的生活习性和行为特征。别致的黑煎饼,美丽的赶鹦女人和味道醇厚的酒,是他们引以为豪的三样珍品;村里头热气腾腾的"忆苦"聚会和田野上青年男女在夜色中漫无目的的四处奔跑,是他们的狂欢节。村民们悲苦喜乐的情感、生生死死的命运,相互交织出一幅充分自足的农业文化生活景观。然而,就在小村人生存之地的下面,煤矿工人在进行大规模的地下作业,随矿区而来的工业化也渐渐地侵入到小村人生活的各个方面。最后地底被掏空了,小村无可避免地沉落了,小村人则又四处流落。

寓言性是这部小说的显著特征,它表现为故事背景的虚拟性。这个北方小村的村社形态是一块"化外之地",作为村民的"脠鲅"族是一批"化外之民",这里基本上是处于自在状态下的民间社会;故事时间的非确定性,除了隐隐约约地显出些20世纪70年代初的事外,故事本身与时代背景相分离,而且在现实故事中常插入些无特指时间性的叙事;故事形态的虚拟性,这个"小村故事"中占主体的是传说故事、历史故事、口编故事,还有一些隐约其词的现实故事;故事本身的寓言性,通篇贯穿的"脠鲅"——"停吧"——"奔跑"意象,蕴含着"停吧"和"奔跑"两种生命形态的比照启示,而农业文明与现代文明此长彼消的诗性观照更是意味深长。

它所造设的"野地"境界,融"乐土"原型与田园意象、山野精神与民间元气为一体;它绘取的生命形态,既写基本的食、色,又写真正的痛苦和欢乐;它运用的诗化语言,既"土"又"文",初看有些不自然,实则味道醇厚。作者让诗性的存在"融入野地",又让这"野地"通天接地,造天地境界。在这个世界里,天风流畅沃土低吟稼禾拔节秋虫鸣唱,万物生生不息,活力长存。小村人得天地之精气与自然之清明,像日子一样久远绵长的苦难中也自有生命律动之美。流浪汉露筋与盲女闪婆的浪漫传奇、独眼义士寻妻、金祥历尽千难万险寻找烙煎饼的鏊子和被全村人当成宝贝的忆苦,乃至野地里成群游动的鼹鼠、田野里火红的地瓜,几乎所有的一切都因为融入了造化而获得源头活水并散发出弥漫天地、有如精灵一般的魅力。人不再局促于人间而存活于天地之间，从中传来存在的至大宏声，既苍茫又澄明。《九月寓言》一出，"农业文明"的歌者，"融入野地"的诗性存在，抵抗"流俗"与返回"民间""纯美的注视"，一时成为评论张炜其人其作的关键词。

小说除题目标明"九月"外，在整个作品中皆未列出明确的故事时间线索，所有情节都具有共时性的特点；章节之间不以"形"连，而是因对位拼接生出的"意"合。作者自况："每一章实际上是一部中篇，由它们合而为一，一部从结构上、气质上看也很完整的长篇。"（张炜《关于〈九月寓言〉答记者问》）这样一种"组合式"的结构，按照作者的理解，是"实际生活除了纵的特性外，也还有横的特性"。（同上）这种组合式结构是空间型的。具体说来，是"小村"这一地方把所有这里的人与事联系起来，赋予其一种"集体标志"，作家生气勃勃的文笔使每个人物、地点和事物都有自己的生命和历史。然而这一环境作为一种艺术形象实体，也就不仅仅是一个时空框架，而是以其生活样式和文化氛围为人物性格的塑造以及人物命运的发展提供切实可信的内在基因。

长恨歌(存目)

王安忆

导读

王安忆(1954—),原籍福建同安,出生于南京。1955年随母茹志鹃移居至上海。主要作品有《小鲍庄》《冈上的世纪》《叔叔的故事》《纪实与虚构》《长恨歌》等。《长恨歌》初刊于《钟山》杂志1995年第3、第4期,2000年获第五届茅盾文学奖。

小说以独到的叙述意识和方式,叙写了上海旧式女子王琦瑶四十年的风雨人生。20世纪40年代,还是中学生的王琦瑶就侥幸当上了名噪一时的"上海小姐",不久又被官僚李主任收为外室,住进了豪华的爱丽丝公寓。岂料世事多变,上海解放,李主任又因飞机失事身亡,无所依傍的王琦瑶重新回归上海弄堂,穿着素淡的旗袍靠打针艰难度日。然而,"表面的日子平淡如水,内心的情感潮水却从未平息"。与几个男人的情感纠葛,想来都是命中注定。80年代,已是知天命之年的王琦瑶难逃劫数,与女儿的男同学发生畸恋。小说最后,王琦瑶遭一个无赖长脚的暗算,被失手杀死,命归黄泉。小说对王琦瑶一生悲剧命运的展示,包含着作者对于由历史和传统所形成的上海"弄堂文化"的思考和开掘,对"日复一日、点点滴滴"的日常生活的深情关注。王琦瑶是上海弄堂的女儿,她的历史就是上海的历史。四十年时光流逝,城市的形象变得迷乱莫测,不变的是上海的底色——素淡的平常心。这层底色便是王琦瑶生活的依托,她与时代、政治无缘,即使处在非常时期,也依然改变不了她对日常生活精雕细琢的信念。

小说在艺术上独具魅力。首先表现在它对上海都市的民间史的书写。王安忆以其特有的聪慧和锐敏,将遭革命文化改造扫荡之后仍残存于私人性的文化记忆中的民间文化信息碎片打捞整合,编成了一部上海都市的"民间史"。我们虽然仍可以从中看到重大历史事件对民间形成的影响,如"解放""文革"和"开放",但作者仍然以民间的眼光来打量这种强制性权力文化的入侵,创造出一个以个人记忆方式出现的充满俗世人间柔绵情感有声有色的民间世界。因此,小说在叙述上也表现出了作者非凡的兴趣和耐性。作者对日常生活琐细方面倾注了极大的热情和精力,她善于在"螺蛳壳里做道场",并做得有血有肉、有声有色。在这一点上可谓继承了张爱玲"琐碎政治"的哲学,即以女性生活的"琐碎"来解构男性政治历史的"宏大"。小说对民间琐碎生活的细致描摹,又是在一个可以从上空俯视整个上海的"制高点"——"鸽子视点"之下得以展开的。这种视点的运用,便于读者整体把握都市上海,同时也为作者带来叙事上的自信和从容。不过,小说的语言有时过分琐碎与重复,这与作者极力追求细节有关,她深情关注日常生活,但在无形之中会造成小说空间的逼仄与狭小,同时忽视对人物精神世界的刻画。

尘埃落定(存目)

阿　来

导读

　　阿来(1959—　　)，本名杨永睿，藏族，生于四川西北部阿坝藏区。主要作品有抒情诗集《梭磨河》和小说集《旧年的血迹》《月光下的银匠》，长篇小说《尘埃落定》、《空山》。《尘埃落定》初刊于《小说选刊》1997年增刊第二辑，2000年获得第五届茅盾文学奖。

　　小说从藏族生活的角度，以二三十年代川北藏族的一支——康巴人在土司制度下延续多代的沉重生活为主线，描写了"四土"一带因土司之争而引发的一系列战争，以及战争间隙当地风俗奇异的家族生活。作者以对人性的深入开掘，揭示出土司集团间、土司家族内部、土司与受他统治的人民以及土司与国民党军阀间错综复杂的矛盾和斗争，并从对各类人物命运的关注中，呈现了土司制度走向衰亡的必然性，肯定了人的尊严。

　　小说具有丰厚的藏族文化底蕴，在某些方面显示出汉族文学所不具备的优势。小说中体现出来的原始宗教思维，诸如原始天神崇拜、巫术作法、神灵祭祀、灵魂鬼魅等给整个小说笼罩上了一层原始的神秘主义气息。而藏族的异域风情也构成小说中的一种地域化的美学景观。

　　小说笼罩在一层轻淡的魔幻意境之中，增强了艺术表现开合的力度。这不仅得力于小说对婚丧嫁娶、祭祀、拜神、杂居、行刑、割耳等场面的描写以及对许多不为人知的隐秘角落的叙写，还归功于不可靠叙事者——麦其土司家"傻瓜"儿子"我"的独特视角。小说借这一视角意识的不正常，造成了作品时空的倒错、现实的荒诞和离奇，使整个作品笼罩在一种"亦真亦幻"的阅读感觉之中。从中，我们很容易地找到现代派作家福克纳、魔幻现实主义作家马尔克斯等的影子。小说所表现出来的诗情画意也颇受称道。作家自觉地追求语言的诗性效果，善于用充满诗意情调的语言渲染氛围、抒情状物。有时，他甚至有能力把诗意转化为画境。小说开头部分描写画眉在雪中叫唤以及母亲在铜盆中洗手的情景，就仿佛一幅色彩明艳、生动逼真的风俗画。语言也颇多通感成分，使小说弥漫着诗意的灵动和清奇，显示出不俗的连类取譬的能力和出色的艺术才华。

　　小说在保持叙述语言的个人特色和统一风格时，表现出了巨大的成功，但在突现人物形象个性语言色彩上缺乏关注和尊重。

诗

歌

编

王贵与李香香（存目）

李　季

导读

　　李季(1922—1980)，原名李振鹏，河南唐河县祁仪镇人。《王贵与李香香》原载于1946年9月22日至24日的《解放日报》，是新诗发展史上民歌体叙事长诗的奠基作品。

　　作品以王贵与李香香的悲欢离合的爱情故事为主线，描写了三边地区人民的革命斗争。全诗共分三部，共十三章。第一部主要写王贵的贫苦出身以及他与李香香爱情的萌芽与发展。恶霸地主崔二爷荒年逼租，打死贫农王麻子，其子王贵被拉去做长工。穷老汉李德瑞收留了王贵，其女儿李香香与王贵产生真挚的爱情。崔二爷欲霸占李香香，遭李香香的拒绝。第二部真实地再现了土地革命时期三边地区如火如荼的革命斗争。王贵追随共产党，暗中参加了赤卫军，被崔二爷发觉后，受到严刑拷打。香香为救亲人，冒死送信，引来了游击队，救出王贵，解放了死羊湾。王贵与李香香自由结婚。第三部描写了革命过程的重重挫折和死羊湾人民最终取得了斗争胜利。崔二爷逃出死羊湾投奔白军，不久卷土重来，血腥报复，并强逼李香香要与之成婚。游击队打回死羊湾，消灭了白军，活捉崔二爷，王贵与李香香重又团聚。诗人将一个杀父夺妻的故事同三边人民争取翻身解放的革命运动紧紧地结合在一起，表现了革命斗争与劳动民众幸福生活之间血肉相连的关系。

　　长诗运用不同的艺术手法，于尖锐激烈的矛盾冲突中，成功地塑造了王贵与李香香这两个新型农民形象，十分细腻地描绘了他们丰富的内心世界，展现出无产阶级革命时代青年农民的思想风貌。

　　诗作采用了陕北民歌“信天游”的形式，并加以革新改造，使其适于表现较大规模的现代生活。诗人还从民歌中汲取丰富的营养，成功地运用重复和比兴等手法，来叙写故事、塑造形象、凸显主题。语言朴素生动，句子大体整齐，每句一般三顿，韵式一般是两句一韵，以多种押韵方式来加强节奏感，使诗歌韵律显得灵活多变、谐调动听。

回答(存目)

何其芳

导读

何其芳(1912—1977),原名何永芳,四川万县人。中国现代派诗人。新中国成立之初,何其芳曾用热情、欢快的歌声歌唱《我们最伟大的节日》,但此后就很少再能看到他有出色的作品问世。关爱他的读者、朋友不禁为刚迈进而立之年的诗人能否保持艺术青春而担忧。为此,诗人精心构思、锤炼再三,花了两年多的时间终于写下这首诗作为"回答"。

诗作采用诗人最为擅长的浪漫抒情手法,用一唱三叹的调式,委婉曲折地述说了自己矛盾的创作心态、诚挚的生活态度和努力展开诗思之翅在诗国的天空中飞翔的美好愿望。

作为一个早在抗战时期就投身于革命洪流的诗人,为新生活歌唱是他神圣的使命和衷心的愿望,但实际上他的创作现状又是尴尬的:"身边落下了树叶一样多的日子",而结出的艺术之果却是这样的稀少。之所以出现这种现象的原因,和诗人既"感到甜蜜,又有一些惊恐"的创作心态是不无关系的。作为在新中国成立之初积极参与批判胡风、俞平伯、胡适的文艺批评家,感到有一股"奇异的风,吹得我的船帆不停地颤动",诗人既想借助它在生活的河流里航行,又害怕它"把我的桅杆吹断,吹得我在波涛中迷失了道路"。在当时严峻的文艺批判政治背景中,产生这种戒备心理是很自然的,而这种心态显然是不利于诗歌创作的。

作为30年代闻名北大的"汉园三诗人"之一、以《画梦录》赢得1936年天津《大公报》文艺奖金的作者、抗战时期延安鲁迅艺术文学院文学系的系主任,他所具有的艺术素养以及他视艺术为生命的虔诚之心是不容怀疑的。正因为如此,他不肯违背自己的艺术良知去附和当时诗坛上那些粗糙浮泛、服务中心的创作潮流,而宁愿让"火一样灼热"的情感,"在我的唇边变为沉默"。一个有严谨的创作态度的诗人,当自己的"杯子里不是满满地/盛着纯粹的酒",又"怎么能够把一滴说为一斗"并把它献给读者?所以诗人停歇了自己的歌声是顺理成章的事情。

经过多年的思想改造、进入新时代的诗人,对自己过去那种旧知识分子的情感进行了深刻的反省,于是"'预言'(1931—1937年写的诗)的时代已被否定了,在延安时写的表现知识分子'新旧矛盾的情感'的'夜歌',他也觉得不应该再继续"。"说这些作品(它们50年代初仍在青年诗歌爱好者中广泛流传)'现在自己读来不但不大同情,而且有些感到厌烦与可笑了'。"(洪子诚:《中国当代文学史》,北京大学出版社,1999年8月,第59页)诗人表示"我的情感只能是另一种类",它"属于巨大的劳动者全体",诗人觉得"我伟大的祖国,伟大的时代,多少英雄花一样在春天盛开";而赞美他们的"歌声却那么微茫",自己有责任为新的时代歌唱。然而,习惯了的情感表达方式和现实的政治要求存在着巨大的差距,所以诗人感到诗思的"翅膀是这样沉重","压得我只能在地上行走"。尽管诗人有"努力飞腾上天空"的强烈愿望,但现实仍然是十分残酷的,新中国成立后,诗人只写了一本薄薄的《何其芳诗稿》,而且这些为数不多的诗歌已"过多地被政治性所左右了,以致失去了真实感人的艺术魅力"。"'思想进步、创作退步'的'何其芳现象'","留给我们的启示实在太多太多"(应雄:《二元理论、双重遗产:何其芳现象》)。

礁 石

艾 青

一个浪，一个浪
无休止地扑过来
每一个浪都在它脚下
被打成碎沫，散开……

它的脸上和身上
像刀砍过的一样
但它依然站在那里
含着微笑，看着海洋……

1954 年 7 月 25 日
(选自《艾青诗选》，人民文学出版社 1984 年 2 月版)

导读

艾青(1910—1996)，原名蒋海澄，浙江金华人。他于 1954 年 7 月应智利众议院邀请，赴南美智利祝贺大诗人巴勃罗·聂鲁达五十诞辰，在聂鲁达家旁边的智利海峡，创作了《礁石》一诗。这是一首富于哲理意味和现代主义风格的抒情诗，礁石这一核心意象，既可以视为诗人自身命运、性格的"自画像"，又可以看作是诗人聂鲁达伟岸人格的象征，具有多重意蕴。

全诗共两节。首节描写的不是礁石本身，而是礁石脚下的浪。滚滚而来的海浪，一个接一个，毫无休止地，且恶狠狠地扑来。尽管气势汹汹，但海浪终归都"被打成碎沫，散开……"

第二节诗具体勾描了礁石的形象和品格。持续不懈地与浪搏斗，导致"它的脸上和身上"到处伤痕累累，"像刀砍过的一样"。但礁石既不感到畏惧，也不显得疲惫，而是依然如故，巍然屹立，"含着微笑，面对海洋……"礁石在汹涌澎湃的海浪面前那种泰然自若、从容镇定，正是诗人面对生活的海浪袭来时那种坚韧不屈、旷达开朗的生活态度的艺术写照。这首简短的抒情诗，采用了比拟、象征等写作手法，为读者创造了无穷的审美想象空间。

鱼化石

艾 青

动作多么活泼，
精力多么旺盛，
在浪花里跳跃，
在大海里浮沉；

不幸遇到火山爆发，
也可能是地震，
你失去了自由，
被埋进了灰尘；

过了多少亿年，
地质勘探队员，
在岩层里发现你，
依然栩栩如生。

但你是沉默的，
连叹息也没有，
鳞和鳍都完整，
却不能动弹；

你绝对的静止，
对外界毫无反应，
看不见天和水，
听不见浪花的声音。

凝视着一片化石，
傻瓜也得到教训：
离开了运动，
就没有生命。

活着就要斗争，

在斗争中前进，

即使死亡，

能量也要发挥干净。

导读

　　《鱼化石》最初发表于1978年8月27日《文汇报》，是艾青在新时期重新登上诗坛后写的一首重要作品。抗战时期，诗人在延安林伯渠先生处看到过一块很大的鱼化石，留下了非常深刻的印象，时隔三十余年，当诗人重获创作自由时，以此为题材创作了《鱼化石》一诗。

　　这首诗歌普遍被认为是诗人1958年被错划为右派后一段艰难生存经历的自述，曾经在大海里自由沉浮、跳跃的鱼儿，由于瞬间而至的灭顶之灾，凝固成为永恒的化石，这块化石虽然外形完整、栩栩如生，却不能动弹，它最显著的特征就是沉默，而沉默恰恰又是那个疯狂的时代中拥有良知的人们一种共同的语言。可贵的是，诗人并没有在困境中走向绝望，而是表现出坚定的信念和不屈的斗争精神。在创作过程中，诗人采用的方式是从具体到抽象再回到具体，而让这最后的"具体"成为一种象征。诗歌通过象征手法，用鲜明生动的意象、朴素平凡的语言，写出了诗人对自我生命的感受和对人生哲理的体认。全诗达到了生命哲学与象征意象高度融合的美学效果，把哲理性思考熔铸于象征性意象中，赋形象以象外之旨。

苹果树下

闻 捷

苹果树下那个小伙子，
你不要、不要再唱歌；
姑娘沿着水渠走来了，
年轻的心在胸中跳着。
她的心为什么跳呵？
为什么跳得失去节拍？……

春天，姑娘在果园劳作，
歌声轻轻从她耳边飘过，
枝头的花苞还没有开放，
小伙子就盼望它早结果。
奇怪的念头姑娘不懂得，
她说：别用歌声打扰我。

小伙子夏天在果园度过，
一边劳动一边把姑娘盯着，
果子才结得葡萄那么大，
小伙子就唱着赶快去采摘。
满腔的心思姑娘猜不着，
她说：别像影子一样缠着我。

淡红的果子压弯绿枝，
秋天是一个成熟季节，
姑娘整夜整夜地睡不着，
是不是挂念那树好苹果？
这些事小伙子应该明白，
她说：有句话你怎么不说？

……苹果树下那个小伙子，
你不要、不要再唱歌；

237

姑娘踏着草坪过来了，

她的笑容里藏着什么？……

说出那句真心的话吧！

种下的爱情已该收获。

1952年—1954年 乌鲁木齐——北京

（选自《人民文学》1955年第3期）

导读

闻捷(1923—1971)，原名赵文节，江苏丹徒人。《苹果树下》最初发表在1955年3月的《人民文学》上，是一首构思别致新颖的诗歌。诗人利用苹果生长与感情发展两者间的同步关系作为营造意境的基点，用甜美的苹果象征幸福的爱情。苹果园既是青年劳动的场所，也是培育爱情的摇篮，以"苹果树下"为题，不但能有效地诱发读者的阅读期待，而且以其内在的凝聚力有力地统摄住全篇。

作品显示出诗人精湛的艺术表现功力。诗人巧妙地以知情的旁观者主观抒情的方式来歌唱在劳动中成熟的爱情，将一位姑娘激动地走向正在歌唱的小伙子这一惹人注目的情景作为抒情契机，首尾两节反复用热情、委婉的叮咛结构全篇的整体框架，又用类似电影艺术的闪回手法，通过迭现春、夏、秋三个果园生活镜头推出诗作的主体部分，在欢快、恬和的艺术氛围中，用轻盈的笔触勾勒出男女恋爱的过程。

诗篇洋溢着浓烈的喜剧色彩。热情的小伙子居然盼望没有开花的枝头就结果的荒唐念头和急于采摘才结得像葡萄那么大的果子的冒失性急实在令人忍俊不禁；而原先矜持自信的姑娘到秋天却乱了方寸，由冷若冰霜到热切期盼的戏剧性变化叫人哑然失笑；特别是当姑娘主动走来，而愣头愣脑的小伙子毫无感觉，仍在痴情地傻唱，倒急得一旁诚心想成全他们的抒情主人公忍不住挑破真情的结局，更显得妙趣横生，十分动人。另外，抒情主人公叙述往事时采用的揶揄口吻，也使诗篇增加了幽默的风味，像小伙子夏天"一边劳动一边把姑娘盯着"，"姑娘整夜整夜地睡不着，是不是挂念那树好苹果"等。

到远方去

邵燕祥

收拾停当我的行装，
马上要登程去远方。
心爱的同志送我，
告别天安门广场。

在我将去的铁路线上，
还没有铁路的影子。
在我将去的矿井，
还只是一片荒凉。

但是没有的都将会有，
美好的希望都不会落空。
在遥远的荒山僻壤，
将要涌起建设的喧声。

那声音将要传到北京，
跟这里的声音呼应。
广场上英雄碑正在兴建啊，
琢打石块，像清脆的鸟鸣。

心爱的同志，你想起了什么？
哦，你想起了刘胡兰。
如果刘胡兰活到今天，
她跟你正是同年。

你要唱她没唱完的歌，
你要走她没走完的路程。
我爱的正是你的雄心，
虽然我也爱你的童心。

让人们把我们叫做
母亲的最好的儿女,
在英雄辈出的祖国,
我们是年轻的接力人。

我们惯于踏上征途,
就像骑兵跨上征鞍,
青年团员走在长征的路上,
几千里路程算得甚么遥远。

我将在河西走廊送走除夕,
我将在戈壁荒滩迎来新年,
不管甚么时候,只要想起你,
就更要把艰巨的任务担在双肩。

记住,我们要坚守誓言:
谁也不许落后于时间!
那时我们在北京重逢,
或者在远方的工地再见!

1952 年 11 月 23 日

导读

邵燕祥(1933—),祖籍浙江萧山,生于北京。他在 20 世纪 50 年代初期担任新华广播电台记者,曾写过不少及时反映时代主题、带有明显新闻报道痕迹的诗歌,被人称为"是诗和新闻的联姻"(程光炜《中国当代诗歌史》)。与那些以记者的眼光直接记录新人新事的作品不同,这首诗在首节用叙述的口吻设计了一个独特的抒情视角:以一位收拾好自己的行装,即将登程去远方,在天安门广场与"心爱的同志"告别的青年建设者身份进行自我抒情。作为诗歌主体的青年建设者的自我抒情,大致可以分为四个层次:表述自己到荒山僻壤参加工业建设的雄心壮志;赞美"心爱的同志"和刘胡兰一样有革命的"雄心"和纯洁的"童心";抒发作为祖国的好儿女"惯于踏上征途"的战斗激情;表示幸福的爱情将是克服困难的巨大动力,并发出将来在祖国的建设工地与心上人重逢相见的誓言。

这首诗创作的年代正是抗美援朝战争即将结束、社会主义建设掀起高潮的前夕。诗作歌颂了将理想、爱情与祖国建设紧密联系在一起的青年团员,抒发了他们四海为家、南征北战的豪情壮志,赞美了他们不怕艰苦、蔑视困难的创业精神,洋溢着被解放了的人民群众建设美好家园的满腔热情。尽管诗作在艺术上显得比较稚嫩,通篇是抒情和议论,缺乏具体的形象塑造,但浸透在字里行间的那种真实情感却仍然具有较强的艺术感召力,不失为一首充满青春朝气的政治鼓动诗。

草木篇

流沙河

寄言立身者,勿学柔弱苗。

——唐 白居易

白 杨

她,一柄绿光闪闪的长剑,孤零零地立在平原,高指蓝天。也许,一场暴风会把她连根拔去。但,纵然死了吧,她的腰也不肯向谁弯一弯!

藤

他纠缠着丁香,往上爬,爬,爬……终于把花挂上树梢。丁香被缠死了,砍作柴烧了。他倒在地上,喘着气,窥视着另一株树……

仙 人 掌

它不想用鲜花向主人献媚,遍身披上刺刀。主人把她逐出花园,也不给水喝。在野地里,在沙漠中,她活着,繁殖着儿女……

梅

在姐姐妹妹里,她的爱情来得最迟。春天,百花用媚笑引诱蝴蝶的时候,她却把自己悄悄地许给了冬天的白雪。轻佻的蝴蝶是不配吻她的,正如别的花不配被白雪抚爱一样。在姐姐妹妹里,她笑得最晚,笑得最美丽。

毒 菌

在阳光照不到的河岸,他出现了。白天,用美丽的彩衣,黑夜,用暗绿的磷火,诱惑人类。然而,连三岁孩子也不去睬他。因为,妈妈说过,那是毒蛇吐的唾液……

1956 年 10 月 30 日 成都

(选自《星星》1957 年第 1 期)

导读

流沙河(1931—),原名余勋坦,四川金堂人,生于成都。《草木篇》最初发表在 1957 年 1 月的《星星》诗刊创刊号上。从组诗题记引用白居易的诗句可以清晰地看到,作者的创作意图是采用传统诗词托物寄言的手法,通过对自然界各种物象的歌唱,来表达自己立身、处事、为人的原则。

五首小散文诗通过吟咏两种对立的审美意象来表现自己的审美态度,从而展示了诗人的精神立场和价值观念。散文组诗中受到诗人青睐、赞美的意象有:像高指蓝天的长剑一样孤零零挺立在平原的白杨;浑身披刀长刺、丝毫没有奴颜媚骨的仙人掌;具有高尚品格把爱献给白雪的梅。而受到诗人鄙视、贬斥的意象是:靠纠缠、依附手段一味"往上爬"的藤;还经常出没"在阳光照不到的"地方,活动于人迹罕至的河岸的毒菌。

歌德认为:"在艺术和诗里,人格确实就是一切。"(《歌德谈话录》,朱光潜译,人民文学出版社,1978年9月,第229页)这组散文诗表现了诗人的道德评判准则和理想的精神人格。读者可以清晰地看到诗中塑造的敢于挑战权威的斗士、逆境中泰然生存的女子和坚持净洁操守的姑娘等形象,从中领略知识分子清高孤僻的个性、宁折不弯的气节、超群脱俗的情志和现实批判的态度。

这组咏物诗是在"双百方针"的感召下创作而成的。然而,在随后的政治风暴中,诗作首当其冲成了革命大批判的众矢之的,诗人也因之遭受劫难。一直到二十多年以后,诗作才得到平反昭雪,成为新时期诗坛上一朵"重放的鲜花"。

桂林山水歌

贺敬之

云中的神呵,雾中的仙,
神姿仙态桂林的山!

情一样深呵,梦一样美,
如情似梦漓江的水!

水几重呵,山几重?
水绕山环桂林城⋯⋯

是山城呵,是水城?
都在青山绿水中⋯⋯

呵! 此山此水入胸怀,
此时此身何处来?

⋯⋯黄河的浪涛塞外的风,
此来关山千万重。

马鞍上梦见沙盘上画:
"桂林山水甲天下"⋯⋯

呵! 是梦境呵,是仙境?
此时身在独秀峰①!

心是醉呵,还是醒?
水迎山接入画屏!

画中画——漓江照我身千影,

---

① 独秀峰,在桂林市中心。孤峰一柱,拔地而起。

歌中歌——山山应我响回声……

招手相问老人山①，
云罩江山几万年？

——伏波山下还珠洞②，
室珠久等叩门声……

鸡笼山一唱屏风开，
绿水白帆红旗来！

大地的愁容春雨洗，
请看穿山③明镜里——

呵！桂林的山来漓江的水——
祖国的笑容这样美！

桂林山水入胸襟，
此景此情战士的心——

江山多娇人多情，
使我白发永不生！

对此江山人自豪，
使我青春永不老！

七星岩去赴神仙会，
招呼刘三姐呵打从天上回……

人间天上大路开，
要唱新歌随我来！

---

① 老人山、鸡笼山、屏风山，均在桂林市区，因状得名。
② 还珠洞，有老龙谢情还珠神话，本诗转意借用。
③ 穿山，在桂林市南郊。峰顶有巨大圆形洞口，洞穿露天，状似七星岩，桂林最著名岩洞之一。传说歌仙刘
三姐在此洞中赛歌，后化石成仙。

三姐的山歌十万八千箩，
战士呵，指点江山唱祖国……

红旗万梭织锦绣，
海北天南一望收！

塞外的风沙呵黄河的浪，
春光万里到故乡。

红旗下：少年英雄遍地生——
望不尽，千姿万态"独秀峰"！

——意满怀呵，情满胸，
恰似漓江春水浓！

呵！汗雨挥洒采笔画：
桂林山水——满天下！……

1959 年 7 月，旧稿
1961 年 8 月，整理

导读

　　贺敬之（1924—　），山东峄县人。《桂林山水歌》最初发表在 1961 年第 10 期的《人民文学》上。诗作开篇采用赋的手法来虚写桂林的美丽景致。诗人从最能代表桂林美景神韵的山、水落笔，分别用"神姿仙态"和"如情似梦"来形容桂林的山和漓江的水，一下子就把读者带到由云雾缭绕、影影绰绰、虚无缥缈的山色和以清澈透明、波光涌动、氤氲迷离的水景组成的美丽画卷中，使读者在审美想象当中充分领略水环山绕的桂林城妩媚动人之处。

　　接着，诗作转为表现革命战士长期以来对桂林山水的景慕、向往，借此烘托、渲染今日游览桂林城时如醉如梦、似仙似幻的感觉。再以对漓江处处画、山山响歌声的概括性描写为发端，开始了对桂林市内主要风景区的具体介绍和歌唱（这里有对神话传说的借用，也有对自然景色的描写，当然离不开对革命时代的赞美），然后以"祖国的笑容这样美"作小结，点明作品的主题。

　　此后，诗人用中国古代山水诗见景生情的手法，反复歌唱多娇江山所激发的战士豪情。随着诗情的逐渐高涨，激情满怀的抒情主人公要"赴神仙会""招呼刘三姐"，一同"指点江山唱祖国"。在战士的眼中，海北天南，边塞黄河，到处是红旗万杆，春光万里，英雄群起，不由得"意满怀""情满胸"，终于大声唱出了时代颂歌的最强音："桂林山水——满天下！"从而把诗情推向高潮。

诗作初稿写于 1959 年，两年后在党的文艺政策调整时整理完成，诗作的发表，正好为当时轰轰烈烈开展的宏大叙事的抒情歌唱增添了声威。联系诗歌的创作背景，从诗歌表现的主题可以看出，诗人正面歌唱时代、社会的目的，在于鼓舞人们增强战胜当时面临的连续三年严重的经济困难的勇气，实际上，该诗也产生了宣传鼓劲的社会效果。但倘若用现实主义的尺度去衡量的话，则"祖国的笑容这样美""桂林山水——满天下"的豪言就显得相当底气不足了。

诗作采用了两句一节为一个相对独立的意义单元，并采用随时可以转韵的"信天游"作为表现形式，其好处是诗人可以较少受形式的拘限而灵活、自由地续接诗情；而节与节之间（如一、二节，三、四节）的对称，又使诗歌显得节奏和谐、自然流畅，在变化中见出整齐。但为了照顾诗中的地名而过于随意变化句式和节奏（如 11—14 节），则有伤全诗的血脉贯通、诗情顺畅，也表露出明显的人为斧凿的痕迹。

甘蔗林——青纱帐(存目)

郭小川

导读

郭小川(1919—1976),原名郭恩大,河北丰宁人。诗作采用托物言志的手法,通过对审美意象甘蔗林与青纱帐的歌唱,表达了革命者在和平建设时期,决心保持革命战争年代的传统、精神,为实现宏伟的革命目标而不懈斗争的坚定志向。

诗人赋予这两个物象以特定的象征意义,以南方香甜而严峻的甘蔗林、北方遥远而亲近的青纱帐,分别象征过去和今天两个不同的时代,运用丰富的联想,将这两种相隔遥远的物象联系在一起进行歌唱。诗作开端用交叉咏唱的方式,分别突出两个意象各自不同的特征;接着歌唱了甘蔗林与青纱帐之间的相同相似之处:"随风摆动的长叶","一样地鸣奏嚓亮的琴音";"载着阳光的露珠","一样地照亮大地的清晨";然后将历史与现实两幅生活画面剪辑叠印在一起,借以形成鲜明的对照,并暗示了历史与现实的区别与联系。通过对甘蔗林、青纱帐的反复咏唱,诗思自然地从当今的建设时期过渡到昔日的战斗青春。

接着,诗人用整整四节诗、一连串的"可记得"回忆起昔日青纱帐里的战斗生活,表现了革命者的情感、理想、信念、誓言,并点明了永远也不忘记"昨天和明天"的主题。

诗作在表现形式上也是很有特色的。诗中的诗行全部是由二或三个短句组成的,这种集短句为长句的长廊句式,与楚辞汉赋式的恣意铺陈、多方渲染、层层排比相结合,使诗歌呈现出一种气势宏阔、奔放豪迈的风格。这种表现方式被称为郭小川式的"新辞赋体"。另外,诗中充分使用民歌的重复(首节与末节)、对称(诗节中的诗行隔行对称、诗章中的诗节两两对称)手法,使诗情在回环往复中层层推进,昔日的战斗岁月与今天的斗争生活交叉迭现,虽说北方的青纱帐"那样遥远",也没有"甘蔗林的芳芬",但青纱帐里的"高粱秸比甘蔗还要香甜";虽说南方的甘蔗林已没有了"青纱帐里的艰辛",但战争中的伙伴永远也不会忘了"昔日的风云"。这种复沓回环的情绪节奏一方面把不忘革命战争年代的优良传统的主题表现得淋漓尽致,同时使饱满的政治激情在一唱三叹的咏叹中得到充分的抒写。骆寒超曾经把这种诗歌形式称为"郭小川的半格律体诗",其特点是"诗行节奏的鲜明和谐和诗节、诗章节奏因对称导致的复沓回环所构成的结构形态","而其关键性的一点则是追求对称"。尽管有的诗"在一个诗节里也并不完全搞对称,却以其音组型号的规范和多数诗行宽泛的对称所造成的复沓回环,给我们以某种格律化的感觉"(骆寒超《20世纪新诗综论》)。

上海夜歌(一)

公 刘

上海关。钟楼。时针和分针

像一把巨剪，

一圈，又一圈，

铰碎了白天。

夜色从二十四层高楼上挂下来，

如同一幅垂帘；

上海立刻打开她的百宝箱，

到处珠光闪闪。

灯的峡谷,灯的河流,灯的山,

六百万人民写下了壮丽的诗篇：

纵横的街道是诗行，

灯是标点。

1956.9.28 上海

（选自《人民文学》1956 年第 11 期）

导读

公刘(1927—2003)，原名刘仁勇,江西南昌人。《上海夜歌》最初发表在 1956 年第 11 期《人民文学》上。诗作在展示上海的美丽景色时,首先把焦点对准上海滩上最有代表性的建筑物海关大楼。诗人采用电影蒙太奇手法,通过画面的迭现：远镜头——上海关,中镜头——钟楼,最后突出了特写镜头——时针和分针。这种表现方法给读者的视觉以强烈的艺术冲击力。诗人把焦点定位在时针和分针上,随即用一个比喻"像一把巨剪"来突出时钟送昼迎夜的特性,仿佛是由于时钟这把巨剪"一圈,又一圈"地把白天铰碎,上海的夜晚才终于到来。首节诗的末句"铰碎了白天",不但暗中呼应了诗题,而且在篇中起了承上启下的作用。

第二节诗具体描写了上海的夜景。首句"夜色从二十四层高楼上挂下来"确为警策之句,二十四层高楼是上海当时最高的建筑物,当暮霭悄悄降临的时候,高高耸立的上海国际饭店大楼的顶端早已显得蒙蒙眬眬,这就使人感到夜色仿佛是从天而降的,"如同一幅垂帘","从二十四层楼上挂下来",这种感觉虽然是错觉,却把大都市里黄昏到来时在人们心头的印象准确地表达出来,它不禁使人联想起李白的名句:"暮从碧山下,山月随人归。"(《下终南山过斛斯山人宿置酒》)当然,在大都市上海,傍晚引人注目的不是随人归去的山月,而是它的灯光。果然,上海"打开她的百宝箱,/到处珠光闪闪"。

末节诗具体渲染了上海这个中国最现代化的都市璀璨的夜景:到处是"灯的峡谷,灯的河流,灯的山"。这种壮丽的景观当时只能在马路纵横、车流如河、高楼林立的大上海才能见到,也只有大上海才配得上这样的诗句。诗歌到此,诗思突然产生飞跃,从形容、描述上海夜景,升华为对上海市六百万人民的歌颂,诗人衷心赞美了上海人民无数双勤劳的手,创造了这种美丽的人间奇观。但诗人在表现自己的观感、思想时,并没有脱离艺术形象的创造作抽象的议论,而是展开灵动的想象,抓住上海夜景的特色,把勤劳智慧的上海人民比喻为诗人,把美丽的上海夜景比喻成是他们精心写就的一首"壮丽的诗篇",而"纵横的街道是诗行,/灯是标点"。诗作对上海景观的描写,既"不是'一瞬'的描摹",也"不是'单一的透视'"(叶维廉:《中国诗学》,北京:生活·读书·新知三联书店,1992,第152页),而是采用了中国山水画里常用的散点透视手法,也就是说,首先,诗人对上海景观的描写是依次在一定长度的时间里进行的。从时钟铰碎白天,到夜色挂下来,再到华灯初上,最后是灯火辉煌,表现出了一种时间上的次序性。其次,抒情主人公的视点是多变的,有平视(包括远、中、近视),如"上海关,钟楼,时针和分针""到处珠光点点";有仰视,如"夜色从二十四层高楼上挂下来""灯的山";还有俯视,"灯的峡谷,灯的河流",甚至末句的比喻也是鸟瞰式的,"纵横的街道是诗行,/灯是标点"。这种手法的好处是,可以"避开单一的视轴,而设法同时提供多重视轴来构成一个整体的环境"(叶维廉:《中国诗学》,北京:生活·读书·新知三联书店,1992,第152页)。

诗作表现出诗人具有很敏锐的艺术感受能力和表现能力。他能运用丰富的想象,把瞬间所得的艺术感觉通过生动、奇警的比喻,创造出新鲜的艺术形象,从而达到打动读者的艺术目的。像把上海的昼夜交替比喻为时钟的巨剪铰碎了白天,把夜色的降临比喻为一幅垂帘从二十四层高楼上挂下来,以及把上海美丽的夜景暗喻为壮丽的诗篇等,都是突出的例子。

哎，大森林！（存目）
——刻在烈士饮恨的洼地上

公　刘

导读

　　公刘的《哎，大森林！》最初发表于 1979 年 10 月号《星星》诗刊。诗篇是诗人从张志新烈士的殉难地沈阳大洼凭吊归来，有感于烈士的被害而写成的。这是一首愤世嫉俗、忧国忧民，蕴含着深刻的反思内容和对未来警戒的优秀诗作。诗的前一节，对"文革"动乱的"喧嚣"，不停地"洗刷"和匆忙地"掩埋"表示了极大的愤慨。第二节，诗人对本来是生机勃勃的事物竟然会变得"枯朽""腐败"表示极度的痛苦。最后，诗人表达了对国家命运前途的极大忧虑，对"文革"历史可能重演的高度警觉。

　　诗中大量使用叠句以强化思想、强化感情。排比对偶的运用，也使诗篇节律整齐、音韵铿锵。特别是激烈词语的选用，并列递进句式的安排，使诗篇流荡着一种强烈的气势，更增强了它的战斗作用。

戈壁日出

李 瑛

当尖峭的冷风遁去，
荒原便沉淀下无垠的戈壁；
我们在拂晓骑马远行，
多么渴望一点颜色，一点温煦。

忽然地平线上喷出一道云霞，
淡青、橙黄、橘红、绀紫，
像褐色的荒碛滩头，
萎弃一片雉鸡的翎羽。

太阳醒来了——
它双手支撑大地，昂然站起，
窥视一眼凝固的大海，
便拉长了我们的影子。

我们匆匆地策马前行，
迎着壮丽的一轮旭日，
哈，仿佛只需再走几步，
就要撞进它的怀里。

忽然，它好像暴怒起来，
一下子从马头前跳上我们的背脊，
接着便抛出一把火给冰冷的荒滩，
然后又投出十万金矢……

于是，一片燥热的尘烟，
顿时便从戈壁上腾起，
干旱熏烤得人喘马嘶，
几小时我们便经历了四季。

从哪里飞来一片歌声，

雄浑得撼动戈壁——

我们的勘测队员正迎向前来，

在这里，我看见了人民意志的美丽！

1961 年 8 月

（选自《李瑛诗选》，四川人民出版社 1981 年版）

导读

　　李瑛(1926—　　)，河北丰润人。《戈壁日出》绘声绘色地描写了戈壁荒原的日出奇观，抒发了主人公的独特感受，把日出前荒原的冷峭单调、黎明时云霞的瑰丽多彩、日出时旭日的壮丽辉煌、日出后戈壁的燥热难耐，都很有层次地表现出来，形象地展示了戈壁滩上严酷的自然环境。经过多方烘托渲染，铺垫蓄势，末节诗陡然一转，翻出意境，最后点明诗篇歌颂在荒无人烟的大戈壁中不辞辛劳地为祖国勘查宝藏的勘探队员的主题。

　　李瑛是一个具有敏锐的艺术感觉和独到的艺术表现才能的诗人。他善于抓住事物的特征，综合运用想象、夸张、通感等艺术手法，用新颖、逼真的比喻，创造生动、奇妙的艺术形象。像首句诗中"尖峭的冷风"，就是采用视觉形象与感觉形象混合搭配的通感手法，含蓄地暗示了这里夜风犀利峻急、气温极低的特点，不动声色地点明一个"冬"字，从而呼应了末尾结束写景时的总结语："几小时我们便经历了四季。"另外，像表现太阳刚从地平线上探头时景致的诗句："太阳醒来了——/它双手支撑大地，昂然站起"，以及迎着旭日骑马前行时感到"仿佛只需再走几步，/就要撞进它的怀里"的奇妙感觉，颇有"大漠孤烟直，长河落日圆"的边塞诗韵味。再如诗中表现太阳渐起而温度陡升的情景时，将之比喻为：太阳"它好像暴怒起来，/一下子从马头前跳上我们的背脊"，并用"抛出一把火"和"投出十万金矢"来形容当时阳光四射照耀得人睁不开眼的感受，都是令人过目难忘的佳句。

　　诗作在构思方法上鲜明地体现出 20 世纪 60 年代初党的文艺政策调整时，进入宏大叙事的"抒情时期"歌颂性诗文作品普遍具有的某种特征：即在对自然景观的出色描写中，完成抒情主体由个人向时代的转换，进而达到歌颂、赞美时代的抒情目的。同类的作品有贺敬之的《桂林山水歌》、刘白羽的《长江三日》、杨朔的《雪浪花》等。

有 赠

曾 卓

我是从感情的沙漠上来的旅客，
我饥渴，劳累，困顿。
我远远地就看到你窗前的光亮，
它在招引我——我的生命的灯。

我轻轻地叩门，如同心跳。
你为我开门。
你默默地凝望着我，
（那闪耀着的是泪光么？）

你为我引路，掌着灯。
我怀着不安的心情走进你洁净的小屋，
我赤着脚，走得很慢，很轻，
但每一步还是留下了灰土和血印。

你让我在舒适的靠椅上坐下，
你微现慌张地为我倒茶，送水。
我眯着眼——因为不能习惯光亮，
也不能习惯你母亲般温存的眼睛。

我的行囊很小，
但我背负着的东西却很重，很重，
你看我的头发斑白了，我的背脊佝偻了，
虽然我还年轻。

一捧水就可以解救我的口渴，
一口酒就使我醉了，
一点温暖就使我全身灼热。
那么，我能有力量承担你如此的好意和温情么？

我全身颤栗，当你的手轻轻地握着我的，
我忍不住啜泣，当你的眼泪滴在我的手背。
你愿这样握着我的手走向人生的长途么？
你敢这样握着我的手穿过蔑视的人群么？

在一瞬间闪过了我的一生，
这神圣的时刻是结束也是开始，
一切过去的已经过去，终于过去了，
你给了我力量、勇气和信心。

你的含泪微笑着的眼睛是一座炼狱，
你的晶莹的泪光焚冶着我的灵魂，
我将在彩云般的烈焰中飞腾，
口中喷出痛苦而又欢乐的歌声……

1961 年 11 月

（选自《曾卓抒情诗选》，中国文联出版社 1988 年版）

导读

　　曾卓(1922—2002)，原名曾庆冠，原籍湖北黄陂，生于湖北武汉。《有赠》最初发表于1981 年人民文学出版社出版的《白色花》。由于"胡风集团"冤案，曾卓在经受两年牢狱之苦和两年下放农村后，于 1961 年回到家中，与一直等着他归来的妻子重逢了。《有赠》一诗以朴实而生动的笔墨，抒写了亲人在长久分别后重聚时的情景，赞美了在孤苦无告的境遇里平凡朴实的爱情的神圣与伟大。经历了在情感沙漠中孤寂、艰难的漫长跋涉，诗人终于见到了爱人窗前温暖的灯光，太多刻骨的思念，太过长久的音讯杳无的分离，让即将来临的幸福成为生命难以承受之重。当诗人把灰土和血印留在身后，走进洁净的小屋，得到的是水、光明和母亲般温存的眼光。关怀与爱带给了诗人力量、勇气和信心，重逢把过去与未来、忧伤与欢乐、仇视与关爱交织为神圣的时刻。

　　家是旅人生命的港湾，诗人理所当然地为其营造一种温暖、光亮、舒适的氛围，但令人刺痛的句子不断地跳跃出来，使得诗的基调在两种相对的情绪中反复变换。作品蕴含着一股博大、厚积的情感力量，然而，历尽磨难对生命和艺术的理解趋于成熟的诗人，并没有任其喷薄而出，而是以一种缓慢、柔和的调子来表达浓烈的情感潜流。在诗艺上，诗篇采用了细致的、富有层次感的意象，真实地表现出了诗人在相逢那一刻丰富和复杂的内心情感，具有线条柔和明快的版画般的艺术品位。

母亲为儿子请罪
——为安慰孩子们而作

绿　原

对不起,他错了,他不该
为了打破人为的界限
在冰冻的窗玻璃上
画出了一株沉吟的水仙

对不起,他错了,他不该
为了添一点天然的色调
在万籁俱寂时分
吹出了两声嫩绿色的口哨

对不起,他错了,他不该
为了改造这心灵的寒带
在风雪交加的圣诞夜
划亮了一根照见天堂的火柴

对不起,他错了,他糊涂到
在污泥和阴霾里幻想云彩和星星
更不懂得你们正需要
一个无光、无声、无色的混沌

请饶恕我啊,是我有罪——
把他诞生到人间就不应该
我哪知道在这可悲的世界
他的罪证就是他的存在

1970 年

(选自《绿原文集》,武汉出版社 2007 年版)

导读

　　绿原(1922—)，原名刘仁甫，湖北黄陂人。《母亲为儿子请罪——为安慰孩子们而作》最初发表于1981年人民文学出版社出版的《白色花》。这首诗创作于诗人和整个民族都正值灾难之中的1970年，诗人用一种苍凉而绝望的心理对这个时代进行了无情的嘲讽和指控。在是非颠倒、黑白混淆的世界里，一个孩子所有正常的需求、美好的希望、健康的心理都"错了"，都需要父母"请罪"和发出"对不起"的道歉。这不由让人悲叹、痛心！诗作正是由此投射出强大的批判深度和控诉力度。在艺术传达方面，诗篇将正反两面对立起来，将正的说反，反的说正，起到深刻的讽刺和揭示效果。诗篇表述直接、明白，情感显在、外露，用清晰、浅显的意象呈示出诗人的思想意绪。

冬

穆　旦

我爱在淡淡的太阳短命的日子，
临窗把喜爱的工作静静做完；
才到下午四点，便又冷又昏黄，
我将用一杯酒灌溉我的心田。
多么快，人生已到严酷的冬天。

我爱在枯草的山坡，死寂的原野，
独自凭吊已埋葬的火热一年，
看着冰冻的小河还在冰下面流，
不知低语着什么，只是听不见。
呵，生命也跳动在严酷的冬天。

我爱在冬晚围着温暖的炉火，
和两三昔日的好友会心闲谈，
听着北风吹得门窗沙沙地响，
而我们回忆着快乐无忧的往年。
人生的乐趣也在严酷的冬天。

我爱在雪花飘飞的不眠之夜，
把已死去或尚存的亲人珍念，
当茫茫白雪铺下遗忘的世界，
我愿意感情的热流溢于心间，
来温暖人生的这严酷的冬天。

1976 年 12 月

(选自《穆旦诗文集》,人民文学出版社 2006 年版)

导读

　　穆旦(1918—1977)，原名查良铮，祖籍浙江海宁，出生于天津。九叶诗派的代表人物。
《冬》最早发表在 1980 年第二期《诗刊》上，全诗共分四章，此处所选取的为第一章。《冬》是穆旦季节组诗中的最后一组诗,这组诗歌把丰富的思想内涵、强烈的情感效果和精湛的艺术技巧融为一体,堪比杜甫在夔州时期创作的《秋兴八首》,被视为是穆旦晚年诗歌的压卷之作。

自然的季节与生命的季节相遇在冬天,在这样严酷的季节里,生命也走向它最后的时刻,但诗人并没有踯躅于绝望的边缘,而是在死寂的原野里,在茫茫的白雪下,去触感自然、生命和情感的热流。诗人在时光与季节中感悟生命、思考人生,以舒缓深沉的节奏和平实朴素的笔调表达了从容、淡定、豁达的人生态度,同时,又蕴含了诗人在一个更为浩渺的时空里对历史与现实的深刻体认。《冬》诗形整饬、格律严谨、节奏分明,每一节的结尾以"严酷的冬天"互为呼应,使得作品具有一种深沉而强烈的情感力量。

山和海

陈敬容

相看两不厌,唯有敬亭山。

——李　白

高飞
　　没有翅膀
远航
　　没有帆

小院外
　　一棵古槐
做了日夕相对的
　　敬亭山

但却有海水
　　日日夜夜
　　在心头翻起
汹涌的波澜

无形的海啊
　　它没有边岸
不论清晨或黄昏
　　一样的深,一样的蓝

一样的海啊
　　一样的山
　　你有你的孤傲
我有我的深蓝

1979 年 4 月

(选自《陈敬容诗选》,四川人民出版社 1983 年版)

导读

陈敬容(1917—1989)，四川乐山人。九叶诗派的重要成员。《山和海》最初刊载于1983 年黑龙江人民出版社出版的诗集《老去的是时间》。《山和海》是陈敬容诗艺成熟期创作的一首优秀作品，诗歌以简洁的意象和朴素的文字，展示了她细腻而丰富的情感，抒写了诗人在经历坎坷岁月后晚年容纳苦难的广阔胸怀。诗篇通过山与海的关系，拟喻、象征了诗人当下的生存态势：风烛残年，又身处病中，已是无翅翼可高飞，无风帆可远航，但这毕竟只是身体，而自己的内在生命里，仍有海水在激荡，仍有波澜在汹涌。因此，诗人的生命仍然是丰富的、充盈的，心态也是自豪的、满足的。诗篇在情感色彩上积极向上而非低沉消极。在艺术风格上，诗篇清远明澈，流畅自如，整首诗一韵到底，读来和谐爽口，很好地体现了诗人古典诗词的修养和对西方现代诗歌艺术的把握。

华南虎

牛　汉

在桂林
小小的动物园里
我见到一只老虎。

我挤在叽叽喳喳的人群中
隔着两道铁栅栏
向笼里的老虎
张望了许久许久，
但一直没有瞧见
老虎斑斓的面孔
和火焰似的眼睛。

笼里的老虎
背对胆怯而绝望的观众，
安详地卧在一个角落，
有人用石块砸它
有人向它厉声呵斥
有人还苦苦劝诱
它都一概不理！

又长又粗的尾巴
悠悠地在拂动，
哦，老虎，笼中的老虎，
你是梦见了苍苍莽莽的山林吗？
是屈辱的心灵在抽搐吗？
还是想用尾巴鞭击那些可怜而可笑的观众？

你的健壮的腿
直挺挺地向四方伸开，
我看见你的每个趾爪

全都是破碎的，

凝结着浓浓的鲜血！

你的趾爪

是被人捆绑着

活活地铰掉的吗？

还是由于悲愤

你用同样破碎的牙齿

（听说你的牙齿是被钢锯锯掉的）

把它们和着热血咬碎……

我看见铁笼里

灰灰的水泥墙壁上

有一道一道的血淋淋的沟壑

像闪电那般耀眼刺目！

我终于明白……

我羞愧地离开了动物园，

恍惚之中听见一声

石破天惊的咆哮，

有一个不羁的灵魂

掠过我的头顶

腾空而去，

我看见了火焰似的斑纹

火焰似的眼睛，

还有巨大而破碎的

滴血的趾爪！

1973 年 6 月

（选自《空旷在远方——牛汉诗文精选》，时代文艺出版社 2005 年版）

导读

牛汉（1923—　），原名史承汉，生于山西定襄。《华南虎》最初发表于《诗刊》1982 年 2 月号。诗作写于 1973 年 6 月，展示的是"文革"的特定时空。诗人以一颗敏感的心，强烈地感受到这种悲怆和苦难，同时也感受到了每一个有血性的中国人不屈的灵魂和挣脱禁锢、向往自由的顽强斗争精神。在诗作中，诗人把这苦难和血性赋予了一个有生命的肌体——被囚禁的华南虎。虎，在这里成为诗人生命与灵魂的符号，虎困厄艰难的生存状态，不仅是诗人当时生存状态的真实写照,而且是那个特殊年代中国知识分子共同命运的高度概括,铁笼恰是邪恶与桎梏的象征,正是它扭曲了原本属于旷野、属于深山、属于野性的生命,也正是在扭曲中,生命才爆发出更大的能量,显示出更顽强的意志、更崇高的灵魂。在艺术上,诗人既运用了现实性的描述,又运用了超现实的喻指。诗人把环境典型化,把虎人化,把充满哲理的思索、充满激情的想象和自己的人生体验,投射到处于困厄之中的华南虎身上,从而很好地传达了诗人的情感和思想。

野　兽

黄　翔

我是一只被追捕的野兽
我是一只刚捕获的野兽
我是被野兽践踏的野兽
我是践踏野兽的野兽

我的年代扑倒我
斜乜着眼睛
把脚踏在我的鼻梁架上
撕着
咬着
啃着
直啃到仅仅剩下我的骨头

即使我只仅仅剩下一根骨头
我也要哽住我的可憎年代的咽喉

1968 年

导读

　　黄翔(1941—　　)，湖南桂东人。朦胧诗派先驱。《野兽》最初刊载于 1993 年朝华出版社出版的《文化大革命中的地下文学》。这首写于 1968 年的短小精悍的现代诗，是对"文革"——一个摧残人的肉体、桎梏人的精神的"疯狂"时代的控诉。

　　"野兽"是全诗的核心意象，以之为题，具有强烈的反讽意味。全诗采用总分式结构。以第一人称描述"我"在那个黑暗时代的生存的困境，在膨胀的极左政治威压下的挣扎。在那个暴力、恐怖、血腥的世界里，"我是被野兽践踏的野兽""我是践踏野兽的野兽"，这是诗人给我们勾画出的恐怖时代的病相。在诗歌的结尾，诗人也表达了欲与非理性的、反人道的时代玉石俱焚的悲壮气概，展示了不屈抗争的战斗精神。

　　在艺术传达方面，诗人摒弃了那个时代标语、口号般的干枯诗歌语言，借助意象，并运用隐喻、暗示的手法，使诗歌意蕴耐人寻味，显示出强烈的探索精神。

这是四点零八分的北京

食 指

这是四点零八分的北京，
一片手的海浪翻动；
这是四点零八分的北京，
一声雄伟的汽笛长鸣。

北京车站高大的建筑，
突然一阵剧烈地抖动。
我双眼吃惊地望着窗外，
不知发生了什么事情。

我的心骤然一阵疼痛，一定是
妈妈缀扣子的针线穿透了心胸。
这时，我的心变成了一只风筝，
风筝的线绳就在母亲的手中。

线绳绷得太紧了，就要扯断了，
我不得不把头探出车厢的窗棂。
直到这时，直到这时候，
我才明白发生了什么事情。

——一阵阵告别的声浪，
就要卷走车站；
北京在我的脚下，
已经缓缓地移动。

我再次向北京挥动手臂，
想一把抓住她的衣领，
然后对她大声地叫喊：
永远记着我，妈妈啊北京！
终于抓住了什么东西，

管他是谁的手,不能松,

因为这是我的北京,

这是我的最后的北京。

1968 年 12 月 20 日

（选自《北京青年现代诗十六家》，

漓江出版社 1986 年版）

导读

　　食指(1948—)，原名郭路生，山东鱼台人。《这是四点零八分的北京》最初刊载于1986 年漓江出版社出版的《北京青年现代诗十六家》。这首诗展现了"历史的瞬间，撕心的伤痛"。这是诗人 1968 年到农村插队时写下的诗歌名篇。对于知识青年的上山下乡运动，当时主流诗歌所表现的思想意绪只能是政治所要求的歌颂、欢呼、拥护以及掩蔽了知青个人真实感受的高亢、激昂和热忱。然而，食指在列车开动的瞬间用诗歌记录下了自己即将告别生他养他的北京和与母亲分离时的留恋情感，记录下在动荡时代心理突然失去平衡的独特感受，表达了对未来的忧虑、迷茫和青春的伤感。诗歌情感诚挚、体验真切，意象朴素、自然，诗情贴切、流畅。同时，诗人在这首诗中运用了现代主义的表现手法，如幻象、隐喻、变形，而且运用得十分娴熟，与思想意绪的传达紧密契合。

回　答

北　岛

卑鄙是卑鄙者的通行证，
高尚是高尚者的墓志铭。
看吧，在那镀金的天空中，
飘满了死者弯曲的倒影。

冰川纪过去了，
为什么到处都是冰凌？
好望角发现了，
为什么死海里千帆相竞？

我来到这个世界上，
只带着纸、绳索和身影，
为了在审判之前，
宣读那些被判决的声音：

告诉你吧，世界，
我——不——相——信！
纵使你脚下有一千名挑战者，
那就把我算做第一千零一名。

我不相信天是蓝的；
我不相信雷的回声；
我不相信梦是假的；
我不相信死无报应。

如果海洋注定要决堤，
就让所有的苦水注入我心中；
如果陆地注定要上升，
就让人类重新选择生存的峰顶。

新的转机和闪闪的星斗，

正在缀满没有遮拦的天空，

那是五千年的象形文字，

那是未来人们凝视的眼睛。

（选自《诗刊》1979 年第 3 期）

导读

　　北岛(1949—　)，原名赵振开，祖籍浙江湖州，生于北京。《回答》写于 1976 年"四五"天安门运动中，最早发表在 1979 年 3 月号的《诗刊》上。这是北岛最受赞誉、流传最广的诗篇之一。诗歌以其强烈的怀疑精神和严肃冷峻的批判态度，几乎概括了"文革"时代一部分觉醒的青年对现实生活的"回答"。诗以悖论式警句开头，一针见血地斥责和嘲讽了"文革"期间社会道德观念和人生价值颠覆的荒谬现实，以理性的思索表现了对丑恶的不合理现实的否定和批判。面对颠倒混乱的世界，"我"以第一千零一名挑战者的姿态发出了"告诉你吧，世界，/我——不——相——信"的呼号，表现了无畏的挑战者形象。"我不相信"四个排比句式的运用既表达了对这个罪恶荒谬世界的怀疑和否定，也显示了挑战者毫不妥协的意志和对真理、正义勇敢执着的追求。诗的第六节则显示了诗人宽广的胸怀和英雄的气概，同时也传达了对未来的乐观和信心，这种信心在诗的最后化为"闪闪星斗"和"凝视的眼睛"，预示着黑夜即将过去，民族又将新生。

　　该诗在体制上承接了 20 世纪六七十年代新诗的形式，但在情感抒发上已显出了"朦胧诗"的特点，将浪漫的激情和深沉的意象相交融，通过象征、暗示，诗人的主观境界过渡到了诗的世界，将诗人的郁愤、忧患意识以及抗争化为曲折激越而深刻的诗思，给现实以惊世骇俗的回答。该诗气魄宏大、风格冷峻、感情真挚，充满了个人英雄主义的激情，显示了诗人战士的风姿和思想者的理性光彩。

宣　告

北　岛

也许最后的时刻到了

我没有留下遗嘱

只留下笔，给我的母亲

我并不是英雄

在没有英雄的年代里

我只想做一个人

宁静的地平线

分开了生者和死者的行列

我只能选择天空

决不跪在地上

以显出刽子手们的高大

好阻挡自由的风

从星星的弹孔中

将流出血红的黎明

（选自《朦胧诗选》，
春风文艺出版社1986年版）

导读

《宣告》是一首政治抒情诗，更是一首人性的宣言诗。诗人以遇罗克烈士的事迹为支点，站在历史的高度来审视这一切。全诗运用了我国古诗中常用的化主观为客观的表达方式，借烈士之口向世界宣告："在没有英雄的年代里，我只想做一个人。"从而来探讨人的价值和生命人格的尊严。

第一节，烈士在生命尽头的冷静自白。烈士没有留下遗嘱，却留下了一支曾经为捍卫生命和人格尊严、鞭挞谬误、讴歌真理的笔，留下一腔浩然正气和一个顽强的灵魂，在生命的最后时刻郑重发出"做一个人"的呼号。这是"文革"非人时代的折射，是对剥夺人的基本权利和人格尊严的时代的控诉。

第二节，烈士慷慨激昂的宣告。虽不是英雄，但作为一个普通人，为了真理和人的尊严,绝不跪地而生,显出人性的尊严。

在带有预言性的结束两句中,北岛采用了意象叠加的写作手法,通过两个红色的意象——烈士的鲜血和血红色的黎明,暗示出烈士的鲜血已擦亮了人民的眼睛,唤醒了人们的觉醒,虽然是点点微光,但光明即将到来。同时也显示出人的生命要求的艰难和珍贵,只有在自由之风传遍大地之时,才能人一样的活着,这是烈士的宣告,也是诗人和每一个大写之人的宣告。强烈的对比强化了全诗的悲壮气氛,给人们留下了长久的回味与思索。

迷　途

北　岛

沿着鸽子的哨音

我寻找着你

高高的森林挡住了天空

小路上

一颗迷途的蒲公英

把我引向蓝灰色的湖泊

在微微摇晃的倒影中

我找到了你

那深不可测的眼睛

（选自《朦胧诗选》，

春风文艺出版社 1986 年版）

导读

《迷途》最早发表在 1980 年《诗刊》8 月号上。它以本我为中心，揭示了对现实的迷茫和无奈，希望得到解脱和寻找出路。

这是一首典型的朦胧诗，与传统的诗歌相比，它恍似一篇阅读的寓言。诗意含蓄朦胧甚至晦涩，展现在读者面前的是一片"象征的森林"。诗歌意象繁复多义，情感跳跃、逆转，甚至矛盾，让读者在阅读中陷入"迷途"，体现出朦胧诗的主题——寻找。"鸽子的哨音"和"蒲公英"是光明和美的象征，它们召唤着我去寻找，指引的却是挡住了天空的森林中的"小路"以及"蓝灰色的湖泊""微微摇晃的倒影"和"深不可测的眼睛"。光明与幽暗的矛盾共存。明暗相间的意象排列显示了寻找的艰难和执着。"文革"的岁月里，青春失落、信仰破碎、自我迷失，是一代人共同的历程，诗人暗示了一种寻找的过程。而寻找的过程是充满意味的，它在迷途、转向和顿悟中摸索前进，于矛盾和迷惑中寻得个人的理解。

致橡树

舒　婷

我如果爱你——
绝不像攀援的凌霄花
借你的高枝炫耀自己；
我如果爱你——
绝不学痴情的鸟儿
为绿荫重复单调的歌曲；
也不止像泉源
长年送来清凉的慰藉；
也不止像险峰
增加你的高度，衬托你的威仪。
甚至日光。
甚至春雨。
不，这些都还不够！
我必须是你近旁的一株木棉，
作为树的形象和你站在一起。
根，紧握在地下
叶，相触在云里。
每一阵风过
我们都互相致意，
但没有人
听懂我们的言语。
你有你的铜枝铁干
像刀、像剑，
也像戟；
我有我红硕的花朵
像沉重的叹息，
又像英勇的火炬。
我们分担寒潮、风雷、霹雳；
我们共享雾霭、流岚、虹霓。
仿佛永远分离，

却又终身相依。

这才是伟大的爱情，

坚贞就在这里：

爱——

不仅爱你伟岸的身躯，

也爱你坚持的位置，足下的土地。

1977. 3. 27

（选自《诗刊》1979 年第 4 期）

导读

舒婷(1952—)，原名龚佩瑜，祖籍福建泉州，现居厦门。朦胧诗派的代表作家之一。《致橡树》最早发表于《诗刊》1979 年 4 月号上，它以柔中有刚的风格和深厚多义的内涵而成为舒婷早期诗歌的代表。诗以橡树和木棉作为抒情的对象，表达了一种新的爱情观念：鄙夷攀附、泯灭自我，反对无条件奉献和依附，歌颂追求独立平等的人格。诗作抒发了对理想爱情的追求，更表达了对独立人格的追求和女性意识的觉醒，有着比爱情更深广的内涵。

诗的开始以六个排比性的对偶假设句否定了爱情中依附陪衬和自我的泯灭，强调和肯定独立的人格和尊严。"我必须是你近旁的一株木棉，/作为树的形象和你站在一起"，这成为爱和独立人格的宣言。他们休戚与共，共担风雨，心灵相通，但人格独立，"爱，不仅爱你伟岸的身躯，/也爱你坚持的位置，足下的土地"。这是人的意识、女性意识的觉醒。只有彼此尊重，才能有真正的爱情，而真正的爱情才会产生真正意义上的人，这既是诗人的爱情理想，也是对更高层次的独立人格和自我价值的追求。

全诗以比喻和象征的手法抒情，将理性思考寓于具体的物象中，使读者不难从诗中感受到诗人的追求。

双桅船

舒　婷

雾打湿了我的双翼

可风却不容我再迟疑

岸啊，心爱的岸

昨天刚刚和你告别

今天你又在这里

明天我们将在

另一个纬度相遇

是一场风暴、一盏灯

把我们联系在一起

是一场风暴、另一盏灯

使我们再分东西

不怕天涯海角

岂在朝朝夕夕

你在我的航程上

我在你的视线里

1979 年 8 月

（选自《双桅船》，

上海文艺出版社 1982 年版）

导读

　　《双桅船》写于 1979 年 8 月，上海文艺出版社 1982 年出版的舒婷第一部诗集即以它命名。

　　诗采用朦胧象征的意象来表达诗人的情感倾向和价值追求。诗人以双桅船自喻，一方面是理想追求的"灯"；另一方面是爱情向往的"岸"，船在大海的航程中追求自己的理想，又渴望在安全温暖的岸边栖息，但船是属于大海的，它必须在风浪中体现自己的价值，"是一场风暴、一盏灯/把我们联系在一起/是一场风暴、另一盏灯/使我们再分东西"。大海，不再是船与岸的阻隔，而是它们联系的纽带，爱在理想的寻求中、在生活的奋斗中得到升华，在互相的理解信赖中得到和谐："你在我航程上/我在你的视线里。"诗歌运用成对的意象，如风暴和灯、航程和视线、雾和风、昨天和今天、岸和船、你和我、告别和相遇,表达的是友情的期待、交流的渴望,作者祈求沟通、理解,相信心灵的往来,同时又拥有独立的自我。

诗中所蕴含的情感凝重而又细腻,既有浓浓的个人感叹,又有开阔的时代情怀。是舒婷诗歌风格的典型代表。

四月的黄昏

舒 婷

四月的黄昏里

流曳着一组组绿色的旋律

在峡谷低回

在天空游移

要是灵魂里溢满了回响

又何必苦苦寻觅

要歌唱你就歌唱吧 但请

轻轻 轻轻 温柔地

四月的黄昏

仿佛一段失而复得的记忆

也许有一个约会

至今尚未如期

也许有一次热恋

而不能相许

要哭泣你就哭泣吧 让泪水

流啊 流啊 默默地

导读

《四月的黄昏》写于 1977 年 5 月 6 日,这是"文革"结束后一年,大地回春、万象更新,对未来的期待以及对过往的回忆,抒发了一种热切、欣喜而又感伤惆怅的朦胧的诗情。这份美丽忧伤的诗情从诗人温婉典雅的倾诉和独白中传达出来。

在两节精心构置的诗行中,诗人选取"旋律"与"记忆",温柔地"歌唱"与默默地"哭泣"两组矛盾对立的意象来表达对新生的欣喜和渴盼,对过往逝去岁月的伤感。为了强化这份情感,诗人上下两节诗中,设置了两组假设、转折、让步式的诗句构筑起多元立体的情绪结构,"要是灵魂里溢满了回响/又何必苦苦寻觅/要歌唱你就歌唱吧 但请/轻轻 轻轻 温柔地";"也许有一个约会/至今尚未如期/也许有一次热恋/而不能相许/要哭泣你就哭泣吧让泪水/流啊 流啊 默默地",使诗中的意绪惆怅而热切,迷蒙而令人神往。

另外,诗中还运用了通感的修辞手法,使旋律带上了色彩,并能看到旋律的低回和游移,甚至在灵魂里听到这回响。通感手法的运用,使诗歌更富多层含义,也使诗歌具有生动的气韵。每节的最后两行,更打上了女性化的抒情烙印,这种温婉典雅的抒情风格是舒婷所独有的。

一代人（外三首）

顾 城

感 觉

天是灰色的
路是灰色的
楼是灰色的
雨是灰色的

在一片死灰之中
走过两个孩子
一个鲜红
一个淡绿

弧 线

鸟儿在疾风中
迅速转向

少年去捡拾
一枚分币

葡萄藤因幻想
而延伸的触丝

海浪因退缩
而耸起的背脊

远 和 近

你
一会看我
一会看云

我觉得
你看我时很远
你看云时很近

导读

顾城(1956—1993),原籍上海,生于北京。朦胧诗派的代表诗人之一。1980年《星星》诗刊第3期发表了《一代人》这首小诗——"黑夜给了我黑色的眼睛,/我却用它寻找光明。"虽只两行,18个字,却震动了整个诗坛,在读者的心中产生了强烈的共鸣,得到了人们的一致赞赏。它以简洁深邃的语言表达一代人的处境、心愿以及对真理执着探求的信念,是一首为一代人立言的诗。

诗歌没有直抒胸臆,而是用意象通过隐喻象征的方式,在漆黑的夜的帷幕上凸显一双不同寻常的"黑色的眼睛",这是一代人觉醒的象征(这对陷入夜的重围中的眼睛却在执着地寻求着光明)。黑夜与黑色两个意象叠加,与光明相衬,形成鲜明反差,即让人看到了那个窒息年代的夜的本质,也看到被压抑扭曲的一代人的反思与觉醒,而色彩的对比更强化了这种探求的坚毅和执着。

黑夜——眼睛——光明。顾城以一个简洁的意象组合,在有限和单纯中涵盖了时代历史转折关头特有的社会景象和人的心理状态,突破传统的习惯,以不和谐的意象组合,造成了触目惊心的艺术效果,带给人的不仅是视听冲击,更是灵魂的震撼,引人思索和回味。

《感觉》写于1980年。80年代随着审美的多元化,诗歌艺术一反过去的传统,呈现出开放的状态,诗歌的元素以及表现的内容更加开阔:历史的反思、自我的抒写,甚至是瞬间的感觉、印象,都可由意象隐喻暗示出来。这些意象可以是物,是风景,是色彩或线条。诗的首节展现了一幅灰色的天地:天、路、楼、雨是灰色的。在色彩上是欲扬先抑。在一片单调的灰色中,走过两个孩子,"一个鲜红""一个淡绿"。红绿两种鲜明而强烈的色彩打破了沉滞,带来生机和美的愉悦。诗中色彩虽有一定的象征性,但对美的欣赏和向往应该说是诗之欲诉,寻找美、表现美是顾城诗歌创作的目的,而爱美、爱新生的美,是诗人也是每个人共有的追求。

《弧线》写于1980年,诗以一条弧线串起四个具象画面:鸟儿的飞旋,少年的弯腰,葡萄藤弯曲的藤蔓,海浪翻腾的峰谷。在这首诗中,诗人痛切的生活经验、愤世嫉俗的思想感情,通过审美的视觉、直觉的感应,瞬间交融于这一系列富有隐喻的意象中,经过蒙太奇式的剪辑组合,建构了寓凌乱于整一的独具张力的诗歌结构,从而抽象出一种对人生世态的哲学思考。诗中呈现给我们视觉中的"弧线",已不是单纯的线条,而是一个发光的几何体,它从各个角度暗示了那个动乱的时代给人们心灵造成的卑俗与世故,触动人们警醒。这首诗多用象征和隐喻,可作多重理解,因此我们也可以根据自己的人生经验,各得其所。

《远和近》最早发表于1980年《诗刊》10月号上。初发时正值朦胧诗争论热潮,它被当成标志成为争论对象，诗虽简短，但含蓄耐人寻味，具有一种思辨美。

诗有两组关系、三个意象，以一个动作"看"连成整体。"你、我、云"三者中"你、我"是主体，"云"是参照物，"你、我"的关系没有交代，实际距离应该比云更近。但在我的直觉中，你我相隔"很远"，你和云却相距"很近"。空间距离和心理距离产生了一种颠倒置换，这是我的主观感受，更是一种错觉，为何出错也没明言，留下想象的空间，让读者去填充。

诗中"云"象征着淳美的大自然，而"你、我"却深印着人际的烙印。当你看云时，无邪天真忘我的神情让我觉得你与云息息相通、亲密无间、近在咫尺，被大自然还原的你，真实可亲。而当你看我时，却一脸冷漠充满戒备，虽是咫尺却胜似天涯。诗中用"你""我""云"心理距离的变换，传达了现实生活中令人痛心的经验。在冷静的描述中，隐含着诗人对人性复归的自然愿望，对和谐人际关系的呼唤和向往。

诗似信手写来，却匠心独运，在简洁的意象中包含着人生的体验，抽象而不晦涩，冷静中蕴含热情，含蓄且意味深长。

中国，我的钥匙丢了

梁小斌

中国，我的钥匙丢了。
那是十多年前，
我沿着红色大街疯狂地奔跑，
我跑到了郊外的荒野上欢叫，
后来，
我的钥匙丢了。

心灵，苦难的心灵，
不愿再流浪了，
我想回家，
打开抽屉，翻一翻我儿童时代的画片，
还看一看那夹在书页里的
翠绿的三叶草。

而且，
我还想打开书橱，
取出一本《海涅歌谣》，
我要去约会，
我向她举起这本书，
作为我向蓝天发出的
爱情的信号。

这一切，
这美好的一切都无法办到，
中国，我的钥匙丢了。

天，又开始下雨，
我的钥匙啊，
你躺在哪里？
我想风雨腐蚀了你，

你已经锈迹斑斑了；

不，我不那样认为，

我要顽强地寻找，

希望能把你重新找到。

太阳啊，

你看见了我的钥匙了吗？

愿你的光芒，

为它热烈地照耀。

我在这广大的田野上行走，

我沿着心灵的足迹寻找，

那一切丢失了的，

我都在认真思考。

1979 年 12 月　1980 年 8 月

（选自《诗刊》1980 年第 10 期）

导读

　　梁小斌(1956—　)，安徽合肥人。这首诗发表在 1980 年《诗刊》10 月号上。诗以儿童的口吻在回忆和倾诉的抒情中将一代人对历史和现实的反思，映现在一片童心之中，以一把丢失的钥匙表现一代人心灵的失落。通过对丢失钥匙的顽强寻找，来重建消逝的精神家园。

　　梁小斌和顾城一样，喜以童心看取世界，通过孩子的语言表达对生活的感知。在梁小斌看来，"单纯性是诗人的灵魂，不管多么了不起的发现，我都希望通过孩子的语言来说出"。改善人性、探索人的心灵是其诗歌创作的宗旨，而"心灵走过的道路，就是历史走过的道路"，通过对历史的追忆达到对心灵的反思。

　　家是人安全的居所，而心灵的家更是人灵魂的栖居所在，是人的精神家园。一把钥匙打开一个家门，诗中的"回家"自然是回归人的心灵之家——精神的家园。因为在那里珍藏着童年、三叶草、爱情诗和约会，这些美好的一切。然而这些美的事物连同那钥匙都在十多年前红色大街疯狂的奔跑和荒郊的欢叫中失落了。诗人借助钥匙这一意象，与"中国"并列，并与奔跑和欢叫相连，一下子使诗歌增添了丰厚的历史内涵和文化意蕴；这是对造成蒙昧和心灵野蛮的历史的控诉，是对纯洁心灵回归的呼唤。诗中表现了一代青年共同的心理特征——寻找，寻找失去的美好。

　　诗将象征与写实相契合，将孩子的纯真与历史的荒谬相交织，在儿童稚气的口吻中映射出时代的荒谬和纯净心灵世界的可贵与美好，在天真与沉郁的矛盾风格中，表现一代人灵魂的觉醒和心灵的回归。

小草在歌唱

——悼女共产党员张志新烈士

雷抒雁

一

风说：忘记她吧！
我已用尘土，
把罪恶埋葬！
雨说：忘记她吧！
我已用泪水
把耻辱洗光！

是的，多少年了，
谁还记得
这里曾是刑场？
行人的脚步，来来往往，
谁还想起，
他们的脚踩在
一个女儿、
一个母亲、
一个为光明献身的战士的心上？

只有小草不会忘记。
因为那殷红的血，
已经渗进土壤；
因为那殷红的血，
已经在花朵里放出清香！

只有小草在歌唱。
在没有星光的夜里，
唱得那样凄凉；
在烈日暴晒的正午，

唱得那样悲壮！
像要砸碎礁石的潮水
像要冲决堤岸的大江……

二

正是需要光明的暗夜，
阴风却吹灭了星光；
正是需要呐喊的荒野，
真理却被把嘴封上！
黎明。一声枪响，
在祖国遥远的东方，
溅起一片血红的霞光！

呵，年老的妈妈，
四十多年的心血，
就这样被残暴地泼在地上；
呵，幼小的孩子，
这样小小年纪，
心灵就刻下了
终生难以愈合的创伤！

我恨我自己
竟睡的那样死，
像喝过魔鬼的迷魂汤，
让辚辚囚车，
碾过我僵死的心脏！

我是军人，
却不能挺身而出，
像黄继光，
用胸脯筑起一道铜墙！

而让这罪恶的子弹，
射穿祖国的希望，
打进人民的胸膛！
我惭愧我自己，

我是共产党员，

却不如小草，

让她的血流进脉管，

日里夜里，不停歌唱……

三

虽然不是

面对勾子军的大胡子连长，

她却像刘胡兰一样坚强，

虽然不是

在渣滓洞的魔窟，

她却像江竹筠一样悲壮！

这是二十世纪，七十年代，

社会主义中国特殊的土壤里，

成长起的英雄

——丹娘！

她是夜明珠，

暗夜里，

放射出灿烂的光芒；

死，消灭不了她，

她是太阳，

离开了地平线，

却闪耀在天上！

我们有八亿人民，我们有三千万党员，

七尺汉子，

伟岸得像松林一样，

可是，当风暴袭来的时候，

却是她，冲在前边，

挺起柔嫩的肩膀，

肩起民族大厦的栋梁！

我曾满足于

月初，把党费准时交到小组长的手上；

我曾满足于，

党日，在小组会上滔滔不绝地汇报思想！

我曾苦恼，我曾惆怅，
专制下，吓破过胆子，
风暴里，迷失过方向！

如丝如缕的小草哟，
你在骄傲的歌唱，
感谢你用鞭子
抽在我的心上，
让我清醒！
昏睡的生活，
比死更可悲，
愚昧的日子，
比猪更肮脏！

四

就这样——
黎明。一声枪响，
她倒下去了，
倒在生她养她的祖国大地上。
她的琴呢？
那把她奏出过欢乐，
奏出过爱情的琴呢？
莫非就此成了绝响？
她的笔呢？
那支写过檄文，
写过诗歌的笔呢？
战士，不能没有刀枪！

我敢说，她不想死！
她有母亲：风烛残年，
受不了这多悲伤！
她有孩子：花蕾刚绽，
怎能落上寒霜！
她是战士，
敌人如此猖狂，
怎能把眼合上！

我敢说：她没想到会死。

不是有宪法么，

民主，有明文规定的保障；

不是有党章么，

共产党员应多想一想。

就像小溪流出山涧，

就像种子钻出地面，

发现真理，坚持真理，

本来就该这样！

可是，她却被枪杀了，

倒在生她养她的母亲身旁

……

法律呵，

怎么变得这样苍白，

苍白得像废纸一方！

正义呵，

怎么变得这样软弱，软弱得无处伸张！

只有小草变得坚强，

托着她的身躯，

抚着她的枪伤，

把白的，红的花朵，

插在她的胸前，

日里夜里，风中雨中，

为她歌唱……

五

这些人面豺狼，

愚蠢而又疯狂！

他们以为镇压，

就会使宝座稳当；

他们以为屠杀，

就能扑灭反抗！

岂不知烈士的血是火种，

播出去，

能够燃起四野火光！

我敢说：

如果正义得不到伸张，

红日，

就不会再升起在东方！

我敢说：如果罪行得不到清算，

地球，

也会失去份量！

残暴，注定了灭亡，

注定了"四人帮"的下场！

你看，从草地上走过来的是谁？

油黑的短发，

披着霞光；

大大的眼睛，

像星星一样明亮。

甜甜的笑，

谁看见都会永生印在心上！

母亲呵你的女儿回来了，

她是水，钢刀砍不伤；

孩子呵，你的妈妈回来了，

她是光，黑暗难遮挡！

死亡，不属于她，

千秋万代，

人们都会把她当作榜样！

去拥抱她吧，

她是大地的女儿，

太阳，

给了她光芒；

山冈，

给了她坚强；

花草，

给了她芳香！

跟她在一起，

就会看到希望和力量……

导读

　　雷抒雁(1942—　　)，陕西泾阳人。《小草在歌唱》原载《诗刊》1979 年 8 月号。这首近二百行的抒情长诗，以其炽热的情感、坦诚的态度、独特的角度以及直面现实和直面自我的勇气和胆识，表达了一个正义终将战胜邪恶，英雄永驻人间的时代主题。诗人自称它是一个年轻人为正义所鼓励，为愤怒所燃烧，为痛苦所折磨的大声呼喊和呻吟。但与以往的英雄颂歌不同，作者在礼赞英雄的同时对自我苟且偷生的状态进行深刻的剖析。而这种自我剖析的表达取向给当时的诗坛注入了一种非常可贵的反思与自省、质疑与考量的批判意识。

　　同时，诗人以"小草在歌唱"作为反复咏叹的抒情基调并以"小草"作为立意的视点，来咏志抒情，追求寓理于情、情理融合的艺术效果。一方面，平凡的小草，在诗人的笔下化成大义凛然、爱憎分明，柔韧而又顽强、坚实而又执着，并且被人格化了的艺术形象。而这些始终处在社会底层却又不乏生机的"小草"，无疑是普通大众的象征。因而在这个意义上小草的诉说，便是人民在诉说，小草的歌唱，便是人民的歌唱。柔弱、纤细、秀美的小草形象，却内蕴着坚定、执着、生生不息、奋斗不息的精神品质，这形象本身正是"挺起柔嫩的肩膀／肩起民族大厦的栋梁"的张志新烈士形象的生动写照。因此，"小草在歌唱"的另一个寓意，便是小草一般柔弱而坚强的生命，在用全部生命的赤诚去歌唱理想与光明。作品的结尾，作者以浪漫主义的手法，满怀激情地描绘了那个在想象中再生并被小草们簇拥着的英雄形象。她有着太阳的光芒、山冈般的坚强和花草的芳香，她披着霞光，从草地上走来，她带给人们"希望和力量"。因此，"小草在歌唱"便是一切正义、真理、希望在歌唱。

亚洲铜

海 子

亚洲铜，亚洲铜
祖父死在这里，父亲死在这里，我也会死在这里
你是唯一的一块埋人的地方

亚洲铜，亚洲铜
爱怀疑和爱飞翔的是鸟，淹没一切的是海水
你的主人却是青草，住在自己细小的腰上，
守住野花的手掌和秘密

亚洲铜，亚洲铜
看见了吗？那两只白鸽子，它是屈原遗落在沙滩上的白鞋子
让我们——我们和河流一起，穿上它吧

亚洲铜，亚洲铜
击鼓之后，我们把在黑暗中跳舞的心脏叫做月亮
这月亮主要由你构成

导读

海子(1964—1989)，原名查海生，安徽安庆人。《亚洲铜》最初发表在《现代诗内部交流资料》。海子在《我热爱的诗人——荷尔德林》一文里说道："从荷尔德林我懂得，必须克服诗歌的世纪病——对于表象和修辞的热爱，必须克服诗歌中对于修辞的追求，对于视觉和官能感觉的刺激，对于细节琐碎的描绘。"从这个表述出发，海子的诗歌略去了传统诗歌法则里修辞技巧的直观性，经常出现自由而离奇的语象组合，诗人突如其来的灵感产生出其不意的想象和奇崛灵动的表达。于是，《亚洲铜》乍一看比较难以把握，但我们还是能够找到理解它的线索。

诗歌从大自然元素、民族精神的元素"亚洲铜，亚洲铜"进入，展开人类生生不息的生命谱系和血脉："祖父死在这里，父亲死在这里，我也会死在这里。"落脚到一个"死"字，既是生命的传承，又是一种赴死的承担。一个"埋"字，既与大地与生命的本原相连通，又透着沉重

与痛苦。

接下来出现了几个轻逸灵动的意象："鸟""青草""细小的腰""野花"，生命和历史的沉痛与厚重置换成空灵的想象和浪漫的诗境。这个"埋人"的大地上的几种大自然元素——"鸟""青草""野花"被海子加以奇妙的语象组合，变成诗的语言和呼吸，洋溢着勃勃的生命气息，以一种看似"细小"的力量，与"亚洲铜"滞重的意象构成平衡和对抗。使得这首抒写历史记忆的诗歌，带上了纯朴和幻想的青春气质。

"青草，住在自己细小的腰上，守住野花的手掌和秘密"，是一个奇妙的想象和组合。"白鸽子……是屈原遗落在沙滩上的白鞋子"，是另一个奇妙的想象和组合。屈原，这个被流放到"民间"的诗人，与大地上的各种自然元素交融，一起被海子从大地的深处召唤出来。

"黑暗中跳舞的心脏叫做月亮"是第三个奇妙的语象组合。"击鼓"带有一种仪式感，朝着原始的仪式迸发，"黑暗中跳舞的心脏"与"鸟"、与"青草"、与"白鸽子"串联成一组永恒的生命力的因素。

山 民

韩 东

小时候,他问父亲
"山那边是什么"
父亲说"是山"
"那边的那边呢"
"山,还是山"
他不作声了,看着远处
山第一次使他这样疲倦

他想,这辈子是走不出这里的群山了
海是有的,但十分遥远
他只能活几十年
所以没等到他走到那里
就已死在半路上
死在山中

他觉得应该带着老婆一起上路
老婆会给他生个儿子
到他死的时候
儿子就长大了
……
他不再想了
儿子也使他很疲倦
他只是遗憾
他的祖先没有像他一样想过
不然,见到大海的该是他了

(选自《青春》1982年第8期)

导读

韩东(1961—),江苏南京人。1984年与于坚、丁当等组织"他们"文学社。

《山民》一诗采用了"愚公移山"的隐形故事与结构,许多地方跟"愚公移山"构成对应:

像愚公意识到山挡住了自己的视野一样,"山民"也将自己的视线突破眼前的山,向远方、向大海伸展。也对自己的生存现状感到了不满,有了开拓新的生活空间的打算。愚公组织家人移掉大山,"山民"也开始上路,并且带家眷上路,向远方出发。像愚公一样,"山民"也知道"子又生孙,孙又生子"——"老婆会给他生个儿子"。但是,诗歌不断出现偏离,愚公的人定胜天,到"山民"这里,是"山第一次使他这样疲倦";愚公的生生不息,到"山民"这里,是"儿子也使他很疲倦"。反讽就出现了,韩东在别人看到生命力勃发的地方,看到了平庸和怠惰。于是诗歌成了对"愚公移山"的戏仿。结尾的反讽意味更加浓厚,"山民"从向往外面世界、意欲开拓,到疲倦,到寄希望于儿子,到最后干脆埋怨祖先"没有像他一样想过,不然……",怠惰有了最好的借口,而且心安理得,于是这种封闭保守的超稳状态得以恶性循环。这里既构成了对超稳状态中老一代山民的反思,又对这个曾经雄心勃勃要带老婆上路的"山民"形象予以彻底的消解。

这种消解又使《山民》生出另外的意义,对"远方"、对"未来"进行了消解。这个山民只为现在没看到大海感到遗憾,他只关心此时此地的"存在"。这正是韩东等新生代诗人自身观念的反映,他们认为生命是一个个感觉瞬间的连续。

午夜的钢琴曲

西 川

幸好我能感觉，幸好我能倾听
一支午夜的钢琴曲复活一种精神
一个人在阴影中朝我走近
一个没有身子的人不可能被阻挡
但他有本领擦亮灯盏和器具
令我羞愧地看到我双手污黑

睡眠之冰发出咔咔的断裂声
有一瞬间灼灼的杜鹃花开遍大地
一个人走近我，我来不及回避
就像我来不及回避我的青春
在午夜的钢琴曲中，我舔着
干裂的嘴唇，醒悟到生命的必然性

但一支午夜的钢琴曲犹如我
抓不住的幸福，为什么如此之久
我抓住什么，什么就变质？
我记忆犹新那许多喧闹的歌舞场景
而今夜的钢琴曲不为任何人伴奏
它神秘，忧伤，自言自语
窗外的大风息止了，必有一只鹰
飞近积雪的山峰，必有一只孔雀
受到梦幻的鼓动，在星光下开屏
而我像一株向日葵站在午夜的中央
自问谁将取走我笨重的生命
一个人走近我，我们似曾相识

我们脸对着脸，相互辨认
我听见有人在远方鼓掌
一支午夜的钢琴曲归于寂静

对了,是这样:一个人走近我

犹豫了片刻,随即欲言又止地

退回到他所从属的无边的阴影

1994 年

(选自西川诗集《大意如此》,

湖南文艺出版社 1997 年 8 月)

导读

西川(1963—　　　),江苏徐州人。著有诗集《中国的玫瑰》等。

西川曾说:"幻象是对于单调乏味生活的反抗、补偿与平衡。"(《远景与近景》,《诗林》1993 年第 8 期)仿佛是为了响应这一说法,西川的大部分诗作带有很强的超验性、"幻象性"色彩,西川往往推出远方、幻象与当下构成比照。

这首《午夜的钢琴曲》在午夜"神秘,忧伤,自言自语"的钢琴曲中,有如电影镜头(从远景到近景到特写),又有如旋律般地,"一个人走近我",一个虚幻的人从"远方"走近实体的"我"。西川营构出来的这种诗境神秘、缥缈,又如幻如真,这个幻觉中的人经由西川的处理带有了很清晰、很真实的味道,和"我"欲碰撞未碰撞,"我们脸对着脸……随即欲言又止地退回到他所从属的无边的阴影"。

这个不断走近我又退回到阴影中的人,连接的是神秘,是不可知,是远方,是某种必然性的命运,是"我"企图挣脱当下向"远方"的眺望。是"我"和"命运"的一次遭遇和对话。诗里有许多直接揭示"命运"的字眼:"我来不及回避""醒悟到生命的必然性""必有一只鹰""必有一只孔雀""自问谁将取走我笨重的生命"。

因为有了向"远方"的眺望,因为与不可知的神秘相连,寂寞暗淡的"当下"焕发出绚烂的色彩:"灼灼的杜鹃花开遍大地""一只鹰飞近……山峰","一只孔雀受到梦幻的鼓动,在星光下开屏",就连"我"也"像一株向日葵……"暗淡的午夜经由诗人的神妙之笔,更多的是经由形而上的贯注,显得色彩斑斓,形成对"单调乏味"的当下的"反抗、补偿与平衡"。

帕斯捷尔纳克

王家新

不能到你的墓地献上一束花
却注定要以一生的倾注，读你的诗
以几千里风雪的穿越
一个节日的破碎，和我灵魂的颤栗

终于能按照自己的内心写作了
却不能按一个人的内心生活
这是我们共同的悲剧
你的嘴角更加缄默，那是

命运的秘密，你不能说出
只是承受、承受，让笔下的刻痕加深
为了获得，而放弃
为了生，你要求自己去死，彻底地死

这就是你，从一次次劫难里你找到我
检验我，使我的生命骤然疼痛
从雪到雪，我在北京的轰响泥泞的
公共汽车上读你的诗，我在心中

呼喊那些高贵的名字
那些放逐、牺牲、见证，那些
在弥撒曲的震颤中相逢的灵魂
那些死亡中的闪耀，和我的

自己的土地！那北方牲畜眼中的泪光
在风中燃烧的枫叶
人民胃中的黑暗、饥饿，我怎能
撇开这一切来谈论我自己？

正如你，要忍受更疯狂的风雪扑打
才能守住你的俄罗斯，你的
拉丽萨，那美丽的、再也不能伤害的
你的，不敢相信的奇迹

带着一身雪的寒气，就在眼前！
还有烛光照亮的列维坦的秋天
普希金诗韵中的死亡、赞美、罪孽
春天到来，广阔大地裸现的黑色

把灵魂朝向这一切吧，诗人
这是幸福，是从心底升起的最高律令
不是苦难，是你最终承担起的这些
仍无可阻止地，前来寻找我们

发掘我们：它在要求一个对称
或一支比回声更激荡的安魂曲
而我们，又怎配走到你的墓前？
这是耻辱！这是北京的十二月的冬天

这是你目光中的忧伤、探询和质问
钟声一样，压迫着我的灵魂
这是痛苦，是幸福，要说出它
需要以冰雪来充满我的一生

导读

王家新(1957—)，湖北省丹江口人。主要作品有诗集《告别》《纪念》，诗论集《人与世界的相遇》。《帕斯捷尔纳克》最初收入王家新诗集《游动悬崖》。

帕斯捷尔纳克原是一位注重自我内在体验的现代诗人，但在苏联建国后被逐渐剥夺了自由写作的权利，他经过长期沉默，于上世纪 50 年代后期发表长篇小说《日瓦戈医生》，又因被授予诺贝尔文学奖再度受到国内的严厉批判，此后他不得不屈服于这种专制的压力，直到去世。

这首《帕斯捷尔纳克》和王家新的其他一些诗如《卡夫卡》《叶芝》《另一种风景》《边界》等一样，是王家新自己所说的"还愿"式的写作，他接受了这些先驱诗人文化和精神的馈赠，以自己的诗作予以回应和回报。一首《帕斯捷尔纳克》的写作，是一次王家新与帕氏灵魂的亲近与对话，"共同的悲剧"——"能按照自己的内心写作了，却不能按一个人的内心生活"将他们相连。"几千里风雪"将北京和俄罗斯相连。于是诗境在"你"和"我"之间、在"俄罗斯"和"北京"之间跳跃转换。"你"的境遇和精神是："只是承受、承受……为了获得，而放弃　为了生……彻底地死"，这构成对"我"的"压迫"和"检验"。接着诗歌将俄罗斯土地上的"放逐、牺牲、见证……震颤……的灵魂"与中国土地上"牲畜眼中的泪光……人民胃中的黑暗"剪辑在一起，在苦难的画面中展开灵魂的深度："你"（帕斯捷尔纳克）"忍受更疯狂的风雪扑打"，"最终承担……"，这种灵魂的尺度需要有一个"对称"和"回声"，在镜头的跳跃、转接和比照中，"我"感到"怎配走到你的墓前"，感到"耻辱"和"压迫"，感到与"你"的不"对称"。这首诗既是一次对话，又是一次向灵魂高度的靠近；既是一种自况，又是一次对自己心灵的检阅。

啤酒瓶盖

于 坚

不知道叫它什么才好　刚才它还位居宴会的高处

一瓶黑啤酒的守护者　不可或缺　它有它的身份

意味着一个黄昏的好心情　以及一杯泡沫的深度

在晚餐开始时嘭地一声跳开了　那动作很像一只牛蛙

侍者还以为它真的是　以为摆满熟物的

　　餐桌上竟有什么复活

他为他的错觉懊恼　立即去注意一根牙签了

他是最后的一位　此后　世界就再也想不到它

词典上不再有关于它的词条　不再有它的

　　本义引义和转义

而那时原先屈居它下面的瓷盘　正意味着一组川味

餐巾被一只将军的手使用着　玫瑰在盛开　暗喻出高贵

它在一道奇怪的弧线中离开了这场合　这不是它的弧线

啤酒厂　从未为一瓶啤酒设计过这样的线

它现在和烟蒂　脚印　骨渣以及地板这些脏物在一起

它们互不相干　一个即兴的图案　谁也不会对谁有用

而它还更糟　一个烟蒂能使世界想起一个邋遢鬼

一块骨渣意味着一只猫或狗　脚印当然暗示了某人的一生

它是废品　它的白色只是它的白色　它的形状只是它的形状

它在我们的形容词所能触及的一切之外

那时我尚未饮酒　是我把这瓶啤酒打开

因而我得以看它那么陌生地一跳　那么简单地不在了

我忽然也想像它那样"嘭"地一声　跳出去　但我不能

身为一本诗集的作者和一具六十公斤的躯体

我仅仅是弯下腰　把这个白色的小尤物拾起来

它那坚硬的　齿状的边缘　划破了我的手指

使我感受到某种与刀子无关的锋利

1991 年 2 月

导读

于坚(1954—)，生于昆明。1979 年发表诗作，1984 年与韩东、丁当创办《他们》杂志。出版有诗集《诗六十首》《宝地》《对一只乌鸦的命名》。

这首诗同于坚的其他许多诗一样，是他诗歌主张的实践。于坚尖锐地指出，诗歌的现成传统错误地相信"只有过去的、遥远的、神秘的、原始的、古典的或西方的、不可企及的东西才是美的、诗的"，认定"日常生活总是灰色的、丑的、非诗的"。于坚持相反的观点："诗歌已经到达那片隐藏在普通人平淡无奇的日常生活底下的个人心灵的大海。"他的诗歌创作也就正是对乌托邦的告别，向日常经验、生存现场的逼近。《啤酒瓶盖》展开的是日常生活最琐碎的部分：宴会上的啤酒，启开后瓶盖以一道弧线离开，加入地上的烟蒂、骨渣之中。于坚对这一极细微的细节的注意和精致描绘，就是要密切和生活的关系，要将我们的审美注意从那些遥远的、神秘的、不可企及的东西拉开，拉回到现场。事实上，这样一个琐碎的世俗的生活场景，经由于坚的看似平淡实则饶有韵味的铺排和抒写，同样具有一种"陌生化"的效果。于坚的诗歌是他自己所说的"拒绝隐喻"的写作，是类似法国新小说的所谓"物化写作"，《啤酒瓶盖》一诗像静物写生一样地细致描摹一个瓶盖离开餐桌的弧线、和烟蒂等在一起的图案、坚硬的触感等，在传统诗歌一般要"升华"的地方"拒绝升华"，要给予"隐喻"和"象征"的地方"拒绝隐喻象征"，撩开集体意识，还原本真的日常的面目。将所谓意义悬搁，还原物自体，"词典上不再有关于它的词条 不再有它的本义引义和转义"，"它在我们的形容词所能触及的一切之外"。"它是废品 它的白色只是它的白色 它的形状只是它的形状"。"我忽然也想像它那样'嘭'地一声 跳出去"，传统诗写到这里，多半会展开去，但是于坚阻断了这种"升华"式的想象，不无反讽地说："一具六十公斤的躯体……仅仅是弯下腰……划破了我的手指"，始终是生活的原生象。

散文·报告文学编

日　出

刘白羽

登高山看日出，这是从幼小时起，就对我富有魅力的一件事。

落日有落日的妙处，古代诗人在这方面留下不少优美的诗句，如像"大漠孤烟直，长河落日圆"、"落日照大旗，马鸣风萧萧"，可是再好，总不免有萧瑟之感。不如攀上奇峰陡壁，或是站在大海岩头，面对着弥漫的云天，在一瞬时间内，观察那伟大诞生的景象，看火、热、生命、光明怎样一起来到人间。但很长很长时间，我却没有机缘看日出，而只能从书本上去欣赏。

海涅曾记叙从布罗肯高峰看日出的情景：

> 我们一言不语地观看，那绯红的小球在天边升起，一片冬意朦胧的光照扩展开了，群山像是浮在一片白浪的海中，只有山尖分明突出，使人以为是站在一座小山丘上。在洪水泛滥的平原中间，只是这里或那里露出来一块块干的土壤。

善于观察大自然风貌的屠格涅夫，对于日出，却作过精辟的描绘：

> ……朝阳初升时，并未卷起一天火云，它的四周是一片浅玫瑰色的晨曦。太阳，并不厉害，不像在令人窒息的干旱的日子里那么炽热，也不是在暴风雨之前的那种暗紫色，却带着一种明亮而柔和的光芒，从一片狭长的云层后面隐隐地浮起来，露了露面，然后就又躲进它周围淡淡的紫雾里去了。在舒展着云层的最高处的两边闪烁得有如一条条发亮的小蛇；亮得像擦得耀眼的银器。可是，瞧！那跳跃的光柱又向前移动了，带着一种肃穆的欢悦，向上飞似的拥出了一轮朝日。……

可是，太阳的初升，正如生活中的新事物一样，在它最初萌芽的瞬息，却不易被人看到，看到它，要登得高，望得远，要有一种敏锐的视觉。从我个人的经历来说，看日出的机会，曾经好几次降临到我的头上，而且眼看就要实现了。

一次是在印度。我们从德里经孟买、海德拉巴、帮格罗、科钦，到翠泛顿。然后沿着椰林密布的道路，乘三小时汽车，到了印度最南端的科摩林海角。这是出名的看日出的胜地。因为从这里到南极，就是一望无际的、碧绿的海洋，中间再没有一片陆地，因此这海角成为迎接太阳的第一位使者。人们不难想象，那雄浑的天穹，苍茫的大海，从黎明前的沉沉暗夜里升起第一线曙光，燃起第一支火炬，这该是何等壮观。我们到这里来就是为了看日出。可是听了一夜海涛，凌晨起来，一层灰蒙蒙的云雾却遮住了东方。这时，拂拂的海风吹着我们的衣襟，一卷一卷浪花拍到我们的脚下，发出柔和的音响，好像在为我们惋惜。

还有一次是登黄山。这里也确实是一个看日出的优胜之地。因为黄山狮子林，峰顶高峻。可惜人们没有那么好的目力，否则从这儿俯瞰江、浙，一直到海上，当是历历可数。这种地势，只要看看黄山泉水，怎样像一条无羁的白龙，直泄新安江、富春江，而经钱塘入海，就很显然了。我到了黄山，开始登山时,鸟语花香,天气晴朗,收听气象广播,也说二三日内无变化。谁知结果却逢到了徐霞客一样的遭遇:"浓雾弥漫,抵狮子林,风愈大,雾愈厚……雨大至……"只听了一夜风声雨声,至于日出当然没有看成。

但是,我却看到了一次最雄伟、最瑰丽的日出景象。不过,那既不是在高山之巅,也不是在大海之滨,而是从国外向祖国飞航的飞机飞临的万仞高空上,现在想起,我还不能不为那奇幻的景色而惊异。是在我没有一点准备、一丝预料的时刻,宇宙便把它那无与伦比的光华风采,全部展现在我的眼前了。当飞机起飞时,下面还是黑沉沉的浓夜,上空却已游动着一线微明,它如同一条狭窄的暗红色长带,带子的上面露出一片清冷的淡蓝色晨曦,晨曦上面高悬着一颗明亮的启明星。飞机不断向上飞翔,愈升愈高,也不知穿过多少云层,远远抛开那黑沉沉的地面。飞机好像唯恐惊醒人们的安眠,马达声特别轻柔,两翼非常平稳。这时间,那条红带,却慢慢在扩大,像一片红云了,像一片红海了。暗红色的光发亮了,它向天穹上展开,把夜空愈抬愈远,而且把它们映红了。下面呢?却还像苍莽的大陆一样,黑色无边。这是晨光与黑夜交替的时刻,这是即将过去的世界与即将到来的世界交替的时刻。你乍看上去,黑夜还似乎强大无边,可是一转眼,清冷的晨曦变为磁蓝色的光芒。原来的红海上簇拥出一堆堆墨蓝色的云霞。一个奇迹就在这时诞生了,突然间从墨蓝色云霞里蠢起一道细细的抛物线,这线红得透亮,闪着金光,如同沸腾的溶液一下抛溅上去,然后像一支火箭一直向上冲,这时我才恍然大悟,原来这就是光明的白昼由夜空中迸射出来的一刹那。然后在几条墨蓝色云霞的隙缝里闪出几个更红更亮的小片。开始我很惊奇,不知这是什么?再一看,几个小片冲破云霞,密接起来,溶合起来,飞跃而出,原来是太阳出来了。它晶光耀眼,火一般鲜红,火一般强烈,不知不觉,所有暗影立刻都被它照明了。一眨眼工夫,我看见飞机的翅膀红了,窗玻璃红了,机舱座里每一个酣睡者的面孔红了。这时一切一切都宁静极了,宁静极了。整个宇宙就像刚诞生过婴儿的母亲一样温柔、安静,充满清新、幸福之感。再向下看,云层像灰色急流,在滚滚流开,好让光线投到大地上去,使整个世界大放光明。我靠在软椅上睡熟了。醒来时我们的飞机正平平稳稳,自由自在,向我的亲爱的祖国,向太阳升起的地方航行。黎明时刻的种种红色、灰色、黛色、蓝色,都不见了,只有上下天空,一碧万顷,空中的一些云朵,闪着银光,像小孩子的笑脸。这时,我深切感到这个光彩夺目的黎明,正是新中国瑰丽的景象;我忘掉了为这一次看到日出奇景而高兴,而喜悦,我却进入一种庄严的思索,我在体会着"我们是早上六点钟的太阳"这一句诗那最优美、最深刻的含义。

1958 年

导读

刘白羽(1916—2005),北京通州人。《日出》写于 1959 年,是作者借写自然界的日出来抒发自己热爱祖国的情怀。古今中外以描写日出景象来抒发情怀的名篇很多,但刘白羽的《日出》与它们有所不同。

首先,描写的角度新颖独特。他观赏日出的地方,既不在辽阔的荒漠,又不在茫茫的草原,而是在飞机上,从万仞的高空来观看海上日出奇景,因而他描写的日出景象就别具一格了：那撕破黑夜，在云蒸霞蔚中升起的太阳，"如同沸腾的溶液一下抛溅上去，然后像一支火箭一直向上冲"，"它晶光耀眼，火一般鲜红，火一般强烈，不知不觉，所有暗影立刻都被它照明了"。这种独特的描绘角度，再加上刘白羽那诗一般的语言，就使他在处理"日出"这个传统题材方面获得了新的超越，创造了新的意境。朝阳初升，象征年轻的共和国蒸蒸日上。

其次，在谋篇布局上，以感情的发展为经线，以作者几次观日出的经历为纬线，编制成一幅绚丽的观日图。刘白羽认为，"好的结构，应当不是平铺直叙，而是波澜四起"（《文学杂记》）。《日出》穿插了作者本人与他人前后五次观日出的不同体验，先引用海涅散文和屠格涅夫小说中两段描写日出的文字，接着记述自己先后在印度科摩林海角及黄山这两处观日出胜地想看日出又未能如愿的情景，造成读者的心理悬念和文章蓄势，最后才把自己在飞机上看到的日出奇景推至读者的面前，由于有了观日出的强烈愿望这根经线串联，才使这篇散文异峰突起，跌宕有致，获得了引人入胜的效果。

花　城

秦　牧

　　一年一度的广州年宵花市,素来脍炙人口。这些年常常有人从北方不远千里而来,瞧一瞧南国花市的盛况。还常常可以见到好些国际友人,也陶醉在这东方的节日情调中,和中国朋友一起选购着鲜花。往年的花市已经够盛大了,今年这个花海又涌起了一个新的高潮。因为农村人民公社化以后,花木的生产增加了,今年春节又是城市人民公社化之后的第一个春节,广州去年有累万的家庭妇女和街坊居民投入了生产和其他的劳动队伍。加上今年党和政府进一步安排群众的节日生活,花木供应空前多了,买花的人也空前多了,除原来的几个年宵花市之外,又开辟了新的花市。如果把几个花市的长度累加起来,"十里花街",恐怕是名不虚传了。在花市开始以前,站在珠江岸上眺望那条浩浩荡荡、作为全省三十六条内河航道枢纽的珠江,但见在各式各样的楼船汽轮当中,还错杂着一艘艘载满鲜花盆栽的木船,它们来自顺德、高要、清远、四会等县,载来了南国初春的气息和农民群众的心意。"多好多美的花!""今年花的品种可多啦!"江岸上的人们不禁啧啧称赏。广州有个文化公园,园里今年也布置了一个大规模的"迎春会",花匠们用鲜艳的盆花堆砌出"江山如此多娇"的大花字,除了各种色彩缤纷的名花瓜果外,还陈列着一株花朵灼灼、树冠直径达一丈许的大桃树。这一切,都显示出今年广州的花市是不平常的。

　　人们常常有这么一种体验:碰到热闹和奇特的场面,心里面就像被一根鹅羽撩拨着似的,有一种痒痒麻麻的感觉。总想把自己所看到和感受的一切形容出来。对于广州的年宵花市,我就常常有这样的冲动。虽然过去我已经描述过它们了,但是今年,徜徉在这个特别巨大的花海中,我又涌起这样的欲望了。

　　农历过年的各种风习,是我们民族在几千年的历史中形成的。我们现在有些过年风俗,一直可以追溯到一两千年前的史迹中去。这一切,是和许多的历史故事、民间传说、巧匠绝技和群众的美学观念密切联系起来的。在中国的年节中,有的是要踏青的,有的是要划船的,有的是要赶会的……这和外国的什么点灯节、泼水节一样,都各各有它们的生活意义和诗情画意。过年的时候,一向我们各地的花样可多啦:贴春联、挂年画、耍狮子、玩龙灯、跑旱船、放花炮……人人穿上整洁衣服,头面一新,男人都理了发,妇女都修整了辫髻,大姑娘还扎上了花饰。那"糖瓜祭灶,新年来到,姑娘要花,小子要炮,老头儿要一顶新毡帽"的北方俗谚,多少描述了这种气氛。这难道只是欢乐欢乐,玩儿玩儿而已么? 难道我们从这隆重的节日情调中不还可以领略到我们民族文化的源远流长,和千百年来人们热烈向往美好未来的心境么? 在旧时代苦难的日子里,自然劳动人民不是都能欢乐地过年,但是贫苦的农户,也要设法购张年画,贴对门联;年轻的闺女也总是要在辫梢扎朵绒花,在窗棂上贴张大红剪纸,这就更足以想见无论在怎样困苦中,人们对于幸福生活的强烈的憧憬。在新的时代,农历过年中那种深刻体现旧社会烙印的习俗被革除了,赌博、酗酒,向舞龙灯的人投掷燃烧的爆竹,千奇百怪的禁忌,这一类的事情没有了,那些耍猴子的凤阳人、跑江湖扎纸花的石门人,那些摇着串上铜钱的冬青树枝的乞丐，以及号称从五台山峨嵋山下来化缘的行脚僧人不见了。而一些美好的习俗被发扬光大起来，一些古老的风习被赋予了崭新的内容。现在我们也燃放爆竹，但是谁想到那和"驱傩"之类的迷信有什么牵联呢！现在我们也贴春联，但是有谁想到"岁月逢春花遍地；人民有党劲冲天""跃马横刀，万众一心驱穷白；飞花点翠，六亿双手绣山河"之类的春联，和古代的用桃木符辟邪有什么可以相提并论之处呢！古老的节日在新时代里是充满青春的光辉了。

这正是我们热爱那些古老而又新鲜的年节风习的原因。"风生白下千林暗，雾塞苍天百卉殚"的日子过去了，大地的花卉越种越美，人们怎能不热爱这个风光旖旎的南国花市，怎能不从这个盛大的花市享受着生活的温馨呢！

而南方的人们也真会安排，他们选择年宵逛花市这个节目作为过年生活里的一个高潮。太阳的热力是厉害的，在南方最热的海南岛上，有一些像菠萝蜜之类的果树，根部也可以伸出地面结出果子来；有一些树木，锯断了用来做木桩，插在地里却又能长出嫩芽。在这样的地带，就正像昔人咏月季花的诗所说的："花谢花开无日了，春来春去不相关。"早在春节到来之前一个月，你在郊外已经可以到处见到树上挂着一串串鲜艳的花朵了。而在年宵花市中，经过花农和园艺师们的努力，更是人工夺了天工，四时的花卉，除了夏天的荷花、石榴等不能见以外，其他各种各样的花几乎都出现了。牡丹、吊钟、水仙、大丽、梅花、菊花、山茶、墨兰……春秋冬三季的鲜花都挤在一起啦！

广州今年最大的花市设在太平路，就是历史上著名的"十三行"一带，花棚有点像马戏的看棚，一层一层衔接而上。那里各个公社、园艺场、植物园的旗帜飘扬，卖花的汉子们笑着高声报价。灯色花光，一片锦绣。我约略计算了一下花的种类，今年总在一百种上下。望着那一片花海，端详着那发着香气、轻轻颤动和舒展着叶芽和花瓣的植物中的珍品，你会禁不住赞叹，人们选择和布置这么一个场面来作为迎春的高潮，真是匠心独运！那千千万万朵笑脸迎人的鲜花，仿佛正在用清脆细碎的声音在浅笑低语："春来了！春来了！"买了花的人把花树举在头上，把盆花托在肩上，那人流仿佛又变成了一道奇特的花流。南国的人们也真懂得欣赏这些春天的使者。大伙不但欣赏花朵，还欣赏绿叶和鲜果。那像繁星似的金橘、四季橘、吉庆果之类的盆果，更是人们所欢迎的。但在这个特殊的、春节黎明即散的市集中，又仿佛一切事物都和花发生了联系。鱼摊上的金鱼，使人想起了水中的鲜花；海产摊上的贝壳和珊瑚，使人想起了海中的鲜花；至于古玩架上那些宝兰、均红、天青、粉采之类的瓷器和历代书画，又使人想起古代人们的巧手塑造出来的另一种永不凋谢的花朵了。

广州的花市上，吊钟、桃花、牡丹、水仙等是特别吸引人的花卉。尤其是这南方特有的吊钟，我觉得应该着重地提它一笔。这是一种先开花后发叶的多年生灌木。花蕾未开时被鳞状的厚壳包裹着，开花时鳞苞里就吊下了一个个粉红色的小钟状的花朵。通常一个鳞苞里有七八朵，也有个别多到十多朵的。听朝鲜的贵宾说，这种花在朝鲜也被认为珍品。牡丹被人誉为花王，但南国花市上的牡丹大抵光秃秃不见叶子，真是"卧丛无力含醉妆"。唯独这吊钟显示着异常旺盛的生命力，插在花瓶里不仅能够开花，还能够发叶。这些小钟儿状的花朵，一簇簇迎风摇曳，使人就像听到了大地回春的铃铃铃的钟声。

花市盘桓，令人撩起一种对自己民族生活的深厚情感。我们和这一切古老而又青春的东西异常水乳交融。就正像北京人逛厂甸、上海人逛城隍庙、苏州人逛玄妙观所获得的那种特别亲切的感受一样。看着繁花锦绣，赏着姹紫嫣红，想起这种一日之间广州忽然变成了一座"花城"，几乎全城的人都出来深夜赏花的情景，真是感到美妙。

在旧时代绵长的历史中，能够买花的只是少数的人，现在一个纺织女工从花市举一株桃花回家，一个钢铁工人买一盆金桔托在头上，已经是很平常的事情了。听着卖花和买花的劳动者互相探询春讯，笑语声喧，令人深深体味到，亿万人的欢乐才是大地上真正的欢乐。

在这个花市里，也使人想到人类改造自然威力的巨大，牡丹本来是太行山的一种荒山小树，水仙本来是我国东南沼泽地带的一种野生植物，经过千百代人们的加工培养，竟使得它们变成了"国色天香"和"凌波仙子"！ 在野生状态时，菊花只能开着铜钱似的小花，鸡冠花更象是狗尾草似的，但是经过花农的悉心培养，人工的世代选择，它们竟变成这样丰腴艳丽了。"天工人可代，人工天不如。"生活的真理不正是这样么！

在这个花市里，你也不禁会想到各地的劳动人民共同创造历史文明的丰功伟绩。这里有来自福建的水仙，来自山东的牡丹，来自全国各省各地的名花异卉，还有本源出自印度的大丽，出自法国的猩红玫瑰，出自马来亚的含笑，出自撒哈拉沙漠地区的许多仙人掌科植物。各方的溪涧汇成了河流，各地劳动人民的创造汇成了灿烂的文明，在这个熙熙攘攘的市集中不也让人充分感受到这一点么！

你在这里也不能不惊叹群众审美的眼力。一盆花果，群众大抵能够一致指出它们的优点和缺点。在这种品评中，我们不也可以领略到好些美学的道理么！

总之，徜徉在这个花海中，常常使你思索起来，感受到许多寻常的道理中新鲜的涵义。十一年来我养成了一个癖好，年年都要到花市去挤一挤，这正是其中的一个理由了。

我们赞美英勇的斗争和艰苦的劳动，也赞美由此而获得的幸福生活。因此，花市归来，像喝酒微醉似的，我拉拉扯扯写下这么一些话。让远地的人们也来分享我们的欢乐。

1961 年 2 月，广州

（选自《长河浪花集》，人民文学出版社 1978 年版）

导读

秦牧(1919—1992)，原名林阿书，祖籍广东澄海东里樟林，出生于香港。《花城》写于1961 年，是一篇写景状物、即景抒情的散文佳作。作者如叙家常，娓娓道来，既有风景画，又有风俗画，美不胜收。作品通过广州元宵花市的盛况描绘，歌颂了劳动人民创造历史文明的业绩，赞美了劳动人民经过艰苦劳动而获得的幸福生活，揭示了元宵赏花的欢乐才是大地上真正的欢乐。

艺术特色有：首先，寓深刻的思想于丰富的知识之中。知识性和趣味性是在讲述历史故事、谈论奇花异卉、罗织趣闻轶事中自然流露出来，并阐发着深刻的思想。其次，写景、状物与抒情的有机结合。花流中那轻快的动作，那清脆的音响，那"浅笑低语"的情态，被描绘得那样柔嫩淡雅，朴素自然。作者观察精微，写景细腻，并同作者对新生活、新时代的热爱糅合在一起。3. 语言凝练清新，质朴自然。读这篇散文，就像遇到了一位久别重逢的挚友,促膝谈心,娓娓道来,给人一种自然亲切之感。此外,比喻、排比、通感等多种修辞手法的运用,古诗、古语、古文的引述,谚语、口语、成语的吸收,不仅使语言丰富圆熟,富有变化,还为作品增添了艺术色彩。

雪浪花

杨　朔

凉秋八月,天气分外清爽。我有时爱坐在海边礁石上,望着潮涨潮落,云起云飞。月亮圆的时候,正涨大潮。瞧那茫茫无边的大海上,滚滚滔滔,一浪高似一浪,撞到礁石上,唰地卷起几丈高的雪浪花,猛力冲激着海边的礁石。那礁石满身都是深沟浅窝,坑坑坎坎的,倒像是块柔软的面团,不知叫谁捏弄成这种怪模怪样。

几个年轻的姑娘赤着脚,提着裙子,嘻嘻哈哈追着浪花玩。想必是初次认识海,一只海鸥,两片贝壳,她们也感到新奇有趣。奇形怪状的礁石自然逃不出她们好奇的眼睛,你听她们议论起来了:礁石硬得跟铁差不多,怎么会变成这样子? 是天生的,还是錾子凿的,还是怎的?

"是叫浪花咬的,"一个欢乐的声音从背后插进来。说话的人是个上年纪的渔民,从刚拢岸的渔船跨下来,脱下黄油布衣裤,从从容容晾到礁石上。

有个姑娘听了笑起来:"浪花也没有牙,还会咬? 怎么溅到我身上,痛都不痛? 咬我一口多有趣。"

老渔民慢条斯理说:"咬你一口就该哭了。别看浪花小,无数浪花集到一起,心齐,又有耐性,就是这样咬啊咬的,咬上几百年,几千年,几万年,哪怕是铁打的江山,也能叫它变个样儿。姑娘们,你们信不信?"

说的妙,里面又含着多么深的人情世故。我不禁对那老渔民望了几眼。老渔民长得高大结实,留着一把花白胡子。瞧他那眉目神气,就像秋天的高空一样,又清朗,又深沉。老渔民说完话,不等姑娘们搭言,早回到船上,大声说笑着,动手收拾着满船烂银也似的新鲜鱼儿。

我向就近一个渔民打听老人是谁,那渔民笑着说:"你问他呀,那是我们的老泰山。老人家就有这个脾性,一辈子没养女儿,偏爱拿人当女婿看待。不信你叫他一声老泰山,他不但不生气,反倒摸着胡子乐呢。不过我们叫他老泰山,还有别的缘故。人家从小走南闯北,经的多,见的广,生产队里大事小事,一有难处,都得找他指点,日久天长,老人家就变成大伙依靠的泰山了。"

此后一连几日,变了天,飘飘洒洒落着凉雨,不能出门。这一天晴了,后半晌,我披着一片火红的霞光,从海边散步回来,瞭见休养所院里的苹果树前停着辆独轮小车,小车旁边有个人俯在磨刀石上磨剪刀。那背影有点儿眼熟。走到跟前一看,可不正是老泰山。

我招呼说:"老人家,没出海打鱼么?"

老泰山望了望我笑着说:"嗐,同志,天不好,队里不让咱出海,叫咱歇着。"

我说:"像你这样年纪,多歇歇也是应该的。"

老泰山听了说:"人家都不歇,为什么我就应该多歇着? 我一不瘫,二不瞎,叫我坐着吃闲饭,等于骂我。好吧,不让咱出海,咱服从;留在家里,这双手可得服从我。我就织鱼网,磨鱼钩,照顾照顾生产队里的果木树,再不就推着小车出来走走,帮人磨磨刀,钻钻磨眼儿,反正能做多少活就做多少活,总得尽我的一份力气。"

"看样子你有六十了吧?"

"哈哈! 六十? 这辈子别再想那个好时候了——这个年纪啦。"说着老泰山捏起右手的三根指头。

我不禁惊疑说:"你有七十了么? 看不出。身板骨还是挺硬朗。"

老泰山说:"嘻,硬朗什么? 头四年,秋收扬场,我一连气还能扬它一两千斤谷子。如今不行了,胳膊害过风湿痛病,抬不起来,磨刀磨剪子,胳膊往下使力气,这类活儿还能做。不是胳膊拖累我,前年咱准要求到北京去油漆人民大会堂。"

"你会的手艺可真不少呢。"

"苦人哪,自小东奔西跑的,什么不得干。干的营生多,经历的也古怪,不瞒同志说,三十年前,我还赶过脚呢。"说到这儿,老泰山把剪刀往水罐里蘸了蘸,继续磨着,一面不紧不慢地说:"那时候,北戴河跟今天可不一样。一到三伏天,来歇伏的差不多净是蓝眼珠的外国人。有一回,一个外国人看上我的驴。提起我那驴,可是百里挑一:浑身乌黑乌黑,没一根杂毛,四只蹄子可是白的。这有个讲究,叫四蹄踏雪,跑起来,极好的马也追不上。那外国人想雇我的驴去逛东山。我要五块钱,他嫌贵。你嫌贵,我还嫌你胖呢。胖的象条大白熊,别压坏我的驴。讲来讲去,大白熊答应我的价钱,骑着驴逛了半天,欢欢喜喜照数付了脚钱。谁料想隔不几天,警察局来传我,说是有人把我告下了,告我是红胡子,硬抢人家五块钱。"

老泰山说的有点气促,喘嘘嘘的,就缓了口气,又磨着剪子说:"我一听气炸了肺。我的驴,你的屁股,爱骑不骑,怎么能诬赖人家是红胡子? 赶到警察局一看,大白熊倒轻松,望着我乐的闭不拢嘴。你猜他说什么? 他说:你的驴快,我要再雇一趟去秦皇岛,到处找不着你。我就告你。一告,这不是,就把红胡子抓来了。"

我忍不住说:"瞧他多聪明!"

老泰山说:"聪明的还在后头呢,你听着啊。这回到省事,也不用争,一张口他就给我十五块钱。骑上驴,他拿着根荆条,抽着驴紧跑。我叫他慢着点,他直夸奖我的驴有几步好走,答应回头再加点脚钱。到秦皇岛一个来回,整整一天,累的我那驴浑身湿淋淋的,顺着毛往下滴汗珠——你说叫人心疼不心疼?"

我插问道:"脚钱加了没有?"

老泰山直起腰,狠狠吐了口唾沫说:"见他的鬼! 他连一个铜子儿也不给,说是上回你讹诈我五块钱,都包括在内啦,再闹,送你到警察局去。红胡子! 红胡子! 直骂我是红胡子。"

我气的问:"这个流氓,他是哪国人?"

老泰山说:"不讲你也猜得着。前几天听广播,美国飞机又偷着闯进咱们家里。三十年前,我亲身吃过他们的亏,这笔账还没算清。要是倒退五十年,我身强力壮,今天我呀——"

休养所的窗口有个妇女探出脸问:"剪子磨好没有?"

老泰山应声说:"好了。"就用大拇指试试剪子刃,大声对我笑着说:"瞧我磨的剪子,多快。你想剪天的云霞,做一床天大的被,也剪得动。"

西天上正铺着一片金光灿烂的晚霞,把老泰山的脸映得红彤彤的。老人收起磨刀石,放到独轮车上,跟我道了别,推起小车走了几步,又停下,弯腰从路边掐了枝野菊花,插到车上,才又推着车慢慢走了,一直走进火红的霞光里去。他走了,他在海边对几个姑娘讲的话却回到我的心上。我觉得,老泰山恰似一点浪花,跟无数浪花集到一起,形成这个时代的大浪潮,激扬飞溅,早已把旧日的江山变了个样儿,正在勤勤恳恳塑造着人民的江山。

老泰山姓任。问他叫什么名字,他笑笑说:"山野之人,值不得留名字。"竟不肯告诉我。

1961 年

(选自《杨朔散文选》,人民文学出版社 1978 年版)

导读

杨朔(1913—1968),原名杨毓瑨,山东蓬莱人。《雪浪花》发表在 1961 年第 20 期《红旗》上。《雪浪花》是以点化人物、陈述事理为主要内容的优秀篇章。从作品情节展示的脉络来看,全文可分为三个段落:第一段(从开篇至第七自然段),主要写作者在北戴河海边初次见到打鱼归来的老泰山的情景;第二段(从第八自然段至倒数第四自然段),写作者在休养所门前苹果树下,第二次遇见老泰山;第三段(最后三个自然段)主要是把人物引入理想境界,以便升华主题。最后,作者以饱含着激情的议论,将作品的主题和盘托出:"我觉得,老泰山恰似一点浪花,跟无数浪花集到一起,形成这个时代的大浪潮,激扬飞溅,早已把旧日江山变了个样儿,正在勤勤恳恳塑造着人民的江山。"

在艺术上,作者着力于诗的意境创造。作者描绘了一幅气象万千、风云变幻的"月照大海图",气势之雄伟,景色之壮阔,令作者浮想联翩,萌生诗情。一个"咬"字,既写浪花,又状人物,高度地概括了这两者的性格、脾气、力量和气质。因此,"咬"是这篇作品的"诗眼"。作者以"咬"作为全篇的支撑点,树起整个作品的骨架,并以"诗眼"为中心,起承转合,谋篇布局,把人、事、景、物、情、理,精编细织起来,创造出一个情景交融、诗意盎然的艺术境界。

说大话的故事

邓　拓

　　看过《三国演义》的人都记得，诸葛亮挥泪斩马谡的时候，曾经提到刘备生前说过，马谡言过其实，不可大用。演义上的这一段话是有根据的。陈寿在《三国志》和《蜀志》中确曾写道："先主谓诸葛亮曰：马谡言过其实，不可大用。"看来，刘备对于马谡的了解，实在是很深刻的。马谡在刘备的眼里就是一个好说大话的人。说大话的害处古人早已深知，所以，管子说过，"言不得过其实，实不得过其名。"这就是告诫人们千万不要说大话，不要吹牛，遇事要采取慎重的态度，话要说得少些，事情要做得多些，名声更要小一些。

　　历来有许多名流学者，常常引用管子的这些话，作为自己的座右铭，然而，也有的人并不理会这个道理。据汉代的学者王充的意见，似乎历来忽视这个道理的以书生或文人为最多。王充在《论衡》中指出："儒者之言，溢美过实。"他的意思显然是认为，文人之流往往爱说大话。其实，爱说大话的还有其他各色人等，决不只是文人之流而已。

　　古人的笔记小说中写了许多说大话的故事。明代陆灼在《艾子后语》中写的几个故事，我看很有意思。一个故事写道："艾子在齐，居孟尝君门下者三年，孟尝君礼为上客。既而自齐返乎鲁，与季孙氏遇。季孙曰：先生久于齐，齐之贤者为谁？艾子曰：无如孟尝君。季孙曰：何德而谓贤？艾子曰：食客三千，衣廪无倦色，不贤而能之乎？季孙曰：嘻，先生欺予哉！三千客予家亦有之，岂独田文？艾子不觉敛容而起，谢曰：公亦鲁之贤者也；翌日敢造门下，求观三千客。季孙曰：诺。明旦，艾子衣冠斋洁而往。入其门，寂然也；升其堂，则无人焉。艾子疑之，意其必在别馆也。良久，季孙出见。诘之曰：客安在？季孙怅然曰：先生来何暮？三千客各自归家吃饭去矣！艾子胡卢而退。"

　　这个故事大概是杜撰的。不但艾子是作者的假托，而且季孙氏也是由附会得来的。凡是春秋战国时代鲁国恒公的儿子季友的后人，都称为季孙氏。陆灼讽刺季孙氏嫉妒孟尝君能养三千食客，就胡乱吹牛说自己也有三千食客，可是经不住实地观察，一看就漏底了。陆灼写出这个杜撰的故事，其目的是要教育世人不可吹牛。我们应该承认他是善意的，似乎不必用考证的方法，对它斤斤计较。

　　在同书中，还有类似的一些故事。例如说赵国有一个方士好讲大话，自称见过伏羲、女娲、神农、蚩尤、苍颉、尧、舜、禹、汤、穆天子、瑶池圣母等等，以致"沉醉至今，犹未全醒，不知今日世上是何甲子也"。恰好当时"赵王堕马伤胁，医云：须千年血竭敷之乃瘥，下令求血竭不可得。艾子言于王曰：此有方士，不啻数千岁，杀取其血，其效当愈速矣。王大喜，密使人执方士，将杀之"。这才吓得方士不得不"拜且泣曰：昨日吾父母皆年五十，东邻老姥，携酒为寿，臣饮至醉，不觉言词过度，实不曾活千岁。艾先生最善说谎，王其勿听。赵王乃叱而赦之"。

　　这个方士最后要求饶命的时候说的这一段话，当然还是一派胡言，并且倒打艾子一把，诬他说谎，可见方士的用心颇为不善。这又反映了一种情况，就是说大话的人也有秉性难移，死不觉悟的。

　　历史上说大话的真人真事，虽然有许多，但是这些编造的故事却更富有概括性，它们把说大话的各种伎俩集中在典型的故事情节里,这样更能引人注意,提高警惕,因而也就更有教育意义了。

导读

邓拓(1912—1966),原名邓子健,福建闽县竹屿人。《说大话的故事》是邓拓的杂文代表作,也是他于1961年发表在《北京晚报》副刊《五色土》上的"燕山夜话"专栏杂文之一。

该文章以介绍历史故事入手,从马谡言过其实到季孙氏胡乱吹牛再到赵国的方士一派胡言,作者用这些古代人说大话的众多事例来阐明一个道理,即说大话其害无穷。同时,作者又引用管子的话"言不得过其实,实不得过其名"从正面告诫人们:"千万不要说大话,不要吹牛,遇事要采取慎重的态度,话要说得少些,事情要做得多些,名声更要小一些。"

从作者的创作动机看,《说大话的故事》有的放矢地触及社会生活中说大话者贻误事业的弊病。邓拓说过,《说大话的故事》是听见当时又有的地方弄虚作假、谎报情况而写的。作为一个政治家和知识分子,邓拓对当时的"浮夸风"看得很清楚,他在不触动"三面红旗"的前提下进行了反思和善意的批评,这种精神也体现在《伟大的空话》《一个鸡蛋的家当》等名篇中。(于继增《邓拓创造的杂文辉煌》)毕竟说大话、胡乱吹牛的人,往往是脱离现实、卖乖求巧者,这样的人就像《艾子后传》中的季孙氏及赵国的谎言方士,在事实面前经不起推敲,近者己,远者于人,于社会均是有百害而无一利的,以致在《三国演义》中诸葛亮不得不挥泪斩除言过其实的马谡了。邓拓以此为素材,连缀创作的这篇杂文也就显得极有现实针对性,也体现出它的锋芒力度。这对当时社会生活与现今实际均有着积极的针砭意义。

该文章善于以事实说话,特别是运用典籍资料和古代艺文故事作为论据材料,一步步地推演自己的观点,真正做到史论结合,"六经注我",犀利明快,从而使人体认到说大话的弊端,观点鲜明,论述有力,领略到邓拓杂文"融思想性、知识性、文学性于一炉"(朱栋霖等主编《中国现代文学史》)的特色。

怀念胡风

——随想录一五〇

巴　金

一

最近我在《文学报》上看到一篇关于"胡风丢钱、巴金资助"的短文，这是根据胡风同志过去在狱中写的回忆材料写成的。几年前梅志同志给我看那篇材料时，我在材料上加了一条说明事实的注。胡风逝世已经半年，可是我的脑子里还保留着那个生龙活虎的文艺战士的形象。关于胡风，我一直想写点什么，已经有好几年了，好像有什么东西堵住我的胸口，不吐出来，总感觉到透不过气。但拿起笔我又不知道话从哪里说起。于是我想到了十年前发生的那件事情，那么就从那里开头，先给我那条简短的注作一点补充吧。

那天我们都在万国公墓参加鲁迅先生的葬礼，墓穴周围有一个人圈，我立在胡风的对面，他的举动我看得很清楚。在葬礼进行的中间，我看见有人向胡风要钱，他掏出来一包钞票，然后又放回衣袋里去。他四周都是人，我有点替他担心，但又无法提醒他。后来仪式完毕，覆盖着"民族魂"的旗帜的灵柩在墓穴中消失，群众像潮水似地散去。我再看胡风，他着急地在阴暗中寻找什么东西，他那包钞票果然给人扒去了。他并没有向我提借钱的话。我知道情况以后就对当时也在场的吴朗西说："胡风替公家办事丢了钱，大家应当支持他。"吴朗西同意，第二天就把钱给他送去了，算是文化生活出版社预支的稿费。

我说"公家"，因为当时我们都为鲁迅先生丧礼工作，胡风是由蔡元培、宋庆龄等十三人组成的治丧委员会的一个成员，我和靳以、黄源、萧军、黎烈文都是"治丧办事处"的人，像这样的"临时办事人员"大约有二十八九个，不过分工不同。我同靳以、黄源、萧军几个人十月十九日跟着鲁迅先生遗体到胶州路万国殡仪馆，一直到二十二日下午先生灵柩给送到万国公墓下葬，一连三天都在殡仪馆料理各样事情，早去晚归，见事就做。胡风是治丧委员会的代表，因此他是我们的领导，治丧委员会有什么决定和安排，也都由他传达。不过那个时候我们并不十分听领导的话，我们都是为了向鲁迅先生表示敬意主动地到这里来工作的，并无什么组织关系。我们各有各的想法，对有些安排多少有点意见，可是我们又见不到治丧委员会的其他成员，只好向胡风发些牢骚。我们也了解胡风的处境，他一方面要贯彻治丧委员会的决定，一方面又要说服我们这些"临时办事人员"。其实，我们这些人也没有多少意见，好像关于下面两件事我们讲过话：一是治丧费，二是送葬行列的秩序。详细内容我已经记不起了，因为后来我们弄清楚了就没有话讲了。不过第二件事，我还有一点印象：当时柩车经过的路线在"公共租界"区域内，两边有骑马的印度巡捕和徒步的巡捕，全都挂着枪。柩车到了虹桥路，巡逻的便是穿黑制服打白裹腿的中国警察，他们的步枪也全装上了刺刀，形势有些紧张，我们怕有人捣乱，引起纠纷，主张在呼口号散发传单方面要多加注意。胡风并不反对这个意见。我记得二十二日枢车出发前,他在廊上同什么人讲话,我走过他跟前,他还对我说要注意维持秩序,不要让人乱发传单。这句话被胡子婴听见了,可能她当时在场,后来在总结会上她向胡风提了意见,说是不相信群众。总结会是治丧委员会在八仙桥青年会里召开的,人到得不少,也轮不到我讲话,胡风也没有替自己辩护,反正先生的葬礼已经庄严地平平安安地结束了。通过这一次的"共事",他给我留下了这样一个印象:任劳任怨,顾大局。

这是一九三六年的事。我认识胡风大约在这一年或者前一年年底,有一天下午我到环龙路(即南昌路)去找黄源,他不在家,胡风也去看他,我们在门口遇见了,就交谈起来。胡风约我到附近一家小店喝杯咖啡,我们坐一阵,谈话内容我记不起来了,无非讲一些文艺界的情况,并没有谈文艺理论、文学评论方面的问题,因为我从未注意这些问题。说实话连胡风的文章我也读得不多,似乎就只读过他在《文学》杂志上发表的作家论。此外一九三二年他用"谷非"的笔名写过评论,《现代》月刊上的几篇小说,也谈到我的中篇《海的梦》,我发表过答辩文章,但也只是说明我并非他所说的"第三种人",我有自己的见解而已。我对他并无反感,他在一九二五年就给我留下了好的印象。他是我在南京东南大学附中的同学,我比他高两班,但我们在同一个课堂里听过一位老师讲世界史。在学校里,他是一个活跃分子,在校刊上发表过文章,有点名气,所以我记得他叫张光人。但是我们之间并无交往,他甚至不知道我的名字。一九二五年我毕业离校前,在上海发生了"五卅"事件,我参加了当时南京学生的救国运动。不过我并不是活跃分子,我就只有在中篇小说《死去的太阳》中写的那么一点点经验。胡风却是一个积极分子,他参加了"国民外交后援会"(?)的工作,我在小说十一章里写的方国亮就是他。虽然写得很简单,但是我今天重读下面一段话:"方国亮痛哭流涕地报告这几天的工作情况,他竟激动到在讲坛上乱跳。他嘶声地诉说他们如何每天只睡两三小时,辛苦地办事,然而一般人却渐渐消沉起来……方国亮的一番话也有一点效果,散会后又有许多学生自愿聚集起来,乘小火车向下关出发……"仿佛还看见他在讲台上慷慨激昂地讲话。他的相貌改变不大。我没有告诉他那天我也是听了他的讲话后坐小火车到下关和工厂去的。不久我毕业,离开了南京。后来听人说张光人去了日本,我好像还读过他的文章。

一九三五年秋天我从日本回来后,因为译文丛书,因为黄源,因为鲁迅先生(我们都把先生当作老师),我和胡风渐渐地熟起来了。我相当尊重他,可是我仍然很少读他写的那些评论文章。不仅是他写的,别人发表的我也不读,即使勉强读了也记不牢,读到后面就忘记前面。我一直是这样想:我写作靠自己的思考,靠自己的生活,我讲我自己的话,不用管别人说些什么。当时他同周扬同志正在进行笔战,关于典型论,关于国防文学,关于其他,两方面的文章我都没有读过,不单是我,其他不搞理论的朋友也是这样。我们只读过鲁迅先生答复徐懋庸的文章,我们听先生的话,先生赞成什么口号,我们也赞成。不过我写文章从来不去管口号不口号。没有口号,我照样写小说。

胡风常去鲁迅先生家,黄源和黎烈文也常去。烈文是鲁迅先生的朋友,谈起先生关心胡风,觉得他有时太热情,又容易激动。胡风处境有些困难,他很认真地在办《海燕》。这是一份不定期的文艺刊物,刚出版了两三期,记得鲁迅先生的《出关》就发表在这上面,受到读者的重视。那个时候在上海刊行的文艺刊物不算太少,除生活书店的《文学》、《光明》、《译文》外,还有孟十还编的《作家》、靳以编的《文季月刊》、黎烈文编的半月刊《中流》。黄源编的《译文》,停刊几个月之后又改由上海杂志公司发行。此外还有别的。刊物的销路有多有少,各有各的特色,一份刊物团结一些作家,各人喜欢为自己熟悉的杂志写稿。这些刊物不一定就是同人杂志。我们有一个共同的地方：敬爱鲁迅先生。大家主动地团结在先生的周围，不愿意辜负先生对我们的关心。

烈文和我搞过一个文艺工作者的宣言，表示我们抗日救亡的主张：由烈文带到鲁迅先生家请先生定稿、签名，然后抄了几份交给熟人找人签名，来得及就在自己的和熟人的刊物上作为补白刊登出来。我们这些人都没有参加当时的文艺家协会，先生又在病中，也不曾表示态度，所以我们请先生领衔发表这样一个声明。事前事后都没有开过会讨论，也不曾找胡风商量。胡风也拿了一份去找他的熟人签了名送来。发表这宣言的刊物并不多，不过《作家》《译文》《文季月刊》等五六种。过三个月鲁迅先生病逝。再过两个月，到这年年底，国民党上海市党部一次查封了十三种刊物，《作家》和《文季月刊》都在内，不讲理由，只下命令。

从我认识胡风到"三批材料"发表的时候大约有二十年吧。二十年中间我们见过不少次，也谈过不少话。反胡风运动期间我仔细回想过从前的事情，很奇怪，我们很少谈到文艺问题。我很少读他的文章，在我这也是常事，我极少同什么人正经地谈过文艺，对文学我不曾作过任何研究，也没有独特的见解，所以我至今还认为自己并不是文学家。我写文章说自己想说的话；我编辑丛书只是把可读的书介绍给读者。我生活在这个社会，应当为它服务，我照我的想法为它工作，从来不管理论家讲了些什么。正因为这样，我才有时间写出几百万字的作品，编印那许多丛书。但是我想承认我做工作不像胡风那样严肃、认真。我也没有能力把许多有才华的作家、诗人团结在自己的周围。我钦佩他，不过我并不想向他学习。除了写书，我更喜欢译书；至于编书，只是因为别人不肯做我才做的，不像胡风，他把培养人材当作自己的责任。他自己说是"爱才"，我看他更喜欢接近主张和趣味相同的人。不过这也是寻常的事。但连他也没有想到建国后会有反胡风运动，他那"一片爱才之心"倒成为"反革命"的罪名。老实说这个运动对我来说是个晴天霹雳。我一向认为他是进步的作家，至少比我进步。靳以跟他接触的机会多一些，他们见面爱开玩笑。靳以也很少读胡风的文章，但靳以认为胡风比较接近党，那是在重庆的时候。以后文协在上海创刊《中国作家》杂志，他们两个都是编委。

对胡风的文艺观我并不清楚。记得有一次他送我一本书，我们谈了几句，我问他：为什么别人对你有意见？他短短地回答："因为我替知识分子说了几句话。"这大概是在一九四八年。他后来就到香港转赴解放区了。我读到他在香港写的文章，想起一件往事：一九四一年春天我从成都回重庆，那是在"皖南事变"之后，不少文化人都去了香港。老舍还留在重庆主持抗战文协的工作，他嘱咐我："你出去，要告诉我啊。胡风走的时候来找我长谈过。"胡风还在重庆《新蜀报》上发表过五言律诗，是从香港寄来的，前四句我今天还不曾忘记："破晓横江渡，出城雾正浓，不弹游子泪，犹抱逐臣忠。"写他大清早过江到南岸海棠溪出发时的心情。我想起当时重庆的生活。一九四二年秋天我也到海棠溪搭汽车，不过我是去桂林。不到两年我又回到重庆，仍然经过海棠溪，以后就在重庆住下来。胡风早已回重庆了，他是在日军攻占香港以后出来的，住在重庆乡下。每逢文艺界抗敌协会开理事会，我总会在张家花园看见他。有时我参加别的会或者社会活动，他也在场。有一天下午我出席中苏文化协会主办的鲁迅逝世八周年纪念会。会场在民国路文化生活社附近，宋庆龄到会，中苏文协的负责人张西曼也来了，雪峰、胡风都在。会议照预定的议程顺利进行，开了一半宋庆龄因事早退，她一走会场秩序就乱了，国民党特务开始围攻胡风，还有人诽谤在上海的许广平，雪峰出来替许先生辩护，准备捣乱的人就吵起来，张西曼讲话，特务不听，反而训他。会场给那伙人霸占了，会议只好草草结束,我们几个人先后出来,都到了雪峰那里。雪峰住在作家书屋,就在文化生活社的斜对面。我们发了一些牢骚,雪峰很生气,胡风好像在严肃地想什么。我劝他小心,看样子特务可能有什么阴谋。像这样的事还有好些,但是当初不曾记录下来,在我的记忆里它们正在逐渐淡去,我想追记我们交往中的一些谈话已经不可能了。

二

解放初期我和胡风经常见面。出席第一次全国文代会,我们不是一个团;他先到北平,在南方第一团。九月参加首届全国政协第一次会议,我们从上海同车赴京,在华文学校我们住在相邻的两个房间。我总是出去找朋友,他却留在招待所接待客人。我们常在一起开会,却很少作过长谈。一九五三年七月我第二次去朝鲜,他早已移居北京,他说好要和我同行,后来因为修改为《人民文学》写的一篇文章,给留了下来。记得文章叫《身残志不残》,是写志愿军伤员的报告文学。胡风同几位作家到东北那所医院去生活过。我动身前两天还到他家去问他,是不是决定不去了。我到了那里,他们在吃晚饭,家里有客人,我不认识,他也没有介绍。我把动身日期告诉他,就告辞走了。我已经吃过饭,提了一大捆书,雇的三轮车还在外面等我。

不久第二次全国文代会在北京召开,我刚到朝鲜,不便回国参加,就请了假。五个月后我才回国。五四年秋天我和胡风一起出席首届全国人民代表大会,我们两个都是四川省选出的代表,常在一处开会,见面时觉得亲切,但始终交谈不多。我虽然学习过一些文件,报刊上有不少关于文艺的文章,我也经常听到有关文艺方针、政策的报告,但我还是一窍不通。我很想认真学习,改造自己,丢掉旧的,装进新的,让自己的机器尽快地开动起来,写出一点东西。我怕开会,却不敢不开会,但又动脑筋躲开一些会,结果常常是心不在焉地参加许多会,不断地检讨或者准备检讨,白白地消耗了二三十年的好时光。我越是用功,就越是写不出作品来,而且戴上了作家帽子就更缺乏写作的时间。最近这段日子由于难治的病,准备搁笔,又给自己的写作生活算一个总账,我想起了下面的三大运动,不由得浑身战栗,我没有在"胡风集团"、"反右斗争"或者"文化大革命"中掉进深渊,这是幸运。但是对那些含恨死去的朋友,我又怎样替自己解释呢?

三

去年三月二十六日中国现代文学馆正式开馆,我到场祝贺。两年半未去北京,见到许多朋友我很高兴,可是我行动不便,只好让朋友过来看我。梅志同志同胡风来到我面前,她指着胡风问我:"你还认得他吗?"我愣了一下。我应当知道他是胡风,这是在一九五五年以后我第一次看见他。他完全变了,一看就清楚他是个病人,没有什么表情,也不讲话。我说:"看见你这样,我很抱歉。"我差一点流出眼泪,这是为了我自己。这以前他在上海住院的时候,我没有去看过他,也是因为我认为自己不曾偿还欠下的债,感到惭愧。我的心情只有自己知道,有时连自己也讲不清楚。好像是在第二天上午我出席作协主席团扩大会议,胡风由他女儿陪着来了,坐在对面一张桌子旁边。我的眼光常常停在他的脸上,我找不到那个过去熟悉的胡风了。他呆呆地坐在那里,没有动,也不曾跟女儿讲话。我打算休息时候过去打个招呼,同他讲几句话。但是会议快要告一段落,他们父女就站起来走了。我的眼光送走他们,我有多少话要讲啊。我好像眼睁睁地望着几十年的岁月远去,没有办法拉住它们。我想起一句老话："见一次就少一次。"我却想不到这就是我和他的最后一面。

后来在上海得到他病逝的消息，我打电报托人代我在他的灵前献一个花圈。我没有讲别的话，现在说什么，都太迟了。我终于失去了向他偿还欠债的机会。

但赖账总是不行的。即使还债不清或者远远地过了期，我总得让后人知道我确实作了一番努力，希望能补偿过去对亡友的损害。

胡风的冤案得到了平反。我读了他的夫人梅志写的《胡风传》，很感动，也很难过。他受到多么不公平的待遇。他当时说过："心安理不得。"今天他大概也不会"心安理得"吧。这个冤案的来龙去脉和它的全过程并未公布，我也没有勇气面对现实，没法知道更多的详情。他们夫妇到了四川，听说在"文革"期间胡风又坐了牢，最后给判处无期徒刑，他的健康才完全垮了下来。在《文汇月刊》上发表的梅志著作的最后一部分，我还不曾读到，但是我想她也不可能把事情完全写出，而且我也没有时间弄清楚我应当知道的一切了，留给我的不过两三年的工夫了。

四

还是来谈反"胡风集团"的斗争。

在那一场"斗争"中，我究竟做过一些什么事情？我记得在上海写过三篇文章，主持过几次批判会。会开过就忘记了，没有人会为它多动脑筋。文章却给保留下来，至少在图书馆和资料室。其实连它们也早被遗忘，只有在我总结过去的时候，它们才像火印似地打在我的心上，好像有一个声音经常在我耳边说："不许你忘记！"我又想起一九五五年的事。

运动开始，人们劝说我写表态的批判文章。我不想写，也不会写，实在写不出来。有人来催稿，态度很不客气，我说我慢慢写篇文章谈路翎的《洼地上的战役》吧。可是过了几天，《人民日报》记者从北京来组稿，我正在作协分会开会，讨论的就是批判胡风的问题。到了应当表态的时候，我推脱不得，就写了一篇大概叫做《他们的罪行应当得到惩处》之类的短文，说的都是别人说过的话。表了态，头一关算是过去了。

第二篇就是《关于胡风的两件事情》，在上海《文艺月报》上发表，也是短文。我写的两件事都是真的。鲁迅先生明明说他不相信胡风是特务，我却解释说先生受了骗。一九五五年二月我在北京听周总理报告，遇见胡风，他对我说："我这次犯了严重的错误，请给我多提意见。"我却批评说他"做贼心虚"。我拿不出一点证据，为了第二次过关，我只好推行这种歪理。

写第三篇文章，我本来以为可以聪明地给自己找个出路，结果却是弄巧成拙，反而背上一个沉重的精神包袱。事情的经过我大概不会记错吧。我第二次从朝鲜回来，在北京住了一些日子，路翎的短篇《初雪》刚刚在《人民文学》上发表，荃麟同志向我称赞它，我读过也觉得好，还对人讲过。后来《洼地上的战役》刊出，反应不错，我也还喜欢。我知道在志愿军战士同朝鲜姑娘之间是绝对不允许恋爱的，不过路翎写的是个人理想，是不能实现的愿望，有什么问题呢？在批判胡风集团的时候，我被迫参加斗争，实在写不出成篇的文章，就挑选了《洼地上的战役》作为枪靶，批评的根据便是那条志愿军和当地居民不许恋爱的禁令。稿子写成寄给《人民文学》，我自己感到一点轻松。形势在变化，运动在发展，我的文章在刊物上发表了，似乎面目全非，我看到一些我自己也没有想到的政治术语，更不知道自己哪里来的权利随意给人戴上"反革命"帽子？看得出有些句子是临时匆匆忙忙地加上去的。总之,读头一遍我很不满意。可是过了一晚,一个朋友来找我,谈起这篇文章,我就心平气和无话可说了。我写的是思想批判的文章,现在却是声讨"反革命集团"的时候,倘使不加增改就把文章照原样发表,我便会成为批判的对象,说是有意为"反革命分子"开脱。《人民文学》编者对我文章的增改倒是给我帮了大忙,否则我会遇到不小的麻烦。就在这一年的《文艺月报》上刊登过一篇某著名音乐家的"检讨"。他写过一篇"彻底揭发"胡风的文章,是在第二批材料发表以后交稿的。可是等到《月报》在书市发售,第三批材料出现了,胡风集团的性质又升级了,于是读者纷纷来信谴责,他只好马上公开检讨:"实际效果是替胡风黑帮分子打掩护。"连《月报》编辑部也不得不承认"对这一错误……应该负主要的责任"。这样的气氛,这样的环境,这样的做法……用全国的力量对付"一小撮"文人,究竟是为了什么? 那么这个"集团"真有什么不能见人的阴谋吧。不管怎样,我只有一条路走了,能推就推,不能推就应付一下,反正我有一个借口:"天王圣明。"当时我的确还背着个人崇拜的包袱。我想不通,就不多想,我也没有时间苦思苦想。

反胡风的斗争热闹一阵之后又渐渐地冷下去了。他本人和他的朋友们(那些所谓"胡风分子")在斗争中不曾露过面,后来就石沉大海,也没有人再提他们的名字。我偶尔向熟人打听胡风的消息,别人对我说:"你不用问了。"我想起了清朝的"文字狱",连连打几个冷噤,也不敢做声了。外国朋友向我问起胡风的近况,我支支吾吾讲不出来。而且那些日子,那些年月,运动一个接一个,大会小会不断,人人都要过关。谁都自顾不暇,哪里有工夫、有勇气到处打听不该打听的事情。只有在"文革"中期不记得在哪里看到一份小报或者材料,说是胡风在四川。此外我什么都不知道。一直到"文革"结束,被颠倒的一切又给颠倒过来的时候,被活埋了的人才回到了人间,但已经不是原来的胡风了。

一个有说有笑、精力充沛的诗人变成了神情木然、生气毫无的病人,他受了多大的迫害和折磨! 不能继续工作,再没有比这更痛苦的了。关于他,我知道的并不多,理解也并不深。我读过他那三十万言的"上书",不久就忘记了,但仔细想想好像也没有什么大不对。为了写这篇"怀念",我翻看当时的《文艺月报》,又找到编辑部承认错误的那句话。我好像挨了当头一棒! 印在白纸上的黑字是永远揩不掉的。子孙后代是我们真正的裁判官。究竟对什么错误我们应该负责,他们知道,他们不会原谅我们。五十年代我常说做一个中国作家是我的骄傲。可是想到那些"斗争",那些"运动",我对自己的表演(即使是不得已而为之吧),也感到恶心,感到羞耻。今天翻看三十年前写的那些话,我还是不能原谅自己,也不想要求后人原谅我。我想,胡风作为一个文艺工作者要是没有受到冤屈、受到迫害,要是没有长期坐牢,无罪判刑,他不仅会活到今天,而且一定有不少新的成就。但是现在什么也没有了。我还有什么话可说呢?

我是个衰老的病人,思想迟钝,写这样的文章很困难,从开头写它到现在快一年了,有时每天只写三五十个字。我想讲真话,也想听别人讲真话,可是拿起笔或者张开口,或者侧耳倾听,才知道说真话多么不容易。《文汇月刊》上《胡风传》的最后部分我也找来读过了。文章未完,他们在四川的生活完全不曾写到,我请求梅志同志继续写下去。梅志称她的文章"往事如烟"。我说:往事不会消散,那些回忆聚在一起,将成为一口铜铸的警钟,我们必须牢牢记住这个惨痛的教训。

我还要在这里向路翎同志道歉。我不认识他,只是在首届文代会上见过几面。他当时年轻,是一位有才华的作家,可惜不曾给他机会让他的笔发出更多的光彩。我当初评《洼地上的战役》并无伤害作者的心思,可是运动一升级,我的文章也升了级。我不知道他的近况,只听说他丧失了精力和健康。关于他的不幸的遭遇，他的冤案，他的病，我怎样向后人交代？难道我们那时的文艺工作者就没有毛病？虽然不见有人出来承认对什么错误"应当负责"，但我向着井口投掷石块就没有自己的一份责任？历史不能让人随意编造，沉默妨碍不了真话的流传，泼到他身上的不公平的污水也起不了什么作用，只是为了那些"违心之论"，我绝不能宽恕自己。

1986 年 8 月 20 日

导读

　　巴金(1904—2005)，原名李尧棠，四川成都人。《怀念胡风》是巴金《随想录》中的最后一篇。自 1978 年至 1986 年历时八年，巴金创作了 150 多篇散文随笔，先后按时间顺序编为《随想录》《探索集》《真话集》《病中集》《无题集》，共 42 万字，总称为《随想录》。这是一部"力透纸背、情透纸背、热透纸背"的"大书"，巴金说它是"我这一生的收支总账"，是"我这一代作家留给后人的'遗嘱'"。

　　作者将自己 80 年的人生经验和 60 年的文学积淀汇聚笔端，反思历史，拷问自我，铸成了一座崇高的人格丰碑。巴金在《随想录》中真实地记录了"文革"给自己、家人、朋友以及整个社会所造成的巨大伤害。《随想录》中的很多篇章在愤慨揭示"文革"灾难的同时，真情叙写了一些亲朋故旧的往事，表达了对他们的真挚怀念，并且由对"文革"灾难的揭示和亲朋故旧的追忆进一步深入到对民族心理的反思和自我灵魂的深入解剖。

　　《怀念胡风》追忆了"我"与胡风的交往、胡风的蒙冤及其最后平反的往事，表达了作者对旧友的真挚怀念，揭示了历次政治运动对胡风的不公待遇，并对自己在反胡风运动中为了明哲保身、违背良知而屈服强权进行了自我忏悔。巴金与胡风 20 世纪 30 年代就成为好朋友，同为鲁迅关心的弟子，然而在新中国成立后的多次运动中，巴金为了明哲保身又多次对胡风做了一些违背良知的事情。1955 年，批"胡风反革命集团"时，与胡风已有 20 年深交的巴金竟在上海作协多次主持批胡大会，"奋勇当先"写下一篇又一篇的批胡檄文。当人们为鲁迅先生曾有不相信胡风是特务、赞扬胡风的文章而为难时，巴金却说"那是先生受了他的骗"，掐断了"最后一根可能救胡风命的稻草"。1955 年 2 月，巴金在北京听报告时遇见胡风，胡风恳请巴金多批评他，多提意见，巴金却当即愤怒地指责胡风是"做贼心虚"。作者对自己过去对于胡风的误解作了深刻的反省和忏悔。

　　在艺术上，巴金追求的是朴实无华，自然天成。他说："艺术的最高境界，是真实，是自然，是无技巧"，"几十年来我所追求的也就是：更明白地、更朴实地表达自己的思想。"(《探索之三》)作者从一件件小事说起，娓娓叙谈，不蔓不枝，寓深沉于平淡，融炽热于冷静，将叙事、抒情、议论融为一体。在人物刻画上采用白描手法，一个姿态、两三个动作、几句话语，稍加勾勒，胡风热情、真诚、执着的性格特征便跃然纸上。

下放记别

杨 绛

中国社会科学院,以前是中国科学院哲学社会科学部,简称学部。我们夫妇同属学部;默存在文学所,我在外文所。1969年,学部的知识分子正在接受"工人、解放军宣传队"的"再教育"。全体人员先是"集中"住在办公室里,六七人至九十人一间,每天清晨练操,上下午和晚饭后共三个单元分班学习。过了些时候,年老体弱的可以回家住,学习时间渐渐减为上下午两个单元。我们俩都搬回家去住,不过料想我们住在一起的日子不会长久,不日就该下放干校了。干校的地点在纷纷传说中逐渐明确,下放的日期却只能猜测,只能等待。

我们俩每天各在自己单位的食堂排队买饭吃。排队足足要费半小时;回家自己做饭又太费事,也来不及。工、军宣队后来管束稍懈,我们经常中午约会同上饭店。饭店里并没有好饭吃,也得等待;但两人一起等,可以说说话。那年11月3日,我先在学部大门口的公共汽车站等待,看见默存杂在人群里出来。他过来站在我旁边,低声说:"待会儿告诉你一件大事。"我看看他的脸色,猜不出什么事。

我们挤上了车,他才告诉我:"这个月11号,我就要走了。我是先遣队。"

尽管天天在等待行期,听到这个消息,却好像头顶上着了一个焦雷。再过几天是默存虚岁六十生辰,我们商量好:到那天两人要吃一顿寿面庆祝。再等着过七十岁的生日,只怕轮不到我们了。可是只差几天,等不及这个生日,他就得下干校。

"为什么你要先遣呢?"

"因为有你,别人得带着家眷,或者安顿了家再走;我可以把家撂给你。"

干校的地点在河南罗山,他们全所是11月17号走。

我们到了预定的小吃店,叫了一个最现成的沙锅鸡块——不过是鸡皮鸡骨。我舀些清汤泡了半碗饭,饭还是咽不下。

只有一个星期置备行装,可是默存要到末了两天才得放假。我倒借此赖了几天学,在家收拾东西。这次下放是所谓"连锅端"——就是拔宅下放,好像是奉命一去不复返的意思。没用的东西、不穿的衣服、自己宝贵的图书、笔记等等,全得带走,行李一大堆。当时我们的女儿阿圆、女婿得一,各在工厂劳动,不能叫回来帮忙。他们休息日回家,就帮着收拾行李,并且学别人的样,把箱子用粗绳子密密缠捆,防旅途摔破或压塌。可惜能用粗绳子缠捆保护的,只不过是木箱铁箱等粗重行李;这些木箱、铁箱,确也不如血肉之躯经得起折磨。

经受折磨,就叫锻炼;除了准备锻炼,还有什么可准备的呢。准备的衣服如果太旧,怕不经穿;如果太结实,怕洗来费劲。我久不缝纫,胡乱把耐脏的料子用缝衣机做了个毛毡的套子,准备经年不洗。我补了一条裤子,坐处像个布满经线纬线的地球仪,而且厚如龟壳。默存倒很欣赏,说好极了,穿上好比随身带着个座儿,随处都可以坐下。他说,不用筹备得太周全,只需等我也下去,就可以照看他,至于家人团聚,等几时阿圆和得一乡间落户,待他们迎养吧。

转眼到了11号先遣队动身的日子。我和阿圆、得一送行。默存随身行李不多,我们找个旮旯儿歇着等待上车。待车室里,闹嚷嚷、乱哄哄人来人往;先遣队的领队人忙乱得只恨分身无术,而随身行李太多的,只恨少生了几双手。得一忙放下自己拿的东西,去帮助随身行李多得无法摆布的人。默存和我看他热心为旁人效力,不禁赞许新社会的新风尚,同时又互相安慰说:得一和善忠厚,阿圆有他在一起,我们可以放心。

得一捎着、拎着别人的行李,我和阿圆帮默存拿着他的几件小包小袋,排队挤进月台,挤上火车,找到个车厢安顿了默存。我们三人就下车,痴痴站着等火车开动。

我记得从前看见坐海船出洋的旅客,登上摆渡的小火轮,送行者就把许多彩色的纸带抛向小轮船;小船慢慢向大船开去,那一条条彩色的纸带先后迸断,岸上就拍手欢呼。也有人在欢呼声中落泪;迸断的彩带好似迸断的离情。这番送人上干校,车上的先遣队和车下送行的亲人,彼此间的离情假如看得见,就决不是彩色的,也不能一迸就断。

默存走到车门口,叫我们回去吧,别等了。彼此遥遥相望,也无话可说。我想,让他看我们回去还有三人,可以放心释念,免得火车驰走时,他看到我们眼里,都在不放心他一人离去。我们遵照他的意思,不等车开,先自走了。几次回头望望,车还不动,车下还是挤满了人。我们默默回家;阿圆和得一接着也各回工厂。他们同在一校而不同系,不在同一个工厂劳动。

过了一两天,文学所有人通知我,下干校的可以带自己的床,不过得用绳子缠捆好,立即送到学部去。粗硬的绳子要缠捆得服帖,关键在绳子两头;不能打结子,得把绳头紧紧压在绳下。这至少得两人一齐动手才行。我只有一天的期限,一人请假在家,把自己的小木床拆掉。左放、右放,怎么也无法捆在一起,只好分别捆;而且我至少还欠一只手,只好用牙齿帮忙。我用细绳缚住粗绳头,用牙咬住,然后把一只床分三部分捆好,各件重复写上默存的名字。小小一只床拆了几部,就好比兵荒马乱中的一家人,只怕一出家门就彼此失散,再聚不到一处去。据默存来信,那三部分重新团聚一处,确也害他好生寻找。

文学所和另一所最先下放。用部队的辞儿,不称"所"而称"连"。两连动身的日子,学部敲锣打鼓,我们都放了学去欢送。下放人员整队而出;红旗开处,俞平老和俞师母领队当先。年逾七旬的老人了,还像学龄儿童那样排着队伍,远赴干校上学,我看着心中不忍,抽身先退;一路回去,发现许多人缺乏欢送的热情,也纷纷回去上班。大家脸上都漠无表情。

我们等待着下干校改造,没有心情理会什么离忧别恨,也没有闲暇去品尝那"别是一般"的"滋味"。学部既已有一部分下了干校,没下去的也得加紧干活儿。成天坐着学习,连"再教育"我们的"工人师傅"们也腻味了。有一位二十二三岁的小"师傅"嘀咕说:"我天天在炉前炼钢,并不觉得劳累;现在成天坐着,屁股也痛,脑袋也痛,浑身不得劲儿。"显然炼人比炼钢费事;"坐冷板凳"也是一项苦功夫。

炼人靠体力劳动,我们挖完了防空洞——一个四通八达的地下建筑,就把图书搬来搬去。捆,扎、搬运,从这楼搬到那楼,从这处搬往那处;搬完自己单位的图书,又搬别单位的图书。有一次,我们到一个积尘三年的图书室去搬出书籍、书柜、书架等,要腾出屋子来。有人一进去给尘土呛得连打了二十来个喷嚏。我们尽管戴着口罩,出来都满面尘土,咳吐的尽是黑痰。我记得那时候天气已经由寒转暖而转热。沉重的铁书架、沉重的大书橱、沉重的卡片柜——卡片屉内满满都是卡片,全都由年轻人狠命用肩膀扛,贴身的衣衫磨破,露出肉来。这又使我惊叹,最经磨的还是人的血肉之躯!

弱者总沾便宜;我只干些微不足道的细事,得空就打点包裹寄给干校的默存。默存得空就写家信;三言两语,断断续续,白天黑夜都写。这些信如果保留下来,如今重读该多么有趣!但更有价值的书信都毁掉了,又何惜那几封。

他们一下去,先打扫了一个土积尘封的劳改营。当晚睡在草铺上还觉燠热。忽然一场大雪,满地泥泞,天气骤寒。17日大队人马到来,八十个单身汉聚居一间屋里,都睡在土炕上。有个跟着爸爸下放的淘气小男孩儿,临睡常绕炕撒尿一匝,为炕上的人"施肥"。休息日大家到镇上去买吃的:有烧鸡,还有煮熟的乌龟。我问默存味道如何;他却没有尝过,只悄悄做了几首打油诗寄我。

罗山无地可耕,干校无事可干。过了一个多月,干校人员连同家眷又带着大堆箱笼物件,搬到息县东岳。地图上能找到息县,却找不到东岳。那儿地僻人穷,冬天没有燃料生火炉子,好多女同志脸上生了冻疮。洗衣服得蹲在水塘边上"投"。默存的新衬衣请当地的大娘代洗,洗完就不见了。我只愁他跌落水塘;能请人代洗,便赔掉几件衣服也值得。

在北京等待上干校的人,当然关心干校生活,常叫我讲些给他们听。大家最爱听的是何其芳同志吃鱼的故事。当地竭泽而渔,食堂改善伙食,有红烧鱼。其芳同志忙拿了自己的大漱口杯去买了一份;可是吃来味道很怪,愈吃愈怪。他捞起最大的一块想尝个究竟,一看原来是还未泡烂的药肥皂,落在漱口杯里没有拿掉。大家听完大笑,带着无限同情。他们也告诉我一个笑话,说钱锺书和丁✕✕两位一级研究员,半天烧不开一锅炉水!我代他们辩护:锅炉设在露天,大风大雪中,烧开一锅炉水不是容易。可是笑话毕竟还是笑话。

他们过年就开始自己造房。女同志也拉大车,脱坯,造砖,盖房,充当壮劳力。默存和俞平伯先生等几位"老弱病残"都在免役之列,只干些打杂的轻活儿。他们下去八个月之后,我们的"连"才下放。那时候,他们已住进自己盖的新屋。

我们"连"是1970年7月12日动身下干校的。上次送默存走,有我和阿圆还有得一。这次送我走,只剩了阿圆一人;得一已于一月前自杀去世。

得一承认自己总是"偏右"一点,可是他说,实在看不惯那伙"过左派"。他们大学里开始围剿"五一六"的时候,几个有"五一六"之嫌的"过左派"供出得一是他们的"组织者","五一六"的名单就在他手里。那时候得一已回校,阿圆还在工厂劳动;两人不能同日回家。得一末了一次离开我的时候说:"妈妈,我不能对群众态度不好,也不能顶撞宣传队;可是我决不能捏造个名单害人,我也不会撒谎。"他到校就失去自由。阶级斗争如火如荼,阿圆等在厂劳动的都返回学校。工宣队领导全系每天三个单元斗得一,逼他交出名单。得一就自杀了。

阿圆送我上了火车,我也促她先归,别等车开。她不是一个脆弱的女孩子,我该可以放心撇下她。可是我看着她踽踽独归的背影,心上凄楚,忙闭上眼睛;闭上了眼睛,越发能看到她在我们那破残凌乱的家里,独自收拾整理,忙又睁开眼。车窗外已不见了她的背影。我又合上眼,让眼泪流进鼻子,流入肚里。火车慢慢开动,我离开了北京。

干校的默存又黑又瘦,简直换了个样儿,奇怪的是我还一见就认识。

我们干校有一位心直口快的黄大夫。一次默存去看病,她看他在签名簿上写上钱锺书的名字,怒道："胡说！你什么钱锺书！钱锺书我认识！"默存一口咬定自己是钱锺书。黄大夫说："我认识钱锺书的爱人。"默存经得起考验，报出了他爱人的名字。黄大夫还待信不信，不过默存是否冒牌也没有关系，就不再争辩。事后我向黄大夫提起这事，她不禁大笑说："怎么的，全不像了。"

我记不起默存当时的面貌，也记不起他穿的什么衣服，只看见他右下颌一个红包，虽然只有榛子大小，形状却峥嵘险恶：高处是亮红色，低处是暗黄色，显然已经灌脓。我吃惊说："啊呀，这是个疽吧？得用热敷。"可是谁给他做热敷呢？我后来看见他们的红十字急救药箱，纱布上、药棉上尽是泥手印。默存说他已经生过一个同样的外疹，领导上让他休息了几天，并叫他改行不再烧锅炉。他目前白天看管工具，晚上巡夜。他的顶头上司因我去探亲，还特地给了他半天假。可是我的排长却非常严厉，只让我随人去探望一下，吩咐我立即回队。默存送我回队，我们没说得几句话就分手了。得一去世的事，阿圆和我暂时还瞒着他，这时也未及告诉。过了一两天他来信说：那个包儿是疽，穿了五个孔。幸亏打了几针也渐见痊好。

我们虽然相去不过一个小时的路程，却各有所属，得听指挥、服从纪律，不能随便走动，经常只是书信来往，到休息日才许探亲。休息日不是星期日；十天一次休息，称为大礼拜。如有事，大礼拜可以取消。可是比了独在北京的阿圆，我们就算是同在一处了。

导读

杨绛(1911—)，原名杨季康，祖籍江苏无锡，生于北京。1932 年毕业于苏州东吴大学，后考上清华大学研究院外文系研究生，1935 年与著名学者钱锺书结为伉俪。1935—1938 年之间先后留学英、法，回国后曾在清华大学任教。1953 年后长期担任中国社会科学院外国文学研究所研究员。她是我国著名的作家、评论家、翻译家，主要作品有短篇小说集《倒影集》，长篇小说《洗澡》，散文集《干校六记》《将饮茶》《杂忆与杂写》等，话剧《称心如意》《弄假成真》《风絮》等，此外还有大量的评论集和翻译作品集，1994 年出版了三卷本《杨绛文集》。

《下放记别》是杨绛《干校六记》中的一篇。《干校六记》记述了作者 1969 年底到 1972 年春去河南"五七干校"下放时期的生活经历，包括"下放记别""凿井记劳""学圃记闲""'小趋'记情""冒险记幸""误传记妄"等六篇。

《下放记别》叙写了杨绛、钱锺书夫妻两人先后下放与家人分别的经历。两次送别，第一次自己送丈夫下放，女儿、女婿一同前往，"彼此遥遥相望，也无话可说"。第二次自己动身去干校，却只有女儿一人相送，那位"和善忠厚""热心为旁人效力"的女婿已于一月前自杀去世了。作者在此并没有作过多的议论和控诉，而是让内心的痛苦和悲哀从简约的叙述中自然呈现，折射出动荡时期的时代悲剧。作者从文化与人性的角度，以平静超然的笔调呈现了那个特殊时代的生活事件和人物心理，从一个侧面对"文革"进行了深刻的反思与批判，表现出一种饱经世情、洞察人生的通达和深刻。

当代人的悲剧

韦君宜

　　近两年,需要哀悼的人太多,悼文占了我所写文章的相当部分。没有想到,现在我要来为杨述写悼文。他死了。

　　他和我一起生活三十九年,一起经过了胜利,也经历了无数酸辛和惨苦。现在,他所有的书籍、药包,亲手写的小条子、电话本,都还塞在抽屉里,与他自己为别人写的悼文手稿和别人吊唁他的来信混杂在一起放着。他的毛巾、脸盆都还在洗脸架上。我不愿收拾起这些东西。这样摆着,使我觉得我们的生活秩序还是照旧,他并没有从我的生活里消失,好像不久就会回来。

　　几个月中,由于他已经病重不能行动,我又得工作又得护理他,负担沉重,曾使我挺心烦的,常常我正在写着什么,他那里又在叫了。我就没好气地说:"真够麻烦!"当我提着包包去上班的时候,他坐在廊前藤椅上不能起来,总是在后边叫着:"早一点回来啊!"而我,往往回头腻烦地说:"哪里回得来,没工夫!"可是现在,不论我出来或进去,都没有人再叮嘱我早回来了。就是我想再护理他,再不嫌麻烦,全心全意干,都已不可能了。晚了! 一切都晚了!

　　他是个平凡的人,生平没有什么重大成就和功业值得絮絮叨叨,当然也有些成绩,也有明显的缺点,而使我永远忘不掉的却是他一生的遭遇。

　　这是个老实忠厚人,有时简直老实到迂呆的程度,无论对党和对朋友。但是,他却在"三家村"被点名之后,立即作为"三家村"干将被登报在全国点了名,所受的残酷折磨和精神压迫,到了"逼得石头要说话"的地步,这真是个人间悲剧。

　　我要写的不是我个人的悲痛,那是次要的。我要写的是一个人。这个人在十年浩劫中间受了苦,挨了打,挨了斗,这还算是大家共同的经历,而且他的经历比较起来还不能算最苦的。实际上他最感到痛苦的还是人家拿他的信仰——对党、对马列主义、对领袖的信仰,当做耍猴儿的戏具,一再耍弄。他曾经以信仰来代替自己的思想,大家现在叫这个为"现代迷信",他就是这么一个典型的老一代的信徒。但是,人家那种残酷的游戏终于迫使他对于自己这宗教式的信仰发生疑问。这点疑问是不容易发生的啊! 是付了心灵中最苦痛的代价的! 可惜他并没有来得及完成这个自我解剖的过程,是怀抱着这些疑问死去的。我相信,如果他再活几年,他会对自己看得更清楚些。现在是不可能了,只能由我代他写下来。

　　我首先回忆起"一二·九"运动,那时我们都正在清华读书。我和另外一位男同学有些感情上的纠葛,心情很懊恼。而杨述本来是个一般的朋友,忽然跑来找我,正儿八经地给我留了一张条子,称我为"兄",说:"这种事情在一般女性是难以摆脱的,我愿兄能给人看看'我们的女性'的姿态。"这使我第一次感到,这个人能把女同学当做和男同学一样的朋友、同志来尊重。而同时,也未免感到这人有点迂。

　　后来,在抗战初期,我知道了他异常的"毁家纾难"的事迹。1939年我由重庆经成都往延安,他在重庆工作,介绍我到他家去住,并经过他家的关系去找党的四川省委。我本来不想去的,但是他的母亲找到了他的信,立即亲自跑到旅馆把我接回家,说住旅馆不安全。这时我才知道,他家本来是淮安县的商人兼地主,父亲在他才十岁时就死了。寡母很受族房里的欺侮,一个人带着六个孩子长大。叫他的大哥继承父业,而叫他(老二)去读书。他是家里唯一上了大学的。他在中学里就接受30年代革命文学的影响,读《母亲》,读《拓荒者》《语丝》等等,开始受到当地国民党当局的注意。母亲一方面不知道他到底在外面干什么,想了解,同时寡妇人家也有个夫死从子的想法,她把儿子买的这些书都拿来看。这时候,他就把必须革命才能破除族房里那些封建家规的道理和挽救民族危亡的大道理,一起讲给母亲听。同时,又影响了已经当少掌柜的大哥和更小的弟、妹。到抗战开始的时候,他本人去武汉做党的工作,写信叫全家赶紧出来。不要做亡国奴。他的母亲竟真的听信了他的话,把土地、房屋、商店全部财产都丢弃,率领他的哥嫂弟妹一齐到武汉来了。他在武汉的身份是个流亡学生,来了这一大家人,怎么办? 他就把三个较大的弟妹一起都打发到延安。后来母亲、大哥、大嫂和小弟弟以及侄儿又撤到了四川、杨述又把他们拜托给成都党组织的同志。他叫母亲、哥哥一切都听党组织安排。这位可敬的母亲把家里带出来的细软变卖做了党的活动经费,党组织开办一个战时出版社,出版发行进步书刊。出版社楼上是革命青年的活动据点——星芒社。母亲的家则是党的地下机关,四川省委扩大会议在那里召开,油印机密文件由他的哥哥亲自动手,母亲则提任站岗放哨的差事。母亲兄嫂全都入了党。哥哥后来终于被捕,被国民党半夜拉出去活埋了,腰间还挨了一刀。母亲在成都失去了关系,穷居乡村,以后被周总理知道,指示八路军办事处四处找寻,才给接回延安。我知道了这个故事确是吃惊。我们有不少同学出身剥削阶级家庭,包括我自己,我们能做到背叛那个家庭来革命,但是像他这样能把整个家庭统统带到革命队伍,统统献给党的,真是少有。这时我感到这个人对党可真是一个心眼,不留一丁点后路。他家如果按划成份的办法当然应划为资本家兼地主。我不知道他是用什么样的话竟能把这样家庭的母亲和大哥都感动了,让他们一起背叛自己的阶级。这简直是个奇迹。大概只有对党像对母亲一样地老实忠诚,才有可能感动母亲的心吧。

在我和他结婚之前,我只觉得这个人一方面在政治上忠实得让人吃惊,同时在生活中又傻得很值得同情的程度,让人可怜。他成天讲工作,写旧诗,嘴里老是滔滔不绝,可是脚上的鞋子全破了,床上的褥子脏破不堪。我说:"你不可以买块布请一位街上的老大娘给做一双鞋吗?"(那时候绥德没有鞋店)。他摇头表示从来不懂得可以这么做,我替他办了,他倒觉得顿开茅塞似的。

直到后来,我才看到了这个老实迂呆的人是怎么在党的政治生活中间适应起来的。我们一直在一起工作,1954年以后才分到了不同单位。我们共同编过报,共同写过稿,共同开过会。起初,他在清华的时候曾是下笔千言的,写的文章题目叫什么《两千年来哲学的总清算》,使我笑他大而无当。到大会上卖一回《北平年学生》(刊物),也能来一篇《编者卖报记》,文字来得满快当。但是,到后来他在党内工作的时间越长,地位越高,写东西便越加谨慎,文字也越来越短,思想越来越不放开了。到解放初期,他已经是每写一篇文章必先弄清当前党的宣传中心,然后照着去考虑。对宣传办法,他是动了脑筋,可以"摸精神"是每写一篇之前必须先摸一摸的,从不越乎规矩,而且这后来慢慢变成了他自己的思路。我记得他在1940年写过一个小册子《一二·九漫语》,写得还活泼真切,当时我们那些人的神情和心理还跃然纸上。到解放后把这本小书收入他那本《记一二·九》时,他自己动笔大加删削,亲手把一切带有生活气息的东西和不符合出书当时宣传要求的东西,砍得精光,只剩下几条骨架,使人读了简直索然寡味。我看了实在不满,但是他自己却觉得当然应该如此,他自己原来对中国社会发展史有兴趣,曾想写这么一本书。已写了几章,由于党给他的任务不是这个,他就完全放下,不去搞了。他是做青年工作出身的,对中国的青年运动颇有点看法,认为由于中国的特殊情况,产业工人的力量一开始很薄弱,革命主力部队由农民中产生,因此知识青年在革命中的作用比西欧国家大得多,应当充分估计,不能照抄西欧党的看法。他认为历来写的党史对阶级力量的分析都对此估计不够。但是就这一点看法,应该说是学术见解吧,因为不符合党一贯发布的宣传方针,他就只是零星透露,从没有系统发表过,也不写一篇像样的文章。直到临死前半年,才在脑子已经不好使的情况下,在共青团举办的青运史研究会上作了一次远远没有说透的发言。1957 年,他也知道把许多大学生、二十来岁的初学写作的青年作者都打成右派,实在不近人情,也争论过。但是最后还是执行了——按党的决定划了他们。1957 年我因为言论出了圈,也受到很严厉的批判,这时候作为夫妇,他是同情我的,在我苦恼到极点的时候陪着我出去散步,但是,在散步中却几乎没有什么话可交谈。我当时觉得,我们的心恐怕已经不能相通了。他担心的是我要受处分,怕的是我的思想对党动摇;而我所想的是:值得担心的不是我,可悲的是,对敢于发言的人这样大量摧残,国家的前途将如何得了。他认为既然党决定发动反右运动,那就不会错。有错的只是个别人,掌握不准。我则觉得批斗会上那类发言几乎没有多少真心话,这不止是个别人的事。我们中间的距离一下子很难缩短,但他仍然忠实待我,想法子哄我高兴。

三年困难中间,他自己吃着咸菜,眼看老百姓饿得腿都浮肿了,多少人在发牢骚,在谈从农村里来的坏消息,他可是从来不谈。不论是对家里的保姆、孩子、还是对从农村来的我下放时期交的农民朋友,都是一本正经地跟他们宣传党的政策——要熬过困难,要相信党。人前人后,从无二话,以至有的亲戚开玩笑说他真正是个“彻底的宣传家”,不择对象地进行宣传。只有一次,中央文件提倡吃“双蒸饭”,刘仁同志说:“那还不就是稀饭!”他回来告诉过我,承认刘仁同志说的是实话,只是咱们对外讲不得。可是,要说他完全僵化吗? 也不是。一旦党的政策稍有变化,他就又活转过来。到 1961年,人民受的苦太多了。中央的政策才开始松动了,他这时带着调查组去北大,以贯彻知识分子政策为目的,这一下他又很积极地去找教授谈话,听取已经当了教授的老同学的诉苦,而那和学校党支部对于这个教授的估计完全对不上茬儿。他检查教学质量,回来向我讲一个文科大学生背不出一首李白诗的笑话,说这样的学生不把他们“泻”出去该怎么办,同样说得痛快淋漓,思想明澈。他们的调查为后来的“高教六十条”做了准备。

反正他就是这么一个人,真正做到了党怎么说,他就怎么想,所谓“指到哪里就打到哪里”,老老实实,不愧为“驯服工具”。生活又很朴素,谁到我们家来也挑不出多少“特殊化”的陈设。依我看来,他实在是一个标准忠实的党员,忠实到和古代的忠臣相仿佛。

我怎么也想不到,“文化大革命”中会把这样一个人当做“反革命修正主义分子”来打,而且打得那么惨。当他已经被造反派挂了黑牌,剃了“阴阳头”,弄得满头刀痕,被打得遍体鳞伤之后,他回到家来,见到了造他的反的 17 岁女儿,还嘱咐道:“我这次可能被乱棍打死,但是我实在不是反革命,搞革命总有牺牲。我就是死了,翻不过案来,你也一定要永远跟着党走。”使女儿对于自己幼稚的“造反”也不由得产生了一点动摇。当时,我也在挨斗中间,暴雨一般的造谣、污蔑倾到我头上,我实在不能接受了。在还允许每周回一次家的那一段,有一次我们两人单独在保姆的住房里,我曾偷偷对他说:"我实在没法接受这种侮辱。看这形势如水下坡,是不能扭转了,我们不如到厨房把煤气打开,了却残生,免得零碎受苦吧。"他声音很低,却是义正辞严地,就像平时开会分析问题一样地对我说:"不! 我估计这次运动搞成这样一定是有反革命分子混进来了,也许是国民党进来搞的,这种事早晚能弄清,你得忍耐,得等待。"

就这么忍耐着,等待着,一直到他被隔离审查,我被发往干校,在隔离审查初期,还允许家里送食品和衣服,后来忽然根本不准去见。有一次他来条子给家里,要跌打丸和接骨膏,我叫孩子把药送了去,却不准孩子和他见面。我猜得到一定是挨了重打,打伤了筋骨,但是直到他后来释放出来,单独和我见了面,都没有详细讲过究竟怎么挨打的,只说了打得他不能翻身,但更重要的是骂那个打人的造反派,说那人是左手拿着小红书,右手拿着棍子,嘴里还念着"文斗与武斗相结合"。他只形容那个造反派的荒唐丑态,说那个人坏,坏得很,却不详细说那个场面。直到他死之后,才有知道情况的人告诉我那真情:是用直径一寸多的铁棍子打的,先把人打倒在地,又打,打得他在地上爬,肋骨折断。但是这些,他却连对他的妻子都没有细说过。现在我想,他不是只为怕我听了伤心,他总是认为这是个别坏人干的事,怕我会由此联想太多,会损害了我心目中对党对革命的信念吧。

后来,他也下了干校。去干校时他已经是 59 岁,原来有心绞痛,可仍然从事繁重的体力劳动,弄得心绞痛越来越厉害,到了隔天痛一次的地步。但是,这些他都没有告诉我,是在他临死前病重昏迷之后,我开始整理他的日记,才发现的。

我们隔绝了几年。我不知道他是怎么过那种难堪的日子的,只是在每年春节时,我们才能到武汉或信阳相聚三天,两人都瘦得像人架子似的。在林彪坠地的那一年春节,我们在武汉见面,他抱着满怀的希望,说这一下毛主席可该把那些专会吹捧的坏人识破了,老实人该有出头之日了。在陈毅同志逝世的时候,他偷偷写了几首痛悼陈毅同志的诗,他写道:"总是戴尧天,奸凶终授首,历史亦有情,誉声满众口。"见到报上登载毛主席和张茜同志握手的照片,他掉着眼泪笑,说:"这一来,陈老总死可瞑目了。'二月逆流'的案子要翻,这几年颠倒的是非该颠倒过来了。"

他坚信所有的坏事都是个别坏人打进党内干的,与党无干。他的根据主要是,在延安时期,毛主席曾亲手对他的一首诗作过批示:他的那首诗中把毛主席说成"平民",毛主席说没有问题。1943 年整风审干,他和许多干部遭到"抢救",打成特务,而毛主席一经发现错误,就亲自在台上举手行礼道歉,所以当前的坏事情总会变,毛主席总是英明的。他把这些话再三嘱咐儿女。

他告诉我,已经允许他参加十八级以上干部的会议了,大约"解放"有希望了。

后来,由周总理下令,让哲学社会科学部全体回到北京。他回到家里,成天就看当时上海《朝霞》上发的东西和已被砸烂改造过的人民文学出版社所出的书。这时候我已经下决心脱离这个已遭砸烂的文艺界,对这些东西一本不看。他却称之为"时兴书",买了一大堆。大约也是想看看这里面有什么新"精神"吧。

1973 年初,我也由干校回来了,下放边疆的女儿探亲回来,"文化大革命"初期还幼小的男孩子也已长大,全家重新团聚在郊区永定门外小小的两间屋里。但是,他所盼望的"解放",却仍旧是遥遥无期。前几年的希望,看起来还是要付之东流。这时候,过去曾造过他反的女儿已经经过了几年艰苦的农村生活,看尽了当时社会上的种种坏事,也明白了在中学时期怀抱的那种红卫兵式的革命思想有多么荒谬,弄了一脑子问题。这正是"文化大革命"初期的群众性狂潮已过,群众没人再造反了,只剩下"四人帮"那几个头目在那里作威作福的时候,周围眼见耳闻的种种荒诞事情,使任何人也不能不考虑考虑了。而在机关单位里,这却正是必须每天上班说假话,不说就不行的时候。于是,我们家也只好像别的家庭一样,上班"政治学习",天天照报纸瞎说,晚上回家才是过真正的政治生活。每天吃过晚饭,父母子女坐在一起,讨论时局和一些带根本性的思想观点。这个"家庭政治小组会"总要开到10点钟才散。这时候,我们自己作过"政治排队",最"左"的是他,其次是女儿,再次是儿子,最"右"的是我。但是不管左右,大家能坐在一起讨论了,这就和几年前大不相同了。一开始,他还是抱住了他的信念不放。女儿问他:"怎么把国家给弄成这个样子?'文化大革命'是不是不对呀?"他就连忙警告:"可不能这么说!'文化大革命'是毛主席亲自领导的,怎么可以说这话!"女儿也就首肯,认为一个干部子弟的阶级感情就该表现在这里(所以他才能排第二位)。说他是"左派",就是因为他总是把形势发展往好处估计,认为不久就要转好;而我总是往坏处估计,因为我实在看不出好转的迹象。我当然也并不愿意自己的估计实现,但是可惜得很,以后的事实却总是证明我"不幸而言中",事情越发展越坏。

关于他自己的结论,他原来认为只是造反派的胡搞,而吴传启大概是混进来的国民党;后来认为最多再加上关锋,中央是不会知道的。所以,在那一段,他成天写申诉信、控告信,复写、重抄,到处去送,自己寄,托人送,还打听到"门路",到国务院门口树林子里等信访处的人出来,送给这个组织那个组织,一切领导都告到了。但无论怎么申诉,都等于石沉大海,而他却总不死心,还是跑,还是打听。几时又开组织工作会议了,关于划敌我做结论的"杠杠"又有什么改变了,他便拿自己去和那些"杠杠"进行核对,然后再写信,说明自己够不上"杠杠"。所以这些,足足进行了六年! 六年来,一次一次的失望,一次一次又重新点燃起希望,然后又摧毁……这是一个能磨碎任何人的精神的石磨子啊! 六年来,他就在这个磨子缝里活着。我自己算是"解放"了,虽然工作不顺心,总比他强些,我感到无论过去怎样,现在我也得同情他,决不可以在家庭里显示出自己在政治上比他"优越",那会真正伤他心的。于是,凡我能去参加某些会议听到某些"精神"的时候,回来就和他谈谈。这时候他已经没有了别的消息来源,我每次和他谈,他总是拿出笔记本来严肃工整地记录,我说:"这不是原文,也没有什么重要。"他不管,还是记,我明白了,他是把我嘴里这些话当做党的声音的,没有了这些,他就没有了必需的精神生活,尽管已经翻天覆地,他这一点还和十年前一样。

在这样越来越坏的政治环境下,我们的"家庭政治小组会"从一般地议论发展到互相提供情况热烈争论。他这个"左派",对于自己的问题长期解决不了只有忧心、着急,这时候,和他同病相怜的许多老同学除了已进监狱的之外,都在家里挂着等结论,这时便兴起了一种新风气,大家互相来往起来了,这叫"三看干部"。大家互相一"串联",就知道了很多骇人听闻的惨剧。有好多我们所熟悉的从少年就参加革命的老同学、老同事,被活活逼死了,打死了。那一个个熟悉的名字和面容,一个个我们完全清楚的历史情况,同当时所听到的惨死状况连在一起,怎能不叫人毛骨悚然? 连贺老总如何死去的消息也是这时才听到的。还有些同志的罪名完全是被别人编造出来的,可就硬是变着法儿不给解决,叫他们一年一年地虚耗年华,搞垮身体,直到白了头发。这些事实太无情了,太可怕了,杨述不得不发出疑问:"到底为什么要这样想方设法地非把我们都打垮不可呢?"他已经没法再相信这是国民党混进来搞的了,国民党决没有这么大的本事!

在北京住了20年,他从没有像这时候这样频繁地出去找朋友。大家的遭遇都一样——人人头上都有一顶可怕的"叛徒"、"特务"、"反革命"之类的帽子，要按过去的习惯，杨述是从来不大和已经"定性"的人们来往的，要来往，也只是讲些勉励改造之类的话。他那样做不只是为了怕沾边，而是他真的认为党既然给这个人定了性，我们就不应当再去公然表示支持同情，顶多是劝他回到党的立场上来。为了他这样的看法，我们俩也曾吵过架。但是，这时候他却自动去找这些人。而且还向我发表过一句感想："真奇怪，过去一个人出了问题，戴了帽子，就被孤立起来了，自己也觉得无颜见江东父老了。现在怎么风气大变？不管戴多大帽子，开除党籍，大家还是来来往往满不在乎！"好像是非标准改了。的确。就连我们家，在"文革"头一两年，真是谁也不敢上门，连自己的弟妹也都不敢再惹。但是到了这个时期，却又恢复了来往。杨述自己则每逢听到一个老朋友从监狱里放出，必连忙赶去看望，也不问自己是否会拖累人家或人家是否会拖累自己。

对于那些"批林批孔"的文章，起初他还说："批孔是对的，我年轻时就赞成批孔，还写过一篇《孔夫子什么东西》呢。"他毫不了解这时所谓"批孔"后面的阴谋和背景，还老老实实去看那罗思鼎的文章，以为罗思鼎是上海什么大学的老教授，回忆自己怎么会没听说过这个名字。但是，后来报上那些文章越讲越不像话，直闹到把中国两三千年来的一切政治家、文学家……一概划分为儒、法两大家，而且出现了什么"法家战友"这种怪头衔的时候，他也不能不说："这简直成了延续三千年的两大政党。全世界从来也没有。"再到看了有"论文"把李商隐的无题诗也说成了"法家战斗作品"的时候，这个老实人终于不能不正式向我表示："这种文章真是胡说！"再不看了。后来批《水浒》，我们出版社印了一百回和一百二十回本《水浒》，当时倒也风行一时。我带回家两部，按老例，他对这种"时兴书"总是特别热心，赶快捧读的，但是这一次他却翻了翻扔在一边，说："后边写得太不好，一百二十回尤其差，干吗要特别多印它啊？看不下去。"他只是认真阅读了我借回的郭老的《十批判书》，叹口气说："人家这是好几十年前写的啊，现在忽然成了这样，叫老年人心里怎么过得去啊！"他甚至想去看看郭老，安慰他老人家。但是郭老的秘书误会了他的意思，以为他是有求于郭老，代挡了驾，没有见成。

后来，学部进行"整党"，按老规矩是每人把自己无限上纲一通，便可通过。他这时候已经有点明白，自己的纲即使上得再高，大约也没有可能恢复党的生活了。于是他对我讲："这次我只讲错误，要我再承认反党，承认叛徒，我誓死不说了。"结果，在整党小组会上，有人又说他的《青春漫语》是反党，质问他为什么不检讨。他回答道："《青春漫语》是有错误，但是不反党。"别人就骂他翻案，他气得用手指敲桌子，于是这又变成了他"翻案"的一件大事，为此又批了好多天，一直到"四五运动"前夕，周总理去世。

杨述在重庆和总理有过直接关系，而且被捕时还是总理给保出来的。出来后，在红岩办事处门口，总理当面嘱咐过他："老老实实在办事处躲着，可别出去跑又闯了祸。"按规定，总理去世，允许总理的旧部去参加辞灵，他合乎这个规定。但是他一再打报告要求，却终于不被允许，甚至连跟着群众参加追悼会都不行。他哭了。到"四五运动"前些天，天安门前的诗和花圈日渐多起来。"四五"的前一周，秩序还好的时候，他决率领全家（我、儿子、女儿、包括保姆），一起整顿衣冠到天安门前去行礼致哀。到"四五"的前一天，天安门前已经是人山人海挤不动了，他就和我两个人从邮电局这边挤进去，进去的时候他说："千万可别遇见学部的人。"可是刚走进没有多远，就迎面遇见一位。那人和他点了个头，一语不发，擦身而过。他问我："这个人会揭发我吗？"我说："大概不会，现在情况可不一样了，他也许还怕你揭发他哩。"他表示这想法对，放了心。我们一起挤进人丛，看那些诗和那些大花圈、大牌子,一面看一面议论,回来后他在灯下也写了一首诗,次日却没有来得及贴出(后被收进《周总理,你永远和我们在一起》一书)。

在那人心最激动的时候,血洗天安门的消息不断传来。亲友中间有那天恰好在场的,这个说清华那个坏蛋如何被追进人民大会堂,那个说群众如何被打,血水被水龙冲掉……杨述仔细地听着,他的感情一下子从缠绕他近十年的个人结论问题中拔出来了,愤怒地和大家一起议论。

这时,我们的"家庭政治小组会"内容又有了改变。以前,杨述总是说话比较少,即使说也常是只就我们讲的事情加以评论,而且还常常有带提醒式的评论——"可不要说过了头!"可是,这以后他的话越来越多起来了,他说了许多我们大家都不知道的事实(早先他在市委,知道的许多事情本来是我所不知道的)。他说过刘少奇同志去天津那次关于资本家的讲话的前前后后,根本不是少奇同志个人的主张;说过彭真同志从中央开会回市里怎样立即传达,要求执行,因此市委才老是深夜开会,"针插不进,水泼不进"完全是冤枉,说过所谓"畅观楼反党事件"的实情根本就不是那么回事,马南邨写的"健忘症"并非指向中央,他亲耳听邓拓说过的……反正说过好多好多。尤其是关于迟群等人评价的突然改变,使这个老实人怎么也无法想通。怎么起先明明传达过"迟群是一霸",没有多久,忽然变成了"反对迟群就是反对毛主席"?他在我们的"家庭政治小组会"上详细介绍情况,因为迟群就是他们学部工宣队的头头,所以学部的人都是亲眼看见的。迟群有一阵垂头丧气地回清华去了,还曾招待学部全体人员去清华参观过一次,以拉拢群众,连被审查对象也可以说。那次迟群身穿劳动服,手持劳动工具,和颜悦色地出来招呼大家(杨述这次没有去,听人家说,迟这次的和蔼是空前的)。可是转眼之间空气变了,迟群立即又恶狠狠地回来整人。不但整别人,连他们工宣队内部的人给他提了意见,也被打成了"投降派",贴了满墙满院的大字报,这算怎么一回事啊?杨述多次在我们的家庭讨论会上搔着脑袋提出这个问题,他的思路显然受到了猛烈的冲击。

我们开始认真讨论江青究竟是个什么人,他不再按老例说她也许是个特务打进来了,他说:"这个女人不要说没有到过工厂农村工作,就连机关科室工作也没有真干过,就是个太太!竟让这样的人领导全国,实在不能想象。"他的话匣子一打开,真使我觉得惊异。逼啊,真是逼得石头也要说话了。

到了毛主席去世之后,他和我们继续讨论政治,他认为毛主席毕竟是个功劳极大的人,伟大的人,后来一些事做错了,但是他不能忘记这位青年时代就给自己指路的人。他自己在家写诗悼念毛主席,诗末尾有这样两句:"玻璃帐里无言语,分道扬镳惜未成。"觉得他老人家躺在玻璃棺材里未必闭得上眼睛吧,对于自己弄成的这种局面,恐怕只有无话可说了,对于他老人家,他的主要感觉是惋惜。

那次悼念的规模那么大,瞻仰遗容时不但我能去,连由他带进革命队伍的他的弟弟、弟媳、妹妹,我们的女儿、女婿都去了,却只是他仍不被允许去。这次他气得简直发了狂,失去了忍耐的能力,在家里骂道:"我革命几十年究竟犯了什么罪?我已经成了贱民了吗?连街道老太太、小姑娘都不如了吗?"他又写信,只此一条,要求去瞻仰遗容,但是仍然被拒绝了。

由此,他的愤怒代替了悲伤。在毛主席刚刚去世几天之后,他就要求外出疗养。

当时哲学社会科学部的领导干部也知道杨述不可能定成敌我矛盾,但是上边没有批,没法正式改结论,在下边就对他宽松一点。他要求工作,就让他到一个研究所里看看稿;他要求自费出去疗养,就也予以同意。"四人帮"倒台的时候,他正在上海,忽听这个喜讯,他高兴得跟着群众走上街头,那年他 63 岁了,又有病。在万众欢腾中间他整挤了一晚,喊口号,跳脚,而且还口占诗二首,其中有两句就是"一片欢腾人海里,老夫聊发旧时狂",这是真情实象。

他本来可以马上回来工作了,那时候精神体力都还过得去。但是还不行。多年的冤假错案积压如山,他的问题由于是过去的"中央"画过圈的,别人无权去动,就又拖了两年。这两年才是他最痛苦的时候,"四人帮"统治时得下的心血管病转化成了脑血管病——脑血栓。这个病是最忌气恼忧烦的,可是一些同难难友陆续得到解放了,只有他还是挂着,老是挂着。他心急得要死。他万万想不到"四人帮"已经垮了,却还不能把他们定的"案"完全否定。这可超出他的思想所能承受的程度。但还是继续拖啊!拖啊!他终于像蜡烛一样,燃烧尽了。到 1978 年 11 月,才好不容易算得到了结论——整整 12 年,受了无法言说的折磨虐待。组织上也花了巨大的人力财力,所得结果是一句:"维持原有结论。"好比绕着地球一周回到原地。

这简直像开玩笑,但是我们这个人间就是有这样残酷的玩笑。杨述为了这一句话,把自己的生命赔了进去。他的病情越来越重,反复发作,脑子已经不好用,步履也艰难了。这时即使想再叫他工作,他也已不能再工作了。就这样,他终于抵挡不住死神的召唤。

为什么?不为任何具体的东西。实际是他只为了要向党证明自己的纯洁,自己的忠心。为了希望党承认他这一点,得不到这一点他就不能活。而我们那些年频频搞运动,就偏偏常要蹂躏这样一些人的孩子似的心。到了十年"文化大革命",索性一概打倒,随便歪歪嘴,批一句话,就把这些人弃之如敝屣,不以为意,好像我们生活在另一个星球上,不论怎么对待人,也不怕人们和他们的思想能插翅飞出天外去。可是这样做的后果是使年轻的后来者觉得,这里完全不重视忠诚,忠诚信仰只会换来乱批乱斗和无穷尽的精神虐待,这叫后来者在抉择道路上的时候怎么会不瞻顾徘徊啊!这局面,才使我们终于不能不幡然改悟,不只搞掉"四人帮",而且必须认识到搞运动整人的做法必须改变。自然,这是题外的话。

他死前的一年半,还挣扎着写些短小的悼文,还去参加听报告,听会,还去要求工作。但是,他已经说不出几句意见来了。过去的"宣传家"姿态完全消失,要叫新认识他的人来看,这人大概不过是个老废物。而他自己还不肯承认,还老和我计议能做什么工作,到哪里去工作,至昏倒的前一天还对我说过:"大夫说过我还能好。"我知道这已不可能,也没有安慰他使他宽心,我们的家庭政治讨论会已经无法举行——他即使在家里也发不了言了。我也就不再同他多谈。他的突然去世才使我感到,自己在最后的时间里实际上也是在虐待他,我自己也同样有罪,虐待了这个老实人。号啕痛哭悔恨锥心都已无济于事。在稍稍静下来之后我才来回想这个老实人的一生——一个真正的悲剧,完全符合于理论上"悲剧"两字定义的悲剧。

我哭,比年轻人失去爱人哭得更厉害,因为这不只是失去一个亲人的悲痛,更可伤痛的是他这一生的经历。为什么我们这时代要发生这种事情,而且发生得这么多?人们常说年老一代与年轻一代间有一条沟,不能互相了解。我要哭着说:年轻人啊,请你们了解一下老年人的悲痛,老年人所付出的牺牲吧!这些老人,而且是老党员,实际是以他们的生命作为代价,换来了今天思想解放的局面的。实际上我们是在踩着他们的血迹向前走啊!你能不承认吗?

导读

韦君宜(1917—2002),原名魏蓁一,湖北建始人。1934 年秋考入北平清华大学哲学系就读,1936 年 5 月加入中国共产党。新中国成立后,历任团中央宣传部副部长、《人民文学》主编、人民文学出版社社长等。主要作品有长篇小说《母与子》,中篇小说《洗礼》,中短篇小说集《女人集》,散文集《似水流年》《故国情》《海上繁华梦》,自传体小说《露沙的路》,长篇回忆录《思痛录》等。

长篇回忆录《思痛录》是继巴金《随想录》之后又一部"说真话"的反思力作。全书从第一篇"抢救失足者"到最后一篇"记周扬",包括缘起和结语,共 17 章 11 万余字。作者以亲历者的口吻,回忆了自延安"抢救运动"至"文革"三十多年间我国的历次政治运动,对长期以来极"左"思想及其所造成的伤害进行了深刻的反思。作品在 1998 年出版后引起了巨大的社会反响,激发了人们反思历史的责任感和使命感,因而被称为"韦君宜现象"。

《当代人的悲剧》主要叙写了韦君宜的丈夫杨述一生大半的生活经历和在历次政治运动中所经历的"无数酸辛和惨苦"。作者以平实的语言记述了杨述由一个才华横溢、思维敏捷、全身心投奔革命的知识分子如何在后来的各种政治运动中渐渐失掉自我,变得迷茫而麻木的过程。韦君宜对丈夫的追忆,实际上早已超出了一般意义上对亲人的伤悼,而是通过一个人的经历揭示出整个民族的悲剧。正如作者在文中明确指出的:"我要写的不是我个人的悲痛,那是次要的。我要写的是一个人。这个人在十年浩劫中间受了苦,挨了打,挨了斗,这还算是大家共同的经历。"作者将浓烈的真情和深刻的反思寓于朴素平实的叙说中,给人以震撼心灵的力量。作为党内几次运动的受害者,韦君宜写出了挨整的切肤之痛;同时作为运动中由受害者变成害人者,韦君宜又对自己的所作所为进行了发自肺腑的深深忏悔:"真正使我感到痛苦的,是一生中所经历的历次运动给我们的党、国家造成的难以挽回的灾难。同时在'左'的思想的影响下,我既是受害者,也成了害人者。这是我尤其追悔莫及的。"

秦 腔

贾平凹

　　山川不同,便风俗区别,风俗区别,便戏剧存异;普天之下人不同貌,剧不同腔,京、豫、晋、越、黄梅、二簧、四川高腔,几十种品类;或问:历史最悠久者,文武最正经者,是非最汹汹者? 曰:秦腔也。正如长处和短处一样突出便见其风格,对待秦腔,爱者便爱得要死,恶者便恶得要命。外地人——尤其是自夸于长江流域的纤秀之士——最害怕秦腔的震撼;评论说得婉转的是:唱得有劲,说得直率的是:大喊大叫。于是,便有柔弱女子,常在戏台下以绒堵耳,又或在平日教训某人:你要不怎么怎么样,今晚让你去看秦腔! 秦腔成了惩罚的代名词。所以,别的剧种可以各省走动,唯秦腔则如秦人一样,死不离窝;严重的乡土观念,也使其离不了窝;可能还在西北几个地方变腔走调的有些市场,却绝对冲不出往东南而去的潼关呢。

　　但是,几百年来,秦腔却没有被淘汰,被沉沦,这使多少人在大惑而不得其解。其解是有的,就在陕西这块土地上。如果是一个南方人,坐车轰轰隆隆往北走,渡过黄河,进入西岸,八百里秦川大地,原来竟是:一抹黄褐的平原;辽阔的地平线上,一处一处用木椽夹打成一尺多宽墙的土屋,粗笨而庄重;冲天而起的白杨,苦楝、紫槐,枝干粗壮如桶,叶却小似铜钱,迎风正反翻覆……你立即就会明白了:这里的地理构造竟与秦腔的旋律惟妙惟肖的统一! 再去接触一下秦人吧,活脱脱的一群秦始皇兵马俑的复出:高个,浓眉,眼和眼间隔略远,手和脚一样粗大,上身又稍稍见长于下身。当他们背着沉重的三角形状的犁铧,赶着山包一样团块组合式的秦川公牛,端着脑袋般大小的耀州瓷碗,蹲在立的卧的石碌碡碌碡上吃着牛肉泡馍,你不禁又要改变起世界观了:啊,这是块多么空旷而实在的土地,在这块土地挖爬滚打的人群是多么"二愣"的民众! 那晚霞烧起的黄昏里,落日在地平线上欲去不去的痛苦的妊娠,五里一村,十里一镇,高音喇叭里传播的秦腔互相交织,冲撞,这秦腔原来是秦川的天籁,地籁,人籁的共鸣啊! 于此,你不渐渐感觉到了南方戏剧的秀而无骨吗? 不深深的懂得秦腔为什么形成和存在而占却时间、空间的位置吗?

　　八百里秦川,以西安为界,咸阳,兴平,武功,周至,凤翔,长武,岐山,宝鸡,两个专区几十个县为西府;三原,泾阳,高陵,户县,合阳,大荔,韩城,白水,一个专区十几个县为东府。秦腔,就源于西府。在西府,民性敦厚,说话多用去声,一律咬字沉重,对话如吵架一样,哭丧又一呼三叹。呼喊远人更是特殊:前声拖十二分地长,末了方极快地道出内容。声韵的发展,使会远道喊人的人都从此有了唱秦腔的天才。老一辈的能唱,小一辈的能唱,男的能唱,女的能唱;唱秦腔成了做人最体面的事,任何一个乡下男女,只有唱秦腔,才有出人头地的可能,大凡有出息的,是个人才的,哪一个何曾未登过台,起码不能吼一阵乱弹呢?!

　　农民是世上最劳苦的人,尤其是在这块平原上,生时落草在黄土炕上,死了被埋在黄土堆下;秦腔是他们大苦中的大乐,当老牛木犁疙瘩绳,在田野已经累得筋疲力尽,立在犁沟里大喊大叫来一段秦腔,那心胸肺腑,关关节节的困乏便一尽儿涤荡净了。秦腔与他们,要和"西凤"白酒,长线辣子,大叶卷烟,牛肉泡馍一样成为生命的五大要素。若与那些年长的农民聊起来,他们想象的伟大的共产主义生活,首先便是这五大要素。他们有的是吃不完的粮食,他们缺的是高超的艺术享受,他们教育自己的子女,不会是那些文豪们讲的,幼年不是祖母讲着动人的迷丽的童话,而是一字一板传授着秦腔。他们大都不识字,但却出奇地能一本一本整套背诵出剧本,虽然那常常是之乎者也的字眼从那一圈胡子的嘴里吐出来十分别扭。有了秦腔,生活便有了乐趣,高兴了,唱"快板",高兴得似被烈性炸药爆炸了一样,要把整个身心粉碎在天空!痛苦了,唱"慢板",揪心裂肠的唱腔却表现了多么有情有味的美来,美给了别人的享受,美也熨平了自己心中愁苦的皱纹。当他们在收获时节的土场上,在月在中天的庄院里大吼大叫唱起来的时候,那种难以想象的狂喜,激动,雄壮,与那些献身于诗歌的文人,与那些有吃有穿却总感空虚的都市人相比,常说的什么伟大的永恒的爱情是多么渺小、有限和虚弱啊!

我曾经在西府走动了两个秋冬,所到之处,村村都有戏班、人人都会清唱。在黎明或者黄昏的时分,一个人独独地到田野里去,远远看着天幕下一个一个山包一样隆起的十三个朝代帝王的陵墓,细细辨认着田埂上,荒草中那一截一截汉唐时期石碑上的残字,高高的土屋上的窗口里就飘出一阵冗长的二胡声,几声雄壮的秦腔叫板,我就痴呆了,感觉到那村口的土尘里,一头叫驴的打滚是那么有力,猛然发现了自己心胸中一股强硬的气魄随同着胳膊上的肌肉疙瘩一起产生了。

每到农闲的夜里,村里就常听到几声锣响:戏班排演开始了。演员们都集合起来,到那古寺庙里去。吹,拉,弹,奏,翻,打,念,唱,提袍甩袖,吹胡瞪眼,古寺庙成了古今真乐府,天地大梨园。导演是老一辈演员,享有绝对权威,演员是一家几口,夫妻同台,父子同台,公公儿媳也同台。按秦川的风俗:父和子不能不有其序,爷和孙却可以无道,弟与哥嫂可以嬉闹无常,兄与弟媳则无正事不能多言。但是,一到台上,秦腔面前人人平等,兄可以拜弟媳为帅为将,子可以将老父绳绑索捆。寺庙里有窗无扇,屋梁上蛛丝结网,夏天蚊虫飞来,成团成团在头上旋转,薰蚊草就墙角燃起,一声唱腔一声咳嗽。冬天里四面透风,柳木疙瘩火当中架起,一出场一脸正经,一下场凑近火堆,热了前怀,凉了后背。排演到什么时候,什么时候都有观众,有抱着二尺长的烟袋的老者,有凳子高、桌子高趴满窗台的孩子。庙里一个跟头未翻起,窗外就哇地一声叫倒好,演员出来骂一声:谁说不好的滚蛋!他们抓住窗台死不滚去,倒要连声讨好:翻得好!翻得好!更有殷勤的,跑回来偷拿了红薯、土豆,在火堆里煨熟给演员作夜餐,赚得进屋里有一个安全位置。排演到三更鸡叫,月儿偏西,演员们散了,孩子们还围了火堆弯腰踢腿,学那一招一式。

一出戏排成了,一人传出,全村振奋,扳着指头盼那上演日期。一年十二个月,正月元宵日,二月龙抬头,三月三,四月四,五月五日过端午,六月六日晒丝绸,七月过半,八月中秋,九月初九,十月一日,再是那腊月五豆,腊八,二十三……月月有节,三月一会,那戏必是上演的。戏台是全村人的共同的事业,宁肯少吃少穿也要筹资积款,买上好的木石,请高强的工匠来修筑。村子富不富,就比这戏台阔不阔。一演出,半下午人就扛凳子去占地位了,未等戏开,台下坐的、站的人头攒拥,台两边阶上立的卧的是一群顽童。那锣鼓就叮叮咣咣地闹台,似乎整个世界要天翻地覆了。各类小吃趁机摆开,一个食摊上一盏马灯,花生,瓜子,糖果,烟卷,油茶,麻花,烧鸡,煎饼,长一声短一声叫卖不绝。锣鼓还在一声儿敲打,大幕只是不拉,演员偶尔从幕边往下望望,下边就喊:开演呀,场子都满了!幕布放下,只说就要出场了,却又叮叮咣咣不停。台下就乱了,后边的喊前边的坐下,前边的喊后边的为什么不说最前边的立着;场外的大声叫着亲朋子女名字,问有坐处没有,场内的锐声回应快进来;有要吃煎饼的喊熟人去买一个,熟人买了站在场外一扬手,"日"地一声隔人头甩去,不偏不倚目标正好;左边的喊右边的踩了他的脚,右边的叫左边的挤了他的腰,一个说:狗年快完了,你还叫啥哩? 一个说:猪年还没到,你便拱开了! 言语伤人,动了手脚;外边的趁机而入,一时四边向里挤,里边向外扛,人的漩涡涌起,如四月的麦田起风,根儿不动,头身一会儿倒西,一会儿倒东,喊声,骂声,哭声一片;有拼命挤将出来的,一出来方觉世界偌大,身体胖肿,但差不多却光了脚,乱了头发。大幕又一挑,站出戏班头儿,大声叫喊要维持秩序;立即就跳出一个两个所谓"二干子"人物来。这类人物多是头脑简单,四肢发达,却十二分忠诚于秦腔,此时便拿了树条儿,哪里人挤,哪里打去,如凶神恶煞一般。人人恨骂这些人,人人又都盼有这些人,叫他们是秦腔宪兵,宪兵者越发忠于职责,虽然彻夜不得看戏,但大家一夜满足了,他们也就满足了一夜。

终于台上锣鼓停了,大幕拉开,角色出场。但不管男的女的,出来偏不面对观众,一律背身掩面,女的就碎步后移,水上漂一样,台下就叫:瞧那腰身,那肩头,一身的戏哟! 是男的就摇那帽翎,一会儿双摇,一会儿单摇,一边上下飞闪,一边纹丝不动,台下便叫:绝了,绝了! 等到那角色儿猛一转身,头一高扬,一声高叫,声如炸雷豁啷啷直从人们头顶碾过,全场一个冷颤,从头到脚,每一个手指尖儿,每一根头发梢儿都麻酥酥的了。如果是演《救裴生》,那慧娘站在台下往下蹲,慢慢地,慢慢地,慧娘蹲下去了,全场人头也矮下去了半尺,等那慧娘往起站,慢慢地,慢慢地,慧娘站起来了,全场人的脖子也全拉长了起来。他们不喜欢看生戏,最欢迎看熟戏,那一腔一调都晓得,哪个演员唱得好,就摇头晃脑跟着唱,哪个演员走了调,台下就有人要纠正。说穿了,看秦腔不为求新鲜,他们只图过过瘾。

在这样的地方,这样的环境,这样的气氛,面对着这样的观众,秦腔是最逞能的,它的艺术的享受,是和拥挤而存在,是有力气而获得的。如果是冬天,那风在刮着,像刀子一样,如果是夏天,人窝里热得如蒸笼一般,但只要不是大雪、冰雹,暴雨,台下的人是不肯撒场的。最可贵的是那些老一辈的秦腔迷,他们没有力气挤在台下,也没有好眼力看清演员,却一溜一排地蹲在戏台两侧的墙根,吸着草烟,慢慢将唱腔品赏。一声叫板,便可以使他们坠入艺术之宫,"听了秦腔,肉酒不香",他们是体会得最深。那些大一点的,脾性野一点的孩子,却占领了戏场周围所有的高空,杨树上,柳树上,槐树上,一个枝杈一个人。他们常常乐而忘了险境,双手鼓掌时竟从树杈上掉下来,掉下来自不会损伤,因为树下是无数的人头,只是招致一顿臭骂罢了。更有一些爬在了场边的麦秸积上,夏天四面来风,好不凉快,冬日就扒个草洞,将身子缩进去,露一个脑袋。也正是有闲阶级享受不了秦腔吧,他们常就瞌睡了,一觉醒来,月在西天,戏毕人散,只好苦笑一声悄然没声儿地溜下来回家敲门去了。

当然,一次秦腔演出,是一次演员亮相,也是一次演员受村人评论的考场。每每角色一出场,台下就一片喊喊喳喳:这是谁的儿子,谁的女子,谁家的媳妇,娘家何处? 于是乎,谁有出息,谁没能耐,一下子就有了定论。有好多村外的人来提亲说媒,总是就在这个时候进行。据说有一媒人将一女子引到台下,相亲台上一个男演员,事先夸口这男的如何俊样,如何能干,但戏演了过半,那男的还未出场,后来终于出来,是个国民党的伪兵,还持枪未走到中台,扮游击队长的演员挥枪一指,"叭"地一声,那伪兵就倒地而死,爬着钻进了后幕。那女子当下哼了一声,闭了嘴,一场亲事自然了了。这是喜中之悲一例。据说还有一例,一个老头在脖子上架了孙孙去看戏,孙孙吵着要回家,老头好说好劝只是不忍半场而去,便破费买了半斤花生,他眼盯着台上,手在下边剥花生,然后一颗一颗扬手煸到孙孙嘴里,但喂着喂着,竟将一颗塞进孙孙鼻孔,吐不出,咽不下,口鼻出血,连夜送到医院动手术,花去了七十元钱。但是,以秦腔引喜的事却不计其数。每个村里,总会有那么个老汉,夜里看戏,第二天必是头一个起床往戏台下跑。戏台下一片石头,砖头,一堆堆瓜子皮,糖果纸,烟屁股,他掀掀这块石头,踢踢那堆尘土,少不了要捡到一角两角甚至三元四元钱币来,或者一只鞋,或者一条手帕。这是村里钻刁人干的营生,而馋嘴的孩子们有的则夜里趁各家锁门之机,去地里摘那香瓜来吃,去谁家院里将桃杏装在背心兜里回来分红。自然少不了有那些青春妙龄的少男少女,则往往在台下混乱之中眼送秋波,或者就悄悄退出,相依相偎到黑黑的渠畔树林子里去了……

秦腔在这块土地上,有着神圣的不可动摇的基础。凡是到这些村庄去下乡,到这些人家去作客,他们最高级的接待是陪着看一场秦腔,实在不逢年过节,他们就会要合家唱一会乱弹,你只能点头称好,不能耻笑,甚至不能有一点不入神的表示。他们一生最崇敬的只有两种人,一是国家领导人,一是当地的秦腔名角。即是在任何地方,这些名角没有在场,只要发现了名角的父母,去商店买油是不必排队的,进饭馆吃饭是会有座位的,就是在半路上挡车,只要喊一声:我是某某的什么,司机也便要嘎地停车。但是,谁要侮辱一下秦腔,他们要争死争活地和你论理,以至大打出手,永远使你记住教训。每每村里过红白丧喜之事,那必是要包一台秦腔的,生儿以秦腔迎接,送葬以秦腔致哀,似乎这个人生的世界,就是秦腔的舞台,人只要在舞台上,生,旦,净,丑,才各显其真性,恶的夸张其丑,善的凸现其美,善的使他们获得了美的教育,恶的也使丑里化作了美的艺术。

广漠旷远的八百里秦川,只有这秦腔,也只能有这秦腔,八百里秦川的劳作农民只有也只能有这秦腔使他们喜怒哀乐。秦人自古是大苦大乐之民众,他们的家乡交响乐除了大喊大叫的秦腔还能有别的吗?

导读

贾平凹(1952—),原名贾平娃,陕西商洛丹凤县人。散文《秦腔》是贾平凹的早期代表作之一,是贾平凹较早地自觉写作的一篇文化散文。这篇散文表现出开放的审美视角,深切的人文关怀,厚重的文化意蕴,恢宏的艺术笔调,使人读来如秦人所喜爱的西凤白酒、长线辣子、大叶卷烟、羊肉泡馍一样,给人味甘而醇美的艺术享受。

作品主要有三个方面的特点:一是叙事视角新颖独特。文章一起首似乎只写秦地孕育的地方戏曲秦腔,但随着作者行文的曲折和情绪的延展,作品的中心逐渐悄悄地转移到了和秦腔有关的秦地山川风貌、风情民俗、秦人生存状态和人格精神的展示上。即作品表面上写的是秦腔,实际上写的是秦地的人,写这里的自然景观、人文景观和人的生命意志、精神风貌,写出了秦腔与秦地之粗犷的山水、"二愣"的民众、沥血的劳作、情感的宣泄等复杂对应的关系,这是这篇散文高于一般写戏曲的文章的精妙之处。二是这篇散文借助阔大的文化视野,不但把一定审美距离中的客观外在世界作为作品全力书写的对象,同时还从历史、文化等层面和高度,以创作主体智性的渗透,去深入挖掘所写对象本身所内蕴的丰富的文化内藏,充分展示其背后的文化积淀,使作品空前地承载了厚重的文化底蕴,从而大大提升了散文的美学品位。三是作品的语言风格既恢宏又精致,通过作者的遣词调句,整个行文内在地呈现出一种平静而又崇高、洒脱而又大气的风范,读来颇具史诗意味且含义深长。

西湖梦

余秋雨

一

西湖的文章实在作得太多了,作的人中又多历代高手,再作下去连自己也觉得愚蠢。但是,虽经多次违避,最后笔头一抖,还是写下了这个俗不可耐的题目。也许是这汪湖水沉浸着某种归结性的意义,我避不开它。

初识西湖,在一把劣质的折扇上。那是一位到过杭州的长辈带到乡间来的。折扇上印着一幅西湖游览图,与现今常见的游览图不同,那上面清楚地画着各种景致,就像一个立体模型。图中一一标明各种景致的幽雅名称,凌驾画幅的总标题是"人间天堂"。乡间儿童很少有图画可看,于是日日逼视,竟烂熟于心。年长之后真到了西湖,如游故地,熟门熟路地踏访着一个陈旧的梦境。

明代正德年间一位日本使臣游西湖后写过这样一首诗:

> 昔年曾见此湖图,
> 不信人间有此湖。
> 今日打从湖上过,
> 画工还欠费工夫。

可见对许多游客来说,西湖即便是初游,也有旧梦重温的味道。这简直成了中国文化中的一个常用意象,摩挲中国文化一久,心头都会有这个湖。

奇怪的是,这个湖游得再多,也不能在心中真切起来。过于玄艳的造化,会产生了一种疏离,无法与它进行家常性的交往。正如家常饮食不宜于排场,可让儿童偎依的奶妈不宜于盛妆,西湖排场太大,妆饰太精,难以叫人长久安驻。大凡风景绝佳处都不宜安家,人与美的关系,竟是如此之蹊跷。

西湖给人以疏离感,还有别一原因。它成名过早,遗迹过密,名位过重,山水亭舍与历史的牵连过多,结果,成了一个象征性物象非常稠厚的所在。游览可以,贴近去却未免吃力。为了摆脱这种感受,有一年夏天,我跳到湖水中游泳,独个儿游了长长一程,算是与它有了触肤之亲。湖水并不凉快,湖底也不深,却软绒绒地不能蹬脚,提醒人们这里有千年的淤积。上岸后一想,我是从宋代的一处胜迹下水,游到一位清人的遗宅终止的,于是,刚刚抚弄过的水波就立即被历史所抽象,几乎有点不真实了。

它贮积了太多的朝代,于是变得没有朝代。它汇聚了太多的方位,于是也就失去了方位。它走向抽象,走向虚幻,像一个收罗备至的博览会,盛大到了缥缈。

二

西湖的盛大,归拢来说,在于它是极复杂的中国文化人格的集合体。

一切宗教都要到这里来参加展览再避世的，也不能忘情于这里的热闹；再苦寂的，也要分享这里的一角秀色。佛教胜迹最多，不必一一列述了，即便是超逸到家了的道家，也占据了一座葛岭。这是湖畔最先迎接黎明的地方，一早就呼唤着繁密的脚印。作为儒将楷模的岳飞，也跻身于湖滨安息，世代张扬着治国平天下的教义。宁静淡泊的国学大师也会与荒诞奇瑰的神话传说相邻而居，各自变成一种可供观瞻的景致。

这就是真正中国化了的宗教。深奥的理义可以幻化成一种热闹的游览方式，与感官玩乐溶成一体。这是真正的达观和"无执"，同时也是真正的浮滑和随意。极大的认真伴和着极大的不认真，最后都皈依于消耗性的感官天地。中国的原始宗教始终没有像西方那样上升为完整严密的人为宗教，而后来的人为宗教也急速地散落于自然界，与自然宗教遥相呼应。背着香袋来到西湖朝拜的善男信女，心中并无多少教义的踪影，眼角却时时关注着桃红柳绿、莼菜醋鱼。是山水走向了宗教？抑或是宗教走向了山水？反正，一切都归之于非常实际、又非常含糊的感官自然。

西方宗教在教义上的完整性和普及性，引出了宗教改革者和反对者们在理性上的完整性和普及性；而中国宗教，不管从顺向还是逆向都激发不了这样的思想习惯。绿绿的西湖水，把来到岸边的各种思想都款款地摇碎，溶成一气，把各色信徒都陶冶成了游客。它波光一闪，嫣然一笑，科学理性精神很难在它身边保持坚挺。也许，我们这个民族，太多的是从西湖出发的游客，太少的是鲁迅笔下的那种过客。过客衣衫破碎，脚下淌血，如此急急地赶路，也在寻找一个生命的湖泊吧？但他如果真走到了西湖边上，定会被万千悠闲的游客看成是乞丐。也许正是为此，鲁迅劝阻郁达夫把家搬到杭州：

> 钱王登假仍如在，
> 伍相随波不可寻，
> 平楚日和僧健硕，
> 小山香满蔽高岑。
> 坟坛冷落将军岳，
> 梅鹤凄凉处士林，
> 何似举家游旷远，
> 风波浩荡足行吟。

他对西湖的口头评语乃是："至于西湖风景，虽然宜人，有吃的地方，也有玩的地方，如果流连忘返，湖光山色，也会消磨人的志气的。如像袁子才一路的人，身上穿一件罗纱大褂，和苏小小认认乡亲，过着飘飘然的生活，也就无聊了。"（川岛：《忆鲁迅先生一九二八年杭州之游》）

然而，多数中国文人的人格结构中，对一个充满象征性和抽象度的西湖，总有很大的向心力。社会理性使命已悄悄抽绎，秀丽山水间散落着才子、隐士，埋藏着身前的孤傲和身后的空名。天大的才华和郁愤，最后都化作供后人游玩的景点。景点，景点，总是景点。

再也读不到传世的檄文，只剩下廊柱上龙飞凤舞的楹联。

再也找不见慷慨的遗恨，只剩下几座既可凭吊也可休息的亭台。

再也不去期待历史的震颤，只有凛然安坐着的万古湖山。

修缮，修缮，再修缮。群塔入云，藤葛如髯，湖水上漂浮着千年藻苔。

三

西湖胜迹中最能让中国文人扬眉吐气的，是白堤和苏堤。两位大诗人、大文豪，不是为了风雅，甚至不是为了文化上的目的，纯粹为了解除当地人民的疾苦，兴修水利，浚湖筑堤，终于在西湖中留下了两条长长的生命堤坝。

清人查容咏苏堤诗云："苏公当日曾筑此，不为游观为民耳。"恰恰是最懂游观的艺术家不愿意把自己的文化形象雕琢成游观物，于是，这样的堤岸便成了西湖间特别显得自然的景物。不知旁人如何，就我而论，游西湖最畅心意的，乃是在微雨的日子，独个儿漫步于苏堤。也没有什么名句逼我吟诵，也没有随后的感慨来强加于我，也没有一尊庄严的塑像压抑我的松快，它始终只是一条自然功能上的长堤，树木也生得平适，鸟鸣也听得自如。这一切都不是东坡学士特意安排的，只是他到这里做了太守，办了一件尽职的好事。就这样，才让我看到一个在美的领域真正卓越到了从容的苏东坡。

但是，就白居易、苏东坡的整体情怀而言，这两道物化了的长堤还是太狭小的存在。他们有他们比较完整的天下意识、宇宙感悟，他们有他们比较硬朗的主体精神、理性思考，在文化品位上，他们是那个时代的峰巅和精英。他们本该在更大的意义上统领一代民族精神，但却仅仅因辞章而入选为一架僵硬机体中的零件，被随处装上拆下，东奔西颠，极偶然地调配到了这个湖边，搞了一下别人也能搞的水利。

也许正是对这类结果的大彻大悟，西湖边又悠悠然站出来一个林和靖。他似乎把什么都看透了，隐居孤山二十年，以梅为妻，以鹤为子，远避官场与市嚣。他的诗写得着实高明，以"疏影横斜水清浅，暗香浮动月黄昏"两句来咏梅，几乎成为千古绝唱。中国古代，隐士多的是，而林和靖凭着梅花、白鹤与诗句，把隐士真正做道地、做漂亮了。在后世文人眼中，白居易、苏东坡固然值得羡慕，却是难以追随的；能够偏偏到杭州西湖来做一位太守，更是一种极偶然、极奇罕的机遇。然而，要追随林和靖却不难，不管有没有他的才分。梅妻鹤子有点烦难，其实也很宽松，林和靖本人也是有妻子和小孩。哪儿找不到几丛花树、几只飞禽呢？在现实社会碰了壁、受了阻，急流勇退，扮作半个林和靖是最容易不过的。

这种自卫和自慰，是中国知识分子的机智，也是中国知识分子的狡黠。不能把志向实现于社会，便躲进一个自然小天地自娱自耗。他们消除了志向，渐渐又把这种消除当作了志向。安贫乐道的达观修养，成了中国文化人格结构中一个宽大的地窖，尽管有浓重的霉味，却是安全而宁静。于是，十年寒窗，博览文史；走到了民族文化的高坡前，与社会交手不了几个回合，便把一切深埋进一座座孤山。

结果，群体性的文化人格日趋黯淡。春去秋来，梅凋鹤老，文化成了一种无目的的浪费，封闭式的道德完善导向了总体上的不道德。文明的突进，也因此被取消，剩下一堆梅瓣、惟羽，像书签一般，夹在民族精神的史册上。

四

与这种黯淡相对照，野泼泼的，另一种人格结构也调皮地挤在西湖岸边凑热闹。

首屈一指者，当然是名妓苏小小。

不管愿意不愿意,这位妓女的资格,要比上述几位名人都老。在后人咏西湖的诗作中,总是有意无意地把苏东坡、岳飞放在这位姑娘后面:"苏小门前花满枝,苏公堤上女当垆";"苏家弱柳犹含媚,岳墓乔松亦抱忠"……就是年代较早一点的白居易,也把自己写成是苏小小的钦仰者:"若解多情寻小小,绿杨深处是苏家";"苏家小女旧知名,杨柳风前别有情"。

如此看来,诗人袁子才镌一小章曰:"钱塘苏小是乡亲",虽为鲁迅所不悦,却也颇可理解的了。

历代吟咏和凭吊苏小小的,当然不乏轻薄文人,但内心厚实的饱学之士也多的是。在我们这样一个国度,一位妓女竟如此尊贵地长久安享景仰,原因是颇为深刻的。

苏小小的形象本身就是一个梦。她很重感情,写下一首《同心歌》曰:"妾乘油壁车,郎跨青骢马。何处结同心,西陵松柏下。"朴朴素素地道尽了青年恋人约会的无限风光。美丽的车,美丽的马,一起飞驶疾驰,完成了一组气韵夺人的情感造像。又传说她在风景胜处偶遇一位穷困书生,便慷慨解囊,赠银百两,助其上京。但是,情人未归,书生已逝,世界没能给她以情感的报偿。她并不因此而郁愤自戕,而是从对情的执著大踏步地迈向对美的执著。她不做姬做妾,勉强去完成一个女人的低下使命,而是要把自己的美色呈之街市,蔑视着精丽的高墙。她不守贞节只守美,直让一个男性的世界围着她无常的喜怒而旋转。最后,重病即将夺走她的生命,她却恬然适然,觉得死于青春华年,倒可给世界留下一个最美的形象。她甚至认为,死神在她十九岁时来访,乃是上天对她的最好成全。

难怪曹聚仁先生要把她说成是茶花女式的唯美主义者。依我看,她比茶花女活得更为潇洒。在她面前,中国历史上其他有文学价值的名妓,都把自己搞得太逼仄了。为了一个负心汉,或为了一个朝廷,颠簸得过于认真。只有她那种颇有哲理感的超逸,才成为中国文人心头一幅秘藏的圣符。

由情至美,始终围绕着生命的主题。苏东坡把美衍化成了诗文和长堤,林和靖把美寄托于梅花与白鹤,而苏小小,则一直把美熨贴着自己的本体生命。她不作太多的物化转换,只是凭借自身,发散出生命意识的微波。

妓女生涯当然是不值得赞颂的,苏小小的意义在于,她构成了与正统人格结构的奇特对峙。再正经的鸿儒高士,在社会品格上可以无可指摘,却常常压抑着自己和别人的生命本体的自然流程。这种结构是那样的宏大和强悍,使生命意识的激流不能不在崇山峻岭的围困中变得恣肆和怪异。这里又一次出现了道德和不道德、人性和非人性、美和丑的悖论:社会污浊中也会隐伏着人性的大合理,而这种大合理的实现方式又常常怪异到正常的人们所难以容忍。反之,社会历史的大光亮,又常常以牺牲人本体的许多重要命题为代价。单向完满的理想状态,多是梦境。人类难以挣脱的一大悲哀,便在这里。

西湖所接纳的另一具可爱的生命是白娘娘。虽然只是传说,在世俗知名度上却远超许多真人,因此在中国人的精神疆域中早就成了一种更宏大的切实存在。人们慷慨地把湖水、断桥、雷峰塔奉献给她。在这一点上,西湖毫无亏损,反而因此而增添了特别明亮的光色。

她是妖,又是仙,但成妖成仙都不心甘。她的理想最平凡也最灿烂:只愿做一个普普通通的人。这个基础命题的提出,在中国文化中具有极大的挑战性。

中国传统思想历来有分割两界的习惯性功能。一个混沌的人世间,利刃一划,或者成为圣、贤、忠、善、德、仁,或者成为奸、恶、邪、丑、逆、凶,前者举入天府,后者沦于地狱。有趣的是,这两者的转化又极为便利。白娘娘做妖做仙都非常容易,麻烦的是,她偏偏看到在天府与地狱之间,还有一块平实的大地,在妖魔和神仙之间,还有一种寻常的动物:人。她的全部灾难,便由此而生。

普通的、自然的、只具备人的意义而不加外饰的人,算得了什么呢? 厚厚一堆二十五史并没有为它留出多少笔墨。于是法海逼白娘娘回归于妖,天庭劝白娘娘上升为仙,而她却拼着生命大声呼喊:人! 人! 人!

她找上了许仙,许仙的木讷和萎顿无法与她的情感强度相对称,她深感失望。她陪伴着一个已经是人而不知人的尊贵的凡夫,不能不陷于寂寞。这种寂寞,是她的悲剧,更是她所向往的人世间的悲剧。可怜的白娘娘,在妖界仙界呼唤人而不能见容,在人间呼唤人也得不到回应。但是,她是决不会舍弃许仙的,是他,使她想做人的欲求变成了现实,她不愿去寻找一个超凡脱俗即已离异了普通状态的人。这是一种深刻的矛盾,她认了,甘愿为了他去万里迢迢盗仙草,甘愿为了他在水漫金山时殊死拼搏。一切都是为了卫护住她刚刚抓住一半的那个"人"字。

在我看来,白娘娘最大的伤心处正在这里,而不是最后被镇于雷峰塔下。她无惧于死,更何惧于镇? 她莫大的遗憾,是终于没能成为一个普通人,雷峰塔只是一个归结性的造型,成为一个民族精神界的怆然象征。

1924 年 9 月,雷峰塔终于倒掉,一批"五四"文化闯将都不禁由衷欢呼,鲁迅更是对之一论再论。这或许能证明,白娘娘和雷峰塔的较量,关系着中国精神文化的决裂和更新? 为此,即便明智如鲁迅,也愿意在一个传说故事的象征意义上深深沉浸。

鲁迅的朋友中,有一个用脑袋撞击过雷峰塔的人,也是一位女性,吟罢"秋风秋雨愁煞人",也在西湖边上安身。

我欠西湖的一笔宿债,是至今未到雷峰塔废墟去看看。据说很不好看,这是意料中的,但总要去看一次。

(选自余秋雨散文集《文明的碎片》,

春风文艺出版社,1994 年 5 月第 1 版)

导读

余秋雨(1946—),浙江余姚人。《西湖梦》收录于《文化苦旅》一书中,1992 年出版。文章分四个部分。第一部分揭示了西湖给人以疏离感的原因,原因有二:一是过于玄艳的造化,无法与之进行家常性的交往;二是成名过早,遗迹过多,名位过重,山水亭舍与历史的牵连太多,因此它太缥缈、太复杂。第二部分揭示了西湖是极复杂的中国文化人格的集合体。西湖的盛大、缥缈给人的疏离感,体现了中华历史文化的沉淀,体现了中国文化人格的负面效应的集合——科学理性精神的化解和消退,社会理性使命的化解和消退。这是对多数中国文人人格结构中的劣根性的揭示。把"各色信徒"都陶冶成了游客,这就是真正中国化了的宗教:深奥的理义可以幻化成热闹的游览方式,与感官玩乐融于一体。第三部分进一步揭示中国文化人格的缺陷。作者以一个现代"介入型"知识分子的良知和使命感,一方面对大文豪白居易、苏东坡造的两堤非但不予以赞扬,反而认为他们身上恰恰体现了中国文人人格的缺陷;另一方面又委婉地批判了那种孤高自傲、宁静淡泊的所谓"隐逸文化",指出了这种独善其身的文化的要害：安贫乐道达观修养，成了中国文化人格结构的宽大地窖，有浓重的霉味，封闭式的道德完善导向了总体上的不道德。第四部分指出了积极意义的中国文化人格的特点及表现。作者不惜笔墨，大写特写妓女苏小小、白蛇娘娘，是因为他们身上体现了与正统文化人格结构格格不入的一面，而这一面恰恰"隐伏着人性的大合理"，她们才是大写的人，活得逍遥自在的人。总之，作者以西湖山水的复杂性来探究中国文人的人格结构的成因，揭示了中国文人的文化人格的深厚历史内涵。

我与地坛

史铁生

一

　　我在好几篇小说中都提到过一座废弃的古园,实际就是地坛。许多年前旅游业还没有开展,园子荒芜冷落得如同一片野地,很少被人记起。

　　地坛离我家很近。或者说我家离地坛很近。总之,只好认为这是缘分。地坛在我出生前四百多年就坐落在那儿了,而自从我的祖母年轻时带着我父亲来到北京,就一直住在离它不远的地方——五十多年间搬过几次家,可搬来搬去总是在它周围,而且是越搬离它越近了。我常觉得这中间有着宿命的味道:仿佛这古园就是为了等我,而历尽沧桑在那儿等待了四百多年。

　　它等待我出生,然后又等待我活到最狂妄的年龄上忽地残废了双腿。四百多年里,它一面剥蚀了古殿檐头浮夸的琉璃,淡褪了门壁上炫耀的朱红,坍圮了一段段高墙又散落了玉砌雕栏,祭坛四周的老柏树愈见苍幽,到处的野草荒藤也都茂盛得自在坦荡。这时候想必我是该来了。十五年前的一个下午,我摇着轮椅进入园中,它为一个失魂落魄的人把一切都准备好了。那时,太阳循着亘古不变的路途正越来越大,也越红。在满园弥漫的沉静光芒中,一个人更容易看到时间,并看见自己的身影。

　　自从那个下午我无意中进了这园子,就再没长久地离开过它。我一下子就理解了它的意图。正如我在一篇小说中所说的:"在人口密聚的城市里,有这样一个宁静的去处,像是上帝的苦心安排。"

　　两条腿残废后的最初几年,我找不到工作,找不到去路,忽然间几乎什么都找不到了,我就摇了轮椅总是到它那儿去,仅为着那儿是可以逃避一个世界的另一个世界。我在那篇小说中写道:"没处可去我便一天到晚耗在这园子里。跟上班下班一样,别人去上班我就摇了轮椅到这儿来。""园子无人看管,上下班时间有些抄近路的人们从园中穿过,园子里活跃一阵,过后便沉寂下来。""园墙在金晃晃的空气中斜切下一溜荫凉,我把轮椅开进去,把椅背放倒,坐着或是躺着,看书或者想事,撅一杈树枝左右拍打,驱赶那些和我一样不明白为什么要来这世上的小昆虫。""蜂儿如一朵小雾稳稳地停在半空;蚂蚁摇头晃脑捋着触须,猛然间想透了什么,转身疾行而去;瓢虫爬得不耐烦了,累了祈祷一回便支开翅膀,忽悠一下升空了;树干上留着一只蝉蜕,寂寞如一间空屋;露水在草叶上滚动,聚集,压弯了草叶轰然坠地摔开万道金光。""满园子都是草木竞相生长弄出的响动,窸窸窣窣窸窸窣窣片刻不息。"这都是真实的记录,园子荒芜但并不衰败。

　　除去几座殿堂我无法进去,除去那座祭坛我不能上去而只能从各个角度张望它,地坛的每一棵树下我都去过,差不多它的每一米草地上都有过我的车轮印。无论是什么季节,什么天气,什么时间,我都在这园子里呆过。有时候呆一会儿就回家,有时候就呆到满地上都亮起月光。记不清都是在它的哪些角落里了,我一连几小时专心致志地想关于死的事,也以同样的耐心和方式想过我为什么要出生。这样想了好几年,最后事情终于弄明白了:一个人,出生了,这就不再是一个可以辩论的问题,而只是上帝交给他的一个事实;上帝在交给我们这件事实的时候,已经顺便保证了它的结果,所以死是一件不必急于求成的事,死是一个必然会降临的节日。这样想过之后我安心多了,眼前的一切不再那么可怕。比如你起早熬夜准备考试的时候,忽然想起有一个长长的假期在前面等待你,你会不会觉得轻松一点?并且庆幸并且感激这样的安排?

剩下的就是怎样活的问题了。这却不是在某一个瞬间就能完全想透的,不是能够一次性解决的事,怕是活多久就要想它多久了,就像是伴你终生的魔鬼或恋人。所以,十五年了,我还是总得到那古园里去,去它的老树下或荒草边或颓墙旁,去默坐,去呆想,去推开耳边的嘈杂理一理纷乱的思绪,去窥看自己的心魂。十五年中,这古园的形体被不能理解它的人肆意雕琢,幸好有些东西是任谁也不能改变它的。譬如祭坛石门中的落日,寂静的光辉平铺的一刻,地上的每一个坎坷都被映照得灿烂;譬如在园中最为落寞的时间,一群雨燕便出来高歌,把天地都叫喊得苍凉;譬如冬天雪地上孩子的脚印,总让人猜想他们是谁,曾在哪儿做过些什么,然后又都到哪儿去了;譬如那些苍黑的古柏,你忧郁的时候它们镇静地站在那儿,你欣喜的时候它们依然镇静地站在那儿,它们没日没夜地站在那儿从你没有出生一直站到这个世界上又没了你的时候;譬如暴雨骤临园中,激起一阵阵灼烈而清纯的草木和泥土的气味,让人想起无数个夏天的事件;譬如秋风忽至,再有一场早霜,落叶或飘摇歌舞或坦然安卧,满园中播散着熨帖而微苦的味道。味道是最说不清楚的,味道不能写只能闻,要你身临其境去闻才能明了。味道甚至是难于记忆的,只有你又闻到它你才能记起它的全部情感和意蕴。所以我常常要到那园子里去。

二

现在我才想到,当年我总是独自跑到地坛去,曾经给母亲出了一个怎样的难题。

她不是那种光会疼爱儿子而不懂得理解儿子的母亲。她知道我心里的苦闷,知道不该阻止我出去走走,知道我要是老呆在家里结果会更糟,但她又担心我一个人在那荒僻的园子里整天都想些什么。我那时脾气坏到极点,经常是发了疯一样地离开家,从那园子里回来又中了魔似的什么话都不说。母亲知道有些事不宜问,便犹犹豫豫地想问而终于不敢问,因为她自己心里也没有答案。她料想我不会愿意她跟我一同去,所以她从未这样要求过,她知道得给我一点独处的时间,得有这样一段过程。她只是不知道这过程得要多久,和这过程的尽头究竟是什么。每次我要动身时,她便无言地帮我准备,帮助我上了轮椅车,看着我摇车拐出小院;这以后她会怎样,当年我不曾想过。

有一回我摇车出了小院,想起一件什么事又返身回来,看见母亲仍站在原地,还是送我走时的姿势,望着我拐出小院去的那处墙角,对我的回来竟一时没有反应。待她再次送我出门的时候,她说:"出去活动活动,去地坛看看书,我说这挺好。"许多年以后我才渐渐听出,母亲这话实际上是自我安慰,是暗自的祷告,是给我的提示,是恳求与嘱咐。只是在她猝然去世之后,我才有余暇设想。当我不在家里的那些漫长的时间,她是怎样心神不定坐卧难宁,兼着痛苦与惊恐与一个母亲最低限度的祈求。现在我可以断定,以她的聪慧和坚忍,在那些空落的白天后的黑夜,在那不眠的黑夜后的白天,她思来想去最后准是对自己说:"反正我不能不让他出去,未来的日子是他自己的,如果他真的要在那园子里出了什么事,这苦难也只好我来承担。"在那段日子里——那是好几年长的一段日子,我想我一定使母亲作过了最坏的准备了,但她从来没有对我说过"你为我想想"。事实上我也真的没为她想过。那时她的儿子还太年轻,还来不及为母亲想,他被命运击昏了头,一心以为自己是世上最不幸的一个,不知道儿子的不幸在母亲那儿总是要加倍的。她有一个长到二十岁上忽然截瘫了的儿子,这是她唯一的儿子;她情愿截瘫的是自己而不是儿子,可这事无法代替;她想,只要儿子能活下去哪怕自己去死呢也行,可她又确信一个人不能仅仅是活着,儿子得有一条路走向自己的幸福;而这条路呢,没有谁能保证她的儿子终于能找到。——这样一个母亲,注定是活得最苦的母亲。

有一次与一个作家朋友聊天,我问他写作的最初动机是什么?他想了一会说:"为我母亲。为了让她骄傲。"我心里一惊,良久无言。回想自己最初写小说的动机,虽不似这位朋友的那般单纯,但如他一样的愿望我也有,且一经细想,发现这愿望也在全部动机中占了很大比重。这位朋友说:"我的动机太低俗了吧?"我光是摇头,心想低俗并不见得低俗,只怕是这愿望过于天真了。他又说:"我那时就是想出名,出了名让别人羡慕我母亲。"我想,他比我坦率。我想,他又比我幸福,因为他的母亲还活着。而且我想,他的母亲也比我的母亲运气好,他的母亲没有一个双腿残废的儿子,否则事情就不这么简单。

在我的头一篇小说发表的时候,在我的小说第一次获奖的那些日子里,我真是多么希望我的母亲还活着。我便又不能在家里呆了,又整天整天独自跑到地坛去,心里是没头没尾的沉郁和哀怨,走遍整个园子却怎么也想不通:母亲为什么就不能再多活两年?为什么在她儿子就快要碰撞开一条路的时候,她却忽然熬不住了?莫非她来此世上只是为了替儿子担忧,却不该分享我的一点点快乐?她匆匆离我去时才只有四十九呀!有那么一会,我甚至对世界对上帝充满了仇恨和厌恶。后来我在一篇题为"合欢树"的文章中写道:"我坐在小公园安静的树林里,闭上眼睛,想,上帝为什么早早地召母亲回去呢?很久很久,迷迷糊糊的我听见了回答:'她心里太苦了,上帝看她受不住了,就召她回去。'我似乎得了一点安慰,睁开眼睛,看见风正从树林里穿过。"小公园,指的也是地坛。

只是到了这时候,纷纭的往事才在我眼前幻现得清晰,母亲的苦难与伟大才在我心中渗透得深彻。上帝的考虑,也许是对的。

摇着轮椅在园中慢慢走,又是雾罩的清晨,又是骄阳高悬的白昼,我只想着一件事:母亲已经不在了。在老柏树旁停下,在草地上在颓墙边停下,又是处处虫鸣的午后,又是鸟儿归巢的傍晚,我心里只默念着一句话:可是母亲已经不在了。把椅背放倒,躺下,似睡非睡挨到日没,坐起来,心神恍惚,呆呆地直坐到古祭坛上落满黑暗然后再渐渐浮起月光,心里才有点明白,母亲不能再来这园中找我了。

曾有过好多回,我在这园子里呆得太久了,母亲就来找我。她来找我又不想让我发觉,只要见我还好好地在这园子里,她就悄悄转身回去,我看见过几次她的背影。我也看见过几回她四处张望的情景,她视力不好,端着眼镜像在寻找海上的一条船,她没看见我时我已经看见她了,待我看见她也看见我了我就不去看她,过一会我再抬头看她就又看见她缓缓离去的背影。我单是无法知道有多少回她没有找到我。有一回我坐在矮树丛中,树丛很密,我看见她没有找到我;她一个人在园子里走,走过我的身旁,走过我经常呆的一些地方,步履茫然又急迫。我不知道她已经找了多久还要找多久,我不知道为什么我决意不喊她——但这绝不是小时候的捉迷藏,这也许是出于长大了的男孩子的倔强或羞涩?但这倔只留给我痛悔,丝毫也没有骄傲。我真想告诫所有长大了的男孩子,千万不要跟母亲来这套倔强,羞涩就更不必,我已经懂了可我已经来不及了。

儿子想使母亲骄傲,这心情毕竟是太真实了,以致使"想出名"这一声名狼藉的念头也多少改变了一点形象。这是个复杂的问题,且不去管它了罢。随着小说获奖的激动逐日暗淡,我开始相信,至少有一点我是想错了:我用纸笔在报刊上碰撞开的一条路,并不就是母亲盼望我找到的那条路。年年月月我都到这园子里来,年年月月我都要想,母亲盼望我找到的那条路到底是什么。母亲生前没给我留下过什么隽永的哲言,或要我恪守的教诲,只是在她去世之后,她艰难的命运,坚忍的意志和毫不张扬的爱,随光阴流转,在我的印象中愈加鲜明深刻。

有一年,十月的风又翻动起安详的落叶,我在园中读书,听见两个散步的老人说:"没想到这园子有这么大。"我放下书,想,这么大一座园子,要在其中找到她的儿子,母亲走过了多少焦灼的路。多年来我头一次意识到,这园中不单是处处都有过我的车辙,有过我的车辙的地方也都有过母亲的脚印。

三

如果以一天中的时间来对应四季,当然春天是早晨,夏天是中午,秋天是黄昏,冬天是夜晚。如果以乐器来对应四季,我想春天应该是小号,夏天是定音鼓,秋天是大提琴,冬天是圆号和长笛。要是以这园子里的声响来对应四季呢?那么,春天是祭坛上空飘浮着的鸽子的哨音,夏天是冗长的蝉歌和杨树叶子哗啦啦地对蝉歌的取笑,秋天是古殿檐头的风铃响,冬天是啄木鸟随意而空旷的啄木声。以园中的景物对应四季,春天是一径时而苍白时而黑润的小路,时而明朗时而阴晦的天上摇荡着串串杨花;夏天是一条条耀眼而灼人的石凳,或阴凉而爬满了青苔的石阶,阶下有果皮,阶上有半张被坐皱的报纸;秋天是一座青铜的大钟,在园子的西北角上曾丢弃着一座很大的铜钟,铜钟与这园子一般年纪,浑身挂满绿锈,文字已不清晰;冬天,是林中空地上几只羽毛蓬松的老麻雀。以心绪对应四季呢?春天是卧病的季节,否则人们不易发觉春天的残忍与渴望;夏天,情人们应该在这个季节里失恋,不然就似乎对不起爱情;秋天是从外面买一棵盆花回家的时候,把花搁在阔别了的家中,并且打开窗户把阳光也放进屋里,慢慢回忆慢慢整理一些发过霉的东西;冬天伴着火炉和书,一遍遍坚定不死的决心,写一些并不发出的信。还可以用艺术形式对应四季,这样春天就是一幅画,夏天是一部长篇小说,秋天是一首短歌或诗,冬天是一群雕塑。以梦呢?以梦对应四季呢?春天是树尖上的呼喊,夏天是呼喊中的细雨,秋天是细雨中的土地,冬天是干净的土地上的一只孤零的烟斗。

因为这园子,我常感恩于自己的命运。

我甚至现在就能清楚地看见,一旦有一天我不得不长久地离开它,我会怎样想念它,我会怎样想念它并且梦见它,我会怎样因为不敢想念它而梦也梦不到它。

四

现在让我想想,十五年中坚持到这园子来的人都是谁呢?好像只剩了我和一对老人。

十五年前,这对老人还只能算是中年夫妇,我则货真价实还是个青年。他们总是在薄暮时分来园中散步,我不大弄得清他们是从哪边的园门进来,一般来说他们是逆时针绕这园子走。男人个子很高,肩宽腿长,走起路来目不斜视,胯以上直至脖颈挺直不动;他的妻子攀了他一条胳膊走,也不能使他的上身稍有松懈。女人个子却矮,也不算漂亮,我无端地相信她必出身于家道中衰的名门富族;她攀在丈夫胳膊上像个娇弱的孩子,她向四周观望似总含着恐惧,她轻声与丈夫谈话,见有人走近就立刻怯怯地收住话头。我有时因为他们而想起冉阿让与柯赛特,但这想法并不巩固,他们一望即知是老夫老妻。两个人的穿着都算得上考究,但由于时代的演进,他们的服饰又可以称为古朴了。他们和我一样,到这园子里来几乎是风雨无阻,不过他们比我守时。我什么时间都可能来,他们则一定是在暮色初临的时候。刮风时他们穿了米色风衣,下雨时他们打了黑色的雨伞,夏天他们的衬衫是白色的裤子是黑色的或米色的,冬天他们的呢子大衣又都是黑色的,想必他们只喜欢这三种颜色。他们逆时针绕这园子一周,然后离去。他们走过我身旁时只有男人的脚步响,女人像是贴在高大的丈夫身上跟着漂移。我相信他们一定对我有印象,但是我们没有说过话,我们互相都没有想要接近的表示。十五年中,他们或许注意到一个小伙子进入了中年,我则看着一对令人羡慕的中年情侣不觉中成了两个老人。

曾有过一个热爱唱歌的小伙子,他也是每天都到这园中来,来唱歌,唱了好多年,后来不见了。他的年纪与我相仿,他多半是早晨来,唱半小时或整整唱一个上午,估计在另外的时间里他还得上班。我们经常在祭坛东侧的小路上相遇,我知道他是到东南角的高墙下去唱歌,他一定猜想我去东北角的树林里做什么。我找到我的地方,抽几口烟,便听见他谨慎地整理歌喉了。他反反复复唱那么几首歌。文化革命没过去的时候,他唱"蓝蓝的天上白云飘,白云下面马儿跑……"我老也记不住这歌的名字。文革后,他唱《货郎与小姐》中那首最为流传的咏叹调。"卖布——卖布嘞,卖布——卖布嘞!"我记得这开头的一句他唱得很有声势,在早晨清澈的空气中,货郎跑遍园中的每一个角落去恭维小姐。"我交了好运气,我交了好运气,我为幸福唱歌曲……"然后他就一遍一遍地唱,不让货郎的激情稍减。依我听来,他的技术不算精到,在关键的地方常出差错,但他的嗓子是相当不坏的,而且唱一个上午也听不出一点疲惫。太阳也不疲惫,把大树的影子缩小成一团,把疏忽大意的蚯蚓晒干在小路上。将近中午,我们又在祭坛东侧相遇,他看一看我,我看一看他,他往北去,我往南去。日子久了,我感到我们都有结识的愿望,但似乎都不知如何开口,于是互相注视一下终又都移开目光擦身而过;这样的次数一多,便更不知如何开口了。终于有一天——一个丝毫没有特点的日子,我们互相点了一下头。他说:"你好。"我说:"你好。"他说:"回去啦?"我说:"是,你呢?"他说:"我也该回去了。"我们都放慢脚步(其实我是放慢车速),想再多说几句,但仍然是不知从何说起,这样我们就都走过了对方,又都扭转身子面向对方。他说:"那就再见吧。"我说:"好,再见。"便互相笑笑各走各的路了。但是我们没有再见,那以后,园中再没了他的歌声,我才想到,那天他或许是有意与我道别的,也许他考上了哪家专业的文工团或歌舞团了吧? 真希望他如他歌里所唱的那样,交了好运气。

还有一些人,我还能想起一些常到这园子里来的人。有一个老头,算得一个真正的饮者:他在腰间挂一个扁瓷瓶,瓶里当然装满了酒,常来这园中消磨午后的时光。他在园中四处游逛,如果你不注意你会以为园中有好几个这样的老头,等你看过了他卓尔不群的饮酒情状,你就会相信这是个独一无二的老头。他的衣着过分随便,走路的姿态也不慎重,走上五六十米路便选定一处地方,一只脚踏在石凳上或土埂上或树墩上,解下腰间的酒瓶,解酒瓶的当儿眯起眼睛把一百八十度视角内的景物细细看一遭,然后以迅雷不及掩耳之势倒一大口酒入肚,把酒瓶摇一摇再挂向腰间,平心静气地想一会什么,便走下一个五六十米去。还有一个捕鸟的汉子,那岁月园中人少,鸟却多,他在西北角的树丛中拉一张网,鸟撞在上面,羽毛饯在网眼里便不能自拔。他单等一种过去很多而现在非常罕见的鸟,其它的鸟撞在网上他就把它们摘下来放掉,他说已经有好多年没等到那种罕见的鸟了,他说他再等一年看看到底还有没有那种鸟,结果他又等了好多年。早晨和傍晚,在这园子里可以看见一个中年女工程师,早晨她从北向南穿过这园子去上班,傍晚她从南向北穿过这园子回家。事实上我并不了解她的职业或者学历,但我以为她必是学理工的知识分子,别样的人很难有她那般的素朴并优雅。当她在园子穿行的时刻,四周的树林也仿佛更加幽静,清淡的日光中竟似有悠远的琴声,比如说是那曲《献给艾丽丝》才好。我没有见过她的丈夫,没有见过那个幸运的男人是什么样子,我想象过却想象不出,后来忽然懂了想象不出才好,那个男人最好不要出现。她走出北门回家去,我竟有点担心,担心她会落入厨房,不过,也许她在厨房里劳作的情景更有另外的美吧,当然不能再是《献给艾丽丝》,是个什么曲子呢? 还有一个人,是我的朋友,他是个最有天赋的长跑家,但他被埋没了。他因为在文革中出言不慎而坐了几年牢,出来后好不容易找了个拉板车的工作,样样待遇都不能与别人平等,苦闷极了便练习长跑。那时他总来这园子里跑,我用手表为他计时,他每跑一圈向我招一下手,我就记下一个时间。每次他要环绕这园子跑二十圈,大约两万米。他盼望以他的长跑成绩来获得政治上真正的解放,他以为记者的镜头和文字可以帮他做到这一点。第一年他在春节环城赛上跑了第十五名,他看见前十名的照片都挂了在长安街的新闻橱窗里,于是有了信心。第二年他跑了第四名,可是新闻橱窗里只挂了前三名的照片,他没灰心。第三年他跑了第七名,橱窗里挂前六名的照片,他有点怨自己。第四年他跑了第三名,橱窗里却只挂了第一名的照片。第五年他跑了第一名——他几乎绝望了,橱窗里只有一幅环城赛群众场面的照片。那些年我们俩常一起在这园子里呆到天黑,开怀痛骂,骂完沉默着回家,分手时再互相叮嘱:先别去死,再试着活一活看。现在他已经不跑了,年岁太大了,跑不了那么快了。最后一次参加环城赛,他以三十八岁之龄又得了第一名并破了纪录,有一位专业队的教练对他说:"我要是十年前发现你就好了。"他苦笑一下什么也没说,只在傍晚又来这园中找到我,把这事平静地向我叙说一遍。不见他已有好几年了,现在他和妻子和儿子住在很远的地方。

这些人现在都不到园子里来了,园子里差不多完全换了一批新人。十五年前的旧人,现在就剩我和那对老夫老妻了。有那么一段时间,这老夫老妻中的一个也忽然不来,薄暮时分唯男人独自来散步,步态也明显迟缓了许多,我悬心了很久,怕是那女人出了什么事。幸好过了一个冬天那女人又来了,两个人仍是逆时针绕着园子走,一长一短两个身影恰似钟表的两支指针;女人的头发白了许多,但依旧攀着丈夫的胳膊走得像个孩子。"攀"这个字用得不恰当了,或许可以用"挽"吧,不知有没有兼具这两个意思的字。

五

我也没有忘记一个孩子——一个漂亮而不幸的小姑娘。十五年前的那个下午,我第一次到这园子里来就看见了她,那时她大约三岁,蹲在斋宫西边的小路上捡树上掉落的"小灯笼"。那儿有几棵大栾树,春天开一簇簇细小而稠密的黄花,花落了便结出无数如同三片叶子合抱的小灯笼,小灯笼先是绿色,继而转白,再变黄,成熟了掉落得满地都是。小灯笼精巧得令人爱惜,成年人也不免捡了一个还要捡一个。小姑娘咿咿呀呀地跟自己说着话,一边捡小灯笼;她的嗓音很好,不是她那个年龄所常有的那般尖细,而是很圆润甚或是厚重,也许是因为那个下午园子里太安静了。我奇怪这么小的孩子怎么一个人跑来这园子里?我问她住在哪儿,她随指一下,就喊她的哥哥,沿墙根一带的茂草之中便站起一个七八岁的男孩,朝我望望,看我不像坏人便对他的妹妹说:"我在这儿呢",又伏下身去,他在捉什么虫子。他捉到螳螂,蚂蚱,知了和蜻蜓,来取悦他的妹妹。有那么两三年,我经常在那几棵大栾树下见到他们,兄妹俩总是在一起玩,玩得和睦融洽,都渐渐长大了些。之后有很多年没见到他们。我想他们都在学校里吧,小姑娘也到了上学的年龄,必是告别了孩提时光,没有很多机会来这儿玩了。这事很正常,没理由太搁在心上,若不是有一年我又在园中见到他们,肯定就会慢慢把他们忘记。

那是个礼拜日的上午。那是个晴朗而令人心碎的上午,时隔多年,我竟发现那个漂亮的小姑娘原来是个弱智的孩子。我摇着车到那几棵大栾树下去,恰又是遍地落满了小灯笼的季节;当时我正为一篇小说的结尾所苦,既不知为什么要给它那样一个结尾,又不知何以忽然不想让它有那样一个结尾,于是从家里跑出来,想依靠着园中的镇静,看看是否应该把那篇小说放弃。我刚刚把车停下,就见前面不远处有几个人在戏耍一个少女,作出怪样子来吓她,又喊又笑地追逐她拦截她,少女在几棵大树间惊惶地东跑西躲,却不松手揪卷在怀里的裙裾,两条腿袒露着也似毫无察觉。我看出少女的智力是有些缺陷,却还没看出她是谁。我正要驱车上前为少女解围,就见远处飞快地骑车来了个小伙子,于是那几个戏耍少女的家伙望风而逃。小伙子把自行车支在少女近旁,怒目望着那几个四散逃窜的家伙,一声不吭喘着粗气,脸色如暴雨前的天空一样一会比一会苍白。这时我认出了他们,小伙子和少女就是当年那对小兄妹。我几乎是在心里惊叫了一声,或者是哀号。世上的事常常使上帝的居心变得可疑。小伙子向他的妹妹走去。少女松开了手,裙裾随之垂落了下来,很多很多她捡的小灯笼便洒落了一地,铺散在她脚下。她仍然算得漂亮,但双眸迟滞没有光彩。她呆呆地望那群跑散的家伙,望着极目之处的空寂,凭她的智力绝不可能把这个世界想明白吧?大树下,破碎的阳光星星点点,风把遍地的小灯笼吹得滚动,仿佛喑哑地响着无数小铃铛。哥哥把妹妹扶上自行车后座,带着她无言地回家去了。

无言是对的。要是上帝把漂亮和弱智这两样东西都给了这个小姑娘,就只有无言和回家去是对的。

谁又能把这世界想个明白呢?世上的很多事是不堪说的。你可以抱怨上帝何以要降诸多苦难给这人间,你也可以为消灭种种苦难而奋斗,并为此享有崇高与骄傲,但只要你再多想一步你就会坠入深深的迷茫了:假如世界上没有了苦难,世界还能够存在么?要是没有愚钝,机智还有什么光荣呢?要是没了丑陋,漂亮又怎么维系自己的幸运?要是没有了恶劣和卑下,善良与高尚又将如何界定自己又如何成为美德呢?要是没有了残疾,健全会否因其司空见惯而变得腻烦和乏味呢?我常梦想着在人间彻底消灭残疾,但可以相信,那时将由患病者代替残疾人去承担同样的苦难。如果能够把疾病也全数消灭,那么这份苦难又将由(比如说)相貌丑陋的人去承担了。就算我们连丑陋,连愚昧和卑鄙和一切我们所不喜欢的事物和行为,也都可以统统消灭掉,所有的人都一样健康、漂亮、聪慧、高尚,结果会怎样呢?怕是人间的剧目就全要收场了,一个失去差别的世界将是一条死水,是一块没有感觉没有肥力的沙漠。

看来差别永远是要有的。看来就只好接受苦难——人类的全部剧目需要它,存在的本身需要它。看来上帝又一次对了。

于是就有一个最令人绝望的结论等在这里：由谁去充任那些苦难的角色？又有谁去体现这世间的幸福、骄傲和快乐？只好听凭偶然，是没有道理好讲的。

就命运而言，休论公道。

那么，一切不幸命运的救赎之路在哪里呢？

设若智慧或悟性可以引领我们去找到救赎之路，难道所有的人都能够获得这样的智慧和悟性吗？

我常以为是丑女造就了美人。我常以为是愚氓举出了智者。我常以为是懦夫衬照了英雄。我常以为是众生度化了佛祖。

六

设若有一位园神，他一定早已注意到了，这么多年我在这园里坐着，有时候是轻松快乐的，有时候是沉郁苦闷的，有时候优哉游哉，有时候恓惶落寞，有时候平静而且自信，有时候又软弱，又迷茫。其实总共只有三个问题交替着来骚扰我，来陪伴我。第一个是要不要去死？第二个是为什么活？第三个，我干嘛要写作？

现在让我看看，它们迄今都是怎样编织在一起的吧。

你说，你看穿了死是一件无需乎着急去做的事，是一件无论怎样耽搁也不会错过的事，便决定活下去试试？是的，至少这是很关键的因素。为什么要活下去试试呢？好像仅仅是因为不甘心，机会难得，不试白不试，腿反正是完了，一切仿佛都要完了，但死神很守信用，试一试不会额外再有什么损失。说不定倒有额外的好处呢是不是？我说过，这一来我轻松多了，自由多了。为什么要写作呢？作家是两个被人看重的字，这谁都知道。为了让那个躲在园子深处坐轮椅的人，有朝一日在别人眼里也稍微有点光彩，在众人眼里也能有个位置，哪怕那时再去死呢也就多少说得过去了。开始的时候就是这样想，这不用保密，这些现在不用保密了。

我带着本子和笔，到园中找一个最不为人打扰的角落，偷偷地写。那个爱唱歌的小伙子在不远的地方一直唱。要是有人走过来，我就把本子合上把笔叼在嘴里。我怕写不成反落得尴尬。我很要面子。可是你写成了，而且发表了。人家说我写的还不坏，他们甚至说：真没想到你写得这么好。我心说你们没想到的事还多着呢。我确实有整整一宿高兴得没合眼。我很想让那个唱歌的小伙子知道，因为他的歌也毕竟是唱得不错。我告诉我的长跑家朋友的时候，那个中年女工程师正优雅地在园中穿行；长跑家很激动，他说好吧，我玩命跑，你玩命写。这一来你中了魔了，整天都在想哪一件事可以写，哪一个人可以让你写成小说。是中了魔了，我走到哪儿想到哪儿，在人山人海里只寻找小说，要是有一种小说试剂就好了，见人就滴两滴看他是不是一篇小说，要是有一种小说显影液就好了，把它泼满全世界看看都是哪儿有小说，中了魔了，那时我完全是为了写作活着。结果你又发表了几篇，并且出了一点小名，可这时你越来越感到恐慌。我忽然觉得自己活得像个人质，刚刚有点像个人了却又过了头，像个人质，被一个什么阴谋抓了来当人质，不定哪天被处决，不定哪天就完蛋。你担心要不了多久你就会文思枯竭，那样你就又完了。凭什么我总能写出小说来呢？凭什么那些适合作小说的生活素材就总能送到一个截瘫者跟前来呢？人家满世界跑都有枯竭的危险，而我坐在这园子里凭什么可以一篇接一篇地写呢？你又想到死了。我想见好就收吧。当一名人质实在是太累了太紧张了，太朝不保夕了。我为写作而活下来，要是写作到底不是我应该干的事，我想我再活下去是不是太冒傻气了？你这么想着你却还在绞尽脑汁地想写。我好歹又拧出点水来，从一条快要晒干的毛巾上。恐慌日甚一日，随时可能完蛋的感觉比完蛋本身可怕多了，所谓不怕贼偷就怕贼惦记，我想人不如死了好，不如不出生的好，不如压根儿没有这个世界的好。可你并没有去死。我又想到那是一件不必着急的事。可是不必着急的事并不证明是一件必要拖延的事呀？你总是决定活下来，这说明什么？是的，我还是想活。人为什么活着？因为人想活着，说到底是这么回事，人真正的名字叫做：欲望。可我不怕死，有时候我真的不怕死。有时候，——说对了。不怕死和想去死是两回事，有时候不怕死的人是有的，一生下来就不怕死的人是没有的。我有时候倒是怕活。可是怕活不等于不想活呀？可我为什么还想活呢？因为你还想得到点什么，你觉得你还是可以得到点什么的，比如说爱情，比如说，价值感之类，人真正的名字叫欲望。这不对吗？我不该得到点什么吗？没说不该。可我为什么活得恐慌，就像个人质？后来你明白了，你明白你错了，活着不是为了写作，而写作是为了活着。你明白了这一点是在一个挺滑稽的时刻。那天你又说你不如死了好，你的一个朋友劝你：你不能死，你还得写呢，还有好多好作品等着你去写呢。这时候你忽然明白了，你说：只是因为我活着，我才不得不写作。或者说只是因为你还想活下去，你才不得不写作。是的，这样说过之后我竟然不那么恐慌了。就像你看穿了死之后所得的那份轻松，一个人质报复一场阴谋的最有效的办法是把自己杀死。我看出我得先把我杀死在市场上，那样我就不用参加抢购题材的风潮了。你还写吗？还写。你真的不得不写吗？人都忍不住要为生存找一些牢靠的理由。你不担心你会枯竭了？我不知道，不过我想，活着的问题在死前是完不了的。

这下好了，您不再恐慌了不再是个人质了，您自由了。算了吧你，我怎么可能自由呢？别忘了人真正的名字是：欲望。所以您得知道，消灭恐慌的最有效的办法就是消灭欲望。可是我还知道，消灭人性的最有效的办法也是消灭欲望。那么，是消灭欲望同时也消灭恐慌呢？还是保留欲望同时也保留人生？

我在这园子里坐着，我听见园神告诉我：每一个有激情的演员都难免是一个人质。每一个懂得欣赏的观众都巧妙地粉碎了一场阴谋。每一个乏味的演员都是因为他老以为这戏剧与自己无关。每一个倒霉的观众都是因为他总是坐得离舞台太近了。

我在这园子里坐着，园神成年累月地对我说：孩子，这不是别的，这是你的罪孽和福祉。

七

要是有些事我没说，地坛，你别以为是我忘了，我什么也没忘，但是有些事只适合收藏。不能说，也不能想，却又不能忘。它们不能变成语言，它们无法变成语言，一旦变成语言就不再是它们了。它们是一片朦胧的温馨与寂寥，是一片成熟的希望与绝望，它们的领地只有两处：心与坟墓。比如说邮票，有些是用于寄信的，有些仅仅是为了收藏。

如今我摇着车在这园子里慢慢走，常常有一种感觉，觉得我一个人跑出来已经玩得太久了。有一天我整理我的旧相册，看见一张十几年前我在这园子里照的照片——那个年轻人坐在轮椅上，背后是一棵老柏树，再远处就是那座古祭坛。我便到园子里去找那棵树。我按着照片上的背景找很快就找到了它，按着照片上它枝干的形状找，肯定那就是它。但是它已经死了，而且在它身上缠绕着一条碗口粗的藤萝。有一天我在这园子里碰见一个老太太，她说："哟，你还在这儿哪？"她问我："你母亲还好吗？""您是谁？""你不记得我，我可记得你。有一回你母亲来这儿找你，她问我您看没看见一个摇轮椅的孩子？……"我忽然觉得，我一个人跑到这世界上来玩真是玩得太久了。有一天夜晚，我独自坐在祭坛边的路灯下看书，忽然从那漆黑的祭坛里传出一阵阵唢呐声；四周都是参天古树，方形祭坛占地几百平方米空旷坦荡独对苍天，我看不见那个吹唢呐的人，唯唢呐声在星光寥寥的夜空里低吟高唱，时而悲怆时而欢快，时而缠绵时而苍凉，或许这几个词都不足以形容它，我清清醒醒地听出它响在过去，响在现在，响在未来，回旋飘转亘古不散。

必有一天，我会听见喊我回去。

那时您可以想象一个孩子，他玩累了可他还没玩够呢，心里好些新奇的念头甚至等不及到明天。也可以想象是一个老人，无可置疑地走向他的安息地，走得任劳任怨。还可以想象一对热恋中的情人，互相一次次说"我一刻也不想离开你"，又互相一次次说"时间已经不早了"，时间不早了可我一刻也不想离开你，一刻也不想离开你可时间毕竟是不早了。

我说不好我想不想回去。我说不好是想还是不想，还是无所谓。我说不好我是像那个孩子，还是像那个老人，还是像一个热恋中的情人。很可能是这样：我同时是他们三个。我来的时候是个孩子，他有那么多孩子气的念头所以才哭着喊着闹着要来，他一来一见到这个世界便立刻成了不要命的情人，而对一个情人来说，不管多么漫长的时光也是稍纵即逝，那时他便明白，每一步每一步，其实一步步都是走在回去的路上。当牵牛花初开的时节，葬礼的号角就已吹响。

但是太阳，他每时每刻都是夕阳也都是旭日。当他熄灭着走下山去收尽苍凉残照之际，正是他在另一面燃烧着爬上山巅布散烈烈朝晖之时。那一天，我也将沉静着走下山去，扶着我的拐杖。有一天，在某一处山洼里，势必会跑上来一个欢蹦的孩子，抱着他的玩具。

当然，那不是我。

但是，那不是我吗？

宇宙以其不息的欲望将一个歌舞炼为永恒。这欲望有怎样一个人间的姓名，大可忽略不计。

1989 年 5 月 11 日

1990 年 1 月 7 日改

（选自《上海文学》1991 年第 1 期）

导读

《我与地坛》最初发表在 1991 年第 1 期的《上海文学》上。这篇散文回顾了作者残疾后的心路历程，地坛以其生生不息的自然真意，使作者度过了心理危机，超越了生死，感悟了生命的意义，感悟了母亲的苦难与伟大。地坛是作者永恒的对话者、启示者。文章共分三层：第一层讲的是我终于到了地坛，在遭遇截瘫的沉重打击之后。地坛像个经历了几百年沧桑的老人，仿佛就是为了等待他，给他一个僻静的地方，抚平心灵的创口，又让他在满园弥漫沉静的光芒中，与地坛相互发现、相互唤醒，荒芜破败的地坛依然充满了勃勃生机，作者由此超越了困难和绝望,感悟了生死只是上帝的一种安排,死不必急于求成,死是一种回家的温馨,这些理解使他从自己的不幸中走出来,变得平和宁静。第二层讲的是出没地坛的游人、朋友、亲人,给作者默默传递着人生的温暖、意义、乐趣。一对夫妇在园里每天坚持散步,风雨无阻,让作者看到了爱情的甜蜜;练唱的小伙让人体会到人与人之间的亲近的温馨;美丽却先天弱智的少女让人充满惋惜;失意的长跑家让人思考活着的价值问题,等等。第三层大意是写地坛见证了一位母亲对儿子最博大的爱和最深刻的宽容,由于过晚领会到坚忍而沉默的母爱,儿子陷入了无法挽回的悔恨,多年以后才意识到,地坛不仅碾过了自己的车辙,车碾过的地方也有母亲的脚印。

从深层意蕴上说,《我与地坛》实际上也是作者以往十年创作思想的艺术性总结,概括了他残疾后15年的人生道路和精神探索的艰难历程,是他对生命意义思考的一个精华,表达了他创作中几个关键的思想认识:一、关于命运。他认为当一个人站在现在看未来,仿佛有无数条可能的路在敞开。但站在现在看过去,每个人的生命轨迹都是一条路,一条命定之路。人来到这个世界上时已被投入某种生存境况之中,在命运面前人别无选择。二、世界是建立在差异之上,不幸的意义在于使幸运成为可能。假如世界上没有了苦难,世界还能够存在么?要是没有愚钝,机智还有什么光荣呢?要是没了丑陋,漂亮又怎么维系自己的幸运?要是没有了恶劣和卑下,善良与高尚又将如何界定自己如何成为美德呢?要是没有了残疾,健全会否因其司空见惯而变得腻烦和乏味呢?三、生命的意义就是在于过程。生命的意义就在于你能创造这过程的美好与精彩,生命的价值就在于你能够镇静而又激动地欣赏这过程的美丽与悲壮。由此,史铁生有了一种达观的认识。就是生活虽然是荒诞的,但是人的欲望和梦想是真实的,人有人的尊严,人并不因为厄运而失去尊严。

融入野地（存目）

张 炜

导读

《融入野地》最早刊载于 1993 年《上海文学》第 1 期。

张炜认为作家必须用形象的东西、诗化的东西去逼近、接近他所感悟到的那些思想。在《融入野地》这篇散文中，他明确使用了"野地"这个意象，面对"被肆意修饰过"的城市，作家感到焦灼、恐惧、孤独与陌生，开始逃离城市，融入野地。"野地"在这里不仅是可以皈依的精神家园，而且包容和概括着作者一切的倾诉。智慧的读者便能隐隐约约感受到一种隐藏于作品深处的内蕴，感受到作者的挣扎与坚持的动力。张炜不知疲倦地思索着、寻找着，他"与野地上的一切共存共生，共同经历和承受"。在他眼里，孤独是可怕的，但是当他投入到一片茫茫原野，沉静于一个无声的世界时，他认为放弃自尊更为可怕。在时代的浪潮中，他愿做一棵树，一生抓紧泥土，他拒绝"无根无定的生活，追求着一个简单、真实和落定"。他是一位执着的拓荒者，不断地"跋涉、追赶、询问——野地到底是什么？它在何方？野地是否也包括我浑然苍茫的感觉世界？"在这篇散文中，你能感受到作品所体现出来的那种真切与自然。他的作品不是为了争夺话语的权力，而是真心实在地探索生命形而上的意义，向人们展示真善美存的可能与必然，让困陷在琐碎荒芜苍白中的人们得到滋润与力量。

《融入野地》一文，无论在题材的广度上，还是在思想的深度上，张炜都把握得很好。作品中的语言具有一种极强的流动感和生命质感，那种感情的勃发、诗性的流动，都显示着作者对纯文学的坚守。

一只特立独行的猪

王小波

插队的时候,我喂过猪,也放过牛。假如没有人来管,这两种动物也完全知道该怎样生活。它们会自由自在地闲逛,饥则食渴则饮,春天来临时还要谈谈爱情;这样一来,它们的生活层次很低,完全乏善可陈。人来了以后,给它们的生活做出了安排:每一头牛和每一口猪的生活都有了主题。就它们中的大多数而言,这种生活主题是很悲惨的:前者的主题是干活,后者的主题是长肉。我不认为这有什么可抱怨的,因为我当时的生活也不见得丰富了多少,除了八个样板戏,也没有什么消遣。有极少数的猪和牛,它们的生活另有安排。以猪为例,种猪和母猪除了吃,还有别的事可干。就我所见,它们对这些安排也不大喜欢。种猪的任务是交配,换言之,我们的政策准许它当个花花公子。但是疲惫的种猪往往摆出一种肉猪(肉猪是阉过的)才有的正人君子架势,死活不肯跳到母猪背上去。母猪的任务是生崽儿,但有些母猪却要把猪崽儿吃掉。总的来说,人的安排使猪痛苦不堪。但它们还是接受了:猪总是猪啊。

对生活做种种设置是人特有的品性。不光是设置动物,也设置自己。我们知道,在古希腊有个斯巴达,那里的生活被设置得了无生趣,其目的就是要使男人成为亡命战士,使女人成为生育机器,前者像些斗鸡,后者像些母猪。这两类动物是很特别的,但我以为,它们肯定不喜欢自己的生活。但不喜欢又能怎么样? 人也好,动物也罢,都很难改变自己的命运。

以下谈到的一只猪有些与众不同。我喂猪时,它已经有四五岁了,从名分上说,它是肉猪,但长得又黑又瘦,两眼炯炯有光。这家伙像山羊一样敏捷,一米高的猪栏一跳就过;它还能跳上猪圈的房顶,这一点又像是猫——所以它总是到处游逛,根本就不在圈里呆着。所有喂过猪的知青都把它当宠儿来对待,它也是我的宠儿——因为它只对知青好,容许他们走到三米之内,要是别的人,它早就跑了。它是公的,原本该劁掉。不过你去试试看,哪怕你把劁猪刀藏在身后,它也能嗅出来,朝你瞪大眼睛,噢噢地吼起来。我总是用细米糠熬的粥喂它,等它吃够了以后,才把糠兑到野草里喂别的猪。其他猪看了嫉妒,一起嚷起来。这时候整个猪场一片鬼哭狼嚎,但我和它都不在乎。吃饱了以后,它就跳上房顶去晒太阳,或者模仿各种声音。它会学汽车响、拖拉机响,学得都很像;有时整天不见踪影,我估计它到附近的村寨里找母猪去了。我们这里也有母猪,都关在圈里,被过度的生育搞得走了形,又脏又臭,它对它们不感兴趣;村寨里的母猪好看一些。它有很多精彩的事迹,但我喂猪的时间短,知道得有限,索性就不写了。总而言之,所有喂过猪的知青都喜欢它,喜欢它特立独行的派头儿,还说它活得潇洒。但老乡们就不这么浪漫,他们说,这猪不正经。领导则痛恨它,这一点以后还要谈到。我对它则不止是喜欢——我尊敬它,常常不顾自己虚长十几岁这一现实,把它叫做“猪兄”。如前所述,这位猪兄会模仿各种声音。我想它也学过人说话,但没有学会——假如学会了,我们就可以做倾心之谈。但这不能怪它。人和猪的音色差得太远了。

后来,猪兄学会了汽笛叫,这个本领给它招来了麻烦。我们那里有座糖厂,中午要鸣一次汽笛,让工人换班。我们队下地干活时,听见这次汽笛响就收工回来。我的猪兄每天上午十点钟总要跳到房上学汽笛,地里的人听见它叫就回来——这可比糖厂鸣笛早了一个半小时。坦白地说,这不能全怪猪兄,它毕竟不是锅炉,叫起来和汽笛还有些区别,但老乡们却硬说听不出来。领导上因此开了一个会,把它定成了破坏春耕的坏分子,要对它采取专政手段——会议的精神我已经知道了,但我不为它担忧——因为假如专政是指绳索和杀猪刀的话,那是一点门都没有的。以前的领导也不是没试过,一百人也逮不住它。狗也没用:猪兄跑起来像颗鱼雷,能把狗撞出一丈开外。谁知这回是动了真格的,指导员带了二十几个人,手拿五四式手枪;副指导员带了十几人,手持看青的火枪,分两路在猪场外的空地上兜捕它。这就使我陷入了内心的矛盾:按我和它的交情,我该舞起两把杀猪刀冲出去,和它并肩战斗,但我又觉得这样做太过惊世骇俗——它毕竟是只猪啊;还有一个理由,我不敢对抗领导,我怀疑这才是问题之所在。总之,我在一边看着。猪兄的镇定使我佩服之极:它很冷静地躲在手枪和火枪的连线之内,任凭人喊狗咬,不离那条线。这样,拿手枪的人开火就会把拿火枪的打死,反之亦然;两头同时开火,两头都会被打死。至于它,因为目标小,多半没事。就这样连兜了几个圈子,它找到了一个空子,一头撞出去了;跑得潇洒之极。以后我在甘蔗地里还见过它一次,它长出了獠牙,还认识我,但已不容我走近了。这种冷淡使我痛心,但我也赞成它对心怀叵测的人保持距离。

我已经四十岁了,除了这只猪,还没见过谁敢于如此无视对生活的设置。相反,我倒见过很多想要设置别人生活的人,还有对被设置的生活安之若素的人。因为这个原故,我一直怀念这只特立独行的猪。

(原载《三联生活周刊》1996 年第 11 期)

导读

王小波(1952—1997),学者、作家,出生于北京。1968 年去云南插队,1978 年考入中国人民大学学习商业管理。1984 年至 1988 年在美国匹兹堡大学学习,获硕士学位后回国,曾任教于北京大学和中国人民大学,后辞职专事写作。代表作有长篇小说《时代三部曲》《未来世界》,散文集《我的精神家园——王小波杂文自选集》《理想国与哲人王》《沉默的大多数》,电影文学剧本《东宫·西宫》等。

《一只特立独行的猪》最早刊载于 1996 年《三联生活周刊》第 11 期上。它是王小波散文中极具寓意的一篇。文章讲述的是作者插队时所喂养过的一头与众不同的猪。该猪又黑又瘦,两眼倒是炯炯有光。一米高的猪栏一跳就过,吃饱了还会跳上猪圈的房顶晒晒太阳,学两声汽车、拖拉机叫。这家伙生性好动,圈里呆不住,老跑村寨找漂亮的母猪仔,花花公子般过得潇洒、浪漫。但领导非要安排设定它的生活,觉得这猪不正经,还异常痛恨它。有一回,这猪兄学会了汽笛叫,搅乱了工厂的收工时间,领导为此开会把它定成了破坏春耕的坏分子,要对它实行专政。而这猪兄,面对着二十来个人和些许枪杆子,愣是没发愁,临危不乱,潇洒地冲出重围,过它老兄自个儿乐着的生活去了。作者为什么一直怀念一头猪呢?这是因为这头猪敢于无视乃至反抗人对其生活的设置,它身上有着一般人所没有的

"特立独行"的精神。本文除了对这头猪的"特立独行"精神加以激赏外,还暗批某些人性的劣根(即任意剥夺他人追求自由生活的权利,对他人的精神自由加以桎梏等)。

本文以亲身经历事件入笔,行文生动自然,又用极具表现力的语言刻画了猪的"特立独行",其中不乏辛辣的讽刺。如对一只犯了错误的猪还要开个大会,把它定为破坏春耕分子,并大张旗鼓地采取专政手段。本文的象征手法颇有神来之妙,以一头特立独行的"猪"来象征作者以及那时同境遇的知识分子眼中崇敬的、敢于突破狭隘生活圈域、打破预设常规的"先进分子"。全文风格轻松幽默,却令人深思。

哥德巴赫猜想

徐　迟

"……为革命钻研技术，分明是又红又专，被他们攻击为白专道路。"

——一九七八年两报一刊元旦社论《光明的中国》

一

（数学演算从略）

本文的目的在于证明并改进作者在文献【10】内所提及的全部结果，现在详述如下。

二

以上引自一篇解析数论的论文。这一段引自它的"（一）引言"，提出了这道题。它后面是"（二）几个引理"，充满了各种公式和计算。最后是"（三）结果"，证明了一条定理。这篇论文，极不好懂。即使是著名数学家，如果不是专门研究这一个数学的分支的，也不一定能读懂。但是这篇论文已经得到了国际数学界的公认，誉满天下。它所证明的那条定理，现在世界各国一致地把它命名为"陈氏定理"，因为它的作者姓陈，名景润。他现在是中国科学院数学研究所的研究员。

陈景润是福建人，生于一九三三年。当他降生到这个现实人间时，他的家庭和社会生活并没有对他呈现出玫瑰花朵一般的艳丽色彩。他父亲是邮政局职员，老是跑来跑去。当年如果参加了国民党，就可以飞黄腾达，但是他父亲不肯参加。有的同事说他真是不识时务。他母亲是一个善良的操劳过甚的妇女，一共生了十二个孩子。只活了六个，其中陈景润排行老三。上有哥哥和姐姐；下有弟弟和妹妹。孩子生得多了，就不是双亲所疼爱的儿女了。他们越来越成为父母的累赘——多余的孩子，多余的人。从生下的那一天起，他就像一个被宣布为不受欢迎的人似的，来到了这人世间。

他甚至没有享受过多少童年的快乐。母亲劳苦终日，顾不上爱他。当他记事的时候，酷烈的战争爆发。日本鬼子打进福建省。他还那么小，就提心吊胆过生活。父亲到三元县农村中的一个邮政分局当局长。小小邮局，设在山区一座古寺庙里。这地方曾经是一个革命根据地。但那时候，茂郁山林已成为悲惨世界。所有男子汉都被国民党匪军疯狂屠杀，无一幸存者。连老年的男人也一个都不剩了。剩下的只有妇女。她们的生活特别凄凉。花纱布价钱又太贵了；穿不起衣服，大姑娘都还裸着上体。福州被敌人占领后，逃难进山来的人多起来。这里飞机不来轰炸，山区渐渐有点儿兴旺。却又迁来了一个集中营。深夜里，常有鞭声惨痛地回荡；不时还有杀害烈士的枪声。第二天，那些戴着镣铐出来劳动的人，神色就更阴森了。

陈景润的幼小心灵受到了极大的创伤。他时常被惊慌和迷惘所征服。在家里并没有得到乐趣，在小学里他总是受人欺侮。他觉得自己是一只丑小鸭。不，是人，他还是觉得自己也是一个人。只是他瘦削、弱小。光是这副窝囊样子就不能讨人喜欢。习惯于挨打，从来不讨饶。这更使对方狠狠揍他,而他则更坚韧而有耐力了。他过分敏感,过早地感觉到了旧社会那些人吃人的现象。他被造成了一个内向的人,内向的性格。他独独爱上了数学。不是因为被压,他只是因为爱好数学,演算数学习题占去了他大部分的时间。

当他升入初中的时候,江苏学院从远方的沦陷区搬迁到这个山区来了。那学院里的教授和讲师也到本地初中里来兼点课,多少也能给他们流亡在异地的生活改善一些。这些老师很有学问。有个语文老师水平最高。大家都崇拜他。但陈景润不喜欢语文。他喜欢两个外地的数理老师。外地老师倒也喜欢他。这些老师经常吹什么科学救国一类的话。他不相信科学能救国。但是救国却不可以没有科学,尤其不可以没有数学。而且数学是什么事儿也少不了它的。人们对他歧视,拳打脚踢,只能使他更加更加爱上数学。枯燥无味的代数方程式却使他充满了幸福,成为唯一的乐趣。

十三岁那年,他母亲去世了。是死于肺结核的;从此,儿想亲娘在梦中,而父亲又结了婚,后娘对他就更不如亲娘了。抗战胜利了,他们回到福州。陈景润进了三一中学。毕业后又到英华中学去念高中。那里有个数学老师,曾经是国立清华大学的航空系主任。

三

老师知识渊博,又诲人不倦。他在数学课上,给同学们讲了许多有趣的数学知识。不爱数学的同学都能被他吸引住,爱数学的同学就更不用说了。

数学分两大部分:纯数学和应用数学。纯数学处理数的关系与空间形式。在处理数的关系这部分里,论讨整数性质的一个重要分支,名叫"数论"。十七世纪法国大数学家费马是西方数论的创始人。但是中国古代老早已对数论作出了特殊贡献。《周髀》是最古老的古典数学著作。较早的还有一部《孙子算经》。其中有一条余数定理是中国首创。后来被传到了西方,名为孙子定理,是数论中的一条著名定理。直到明代以前,中国在数论方面是对人类有过较大的贡献的。五世纪的祖冲之算出来的圆周率,比德国人奥托的,早出一千多年。约瑟夫(指斯大林)领导的科学家把月球的一个山谷命名为"祖冲之"。十三世纪下半纪更是中国古代数学的高潮了。南宋大数学家秦九韶原著有《数书九章》。他的联立一次方程式的解法比瑞士大数学家欧拉的解法早出了五百多年。元代大数学家朱世杰,著有《四元玉鉴》。他的多元高次方程的解法,比法国大数学家毕朱,也早出了四百多年。明清以后,中国落后了。然而中国人对于数学好像是特具禀赋的。中国应当出大数学家。中国会出大数学家的。

有一次,老师给这些高中生讲了数论之中一道著名的难题。他说,当初,俄罗斯的彼得大帝建设彼得堡,聘请了一大批欧洲的大科学家。其中,有瑞士大数学家欧拉(他的著作共有八百余种);还有德国的一位中学教师,名叫哥德巴赫,也是数学家。

一七四二年,哥德巴赫发现,每一个大偶数都可以写成两个素数的和。他对许多偶数进行了检验,都说明这是确实的。但是这需要给予证明。因为尚未经过证明,只能称之为猜想。他自己却不能够证明它,就写信请教那赫赫有名的大数学家欧拉,请他来帮忙作出证明。一直到死,欧拉也不能证明它。从此这成了一道难题,吸引了成千上万数学家的注意。两百多年来,多少数学家企图给这个猜想作出证明,都没有成功。

说到这里,教室里成了开了锅的水。那些像初放的花朵一样的青年学生叽叽喳喳地议论起来了。

老师又说,自然科学的皇后是数学。数学的皇冠是数论。哥德巴赫猜想,则是皇冠上的明珠。

同学们都惊讶地瞪大了眼睛。

老师说,你们都知道偶数和奇数。也都知道素数和合数。我们小学三年级就教这些了。这不是最容易的吗?不,这道难题是最难的呢。这道题很难很难。要有谁能够做了出来,不得了,那可不得了呵!

青年人又吵起来了。这有什么不得了。我们来做。我们做得出来。他们夸下了海口。

老师也笑了。他说,"真的,昨天晚上我还作了一个梦呢。我梦见你们中间的有一位同学,他不得了,他证明了哥德巴赫猜想。"

高中生们轰的一声大笑了。

但是陈景润没有笑。他也被老师的话震动了,但是他不能笑。如果他笑了,还会有同学用白眼瞪他的,自从升入高中以后,他越发孤独了。同学们嫌他古怪,嫌他脏,嫌他多病的样子,都不理睬他。他们用蔑视的和讥讽的眼神瞅着他。他成了一个踽踽独行,形单影只,自言自语,孤苦伶仃的畸零人。长空里,一只孤雁。

第二天,又上课了。几个相当用功的学生兴冲冲地给老师送上了几个答题的卷子。他们说,他们已经做出来了,能够证明那个德国人的猜想了。可以多方面地证明它呢。没有什么了不起的。哈!哈!

"你们算了!"老师笑着说,"算了!算了!"

"我们算了,算了。我们算出来了!"

"你们算啦!好啦好啦,我是说,你们算了吧,白费这个力气做什么?你们这些卷子我是看也不会看的,用不着看的。那么容易吗?你们是想骑着自行车到月球上去。"

教室里又爆发出一阵哄堂大笑。那些没有交卷的同学都笑话那几个交了卷的。他们自己也笑了起来,都笑得跺脚,笑破肚子了。唯独陈景润没有笑。他紧结着眉头。他被排除在这一切欢乐之外。

第二年,老师又回清华去了。他现在是北京航空学院副院长。全国航空学会理事长沈元。他早该忘记这两堂数学课了。他怎能知道他被多么深刻地铭刻在学生陈景润的记忆中。老师因为同学多,容易忘记,学生却常常记着自己青年时代的老师。

四

福州解放!那年他高中三年级。因为交不起学费。一九五〇年上半年,他没有上学,在家自学了一个学期。高中没有毕业,但以同等学历报考,他考进了厦门大学。那年,大学里只有数学物理系。读大学二年级时,才有了一个数学组,但只四个学生。到三年级时,有数学系了,系里还是这四个人。因为成绩特别优异,国家又急需培养人才,四个人提前毕了业,而且,立即分配了工作,得到的优待,羡慕熬人。一九五三年秋季,陈景润被分配到了北京!在第×中学当数学老师。这该是多么的幸福了呵!

然而,不然!在厦门大学的时候,他的日子是好过的。同组同系就只四个大学生,倒有四个教授和一个助教指导学习。他是多么饥渴而且贪馋地吸饮于百花丛中,以酿制芬芳馥郁的数学蜜糖呵!学习的成效非常之高。他在抽象的领域里驰骋得多么自由自在!大家有共同的 dx 和 dy 等等之类的数学语言。心心相印,息息相通。三年中间,没有人歧视他,也不受骂挨打了。他很少和人来往,过的是黄金岁月;全身心沉浸在数学的海洋里面。真想不到,那么快,他就毕业了。一想到他将要当老师,在讲台上站立,被几十对锐利而机灵,有时难免受恶作剧的眼睛盯视,他禁不住吓得打颤!

他的猜想立刻就得到了证明。他是完全不适合于当老师的。他那么瘦小和病弱,他的学生却都是高大而且健壮的。他最不善于说话,说多几句就嗓子发痛了。他多么羡慕那些循循善诱的好老师。下了课回到房间里,他叫自己笨蛋。辱骂自己比别人的还厉害得多。他一向不会照顾自己,又不注意营养。积忧成疾,发烧到摄氏三十八度。送进医院一检查,他患有肺结核和腹膜结核症。

这一年内,他住医院六次,做了三次手术。当然他没有能够好好的教书。但他并没有放弃了他的专业。中国科学院不久前出版了华罗庚的名著《堆垒素数论》。刚摆上书店的书架,陈景润就买到了。他一头扎进去了。非常深刻的著作,非常之艰难!可是他钻研了它。住进医院,他还偷偷地避开了医生和护士的耳目,研究它。他那时也认为,这样下去,学校没有理由欢迎他。

他想他也许会失业?又有什么办法呢?好在他节衣缩食,一只牙刷也不买。他从来不随便花一分钱,他积蓄了几乎他的全部收入。他横下心来,失业就回家,还继续搞他的数学研究。积蓄这几个钱是他搞数学的保证。这保证他失了业也还能研究数学的几个钱,就是他的生命;他的生命就是数学。至于积蓄一旦用光了,以后呢?他不知道,那时又该怎么办?这也是难题;也是尚未得到解答的猜想。而这个猜想后来也证明是猜对了的。他的病好不了,中学里后来无法续聘他了。

厦门大学校长来到了北京,在教育部开会。那中学的一位领导遇见了他,谈起来,很不满意,提出了一大堆的意见:你们怎么培养了这样的高材生?

王亚南,厦门大学校长,就是马克思的《资本论》的翻译者,听到意见之后,非常吃惊。他一直认为陈景润是他们学校里最好的学生。他不同意他所听到的意见。他认为这是分配学生的工作时,分配不得当。他同意让陈景润回到厦门大学。

听说他可以回厦门大学数学系了,说也奇怪,陈景润的病也就好转了。而王亚南却安排他在厦大图书馆当管理员,又不让管理图书,只让他专心致志地研究数学。王亚南不愧为政治经济学的批判家,他懂得价值论,懂得人的价值。陈景润也没有辜负了老校长的培养。他果然精深地钻研了华罗庚的《堆垒素数论》和大厚本儿的《数论导引》。陈景润都把它们吃透了。他的这种经历却也并不是没有先例的。

当初,我国老一辈的大数学家、大教育家熊庆来,我国现代数学的引进者,在北京的清华大学执教。三十年代之初,有一个在初中毕业以后就失了学,失了学就完全自学的年青人,寄出了一篇代数方程解法的文章,给了熊庆来。熊庆来一看,就看出了这篇文章中的英姿勃发和奇光异彩。他立刻把它的作者,姓华名罗庚的,请进了清华园来。他安排华罗庚在清华数学系当文书,可以一面自学,一面大量地听课。尔后,派遣华罗庚出国,留学英国剑桥。学成回国,已担任在昆明的云南大学校长的熊庆来又介绍他当联大教授。华罗庚后来再次出国,在美国普林斯顿和依利诺的大学教书。中华人民共和国成立以后,华罗庚马上回国来了,他主持了中国科学院数学研究所的工作。

陈景润在厦门大学图书馆中也很快写出了数论方面的专题文章,文章寄给了中国科学院数学研究所。华罗庚一看文章，就看出了文章中的英姿勃发和奇光异彩，也提出了建议，把陈景润选调到数学研究所来当实习研究员。正是：熊庆来慧眼认罗庚，华罗庚睿目识景润。

一九五六年年底，陈景润再次从南方海滨来到了首都北京。

一九五七年夏天，数学大师熊庆来也从国外重返祖国首都。

这时少年咸集，群贤毕至。当时著名的数学家有熊庆来、华罗庚、张宗燧、闵嗣鹤、吴文俊等等许多明星灿灿；还有新起的一代俊彦，陆启铿、万哲先、王元、越民义、吴方等等，如朝霞烂熳；还有后起之秀，陆汝钤、杨乐、张广厚等等已入北京大学求学。在解析数论、代数数论、涵数论、泛涵分析、几何拓扑学等等的学科之中，已是人才济济，又加上了一个陈景润。人人握灵蛇之珠，家家抱荆山之玉。风靡云蒸，阵容齐整，条件具备了，华罗庚作出了部署。侧重于应用数学，但也要向那皇冠上的明珠，哥德巴赫猜想挺进！

五

要懂得哥德巴赫猜想是怎么一回事？只需把早先在小学三年级里就学到的数学再来温习一下。那些１２３４５，个十百千万的数字，叫做正整数，那些可以被２整除的数，叫做偶数。剩下的那些数，叫做奇数。还有一种数，如２，３，５，７，１１，１３等等，只能被１和它本数，而不能被别的整数整除的，叫做素数。除了１和它本数以外，还能被别的整数整除的，这种数如４，６，８，９，１０，１２等等就叫做合数。一个整数，如能被一个素数所整除，这个素数就叫做这个整数的素因子。如６，就有２和３两个素因子。如３０，就有２，３和５三个素因子。好了，这暂时也就够用了。

一七四二年，哥德巴赫写信给欧拉时，提出了：每个不小于６的偶数都是两个素数之和。例如，６＝３＋３。又如，２４＝１１＋１３等等。有人对一个一个的偶数都进行了这样验算。一直验算到了三亿三千万之数，都表明这是对的。但是更大的数目，更大更大的数目呢？猜想起来也该是对的。猜想应当证明。要证明它却很难很难。

整个十八世纪没有人能证明它。

整个十九世纪也没有人能证明它。

到了二十世纪的二十年代，问题才开始有了点儿进展。

很早以前，人们就想证明，每一个大偶数是两个"素因子不太多的"数之和。他们想这样子来设置包围圈，想由此来逐步、逐步证明哥德巴赫这个命题：一个素数加一个素数（１＋１）是正确的。

一九二〇年，挪威数学家布朗，用一种古老的筛法（这是研究数论的一种方法）证明了：每一个大偶数是两个"素因子都不超九个的"数之和。布朗证明了：九个素因子之积加九个素因子之积，（９＋９），是正确的。这是用了筛法取得的成果。但这样的包围圈还很大，要逐步缩小之。果然，包围圈逐步地缩小了。

一九二四年，数学家拉德马哈尔证明了（７＋７）；一九三二年，数学家爱斯斯尔曼证明了（６＋６）；一九三八年，数学家布赫斯塔勃证明了（５＋５）；一九四〇年，他又证明了（４＋４）。一九五六年，数学家维诺格拉多夫证明了（３＋３）。一九五八年，我国数学家王元又证明了（２＋３）。包围圈越来越小，越接近于（１＋１）了。但是，以上所有证明都有一个弱点，就是其中的两个数没有一个是可以肯定为素数的。

早在一九四八年，匈牙利数学家兰恩易另外设置了一个包围圈。开辟了另一战场，想来证明：每个大偶数都是一个素数和一个"素因子都不超过六个的"数之和。他果然证明了(1+6)。

但是，以后又是十年没有进展。

一九六二年，我国数学家、山东大学讲师潘承洞证明了(1+5)，前进了一步；同年，王元、潘承洞又证明了(1+4)。一九六五年，布赫斯塔勃、维诺格拉多夫和数学家庞皮艾黎都证明了(1+3)。

一九六六年五月，一颗璀璨的讯号弹升上了数学的天空，陈景润在中国科学院的刊物《科学通报》第十七期上宣布他已经证明了(1+2)。

自从陈景润被选调到数学研究所以来，他的才智的蓓蕾一朵朵地烂熳开放了。在圆内整点问题，球内整点问题，华林问题，三维除数问题等等之上，他都改进了中外数学家的结果。单是这一些成果，他那贡献就已经很大了。

但当他已具备了充分依据，他就以惊人的顽强毅力，来向哥德巴赫猜想挺进了。他废寝忘食，昼夜不舍，潜心思考，探测精蕴，进行了大量的运算。一心一意地搞数学，搞得他发呆了。有一次，自己撞在树上，还问是谁撞了他？他把全部心智和理性统通奉献给这道难题的解题上了，他为此而付出了很高的代价。他的两眼深深凹陷了。他的面颊带上了肺结核的红晕。喉头炎严重，他咳嗽不停。腹胀、腹痛，难以忍受。有时已人事不知了，却还记挂着数字和符号。他跋涉在数学的崎岖山路，吃力地迈动步伐。在抽象思维的高原，他向陡峭的巉岩攀登，降下又升登！善意的误会飞入了他的眼帘。无知的嘲讽钻进了他的耳道。他不屑一顾；他未予理睬。他没有时间来分辨；他宁可含垢忍辱。餐霜饮雪，走上去一步就是一步！他气喘不已；汗如雨下。时常感到他支持不下去了。但他还是攀登。用四肢，用指爪。真是艰苦卓绝！多少次上去了摔下来。就是铁鞋，也早该踏破了。人们嘲笑他穿的鞋是破的：硬是通风透气不会得脚气病的一双鞋子。不知多少次发生了可怕的滑坠！几乎粉身碎骨。他无法统计他失败了多少次。他毫不气馁。他总结失败的教训，把失败接起来，焊上去，作登山用的尼龙绳子和金属梯子。吃一堑，长一智。失败一次，前进一步。失败是成功之母；成功由失败堆垒而成。他越过了雪线，到达雪峰和现代冰川，更感缺氧的严重了。多少次坚冰封山，多少次雪崩掩埋！他就像那些征服珠穆朗玛峰的英雄登山运动员，爬呵，爬呵，爬呵！而恶毒的诽谤，恶意的污蔑像变天的乌云和九级狂风。然而热情的支持为他拨开云雾；爱护的阳光又温暖了他。他向着目标，不屈不挠；继续前进，继续攀登。战胜了第一台阶的难以登上的峻峭；出现在难上加难的第二台阶绝壁之前。他只知攀登，在千仞深渊之上；他只管攀登，在无限风光之间。一张又一张的运算稿纸，像漫天大雪似地飞舞，铺满了大地。数字、符号、引理、公式、逻辑、推理，积在楼板上，有三尺深。忽然化为膝下群山，雪莲万千。他终于登上了攀登顶峰的必由之路。登上了(1+2)的台阶。

他证明了这个命题，写出了厚达二百多页的长篇论文。

闵嗣鹤老师给他细心地阅读了论文原稿。检查了又检查，核对了又核对。肯定了，他的证明是正确的，靠得住的。他给陈景润说，去年人家证明(1+3)是用了大型的，高速的电子计算机。而你证明(1+2)却完全靠你自己运算。难怪论文写得长了。太长了，建议他加以简化。

本文第一段最后一句说到的"文献【10】"就是这时他以简报形式，在《科学通报》上宣布的，但只提到了结果，尚未公布他的证明。他当时正修改他的长篇论文。就是在这个当口，突然陈景润被卷入了政治革命的万丈波澜。

六

陈景润在"文化大革命"中受到了最严峻的考验。老一辈的数学家受到了冲击,连中年和年轻的也跑不了。庄严的科学院被骚扰了;热腾腾的实验室冷清清了。日夜的辩论;剧烈的争吵。行动胜于语言;拳头代替舌头。

曾经有人强调了科学工作者要安心工作,钻研学问,迷于专业。陈景润又被认为是这种所谓资产阶级科研路线的"安钻迷"典型。确实他成天钻研学问。不关心政治,是的,但也参加了历次的政治运动。共产党好,国民党坏,这个朴素的道理他非常之分明。数学家的逻辑像钢铁一样坚硬;他的立场站得稳。他没有犯过什么错误。在政治历史上,陈景润一身清白。他白得像一只仙鹤。鹤羽上,污点沾不上去,而鹤顶鲜红;两眼也是鲜红的,这大约是他熬夜熬出来的。他曾下厂劳动,也曾用数学来为生产服务,尽管他是从事于数论这一基础理论科学的。但不关心政治,最后政治要来关心他。但是,能不能一推就把他推过敌我界线?能不能将他推进"专政队"里去?尽量摆脱外界的干扰,以专心搞科研又有何罪?

善良的误会,是容易纠正的。无知的嘲讽,也可以谅解的。批判一个数学家,多少总应该知道一些数学的特点。否则,说出了糊涂话来自己还不知道。陈景润被批判了。他被帽子工厂看中了:修正主义苗子,"安钻迷",白专道路典型,白痴,寄生虫,剥削者。就有这样的糊涂话:这个人,研究(1+2)的问题。他搞的是一套人们莫名其妙的数学。让哥德巴赫猜想见鬼去吧!(1+2)有什么了不起!1+2不等于3吗?此人混进数学研究所,领了国家的工资,吃了人民的小米,研究什么1+2=3,什么玩艺儿?!伪科学!

说这话的人才像白痴呢!

并不懂得数学的人说出这样的话,那是可以理解的,可是说这些话的人中间,有的明明是懂得数学,而且是知道哥德巴赫猜想这道世界名题的。那么,这就是恶意的诽谤了。权力使人昏迷了;派性叫人发狂了。

理解一个人是很难的。理解一个数学家也不容易。至于理解一个恶意的诽谤者却很容易,并不困难。只是陈景润发病了,他病重了。铁钢工厂也来光顾了。陈景润听着那些厌恶与侮辱他的,唾沫横飞的,听不清楚的言语。他茫然直视。他两眼发黑,看不到什么了。他像发寒热一样颤抖。一阵阵刺痛的怀疑在他脑中旋转。血痕印上他惨白的面颊。一块青一块黑,一种猝发的疾病临到他的身上。他眩晕,他休克,一个倒栽葱,从上空摔到地上。"资产阶级认为最革命的事件,实际上却是最反革命的事件。果实落到了资产阶级脚下,但它不是从生命树上落下来,而是从知善恶树上落下来的。"(马克思:《雾月十八日》——二)

七

台风的中心是安静的。

过了一段时间,不知是多少天多少月?"专政队"的生活反倒平静无事了。而旋卷在台风里面的人却焦灼着、奔忙着、谋划着、叫嚷着、战斗着,不吃不睡,狂热地保护自己的派性,疯狂地攻击对方的派性。他们忙着打派仗,竟没有时间来顾及他们的那些"专政"对象了。这时有一个老红军,主动出来担当了看守他们的任务。实际是一个热情的支持者,他保护了科学家们,还允许他们偷偷地看书。

待到工人宣传队进驻科学院各所以后,陈景润被释放了,可以回到他自己的小房间里去住了。不但可以读书,也可以运算了。但是总有些人不肯放过了他。每天,他们来敲敲门,来查查户口,弄得他心惊肉跳,不得安身。有一次,带来了克丝钳子;存心不让他看书,把他房间里的电灯铰了下来,拿走了。还不够,把开关拉线也剪断了。

于是黑暗降临他的心房。

但是他还得在黑暗中活下去呵,他买了一只煤油灯。又深怕煤油灯光外露,就在窗子上糊了报纸。他挣扎着生活,简直不成样子。对搞工作的,扣他们工资;搞打砸抢的,反而有补贴。过了这样久心惊肉跳的生活,动辄得咎,他的神经极度衰弱了。工作不能做,书又不敢读。工宣队来问:为什么要搞 $1+1=2$ 以及 $1+2=3$ 呢? 他哭笑不得,张皇失措了。他语无伦次,不知道怎样对师傅们解说才能解释清楚。工人同志觉得这个人奇怪。但是他还是给他们解释清楚了。这 $(1+1)(1+2)$ 只是一个通俗化的说法,并不是日常所说的 $1+1$ 和 $1+2$。好像我们说一个人是纸老虎,并不就是老虎了。弄清楚了之后,工人师傅也生气地说:那些人为什么要胡说? 他们也热情支持他,并保护他了。

"九一三"事件之后,大野心家已经演完了他的角色,下场遗臭万年去了。陈景润听到这个传达之后,吃惊得说不出话来。这时,情况渐渐地好转。可是他却越加成了惊弓之鸟。激烈的阶级斗争使他无所适从。唯一的心灵安慰从来就是数学。他只好到数论的大高原上去隐居起来。现在也允许他这样做,继续向数学求爱了。图书馆的研究员出身的管理员也是他的热情支持者。事实证明,热情的支持者,人数众多。他们对他好,保护他。他被藏在一个小书库的深深的角落里看书。由于这些研究员的坚持,数学研究所继续订购世界各国的文献资料。这样几年,也没有中断过;这是有功劳的。他阅读,他演算,他思考。情绪逐步地振作起来。但是健康状况却越加严重了。他从不说;他也不顾。他又投身于工作。白天在图书馆的小书库一角,夜晚在煤油灯底下,他又在攀登,攀登,攀登了,他要找寻一条一步也不错的最近的登山之途,又是最好走的路程。

敬爱的周总理,一直关心着科学院的工作,腾出手来排除帮派的干扰。半个月之前,有一位周大姐被任命为数学研究所的政治部主任。由解析数论,代数数论等学科组成的五学科室恢复了上下班的制度。还任命了支部书记,是个工农出身的基层老干部,当过第二野战军政治部的政治干事。

到职以后,书记就到处找陈景润。周大姐已经把她所了解的情况告诉了他。但他找不到陈景润。他不在办公室里,办公室里还没有他的办公桌。他已经被人忘记掉了。可是他们会了面,会面在图书馆小书库的一个安静的角上。

刚过国庆,十月的阳光普照。书记还只穿一件衬衣,衰弱的陈景润已经穿上棉袄。

"李书记,谢谢你,"陈景润说,他见人就谢。"很高兴,"他说了一连串的很高兴。他一见面就感到李书记可亲。"很高兴,李书记,我很高兴,李书记,很高兴。"

李书记问他,"下班以后,下午五点半好不好? 我到你屋去看看你。"

陈景润想了一想就答应了,"好,那好,那我下午就在楼门口等你,要不你会找不到的。"

"不,你不要等我,"李书记说,"怎么会找不到呢? 找得到的。完全用不着等的。"

但是陈景润固执地说,"我要等你,我在宿舍大楼门口等你,不然你找不到,你找不到我就不好了。"

　　果然下午他是在宿舍大楼门口等着的。他把李书记等到了,带着他上了三楼,请进了一个小房间。小小房间,只有六平方米大小。这房间还缺了一只角。原来下面二楼是个锅炉房。长方形的大烟囱从他的三楼房间中通过,切去了房间的六分之一。房间是刀把形的。显然它的主人刚刚打扫过清理过这间房了。但还是不太整洁。窗子三槅,糊了报纸,糊得很严实。尽管秋天的阳光非常明丽,屋内光线暗淡得很。纱窗之上,是羊尾巴似的卷起来的窗纱。窗上缠着绳子,关不严。虫子可以飞出飞进。李书记没有想到他住处这样不好。他坐到床上,说:"你床上还挺干净!"

　　"新买了床单。刚买来的床单,"陈景润说,"你要来看看我。我特地去买了床单,"指着光亮雪白的蓝格子花纹的床单。"谢谢你,李书记,我很高兴,很久很久了,没有人来看望……看望过我了。"他说,声音颤抖起来。这里面带着泪音。霎时间李书记感到他被这声音震撼起来。满腔怒火燃烧。这个党的工作者从来没有这样激动过。不像话;太不像话了!这房间里还没有桌子。六平方米的小屋,竟然空如旷野。一捆捆的稿纸从屋角两只麻袋中探头探脑地露出脸来,只有四叶暖气片的暖气上放着一只饭盒,一堆药瓶,两只暖瓶。连一只矮凳子也没有。怎么还有一只煤油灯?他发现了,原来房间里没有电灯。"怎么?"他问,"没有电灯?"

　　"不要灯,"他回答,"要灯不好。要灯麻烦。这栋大楼里,用电炉的人家很多。电线负荷太重,常常要检查线路,一家家的都要查到。但是他们从来不查我。我没有灯,也没有电线。要灯不好,要灯添麻烦了。"说着他凄然一笑。

　　"可是你要做工作。没有灯,你怎么做工作?说是你工作得很好。"

　　"哪里哪里,我就在煤油灯下工作;那,一样工作。"

　　"桌子呢?你怎么没有桌子?"

　　陈景润随手把新床单连同褥子一起翻了起来,露出了床板,指着说,"这不是?这样也就可以工作了。"

　　李书记皱起了眉头,咬牙切齿了。他心中想着:"唔,竟有这样的事?在中关村,在科学院呢。糟蹋人呵,糟蹋科学!被糟蹋成了这个状态。"一边这样想,一边又指着羊尾巴似的窗纱问道,"你不用蚊帐?不怕蚊虫咬?"

　　"晚上不开灯,蚊子不会进来。夏天我尽量不在房间里耽着。现在蚊子少了。"

　　"给你灯,"李书记加重了语气说,"接上线,再给你桌子,书架,好不好?"

　　"不好不好,不要不要,那不好,我不要,不……不……"

　　李书记回到机关。他找到了比他自己早到了才一个星期的办公室老张主任。主任听他说完后,认为这一切不可能,"瞎说!怎么会没有灯呢?"李书记给他描绘了小房间的寂寞风光。那些身上长刺头上长角的人把科学院搅得这样!立刻找来了电工。电工马上去装灯。灯装上了,开关线也接上了。一拉,灯亮了。陈景润已经俯伏在一张桌子之上,写起来了。

　　光明回到陈景润的心房。

八

　　他写着,写着。(数学演算从略)

　　何等动人的一页又一页篇章!这些是人类思维的花朵。这些是空谷幽兰、高寒杜鹃、老林中的人参、冰山上的雪莲、绝顶上的灵芝、抽象思维的牡丹。这些数学的公式也是一种世界语言。学会这种语言就懂得它了。这里面贯穿着最严密的逻辑和自然辩证法。它是在探索太阳系、银河系、河外系和宇宙的秘密,原子、电子、粒子、层子的奥妙中产生的。但是能升登到这样高深的数学领域去的人,一般地说,并不很多。

且让我们这样稍稍窥视一下彼岸彼土。那里似有美丽多姿的白鹤在飞翔舞蹈。你看那玉羽雪白,雪白得不沾一点尘土;而鹤顶鲜红,而且鹤眼也是鲜红的。他蹒跚徘徊,一飞千里。还有乐园鸟飞翔,有鸾凤和鸣,姣妙、娟丽,变态无穷。在深邃的数学领域里,散魂而荡目,迷不知其所之。

闵嗣鹤老师却能够品味它,欣赏它,观察它的崇高瑰丽。他当时说过,"陈景润的工作,最近好极了。他已经把哥德巴赫猜想的那篇论文写出来了。我已经看到了,写得极好。"

"你的论文写出来了,"一位军代表问陈景润,"为什么不拿出来?"陈景润回答他:"正做正做,没有做完。"军代表说,"希望你早日完成。"

室里的领导老田对李书记说,"可以动员动员他,让他拿出来。但也不急。他不拿出来,自然有他的道理的。"

李书记问了问他,陈景润说,"有人还在骂我,说我不交论文是因为现在没有稿费了。说是恢复了稿费我就会交了。"李书记追了他一句,"谁这样说你?"他回答,"你不要问了。谢谢你,你可别去问呵! 问了我更麻烦了。没有稿费,谢天谢地。我不要稿费。我压根儿也没有想到它。那个稿子我还在做。我确实没有做完。"

九

"我确实还没有做完。我的论文是做完了,又是没有做完的。自从我到数学研究所以来,在严师、名家和组织的培养、教育、熏陶下,我是一个劲儿钻研。怎么还能干别的事? 不这样怎么对得起党? 在世界数学的数论方面三十多道难题中,我攻下了六七道难题,推进了它们的解决。这是我的必不可少的锻炼和必不可少的准备。然后我才能向哥德巴赫猜想挺进。为此,我已经耗尽了我的心血。

"一九六五年,我初步达到了(1+2)。但是我的解答太复杂了,写了两百多页的稿子。数学论文的要求是(一) 正确性;(二) 简洁性。譬如从北京城里走到颐和园那样,可有许多条路,要选择一条最准确无错误,又最短最好的道路。我那个长篇论文是没有错误,但走了远路,绕了点儿道,长达两百多页,也还没有发表。国外没有承认它,也没有否认它,因为它没有发表。从那年到今天已经过去了七年。

"这个事是比较困难的,也是难于被人理解的。从学习外语来说,我是在中学里就学了英语,在大学里学的俄语;在所里又自学了德语和法语。我勉强可以阅读而且写写了。又自学了日语,意大利语和西班牙语,到了勉强可以阅读外国资料和文献的程度。因而在借鉴国外的经验和成就时,可以从原文阅读,用不着等人翻译出来了再读。这是必不可少的一个条件。我必须检阅外国资料的尽可能的全部总和,消化前人智慧的尽可能不缺的全部的果实。而后我才能在这样的基础上解答(1+2)这样的命题。

"我的成果又必须表现在这样的一篇论文中,虽然是专业性质的论文,文字是比较简单的;尽管是相对地严密的,又必须是绝对地精确的。若干地方就是属于哲学领域的了。所以我考虑了又考虑,计算了又计算,核对了又核对,改了又改,改个没完。我不记得我究竟改了多少遍? 科学的态度应当是最严格的,必须是最严格的。

"我知道我的病早已严重起来。我是病入膏肓了。细菌在吞噬我的肺腑内脏。我的心力已到了衰竭的地步。我的身体确实支持不了啦! 唯独我的脑细胞是异常的活跃,所以我的工作停不下来。我不能停止。……"

十

一九七三年二月,春节来临。

早一天,数学研究所的周大姐说,佳节前后,要特别关心一下病号。她说:"那些老八路的作风,那些过去部队里形成的作风,我们千万不能丢掉。尤其像陈景润那样的同志,要关心他,他很顽强。他病得起不来了,但又没有起不来的时候。在任何情况下挣扎起来,他坚持工作。他为什么? 他为谁? 为他自己吗? 为他自己,早就不干了。不是,他是为人民,为党工作。我们要去慰问他。也要慰问单位里所有的病人。"

其实,外表看来魁梧,说话声音洪亮的周大姐自己也是一个力疾从公,患有心脏病,应当受到慰问的人。

大年初一早晨,周大姐和几个书记,包括李书记,一行数人,把头天买好了的苹果、梨子装进一些塑料网线袋子。若干袋子大家分头提了,然后举步出发,慰问病人。他们先到陈景润那里。他住得最近。

陈景润正从楼梯上走下来。大家招呼他。他很惊讶,来了这许多的领导同志。周大姐说,"过春节,我们看你来了,你的病好点了吧。"李书记也说,"新年好,给你贺新年。"陈景润说,"噢,今天是新年了呵? 我很高兴,谢谢你们,谢谢你们。新年好,你们好。"李书记说,"到你屋里去坐坐吧。""不,不行,"陈景润说,"你没有先给我打招呼,不能进去。"周大姐沉吟了一下,说"好吧,我们就不去了。李书记,你给他送水果上楼吧。我们还上别家去,你回头再赶上我们好了。"李书记说,"好。"周大姐和陈景润握手,并祝他早日恢复健康,然后转过身走了。李书记把水果袋递给陈景润说:"春节了。这是组织上送给你的。希望你在新的一年里,多给党做点工作。""不要水果,不要水果,"陈景润推却了,"我很好,我没有病,没有什么……这点点病,呃……呃,谢谢你,我很高兴。"说着说着他收下了水果。李书记说,"上你屋聊聊?"他又张手拦住,"不,不要进屋,你没有给我打招呼。"

李书记说,"那好,我不上去了。你有什么事,随时告诉我。我也得去追上他们,到别家去看望看望。"于是握手作别,他返身走,刚走两步,后面又叫"李书记,李书记!"陈景润又追过来,把水果袋子给了李书记,并说,"给你家的小孩吃吧。我吃不了这多。我是不吃水果的。"李书记说,"这是组织上给你的,不过表示表示,一点点的心意罢了。要你好好保养身体,可以更好地工作。你收下吧,吃不下,你慢慢地吃吧。"

他默然收下了。他噙着泪送李书记到大楼门口。李书记扬手走了,赶上了周大姐他们的行列。陈景润望着李书记的背影,凝望着周大姐一行人的背影模糊地消失在中关村路林阴道旁的切面铺子后面了。突然间,他激动万分。他回上楼,见人就讲,并且没有人他也讲。"从来所领导没有把我当作病号对待,这是头一次,从来没有人带了东西来看望我的病,这是头一次。"他举起了塑料袋,端详它,说,"这是水果,我吃到了水果,这是头一次。"

他飞快地进了小屋,一下子把自己反锁在里面了。

他没有再出来。直到春节过去了,有一天上班,陈景润把一叠手稿交给了李书记,说:

"这是我的论文。我把它交给党。"

李书记看看他,又轻声问他:"是那个(1+2)?"

"是的,闵老师已看过,不会有错误的,"陈景润说。

数学研究所立即组织了一次小型的学术报告会。十几位专家,听了陈景润的报告,一致给以高度评价。然后,数学研究所业务处将他的论文上报院部。

十一

显见,我们有(28)。

由(28)式、引理 8 和引理 9,即得到定理 1 的证明。

完全类似的方法可得到定理 2 的证明。

以上就是陈景润的著名论文:《大偶数表为一个素数及一个不超过二个素数的乘积之和》的"(三) 结果"。作为结果的定理就是那个"陈氏定理"。

四月中的一天,中国科学院在三里河工人俱乐部召开全院党员干部大会。武衡同志在会上作报告。他说到数学研究所的一位中级的研究员作出了世界水平的重大成果。当时没说人名,听到了,还不知说谁? 李书记在座中,捅了一下旁边的人。"干什么?"那人说。他问,"你听到没有?""怎么啦?"那人又说。"这活儿是陈景润做出来的呵!""噢? 还这么重要?"那人说。"这是世界名题,真不简单!"

第二天,新华社记者来访。他见到了陈景润,谈了话,进他房间看了看。回去就写出一篇报道,立即在内部刊物上发表。其中,说到了陈景润的经历;他刻苦钻研的精神;重大的科研成果以及他现在还住在一间烟熏火烤的小房间里。生活条件很差! 疾病严重!! 生命垂危!!!

毛主席看到了这篇报道,立即作出了指示。

当天深夜,武衡同志走进了陈景润的小房间。

他当即被送进医院,由首都医院内科主任和卫生部一位副部长给他作了全面的身体检查。他患有多种疾病。他们要他立即住院疗养,他不肯。于是,向他传达了毛主席的指示。

他一共住院一年半。

在住院期间,敬爱的周总理曾亲自安排了陈景润的全国人民代表席位。在第四届全国人民代表大会上,陈景润见到了周总理,并和周总理在一个小组里开会。人代会期间,当他得知总理的病时,当场哭了起来,几夜睡不着觉。大会后,他仍回医院治疗。

当他出院的时候,医院的诊断书上写着:

"经住院治疗后,一般情况较好。精神改善;体温正常。体重增加十斤;饮食睡眠好转。腹痛腹胀消失;两肺未见活动性病灶。心电图正常;脑电图正常。肝肾功能正常;血沉及血象正常。"

早在他的论文发表时,西方记者迅即获悉,电讯传遍全球。国际上的反响非常强烈。英国数学家哈勃斯丹和西德数学家李希特的著作《筛法》正在印刷所校印。他们见到了陈景润的论文立即要求暂不付印，并在这部书里加添了一章，第十一章："陈氏定理"。他们誉之为筛法的"光辉的顶点"。在国外的数学出版物上，诸如"杰出的成就"、"辉煌的定理"，等等，不胜枚举。一个英国数学家给他的信里还说，"你移动了群山！"

真是愚公一般的精神呵！

或问：这个陈氏定理有什么用处呢？它在哪些范围内有用呢？

大凡科学成就有这样两种：一种是经济价值明显，可以用多少万，多少亿人民币来精确地计算出价值来的，叫做"有价之宝"；另一种成就是在宏观世界、微观世界、宇宙天体、基本粒子、经济建设、国防科研、自然科学、辩证唯物主义哲学等等等等之中有这种那种作用，其经济价值无从估计，无法估计，没有数字可能计算的，叫做"无价之宝"，例如，这个陈氏定理就是。

现在，离开皇冠上的明珠，只有一步之遥了。

但这是最难的一步。且看明珠归于谁之手吧！

十二

陈景润曾经是一个传奇式的人物。关于他，传说纷纭，莫衷一是。有善意的误解、无知的嘲讽、恶意的诽谤、热情的支持，都可以使得这个人扭曲、变形、砸烂或扩张放大。理解人不容易；理解这个数学家更难。他特殊敏感，过于早熟、极为神经质、思想高度集中。外来和自我的肉体与精神的折磨和迫害使得他试图逃出于世界之外。他相当成功地逃避在纯数学之中，但还是藏匿不了。纯数学毕竟是非常现实的材料的反映。"这些材料以极度抽象的形式出现，这只能在表面上掩盖它起源于外部世界的事实。"(恩格斯)陈景润通过数学的道路，认识了客观世界的必然规律。他在诚实的数学探索中，逐步地接受了辩证唯物论的世界观。没有一定的世界观转变，没有科学院这样的集体和党的关怀，他不可能对哥德巴赫猜想作出这辉煌贡献。被冷酷地逐出世界的人，被热烈的生命召唤了回来。帮派体系打击迫害，更显出党的恩惠温暖。冲击对于他好像是坏事；也是好事，他得到了锻炼而成长了。没有这生活的沉浮，他不可能写得如此成熟而简洁。病人恢复了健康，畸零人成了正常人。正直的人已成为政治的人。多余的人，为国增了光。他进步显著，他坚定抗击了"四人帮"对他的威胁与利诱。无所不用其极地威胁他诬陷邓副主席，他不屈！许以高官厚禄，利诱他向人妖效忠，他不动！真正不简单！数学家的逻辑像钢铁一样坚硬！今后，可以信得过，他不会放松了自己世界观的继续改造。他生下来的时候，并没有玫瑰花，他反而取得成绩，而现在呢？应有所警惕了呢，当美丽的玫瑰花朵微笑时。

导读

徐迟(1914—1996)，原名徐高寿，浙江吴兴人，著名诗人、翻译家和报告文学家。20 世纪 30 年代开始文学创作，主要作品有诗集《二十岁人》《最强音》，散文集《美文集》，小说集《狂欢之夜》，译著《依利阿德选译》《巴黎的陷落》《托尔斯泰传》等。新中国成立后，徐迟开始致力于报告文学的创作，50 年代出版了报告文学集《我们这时代的人》和《庆功宴》，热情讴歌我国社会主义建设事业的伟大成就，如《在高炉上》《汽车上速写》《三门峡通讯》等。60年代以《鱼的神话》《踏遍青山人未老》《祁连山下》《牡丹》等为代表，徐迟开始关注科学和艺术领域的知识分子，注重刻画人物，富有诗情哲理，逐渐形成自己的报告文学风格。真正标志徐迟报告文学成就和地位的是新时期以来的创作。"文革"后，徐迟以满腔的热情率先突破题材"禁区"，创作了一系列反映知识分子生活的报告文学作品，如《地质之光》《哥德巴赫猜想》《生命之树常青》《在湍流的旋涡中》《结晶》《刑天舞干戚》等，在文坛内外都受到极高的评价。2002年报告文学界以他的名义设立了中国报告文学最高奖"徐迟报告文学奖"。

在新时期的报告文学中，徐迟的《哥德巴赫猜想》无论从思想意义还是艺术价值上都具有重要意义。首先，《哥德巴赫猜想》的意义表现在题材的开拓上。70年代末，当知识分子题材仍被视为禁区，无人敢于问津时，徐迟的《哥德巴赫猜想》率先突破"禁区"，以报告文学的形式展示了中国当代科学工作者在社会主义现代化建设中忘我工作、无私奉献的崇高精神品质和人格魅力，被誉为新时期文学的"报春燕子"。其次，《哥德巴赫猜想》的成功体现在对陈景润这一鲜明形象的塑造上，为新时期报告文学的人物塑造提供了最初的成功范例。陈景润是一个众说纷纭而略带传奇色彩的年轻数学家，表面憨直近乎天真，性格内向近乎孤僻，但他热爱科学近乎痴狂，几十年如一日地在极其艰苦的条件下勇攀科学高峰，最终摘取了"哥德巴赫猜想"这颗数学桂冠上的明珠。然而在极"左"思潮的影响下，陈景润曾经备受歧视和歪曲。作者通过深入采访和充分挖掘，真实生动地展现了这位数学天才的本来面目，以简练的文字描述了陈景润在"文革"中的坎坷遭遇，以诗意的语言描绘了他在攀登科学高峰过程中不屈不挠的毅力和沉迷其中的乐趣，以细腻的笔触揭示了他丰富的内心世界和独特的思想性格。第三，《哥德巴赫猜想》的成就更体现在它的艺术魅力上。诗人出身的徐迟抛弃了报告文学严肃呆板的传统写法，把诗歌、小说、散文的表现方法融入报告文学的创作，让诗情、哲理、政论熔于一炉，开创出报告文学丰富多彩、活泼生动的新体式。譬如作者描写陈景润的研究成果时这样写道："这些是人类思维的花朵。这些是空谷幽兰、高寒杜鹃、老林中的人参、冰山上的雪莲、绝顶上的灵芝、抽象思维的牡丹。"作者把丰富的想象、诗意的激情和生动的形象注入本来抽象枯燥的数学领域，把科学瑰丽多彩的一面淋漓尽致地展示了出来。

中国知青梦（存目）

邓 贤

导读

　　邓贤(1953—)，四川成都人。1971年下放到云南国营农场劳动，1982年毕业于云南大学中文系并开始文学创作，著有长篇小说《天堂之门》，长篇纪实文学《大国之魂》《中国知青梦》《日落东方》《流浪金三角》《中国知青终结》等，已出版《邓贤文集》六卷。曾获全国大众电视金鹰奖、全国报告文学奖、首届徐迟文学奖、庄重文文学奖、中国青年图书奖等，部分作品被译成英、日等多种文字在国外出版。

　　《中国知青梦》1992年发表在《当代》第五期，是邓贤"史诗性报告文学"的力作。它的出现打破了90年代初报告文学沉闷停滞的局面，以其震撼人心的力量，在全国引起强烈的反响。这是一部惊心动魄、警示后人的长篇纪实文学，是关于知青悲壮、痛苦而又困惑的历史记录。作者说："这是一本不仅仅属于我个人而是属于全体知青朋友的书。我将它献给我的同龄人，是为了祭奠我们早逝的青春岁月，了却我们共同的一个小小的心愿。"《中国知青梦》描述的是云南橡胶林的兵团知青在返城狂潮中一波三折的历史过程。作品一开始就对"青春无悔"的说法表示质疑，从知青请愿回城的一件件事件出发，在极其悲壮的宏观全景式的扫描中，再现了百人卧轨、千人抬尸、万人下跪的浩大场面，把知青这一群体经历过的幻想、狂热、献身、怀疑、迷茫、失望、愤怒、无可奈何的心理历程淋漓尽致地表现了出来，涌动着一股排山倒海极为悲怆的力量，唱出了一首中国知青运动豪迈雄奇而又痛苦悲凉的挽歌。

　　知青出身的邓贤对历史负有强烈责任感，作品在复原和观照历史时尽量摆脱个人情感的羁绊和泛道德化的义愤，把冷静客观的审视融入其中，使得凝固了的历史因为现代的反思而具有鲜明的当代意识。尽管作品描写的是云南建设兵团的一隅，却能从统摄全局的艺术观照角度全面反省中国的知青运动，其内涵底蕴触及了当时的政治、文化、经济、道德、人性等诸多问题，这些都标志着知青报告文学达到了一个前所未有的深度与广度。作品气势宏大，笔力遒劲，既有冷峻的史笔，也有热烈的诗情和浓重的悲剧意识，具有史诗品格。

戏剧编

白毛女（存目）

贺敬之　丁　毅

导读

　　《白毛女》由延安鲁迅艺术学院集体创作，贺敬之、丁毅执笔，创作于1945年5月，1946年由延安新华书店出版。它是在《讲话》精神指引下，我国新歌剧创作的一座里程碑。

　　全剧5幕16场，是根据流传在晋察冀边区的民间传说"白毛仙姑"的故事创作的。剧本选取典型情节，通过杨白劳、喜儿父女两代人的悲惨遭遇，反映了地主对农民惨无人道的压迫和剥削，愤怒控诉了旧社会的罪恶，热情歌颂了共产党和新社会，形象地揭示了"旧社会把人逼成'鬼'，新社会把'鬼'变成人"的主题。作品以充沛的激情和浪漫主义的手法，在主人公喜儿身上凝聚了我国农民在恶势力压迫下不屈不挠的反抗意志和复仇愿望，使这一形象具有高度的典型性。忠厚、善良的贫苦农民杨白劳及反面人物黄世仁、穆仁智等，也都有鲜明的个性。

　　《白毛女》是熔戏剧、音乐、舞蹈、诗歌于一炉的民族新歌剧。它既学习和继承了民族戏曲、民间诗歌和民间音乐的优良传统，又借鉴、吸收了西洋歌剧、话剧的某些长处，在民族的基础上有所创新和发展。剧情结构紧凑、集中，吸收了传统歌剧的分场方法，但又做到环环相扣、紧密相连。语言洗练，形象鲜明生动，具有浓厚的感情色彩和民族诗歌的音乐味。作品的传奇色彩和浪漫主义笔调使其更具艺术魅力。

茶馆(节录　第一幕)

老　舍

人　物　表

王利发——男。最初与我们见面,他才二十多岁。因父亲早死,他很年轻就作了裕泰茶馆的掌柜。
　　　　　精明,有些自私,而心眼不坏。

唐铁嘴——男。三十来岁。相面为生,吸鸦片。

松二爷——男。三十来岁。胆小而爱说话。

常四爷——男。三十来岁。松二爷的好友,都是裕泰的主顾。正直,体格好。

李　三——男。三十多岁。裕泰的跑堂。勤恳,心眼好。

二德子——男。二十多岁。善扑营当差。

马五爷——男。三十多岁。吃洋教的小恶霸。

刘麻子——男。三十多岁。说媒拉纤,手狠意毒。

康　六——男。四十岁。京郊贫农。

黄胖子——男。四十多岁。流氓头子。

秦仲义——男。王掌柜的房东。在第一幕里二十多岁。阔少,后来成了维新的资本家。

老　人——男。八十二岁。无倚无靠。

乡　妇——女。三十多岁。穷得出卖小女儿。

小　妞——女。十岁。乡妇的女儿。

庞太监——男。四十岁。发财之后,想娶老婆。

小牛儿——男。十多岁。庞太监的书童。

宋恩子——男。二十多岁。老式特务。

吴祥子——男。二十多岁。宋恩子的同事。

康顺子——女。在第一幕中十五岁。康六的女儿。被卖给庞太监为妻。

王淑芬——女。四十来岁。王利发掌柜的妻。比丈夫更公平正直些。

巡　警——男。二十多岁。

报　童——男。十六岁。

康大力——男。十二岁。庞太监买来的义子,后与康顺子相依为命。

老　林——男。三十多岁。逃兵。

老　陈——男。三十岁。逃兵。老林的把弟。

崔久峰——男。四十多岁。作过国会议员,后来修道,住在裕泰附设的公寓里。

军　官——男。三十岁。

王大拴——男。四十岁左右，王掌柜的长子。为人正直。

周秀花——女。四十岁。大拴的妻。

王小花——女。十三岁。大拴的女儿。

丁　宝——女。十七岁。女招待。有胆有识。

小刘麻子——男。三十多岁。刘麻子之子，继承父业而发展之。

取电灯费的——男。四十多岁。

小唐铁嘴——男。三十多岁。唐铁嘴之子，继承父业，有作天师的愿望。

明师傅——男。五十多岁。包办酒席的厨师傅。

邹福远——男。四十多岁。说评书的名手。

卫福喜——男。三十多岁。邹的师弟，先说评书，后改唱京戏。

方　六——男。四十多岁。打小鼓的，奸诈。

车当当——男。三十岁左右。买卖现洋为生。

庞四奶奶——女。四十岁。丑恶，要作皇后。庞太监的四侄媳妇。

春　梅——女。十九岁。庞四奶奶的丫环。

老　杨——男。三十多岁。卖杂货的。

小二德子——男。三十岁。二德子之子，打手。

于厚斋——男。四十多岁。小学教员，王小花的老师。

谢勇仁——男。三十多岁。与于厚斋同事。

小宋恩子——男。三十来岁。宋恩子之子，承袭父业，作特务。

小吴祥子——男。三十来岁。吴祥子之子，世袭特务。

小心眼——女。十九岁。女招待。

沈处长——男。四十岁。宪兵司令部某处处长。

茶　客　若干人，都是男的。

茶　房　一两个，都是男的。

难　民　数人，有男有女，有老有少。

大　兵　三五人，都是男的。

公寓住客　数人，都是男的。

押大令的兵　七人，都是男的。

宪　兵　四人。男。

傻　杨——男。数来宝的。

第 一 幕

人　物　王利发、刘麻子、庞太监、唐铁嘴、康六、小牛儿、松二爷、黄胖子、宋恩子、常四爷、秦仲义、吴祥子、李三、老人、康顺子、二德子、乡妇、茶客甲、乙、丙、丁、马五爷、小妞、茶房一、二人。

时　间　一八九八年（戊戌）初秋，康梁等的维新运动失败了。早半天。

地　点　北京，裕泰大茶馆。

〔幕启：这种大茶馆现在已经不见了。在几十年前，每城都起码有一处。这里卖茶，也卖简单的点心与菜饭。玩鸟的人们，每天在遛够了画眉、黄鸟等之后，要到这里歇歇腿，喝喝茶，并使鸟儿表演歌唱。商议事情的，说媒拉纤的，也到这里来。那年月，时常有打群架的，但是总会有朋友出头给双方调解；三五十口子打手，经调人东说西说，便都喝碗茶，吃碗烂肉面(大茶馆特殊的食品，价钱便宜，做起来快当)，就可以化干戈为玉帛了。总之，这是当日非常重要的地方，有事无事都可以来坐半天。

〔在这里，可以听到最荒唐的新闻，如某处的大蜘蛛怎么成了精，受到雷击。奇怪的意见也在这里可以听到，像把海边上都修上大墙，就足以挡住洋兵上岸。这里还可以听到某京戏演员新近创造了什么腔儿，和煎熬鸦片烟的最好的方法。这里也可以看到某人新得到的奇珍——一个出土的玉扇坠儿，或三彩的鼻烟壶。这真是个重要的地方，简直可以算作文化交流的所在。

〔我们现在就要看见这样的一座茶馆。

〔一进门是柜台与炉灶——为省点事，我们的舞台上可以不要炉灶；后面有些锅勺的响声也就够了。屋子非常高大，摆着长桌与方桌，长凳与小凳，都是茶座儿。隔窗可见后院，高搭着凉棚，棚下也有茶座儿。屋里和凉棚下都有挂鸟笼的地方。各处都贴着"莫谈国事"的纸条。

〔有两位茶客，不知姓名，正眯着眼，摇着头，拍板低唱。有两三位茶客，也不知姓名，正入神地欣赏瓦罐里的蟋蟀。两位穿灰色大衫的——宋恩子与吴祥子，正低声地谈话，看样子他们是北衙门的办案的(侦缉)。

〔今天又有一起打群架的，据说是为了争一只家鸽，惹起非用武力解决不可的纠纷。假若真打起来，非出人命不可，因为被约的打手中包括着善扑营的哥儿们和库兵，身手都十分厉害。好在，不能真打起来，因为在双方还没把打手约齐，已有人出面调停了——现在双方在这里会面。三三两两的打手，都横眉立目，短打扮，随时进来，往后院去。

〔马五爷在不惹人注意的角落，独自坐着喝茶。

〔王利发高高地坐在柜台里。

〔唐铁嘴踏拉着鞋，身穿一件极长极脏的大布衫，耳上夹着几张小纸片，进来。

王利发 唐先生，你外边遛遛吧！

唐铁嘴 (惨笑)王掌柜，捧捧唐铁嘴吧！送给我碗茶喝，我就先给您相相面吧！手相奉送，不取分文！(不容分说，拉过王利发的手来)今年是光绪二十四年，戊戌。您贵庚是……

王利发 (夺回手去)算了吧，我送给你一碗茶喝，你就甭卖那套生意口啦！用不着相面，咱们既在江湖内，都是苦命人！(由柜台内走出，让唐铁嘴坐下)坐下！我告诉你，你要是不戒了大烟，就永远交不了好运！这是我的相法，比你的更灵验！

〔松二爷和常四爷都提着鸟笼进来，王利发向他们打招呼。他们先把鸟笼子挂好，找地方坐下。松二爷文绉绉的，提着小黄鸟笼；常四爷雄赳赳的，提着大而高的画眉笼。茶房李三赶紧过来，沏上盖碗茶。他们自带茶叶。茶沏好，松二爷、常四爷向邻近的茶座让了让。

松二爷	您喝这个！（然后，往后院看了看）
常四爷	
松二爷	好像又有事儿？
常四爷	反正打不起来！要真打的话，早到城外头去啦；到茶馆来干吗？

〔二德子，一位打手，恰好进来，听见了常四爷的话。

二德子	（凑过去）你这是对谁甩闲话呢？
常四爷	（不肯示弱）你问我哪？花钱喝茶，难道还教谁管着吗？
松二爷	（打量了二德子一番）我说这位爷，您是营里当差的吧？来，坐下喝一碗，我们也都是外场人。
二德子	你管我当差不当差呢！
常四爷	要抖威风，跟洋人干去，洋人厉害！英法联军烧了圆明园，尊家吃着官饷，可没见您去冲锋打仗！
二德子	甭说打洋人不打，我先管教管教你！（要动手）

〔别的茶客依旧进行他们自己的事。王利发急忙跑过来。

| 王利发 | 哥儿们，都是街面上的朋友，有话好说。德爷，您后边坐！ |

〔二德子不听王利发的话，一下子把一个盖碗搂下桌去，摔碎。翻手要抓常四爷的脖领。

常四爷	（闪过）你要怎么着？
二德子	怎么着？我碰不了洋人，还碰不了你吗？
马五爷	（并未立起）二德子，你威风啊！
二德子	（四下扫视，看到马五爷）喝，马五爷，您在这儿哪？我可眼拙，没看见您！（过去请安）
马五爷	有什么事好好地说，干吗动不动地就讲打？
二德子	嗻！您说的对！我到后头坐坐去。李三，这儿的茶钱我候啦！（往后面走去）
常四爷	（凑过来，要对马五爷发牢骚）这位爷，您圣明，您给评评理！
马五爷	（立起来）我还有事，再见！（走出去）
常四爷	（对王利发）邪！这倒是个怪人！
王利发	您不知道这是马五爷呀？怪不得您也得罪了他！
常四爷	我也得罪了他？我今天出门没挑好日子！
王利发	（低声地）刚才您说洋人怎样，他就是吃洋饭的。信洋教，说洋话，有事情可以一直地找宛平县的县太爷去，要不怎么连官面上都不惹他呢！
常四爷	（往原处走）哼，我就不佩服吃洋饭的！
王利发	（向宋恩子、吴祥子那边稍一歪头，低声地）说话请留点神！（大声地）李三，再给这儿沏一碗来！（拾起地上的碎瓷片）
松二爷	盖碗多少钱？我赔！外场人不作老娘们事！
王利发	不忙，待会儿再算吧！（走开）

〔纤手刘麻子领着康六进来。刘麻子先向松二爷、常四爷打招呼。

| 刘麻子 | 您二位真早班儿！（掏出鼻烟壶，倒烟）您试试这个！刚装来的，地道英国造，又细又纯！ |

常四爷　唉！连鼻烟也得从外洋来！这得往外流多少银子啊！

刘麻子　咱们大清国有的是金山银山，永远花不完！您坐着，我办点小事！（领康六找了个座儿）

〔李三拿过一碗茶来。

刘麻子　说说吧，十两银子行不行？你说干脆的！我忙，没工夫专伺候你！

康　六　刘爷！十五岁的大姑娘，就值十两银子吗？

刘麻子　卖到窑子去，也许多拿一两八钱的，可是你又不肯！

康　六　那是我的亲女儿！我能够……

刘麻子　有女儿，你可养活不起，这怪谁呢？

康　六　那不是因为乡下种地的都没法子混了吗？一家大小要是一天能吃上一顿粥，我要还想卖女儿，我就不是人！

刘麻子　那是你们乡下的事，我管不着。我受你之托，教你不吃亏，又教你女儿有个吃饱饭的地方，这还不好吗？

康　六　到底给谁呢？

刘麻子　我一说，你必定从心眼里乐意！一位在宫里当差的！

康　六　宫里当差的谁要个乡下丫头呢？

刘麻子　那不是你女儿的命好吗？

康　六　谁呢？

刘麻子　庞总管！你也听说过庞总管吧？侍候着太后，红的不得了，连家里打醋的瓶子都是玛瑙做的！

康　六　刘大爷，把女儿给太监作老婆，我怎么对得起人呢？

刘麻子　卖女儿，无论怎么卖，也对不起女儿！你糊涂！你看，姑娘一过门，吃的是珍馐美味，穿的是绫罗绸缎，这不是造化吗？怎样，摇头不算点头算，来个干脆的！

康　六　自古以来，哪有……他就给十两银子？

刘麻子　找遍了你们全村儿，找得出十两银子找不出？在乡下，五斤白面就换个孩子，你不是不知道！

康　六　我，唉！我得跟姑娘商量一下！

刘麻子　告诉你，过了这个村可没有这个店，耽误了事别怨我！快去快来！

康　六　唉！我一会儿就回来！

刘麻子　我在这儿等着你！

康　六　（慢慢地走出去）

刘麻子　（凑到松二爷、常四爷这边来）乡下人真难办事，永远没个痛痛快快！

松二爷　这号生意又不小吧？

刘麻子　也甜不到哪儿去，弄好了，赚个元宝！

常四爷　乡下是怎么了？会弄得这么卖儿卖女的！

刘麻子　谁知道！要不怎么说，就是一条狗也得托生在北京城里嘛！

常四爷　刘爷，您可真有个狠劲儿，给拉拢这路事！

刘麻子　我要不分心，他们还许找不到买主呢！（忙岔话）松二爷（掏出个小时表来），您看这个！

松二爷　（接表）好体面的小表！

刘麻子　您听听，嘎登嘎登地响！

松二爷　（听）这得多少钱？

刘麻子　您爱吗？就让给您！一句话，五两银子！您玩够了，不爱再要了，我还照数退钱！东西真地道，传家的玩艺！

常四爷　我这儿正咂摸这个味儿，咱们一个人身上有多少洋玩艺儿啊！老刘，就看你身上吧：洋鼻烟，洋表，洋缎大衫，洋布裤褂……

刘麻子　洋东西可是真漂亮呢！我要是穿一身土布，像个乡下脑壳，谁还理我呀！

常四爷　我老觉乎着咱们的大缎子，川绸，更体面！

刘麻子　松二爷，留下这个表吧，这年月，戴着这么好的洋表，会教人另眼看待！是不是这么说，您哪？

松二爷　（真爱表，但又嫌贵）我……

刘麻子　您先戴两天，改日再给钱！

〔黄胖子进来。

黄胖子　（严重的砂眼，看不大清楚，进门就请安）哥儿们，都瞧我啦！我请安了！都是自己弟兄，别伤了和气呀！

王利发　这不是他们，他们在后院哪！

黄胖子　我看不清楚啊！掌柜的，预备烂肉面，有我黄胖子，谁也打不起来！（往里走）

二德子　（出来迎接）两边已经见了面，您快来吧！

〔二德子同黄胖子入内。

〔茶房们一趟又一趟地往后面送茶水。老人进来，拿着些牙签、胡梳、耳挖勺之类的小东西，低着头慢慢地挨着茶座儿走，没人买他的东西。他要往后院去，被李三拦住。

李　三　老大爷，您外边遛遛吧！后院里，人家正说和事呢，没人买您的东西！（顺手儿把剩茶递给老人一碗）

松二爷　（低声地）李三！（指后院）他们到底为了什么事，要这么拿刀动杖的？

李　三　（低声地）听说是为一只鸽子。张宅的鸽子飞到了李宅去，李宅不肯交还……唉，咱们还是少说话好，（问老人）老大爷您高寿啦？

老　人　（喝了茶）多谢！八十二了，没人管！这年月呀，人还不如一只鸽子呢！唉！（慢慢走出去）

〔秦仲义，穿得很讲究，满面春风，走进来。

王利发　哎哟！秦二爷，您怎么这样闲在，会想起下茶馆来了？也没带个底下人？

秦仲义　来看看，看看你这年轻小伙子会作生意不会！

王利发　唉，一边作一边学吧，指着这个吃饭嘛。谁叫我爸爸死的早，我不干不行啊！好在照顾主儿都是我父亲的老朋友，我有不周到的地方都肯包涵，闭闭眼就过去了。在街面上混饭吃，人缘儿顶要紧。我按着我父亲遗留下的老办法，多说好话，多请安，讨人人的喜欢，就不会出大岔子！您坐下，我给您沏碗小叶茶去！

秦仲义　我不喝! 也不坐着!

王利发　坐一坐! 有您在我这儿坐坐,我脸上有光!

秦仲义　也好吧! (坐)可是,用不着奉承我!

王利发　李三,沏一碗高的来! 二爷,府上都好? 您的事情都顺心吧?

秦仲义　不怎么太好!

王利发　您怕什么呢? 那么多的买卖,您的小手指头都比我的腰还粗!

唐铁嘴　(凑过来)这位爷好相貌,真是天庭饱满,地阁方圆,虽无宰相之权,而有陶朱之富!

秦仲义　躲开我! 去!

王利发　先生,你喝够了茶,该外边活动活动去。(把唐铁嘴轻轻推开)

唐铁嘴　唉! (垂头走出去)

秦仲义　小王,这儿的房租是不是得往上提那么一提呢? 当年你爸爸给我的那点租钱,还不够我喝茶用的呢!

王利发　二爷,您说的对,太对了! 可是,这点小事用不着您分心,您派管事的来一趟,我跟他商量,该长多少租钱,我一定照办! 是! 嗻!

秦仲义　你这小子,比你爸爸还滑! 哼! 等着吧,早晚我把房子收回去!

王利发　您甭吓唬着我玩,我知道您多么照应我,心疼我,决不会叫我挑着大茶壶,到街上卖热茶去!

秦仲义　你等着瞧吧!

〔乡妇拉着个十来岁的小妞进来。小妞的头上插着一根草标。李三本想不许她们往前走,可是心中一难过,没管。她们俩慢慢地往里走。茶客们忽然都停止说笑,看着她们。

小　　妞　(走到屋子中间,立住)妈,我饿! 我饿!

〔乡妇呆视着小妞,忽然腿一软,坐在地上,掩面低泣。

秦仲义　(对王利发)轰出去!

王利发　是! 出去吧,这里坐不住!

乡　妇　哪位行行好? 要这个孩子,二两银子!

常四爷　李三,要两个烂肉面,带她们到门外吃去!

李　三　是啦! (过去对乡妇)起来,门口等着去,我给你们端面来!

乡　妇　(立起,抹泪往外走,好像忘了孩子;走了两步,又转回身走,搂住小妞吻她)宝贝! 宝贝!

王利发　快着点吧!

〔乡妇、小妞走出去。李三随后端出两碗面去。

王利发　(过来)常四爷:您是积德行好,赏给她们面吃! 可是,我告诉您:这路事儿太多,太多了! 谁也管不了! (对秦仲义)二爷,您看我说的对不对?

常四爷　(对松二爷)二爷,我看哪,大清国要完!

秦仲义　(老气横秋地)完不完,并不在乎有人给穷人们一碗面吃没有。小王,说真的,我真想收回这里的房子!

王利发　您别那么办哪,二爷!

秦仲义　我不但收回房子,而且把乡下的地,城里的买卖也都卖了!

王利发　那为什么呢?

秦仲义　把本钱拢在一块儿,开工厂!

王利发　开工厂?

秦仲义　嗯,顶大顶大的工厂! 那才救得了穷人,那才能抵制外货,那才能救国! (对王利发说而眼看着常四爷)唉,我跟你说这些干什么,你不懂!

王利发　您就专为别人,把财产都出手,不顾自己了吗?

秦仲义　你不懂! 只有那么办,国家才能富强! 好啦,我该走啦。我亲眼看见了,你的生意不错,你甭再耍无赖,不长房钱!

王利发　您等等,我给您叫车去!

秦仲义　用不着,我愿意遛跶遛跶!

　　〔秦仲义往外走,王利发送。

　　〔小牛儿搀着庞太监走进来。小牛儿提着水烟袋。

庞太监　哟! 秦二爷!

秦仲义　庞老爷! 这两天您心里安顿了吧?

庞太监　那还用说吗? 天下太平了,圣旨下来,谭嗣同问斩! 告诉您,谁敢改祖宗的章程,谁就掉脑袋!

秦仲义　我早就知道!

　　〔茶客们忽然全静寂起来,几乎是闭住呼吸地听着。

庞太监　您聪明,二爷,要不然您怎么发财呢!

秦仲义　我那点财产,不值一提!

庞太监　太客气了吧? 您看,全北京城谁不知道秦二爷! 您比做官的还厉害呢! 听说呀,好些财主都讲维新!

秦仲义　不能这么说,我那点威风在您的面前可就施展不出来了! 哈哈哈!

庞太监　说得好,咱们就八仙过海、各显其能吧! 哈哈哈!

秦仲义　改天过去给您请安,再见! (下)

庞太监　(自言自语)哼,凭这么个小财主也敢跟我逗嘴皮子,年头真是改了! (问王利发)刘麻子在这儿哪?

王利发　总管,您里边歇着吧!

　　〔刘麻子早已看见庞太监,但不敢靠近,怕打搅了庞太监、秦仲义的谈话。

刘麻子　喝,我的老爷子! 您吉祥! 我等了您好大半天了! (搀庞太监往里面走)

　　〔宋恩子、吴祥子过来请安,庞太监对他们耳语。

　　〔众茶客静默了一阵之后,开始议论纷纷。

茶客甲　谭嗣同是谁?

茶客乙　好像听说过! 反正犯了大罪,要不,怎么会问斩呀!

茶客丙　这两三个月了,有些做官的,念书的,乱折腾乱闹,咱们怎能知道他们捣的什么鬼呀!

茶客丁 得!不管怎么说,我的铁秆庄稼又保住了!姓谭的,还有那个康有为,不是说叫旗兵不关钱粮,去自谋生计吗?心眼多毒!

茶客丙 一份钱粮倒叫上头克扣去一大半,咱们也不好过!

茶客丁 那总比没有强啊!好死不如癞活着,叫我去自己谋生,非死不可!

王利发 诸位主顾,咱们还是莫谈国事吧!

〔大家安静下来,都又各谈各的事。

庞太监 (已坐下)怎么说?一下乡下丫头,要二百银子?

刘麻子 (侍立)乡下人,可长得俊呀!带进城来,好好地一打扮、调教,准保是又好看,又有规矩!我给您办事,比给我亲爸爸作事都更尽心,一丝一毫不能马虎!

〔唐铁嘴又回来了?

王利发 铁嘴,你怎么又回来了?

唐铁嘴 街上兵荒马乱的,不知道是怎么回事!

庞太监 还能不搜查搜查谭嗣同的余党吗?唐铁嘴,你放心,没人抓你!

唐铁嘴 嗻!总管,您要能赏给我几个烟泡儿,我可就更有出息了!

〔有几个茶客好像预感到什么灾祸,一个个往外溜。

松二爷 咱们也该走啦吧!天不早啦!

常四爷 嗻!走吧!

〔二灰衣人——宋恩子和吴祥子走过来。

宋恩子 等等!

常四爷 怎么啦?

宋恩子 刚才你说"大清国要完"?

常四爷 我,我爱大清国,怕它完了!

吴祥子 (对松二爷)你听见了?他是这么说的吗?

松二爷 哥儿们,我们天天在这儿喝茶。王掌柜知道,我们都是地道老好人!

吴祥子 问你听见了没有?

松二爷 那,有话好说,二位请坐!

宋恩子 你不说,连你也锁了走!他说"大清国要完",就是跟谭嗣同一党!

松二爷 我,我听见了,他是说……

宋恩子 (对常四爷)走!

常四爷 上哪儿?事情要交代明白了啊!

宋恩子 你还想拒捕吗?我这儿可带着"王法"呢!(掏出腰中带着的铁链子)

常四爷 告诉你们,我可是旗人!

吴祥子 旗人当汉奸,罪加一等!锁上他!

常四爷 甭锁,我跑不了!

宋恩子 量你也跑不了!(对松二爷)你也走一趟,到堂上实话实说,没你的事!

〔黄胖子同三五个人由后院过来。

黄胖子	得啦，一天云雾散，算我没白跑腿！
松二爷	黄爷！黄爷！
黄胖子	（揉揉眼）谁呀？
松二爷	我！松二！您过来，给说句好话！
黄胖子	（看清）哟，宋爷，吴爷，二位爷办案哪？请吧！
松二爷	黄爷，帮帮忙，给美言两句！
黄胖子	官厅儿管不了的事，我管！官厅儿能管的事呀，我不便多嘴！（问大家）是不是？
众	嘁！对！

〔宋恩子、吴祥子带着常四爷、松二爷往外走。

松二爷	（对王利发）看着点我们的鸟笼子！
王利发	您放心，我给送到家里去！

〔常四爷、松二爷、宋恩子、吴祥子同下。

黄胖子	（唐铁嘴告以庞太监在此）哟，老爷在这儿哪？听说要安份儿家，我先给您道喜！
庞太监	等吃喜酒吧！
黄胖子	您赏脸！您赏脸！（下）

〔乡妇端着空碗进来，往柜上放，小妞跟进来。

小 妞	妈！我还饿！
王利发	唉！出去吧！
乡 妇	走吧，乖！
小 妞	不卖妞妞啦？妈！不卖啦？妈！
乡 妇	乖！（哭着，携小妞下）

〔康六带着康顺子进来，立在柜台前。

康 六	姑娘！顺子！爸爸不是人，是畜生！可你叫我怎办呢？你不找个吃饭的地方，你饿死！我不弄到手几两银子，就得叫东家活活地打死！你呀，顺子，认命吧，积德吧！
康顺子	我，我……（说不出话来）
刘麻子	（跑过来）你们回来啦？点头啦？好！来见见总管！给总管磕头！
康顺子	我……（要晕倒）
康 六	（扶住女儿）顺子！顺子！
刘麻子	怎么啦？
康 六	又饿又气，昏过去了！顺子！顺子！
庞太监	我要活的，可不要死的！

〔静场。

茶客甲	（正与乙下象棋）将！你完啦！

——幕 落

导读

老舍(1899—1966),满族,原名舒庆春,字舍予,北京人。《茶馆》写成于1957年,为中国话剧传世的经典之作,在西方也有着"东方舞台的奇迹"之誉。

《茶馆》的主题和思想意义是"葬送三个时代",同样隐含着老舍对市民生活的回忆。而且,在那个群情日益高涨的年代,老舍以一种清醒、悲悯的目光,试图还原个人的故事,试图在独语中奏响生命悲欢的组曲。

《茶馆》具有相当时空跨度的"历史概括",它借一个茶馆在三个时期(清末、民初、战后)的变迁,且从"侧面"、从"小人物"的生活变迁入手,来表现19世纪末以后中国的历史变迁。"大清帝国"在历史的"促进"中走向了终结,然而,接着历史在社会中上演的"三个时代"又是如何呢? 由于"茶馆"的中国特色,作者可以在这里按照自己的意志来"集合"人物和主题思想。但老舍没有直接写政治,而是采用了"侧面透露法""人物变动法"显示出在"茶馆"这个"小社会"中上演的"三个时代"的命运:清末1898年初秋的戊戌变法失败了,军阀混战民国初年人民的日子无法照旧过下去了,抗日战争胜利后的内战前夕又是一个沉渣泛起、群魔乱舞的社会,叫人窒息、激人愤怒。

《茶馆》以人像展览式、人物长廊式以及卷轴画式的戏剧创新结构,有声有色地为我们展开了一幅立体"图卷戏"。《茶馆》描绘了一个"五光十色"的市民社会。剧中一共写了七十多个人物,出场人物就有五十多个。一个接一个的小故事,一个接一个的生活片断,看来似乎松散,却在这个"葬送三个时代"的主题制约下,产生了相互之间的内在联系,从而构成了"形散神不散"的独特而又完整的艺术结构。剧本打破了以冲突推动剧情的传统戏剧模式,而以"人物带动故事","主要人物由壮到老,贯串全剧","次要人物父子相承","无关紧要的人物招之即来、挥之即去"。众多的人物形象,活现出"清明上河图"式的北京市井生活与民俗风情画卷,不仅散发着浓郁的京味文化气息,而且透视出京味文化方式的多重特征,由此《茶馆》成为反映旧世界北京市民生活的杰作。

尽管在这三幕剧中人物众多,来往穿梭,群音混杂,但它以"单纯个性化语言"让剧中的人物"话到人到","开口就响"。"三言五言就勾出一个人物形象的轮廓来",开口就响而响出了人物个性的响亮。人物闪光点的恰当选取又使人物个个不失"我行我素"般的自我。在这一点上,个性化的刻画成功了个人在那个时代的悲凉。

三个"由壮到老,贯串全剧"的主要人物的成功塑造,最见思想深度和艺术力度。想开好茶馆的王利发,富于意气的常四爷,梦想"实业救国"的秦仲义,全都走到了人生的穷途末路。《茶馆》演绎的那个时代,在剧尾三个老人的自悼中落下帷幕。然而这几位老人的可悲、可怜,复又让人联想到一些什么。老舍的自杀至今让人感到个人生活在他那个时代的悲凉。这似乎正好印证了《茶馆》中三个老人自祭时常四爷说的话:"我爱咱们的国家呀,可是谁爱我呢?"剧中的悲凉情绪,人物关于自身命运的困惑与绝望,透露了与现代历史有关的某种悖谬含意。

关汉卿（存目）

田 汉

导读

　　田汉（1898—1968），原名寿昌，湖南长沙人。中国现代话剧的奠基者之一。《关汉卿》发表于《剧本》1958 年第 5 期，是新中国成立后田汉戏剧创作的顶峰之作。1958 年世界和平理事会决定举行纪念世界文化名人关汉卿诞辰七百周年活动，《关汉卿》就是为了配合这一活动而创作的。剧本发表后，受到国内外一致好评。

　　田汉围绕关汉卿创作并演出《窦娥冤》这一中心事件来设计情节，热情地讴歌关汉卿不畏强权、不怕牺牲、充满正义感、勇于为民请命的崇高精神，树立起一位理想化的英雄形象。

　　"为民请命"是该剧的政治主题，而"铜豌豆"精神则可谓是关汉卿的性格主题。田汉把关汉卿置于"蒸、煮、捶、炒"的险恶环境中，完成了对其"铜豌豆"性格的塑造。在好友的鼓励支持下他完成了《窦娥冤》的创作，上演后获得极大成功，但同时也触怒了权臣阿合马，他滥施淫威，责令其修改剧本。而关汉卿针锋相对，"宁可不演，断然不改"。在狱中，关汉卿表现出"玉可碎而不可改其白，竹可焚而不可毁其节"的高尚情操，直到最紧急关头，仍不改为人民立言的初衷。就这样，在三次考验——修改剧本、避祸远走、投降自保面前，关汉卿坚守正义，不屈，充分体现了一种威武不屈、贫贱不移的响当当的"铜豌豆"性格，也充分表现了全剧为民请命的主题。

　　名歌妓朱帘秀的形象也是光彩熠熠的。她坚定果敢、舍己为人，充满侠妓性格，充分体现了中国下层妇女的优秀美德。她与关汉卿是一棵树上的两朵自由花。

　　《关汉卿》艺术上一个突出特点是戏剧性与抒情性的有机统一。在其情节结构中，戏中戏是一大特色。剧围绕《窦娥冤》的创作、演出的曲折经历来展开戏剧冲突，从窦娥对敌人的刻骨仇恨及至死不屈的坚强性格中体现出关汉卿的战斗的现实主义精神，剧作把窦娥与关汉卿的形象有机融为一体，虚实结合，这种戏中戏的精巧构思既丰富了剧作的思想性，同时也提高了其艺术性。另外，浓郁的抒情性也是田汉剧作的重要特色。《关汉卿》根据剧情进展恰到好处地安排歌唱性曲词，如第八场两位主人公狱中相逢时、第十一场两人洒泪而别时，由朱帘秀演唱《双飞蝶》《沉醉东风》。这些曲词不仅有效地强化了关、朱两人的思想情感，而且也大大增强了戏剧的抒情性。

　　《关汉卿》美中不足之处在于未能将关汉卿"郎君领袖""浪子班头"的一面充分表现，而将其过分政治化、革命化了，当然这与当时的时代主潮是密切相关的。

陈毅市长(存目)

沙叶新

导读

  沙叶新(1939—),回族,江苏南京人。沙叶新是新时期剧坛中最有争议的剧作家之一。沙叶新的戏剧创作开始于60年代,进入新时期后,沙叶新先后创作发表了《约会》《假如我是真的》(与人合作)、《风波亭的风波》(与人合作)、《论烟草之有用》、《大幕已经拉开》(与人合作)、《陈毅市长》、《马克思秘史》、《寻找男子汉》、《耶稣·孔子·披头士列侬》、《东京的月亮》、《尊严》等剧作。从《假如我是真的》开始,他的几部作品均引起争议,他也成为话剧界引人注目的作家。

  《陈毅市长》发表于1980年,曾获文化部和中国戏剧家协会联合颁发的1980—1981年全国话剧优秀剧本奖。在同类革命历史题材作品中是一部普遍被看作具有创新精神的作品。其创造性主要体现在:

  第一,在选材上不落俗套。它以陈毅在解放初期担任上海市长期间的生活为题材,通过丹阳讲话、市府受降、主动赴宴、商店调查、夜访专家、理喻亲人、教育部属、义责骄将和剧场自徼等十个片断突出地表现了陈毅作为革命家的气魄和品质。这一选材角度是服务于沙叶新"寄深意于现实"的创作目的的。沙叶新一向反对为了写历史而写历史,他赞同黑格尔所说的"历史题材有属于未来的东西,找到了,作家就永恒"。在这种明确的创作思想的指引下,作者认为"文革"之后的上海和新中国解放之际的上海有惊人的相似之处,于是作者在选材方面有意避开陈毅战争年代的传奇生涯而选择上海解放初陈毅的生活经历为表现内容,剧本因此在现实感方面比同一时期描写陈毅形象的剧目有所超越。

  第二,在戏剧结构上更富有创新精神。一方面,以塑造陈毅性格为主线,将十个生活小故事串联起来。十个故事如同十个艺术"冰糖葫芦",而事件之间没有必然联系,陈毅的性格成为连接它们的中轴,剧情万变不离其宗,脉络清晰鲜明。另一方面,为了加强场次之间的联系,作者在每一场的尾部或用几句台词或用一个细节来为下一场的情节展开找个由头或埋下伏线,作个简单的铺垫,使整部作品结构完整,浑然一体。这种"冰糖葫芦"式的结构方式,和传统的现实主义话剧的情节集中、事件集中、矛盾冲突集中的特点是不同的,也和西方戏剧的"人像展览式""一人多事"的戏剧结构有所区别。它充分吸收了各种话剧文体的长处,功绩在于用成功的剧作说明,一贯被视为法典的结构模式不是不可突破的。

桑树坪纪事（存目）

陈子度　杨健　朱晓平

导读

　　《桑树坪纪事》是由陈子度、杨健、朱晓平根据朱晓平的同名小说以及《福林和他的婆姨》《桑塬》等桑树坪系列小说改编而成的一部无场次"中国现代西部戏剧"。这是一出多元化、高层次，充满着诗意的激情和浓郁的美学韵味，蕴含深刻哲理的悲剧。它讲述的是发生在"文革"中关中平原一个叫做桑树坪的小村庄里的悲剧故事，通过对几个农民形象不同角度的描绘和塑造，反映了在温饱线上挣扎着的农民的真实生活，表现了农民对于苦难民族的贡献以及在封建文化制约下他们自身灵魂的扭曲。

　　该剧塑造了一个具有复杂心理世界的人物李金斗。这个人物集中体现了中国小农经济生产方式形成的农民的文化素质和心理特征。他有足够的智慧和经验去应付那个封闭狭小的生活环境，俨然一个"土皇上"。封建宗法、化理、道德观念和在极端贫困的生活条件中形成的自私、诡谲、冷酷的思想意识和心理状态胶合在一起，他行动的准则就是一个"私"字。作为生产队长，在"文革"的岁月里，他笑脸对上，反脸对下。"左"的思潮更使他私心膨胀，冷酷变成残忍。他顽固的封建思想使他的儿媳彩芳投井自尽，为了霸占两个窑洞，竟逼得王志科家破人亡。值得思索的是，在那个小天地里，悖理成了真理，反常却是常规，村民把李金斗的所作所为视为天经地义，理应如此。彩芳与榆娃的纯真爱情，遭到李金斗的残酷摧残，在围猎般的袭击之下，榆娃几乎丧命。聪明伶俐的小姑娘月娃为了哥哥福林有钱成亲，被逼"出嫁"；青女也是同一原因被迫嫁给"阳疯子"福林，受尽非人待遇，变为疯女人。桑树坪的形形色色就是中国农村封建文化形态的缩影。

　　《桑》剧保留了原小说"人物绣像式"的结构，虽只几个人物，几场围猎，但内在的哲理和情绪韵致贯通，揭示了民族命运的内涵。没有中心事件贯串全剧，明显的三个乐章在结构上给人某些纪实性的真切感。作者的叙述和评点，一部分由歌队承担，叙述体戏剧所追求的"陌生化效果"是通过场面、段落与段落的组接的排列顺序来体现的。

潘金莲(存目)

魏明伦

导读

作者魏明伦(1941—),四川内江人,四川省自贡市川剧团演员、编剧、导演。该剧本最初发表在《戏剧与电影》1986年第2期。

荒诞川剧《潘金莲》设置了两条戏剧情节线:主线是潘金莲从无辜到有罪的沉沦史。沿用了古典小说《水浒》的故事框架,维持原小说中潘金莲的人物关系和生活经历不变;副线是由吕莎莎、施耐庵、贾宝玉、安娜·卡列尼娜、红娘、武则天、上官婉儿、七品芝麻官、人民法庭庭长、现代阿飞等古今中外人物对潘金莲行为和命运的评价。两条线索契合呼应,相得益彰。

逼嫁之前的潘金莲是个善良、纯情、美丽的贫家姑娘。虽然是豪门女婢,但愤然反抗张大户的侮辱和逼奸,被恶作剧式地嫁给"三寸侏儒"武大郎为妻。她曾想屈服认命,但众流氓来调戏时,武大郎猥琐怕事,忍气吞声钻入裤裆的表现令她大失所望。而看见武松时,她春心萌动,禁不住向威武英俊的小叔吐露幽怨,想从武松身上寻到一点浪漫柔情。显然,她对武松的情愫表白是大逆不道的乱伦行为,遭到贪酒不贪色、恪守伦理操守的武松的斥责。潘金莲的冲动,被武松看作淫妇轻佻的无耻行为。而当潘金莲的感情处于绝望时刻,偏碰上了风流倜傥、八面玲珑的"采花圣手"西门庆。潘金莲心迷魂乱地把西门庆当作武松。既然西门庆能够弥补她在武松那里得不到的情爱,她便陷入了不能自拔的性爱迷乱。最后,这种变态的疯狂把她推下了谋杀亲夫的犯罪泥淖。

潘金莲内心深处充满了种种情欲的冲动和伦理的矛盾。人性的光彩和社会的毒雾、合理的欲求和淫恶的放纵交织相融,既闪光耀眼又晦暗晕目,使一颗不安分的复杂灵魂终至沉落到黑暗社会的深渊。而作为"剧外人"的上述古今中外人物,以不同的时代眼光、不同的道德尺度、不同的审美角度、不同的是非标准、不同的伦理原则对潘金莲的行为表达了自己的见解和评价,把潘金莲亦美亦丑的复杂性、善始恶终的沉沦史、可敬可恨的巾帼胆、讨怜讨嫌的女儿情表达得淋漓尽致,惊心动魄。

戏剧的总体构思打破时空、生死、古今的界限,形成荒诞与非荒诞、现实与非现实并存的基本艺术特征,并借鉴了电影的画外音、评弹的说表、川剧的帮腔等丰富戏剧的表现手段。主线情节采用川剧表演形式,副线的古今中外人物,除说白外,还唱越剧、豫剧、流行歌曲、江南小调和俄罗斯民歌。同时剧中的舞蹈也糅进了交谊舞、迪斯科、摇摆舞等,使整个舞台异常热闹。

参考文献编

在延安文艺座谈会上的讲话（节录）

（一九四二年五月）

毛泽东

结　　论

（一九四二年五月二十三日）

一

第一个问题：我们的文艺是为什么人的？

这个问题，本来是马克思主义者特别是列宁所早已解决了的。列宁还在一九〇五年就已着重指出过，我们的文艺应当"为千千万万劳动人民服务"。在我们各个抗日根据地从事文学艺术工作的同志中，这个问题似乎是已经解决了，不需要再讲的了。其实不然。很多同志对这个问题并没有得到明确的解决。因此，在他们的情绪中，在他们的作品中，在他们的行动中，在他们对于文艺方针问题的意见中，就不免或多或少地发生和群众的需要不相符合，和实际斗争的需要不相符合的情形。当然，现在和共产党、八路军、新四军在一起从事于伟大解放斗争的大批的文化人、文学家、艺术家以及一般文艺工作者，虽然其中也可能有些人是暂时的投机分子，但是绝大多数却都是在为着共同事业努力工作着。依靠这些同志，我们的整个文学工作，戏剧工作，音乐工作，美术工作，都有了很大的成绩。这些文艺工作者，有许多是抗战以后开始工作的；有许多在抗战以前就做了多时的革命工作，经历过许多辛苦，并用他们的工作和作品影响了广大群众的。但是为什么还说即使这些同志中也有对于文艺是为什么人的问题没有明确解决的呢？难道他们还有主张革命文艺不是为着人民大众而是为着剥削者压迫者的吗？

诚然，为着剥削者压迫者的文艺是有的。文艺是为地主阶级的，这是封建主义的文艺。中国封建时代统治阶级的文学艺术，就是这种东西。直到今天，这种文艺在中国还有颇大的势力。文艺是为资产阶级的，这是资产阶级的文艺。像鲁迅所批评的梁实秋一类人，他们虽然在口头上提出什么文艺是超阶级的，但是他们在实际上是主张资产阶级的文艺，反对无产阶级的文艺的。文艺是为帝国主义者的，周作人、张资平这批人就是这样，这叫做汉奸文艺。在我们，文艺不是为上述种种人，而是为人民的。我们曾说，现阶段的中国新文化，是无产阶级领导的人民大众的反帝反封建的文化。真正人民大众的东西，现在一定是无产阶级领导的。资产阶级领导的东西，不可能属于人民大众。新文化中的新文学新艺术,自然也是这样。对于中国和外国过去时代所遗留下来的丰富的文学艺术遗产和优良的文学艺术传统,我们是要继承的,但目的仍然是为了人民大众。对于过去时代的文艺形式,我们也并不拒绝利用,但这些旧形式到了我们手里,给了改造,加进了新内容,也就变成革命的为人民服务的东西了。

那末,什么是人民大众呢?最广大的人民,占全人口百分之九十以上的人民,是工人、农民、兵士和城市小资产阶级。所以我们的文艺,第一是为工人的,这是领导革命的阶级。第二是为农民的,他们是革命中最广大最坚决的同盟军。第三是为武装起来了的工人农民即八路军、新四军和其他人民武装队伍的,这是革命战争的主力。第四是为城市小资产阶级劳动群众和知识分子的,他们也是革命的同盟者,他们是能够长期地和我们合作的。这四种人,就是中华民族的最大部分,就是最广大的人民大众。

我们的文艺,应该为着上面说的四种人。我们要为这四种人服务,就必须站在无产阶级的立场上,而不能站在小资产阶级的立场上。在今天,坚持个人主义的小资产阶级立场的作家是不可能真正地为革命的工农兵群众服务的,他们的兴趣,主要是放在少数小资产阶级知识分子上面。而我们现在有一部分同志对于文艺为什么人的问题不能正确解决的关键,正在这里。我这样说,不是说在理论上。在理论上,或者说在口头上,我们队伍中没有一个人把工农兵群众看得比小资产阶级知识分子还不重要的。我是说在实际上,在行动上。在实际上,在行动上,他们是否对小资产阶级知识分子比对工农兵还更看得重要些呢?我以为是这样。有许多同志比较地注重研究小资产阶级知识分子,分析他们的心理,着重地去表现他们,原谅并辩护他们的缺点,而不是引导他们和自己一道去接近工农兵群众,去参加工农兵群众的实际斗争,去表现工农兵群众,去教育工农兵群众。有许多同志,因为他们自己是从小资产阶级出身,自己是知识分子,于是就只在知识分子的队伍中找朋友,把自己的注意力放在研究和描写知识分子上面。这种研究和描写如果是站在无产阶级立场上的,那是应该的。但他们并不是,或者不完全是。他们是站在小资产阶级立场,他们是把自己的作品当作小资产阶级的自我表现来创作的,我们在相当多的文学艺术作品中看见这种东西。他们在许多时候,对于小资产阶级出身的知识分子寄予满腔的同情,连他们的缺点也给以同情甚至鼓吹。对于工农兵群众,则缺乏接近,缺乏了解,缺乏研究,缺乏知心朋友,不善于描写他们;倘若描写,也是衣服是劳动人民,面孔却是小资产阶级知识分子。他们在某些方面也爱工农兵,也爱工农兵出身的干部,但有些时候不爱,有些地方不爱,不爱他们的感情,不爱他们的姿态,不爱他们的萌芽状态的文艺(墙报、壁画、民歌、民间故事等)。他们有时也爱这些东西,那是为着猎奇,为着装饰自己的作品,甚至是为着追求其中落后的东西而爱的。有时就公开地鄙弃它们,而偏爱小资产阶级知识分子的乃至资产阶级的东西。这些同志的立足点还是在小资产阶级知识分子方面,或者换句文雅的话说,他们的灵魂深处还是一个小资产阶级知识分子的王国。这样,为什么人的问题他们就还是没有解决,或者没有明确地解决。这不光是讲初来延安不久的人,就是到过前方,在根据地、八路军、新四军做过几年工作的人，也有许多是没有彻底解决的。要彻底地解决这个问题，非有十年八年的长时间不可。但是时间无论怎样长，我们却必须解决它，必须明确地彻底地解决它。我们的文艺工作者一定要完成这个任务，一定要把立足点移过来，一定要在深入工农兵群众、深入实际斗争的过程中，在学习马克思主义和学习社会的过程中，逐渐地移过来，移到工农兵这方面来，移到无产阶级这方面来。只有这样，我们才能有真正为工农兵的文艺，真正无产阶级的文艺。

为什么人的问题，是一个根本的问题，原则的问题。过去有些同志间的争论、分歧、对立和不团结，并不是在这个根本的原则的问题上，而是在一些比较次要的甚至是无原则的问题上。而对于这个原则问题，争论的双方倒是没有什么分歧，倒是几乎一致的，都有某种程度的轻视工农兵、脱离群众的倾向。我说某种程度，因为一般地说，这些同志的轻视工农兵、脱离群众，和国民党的轻视工农兵、脱离群众，是不同的；但是无论如何，这个倾向是有的。这个根本问题不解决，其他许多问题也就不易解决。比如说文艺界的宗派主义吧，这也是原则问题，但是要去掉宗派主义，也只有把为工农，为八路军、新四军，到群众中去的口号提出来，并加以切实的实行，才能达到目的，否则宗派主义问题是断然不能解决的。鲁迅曾说："联合战线是以有共同目的为必要条件的。……我们战线不能统一，就证明我们的目的不能一致，或者只为了小团体，或者还其实只为了个人。如果目的都在工农大众，那当然战线也就统一了。"这个问题那时上海有，现在重庆也有。在那些地方，这个问题很难彻底解决，因为那些地方的统治者压迫革命文艺家，不让他们有到工农兵群众中去的自由。在我们这里，情形就完全两样。我们鼓励革命文艺家积极地亲近工农兵，给他们以到群众中去的完全自由，给他们以创作真正革命文艺的完全自由。所以这个问题在我们这里，是接近于解决的了。接近于解决不等于完全的彻底的解决；我们说要学习马克思主义和学习社会，就是为着完全地彻底地解决这个问题。我们说的马克思主义，是要在群众生活群众斗争里实际发生作用的活的马克思主义，不是口头上的马克思主义。把口头上的马克思主义变成为实际生活里的马克思主义，就不会有宗派主义了。不但宗派主义的问题可以解决，其他的许多问题也都可以解决了。

三

我们的文艺既然是为人民大众的，那末，我们就可以进而讨论一个党内关系问题，党的文艺工作和党的整个工作的关系问题，和另一个党外关系的问题，党的文艺工作和非党的文艺工作的关系问题——文艺界统一战线问题。

先说第一个问题。在现在世界上，一切文化或文学艺术都是属于一定的阶级，属于一定的政治路线的。为艺术的艺术，超阶级的艺术，和政治并行或互相独立的艺术，实际上是不存在的。无产阶级的文学艺术是无产阶级整个革命事业的一部分，如同列宁所说，是整个革命机器中的"齿轮和螺丝钉"。因此，党的文艺工作，在党的整个革命工作中的位置，是确定了的，摆好了的；是服从党在一定革命时期内所规定的革命任务的。反对这种摆法，一定要走到二元论或多元论，而其实质就象托洛茨基那样："政治——马克思主义的；艺术——资产阶级的。"我们不赞成把文艺的重要性过分强调到错误的程度，但也不赞成把文艺的重要性估计不足。文艺是从属于政治的，但又反转来给予伟大的影响于政治。革命文艺是整个革命事业的一部分，是齿轮和螺丝钉，和别的更重要的部分比较起来，自然有轻重缓急第一第二之分，但它是对于整个机器不可缺少的齿轮和螺丝钉，对于整个革命事业不可缺少的一部分。如果连最广义最普通的文学艺术也没有，那革命运动就不能进行，就不能胜利。不认识这一点，是不对的。还有，我们所说的文艺服从于政治，这政治是指阶级的政治、群众的政治，不是所谓少数政治家的政治。政治，不论革命的和反革命的，都是阶级对阶级的斗争，不是少数个人的行为。革命的思想斗争和艺术斗争，必须服从于政治的斗争，因为只有经过政治，阶级和群众的需要才能集中地表现出来。革命的政治家们，懂得革命的政治科学或政治艺术的政治专门家们，他们只是千千万万的群众政治家的领袖，他们的任务在于把群众政治家的意见集中起来，加以提炼，再使之回到群众中去，为群众所接受，所实践，而不是闭门造车，自作聪明，只此一家，别无分店的那种贵族式的所谓"政治家"，——这是无产阶级政治家同腐朽了的资产阶级政治家的原则区别。正因为这样，我们的文艺的政治性和真实性才能够完全一致。不认识这一点，把无产阶级的政治和政治家庸俗化，是不对的。

再说文艺界的统一战线问题。文艺服从于政治，今天中国政治的第一个根本问题是抗日，因此党的文艺工作者首先应该在抗日这一点上和党外的一切文学家艺术家（从党的同情分子、小资产阶级的文艺家到一切赞成抗日的资产阶级地主阶级的文艺家）团结起来。其次，应该在民主一点上团结起来；在这一点上，有一部分抗日的文艺家就不赞成，因此团结的范围就不免要小一些。再其次，应该在文艺界的特殊问题——艺术方法艺术作风一点上团结起来；我们是主张社会主义的现实主义的，又有一部分人不赞成，这个团结的范围会更小些。在一个问题上有团结，在另一个问题上就有斗争，有批评。各个问题是彼此分开而又联系着的，因而就在产生团结的问题比如抗日的问题上也同时有斗争，有批评。在一个统一战线里面，只有团结而无斗争，或者只有斗争而无团结，实行如过去某些同志所实行过的右倾的投降主义、尾巴主义，或者"左"倾的排外主义、宗派主义，都是错误的政策。政治上如此，艺术上也是如此。

在文艺界统一战线的各种力量里面，小资产阶级文艺家在中国是一个重要的力量。他们的思想和作品都有很多缺点，但是他们比较地倾向于革命，比较地接近于劳动人民。因此，帮助他们克服缺点，争取他们到为劳动人民服务的战线上来，是一个特别重要的任务。

四

文艺界的主要的斗争方法之一，是文艺批评。文艺批评应该发展，过去在这方面工作做得很不够，同志们指出这一点是对的。文艺批评是一个复杂的问题，需要许多专门的研究。我这里只着重谈一个基本的批评标准问题。此外，对于有些同志所提出的一些个别的问题和一些不正确的观点，也来略为说一说我的意见。

文艺批评有两个标准，一个是政治标准，一个是艺术标准。按照政治标准来说，一切利于抗日和团结的，鼓励群众同心同德的，反对倒退、促成进步的东西，便都是好的；而一切不利于抗日和团结的，鼓动群众离心离德的，反对进步、拉着人们倒退的东西，便都是坏的。这里所说的好坏，究竟是看动机（主观愿望），还是看效果（社会实践）呢？唯心论者是强调动机否认效果的，机械唯物论者是强调效果否认动机的，我们和这两者相反，我们是辩证唯物主义的动机和效果的统一论者。为大众的动机和被大众欢迎的效果，是分不开的，必须使二者统一起来。为个人的和狭隘集团的动机是不好的。有为大众的动机但无被大众欢迎、对大众有益的效果，也是不好的。检验一个作家的主观愿望即其动机是否正确，是否善良，不是看他的宣言，而是看他的行为（主要是作品）在社会大众中产生的效果。社会实践及其效果是检验主观愿望或动机的标准。我们的文艺批评是不要宗派主义的，在团结抗日的大原则下，我们应该容许包含各种各色政治态度的文艺作品的存在。但是我们的批评又是坚持原则立场的，对于一切包含反民族、反科学、反大众和反共的观点的文艺作品必须给以严格的批判和驳斥；因为这些所谓文艺，其动机，其效果，都是破坏团结抗日的。按着艺术标准来说，一切艺术性较高的，是好的，或较好的；艺术性较低的，则是坏的，或较坏的。这种分别，当然也要看社会效果。文艺家几乎没有不以为自己的作品是美的，我们的批评，也应该容许各种各色艺术品的自由竞争；但是按照艺术科学的标准给以正确的批判，使较低级的艺术逐渐提高成为较高级的艺术，使不适合广大群众斗争要求的艺术改变到适合广大群众斗争要求的艺术，也是完全必要的。

又是政治标准，又是艺术标准，这两者的关系怎么样呢？政治并不等于艺术，一般的宇宙观也并不等于艺术创作和艺术批评的方法。我们不但否认抽象的绝对不变的政治标准，也否认抽象的绝对不变的艺术标准，各个阶级社会中的各个阶级都有不同的政治标准和不同的艺术标准。但是任何阶级社会中的任何阶级，总是以政治标准放在第一位，以艺术标准放在第二位的。资产阶级对于无产阶级的文学艺术作品，不管其艺术成就怎样高，总是排斥的。无产阶级对于过去时代的文学艺术作品，也必须首先检查它们对待人民的态度如何，在历史上有无进步意义，而分别采取不同态度。有些政治上根本反动的东西，也可能有某种艺术性。内容愈反动的作品而又愈带艺术性，就愈能毒害人民，就愈应该排斥。处于没落时期的一切剥削阶级的文艺的共同特点，就是其反动的政治内容和其艺术的形式之间所存在的矛盾。我们的要求则是政治和艺术的统一，内容和形式的统一，革命的政治内容和尽可能完美的艺术形式的统一。缺乏艺术性的艺术品，无论政治上怎样进步，也是没有力量的。因此，我们既反对政治观点错误的艺术品，也反对只有正确的政治观点而没有艺术力量的所谓"标语口号式"的倾向。我们应该进行文艺问题上的两条战线斗争。

这两种倾向,在我们的许多同志的思想中是存在着的。许多同志有忽视艺术的倾向,因此应该注意艺术的提高。但是现在更成为问题的,我以为还是在政治方面。有些同志缺乏基本的政治常识,所以发生了各种糊涂观念。让我举一些延安的例子。

"人性论。"有没有人性这种东西?当然有的。但是只有具体的人性,没有抽象的人性。在阶级社会里就是只有带着阶级性的人性,而没有什么超阶级的人性。我们主张无产阶级的人性,人民大众的人性,而地主阶级资产阶级则主张地主阶级资产阶级的人性,不过他们口头上不这样说,却说成为唯一的人性。有些小资产阶级知识分子所鼓吹的人性,也是脱离人民大众或者反对人民大众的,他们的所谓人性实质上不过是资产阶级的个人主义,因此在他们眼中,无产阶级的人性就不合于人性。现在延安有些人们所主张的作为所谓文艺理论基础的"人性论",就是这样讲,这是完全错误的。

"文艺的基本出发点是爱,是人类之爱。"爱可以是出发点,但是还有一个基本出发点。爱是观念的东西,是客观实践的产物。我们根本上不是从观念出发,而是从客观实践出发。我们的知识分子出身的文艺工作者爱无产阶级,是社会使他们感觉到和无产阶级有共同的命运的结果。我们恨日本帝国主义,是日本帝国主义压迫我们的结果。世上决没有无缘无故的爱,也没有无缘无故的恨。至于所谓"人类之爱",自从人类分化成为阶级以后,就没有过这种统一的爱。过去的一切统治阶级喜欢提倡这个东西,许多所谓圣人贤人也喜欢提倡这个东西,但是无论谁都没有真正实行过,因为它在阶级社会里是不可能实行的。真正的人类之爱是会有的,那是在全世界消灭了阶级之后。阶级使社会分化为许多对立体,阶级消灭后,那时就有了整个的人类之爱,但是现在还没有。我们不能爱敌人,不能爱社会的丑恶现象,我们的目的是消灭这些东西。这是人们的常识,难道我们的文艺工作者还有不懂得的么?

"从来的文艺作品都是写光明和黑暗并重,一半对一半。"这里包含着许多糊涂观念。文艺作品并不是从来都这样。许多小资产阶级作家并没有找到过光明,他们的作品就只是暴露黑暗,被称为"暴露文学",还有简直是专门宣传悲观厌世的。相反地,苏联在社会主义建设时期的文学就是以写光明为主。他们也写工作中的缺点,也写反面的人物,但是这种描写只能成为整个光明的陪衬,并不是所谓"一半对一半"。反动时期的资产阶级文艺家把革命群众写成暴徒,把他们自己写成神圣,所谓光明和黑暗是颠倒的。只有真正革命的文艺家才能正确地解决歌颂和暴露的问题。一切危害人民群众的黑暗势力必须暴露之,一切人民群众的革命斗争必须歌颂之,这就是革命文艺家的基本任务。

"从来文艺的任务就在于暴露。"这种讲法和前一种一样,都是缺乏历史科学知识的见解。从来的文艺并不单在于暴露,前面已经讲过。对于革命的文艺家,暴露的对象,只能是侵略者、剥削者、压迫者及其在人民中所遗留的恶劣影响,而不能是人民大众。人民大众也是有缺点的,这些缺点应当用人民内部的批评和自我批评来克服,而进行这种批评和自我批评也是文艺的最重要任务之一。但这不应该说是什么"暴露人民"。对于人民,基本上是一个教育和提高他们的问题。除非是反革命文艺家，才有所谓人民是"天生愚蠢的"，革命群众是"专制暴徒"之类的描写。

"还是杂文时代，还要鲁迅笔法。"鲁迅处在黑暗势力统治下面，没有言论自由，所以用冷嘲热讽的杂文形式作战，鲁迅是完全正确的。我们也需要尖锐地嘲笑法西斯主义、中国的反动派和一切危害人民的事物，但在给革命文艺家以充分民主自由、仅仅不给反革命分子以民主自由的陕甘宁边区和敌后的各抗日根据地，杂文形式就不应该简单地和鲁迅的一样。我们可以大声疾呼，而不要隐晦曲折，使人民大众不易看懂。如果不是对于人民的敌人，而是对于人民自己，那末，"杂文时代"的鲁迅，也不曾嘲笑和攻击革命人民和革命政党，杂文的写法也和对于敌人的完全两样。对于人民的缺点是需要批评的，我们在前面已经说过了，但必须是真正站在人民的立场上，用保护人民、教育人民的满腔热情来说话。如果把同志当作敌人来对待，就是使自己站在敌人的立场上去了。我们是否废除讽刺？不是的，讽刺是永远需要的。但是有几种讽刺：有对付敌人的，有对付同盟者的，有对付自己队伍的，态度各有不同。我们并不一般地反对讽刺，但是必须废除讽刺的乱用。

"我是不歌功颂德的；歌颂光明者其作品未必伟大，刻画黑暗者其作品未必渺小。"你是资产阶级文艺家，你就不歌颂无产阶级而歌颂资产阶级；你是无产阶级文艺家，你就不歌颂资产阶级而歌颂无产阶级和劳动人民：二者必居其一。歌颂资产阶级光明者其作品未必伟大，刻画资产阶级黑暗者其作品未必渺小，歌颂无产阶级光明者其作品未必不伟大，刻画无产阶级所谓"黑暗"者其作品必定渺小，这难道不是文艺史上的事实吗？对于人民，这个人类世界历史的创造者，为什么不应该歌颂呢？无产阶级，共产党，新民主主义，社会主义，为什么不应该歌颂呢？也有这样的一种人，他们对于人民的事业并无热情，对于无产阶级及其先锋队的战斗和胜利，抱着冷眼旁观的态度，他们所感到兴趣而要不疲倦地歌颂的只有他自己，或者加上他所经营的小集团里的几个角色。这种小资产阶级的个人主义者，当然不愿意歌颂革命人民的功德，鼓舞革命人民的斗争勇气和胜利信心。这样的人不过是革命队伍中的蠹虫，革命人民实在不需要这样的"歌者"。

"不是立场问题；立场是对的，心是好的，意思是懂得的，只是表现不好，结果反而起了坏作用。"关于动机和效果的辩证唯物主义观点，我在前面已经讲过了。现在要问：效果问题是不是立场问题？一个人做事只凭动机，不问效果，等于一个医生只顾开药方，病人吃死了多少他是不管的。又如一个党，只顾发宣言，实行不实行是不管的。试问这种立场也是正确的吗？这样的心，也是好的吗？事前顾及事后的效果，当然可能发生错误，但是已经有了事实证明效果坏，还是照老样子做，这样的心也是好的吗？我们判断一个党、一个医生，要看实践，要看效果；判断一个作家，也是这样。真正的好心，必须顾及效果，总结经验，研究方法，在创作上就叫做表现的手法。真正的好心，必须对于自己工作的缺点错误有完全诚意的自我批评，决心改正这些缺点错误。共产党人的自我批评方法，就是这样采取的。只有这种立场，才是正确的立场。同时也只有在这种严肃的负责的实践过程中，才能一步一步地懂得正确的立场是什么东西,才能一步一步地掌握正确的立场。如果不在实践中向这个方向前进,只是自以为是,说是"懂得",其实并没有懂得。

"提倡学习马克思主义就是重复辩证唯物论的创作方法的错误,就要妨害创作情绪。"学习马克思主义,是要我们用辩证唯物论和历史唯物论的观点去观察世界,观察社会,观察文学艺术,并不是要我们在文学艺术作品中写哲学讲义。马克思主义只能包括而不能代替文艺创作中的现实主义,正如它只能包括而不能代替物理科学中的原子论、电子论一样。空洞干燥的教条公式是要破坏创作情绪的,但是它不但破坏创作情绪,而且首先破坏了马克思主义。教条主义的"马克思主义"并不是马克思主义,而是反马克思主义的。那末,马克思主义就不破坏创作情绪了吗? 要破坏的,它决定地要破坏那些封建的、资产阶级的、小资产阶级的、自由主义的、个人主义的、虚无主义的、为艺术而艺术的、贵族式的、颓废的、悲观的以及其他种种非人民大众非无产阶级的创作情绪。对于无产阶级文艺家,这些情绪应不应该破坏呢? 我以为是应该的,应该彻底地破坏它们,而在破坏的同时,就可以建设起新东西来。

新的人民的文艺*（节录）

周 扬

伟大的开始

要把毛主席1942年在延安文艺座谈会讲话以来，最近七八年间解放区文艺的全部发展过程及其在各方面的成就和经验，作一简要而又概括的叙述，实在不是一件容易的事。这个文艺是如此年轻，充满了强烈无比的生命力，它又在广大群众的考验中积累了如此丰富的经验，以至我们还没有来得及将这些经验加以全面的研究、总结和提高。但有一点是肯定的：文艺座谈会以后，在解放区，文艺的面貌，文艺工作者的面貌，有了根本的改变。这是真正新的人民的文艺。文艺与广大群众的关系也根本改变了。文艺已成为教育群众、教育干部的有效工具之一，文艺工作已成为一个对人民十分负责的工作。

"五四"以来，以鲁迅为首的一切进步的革命的文艺工作者，为文艺与现实结合，与广大群众结合，曾作了不少苦心的探索和努力。在解放区，由于得到毛泽东同志正确的直接的指导，由于人民军队与人民政权的扶植，以及新民主主义政治、经济、文化各方面改革的配合，革命文艺已开始真正与广大工农兵群众相结合。先驱者们的理想开始实现了。自然现在还仅仅是开始，但却是一个伟大的开始。

毛主席的《在延安文艺座谈会上的讲话》规定了新中国的文艺的方向，解放区文艺工作者自觉地坚决地实践了这个方向，并以自己的全部经验证明了这个方向的完全正确，深信除此之外再没有第二个方向了，如果有，那就是错误的方向。

解放区的文艺是真正新的人民的文艺，这可以从以下几个方面来观察和说明。

为提高作品的思想性、艺术性
而奋斗，创造无愧于伟大的
中国人民革命时代的作品！

以上我把文艺座谈会以来解放区文艺的面貌作了一个轮廓式的叙述。必须承认，解放区的文艺工作是有成绩的。但能不能因此就自满起来呢？我们是丝毫没有可以自满的理由的，我们的文艺工作还远落后于革命形势的发展与革命任务的需要。文艺战线比起军事战线所达到的水平来是相差很远很远的。

---

* 本文是1949年7月在中华全国文学艺术工作者代表大会上关于解放区文艺运动的报告，原载于《中华全国文学艺术工作者代表大会纪念文集》。

现在全国革命已取得基本胜利,中国正迈入一个广泛地从事经济建设、政治建设、国防建设和文化建设的新历史时期。我们的文艺工作者必须继续深入群众、深入实际,积极参加人民解放斗争和新民主主义各方面的建设,并通过各种艺术形式更多地更好地来反映这个斗争和建设。国家建设的过程基本上就是一个变农业国为工业国的过程。过去因为我们工作重心在农村,我们的作品反映农村斗争、生产的,就占了最大的比重;反映工业生产和工人阶级的作品非常之少,到现在为止,较好的还只有《原动力》《红旗歌》几篇。工人阶级、农民阶级和革命知识分子是人民民主专政的领导力量和基础力量,我们的作品必须着重地来反映这三个力量。解放区知识分子,经过整风和长期实际工作的锻炼,在思想、情感、作风各方面都有了根本的改变,他们已经相当地工农化了,我们的作品中应当反映他们的新的面貌。自然,文艺可以描写一切阶级、一切人物的活动,工农兵的生活和斗争也只有在与其他阶级的一定关系上才能被完全地表现出来。但是重点必须放在工农兵身上,这是没有问题的,因为工农兵群众是解放战争与国家建设的主体的缘故。

工农业生产建设的主题将获得新的重大的意义。但是建设也决不会和和平平地进行的,建设本身就是斗争。一方面,武装的敌人虽然打败了,但暗藏的敌人还在时时企图破坏我们,特别破坏我们的工业建设,我们必须加倍警惕;另一方面,工人阶级与资产阶级虽然在"公私兼顾、劳资两利、发展生产、繁荣经济"的总目标上是大体一致的,但他们之间存在不可调和的矛盾,却也是不可否认的事实,而文艺作品则必须揭发社会中一切的主要矛盾和主要斗争。

革命战争快要结束,反映人民解放战争,甚至反映抗日战争,是否已成为过去,不再需要了呢?不,时代的步子走得太快了,它已远远走在我们前头了,我们必须追上去。假如说在全国战争正在剧烈进行的时候,有资格记录这个伟大战争场面的作者,今天也许还在火线上战斗,他还顾不上写,那末,现在正是时候了,全中国人民迫切地希望看到描写这个战争的第一部、第二部以至许多部的伟大作品!它们将要不但写出指战员的勇敢,而且要写出他们的智慧、他们的战术思想,要写出毛主席的军事思想如何在人民军队中贯彻,这将成为中国人民解放斗争历史的最有价值的艺术的记载。

我们的作品是有思想内容的,因为它们反映了人民的斗争、人民的思想、意志、情绪,但思想性还不够,必须提高一步。一切前进的文艺工作者必须站在像黑格尔所说的时代思想水平上;今天具体地说,就是站在马列主义毛泽东思想的水平上。只有如此,才能获得独立地观察、分析与综合各种生活现象的能力,也就是,艺术上概括的能力。只有如此,才能将多方面地、深刻地反映生活与明确地、坚持地宣传政策,两者统一起来,不致于为了宣传某一具体政策而歪曲了生活中的基本事实,或者为了生活的局部的细节的真实,而模糊了基本政策思想。只有如此,才能更有力地表现积极人物,表现群众中的英雄模范;克服过去写积极人物(或称正面人物)总不如写消极人物(或称反面人物)写得好的那种缺点。只有如此,才能不但反映群众中的情况和问题,而且反映领导上的情况和问题。反映与批评领导思想作风的，如像苏联《前线》那样的作品，我们是十分需要的。而要能够写出这种作品，就必须自己有较高思想水平，同时又熟悉各种领导干部（包括高级干部在内）的作风、思想、性格。文艺座谈会以后，文艺工作者深入到了工农群众中去，开始学会了描写工农群众，这是很大的收获，现在又还必须学会描写工农兵干部，特别是领导干部。一切问题要从群众与领导两方面的角度去观察，这样我们就会看得更全面，因而作品的思想水平就必然会更高。

为了创造富有思想性的作品，文艺工作者首先必须学习政治，学习马列主义毛泽东思想与当前的各种基本政策。不懂得城市政策、农村政策，便无法正确地表现城乡人民的生活和斗争。政策是根据各阶级在一定历史阶段中所处的不同地位，规定对于他们的不同待遇，适应广大人民需要，指导人民行动的东西。每个个人的命运，都被他所属阶级的地位，以及对待这一阶级的基本政策所左右的，同时也是被各个具体政策本身或执行的好坏所影响的。在人民民主专政的新社会中，人民已成为自己命运的主人，他们的行动不再是自发的、散漫的、盲目的，而是有意识的、有组织的、按照一定目标进行的；这就是说，他们的行动是被政策所指导的，人民通过根据他们的利益所制定的各种政策来主宰着自己的命运。这就是新的人民时代不同于过去一切旧时代的根本规律。因此，离开了政策观点，便不可能懂得新时代的人民生活中的根本规律。一个文艺工作者，只有站在正确的政策观点上，才能从反映各个人物的相互关系、他们的生活行为和思想动态、他们的命运中，反映出整个社会各阶级的关系和斗争、各个阶级的生活行为和思想动态、各个阶级的命运。作品的高度思想性主要就表现在对于社会各阶级的相互关系和斗争的深刻的揭露。一个文艺工作者，也只有站在正确的政策观点上，才能使自己避免单从偶然的感想、印象或者个人的趣味来摄取生活中的某些片断，自觉或不自觉地对生活作歪曲的描写。"以感想代政策"，对文艺创作来说，也是有害的。

当然，文艺作品对政策的宣传，必须从实际出发，而不是从政策条文出发，必须着重反映各地各部门领导干部执行政策的各种不同的情况，各阶层群众对于政策的各种不同反映，群众接受我们党和政府的政策变为他们自己的政策的整个曲折复杂过程，只有这样，文艺才能真实地反映情况、发现问题。因此文艺工作者学习政策，一方面是将政策作为他观察与描写生活的立场、方法和观点，但同时他又必须直接深入生活、深入群众，具体考察与亲自体验政策执行的情形，否则，不但不可能产生真正的艺术创作，而且也不可能对政策有真正的理解。同时，文艺工作者还必须学习马列主义基本理论与中国革命的总路线、总政策，只有这样，才能对各个时期各个地区的各种不同的具体政策作连贯起来的思索和理解，不致在宣传某一具体政策时发生偏差，而损害或降低艺术作品的思想性。

作品的艺术水平也必须提高。必须承认现在解放区的作品还远没有达到形式上完成的程度，我们必须学习技术。但我们又必须反对与防止一切技术至上主义（例如技术与思想分开，盲目崇拜西洋技巧等等）、形式主义，必须确立人民文艺的新的美学的标准：凡是"新鲜活泼的、为老百姓所喜闻乐见的中国作风与中国气派"的形式，就是美的，反之就是丑的。

现在摆在一切文艺工作者面前的主要任务就是创造无愧于这个伟大的人民革命时代的有思想的美的作品。

应当重视电影《武训传》的讨论[*]

（一九五一年五月二十日）

毛泽东

　　《武训传》所提出的问题带有根本的性质。像武训那样的人，处在清朝末年中国人民反对外国侵略者和反对国内的反动统治者的伟大斗争的时代，根本不去触动封建经济基础及上层建筑的一根毫毛，反而狂热地宣传封建文化，并为了取得自己所没有的宣传封建文化的地位，就对反动的封建统治者竭尽奴颜婢膝的能事，这种丑恶的行为，难道是我们所应当歌颂的吗？向着人民群众歌颂这种丑恶的行为、甚至打出"为人民服务"的革命旗号来歌颂，甚至用革命的农民斗争的失败作为反衬来歌颂，这难道是我们所能够容忍的吗？承认或者容忍这种歌颂，就是承认或者容忍污蔑农民革命斗争，污蔑中国历史，污蔑中国民族的反动宣传为正当的宣传。

　　电影《武训传》的出现，特别是对于武训和电影《武训传》的歌颂竟至如此之多，说明了我国文化界的思想混乱达到了何等的程度！试看下面自从电影《武训传》放映以来，北京、天津、上海三个城市中报纸和刊物上所登载的歌颂《武训传》、歌颂武训或者虽然批评武训的另一个方面，仍然歌颂其他方面的论文的一个不完全的目录：

题　目	作　者	报　刊	日　期
编导《武训传》记	孙　瑜	光明日报	二·二六
武训传电影和武训画传	长　之	光明日报	二·二六
我看《武训传》电影	李士钊	光明日报	二·二六
我看了《武训传》电影	陶　宏	光明日报	二·二六
武训传——电影故事	罗　维	工人日报	二·二六
介绍武训画传	管大同	光明日报	二·二七
武训传	紫　光	新民报	二·二七
热爱我们伟大的祖国 ——看电影《武训传》 有感	谷　风	新民报	二·二七
关于电影《武训传》	王赓尧	新民报	二·二七
对《武训传》的意见	项若愚	新民报	二·二七

---

　　[*]　这是毛泽东同志为《人民日报》写的社论。

	魏兆兰		
由教育观点评《武训传》	董渭川	光明日报	二·二八
《武训传》观后	凤隽	新民报	三·一〇
论《武训传》	杨雨明	北京文艺	三·一五
	端木蕻良	二卷一期	
《武训传》丑化了劳动人民	江林	新民报	三·三
我对《武训传》的意见	林	光明日报	四·二
武训传能表现我们祖先 　的伟大吗？	田家美	新民报	四·二
将《武训传》的争论明确起来	书亭	人物杂志	五·五
由武训和周大这两个人物 　谈起——《武训传》观后	赵桓	天津日报	三·一九
推荐《武训传》	阮丁	进步日报	三·一九
	果鸿远		
	步云升		
《武训传》观后感	文青	进步日报	三·二三
	夏文华		
评《武训传》	时伟文	天津日报	三·二八
我看《武训传》	李歆	天津日报	三·二九
《武训传》教育了我	堃瑜	天津日报	四·四
不能接受武训的传统	静知	进步日报	四·四
关于《武训传》	程庆华	进步日报	四·四
我对武训的看法	恂	进步日报	四·四
武训的"反抗"变成了帮忙	洪都	进步日报	四·八
对《武训传》取材问题 　的一点意见	方辉先	进步日报	四·八
关于武训不是我们好传 　统的商榷	鲁男子	进步日报	四·八
我怎样演武训的	赵丹	上海大众 电影第9至 第15期	一九五〇 ·十·一六
武训传(报纸连载画传)	孙瑜编 董天野画	新闻日报	一二·一四至一九 五一·一·三〇

在许多作者看来，历史的发展不是以新事物代替旧事物，而是以种种努力去保持旧事物使它得免于死亡；不是以阶级斗争去推翻应当推翻的反动的封建统治者，而是像武训那样否定被压迫人民的阶级斗争，向反动的封建统治者投降。我们的作者们不去研究过去历史中压迫中国人民的敌人是些什么人，向这些敌人投降并为他们服务的人是否有值得称赞的地方。我们的作者们也不去研究自从一八四〇年鸦片战争以来的一百多年中，中国发生了一些什么向着旧的社会经济形态及其上层建筑(政治，文化等等)作斗争的新的社会经济形态，新的阶级力量，新的人物和新的思想，而去决定什么东西是应当称赞或歌颂的，什么东西是不应当称赞或歌颂的,什么东西是应当反对的。

特别值得注意的是一些号称学得了马克思主义的共产党员。他们学得了社会发展史——历史唯物论,但是一遇到具体的历史事件,具体的历史人物(如像武训),具体的反历史的思想(如像电影《武训传》及其他关于武训的著作),就丧失了批判的能力,有些人则竟至向这种反动思想投降。资产阶级的反动思想侵入了战斗的共产党,这难道不是事实吗?一些共产党员自称已经学得的马克思主义、究竟跑到什么地方去了呢?

为了上述种种缘故,应当展开关于电影《武训传》及其他有关武训的著作和论文的讨论,求得彻底地澄清在这个问题上的混乱思想。

(原载《人民日报》一九五一年五月二十日)

关于红楼梦研究问题的信[*]

（一九五四年十月十六日）

毛泽东

驳俞平伯的两篇文章附上，请一阅。这是三十多年以来向所谓红楼梦研究权威作家的错误观点的第一次认真的开火，作者是两个青年团员。他们起初写信给《文艺报》，请问可不可以批评俞平伯，被置之不理。他们不得已写信给他们的母校——山东大学的老师，获得了支持，并在该校刊物《文史哲》上登出了他们的文章驳《红楼梦简论》。问题又回到北京，有人要求将此文在《人民日报》上转载，以期引起争论，展开批评，又被某些人以种种理由（主要是"小人物的文章"，"党报不是自由辩论的场所"）给以反对，不能实现；结果成立妥协，被允许在《文艺报》转载此文。嗣后，《光明日报》的《文学遗产》栏又发表了这两个青年的驳俞平伯《红楼梦研究》一书的文章。看样子，这个反对在古典文学领域毒害青年三十余年的胡适派资产阶级唯心论的斗争，也许可以开展起来了。事情是两个"小人物"做起来的，而"大人物"往往不注意，并往往加以阻拦，他们同资产阶级作家在唯心论方面讲统一战线，甘心作资产阶级的俘虏，这同影片《清宫秘史》和《武训传》放映时候的情形是几乎相同的。被人称为爱国主义影片而实际是卖国主义影片的《清宫秘史》，在全国放映之后，至今没有被批判。《武训传》虽然批判了，却至今没有引出教训，又出现了容忍俞平伯唯心论和阻拦"小人物"的很有生气的批判文章的奇怪事情，这是值得我们注意的。

俞平伯这一类资产阶级知识分子，当然是应当对他们采取团结态度的，但应当批判他们的毒害青年的错误思想，不应当对他们投降。

---

[*] 这是毛泽东同志写给中共中央政治局的同志和其他有关同志的一封信。

胡风对文艺问题的意见（节录）

（关于几个理论性问题的说明材料）

胡　风

第二：关于几个具体论点

二、关于思想改造

………

对于一个忠实于现实的作家，现实主义的作家，他的从生活得来的经验材料（素材），他的对于它的理解（思想）和感情态度，要在创作过程中进行一场相生相克的决死的斗争。在这个斗争过程中间，经验材料通过作家底血肉追求而显示出了它的潜伏的内在逻辑，作家底理解和感情态度（主观世界）又被那内在逻辑带来了新的内容或变化，这才达到了主观和客观的统一，产生了作品。一篇作品有没有可能真正写出真实来，那最后是要从作家在创作过程中是不是做过艰苦的斗争来决定的。

………

否定了创作过程底实践意义，那作家底思想改造不但绝对不会结出什么果子来，反而要使感受机能和认知机能渐渐衰萎的。

……庸俗化了思想改造，把思想改造成了一根随心所欲的理论棍子。

四、关于"题材"

………

……在作家底脑袋上面放下了三根棍子：

（1）题材"对于作品的价值"有"一定的决定作用"；

（2）"文学历史上的伟大作品总是以它那个时代的重要生活或重要问题为题材"；

（3）"作家对于题材的选择正常常和他的立场有关"。

第三：关键在哪里？

………

在这个顽强的宗派主义地盘上面，仅仅通过×××同志对我的批评所看到的，在读者和作家头上就被放下了五把"理论"刀子：

作家要从事创作实践，非得首先具有完美无缺的共产主义世界观不可，否则，不可能望见和这个"世界观""一元化"的社会主义现实主义的创作方法底影子，这个世界观就被送到了遥遥的彼岸，再也无法可以达到，单单这一条就足够把一切作家都吓哑了。

只有工农兵底生活才算生活；日常生活不是生活，可以不要立场或少一点立场。这就把生活肢解了，使工农兵底生活成了真空管子，使作家到工农兵生活里去之前逐渐麻痹了感受机能；因而使作家不敢也不必把过去和现在的生活当作生活，因而就不能理解不能吸收任何生活，尤其是工农兵生活。

只有思想改造好了才能创作，这就使作家脱离了实践，脱离了劳动，无法使现实内容走进自己内部，一天一天干枯下去，衰败下去，使思想改造成了一句空话或反话。

只有过去的形式才算民族形式，只有"继承"并"发扬""优秀的传统"才能克服新文艺的缺点；如果要接受国际革命文艺和现实主义文艺底经验，那就是"拜倒于资产阶级文艺之前"，这就使得作家即使能够偷偷地接近一点生活，也要被这种沉重的复古空气下面的形式主义和旧的美感封得"非礼毋视"，"非礼毋听"，"非礼毋动"，因而就只好"非礼毋言"，以至无所动无所言了。

题材有重要与否之分，题材能决定作品底价值，"忠于艺术"就是否定"忠于现实"，这就使得作家变成了"唯物论"的被动机器，完全依靠题材，劳碌奔波地去找题材，找"典型"，因而，任何"重题材"也不能成为题材，任何摆在地面上的典型也不成其为"典型"了。而所谓"重要题材"，又一定得是光明的东西，革命胜利了不能有新旧斗争，更不能死人，即使是胜利以前死的人和新旧斗争，革命胜利了不能有落后和黑暗，即使是经过斗争被克服了的落后和黑暗，等等，等等。这就使得作家什么也不敢写，写了的当然是通体"光明"的，也就是通体虚伪的东西，取消了尚待克服的落后和"黑暗"也就是取消了正在前进的光明，使作家完全脱离政治脱离人民为止……

在这五道刀光的笼罩之下，还有什么作家与现实的结合，还有什么现实主义，还有什么创作实践可言？

问题不在这五把刀了，而是在那个随心所欲地操纵着这五把刀子的宗派主义。

………………

作为参考的建议

第一部分：

几年以来，文艺实践上的关键问题是宗派主义统治，和作为这个统治武器的主观公式主义（庸俗机械论）的理论统治。……

第二部分：文学运动的方式

………………

（三）原则问题

一、提高党底领导作用——建立在保证并推动创作实践的基础上面,在作品竞赛和日常地民主地进行从创作实践出发的思想斗争的基础上面,在帮助并保证作家个性成长的基础上面的领导作用。……

(四) 一个步骤

…………

三、有领导地解散中央和大区的、行政管理或变相的行政管理的所谓创作机构,如"驻会作家"、创作所、创作室、创作部、各种创作组等。

这些刊物造成了几方面的结果:

1. 成了大宗派主义底基础,同时又成了彼此对立的小宗派主义底温床;培植了一层一层的小领袖主义。

2. 成了主观主义或机械论底基本阵地,形成了一堵"铜墙铁壁"。

3. 因为都是独占性的,又被宗派主义所保证,编辑审阅工作就完全被委弃在一般干部手上,……作家们成了编辑部裁决的对象,造成了普遍的不满。

4. 因为都是独占性,又在宗派主义统治底"统一领导"之下,不但不可能进行真正的作品竞赛和负责的批评与自我批评,反而成了一呼百诺的压死了思想斗争的局面。

…………

7. 培植了宗派主义统治底支柱的官僚主义,和盲目服从的小领袖主义或雇佣思想。

(节录自《文艺报》一九五五年第一、二期附发材料)

百花齐放，百家争鸣(节录)
(一九五六年五月二十六日在怀仁堂的讲话)

陆定一

中国科学院院长和中国文学艺术界联合会主席郭沫若先生，要我来讲讲中国共产党对文艺工作和科学工作的政策。中国共产党对文艺工作主张百花齐放，对科学工作主张百家争鸣，这已经由毛主席在最高国务会议上宣布过了。执行这个政策，我们已经有了部分的经验，但是我们的经验还是很少的。我今天所要讲的，是个人对这个政策的认识。今天到会的都是自然科学家、社会科学家、医学家、文学家和艺术家，有共产党员，也有各民主党派的和无党无派的朋友。你们当然能够了解，这个政策对于我国文学艺术和科学研究工作的发展，对于你们所从事的工作，有何等重要的意义。我的了解如有不对的地方，希望大家不吝指正，使我们的共同事业能够顺利发展。

一、为什么提出这样的政策？为什么
现在才着重提出这样的政策？

我国要富强，除了必须巩固人民的政权，必须发展经济，发展教育事业，加强国防以外，还必须使文学艺术和科学工作得到繁荣的发展，缺少这一条是不行的。

要使文学艺术和科学工作得到繁荣的发展，必须采取"百花齐放，百家争鸣"的政策。文艺工作，如果"一花独放"，无论那朵花怎么好，也是不会繁荣的。拿眼前的例子来说，就是戏剧。几年以前，还有人反对京戏。那时，党决定在戏剧方面实行"百花齐放，推陈出新"的政策。现在大家都看到，这个政策是正确的，收到了巨大的效果。由于有了各剧种之间的自由竞赛和互相观摩，戏剧的进步就很快。在科学工作方面，我国也有历史经验。我国在两千年前的春秋战国时代，学术方面曾经出现过"百家争鸣"的局面，这成了我国过去历史上学术发展的黄金时代。我国的历史证明，如果没有对独立思考的鼓励，没有自由讨论，那么，学术的发展就会停滞。反过来说，有了对独立思考的鼓励，有了自由讨论，学术就能迅速发展。春秋战国时代同现在的情况是大不相同的。当时，社会是动乱的，学术方面的"百家争鸣"是自发的而没有有意识的统一领导的。现在，却是人民自己打出了自由的天地，人民民主专政已经建立起来而且巩固起来了，人民要求科学工作的迅速发展，因而自觉地对科学工作进行全盘的规划，并采取"百家争鸣"的政策来促进学术工作的发展。

我们又要看到，在阶级社会里，文学艺术和科学工作毕竟要成为阶级斗争的武器。

这个问题，在文学艺术的领域里，是比较明显的。文学艺术中有一些显然有害的东西。

胡风就是一个例子。诲盗诲淫的黄色小说又是一个例子。"打打麻将,国事管他娘","美国月亮比中国的圆",这些所谓文学作品又是一些例子。把这样的有毒的文艺,同苍蝇、蚊子、老鼠、麻雀一样看待,加以消灭,是完全应该的。这对文艺只有好处,没有坏处。所以,我们说,有为工农兵服务的文艺,有为帝国主义、地主、资产阶级服务的文艺。我们所需要的,是为工农兵服务的文艺,为人民大众服务的文艺。

在哲学和社会科学的领域里,阶级斗争也是比较明显的。胡适的哲学观点,历史学观点,教育学观点和政治观点,大家都批判过了。批判胡适,这是阶级斗争在社会科学领域里的反映。这个批判,以及对梁漱溟先生的批判,是完全应该做的,对其他资产阶级唯心主义的哲学派别和资产阶级社会学的批判,也是应该做的。

在自然科学领域里,虽然自然科学本身没有阶级性,但自然科学工作者却是每个人都有自己的政治立场的。从前,在一部分自然科学家中间,有过盲目崇拜美国的思想。在一部分自然科学家中也有所谓"非政治化"的倾向。批判这些坏东西也是完全应该的。这种批判,也就是阶级斗争的反映。

我们还必须看到,文学艺术和科学研究,虽然同阶级斗争密切有关,可是它和政治终究不是完全相同的。政治斗争,是阶级斗争的直接的表现形式,文艺和社会科学,可以直接地表现阶级斗争,也可以比较曲折地表现阶级斗争。以为文艺和科学同政治无关,可以"为艺术而艺术","为科学而科学",这是一种右的片面性的看法,是错误的。反之,把文艺和科学同政治完全等同起来,就会发生另一种片面性的看法,就会犯"左"的简单化的错误。

我们所主张的"百花齐放,百家争鸣"是提倡在文学艺术工作和科学研究工作中有独立思考的自由,有辩论的自由,有创作和批评的自由,有发表自己的意见、坚持自己的意见和保留自己的意见的自由。

我们所主张的自由,是同资产阶级民主主义者所主张的自由不同的。资产阶级所主张的自由,只是少数人的自由,劳动人民是没有份或者很少有份的。资产阶级对劳动人民是实行专政的。现在美国的好战分子标榜什么"自由世界",在那个"世界"里,好战分子反动派有一切自由,而卢森堡夫妇却被处以死刑,因为他们主张和平。我们是主张不许反革命分子有自由的,我们主张对反革命分子一定要实行专政。但是在人民内部,我们主张一定要有民主自由。这是一条政治界线:政治上必须分清敌我。

我们所主张的"百花齐放,百家争鸣",是人民内部的自由。我们主张随着人民政权的巩固而扩大这种自由。

人民内部是一致的又是不一致的。我国已经有了宪法,遵守宪法是人民的义务,这就是人民内部的一致性。这就是说,爱祖国,拥护社会主义,是全国人民都应该一致的。但是,人民内部也有不一致的地方,在思想上有唯物主义和唯心主义的分别,这种分别,在阶级还存在的时候会有,在阶级消灭以后还会有,一直到共产主义社会还会有。在阶级存在的时候,唯物主义和唯心主义之间的矛盾表现为阶级的矛盾;在阶级消灭以后,只要还存在着主观和客观的矛盾，还存在着先进和落后的矛盾，还存在着社会生产力和生产关系的矛盾，那末，唯物主义和唯心主义的矛盾在社会主义社会和共产主义社会中也还将存在。唯物主义和唯心主义之间，是有斗争的，而且这种斗争将是长期的。共产党人是辩证唯物主义者，当然主张宣传唯物主义，反对唯心主义，这是不可动摇的。但是，正因为是辩证唯物主义者，正因为了解了社会发展的规律，所以共产党人主张必须把人民内部的思想斗争同对反革命分子的斗争严格地区别开来。在人民内部，不但有宣传唯物主义的自由，也有宣传唯心主义的自由。只要不是反革命分子，不管是宣传唯物主义或者是宣传唯心主义，都是有自由的。两者之间的辩论，也是自由的。这是人民内部的思想斗争，同对反革命分子所进行的斗争是不同的。对反革命，应该镇压，应该打倒。对人民内部的唯心主义的落后思想，应该进行斗争，这个斗争也是尖锐的，但这个斗争是从团结出发的，是为了克服落后，加强团结。对于思想问题，想用行政命令的办法来解决，是不会有效的。只有经过公开辩论，唯物主义的思想才能一步步克服唯心主义的思想。

在艺术性质的问题上，在学术性质的问题上，在技术性质的问题上，也会有意见的不同。这种意见上的不同，是完全容许的。在这类性质的问题上，发表不同的意见，进行辩论，进行批评和反批评，当然是自由的。

总而言之，我们主张政治上必须分清敌我，我们又主张人民内部一定要有自由。"百花齐放，百家争鸣"，是人民内部的自由在文艺工作和科学工作领域中的表现。

我们现在已经完全有条件实行"百花齐放，百家争鸣"的政策了。

我们现在的情形是怎样呢？

第一，社会主义改造在全国基本地区内已在各方面取得决定性的胜利，剥削制度将在今后几年内在这些地区被消灭。一切原有的剥削者将被改造成为自食其力的劳动者。我国即将成为没有剥削阶级的社会主义国家。

第二，知识界的政治思想状况已经有了根本的变化，并且正在发生更进一步的根本变化。这在周恩来同志关于知识分子问题的报告中已经说得很详细。在这里，让我略为回顾一下最近的一次斗争。

最近的一次斗争，是反对资产阶级唯心主义思想的斗争。在这次斗争中，广大的知识分子表现得很好，进步很大。

在这个斗争中，我们学术界的主要锋芒，集中在胡适和胡风这两个反革命分子身上，他们不仅思想上是唯心主义者，而且政治上是反革命分子。此外，还对梁漱溟先生的哲学和社会政治观点，对文艺界中的个人主义的资产阶级思想等等进行了批评。现在大家都可以看得见，这种斗争对于推动社会主义改造的发展是必要的，因而这个斗争是正确的。

在这个斗争中，中共中央曾经指示，必须坚决反对阻碍开展学术批评和讨论的思想，这些思想表现为：对资产阶级"名人"的偶像崇拜，认为他们是"权威"，不能批评；对青年的马克思主义的学术工作者采取资产阶级贵族老爷的态度，对他们实行压制；某些党员以"权威"自居,不许别人批评自己,不进行自我批评;某些党员因为"怕破坏统一战线""怕影响团结"不敢批评别人;某些党员因为私人友情或情面的关系,对别人的错误不去批评,甚至加以掩护。中共中央指出,必须坚持这样的原则:在学术批评和讨论中,任何人都不能有什么特权;以"权威"自居,压制批评,或者对资产阶级错误思想熟视无睹,采取自由主义甚至投降主义的态度,都是不对的。同时,中共中央又指示:学术批评和讨论,应当是说理的,实事求是的。这就是说,应当提倡建立在科学基础上的尖锐的学术论争。批评和讨论应当以研究工作为基础。反对采取简单、粗暴的态度。应当采取自由讨论的方法,反对采取行政命令的方法。应当容许被批评者进行反批评,而不是压制这种反批评。应当容许持有不同意见的少数人保留自己的意见,而不是实行少数服从多数的原则。对于在学术问题上犯了错误的人,经过批评和讨论后,如果不愿意发表文章检讨自己的错误,不一定要他写检讨的文章。在学术界,对于某一学术问题已经做了结论之后,如果又发生不同的意见,仍然容许讨论。中共中央又指示:在进行对资产阶级错误思想的批判和学术问题的批评和讨论时,应当坚持党的统一战线政策和团结改造知识分子的政策。应当把在思想上坚持资产阶级错误观点的人,和虽有这种错误观点但是倾向于唯物主义的人区别开来,分别对待。应当分清政治上的反革命分子和学术思想上犯错误的人。学术思想上有严重的资产阶级错误观点的学术工作者,只要政治上不是反革命分子,都应当保障他们获得适合于他们的工作岗位,保障他们有可能继续进行对于社会有用的研究,尊重和发挥他们对社会有用的专长,并将这种专长传授给青年,同时鼓励他们积极参加学术的批评和讨论,实行自我改造。

这些指示,保证了我们在反对资产阶级唯心主义思想和开展学术批评的工作中不犯重大错误。现在检查起来,这个斗争基本上是做得对的,在分寸的掌握上也大体是对的。但错误和缺点还是有的。例如俞平伯先生,他政治上是好人,只是犯了在文艺工作中学术思想上的错误。对他在学术思想上的错误加以批判是必要的,当时确有一些批判俞先生的文章是写得好的。但是有一些文章则写得差一些,缺乏充分的说服力量,语调也过分激烈了一些。至于有人说他把古籍垄断起来,则是并无根据的说法。这种情况,我要在这里解释清楚。

我们回顾一下,再看现在。那末,现在的情形已经同过去有很大的不同了,如果在一两年前,资产阶级唯心主义还有很大的市场,胡风之流还在思想战线上猖狂进攻,很多知识分子不能辨别什么是唯物主义思想、什么是唯心主义思想,不知道资产阶级唯心主义思想对社会主义事业有什么危害,那末,今天我们思想界已经大有进步。

现在,有些部门对胡适、胡风的反动思想的批判工作的原定计划还没有做完,肃清暗藏的反革命分子的工作也没有做完。凡是没有做完的,应该贯彻进行到底,不可以半途而废。因为只有把这些工作做好了,才能为今后的很多工作创造出有利的条件。在这个斗争中还必须再三强调团结占全体人数百分之九十几的好人,包括落后的分子在内,共同对反革命分子进行斗争。

第三，我们还有敌人，国内也还有阶级斗争，但是敌人特别是国内的敌人已经大大削弱了。

敌人是谁呢？在国外，有以美国好战分子为首的帝国主义侵略势力，在国内，有盘踞台湾的蒋介石集团，还有其他残余的反革命分子。这些就是我们的敌人。对这些敌人，仍然必须继续坚决斗争，不能松懈。

第四，全国人民政治上思想上的一致性大大增强，而且还在继续增强之中。

正是估计到这样的情况，所以中国共产党中央现在着重提出了"百花齐放，百家争鸣"的政策，就是要我们在文艺工作和科学工作方面，也把一切积极因素都调动起来，更好地为人民服务，为繁荣我国的文学艺术而努力，为使我国的科学工作赶上世界先进水平而努力。

现在，我们许多自然科学工作者正在政府领导之下草拟关于自然科学发展的十二年的规划，哲学和社会科学的十二年发展规划也正在拟定的过程中。制定和实现这些规划，是我们科学界的光荣任务。贯彻"百家争鸣"的方针，是完成这个任务的一个重要保证。

文艺战线上的一场大辩论（节录）

——根据一九五七年九月十六日在中共中国作家协会党组扩大会议上的讲话整理、补充并和文艺界的一些同志交换了意见之后写成。

周 扬

在全国反击资产阶级右派的斗争中，文艺界揭露和批判了丁玲、陈企霞反党集团及其他右派分子，并且取得了很大的胜利。这是文艺战线上的一场大是大非之争，社会主义文艺路线和反社会主义文艺路线之争。这场斗争，是当前我国无产阶级和资产阶级、社会主义道路和资本主义道路的斗争在文艺领域内的反映。

文艺是时代的风雨表。每当阶级斗争形势发生急剧的变化，就可以在这个风雨表上看出它的征兆。

社会主义和资本主义之间的斗争是长期的，时起时伏的。每经一次紧张的斗争，工人阶级就受到一次严重的锻炼和考验。不管道路多么曲折艰难，斗争的最后结局，总是革命战胜反革命，新事物、新思想战胜旧事物、旧思想。整个社会的发展如此，文艺的发展也不例外。历史潮流是不可抗拒的。反动派注定了失败的命运。社会主义的事业，社会主义的文艺事业，必将压倒一切反动势力的阻挠而取得胜利。

一、大风大浪中的考验

但是，我国知识界的那些反社会主义的分子却从国际反共浪潮得到了鼓舞。从一九五六年春季以后，特别是从匈牙利事件以后，他们的心就痒得熬不住了。他们按照主观愿望把"百花齐放、百家争鸣"的正确政策加以曲解。本来，我们提倡学术上不同意见的自由争论和艺术上不同风格的自由竞赛，是为了发展社会主义文化。我们将长期地坚定不移地实行这个方针。我们认为，垄断、独占，没有竞赛，没有比较，就不可能引导科学艺术走向繁荣，而只会使他们走向衰退。我们相信工人阶级有力量能够通过自由竞赛、自由辩论的方式在文化艺术上战胜资产阶级。资产阶级右派却把"百花齐放、百家争鸣"解释成对马克思主义思想运动的否定；他们十分讨厌思想改造运动。他们说"严冬"就要"解冻"，"春天"即将来临。他们的目的并不在开展甚么学术辩论和艺术竞赛，而只是企图利用这个口号来卷起一场反社会主义的政治浪潮。因此，当我党开始进入整风并广泛发动群众提意见的时候，他们就认为按照自己的面貌改造共产党的时机到了。他们的矛头首先指向思想文化领域。他们急于要夺取思想阵地。他们认为这道防线是比较薄弱，容易突破的。接着，他们就向整个社会主义事业展开了全面的攻击。这在某种意义上说，对于我们也不是坏事，而是好事。右派暴露了自己的真面目,并从反面教育了人民。

走社会主义道路,还是走资本主义道路?作革命派,还是作反动派?这是摆在每个中国人面前,要求抉择的迫切问题。在民主革命阶段,谁反对帝国主义、封建主义、官僚资本主义,谁就是革命派。现在是到了社会主义革命阶段。要作革命派,就必须反对资本主义,走社会主义的道路。你要走资本主义道路,就是反动派。两者之中,必择其一。中间道路是没有的。

过社会主义这一关,对我国知识分子来说,是比过民主革命这一关更为严重得多的考验。

果然在知识界、文艺界,出了不少的右派,其中有些是共产党员,他们扮演了和党外右派里应外合向党进攻的活跃的角色。钟惦棐的《电影的锣鼓》(载一九五六年十二月《文艺报》)是敲得较早的,可以看作右派进攻的一个信号。这篇文章把解放以来的电影事业的成就一笔抹杀,肆意攻击党对文艺工作的领导,企图把电影事业拉回到资本主义的老路。

在这个期间,修正主义思想开始在文艺界抬起头来。右派分子和修正主义者,反对文艺为工农兵、为社会主义服务的路线。他们说《在延安文艺座谈会上的讲话》已经"过时"了。社会主义现实主义的创作原则应当修改或者放弃。他们在所谓"写真实"、"干预生活"等等的口号下,提倡"揭露生活的阴暗面",认为只有这样才是"现实主义的新路"。一时间,真是"山雨欲来风满楼"。文艺界的风正在向右刮。看到这种现象,一些"左"的教条主义者着慌了,想用简单粗暴的压服方法镇压这股歪风。当然教条主义和压服方法是克服不了修正主义的。教条主义者害怕鸣放,是由于他们不相信工人阶级和人民群众的力量,不相信马克思列宁主义的力量。所以他们表面上的"左"正是反映了他们骨子里的"右"。党坚决地采取了放手让他们鸣放的方针,因为他们力争鸣放,发了狂了,恨不得一口气吃掉共产党。他们完全不讲道理了。他们背叛了社会主义,背叛了宪法,背叛了自己的诺言。党早就公开说明,我们不怕毒草,要把毒草锄翻,变成肥料;我们不怕牛鬼蛇神,要请牛鬼蛇神做人民的反面教材。我们看到毒草已经长出来了,那么,就让它长罢。因为毒草是一种客观存在,毒草盛长,就标志着工人阶级锄草队伍要出动了。想把客观存在的毒草泥封土掩,不许露头,或者一露头就用简单办法一下子压死,是一种不懂阶级斗争策略的蠢笨作法,而且一定会留下后祸,将来要付出更多的劳动才能把它锄掉。党相信群众有识别毒草,克服毒草的力量。党是懂得如何对付阶级敌人的。就是这样,文艺界的右派分子同社会各界的右派分子一样,就原形毕露,张牙舞爪地乘机活动起来,形成了两军对垒。两方面都高兴。右派即反动派高兴的是共产党眼看垮台,资本主义可以复辟了。革命派高兴的是牛鬼蛇神大队出笼,有机会灭掉它们了。

右派分子妄想匈牙利事件在中国重演。正如匈牙利的反动派盗用了柯苏特、裴多菲的招牌作为他们进行反革命的武器一样,中国的右派分子在一九五七年也利用党的整风运动煽动一次反对社会主义的所谓"新的五四运动"。这时,正像李又然形容的,丁玲的眼睛都

425

因为高兴而发亮了。冯雪峰的情绪也从来没有这样兴奋,他说"洪水冲到了大门口"。他鼓动一切对党、对人民政权心怀不满的分子"有冤报冤,有仇报仇",用"狂风暴雨"式的"大民主"来反对党和国家的领导。连一向不大过问世事的陈涌也说:"大变动的前夜到来了。"钟惦棐在他后来的检讨中说:"在我脑子里经历了一场匈牙利事件。"这是真实的自白。所以党内右派和党外右派里应外合是很自然的。丁玲、陈企霞反党集团和《文汇报》的右派密通信息,想借《文汇报》来为他们公开声援,以便达到他们分裂文艺界和推翻党的领导的目的。艾青在这一活动中起了穿针引线的作用。冯雪峰在人民文学出版社成了右派的靠山。江丰反党集团在中央美术学院和民盟中的右派亲密合作到了"盟党合流"的程度。这些号称共产党员的人,在工人阶级的事业遭到敌人攻击的时候,不挺身起来保卫工人阶级的利益,却反而里应外合向党进攻,这不是叛变是什么呢?

丁玲、陈企霞、冯雪峰等人的反党活动,并不是现在才开始的。十五年前,正当革命处在极艰苦的年月,全世界面临法西斯的奴役,希特勒的军队侵占了苏联大块国土,延安被国民党反动派重重封锁,敌后根据地的人民和军队正和日本侵略者进行着最残酷的斗争,正是在这个时候,丁玲、陈企霞等人在延安和王实味、萧军等坏分子串通一气,在他们主编的报刊上连续发表了《野百合花》、《三八节有感》等一系列反党文章,从背后向革命射击。他们的这些文章很快受到了国民党反动派的喝彩。与这同时,冯雪峰在国民党统治区支持胡风集团,同样向人民放出了反党、反马克思主义的毒素。他们在不同地区,却挑选了同一时机,互相呼应,向党进攻,这事正说明了一条历史的规律:当阶级斗争到了尖锐化的阶段,革命到了转折的关头,总有一批混在党内的阶级异己分子和不坚定的分子在大风大浪中经不住考验,暴露出他们的原形来。

这次右派分子在文艺界放火,比十五年前的火头来势更猛,但是今天的革命力量也远非十五年前可比了。纵火者结果烧着了自己。丁玲等人的反党面貌被最后地彻底地揭露出来。

经过反右派的大辩论,我们大家,包括我自己在内,都受到了极深刻的教育。绝大多数的作家、艺术家更坚定地站到了社会主义方面。社会主义热情在文艺界高涨起来。右派分子只有彻底悔改,重新作人,才有出路;别的出路是没有的。党和人民愿意帮助他们改造,但主要要靠他们自己的努力。

关于文学艺术的两个批示

毛泽东

一、一九六三年十二月十二日的批示

各种艺术形式——戏剧、曲艺、音乐、美术、舞蹈、电影、诗和文学等等。问题不少,人数很多,社会主义改造在许多部门中,至今收效甚微。许多部门至今还是"死人"统治着。不能低估电影、新诗、民歌、美术、小说的成绩,但其中的问题也不少。至于戏剧等部门,问题就更大了。社会经济基础已经改变了,为这个基础服务的上层建筑之一的艺术部门,至今还是大问题。这需要从调查研究着手,认真地抓起来。

许多共产党人热心提倡封建主义和资本主义的艺术,却不热心提倡社会主义的艺术,岂非咄咄怪事。

二、一九六四年六月二十七日的批示

这些协会和他们所掌握的刊物的大多数(据说有少数几个好的),十五年来,基本上(不是一切人)不执行党的政策,做官当老爷,不去接近工农兵,不去反映社会主义的革命和建设。最近几年,竟然跌到了修正主义的边缘。如不认真改造,势必在将来的某一天,要变成像匈牙利裴多菲俱乐部那样的团体。

(原载《红旗》1967 年第 1 期)

在中国文学艺术工作者第四次代表大会上的祝辞

(一九七九年十月十三日)

邓小平

各位代表,各位同志!

今天,我国各民族的文学家、戏剧家、美术家、音乐家、表演艺术家、电影工作者和其他文艺工作者的代表欢聚一堂,共同总结三十年来文艺工作的基本经验,发扬成绩,克服缺点,商讨在新的历史时期如何繁荣文艺事业,这是一件有重要历史意义的事情。我代表中共中央、国务院,向大会表示热烈的祝贺!

参加这次大会的,有"五四"时期就投入新文化运动的老一辈文艺家;有"五四"以后,在我国革命的不同阶段,为人民解放事业做出贡献的文艺家;有建国以后成长起来的文艺家;也有在同林彪、"四人帮"的斗争中,涌现出来的文艺家。参加这次大会的,还有台湾同胞、港澳同胞中的文艺家。这次大会,标志着全国文艺工作者的空前团结。

文化大革命前的十七年,我们的文艺路线是正确的,文艺工作的成绩是显著的。所谓"黑线专政",完全是林彪、"四人帮"的诬蔑。在林彪、"四人帮"猖獗作乱的十年里,大批优秀作品遭到禁锢,广大文艺工作者受到诬陷和迫害。在那个时期,文艺界的许多同志和朋友,正气凛然地对他们进行了抵制和斗争。在我们党和人民战胜林彪、"四人帮"的斗争中,文艺工作者做出了令人钦佩的、不可磨灭的贡献。我在这里,向大家表示亲切的慰问。

粉碎"四人帮"以后,在党中央的领导下,文艺界已经和正在落实党的知识分子政策,过去受到人民欢迎的一大批作品重新和人民见面。文艺工作者心情舒畅,创作热情高涨。短短几年里,通过清算林彪、"四人帮"的极左路线,已经出现了许多优秀的小说、诗歌、戏剧、电影、曲艺、报告文学以及音乐、舞蹈、摄影、美术等作品。这些作品,对于打破林彪、"四人帮"的精神枷锁,肃清他们的流毒和影响,对于解放思想,振奋精神,鼓舞人民同心同德,向四个现代化进军,起了积极的作用。回顾三年来的工作,我认为,文艺界是很有成绩的部门之一。文艺工作者理应受到党和人民的信赖、爱护和尊敬。斗争风雨的严峻考验证明,从总体来看,我们的文艺队伍是好的。有这样一支文艺队伍,我们党和人民是感到十分高兴的。

代表们,同志们!

我们的国家,已经进入社会主义现代化建设的新时期。我们要在大幅度提高社会生产力的同时,改革和完善社会主义的经济制度和政治制度,发展高度的社会主义民主和完备的社会主义法制。我们要在建设高度物质文明的同时,提高全民族的科学文化水平,发展高尚的丰富多彩的文化生活,建设高度的社会主义精神文明。

同心同德地实现四个现代化,是今后一个相当长的时期内,全国人民压倒一切的中心任务,是决定祖国命运的千秋大业。各条战线上的群众和干部,都要做解放思想的促进派,安定团结的促进派,维护祖国统一的促进派,实现四个现代化的促进派。对实现四个现代化是有利还是有害,应当成为衡量一切工作的最根本的是非标准。文艺工作者,要同教育工作者、理论工作者、新闻工作者、政治工作者以及其他有关同志相互合作,在意识形态领域中,同各种妨害四个现代化的思想习惯进行长期的、有效的斗争。要批判剥削阶级思想和小生产守旧狭隘心理的影响,批判无政府主义、极端个人主义,克服官僚主义。要恢复和发扬我们党和人民的革命传统,培养和树立优良的道德风尚,为建设高度发展的社会主义精神文明,做出积极的贡献。

在这个崇高的事业中,文艺发展的天地十分广阔。不论是对于满足人民精神生活多方面的需要,对于培养社会主义新人,对于提高整个社会的思想、文化、道德水平,文艺工作都负有其他部门所不能代替的重要责任。

我们的文艺属于人民。我们的人民勤劳勇敢,坚韧不拔,有智慧,有理想,热爱祖国,热爱社会主义,顾大局,守纪律。几千年来,特别是"五四"运动以后的半个多世纪来,他们满怀信心,艰苦奋斗,排除一切阻力,一次又一次地写下了我国历史上光辉灿烂的篇章,任何强大的敌人都没有把他们压倒,任何严重的困难都没有把他们挡住。文艺创作必须充分表现我们人民的优秀品质,赞美人民在革命和建设中,在同各种敌人和各种困难的斗争中,所取得的伟大胜利。

我们的文艺,应当在描写和培养社会主义新人方面,付出更大的努力,取得更丰硕的成果。要塑造四个现代化建设的创业者,表现他们那种有革命理想和科学态度、有高尚情操和创造能力、有宽阔眼界和求实精神的崭新面貌。要通过这些新人的形象,来激发广大群众的社会主义积极性,推动他们从事四个现代化建设的历史性创造活动。

我们的社会主义文艺,要通过有血有肉、生动感人的艺术形象,真实地反映丰富的社会生活,反映人们在各种社会关系中的本质,表现时代前进的要求和历史发展的趋势,并且努力用社会主义思想教育人民,给他们以积极进取、奋发图强的精神。

我国历史悠久,地域辽阔,人口众多,不同民族、不同职业、不同年龄、不同经历和不同教育程度的人们,有多样的生活习俗、文化传统和艺术爱好。雄伟和细腻,严肃和诙谐,抒情和哲理,只要能够使人们得到教育和启发,得到娱乐和美的享受,都应当在我们的文艺园地里,占有自己的位置。英雄人物的业绩和普通人们的劳动、斗争及悲欢离合,现代人的生活和古代人的生活,都应当在文艺中得到反映。我国古代的和外国的文艺作品、表演艺术中,一切进步的和优秀的东西,都应当借鉴和学习。

我们要继续坚持毛泽东同志提出的文艺为最广大的人民群众、首先是为工农兵服务的方向，坚持百花齐放、推陈出新、洋为中用、古为今用的方针，在艺术创作上提倡不同形式和风格的自由发展，在艺术理论上提倡不同观点和学派的自由讨论。列宁说过，在文学事业中，"绝对必须保证有个人创造和个人爱好的广阔天地，有思想和幻想、形式和内容的广阔天地"。围绕着实现四个现代化的共同目标，文艺的路子要越走越宽，文艺创作思想、文艺题材和表现手法要日益丰富多彩，敢于创新。要防止和克服单调刻板、机械划一的公式化概念化倾向。

对人民负责的文艺工作者，要始终不渝地面向广大群众，在艺术上精益求精，力戒粗制滥造，认真严肃地考虑自己作品的社会效果，力求把最好的精神食粮贡献给人民。林彪、"四人帮"过去用反动的、腐朽的剥削阶级思想腐蚀人们灵魂，毒化社会空气，使我们的革命传统和优良风尚，遭到极大的破坏。我们的文艺工作者，要通过自己的创作，提高人民的精神境界，继续同林彪、"四人帮"的恶劣影响进行坚决斗争。对于来自"左"的和右的，总想用各种形式搞动乱，破坏安定团结局面，违背绝大多数人利益和意愿的错误倾向，要保持清醒的头脑，要运用文艺创作，同意识形态领域的其他工作紧密配合，造成全社会范围的强大舆论，引导人民提高觉悟，认识这些倾向的危害性，团结起来，抵制、谴责和反对这些错误倾向。

文艺工作者要努力学习马列主义、毛泽东思想，提高自己认识生活、分析生活，透过现象抓住事物本质的能力。我们希望，文艺工作者中间有越来越多的同志成为名副其实的人类灵魂工程师。要教育人民，必须自己先受教育。要给人民以营养，必须自己先吸收营养。由谁来教育文艺工作者，给他们以营养呢？马克思主义的回答只能是：人民。人民是文艺工作者的母亲。一切进步文艺工作者的艺术生命，就在于他们同人民之间的血肉联系。忘记、忽略或是割断这种联系，艺术生命就会枯竭。人民需要艺术，艺术更需要人民，自觉地在人民的生活中汲取素材、主题、情节、语言、诗情和画意，用人民创造历史的奋发精神来哺育自己，这就是我们社会主义文艺事业兴旺发达的根本道路。我们相信，我们的文艺工作者一定会坚定不移地沿着这条道路不断前进。

文艺工作者还要不断丰富和提高自己的艺术表现能力。所有文艺工作者，都应当认真钻研、吸收、融化和发展古今中外艺术技巧中一切好的东西，创造出具有民族风格和时代特色的完美的艺术形式。只有不畏艰难、勤学苦练、勇于探索的文艺工作者，才能攀登上艺术的高峰。

我们衷心祝愿文艺队伍更加团结壮大。不论是专业的或是业余的文艺工作者，一切社会主义的和爱国的文艺工作者，一切维护祖国统一的文艺工作者，都要更好地互相帮助、互相学习，把全部精力，集中于文艺的创作、研究或评论。作品的思想成就和艺术成就，应当由人民来定。虚心倾听各方面的批评，接受有益的意见，常常是艺术家不断进步、不断提高的动力。在文艺队伍内部，在各种类、各流派的文艺工作者之间，在从事创作与从事文艺批评的同志之间，在文艺家与广大读者之间，都要提倡同志式的、友好的讨论，提倡摆事实、讲道理。允许批评,允许反批评;要坚持真理,修正错误。

老一代文艺工作者在发现和培养青年文艺工作者方面,负有重要的责任。青年文艺工作者年富力强,思想敏锐。他们是我们文艺事业的未来。应当热情帮助并严格要求他们,使他们既不脱离生活,又能在思想上、艺术上不断进步。中年文艺工作者,是我们文艺队伍的骨干力量,要充分发挥他们的作用。

必须十分重视文艺人材的培养。在一个九亿多人口的大国里,杰出的文艺家实在太少了。这种状况,与我们的时代很不相称。我们不仅要从思想上,而且要从工作制度上,创造有利于杰出人材涌现和成长的必要条件。

各级党委都要领导好文艺工作。党对文艺工作的领导,不是发号施令,不是要求文学艺术从属于临时的、具体的、直接的政治任务,而是根据文学艺术的特征和发展规律,帮助文艺工作者获得条件来不断繁荣文学艺术事业,提高文学艺术水平,创作出无愧于我国伟大人民、伟大时代的优秀文学艺术作品和表演艺术。当前,要着重帮助文艺工作者继续解放思想,打破林彪、"四人帮"设置的精神枷锁,坚持正确的政治方向,从各个方面,包括物质条件方面,保证文艺工作者充分发挥自己的聪明才智。我们提倡领导者同文艺工作者平等地交换意见;党员作家,应当以自己的创作成就,起模范作用,团结和吸引广大文艺工作者一道前进。衙门作风必须抛弃,在文艺创作、文艺批评领域的行政命令必须废止。如果把这类东西看作是坚持党的领导,其结果,只能走向事情的反面。要坚持辩证唯物主义的思想路线,从三十年来文艺发展的历史中,分析正反两方面的经验,摆脱各种条条框框的束缚,根据我国历史新时期的特点,研究新情况,解决新问题。林彪、"四人帮"那一套荒谬做法,破坏了党对文艺工作的领导,扼杀了文艺的生机。文艺这种复杂的精神劳动,非常需要文艺家发挥个人的创造精神。写什么和怎样写,只能由文艺家在艺术实践中去探索和逐步求得解决。在这方面,不要横加干涉。

各位代表,各位同志!

毛泽东同志早在开国的时候就指出:"随着经济建设的高潮的到来,不可避免地将要出现一个文化建设的高潮。"经过艰苦的斗争,克服重重困难,我们粉碎了"四人帮",扫除了前进道路上的最大障碍。现在,我们可以满怀信心地说,这种形势的出现已经为期不远;真正实现"百花齐放,百家争鸣"这个马克思主义方针的条件,也在日益成熟。我国文学艺术蓬勃繁荣、争奇斗艳的新阶段,必将通过广大文艺工作者的辛勤劳动,展现在我们面前。

这次大会,是全国文艺工作者在新长征中的第一次盛会。同志们是带着自己的丰硕成果来出席大会的。我们相信,大会以后,同志们一定会拿出越来越多、越来越好的艺术成果,向祖国和人民汇报。

谨祝大会完满成功!

关于资产阶级自由化及其它

胡乔木

一 关于资产阶级自由化的含义

这里我想简略地说一说资产阶级自由化的含义问题。为什么我们把目前社会上存在的违反四项基本原则的社会思潮叫做资产阶级自由化思潮？大家知道，在资本主义制度下，那里的首要的自由，就是资本家进行雇佣剥削的自由，维护资产阶级私有制的自由。这是资产阶级自由的最本质的东西，其他各种自由包括言论、出版、集会、结社自由，竞选自由，两党或多党轮流执政的自由等等，归根到底都是由这种自由派生出来，并为它服务的。而当前我们社会上出现的这种思潮，它的特征正是极力宣扬、鼓吹和追求资产阶级的自由，想把资产阶级的议会制、两党制、竞选制，资产阶级的言论、出版、集会、结社自由，资产阶级的个人主义和一定范围内的无政府主义，资产阶级的唯利是图的思想和行为，资产阶级的生活方式、低级趣味，资产阶级的道德标准和艺术标准，对于资本主义制度和资本主义世界的崇拜等等，"引进"到或渗入到我国的政治、经济、社会、文化生活中来，而从原则上否认、反对和破坏中国的社会主义事业，否认、反对和破坏中国共产党对于中国社会主义事业的领导。这种思潮的社会实质，就是自觉不自觉地要求在政治、经济、社会、文化领域内摆脱社会主义的轨道和实行资产阶级的所谓自由制度。所以，我们把它称之为资产阶级自由化思潮。弄清和掌握这种思潮的意义和特征，有助于我们在使用这个概念时防止滥用，注意划清一些重要的界限。例如，一个党员或公民对于某一党组织的某一决定、某一工作或它的某一负责人提出批评意见，是属于正当的民主权利，而不能把它说成是否认和反对党的领导，说成是资产阶级自由化。又如，我们国家的宪法和法律所保障的学术自由和文艺创作自由，是科学艺术的发展所必需的，同这里所说的资产阶级自由化，完全是两回事。至于在科学研究机构和艺术事业机构内，集体计划和个人活动自由之间的关系，无疑需要妥善解决，但一般说来，也不涉及这里所说的资产阶级自由化问题。反之，谁要是确实否认、反对和破坏中国的社会主义事业，否认、反对和破坏中国共产党对于中国社会主义事业的领导，要求和实行用资产阶级的自由制度来代替社会主义民主和整个社会主义制度，那么，无论他怎样狡赖，我们都必须同他进行坚决的斗争。

二 对《苦恋》和《太阳和人》的分析

我们对电影剧本《苦恋》和根据这个剧本摄制的影片《太阳和人》进行批评，就是因为它们歪曲地反映了我国社会现实生活的历史发展,实际上否定了社会主义的中国,否定了党的领导,而宣扬了资本主义世界的"自由"。无论是在《苦恋》还是在《太阳和人》中,作者和编导都采用对比的手法,极力向人们宣扬这样一种观点:似乎"四人帮"就是中国共产党,十年内乱就是社会主义;似乎在社会主义的中国人民并没有得到解放和幸福,而只有愚昧和迷信;似乎党和人民并没有对"四人帮"进行斗争和取得历史性的胜利,因而在中国看不见一点光明,一点自由,知识分子的命运只是惨遭迫害和屈辱;似乎光明、自由只存在于美国,存在于资本主义世界,那里的知识分子自由生活的命运才是令人羡慕的。这种观点,正是资产阶级自由化思想的一种重要的典型表现。显然,不对《苦恋》和《太阳和人》进行批评,并通过这种批评使我们的文艺界、思想界和全党受到教育,增强同资产阶级自由化倾向作斗争的能力,我们的文艺事业和其他事业就很难保证自己的社会主义发展方向。

三　关于追求精神产品的商品化的错误倾向

在社会主义社会,精神产品同物质产品一样,多数是要作为商品进行流通的。但是无论物质产品的生产和精神产品的生产,都必须以满足全体人民的物质需要和精神需要为根本目的。为了实现这个根本目的,我们的精神生产部门不仅要努力增加精神产品的数量,而且要努力提高精神产品的质量,就是说,要力求每一件精神产品都具有爱国的、革命的、健康的思想内容,能够真正给人民精神上以美的享受和奋发向上的鼓舞力量。同时,尽管多数精神产品要作为商品流通,但任何精神产品决不能脱离自己的精神目的而盲目的商品化,它们的生产者决不能商人化。总之,决不能"一切向钱看"。如果背离了满足人民需要这个根本目的,如果追求商品化,那就背离了社会主义的根本原则,那样我们社会的精神生产就会同资本主义社会的精神生产没有什么本质的区别了。在资本主义社会,物质产品的生产和精神产品的生产,都高度商品化了,都是以追求利润为唯一目的。为了赚钱,一切都可以出卖,连人的良知、人格、人身等等也可以成为商品"自由"地出卖。为了赚钱,那里的许多精神生产部门可以不择手段地并且基本上不受阻挠地生产各种低级、庸俗、腐朽、反动的精神产品,去毒化、腐蚀人民的精神世界。这种精神产品生产的商品化、自由化,是资本主义社会产生精神危机并无法摆脱的原因之一。当前,我们有些精神生产部门,如有些报刊、出版社的编辑部门,有些文化艺术的事业单位,由于管理制度的缺陷和指导思想的错误,不同程度地存在着追求精神产品的商品化的错误倾向,它们不是根据正在从事现代化建设的人民的需要,按照社会主义的原则,对出版物和艺术活动的思想内容提出更高的要求,而是"一切向钱看",致使某些明显地对人们的思想具有消极影响和腐蚀作用的东西,也得以或多或少地流行起来。甚至有人公开提出,我们的出版事业、文化事业不能只由国家和社会经营,而应该允许私人自由经营。文化领域内的这种资产阶级自由化倾向,对于各种错误观点的传播,对于助长资产阶级自由化思潮的泛滥起着不可忽视的作用。这是应该引起我们的严重注意并切实加以纠正的。

四 关于文艺作品的评价标准问题

对于一部作品,应该从思想内容和艺术形式两个方面去评价。从总体上来说,文艺作品的思想内容涉及的方面很多,包括政治观点、社会观点、哲学观点、历史观点、道德观点、艺术观点等等,而且这些观点在文艺作品中都不是抽象的,而是同艺术的形象、题材、构思,艺术所反映的生活真实相结合的。这就要求我们在衡量、评价一部作品的思想内容时,除了分析它所包含的政治观点、政治倾向性以外,还必须分析它所包含的其他方面的思想内容,它对生活的认识价值,这样才能全面地评价作品的思想意义。否则,就不可能做到这一点,而且势必硬把作品变成某种政治观点的图解物。即使是政治倾向十分强烈的文艺作品,它的思想内容也不可能只限于政治倾向,除非它不具备一般文艺作品的特征。因此,不能把文艺作品的思想内容仅仅归结为政治观点、政治倾向性(毫无疑问,革命的政治观点、政治倾向性对革命作家是绝对重要和绝对必要的),不能孤立地把政治标准作为衡量文艺作品的第一标准。硬要那样做,就必然导致实践上的简单粗暴,妨碍文艺创作、文艺批评的健康发展。

(原载《红旗》1982年第8期)

在新的崛起面前

谢　冕

　　新诗面临着挑战,这是不可否认的事实。人们由鄙弃帮腔帮调的伪善的诗,进而不满足于内容平庸形式呆板的诗。诗集的印数在猛跌,诗人在苦闷。与此同时,一些老诗人试图作出从内容到形式的新的突破,一批新诗人在崛起,他们不拘一格,大胆吸收西方现代诗歌的某些表现方式,写出了一些"古怪"的诗篇。越来越多的"背离"诗歌传统的迹象的出现,迫使我们作出切乎实际的判断和抉择。我们不必为此不安,我们应当学会适应这一状况,并把它引向促进新诗健康发展的路上去。

　　当前这一状况,使我们想到五四时期的新诗运动。当年,它的先驱者们清醒地认识到旧体诗词僵化的形式已不适应新生活的发展,他们发愤而起,终于打倒了旧诗。他们的革命精神足为我们的楷模。但他们的运动带有明显的片面性,这就是,在当时他们并没有认识到,历史是不能割断的。尽管旧诗已经失去了它的时代,但它对中国诗歌的潜在影响将继续下去,一概打倒是不对的。事实已经证明:旧体诗词也是不能消灭的。

　　但就五四新诗运动的主要潮流而言,他们的革命对象是旧诗,他们的武器是白话,而诗体的模式主要是西洋诗。他们以引进外来形式为武器,批判地吸收了外国诗歌的长处,而铸造出和传统的旧诗完全不同的新体诗。他们具有蔑视"传统"而勇于创新的精神。我们的前辈诗人们,他们生活在一种无拘无束的自由开放的艺术空气中,前进和创新就是一切。他们要在诗的领域中扔去"旧的皮囊"而创造"新鲜的太阳"。

　　正是由于这种开创性的工作,在五四的最初十年里,出现了新诗历史上最初一次(似乎也是仅有的一次)多流派多风格的大繁荣。尽管我们可以从当年的几个主要诗人(例如郭沫若、冰心、闻一多、徐志摩、戴望舒)的作品中感受到中国古代诗歌传统的影响,但是,他们主要的、更直接的借鉴是外国诗。郭沫若不仅从泰戈尔、从海涅、从哥德,更从惠特曼那里得到诗的滋润,他自己承认惠特曼不仅给了他火山爆发式的情感的激发,而且也启示了他喷火的方式。郭沫若从惠特曼那里得到的,恐怕远较从屈原、李白那里得到的为多。坚决扬弃那些僵死凝固的诗歌形式,向世界打开大门吸收一切有用的东西以帮助新诗的成长,这是五四新诗革命的成功经验。可惜的是,当年的那种气氛,在以后长达半个世纪的时间里,没有再出现过。

　　我们的新诗,六十年来不是走着越来越宽广的道路,而是走着越来越窄狭的道路。三十年代有过关于大众化的讨论,四十年代有过关于民族化的讨论,五十年代有过关于向新民歌学习的讨论。三次大讨论都不是鼓励诗歌走向宽阔的世界,而是在"左"的思想倾向的支配下,力图驱赶新诗离开这个世界。尽管这些讨论曾经产生过局部的好的影响,例如三十年代国防诗歌给新诗带来了为现实服务的战斗传统,四十年代的讨论带来了新诗中国作风、中国气派的新气象等,但就总的方面来说,新诗在走向狭窄。有趣的是,三次大的讨论不约而同地都忽略了新诗学习外国诗的问题。这当然不是偶然的,这是受我们对于新诗发展道路的片面主张支配的。片面强调民族化群众化的结果,带来了文化借鉴上的排外倾向。

当我们强调民族化和群众化的时候,我们总是理所当然地把它们与维护传统的纯洁性联系在一起。凡是不同于此的主张,一概斥之为背离传统。我们以为是传统的东西,往往是凝固的、不变的、僵死的,同时又是与外界隔裂而自足自立的。其实,传统不是散发着霉气的古董,传统在活泼泼地发展着。

我国诗歌传统源流很久:诗经、楚辞、汉魏六朝乐府、唐诗、宋词、元曲……几乎每一个时代都有自己的诗的骄傲。正是由于不断的吸收和不断的演变,我们才有了这样一个丰富而壮丽的诗传统。同时,一个民族诗歌传统的形成,并不单靠本民族素有的材料,同时要广泛吸收外民族的营养,并使之融入自己的传统中去。

要是我们把诗的传统看作河流,它的源头,也许只是一湾浅水。在它经过的地方,有无数的支流汇入,这支流,包括着外来诗歌的影响。郭沫若无疑是中国诗歌之河的一个支流,但郭沫若却是溶入了中国古典诗歌、特别是外国诗歌的优秀素质而成为支流的。艾青所受的教育和影响恐怕更是"洋"化的,但艾青却属于中国诗歌伟大传统的一部分。

在刚刚告别的那个诗的暗夜里,我们的诗也和世界隔绝了。我们不了解世界诗歌的状况。在重获解放的今天,人们理所当然地要求新诗恢复它与世界诗歌的联系,以求获得更多的营养发展自己。因此有一大批诗人(其中更多的是青年人),开始在更广泛的道路上探索——特别是寻求诗适应社会主义现代化生活的适当方式。他们是新的探索者。这情况之所以让人兴奋,因为在某些方面它的气氛与五四当年的气氛酷似。它带来了万象纷呈的新气象,也带来了令人瞠目的"怪"现象。的确,有的诗写得很朦胧,有的诗有过多的哀愁(不仅是淡淡的),有的诗有不无偏颇的激愤,有的诗则让人不懂。总之,对于习惯了新诗"传统"模样的人,当前这些虽然为数不算太多的诗,是"古怪"的。

于是,对于这些"古怪"的诗,有些评论者则沉不住气,便要急着出来加以"引导"。有的则惶惶不安,以为诗歌出了乱子了。这些人也许是好心的。但我却主张听听、看看、想想,不要急于"采取行动"。我们有太多的粗暴干涉的教训(而每次的粗暴干涉都有着堂而皇之的口实),我们又有太多的把不同风格、不同流派、不同创作方法的诗歌视为异端、判为毒草而把它们斩尽杀绝的教训。而那样做的结果,则是中国诗歌自五四以来没有再现过五四那种自由的、充满创造精神的繁荣。

我们一时不习惯的东西,未必就是坏东西;我们读得不很懂的诗,未必就是坏诗。我也是不赞成诗不让人懂的,但我主张应当允许有一部分诗让人读不太懂。世界是多样的,艺术世界更是复杂的。即使是不好的艺术,也应当允许探索,何况"古怪"并不一定就不好。对于具有数千年历史的旧诗,新诗就是"古怪"的;对于黄遵宪,胡适就是"古怪"的;对于郭沫若,李季就是"古怪"的。当年郭沫若的《天狗》、《晨安》、《凤凰涅槃》的出现,对于神韵妙悟的主张者们,不啻是青面獠牙的妖物,但对如今的读者,它却是可以理解的平和之物了。

接受挑战吧,新诗。也许它被一些"怪"东西扰乱了平静,但一潭死水并不是发展,有风,有浪,有骚动,才是运动的正常规律。当前的诗歌形势是非常合理的。鉴于历史的教训,适当容忍和宽宏,我以为是有利于新诗的发展的。

(原载 1980 年 5 月 7 日《光明日报》)

中国文学需要"现代派"!

——冯骥才给李陀的信

冯骥才

李陀:

你好!我急急渴渴地要告诉你,我像喝了一大杯味醇的通化葡萄酒那样,刚刚读过高行健的小册子《现代小说技巧初探》。如果你还没见到,就请赶紧去找行健要一本看。我听说这是一本畅销书。在目前"现代小说"这块园地还很少有人涉足的情况下,好像在空旷寂寞的天空,忽然放上去一只漂漂亮亮的风筝,多么叫人高兴!

当前流行世界的现代文学思潮不是一群怪物们的兴风作浪,不是低能儿黔驴技穷而寻奇作怪,不是赶时髦,不是百慕大三角,而是当代世界文坛必然会出现的文学现象。尤其当这种思潮也出现在我们的文坛时,不必吃惊,不必恐慌,不必动气,也不必争相模仿。它不过象自然科学中的仿生学那样,属于独自一个门类。对于它,可以兴趣十足地去研究,也可以置若罔闻,决不会影响吃饭、睡觉、开会和看戏。而最近两三年我们文坛涌起的这股现代文学思潮,已经成了各种目光汇集的焦点。在它受到赞成或反对的同时,也受到注意。

有人视之为西方腐朽文化对我国文化的有害影响,有人担心我国文学的民族性因此受到冲击而面临"洋化"之危,有人则认为此种文学不能为中国大众所接受而把它当做异端……这些问题,行健在他的小册子里都做了具体又翔实的正面回答。在此,我只想对你谈些由此而引出的我个人的想法——

一、现代世界文学中,最惹人注目的莫过于本世纪初崛起的"现代派"。文学的"现代派"和音乐绘画中的"现代派"一样,是历史的反映和时代的产物。就如同恐龙时代不会出现人;人是宇宙在无头无尾的时间里,经历无数年头才渐渐演变而成的。文学中各种现象的产生也同此理。任何事物出现都有环境因素,天才也是应运而生的。这方面,行健在他小册子中《小说的演变》一节也有很好的论述。本世纪来,社会发展,科学倡达,工业革命,生活内容的变化,影响到人们的意识、思维、审美,以及生存方式;也自然影响到文学艺术中来。而最本质的则是影响到对文学艺术这一概念本身的理解。

不同时代人对文学艺术概念的理解是不同的。在十九世纪的现实主义文学形成之前,人们大多把小说和故事归为一体;而当代某些人就不满足这种上世纪所流行的有头有尾、中间有起伏高潮的小说写法了。他们认为生活中所遇到的事情并非如此;人的大脑活动方式是流动的、跳跃的、纷杂而不连贯的,作家应当遵循人的正常思维活动方式来写作。当代的乔伊斯、福克纳、沃尔夫等人都这样尝试着做了。于是人们称他们为"现代派"。

这一改革实际是文学上的一场革命。尽管人们现在还在讨论他们的得失。

从表面上看，小说的形式变化最大。在文学艺术中，人们是通过形式来接受内容的。因此有人称之为"形式主义"。而形式变化只是表象，变化的根本却是对文学概念本质的新理解。

单就文学艺术的形式来说，是具有一定程度独立欣赏价值的。即在我们确认形式为内容服务的同时，形式美有其相对的独立性。对于个别艺术门类，比如书法，便是一种纯抽象的、以形式表现为内容的古老艺术门类。再有，艺术的形式从来没有定型化。在不同时代，人们会自然而然地将自己时代的审美感融进旧形式中去。敏感的艺术家则提前创造出新形式，注入时代精神，改变人们的欣赏习惯。这种具有时代特征的审美感是种十分有趣的东西，它并不单明显表现在艺术形式上，甚至表现在人们制作的各种应用物品的样式上。大如房屋、家具、服装，小至茶具、灯罩和衣扣上。大褂虽然穿着舒服，现在连相声演员也很少穿了。单说近三十年汽车的外型就有很大变化：五十年代流线性汽车是最富有魅力的；到了六十年代，宇宙飞船出现，不知为什么，人们都公认那种车尾巴呈双翼形翘起来的汽车最具有时代感；而今，最新式的汽车外型则倾向于又扁又长。文学艺术家们是对形式最敏感不过的了。他们既是内容的创造者，也是形式的创造者。必然要对自己已经习惯了的形式进行程度不同的改造。

为什么现代派文学艺术出现不久，就在世界广泛的地区受到承认，并得到各自不同的发挥？这大概是称它为"时代的产物"，最好的例证和说明。我们当然要看到西方现代派文学艺术所包含的某些不足取的东西。比如西方社会症结在文艺中的反应，荒谬消沉的情绪，混乱的哲学观念；玩弄技巧的无聊做法；但我们并不能因此就以"没落颓废的艺术"一言以蔽之。人类文化中，各社会、各民族、各地区，有区别处，也有共同性；有的相互排斥，有的则应该互相吸收。自古如此。

现代派文学也是当代文学中一个重要的学术问题。而且已经成为我们当代文学研究项目之一了。对待学术的正常态度是研究。而不是在研究之前先下结论，永远把自己封闭在自制的茧套里。因此行健在这方面所做的研究十分值得重视。尽管是"初探"。无论何事，迈出头一步总是艰难和了不起的。

二、应该说明，现代派并不像某些人理解那样：似乎它已成为当今国外文学的主流。迄今它在各种文学样式中只占一个席位。其他如现实主义、唯美主义、浪漫主义、自然主义等，及其隶属各流派，皆各有各领地，各有各读者。范围大小都由读者多少而决定。文学和读者之间的关系是再公平不过的了，只有自愿，毫无强迫。正如西方的画坛，决不是给抽象主义所统治；乐坛也不是"摇摆乐"或"嗳乐"的一统天下。当然，现代派又是占最惹目的一席地位。由于它违反了人们长久以来惯常的欣赏方式，更由于人们对它还在争执不休。争执的中心，总是注目的中心。自从本世纪初现代派出现以来，它一直没在自己的席位上坐稳。原因有二：一是人们接受一个新事物总需要一段较长时间，二是现代文学艺术始终没有定型,现代社会发展快速,总有新的潮头涌起。但毕竟有这样一个事实:人们承认它的存在了,每位现代派作家身后都有不少追随者,一大批读者对它喜爱如狂。如果我们把这些读者看成无知而寻求刺激的傻瓜就完全错了。晚清期间,有人看见"洋火"(火柴),大惊失色,拔腿而跑的蠢事再不该做。现代派已经确立,就象当年被贬斥为"印象派"的画家莫奈、凡·高、德加、雷诺阿、马蒂斯、毕加索等人,如今无人再说他们胡作非为,他们的作品在各国博物馆里,也像伦勃朗、米叶、鲁本斯、大维特、提香和戈雅等人的作品一样受到珍视。取得历史的承认之前,先要接受历史的检验。历史的检验便是公众的目光和时间的丝缕编织成的大筛子。

你比我更清楚:现代派不是一个单独的流派。它是从古典现实主义中间脱颖而出的一股现代文学思潮,其中各派各系,如同网状支流,多不可数。而现代派一词,则是对这股分支多股、流向一致的现代文学思潮的广义的概括。人们都在寻找自己最便当、最得力、最好驾驭,同时最有个性的表现形式。在很大程度上带有试验性。有的现代派作家用各种文字夹杂写作,旨在表达人们在文化上的联系,有的以阐发梦幻,表现比现实更丰富的境界;有的则将神话做为哲学观的形象解释,如是等等,有人成功,有人失败。有人从现实主义跳入现代派,也有人——像阿拉贡那样在"超现实主义"中洗个澡儿又跳回早期现实主义营垒中去。有人试图把现代派某些手法与现实主义方法结合使用,在此之外,依然有大批作家遵循现实主义的方法写作。作家主要受读者承认,文坛企图冷淡某位作家也做不到。如果一位作家被寂寞了,原因主要在于他的作品:或是质量下降,江郎才尽;或是思想僵滞,艺术上拿不出新东西来。当然,也有的作家死后才受到承认。那需要在艺术上的真知灼见,坚韧的自信心和不求闻达的对事业的献身精神。这可不是件容易做到的事!

你瞧,我扯远了。言归正传——

三、在结束"四人帮"统治、走向社会主义现代化社会的伟大历史转折中,政治清明带来了人们思想上的空前活跃。有人称这是中国近代史"第三次思想解放运动"。此话十分有理。这是一次非人为的运动,唯其如此,才具有真正的生动性。群众的思想如同江海翻腾,形成社会前进的巨大能源。这一运动,直接而有力地影响了文学。题材内容的广泛深刻的开掘,必然使作家感觉到原有的形式带有某种束缚。新一代读者有自己的思想特征、兴趣特征和爱好特征。再加上生活面貌、节奏和方式的变化,审美感的改变,经济对外开放政策引起人们对外部世界的兴趣和好奇等等,都促使文学的变化,新潮的出现。至于我们的作家吸收国外现代文学的某些新手法毫不足怪,在三十年代鲁迅先生早给我们做过范例。这不过又是一次"历史的必然"呢!

有人说,某某作家是"现代派"。"现代派"并非洪水猛兽,何以惧之?社会要现代化,文学何妨出现"现代派"?文学改革与社会改革不同,尽管文学史上也有保守与革新之分,但如果今天的作家去写"章回体"也无须反对,搞"现代派"也不会都赞成。它和二十年代剪辫子那种社会改革大不一样。作家对写法,读者对作品,都是自由选择。只要东西写得好,有一定范围的读者群,就可在文坛驻足。文坛可大可小,来者不拒,没有围栅,没有限额,没有固定座位,可以容纳无限。对待文学艺术是需要相当达观的。

我所说,我们需要"现代派",是指社会和时代的需要,即当代社会的需要;所谓"现代派",是指地道的中国的现代派,而不是全盘西化、毫无自己创见的现代派。浅显解释,这个现代派是广义的。即具有革新精神的中国现代文学。我们的现代派的范围与含义,便于西方现代派的内容和标准不大一样。而实际上,我们许多作家已经和正在做各种可贵的探索,远远不止于所谓的"意识流"那一种了。如今我们的文学与五六十年代的文学显然已经大不一样了。即使对现实主义的理解,也有进一大步的深入。至于对一些现代派手法的尝试性采用,更是异军突起。对此生机勃勃的局面,我们当然应当高兴——哪怕我们并不都喜欢! 值得一提的是,我们对于当前文坛出现的新现象,在理论上似乎研究得还不够。不知由于畏难? 还是没有摆脱多年来在创作中寻找符合形势需要的作品写文章那种老一套做法?

高行健的小册子是有实在意义的。它的本身,就是当前我国新文学潮流的反应。作者对这股潮流推波助澜的主观意图也十分明显。因此他的写法很适合中国读者阅读,没有卖弄他的知识而故做高深,以"独家新闻"吓唬人,竭力深入浅出,写得照样很有才气。我是很佩服的! 博知是他的基础,普及是他的目标,做得真好! 无疑这小册子,对当前中国现代文学创作会发生作用,对启迪文学青年和引导读者兴趣也会发生作用。

我扯了这么多,肯定使你厌烦了。我没有你那种创造性的大脑,随时能飞出一个叫人惊奇又信服的见解来。可能由于我们还年轻,对人云亦云和老生常谈,没有兴趣。文学艺术最忌重复,忌学舌,忌仿造。作家的工作和思想家很相象,都应该是寻求、是发现、是创造,由无到有。所以,作品的第一个要求就是"新"! 因此我总想听听你在这方面的想法。我是个精神食欲很强的人。没有新东西刺激我,我就要枯竭。新生活,新思想,新艺术,都要! 往往你能给我一些。这也是我给你写信的原因之一。我就此暂停,你就此开始吧!

再有,你若见到心武,请把我这些想法同他谈谈,我也想听听他的高见。别看他神情谦逊,嘴里却不乏新奇见地。不多写了!

　　此祝

快乐

骥　才

1982 年 3 月 31 日

(原载《上海文学》1982 年第 8 期)

441

论文学的主体性(节录)

刘再复

我在《文学研究应以人为思维中心》一文中,提出这样的主张:我们可以构筑一个以人为思维中心的文学理论与文学史研究系统,也就是说,我们的文学研究应当把人作为主人翁来思考,或者说,把人的主体性作为中心来思考。在本文中,我将就文学中的主体性问题,纲要性地阐发我的论点和观念。

一

主体是在实践中建立起来的概念。人既是主体,又是客体,人作为存在是客体,而人在实践中、在行动时则是主体。人具有二重属性:一是受动性,一是能动性。人作为一种客观存在,表现出受动性,即受制于一定的自然关系和社会关系。人作为行动着的人,实践着的人,则表现出能动性,即按照自己的意志、能力、创造性在行动,支配着外部世界。我们强调主体性,就是强调人的能动性,强调人的意志、能力、创造性,强调人的力量,强调主体结构在历史运动中的地位和价值。文学中的主体性原则,就是要求在文学活动中不能仅仅把人(包括作家、描写对象和读者)看做客体,而更要尊重人的主体价值,发挥人的主体力量,在文学活动的各个环节中,恢复人的主体地位,以人为中心,为目的。具体说来就是:作家的创作应当充分地发挥自己的主体力量,实现主体价值,而不是从某种外加的概念出发,这就是创造主体的概念内涵;文学作品要以人为中心,赋予人物以主体形象,而不是把人写成玩物与偶象,这是对象主体的概念内涵;文学创作要尊重读者的审美个性和创造性,把人(读者)还原为充分的人,而不是简单地把人降低为消极受训的被动物,这是接受主体的概念内涵。

人的主体性包括两个方面:首先人是实践主体,其次人又是精神主体。所谓实践主体,指的是人在实践过程中,与实践对象建立主客体的关系,人作为主体而存在,是按照自己的方式去行动的,这时人是实践的主体;所谓精神主体,指的是人在认识过程中与认识对象建立主客体关系,人作为主体而存在,是按照自己的方式去思考,去认识的,这时人是精神主体。总之,人在实践和认识中,在行动和思考过程中,都处于主体的地位,表现出主体的力量和价值。

文艺创作强调主体性,包括两层基本内涵:一是文艺创作要把人放到历史运动中的实践主体的地位上,即把实践的人看作历史运动的轴心,看作历史的主人,而不是把人看作物,看作政治或经济机器中的齿轮和螺丝钉,也不是把人看作阶级链条中的任人揉捏的一环。也就是说，要把人看作目的，而不是手段。或者说我们要把人看作目的王国的成员，而不是看作工具王国的成员。二是文艺创作要高度重视人的精神的主体性，这就是要重视人在历史运动中的能动性、自主性和创造性。人的精神世界是联系人与物质世界的内在链条。人的大脑作为一种物质存在当然也是自然界的一部分，但它又是从大自然母体中分化和生长出来的精神世界的花朵，它的功能，作为一种精神能力，始终是作为主体而存在的。只有充分调动它的主体性，人才能成为实践的主体，当人的精神能力被限制，即它的精神主体性丧失了，那么人也就丧失了在实践中的主体性，这时，人就变成任人操纵的机器，任人摆布的木偶。可见，重视人的精神主体性是极其重要的。当前，我们在文艺创作中尤其应该强调人的精神主体性。

人的精神世界作为主体，是一个独立的，无比丰富的神秘世界，它是另一个自然，另一个宇宙。我们可称之为内自然，内宇宙，或者称为第二自然，第二宇宙。因此，可以说，历史就是两个宇宙互相结合、互相作用、互相补充的交叉运动过程。精神主体的内宇宙运动，与外宇宙一样，也有自己的导向，自己的形式，自己的矢量（不仅是标量），自己的历史。历史的描述如果只记得外宇宙的运动，而忘记内宇宙的运动，这种描绘将是片面的。这种片面性也曾在文学理论中有所反映。

俄国杰出的思想家赫尔岑赞扬过莎士比亚天才地描绘了人的内宇宙。他说："莎士比亚是两个世界的人。他结束了艺术的浪漫主义时代，开辟了新时代，天才地揭示了人的主观因素的全部深度、全部丰富内容、全部热情及其无穷性；大胆地探索生活直至它最隐秘的禁区，并揭露业已发现的东西，这已经不是浪漫主义，而是超越了浪漫主义。……对莎士比亚来说，人的内心世界就是宇宙，他用天才而有力的画笔描绘出了这个宇宙。"莱辛在批评歌特式的悲喜剧时则这样说："说哥特式的悲喜剧忠实地摹仿自然，这话也对也不对；它只忠实地摹仿了自然的一半，另一半则完全被忽视了；它只摹仿现象中的自然，丝毫没有注意体现在我们情感和心灵力量中的自然。"赫尔岑赞扬的是莎士比亚注意到内宇宙的特点，而莱辛批评的正是文学丧失了内宇宙的弱点。他们两人都把自然分为现象自然和心灵自然，都把宇宙分为外宇宙和内宇宙。忘记内自然（内宇宙）的历史，就是忘记精神主体的力量。而精神主体的进化和不断升华，正是人类不断进步的标志。内宇宙的产生和人的主体意识的产生是物质世界划时代的进步。在这之前，世界只是现象自然界，而在具有思维能力的人以至人的主体意识形成之后，宇宙便在自己的躯体内产生另一个宇宙。具有主体意识的内宇宙和被人所认识和实践着的外宇宙构成合力，推动着历史的前进。恩格斯曾说，历史是无数个力的平行四边形的合力推动向前的。限于以往的科学水平，人们往往把它理解为外宇宙的合力。而随着人类的实践能力和认识能力的深化，则能意识到现在必须在这个外在的平行四边形（客体）之上叠加一个内宇宙（主体）的平行四边形。只有认识到内宇宙的平行四边形的力量，才能更全面地描述人类的历史运动和推动人类历史前进的动因。这样，人就要重新找到自己的位置，发现自己的力量，改变自身作为外宇宙的消极工具的历史地位,重新肯定自己在历史上的真正的价值。文学艺术要真实地表现历史的面貌,把握历史运动的轨迹,也必须真实地揭示这两个宇宙的辩证运动,必须表现人的精神主体的无比丰富性和伟大的力量,揭示它的星空般的无比奇妙的内在奥秘。

聪慧的作家意识到文学的命运与人的命运是息息相关的,因此,便有"文学是人学"的不朽命题产生。这个命题的重要性和正确性几乎是不待论证的。"文学是人学"这一命题的深刻性在于,它在文学的领域中恢复了人作为实践主体的地位。由于感悟到这个命题的内在意义,作家把人作为历史活动的中心,天才地再现了人类在历史舞台上的各种行为,获得了很大的成功。我们在文学中给人以主体性的地位,首先是肯定这种人的实践主体的地位。但是,随着历史的推移和文学的不断前进,随着人自身不断地丰富和人对自身认识的不断深化,从事文学活动的人们又意识到仅仅表现人的行为是不够的,还必须寻找人的更加深邃的东西。因此,人们开始对"文学是人学"这一命题展开反思,逐步地发现这个命题的不足,并在下列三个层次上深化了"文学是人学"的内容:

(1)"文学是人学"命题在文学的领域中恢复了人作为实践主体的地位,它的积极意义被后来的文学界普遍承认,包括被我国"文化大革命"前流行的各种文学理论文章所承认。不幸的是,它也被一些鼓吹塑造"高大完美"英雄人物的"根本任务"论者所借用。但是,有一点很奇怪,就是他们所塑造的英雄,却没有人的血肉,没有人的灵魂,因此,人们再也不相信他们所说的"人"学了。问题在于,他们都没有肯定人作为精神主体的地位,不承认人在作为实践主体的同时,也作为精神主体而存在,取消人与世界联系的内在链条。这样,所谓"人"学,往往就成了一个丧失了内宇宙运动的"人"学,成了一个没有人的灵魂,即没有人的主体的丰富性和精神主体价值的"人"学。这种阉割了人的灵魂的"人"学,只能把活生生的人弄成一个抽象的空壳。因此,"文学是人学"的含义必定要向内宇宙延伸,不仅一般地承认文学是人学,而且要承认文学是人的灵魂学,人的性格学,人的精神主体学。勃兰兑斯说过一段很深刻的话:"文学史,就其最深刻的意义来说,是一种心理学,研究人的灵魂,是灵魂的历史。"勃兰兑斯这种思想的深刻性就在于,他不仅把文学一般地视为"人"学,而且承认文学是人的精神主体运动的历史。我的性格二重组合的探讨,正是企图通过典型性格运动的内在机制的揭示,来恢复人作为精神主体的地位。

(2)在文学领域中确立人作为精神主体的地位之后,还应当进一步深化,这就是应当注意精神主体的双重结构,即精神主体的表层结构与精神主体的深层结构。精神主体的表层结构,是被理念支配的意识层次的内容,而深层结构则是积淀在人的精神主体内部的潜意识,而介乎于两者之间的则是经常处于浮沉状态的情感。文学最根本的原动力,就是情感。二十世纪西方文学理论最杰出的贡献,就在于他们发现这种动力,最充分地肯定精神主体中的情感价值,从而揭示了文学艺术最根本的特性。因此,"文学是人学"命题的深化,就不仅要承认文学是精神主体学,而且要承认文学是深层的精神主体学,是具有人性深度和丰富情感的精神主体学。

（3）"文学是人学"命题的深化，不仅要尊重某一种精神主体，而且要充分尊重和肯定不同类型的精神主体。这些不同类型的精神主体在现实生活中表现为差异无穷的个性。应当承认，每一种个性都是一个丰富的世界，它的深层都积淀着人类文明的因子，都具有群体精神的投影。只有充分尊重和肯定每一种个性，才能充分理解和认识人类自身，也才能更深刻地认识个体的精神价值和个性的丰富内涵。因此，文学不仅是某种个体的精神主体学，而且是以不同个性为基础的人类精神主体学，正是这样，文学无法摆脱最普遍的人道精神。

忽视人的实践主体的地位和精神主体的价值，正是历史唯心主义的两大特征。历史唯心主义者不是信奉神本主义就是推崇物本主义。他们或是漠视人在历史运动中的轴心地位，把历史看作是上帝创造的，是少数英雄人物推动的，而人民群众则是任人驱使和宰割的群氓；或是漠视人的价值，把人视为英雄的铺垫或陪衬，视为手段，视为政治与经济机器上的螺丝钉。总之，人在实践中的主体性被一笔勾销了。但是历史唯心主义的更深刻的内在特征，则是忽视人的精神主体的价值。贯穿整个封建社会的愚民政策和奴化政策，正是为了消灭人的精神主体性，使人成为无知无欲的工具。"存天理，灭人欲"，典型地表现出它的本质。"人欲"就是人的欲望、情感、意志、创造力，总之，就是人的精神力量，就是人的精神主体性，在封建统治阶级看来，它们都属于应被剿灭的对象。人的精神主体的价值，在封建统治者看来是危险的，因此，他们不能容忍作家、艺术家表现人的精神世界的丰富性，表现人的精神力量，而只允许把人作为某种天理的符号，即使写到人的精神活动，也只允许描写这些精神活动如何最后被克服，回归到某种政治的或道德的理念上来。总之，人的精神的主体性，被一笔勾销了。

现在，人类正在深化对自然的认识，而要深化对自然的认识，必须同时深化对人自身的认识。因此，人类认识能力的重心，正逐渐转移到对人的内宇宙的认识，研究人的主体性已成为历史性的文化要求，不管是自然科学还是社会科学，它们的求知欲和创造欲都正在投向人自身。自然科学的人文倾向，心理学的人本主义倾向，哲学中对人的命运的思考，历史研究中关于人的主体价值问题的反思，都表现出这种历史性的文化走向。产生这种人文趋向，主要有两个历史原因：（1）从人的认识过程来说，人类在自己的幼年时代，在自然面前自由度比较小，因此不得不把主要的力量用于对付自然，以摆脱自然的奴役。在这种情况下，人无暇认识自身的自然。随着人类的巨大进步，特别是现代文明的飞速发展，人的自由度的急剧提高，人类认识运动的重心开始逐渐转移到认识人自身，人类的主体意识得到强化。（2）从社会发展的过程本身来说，人正以惊人的速度从简单性的、重复性的劳动中解放出来，而追求创造性的劳动。任何创造性的劳动都是摆脱工具性而强化主体性的劳动。现在，人类正在一天天从直接生产过程中超越出来，劳动与审美逐渐趋于统一，人性在不断丰富、完善和发展。人的主体形象，已愈来愈明显。整个人类的自主意识从来没有这样鲜明。人类在要求实现社会现代化的同时，也要求实现自身的现代化，要求主体力量在更大程度上获得实现。

总之,社会历史的运动是从人类诞生的那一天开始的,经历了"人的否定"这一曲折的痛苦的历程,最后又回到人自身。理想社会实现时,人不仅是调节外部自然的强大力量,而且是调节自身内部自然的强大力量,唯其在那时,人的价值才充分获得实现,人类的"正史时代"才开始。因此,人的主体性的丰富和发展乃是历史发展的标志。文学作为"人"学,它的发展水平是与人对自身认识的发展水平同步的。今天,当历史为人的主体价值的实现提供了更广阔的空间时,文学的主体意识无疑会随之得到强化,因此,文学就不能不更加表现出它的人类心灵历史的特性。正因为这样,我们在文学理论中提出主体性的命题,决不是主观随意的,而是历史的要求,是人类走到灿烂的今天,对整体文化中的文学部分必定要提出的要求。

(选自《文学评论》一九八五年第六期,一九八六年第一期)

文学的"根"

韩少功

我以前常常想一个问题：绚丽的楚文化流到哪里去了？我曾经在汨罗江边插队落户，住地离屈子祠二十来公里。细察当地风俗，当然还有些方言词能与楚辞挂上钩。如当地人说"站立"或"栖立"均为"集"，与《离骚》中的"欲远集而无所止"相吻合，等等。除此之外，楚文化留下的痕迹就似乎不多见了。如果我们从洞庭湖沿湘江而上，可以发现很多与楚辞相关的地名：君山，白水，祝融峰，九嶷山……但众多寺庙楼阁却不是由"楚人"占据的：孔子与关公均来自北方，而释迦牟尼则来自印度。至于历史悠悠的长沙，现在已成了一座革命城，除了能找到一些辛亥革命和土地革命的遗址之外，很难见到其它古迹。那么浩荡深广的楚文化源流，是在什么时候在什么地方中断干涸的呢？

两年多以前，诗人骆晓戈去湘西通道县侗族地区参加了一次歌会，回来兴奋地告诉我：找到了！她在湘西那苗、侗、瑶、土家族所分布的重山峻岭里找到了楚文化的流向。那里的人惯于"制芰荷以为衣兮，集芙蓉以为裳"，披兰戴芷，佩饰纷繁，索茅以占，结茝以信，能歌善舞，唤鬼呼神。只有在那里，你才能更好地体会到楚辞中那种神秘、奇丽、狂放、孤愤的境界。他们崇拜鸟，歌颂鸟，模仿鸟，作为"鸟的传人"，其文化与黄河流域"龙的传人"有明显的差别，这也证实了李泽厚的有关推断。后来，我对湘西多加注意，果然有更多发现。史料记载：在公元三世纪以前，苗族人民就已劳动生息在洞庭湖附近（即苗歌中传说的"东海"附近，为古之楚地），后来，由于受天灾人祸所逼，才沿五溪而上，向西南迁移（苗族传说中是蚩尤为黄帝所败，蚩尤的子孙撤退到山中）。苗族迁徙史歌《爬山涉水》，就隐约反映了这段西迁的悲壮历史。看来楚文化流入湘西一说，是不无根据的。

文学有根，文学之根应深植于民族传统文化的土壤里，根不深，则叶难茂。故湖南的青年作者有一个寻"根"的问题。

这里还可说一南一北两个例子。

南是广东。人们常说香港是"文化沙漠"，这恐怕与没有文化根基有关。你到邻近香港的深圳，可以看到蓬勃兴旺的经济，有辉煌的宾馆，舒适的游乐场，雄伟的商贸大厦，但很难看到传统文化遗址。倒常能听到一些舶来词：的士，巴士，紧士（工装裤），Well，OK 以及"嗨（日语：是）"。岭南民间多天主教，且重商甚于重文。客家文化基本是由中原地区流入，湖南作家叶蔚林是粤籍客家人，自称老家就是河南的。明人王士性《广志绎》中说："粤人分四：一曰客户，居城郭，解汉音，业商贾；二曰东人，杂处乡村，解闽语，业耕种；三曰俚人，深属远村，不解汉语，惟耕垦为活；四曰蛋户，舟居穴处，仅同水族，亦解汉音，以采海为生。"这介绍了分析广东传统文化的一个线索。现在广东作家们清理文化遗产,也许能在"俚人"和"蛋户"之中发掘出不少特异的宝藏吧。

北是新疆。近年来新疆汉人中出了不少诗人,小说家却不多,当然可能是暂时现象。我到新疆时,遇到一些青年作家,他们说要出现真正繁荣的西部文学,就必须努力从传统文化中汲取营养。我对此深以为然。新疆文化的色彩非常丰富。白俄罗斯族中相当一部分源于战败东迁的白俄"归化军"及其家属,带来了欧洲的东正教文化;维、回等族的伊斯兰文化,则是沿丝绸之路来自波斯和阿拉伯世界等地域,汉文化及其儒教在这里也深有影响;而蒙、满族一部分作为西迁的军人的后代,也带着各自的文化加入了这个新的民族大家庭。各种文化的交汇,加上各民族都有一部血淋淋的历史,是应该催育出一大批奇花异果的。十九世纪的俄罗斯文学以及本世纪的日本文学,不就是得天独厚地得益于东、西方文化的双重双面影响吗?如果割断传统,失落气脉,老是从内地文学中"横移"一些主题和手法,势必是无源之水,很难有新的生机和生气。

几年前,不少青年作者眼盯着海外,如饥似渴,勇破禁区,大量引进。介绍一个萨特,介绍一个海明威,介绍一个艾特玛托夫,都引起轰动。连品位不怎么高的《教父》和《克莱默夫妇》,都会成为热烈的话题。作为一个过程,这是完全正常的。近来,一个值得欣喜的现象是:青年作者们开始投出眼光,重新审视脚下的国土,回顾民族的昨天,有了新的文学觉悟。贾平凹的"商州"系列小说,带上了浓郁的秦汉文化色彩,体现了他对商州细心的地理、历史及民性的考察,自成格局,拓展新境。李杭育的"葛川江"系列小说,则颇得吴越文化的气韵。如果说平凹的文化纵深感更多地体现在对"商州"的外部观照,那么杭育的文化纵深感则更多地体现在对"葛川江"内质的体味——他曾经对我说,他正在研究南方的幽默,南方的孤独,等等。这都是极有意味的新题目。与此同时,远居大草原的乌热尔图,也用他的作品连接了鄂温克族文化源流的过去和未来,以不同凡响的篝火、马嘶和暴风雪,与关内的文学探索遥相呼应。李陀对此曾经有过估价和评论,我这里就不多说。

他们都在寻"根",都开始找到了"根"。这大概不是出于一种廉价的恋旧情绪和地方观念,不是对歇后语之类浅薄地爱好,而是一种对民族的重新认识,一种审美意识中潜在历史因素的苏醒,一种追求和把握人世无限感和永恒感的对象化表现。丹纳在《艺术哲学》中认为:人的特征是有很多层次的。浮在表面上的是持续三四年的一些生活习惯与思想感情,比如一些时行的名称和时行的领带,不消几年就可全部换新。下面一层略为坚固些的特征,可以持续二十年,三十年或四十年,像大仲马《安东尼》等作品中的当令人物,郁闷而多幻想,热情汹涌,喜欢参加政治,喜欢反抗,又是人道主义者,又是改革家,很容易得肺病,神气老是痛苦不堪,穿着颜色刺激的背心等等……要等那一代过去以后,这些思想感情才会消失。往下第三层的特征,可以存在于一个完全的历史时期,虽经剧烈的摩擦与破坏还是屹然不动,比如说古典时代的法国人的习俗:礼貌周到,殷情体贴,应付人的手段很高明,说话很漂亮,多少以凡尔赛的侍臣为榜样,谈吐和举动都守着君主时代的规矩。这个特征附带或引申出一大堆主义和思想感情；宗教、政治、哲学、爱情、家庭，都留着主要特征的痕迹。但这些无论如何顽固，也仍然是要消灭的。比这些观念和习俗更难被时间铲除的，是民族的某些本能和才具，如他们身上的某些哲学与社会倾向，某些对道德的看法，对自然的了解，表达思想的某种方式。要改变这个层次的特征，有时得靠异族的侵入，彻底的征服，种族的杂交，至少也得改变地理环境，移植他乡，受新的水土慢慢的感染，总之要精神的气质与肉体的结构一齐改变才行……丹纳是个"地理环境决定论"者，其见解不见得十分明晰和高妙，但他至少从某一侧面帮助我们领悟到了所谓生活的层次。

作者们写过住房问题，特权问题，写过很多牢骚和激动。目光开始投向更深的层次，希望在立足现实的同时又对现实世界进行超越，去揭示一些决定民族发展和人类生存的谜。他们很容易首先注意到乡土。乡土是城市的过去，是民族历史的博物馆，哪怕是农舍的一梁一栋，一檐一桷，都可能有汉魏或唐宋的投影。而城市呢，上海除了一角城隍庙，北京除了一片宫墙，那些林立的高楼，宽阔的沥青路，五彩的霓虹灯，南北一样，多少有点缺乏个性；而且历史短暂，太容易变换，显得无多考究。于是，一些表现城市生活的青年作家，王安忆、陈建功、叶之蓁等等，想写出这种或那种"味"，便常常让笔触越过这表层的文化，深入到胡同、里弄、四合院或小阁楼里。有人说这是"写城市里的乡村"。我们不必要说这是最好的办法，但我们至少可以指出这是凝聚城市和农村、历史和现实的手段之一。

更为重要的是，乡土中所凝结的传统文化，又更多地属于不规范之列。俚语，野史，传说，笑料，民歌，神怪故事，习惯风俗，性爱方式等等，其中大部分鲜见于经典，不入正宗。它们有时可以被纳入规范，被经典加以肯定，像浙江南戏所经历的过程一样。反过来，有些规范的文化也可能由于某种原因，从经典上消逝而流入乡野，默默潜藏，默默演化。像楚辞的风采，现在闪烁于湘西的穷乡僻壤，像旧时极典雅的"咸服"和极通行的"净办"（安静意）等古语词，现在多见于湘北方言。这一切，像巨大无比、暧昧不明、炽热翻腾的大地深层，潜伏在地壳之下，承托着地壳——我们的规范文化。在一定的时候，规范的东西总是绝处逢生，依靠对不规范的东西进行批判地吸收，来获得营养，获得更新再生的契机。宋词、元曲、明清小说，都是前鉴。因此，从某种意义上说，不是地壳而是地壳下的岩浆，更值得作者们注意。

这丝毫不意味着闭关自锁，相反，只有找到异己的参照系，吸收和消化异己的因素，才能认清和充实自己。但有一点似应指出：我们读外国文学，多是读翻译作品，而被译的多是外国的经典作品、流行作品或获奖作品，即已入规范的东西。加上当今不少译者的文学水准未见得很高，像译海明威、斯坦培克、福克纳等人的美国小说，要基本译出地道的"美国味"，从中尽透出美国民族的文化色彩，是十分十分难的。因此，通过一些翻译作品，我们只看到了他们的"地壳"，很难看到"岩浆"，很难看到由岩浆到地壳的具体形成过程。从人家的规范中来寻找自己的规范，是局限十分浅薄的层里。如果模仿翻译作品来建立一个中国的"外国文学流派"，就更加前景暗淡了。毛泽东同志说过源与流的关系。我们说创造源于生活,一方面指源于劳动人民的社会实践;另一层意义,应该是指源于劳动人民中间丰富的文化成果,即大量的还未纳入规范的民间文化吧。

外国优秀作家与他们民族不规范的传统文化的复杂联系,我们对此缺乏材料以作描述。但至少可以指出,他们是有脉可承的。比方说:美国的"黑色幽默",与美国人的幽默传统,与卓别林,马克•吐温,欧•亨利等等是否有关呢?拉美的"魔幻现实主义",与拉美光怪陆离的神话、寓言、传说、卜占迷信等文化现象是否有关呢?萨特、加缪的存在主义哲理小说和哲理戏剧,与欧洲大陆的思辨传统,甚至与旧时的经院哲学是否有关呢?日本的川端康成"新感觉派",与佛教禅宗文化,与东方士大夫的闲适虚净传统是否有关呢?另一个诺贝尔文学奖获得者、希腊诗人埃利蒂斯,他与希腊神话传说遗产的联系就更明显了。他的《俊杰》组诗甚至直接采用了拜占庭举行圣餐的形式,散文与韵文交替使用,参与了从荷马到当代整个希腊诗歌传统的创造。

另一个可以参照的例子来自艺术界。小说《月亮和六便士》中写了一个画家,属现代派,但他真诚地推崇提香等古典派画家,很少提及现代派的同事。他后来逃离了繁华都市,到土著野民所在的丛林里,长年隐没,含辛茹苦,最终在原始文化中找到了现代艺术的营养,创造了杰作。这就是后来横空出世的高更。

"五四"以后,中国文学向外国学习,学西洋的、东洋的、俄国和苏联的;也曾向外国关门,夜郎自大地把一切"洋货"都封禁焚烧。结果带来民族文化的毁灭,还有民族自信心的低落——且看现在从外汇券到外国的香水,都在某些人那里成了时髦。但在这种彻底的清算和批判之中,萎缩和毁灭之中,中国文化也就可能涅槃再生了。西方大历史学家汤因比曾经对东方文明寄予厚望。他认为西方基督教文明已经衰落,而古老沉睡着的东方文明,可能在外来文明的"挑战"之下,隐退后而得"复出",光照整个地球。我们暂时不必追究汤氏的话是真知还是臆测,有意味的是,西方很多学者都抱有类似的观念。科学界的笛卡尔、莱布尼兹、爱因斯坦、海森堡等等,文学界的托尔斯泰、萨特、博尔赫斯,都极有兴趣于东方文化,尤其推崇庄老,十分向往中国和尊敬中国人民。传说张大千去找毕加索学画,毕加索也说:你到巴黎来做什么?巴黎有什么艺术?在你们东方,在非洲,才会有艺术。……这一切都是偶然的巧合吗?在这些人注视着的长江、黄河两岸,到底会发生什么事情呢?

这里正在出现轰轰烈烈的经济体制改革和经济的、文化的建设,在向西方"拿来"一切我们可用的科学和技术等等,正在走向现代化的生活方式。但阴阳相生,得失相成,新旧相因,万端变化中,中国还是中国,尤其是在文学艺术方面,在民族的深层精神和文化特质方面,我们有民族的自我,我们的责任是释放现代观念的热能,来重铸和镀亮这种自我。

这是我们的安慰和希望。

在前不久一次座谈会上,我遇到了《棋王》的作者阿城,发现他对中国的民俗、字画、医道诸方面都颇有知识。他在会上谈了对苗族服装的精譬见解,最后说:"一个民族自己的过去,是很容易被忘记的,也是不那么容易被忘记的。"

他说完这句话之后,大家都沉默了,我也沉默了。

1985 年 1 月

马原的叙述圈套

吴　亮

在我的印象里，写小说的马原似乎一直在乐此不疲地寻找他的叙述方式，或者说一直在乐此不疲地寻找他的讲故事方式。他实在是一个玩弄圈套的老手，一个小说中偏执的方法论者。

马原声称他信奉有神论，这当然为我们泄漏了机密。不过我这里更感兴趣的是马原喜用的方式，就是说，解释他是以何种方式来接近他那个神的，比考辨这个神究竟是什么更有意思。也许，马原的方式就是他心中的那个神祇的具体形象，方法崇拜和神崇拜在此是同一的。如果说马原最终确实为自己创造了一些独特的小说叙述方法，那么也可以有把握地说他同时是一个造神者。

我再重复一遍，马原的有神论即是他的方法论。

为了证明我上述的论断，以下我就需要详细地予以阐释。阐释马原是我由来已久的一个愿望，在读了他的绝大部分小说之后，我想我有理由对自己的智商和想象力（我从来不相信学问对我会有真正的帮助）表示自信和满意；特别是面对马原这个玩熟了智力魔方的小说家，我总算找到了对手。阐释马原肯定是一场极为有趣的博弈，它对我充满了诱惑。我不打算循规蹈矩按部就班依照小说主题类别等等顺序来呆板地进行我的分析和阐释，我得找一个说得过去的方式，和马原不相上下的方式来显示我的能力与灵感。我一点不想假谦虚，当然也不想小心翼翼地瞧着马原的脸色为赢得他的满意而结果却于暗中遭到马原的嘲笑，更坏的是，他还故作诚恳地向我脱帽致敬。我应当让他嫉妒我，为我的阐释而惊讶。自然，顺便我无妨在此恭维一句：马原是属于最好的小说家之列的，他是一流的小说家，这种恭维也许过于露骨，有当面阿谀之嫌，所以又公允地补充一句：最好的小说家（或一流小说家）当然不止马原一个。

说远了没意思。好吧，现在我言归正题：马原的叙述圈套。

马原在他小说叙述中的地位

首先，马原的叙述惯技之一是弄假成真，存心抹煞真假之间的界限。在蓄意制造出这么一种效果的时候，马原本人在小说中的露面起了很大的作用。马原在他的许多小说里皆引进了他自己，不像通常虚构小说中的"我"那样只是一个假托或虚拟的人，而直接以"马原"的形象出现了。在《叠纸鹞的三种方法》、《拉萨生活的三种时间》、《虚构》等一些小说里，马原均成了马原的叙述对象或叙述对象之一。马原在此不仅担负着第一叙事人的角色与职能,而且成了旁观者、目击者、亲历者或较次要的参与者。马原在煞有介事地以自叙或回忆的方式描述自己亲身经验的事件时,不但自己陶醉于其中,并且把过于认真的读者带入一个难辨真伪的圈套,让他们产生天真又多余的疑问:这真是马原经历过的吗?(这个问题若要我来回答,我就说:"是的,这一切都真实地发生在小说里。至于现实是否也如此,那只有天知道了!")

在这种混淆真假界限的想象活动里,马原是不是为了炫示他的独特经历,并且不惜想入非非虚张声势地往上增加一些令人惊异或使人羡慕的传奇色彩呢?当然,这种用意也许不能完全排除。不过我更关心的是,马原通过真事真说和假事真说的方法——我曾猜测过他的《虚构》和《神》均有大量想象的情节——让自己进入一种再创经历、再创体验和再创感受的如临其境的幻觉,而这幻觉正好是被马原十分真实地经验到的——即在写作时被经验,或者说,是在叙述过程里被经验。在此,追问事情是否如此这般地发生,完全是不必要的。但我相信马原被自己的虚构能力和幻觉骗得不轻,除了年龄、身高、籍贯和履历,他关于自己的真实记忆不会太多太详细。他很大程度上是生活在他编织出来的叙述圈套中了。

作为某种更为有趣的自我欺骗的补充游戏,马原还别出心裁地由经他之手虚构出来的小说角色之口来返身叙述马原本人。《西海无帆船》中插入了一整段姚亮的自我辩解和对马原惯然的指控,这节外生枝的题外话产生了某种颇有恶作剧意味的滑稽的效果,好像一个机器人被接上电源有了自己的行动意志以后开始蠢蠢欲动试图脱离和反抗制造它的工程师——姚亮显然是马原想象中的人物,可是他已经具备能力抗议他的主人马原对他的任意描写了。特别是当姚亮看到了马原写小说的某些惯用手法并不无刻薄地将它揭露出来时,马原是在借姚亮之口泄露自己、交待自己,还是一种迷魂阵、障眼法,或者是为了满足难以抑制的淆乱真假的幻想欲?我不认为这仅仅是即兴的游戏之笔,它肯定源于一种很难摆脱的反复出现的心理冲动,因此在马原小说的其他场合可以不断看到马原被他的小说人物返身叙述的段落,例如《涂满古怪图案的墙壁》和《战争故事》里均有类似的文字。这当然不是偶然的。我觉得,马原一定在内心深处怀着某种希望被人叙述被人评价被人揭露的愿望,而这种愿望的最好满足方式显然是他自己的小说——既然他已经把他的小说看成了唯一的真实,既然他已经部分地生活在他的小说里,他就更无意识地充分运用这种便利了。

在小说的虚构活动拓展自己的有限经验进而将它示于他人,这一活动实际上源于对文学叙述的迷信。我认为迷信文字叙述的小说家是真正富有想象力的,他们直接活在想象的文字叙述里。最好的小说家,是视文字叙述与世界为一体的。马原本人在他小说中以不同方式出现,其实正是这一心理状态的显露。他不像大多数小说家只是想象自己生活在虚构的文字里,他是真的生活在自己虚构的文字里。或者干脆说,没有什么虚构,马原的小说就是衡量它是否真实的标准,不存在小说之外的真实对应物,所以也就没有什么虚构。同样,马原和马原小说中的马原,根本没有必要进行真与非真的核实和查证。可以断言的是,马原在他小说里显示给我们的马原,其本来的真实和经篡改过的真实是同样的多,但我不追究这个极次要的问题。我只想说我看到马原和马原小说中的马原构成了一条自己咬自己尾巴的蛟龙,或者说已形成了一个莫比乌斯圈,是无所谓正反,无所谓谁产生谁的。

马原的朋友们和角色们

马原由直接叙述自己和间接地通过角色之口叙述自己,也可能是为了把自己逼入一个圈套,迫使自己去感受此时此刻他面临的一切。马原一般很少扮演一个临居小说之外或之上的局外人和全知的上帝(《拉萨河女神》里马原是退隐不见的,可看作局外人;《大师》中最末一段抖落使人战栗的关于命案的真相与始末,马原则是全知的)。在更多情况下,他不是在小说以外打量他的故事和人物,而是混居在小说内部参与着这些故事并接触着这些人物的。

马原的这一特殊地位,便决定了他的小说里总有他的朋友,他的熟人、至交、萍水相逢的邂逅者和其它各类与自己发生联系的人们。这一现象,也就很自然地解释了在马原的不同小说里为什么总会重复出现的名字(陆高、姚亮、大牛等等),而其它一些角色看来也是彼此相识的——刘雨、新建、子文、午黄木、小罗等等,还有白珍、尼姆、央宗等等——这些人全以马原为核心,是马原的人际圈。他们有声有色地环聚于穿梭于马原的周围,为马原提供故事的同时也就随之活在马原为他们而写的故事里。究竟是他们不断塞在马原的故事里,还是马原给他们故事,或把他们塞在马原的故事里,则又是一个复杂的圈套了。

从马原的小说中可以发觉种种迹象,这些迹象使我相信马原,施展了他的分身术——陆高和姚亮这两个尾随着他的男人原是他本人的两个投影,他们彼此攀谈、打闹和调侃,他们相互窥探、陈述和反驳,其中多少含有马原的自恋特征。当然我无须去考辨这两个影子人物真正心理成因,不妨就将他们看作是马原小说中的马原最密切的两位朋友,这样更妥当些。若仅此而言,这两位朋友和马原小说中的马原之间那种奇妙的心灵感应,他们彼此吸引又彼此排斥的言行,仍使我执意以为那完全是马原个人想象和心理历程外投的结果。倘若不据此揣测马原个人的某些秘密,那么我要说,凡是写到陆高和姚亮的小说相对之下都是可读性较弱的,因为它们几乎无例外地专注于心理分析,一头沉浸到男人的内在精神和性格的自我摸索之中。在这方面,"情种、小男人和诗人"是一把非常有用的钥匙,它宿命般地预言了马原在《零公里处》之后的许多小说将照此原型诞生。"情种、小男人和诗人"十分简拙地排列了三个词,它们组成推动上述心理分析和自我探索的隐蔽动力,又显得是大事张扬的广告或公开的图解。我得说这里也设置着马原蓄谋已久的圈套。他要人们相信他的故事,又不全信他的故事;他要显得坦率自如,却又故意羞羞答答的样子。怎么都要落到他预备好的叙述圈套里,迟早。幸好我是将它识别出来了。

在马原近期的小说里面(除了《战争故事》和《涂满古怪图案的墙壁》等少数几篇),自我探索和心理分析的因素在减弱,可读性则大大增强了。我指的是他的《虚构》《错误》《游神》《大师》和《黑道》。这些小说里不再有姚亮和陆高,一些陌生人、邂逅者开始轮番地介入了。他们成了马原近期小说中的主要角色和情节推动者,马原本人不是成了参与者至少也是一个目击人,一个记事人。马原在这里发挥了他善于制造悬念和激发起人们好奇心的特长,把他的角色们纷纷讲述得绘声绘影。这些角色们,部分源于马原的结交和往事回忆,部分源于马原的外部观察和奇思怪想。故事为角色而设,角色又为故事所召唤,这是一种双向的共生的虚拟,它们和马原小说中的马原及他的朋友们,一起组成了一个被马原津津乐道地娓娓叙述的经验世界,在小小的印刷物领地里领取了身份证,便在那里安居了。他们没有一个是安分的,多少经常惹出一点事端,给马原的灵感以刺激。他们向喜欢冒险和幻想的马原频频透露没头没尾和根本无法确知全过程的神秘经历,他们提供戏剧性场面和细节。事实上也许正是如此:马原的灵感和他的朋友们角色们的神秘经历是同时存在着的。

马原的经验方式和故事形态

马原的经验方式是片断性的、拼合的与互不相关的。他的许多小说都缺乏经验在时间上的连贯性和空间上的完整性。马原的经验非常忠实于它的日常原状,马原看起来并不刻意追究经验背后的因果,而只是执意显示并组装这些经验。《叠纸鹞的三种方法》、《战争故事》分别组装了几段彼此无因果关系的偶然经历(或道听途说);《风流偶傥》组装了几段关于大牛的奇闻轶事;《拉萨生活的三种时间》组装了一些神秘未明的日常小事;《错误》组装了由故人往事彼此关联又错开难接的记忆;《大师》组装了一连串引人入胜的关于艺术、走私、遗产、命案和性的悬疑现象;《游神》则组装了围绕古钱币和铸币钢模的徒劳冒险。所有这些组装,都是逻辑不清的,只有表面前后相续的现象在透露若干蛛丝马迹,人们可以照自己的方式去理线索,也可能百思不得其解。这都没什么,因为生活对我们来说多半是如此呈现的。马原在进行他的故事组装时,没有一次不漏失大量的中间环节,他的想象力恰恰运用在这种漏失的场合。他仿佛是故意保持经验的片断性、此刻性、互不相关性和非逻辑性。这种经验的原样保持在马原的小说里几乎成为刻意追求的效果,比如存心不写原因,存心不写令人满意的结局,存心弄得没头没尾,存心在情节当中抽取掉关键的部分。马原的小说在这一点上酷似生活本身——它仅仅激起人的好奇,却吝啬地很少给好奇以满足。马原不像是卖关子,人为留下所谓的"空白",或者布下迷魂阵,心里对真相一清二楚。不,我想说马原是从来不甚明白他小说背后隐伏的真相的,一如他对待神秘的八角街本身。他知道了肯定会无保留地说出来(他对《大师》的真相就知道得太多太详细,所以忍不住地全揭露了),他不说是因为确实不知。马原小说所显现的经验方式,表明了马原承认了如下的事实:世界、生活和他人,我们均是无法全部进入的。是我们在那些现象之上或各种现象之间安置上逻辑之链的(别无选择),而这样做又恰恰违背了经验的本体价值,辜负了经验对人构成的永恒诱惑。

马原对经验的这种非逻辑理解,就必然相应造成了他故事形态的基本特点。既然在经验背后寻找因果是马原所不愿意的,那么在故事背后寻找意义和象征也是马原所怀疑的。马原确实更关心他故事的形式,更关心他如何处理这个故事,而不是想通过这个故事让人们得到故事以外的某种抽象观念。马原的故事形态是含有自我炫耀特征的,他常常情不自禁地在开场里非常洒脱无拘地大谈自己的动机和在开始叙述时碰到的困难以及对付的办法。有时他还会中途停下小说中的时间,临时插入一些题外话,以提醒人们不要在他的故事里陷得太深,别忘了是马原在讲故事。

马原所讲的故事,虽然在该孤立的故事范围内缺乏连贯性和完整性,却耐人寻味地和其它故事发生一种相关的互渗的联络。这可以由他的小说经常彼此援引来得到证明——《大师》的开首提到了《风流倜傥》,《拉萨生活的三种时间》里,提到了《康巴人营地》,《涂满古怪图案的墙壁》则提到了《西海无帆船》和《中间地带》(这篇小说的作者之一居然就是姚亮本人!可见马原是个故弄玄虚的老手)等等——这样,马原这一招术本身也构成了他故事的一个重要内容。

这么一种非常罕见的故事形态自然是层次缠绕的。它不仅要叙述故事的情节,而且还要叙述此刻正在进行叙述,让人意识到你现在读的不单是一个故事,而是一个正在被叙述的故事,而且叙述过程本身也不断地被另一种叙述议论着、反省着、评价着,这两种叙述又融合为一体。不用说,由双重叙述或多重叙述叠加而成的故事通常是很难处理的,稍不留意就会成为刺眼的蛇足和补丁。唯其如此,我就尤其感到马原的不同寻常之处:他把这样的小说处理得十分具有可读性,其关键在于,马原小说中的题外话和种种关于叙述的叙述都水乳交融地渗化在他的整个故事进程里,渗化在统一的叙述语调和十分随意的氛围里。对此我的直觉概括是,马原的小说主要意义不是叙述了一个(或几个片断)故事,而是叙述了一个(或几个片断)故事。

马原的重点始终是放在他的叙述上的,叙述是马原故事中的主要行动者、推动者和策演者。

马原的观念及对他故事的影响

论及马原的观念,很容易给人以一种偏离我的主旨的错觉,因为从一开始起我就在题目上规定了自己的论述范围,即马原的叙述圈套。可是,完整地看,这个叙述圈套是涵带有观念性的。或者说,这种观念已经深伏在马原的经验方式和化解在他的小说叙述习惯里。于是,关于马原的观念,就显得无比重要,以致使我无法回避。

我所关心的马原的观念,并非是马原本人企图塞在他的小说里的外在意图和见解,或者是他偷偷地想假借他的故事来隐喻、象征、提示的抽象概念。对这点我并无兴趣,当然,我也不反对别人这么去破译。我这里想要论及的马原的观念,已经贯穿在他的叙述本能之中,贯穿在他每一次具体的叙述故事的过程里。它们不是超出具象指向抽象彼岸,恰恰相反,它们滞留在具象此岸,在此岸即涵带有抽象性质的。

　　我想用叙述崇拜、神秘关注、无目的、现象意识、非因果观、不可知性、泛神论与泛通神论这八个词来指称马原的观念。

　　马原的小说大多数都流露出对文字叙述的极端热衷，这种叙述行为已经成为唯一的一次真正经历或亲身体验。叙述在此除了担负着追忆往事和记录在过去时态中发生的事件的工具功能外（如《零公里处》和《错误》），更多情况下它本身就是往事和事件。当叙述在形成着自身的时候，往事和事件便以"正在进行"的样式展示出来。以《涂满古怪图案的墙壁》和《拉萨生活的三种时间》为例，它们均是以边叙述边发生的样式展示给我们的。马原似乎相信，只要他开始进入（或沉浸入）叙述状态，故事就会自动涌来，叙述具有一种自动召唤故事的符咒的神奇功能。至于这故事有什么内在意义，他通常是无暇予以细究的。

　　马原对这种因叙述而涌来的故事既然失去了有效的理智控制，那么自然，一种由叙述的符咒呼唤来的东西就会对马原构成反控制。果真，一个一个人物、意象、场景接踵而至，它们由于不带有明确的意义，就显然是十分神秘的，所谓神秘，即是孤立的、原因不明的和超出常识理解范围现象，马原一般不去推测这类现象的背后制导因素，他被这些自行地接踵而至的现象所吸引是因为他在骨子里是喜欢神秘的，他对探讨神秘的起因，不释除心中的神秘感，相反，他更愿意怀着某种虔诚去关注神秘。在马原的小说里，神秘没有装神闹鬼的意思，而只是一系列来历不明的东西和突然消失不见的东西。我想这一点是无须详细举出例证的，因为它确实到处可见，只要回想一下马原的《拉萨生活的三种时间》、《游神》、《大师》以及《黑道》的某些段落即可。

　　由于有了上述对现象自动涌来的神秘关注，那么，一种无目的的意图就悄然地暴露出来了。马原在一头陷于他的想象和叙述中时，除了某种莫可名状的冲动和快感，我敢说他不清楚别的外部目的。功利性的目的，只会驱使人的感觉和经验，进入一个被事先限定了的轨道，而马原恰恰是不可能被事先限定的。他的写作是非常自动化的。敞开而无边，完全为一种强烈的兴趣所吸引，是他所有小说叙述的最根本动力。我以为，无目的是合乎马原小说的形成之因的。

　　有了这么一种观念，就必然对现象产生浓烈而持久的好奇，因为这种好奇不关涉到现象和人的利益与效用，所以就显得无限生动。马原经常在他的小说里罗列种种没有什么明确旨意的现象，他情愿将现象仅仅作为现象来予以仔细欣赏、想象和描述。换言之，现象本身是不意识到自己的，那么，人对现象的无意识观照也就不会歪曲现象的原态。严格地说人总是通过他特有的先入为主的方式去观察外在的世界，因而外在世界不可能纯粹以它原来的模样进入人的视界；不过，马原的方法，恰好是夸大了外在世界的自动性和无意识涌现。我以为《冈底斯的诱惑》是这种无意识的典型见证。我断言马原是在无意识中从事《冈底斯的诱惑》的写作的，尽管人们可以从中引申出种种饶有深意的蕴涵，但绝对没有一条是被马原意识到的。马原的功绩，正在于这种脱离意识的描绘——不管是亲历的还是心理的——保证了充分的伸缩空间与富有弹性的想象性时间维度。

一旦把现象从所谓的规律中孤立地凸现出来,它们彼此的因果联系,也就显得无关紧要了。说到马原在他的小说中经常表现出他的非因果观,我想提一提《拉萨生活的三种时间》。首先,康巴人赠给马原的银头饰就是无缘无故的、没有原因的。随后,家中天花板里的响动也是带有原因不明的恐惧感的。当然,末了马原开枪射杀了正在天花板夹层里捕鼠的黑猫贝贝,真相大白以后,仍留下不解之谜:马原朋友午黄木家里类似的声响又是什么造成的呢?那十几根会走的(?)羊肋是怎么回事?我还想提一提《错误》。这篇小说情节的逐渐"错位"使因果联系发生了移动:军帽失窃——江梅生孩子——孩子的来龙去脉——和黑枣的斗殴——二狗捡来的孩子——赵老屁的失踪——二狗的死和江梅的死,这些前后接续的事件,因果都是不甚明了的。马原十分善于讲这么一些由无因之果或有因无果组成的故事,《游神》就是没有结果的、或者说是结果落空的;《风流倜傥》东拉西扯地写了马原的朋友大牛和女人的风流事,收集古钱的癖好和他如何去天葬台捡骷髅,末了又横生枝节地"胯骨断了",不了了之。我以为这种料不到的、意外的、偶然的故事结局,仍是马原非因果观的一个证据。

与以上非因果观相联系的,便是马原在心底里,已识出了现实世界的"不可知性"。上面提及的《游神》还有《黑道》,都是不可知性的经验记录与想象记录。马原笔下的生活是难以完全进入和彻底明了的,它们像一个偶尔泄漏出若干光亮的秘密后台,大部分真相都被深深藏匿起来,只给你看前台的表演,那肯定是不能全部相信的。可惜的是,谁都进不了真正的后台。每个人的生活、行踪、意欲,都有一个不向外人敞开的后台。

与此相关的是,当马原在叙述了生活真相的不可知性时,他仍然不忘卖弄他的那段第一手的阅历,好像他是一个非常深入生活的人。《大师》详细描写了唐嘎布画画师、独眼女人、女模特儿、走私、神秘小楼、古董分类、壁画、性爱和性变态、命案、失踪、火灾(顺便说说,《大师》是马原迄今为止可读性最强的一篇小说,是一个真正的好故事),虽然写得充满悬念,大肆渲染紧张气氛,可是依然给我一种忐忑的、不祥的、惊疑的、难辨的宿命之感。在《大师》的种种情节构成要件之间,布满了不可知的网络,它是一种整体的恍惚和骇人听闻的不可知。

现实是如此地遍布着不可知性,于是,一种神秘的倾向就开始露面了。如果我愿意相信马原声称自己为有神论者的说法是可靠的,那么,这个神就不会是一个人格神,也不会是一个具形神。应当说,这个神既是遥不可及的,存在于冥冥之中操纵着世界的万物生死荣衰兴灭,在马原灵感到来之际向他显露真容;又是遍及于日常的平凡经验里,以至唾手可得。马原的神是包诸所有,体现于所有普通现象之中。我们把这种有神的观念称之为"泛神论",总之它是普遍地存在于现象背后决定了现象而人的有限经验又永远无法靠近的东西,只有少数人在少数的瞬间能够突然地窥见它、感应它、体现它。宗教、科学、艺术、技巧都是一些通神的杰出者以不同方式窥见神、感应神、体现神的人间结果。

这样,泛神论就必然导致泛通神论。我觉得这是马原的最后一个,也是最核心的一个观念,它由叙述崇拜为发端,又回复到叙述崇拜中去。这里也存在着一个魔术般的圈套。叙述故事实在是马原试图接近神最后体现神的唯一有效方法。对于马原来说,叙述行为和叙述方式是他的信仰和技巧的统一体现。他所有的观念、灵感、观察、想象、杜撰,都是始于斯又终于斯的。

关于马原的另一些想法

马原也有纯粹为了一个观念的启示而写作的时刻。在《涂满古怪图案的墙壁》的题目下,有一段摘自《佛陀法乘外经》(这是马原一直在写的一部经)的话,这段话正好又提到了《涂满古怪图案的墙壁》。显然那又是马原一个自我相关的叙述圈套。在一篇小说里彼此叙述,自我解释,将关于该小说的想法纳入小说之内,它就给人某种自身循环之感,马原是常常在作这种努力推动自己的小说使之循环不息的,他想造成预言和占卜的效果,而且他果真把这种效果造成了。预言和占卜是马原深层的渴望。

马原自我相关的观念和自身循环的努力源出于他另一个牢固的对人类经验的基本理解,即经验时而是唯一性的,我们只可一次性地穿越和经临;时而是重复性的,我们可以不断地重视、重见和重度它们。自我相关和自身循环,都是既唯一又重复的,它们给了马原以深刻不移的影响,以至他在自己的小说叙述里,往往出现有趣的悖论,或说又是一种"自我相关"和"自身循环"——他在说经验一次性的时候,他常常重复在说;他在说经验是重复性的时候,又恰恰是一次性的。这可以由他的《虚构》为有力佐证。

但是马原又不是一个小说领域里的玄学家,他甚至也不是魔术师。当然他偶尔也说几句咒语、箴言,或者玩几个小小的戏法。从1986年起,马原的小说明显地增强了可读性——这话我已经说过多次了——作为马原叙述圈套的阐释,我自然不能跳开这个问题。可是,由于我觉得不算是困难的问题,所以我愿意出让这个问题,由别的人来阐释。此刻我还愿意出让我的又一些想法,给别人参考:马原小说的可读性因素很大程度上是狡猾地利用(或娴熟地运用)了如下的故事情节核——命案、性爱、珍宝。他还在里面制造各种悬念,渲染气氛,吊人胃口也是他的惯用伎俩——我这里之所以放弃这些想法,主要是考虑到这些问题的"发现"与我的智力不相称。

不再提马原

写下这个小标题即已犯了错误,我说不提却又在不再提三个字后又提了。

马原是使我无法摆脱的一个玩圈套的家伙。我想我对马原最好的评价是:请仔细读一读我这篇文章的每一行,在里面你会找到最好的一句。那就是了。

(选自《生存游戏的水圈》,北京大学出版社1994年2月版)

虚伪的作品

余 华

一

现在我似乎比以往任何时候都明白自己为何写作，我的所有努力都是为了更加接近真实。因此在一九八六年底写完《十八岁出门远行》后的兴奋，不是没有道理。那时候我感到这篇小说十分真实，同时我也意识到其形式的虚伪。所谓的虚伪，是针对人们被日常生活围困的经验而言。这种经验使人们沦陷在缺乏想象的环境里，使人们对事物的判断总是实事求是地进行着。当有一天某个人说他在夜间看到书桌在屋内走动时，这种说法便使人感到不可思议和难以置信。也不知从何时起，这种经验只对实际的事物负责，它越来越疏远精神的本质。于是真实的含义被曲解也就在所难免。由于长久以来过于科学地理解真实，真实似乎只对早餐这类事物有意义，而对深夜月光下某个人叙述的死人复活故事，真实在翌日清晨对它的回避总是毫不犹豫。因此我们的文学只能在缺乏想象的茅屋里度日如年。在有人以要求新闻记者眼中的真实，来要求作家眼中的真实时，人们的广泛拥护也就理所当然了。而我们也因此无法期待文学会出现奇迹。

一九八九年元旦的第二天，安详的史铁生坐在床上向我揭示这样一个真理：在瓶盖拧紧的药瓶里，药片是否会自动跳出来？他向我指出了经验的可怕，因为我们无法相信不揭开瓶盖药片就会出来，我们的悲剧在于无法相信。如果我们确信无疑地认为瓶盖拧紧药片也会跳出来，那么也许就会出现奇迹。可因为我们无法相信，奇迹也就无法呈现。

在一九八六年写完《十八岁出门远行》之后，我隐约预感到一种全新的写作态度即将确立。艾萨克辛格在初学写作之时，他的哥哥这样教导他："事实是从来不会陈旧过时的，而看法却总是会陈旧过时"。当我们抛弃对事实做出结论的企图，那么已有的经验就不再牢不可破。我们开始发现自身的肤浅来自于经验的局限。这时候我们对真实的理解也就更为接近真实了。当我们就事论事地描述某一事件时，我们往往只能获得事件的外貌，而其内在的广阔含义则昏睡不醒。这种就事论事的写作态度窒息了作家应有的才华，使我们的世界充满了房屋、街道这类实在的事物，我们无法明白有关世界的语言和结构。我们的想象力会在一只茶杯面前忍气吞声。

有关二十世纪文学评价的普遍标准，一直以来我都难以接受。把它归结为后工业时期人的危机的产物似乎过于简单。我个人认为二十世纪文学的成就主要在于文学的想象力重新获得自由。十九世纪文学经过了辉煌的长途跋涉之后，却把文学的想象力送上了医院的病床。

当我发现以往那种就事论事的写作态度只能导致表面的真实以后,我就必须去寻找新的表达方式。寻找的结果使我不再忠诚所描绘事物的形态,我开始使用一种虚伪的形式。这种形式背离了现实世界提供给我的秩序和逻辑,然而却使我自由地接近了真实。

罗布—格里耶认为文学的不断改变主要在于真实性概念在不断改变。十九世纪文学造就出来的读者有其共同的特点,那就是世界对他们而言已经完成和固定下来。他们在各种已经得出的答案里安全地完成阅读行为,他们沉浸在不断被重复的事件的陈旧冒险里。他们拒绝新的冒险,因为他们怀疑新的冒险是否值得。对于他们来说,一条街道意味着交通、行走这类大众的概念。而街道上的泥迹,他们也会立刻赋予"不干净"、"没有清扫"之类固定想法。

文学所表达的仅仅只是一些大众的经验时,其自身的革命便无法避免。任何新的经验一旦时过境迁就将衰老,而这衰老的经验却成为了真理,并且被严密地保护起来。在各种陈旧经验堆积如山的中国当代文学里,其自身的革命也就困难重重。

当我们放弃"没有清扫"、"不干净"这些想法,而去关注泥迹可能显示的意义,那种意义显然是不确定和不可捉摸的,有关它的答案像天空的颜色一样随意变化,那么我们也许能够获得纯粹个人的新鲜经验。

普鲁斯特在《复得的时间》里这样写道:"只有通过钟声才能意识到中午的康勃雷,通过供暖装置所发出的哼声才意识到清早的堂西埃尔。"康勃雷和堂西埃尔是两个地名。在这里,钟声和供暖装置的意义已不再是大众的概念,已经离开大众走向个人。

一次偶然的机会,使我在某个问题上进行了长驱直入的思索,那时候我明显地感到自己脱离常识过程时的快乐。我选用"偶然的机会",是因为我无法确定促使我思想新鲜起来的各种因素。我承认自己所有的思考都从常识出发,一九八六年以前的所有思考都只是在无数常识之间游荡,我使用的是被大众肯定的思维方式,但是那一年的某一个思考突然脱离了常识的围困。

那个脱离一般常识的思考,就是此文一直重复出现的真实性概念。有关真实的思考进行了两年多以后还将继续下去,我知道自己已经丧失了结束这种思考的能力。因此此刻我所要表达的只是这个思考的历程,而不是提供固定的答案。

任何新的发现都是从对旧事物的怀疑开始的。人类文明为我们提供了一整套秩序,我们置身其中是否感到安全?对安全的责问是怀疑的开始。人在文明秩序里的成长和生活是按照规定进行着。秩序对人的规定显然是为了维护人的正常与安全,然而秩序是否牢不可破?事实证明庞大的秩序在意外面前总是束手无策。城市的十字路口说明了这一点。十字路口的红绿灯,以及将街道切割成机动车道、自行车道、人行道,而且来与去各在大路的两端。所有这些代表了文明的秩序,这秩序的建立是为了杜绝车祸,可是车祸经常在十字路口出现,于是秩序经常全面崩溃。交通阻塞以后几百辆车将组成一个混乱的场面。这场面告诉我们,秩序总是要遭受混乱的捉弄。因此我们置身文明秩序中的安全也就不再真实可信。

我在一九八六年、一九八七年里写《一九八六年》、《河边的错误》、《现实一种》时,总是无法回避现实世界给予我的混乱。那一段时间就像张颐武所说的"余华好像迷上了暴力"。确实如此,暴力因为其形式充满激情,它的力量源自于人内心的渴望,所以它使我心醉神迷。让奴隶们互相残杀,奴隶主坐在一旁观看的情景已被现代文明驱逐到历史中去了。可是那种形式总让我感到是一出现代主义的悲剧。人类文明的递进,让我们明白了这种野蛮的行为是如何威胁着我们的生存。然而拳击运动取而代之,在这里我们可以看到文明对野蛮的悄悄让步。即便是南方的斗蟋蟀,也可以让我们意识到暴力是如何深入人心。在暴力和混乱面前,文明只是一个口号,秩序成为了装饰。

我曾和老师李陀讨论过叙述语言和思维方式的问题。李陀说:"首先出现的是叙述语言,然后引出思维方式。"

我的个人写作经历证实了李陀的话。当我写完《十八岁出门远行》后,我从叙述语言里开始感受到自己从未有过的思维方式。这种思维方式一直往前行走,使我写出了《一九八六年》、《现实一种》等作品,然而在一九八八年春天写作《世事如烟》时,我并没有清晰地意识到新的变化在悄悄进行。直到整个叙述语言方式确立后,才开始明确自己的思维运动出现了新的前景。而在此之前,也就是写完《现实一种》时,我以为从《十八岁出门远行》延伸出来的思维方式已经成熟和固定下来。我当时给朱伟写信说道:"我已经找到了今后的创作的基本方法。"

事实上到《现实一种》为止,我有关真实的思考只是对常识的怀疑。也就是说,当我不再相信有关现实生活的常识时,这种怀疑便导致我对另一部分现实的重视,从而直接诱发了我有关混乱和暴力的极端化想法。

在我心情开始趋向平静的时候,我便尽量公正地去审视现实。然而,我开始意识到生活是不真实的,生活事实上是真假杂乱和鱼目混珠。这样的认识是基于生活对于任何一个人都无法客观。生活只有脱离我们的意志独立存在时,它的真实才切实可信。而人的意志一旦投入生活,诚然生活中某些事实可以让人明白一些什么,但上当受骗的可能也同时呈现了。几乎所有的人都曾发出过这样的感叹:生活欺骗了我。因此,对于任何个体来说,真实存在的只能是他的精神。

当我认为生活是不真实的,只有人的精神才是真实时,难免会遇到这样的理解:我在逃离现实生活。汉语里的"逃离"暗示了某种惊慌失措。另一种理解是上述理解的深入,即我是属于强调自我对世界的感知,我承认这个说法的合理之处,但我此刻想强调的是,自我对世界的感知其终极目的便是消失自我。人只有进入广阔的精神领域才能真正体会世界的无边无际。我并不否认人可以在日常生活里消解自我,那时候人的自我将融化在大众里,融化在常识里。这种自我消解所得到的很可能是个性的丧失。

在人的精神世界里,一切常识提供的价值都开始摇摇欲坠,一切旧有的事物都将获得新的意义。在那里,时间固有的意义被取消。十年前的往事可以排列在五年前的往事之后,然后再引出六年前的往事。同样这三件往事,在另一种环境时间里再度回想时,它们又将重新组合,从而展示其新的含义。时间的顺序在一片宁静里随意变化。生与死的界线也开始模糊不清,对于在现实中死去的人,只要记住他们,他们便依然活着。另一些人尽管继续活在现实中,可是对他们的遗忘也就意味着他们已经死亡。而欲望和美感、爱与恨、真与善在精神里都像床和椅子一样实在,它们都具有限定的轮廓,坚实的形体和常识所理解的现实性。我们的目光可以望到它们,我们的手可以触摸它们。

二

对于一九八九年开始写作或者还在写作的人来说,小说已不是首创的形式,它作为一种传统为我们继承。我这里所指的传统,并不只针对狄得罗,或者十九世纪的巴尔扎克、狄更斯,也包括活到二十世纪的卡夫卡、乔伊斯,同样也没有排斥罗布—格里耶、福克纳和川端康成。对于我们来说,无论是旧小说,还是新小说,都已经成为传统。因此我们无法回避这样的问题,即我们为何写作? 我们所有的努力都是为了什么? 我现在所能回答的只能是——我所有的努力都是为了使这种传统更为接近现代,也就是说使小说这个过去的形式更为接近现在。

这种接近现在的努力将具体体现在叙述方式、语言和结构、时间和人物的处理上,就是如何寻求最为真实的表现形式。

当我越来越接近三十岁的时候(这个年龄在老人的回顾里具有少年的形象,然而在于我却预示着与日俱增的回想),在我规范的日常生活里,每日都有多次的事与物触发我回首过去,而我过去的经验为这样的回想提供了足够事例。我开始意识到那些即将来到的事物,其实是为了打开我的过去之门。因此现实时间里的从过去走向将来便丧失了其内在的说服力。似乎可以这样认为,时间将来只是时间过去的表象。如果我此刻反过来认为时间过去只是时间将来的表象时,确立的可能也同样存在。我完全有理由认为过去的经验是为将来的事物存在的,因为过去的经验只有通过将来事物的指引才会出现新的意义。

拥有上述前提以后,我开始面对现在了。事实上我们真实拥有的只有现在,过去和将来只是现在的两种表现形式。我的所有创作都是针对现在成立的,虽然我叙述的所有事件都作为过去的状态出现,可是叙述进程只能在现在的层面上进行。在这个意义上说,一切回忆与预测都是现在的内容,因此现在的实际意义远比常识的理解要来得复杂。由于过去的经验和将来的事物同时存在现在之中,所以现在往往是无法确定和变幻莫测的。

阴沉的天空具有难得的宁静,它有助于我舒展自己的回忆。当我开始回忆多年前某桩往事,并涉及到与那桩往事有关的阳光时,我便知道自己叙述中需要的阳光应该是怎样的阳光了。正是这种在阴沉的天空里显示出来的过去的阳光,便是叙述中现在的阳光。

在叙述与叙述对象之间存在的第三者(阴沉的天空),可以有效地回避表层现实的局限,也就是说可以从单调的此刻进入广阔复杂的现在层面。这种现在的阳光,事实上是叙述者经验里所有阳光的汇集。因此叙述者可以不受束缚地寻找最为真实的阳光。

我喜欢这样一种叙述态度,通俗的说法便是将别人的事告诉别人。而努力躲避另一种叙述态度,即将自己的事告诉别人。即便是我个人的事,一旦进入叙述我也将其转化为别人的事。我寻找的是无我的叙述方式,在这个意义上,我同意李劼强调的作家与作品之间有一个叙述者的存在。在叙述过程中,个人经验转换的最简便有效的方法就是,尽可能回避直接的表述,让阴沉的天空来展示阳光。

我在前文确立的现在,某种意义上说是针对个人精神成立的,它越出了常识规定的范围。换句话说,它不具备常识应有的现存答案和确定的含义。因此面对现在的语言,只能是一种不确定的语言。

日常语言是消解了个性的大众化语言,一个句式可以唤起所有不同人的相同理解。那是一种确定了的语言,这种语言向我们提供了一个无数次被重复的世界,它强行规定了事物的轮廓和形态。因此当一个作家感到世界像一把椅子那样明白易懂时,他提倡语言应该大众化也就理直气壮了。这种语言的句式像一个紧接一个的路标,总是具有明确的指向。

所谓不确定的语言,并不是面对世界的无可奈何,也不是不知所措之后的含糊其词。事实上它是为了寻求最为真实可信的表达。因为世界并非一目了然,面对事物的纷繁复杂,语言感到无力时作出终极判断。为了表达的真实,语言只能冲破常识,寻求一种能够同时呈现多种可能,同时呈现几个层面,并且在语法上能够并置、错位、颠倒、不受语法固有序列束缚的表达方式。

当内心涌上一股情感,如果能够正确理解这股情感,也许就会发现那些痛苦、害怕、喜悦等确定字眼,并非是内心情感的真实表达,它们只是一种简单的归纳。要是使用不确定的叙述语言来表达这样的情感状态,显然要比大众化的确定语言来得客观真实。

我这样说并非全部排斥语言的路标作用,因为事物并非任何时候都是纷繁复杂,它也有简单明了的时候。同时我也不想掩饰自己在使用语言时常常力不从心。痛苦、害怕等确定语词我们谁也无法永久逃避。我强调语言的不确定,只是为了尽可能真实地表达。

我所指的不确定的叙述语言,和确定的大众语言之间最根本的区别在于:前者强调对世界的感知,而后者则是判断。

我在前文已经说过,大众语言向我们提供了一个无数次被重复的世界。因此我寻找新语言的企图,是为了向朋友和读者展示一个不曾被重复的世界。

世界对于我,在各个阶段都只能作为有限的整体出现。所以在我某个阶段对世界的理解,只是对某个有限的整体的理解,而不是世界的全部。这种理解事实上就是结构。

从《十八岁出门远行》到《现实一种》时期的作品,其结构大体是对事实框架的模仿,情节段之间的关系基本上是递进、连接的关系,它们之间具有某种现实的必然性。但是那时期作品体现我有关世界结构的一个重要标志,便是对常理的破坏。简单的说法是,常理认为不可能的,在我作品里是坚实的事实;而常理认为可能的,在我那里无法出现。导致这种破坏的原因首先是对常理的怀疑。很多事实已经表明,常理并非像它自我标榜的那样,总是真理在握。我感到世界有其自身的规律,世界并非总在常理推断之中。我这样做同时也是为了告诉别人:事实的价值并不只是局限于事实本身,任何一个事实一旦进入作品都可能象征一个世界。

当我写作《世事如烟》时,其结构已经放弃了对事实框架的模仿。表面上看为了表现更多的事实,使其世界能够尽可能呈现纷繁的状态,我采用了并置、错位的结构方式。但实质上,我有关世界结构的思考已经确立,并开始脱离现状世界提供的现实依据。我发现了世界里一个无法眼见的整体的存在,在这个整体里,世界自身的规律也开始清晰起来。

那个时期,当我每次行走在大街上,看着车辆和行人运动时,我都会突然感到这运动透视着不由自主。我感到眼前的一切都像是事先已经安排好,在某种隐藏的力量指使下展开其运动。所有的一切(行人、车辆、街道、房屋、树木),都仿佛是舞台上的道具,世界自身的规律左右着它们,如同事先已经确定了的剧情。这个思考让我意识到,现状世界出现的一切偶然因素,都有着必然的前提。因此,当我在作品中展现事实时,必然因素已不再统治我,偶然的因素则异常地活跃起来。

与此同时,我开始重新思考世界里的一切关系:人与人、人与现实、房屋与街道、树木与河流等等。这些关系如一张错综复杂的网。

那时候我与朋友交谈时,常常会不禁自问:交谈是否呈现了我与这位朋友的真正关系?无可非议这种关系是表面的,暂时的。那么永久的关系是什么?于是我发现了世界赋予人与自然的命运。人的命运,房屋、街道、树木、河流的命运。世界自身的规律便体现在这命运之中,世界里那不可捉摸的一部分开始显露其光辉。我有关世界的结构开始重新确立,而《世事如烟》的结构也就这样产生。在《世事如烟》里,人与人,人与物,物与物;情节与情节,细节与细节的连接都显得若即若离,时隐时现。我感到这样能够体现命运的力量,即世界自身的规律。

现在我有必要说明的是:有关世界的结构并非只有唯一。因此在《世事如烟》之后,我的继续寻找将继续有意义。当我寻找的深入,或者说角度一旦改变,我开始发现时间作为世界的另一种结构出现了。

世界是所发生的一切,这所发生的一切的框架便是时间。因此时间代表了一个过去的完整世界。当然这里的时间已经不再是现实意义上的时间,它没有固定的顺序关系。它应该是纷繁复杂的过去世界的随意性很强的规律。

当我们把这个过去世界的一些事实,通过时间的重新排列,如果能够同时排列出几种新的顺序关系(这是不成问题的),那么就将出现几种不同的新意义。这样的排列显然是由记忆来完成的,因此我将这种排列称之为记忆的逻辑。所以说,时间的意义在于它随时都可以重新结构世界,也就是说世界在时间的每一次重新结构之后,都将出现新的姿态。

事实上,传统叙述里的插叙、倒叙,已经开始了对小说时间的探索。遗憾的是这种探索始终是现实时间意义上的探索。由于这样的探索无法了解到时间的真正意义,就是说无法了解时间其实是有关世界的结构,所以它的停滞不前将是命中注定的。

在我开始以时间作为结构,来写作《此文献给少女杨柳》时,我感受到闯入一个全新世界的极大快乐。我在尝试地使用时间分裂,时间重叠,时间错位等方法以后,收获到的喜悦出乎预料。遗憾的是《钟山》在发表这篇作品时,将对我的意图进行小小的友好的破坏。我这篇小说有四大段十三小节,我故意采用 1234 1234 123 12 的小节排列,以显示这四段的同步关系。但发表时将成为 12345678910111213 小节的排列,然而这并不影响我今后为《钟山》写稿的热情,因为这种热情是针对范小天成立的。

两年以来,一些读过我作品的读者经常这样问我:你为什么不写写我们? 我的回答是:我已经写了你们。

他们所关心的是我没有写从事他们那类职业的人物,而并不是作为人我是否已经写到他们了。所以我还得耐心地向他们解释:职业只是人物身上的外衣,并不重要。

事实上我不仅对职业缺乏兴趣,就是对那种竭力塑造人物性格的做法也感到不可思议和难以理解。我实在看不出那些所谓性格鲜明的人物身上有多少艺术价值。那些具有所谓性格的人物几乎都可以用一些抽象的常用语词来概括,即开朗、狡猾、厚道、忧郁等等。显而易见,性格关心的是人的外表而并非内心,而且经常粗暴地干涉作家试图进一步深入人的复杂层面的努力。因此我更关心的是人物的欲望,欲望比性格更能代表一个人的存在价值。

另一方面,我并不认为人物在作品中享有的地位,比河流、阳光、树叶、街道和房屋来得重要。我认为人物和河流、阳光等一样,在作品中都只是道具而已。河流以流动的方式来展示其欲望,房屋则在静默中显露欲望的存在。人物与河流、阳光、街道、房屋等各种道具在作品中组合一体又相互作用,从而展现出完整的欲望。这种欲望便是象征的存在。

因此小说传达给我们的,不只是栩栩如生或者激动人心之类的价值。它应该是象征的存在。而象征并不是从某个人物或者某条河流那里显示。一部真正的小说应该无处不洋溢着象征,即我们寓居世界方式的象征,我们理解世界并且与世界打交道的方式的象征。

一九八九年六月

"新写实小说大联展"卷首语

《钟山》编辑部

文学在发展、在嬗变。

文学面临着新的选择。

我们慎重地向《钟山》的作者和读者宣告：在多元化的文学格局中，1989 年《钟山》将着重倡导一下新写实小说。

所谓新写实小说，简单地说，就是不同于历史上已有的现实主义，也不同于现代主义"先锋派"文学，而是近几年小说创作低谷中出现的一种新的文学倾向。这些新写实小说的创作方法仍是以写实为主要特征，但特别注重现实生活原生形态的还原，真诚直面现实、直面人生。虽然从总体的文学精神来看新写实小说仍可划归为现实主义的大范畴，但无疑具有了一种新的开放性和包容性，善于吸收、借鉴现代主义各种流派在艺术上的长处。新写实小说在观察生活把握世界的另一个特点就是不仅具有鲜明的当代意识，还分明渗透着强烈的历史意识和哲学意识。但它减退了过去伪现实主义那种直露、急功近利的政治性色彩，而追求一种更为丰厚更为博大的文学境界。

自然，今天还不是完全准确概括新写实小说的时候，新写实小说的理论特征和艺术特征还有待于新写实小说的进一步发展，在不断发展中逐步形成和完善自己的个性特征和理论体系，相信会有更多的作家和理论家用他们的实践来丰富新写实小说。我们在这里只是一种倡导和号召，并衷心期望在中国文坛能够出现和形成一个"新写实运动"，《钟山》将为此尽自己最大的努力。

在构想这一计划时，我们征求了许多作家和评论家的意见，方方、王安忆、王兆军、王蒙、从维熙、邓友梅、冯骥才、刘心武、刘恒、刘震云、史铁生、叶兆言、李国文、李锐、李晓、朱苏进、陆文夫、陈建功、何士光、郑义、赵本夫、周梅森、林斤澜、张洁、张炜、张弦、张一弓、高晓声、铁凝、谌容、贾平凹、韩少功等中青年作家都表示很大的兴趣，愿意参加这一活动；首都文艺界、新闻界的许多报刊对此项活动亦表示十分关心。我们除了以突出篇幅刊登新写实小说（以中篇为主）和理论探讨文章外，还将积极创造条件争取 1990 年举办"新写实小说"评奖活动，筹备出版新写实小说集。

我们希望通过大展，推动新现实主义创作的发展，并能够团结和聚集更多的作家。因此，我们欢迎更多的老中青作家惠赐力作来参加这次大联展。

旷野上的废墟

——文学和人文精神的危机

王晓明 张 闳 徐 麟 张 柠 崔宜明

王：今天，文学的危机已经非常明显，文学杂志纷纷转向，新作品的质量普遍下降，有鉴赏力的读者日益减少，作家和批评家当中发现自己选错了行当，于是踊跃"下海"的人，倒越来越多。我过去认为，文学在我们的生活中占有非常重要的地位，现在明白了，这是个错觉。即使在文学最有"轰动效应"的那些时候，公众真正关注的也并非文学，而是裹在文学外衣里面的那些非文学的东西。可惜我们被那些"轰动"迷住了眼，直到这一股极富中国特色的"商品化"潮水几乎要将文学界连根拔起，才猛然发觉，这个社会的大多数人，早已经对文学失去兴趣了。

照我的理解，爱好文学、音乐或美术，是现代文明人的一项基本品质。一个人除了吃饱喝足，建家立业，总还有些审美的欲望吧，他对自己的生存状况，也总会有些理不大清楚的感受需要品味，有些无以名状的疑惑想要探究？ 在某些特别事情的刺激下，他的精神潜力是不是还会突然勃发，就像老话说的神灵附体那样，眼睛变得特别明亮，思绪一下伸到很远很远，甚至陶醉在对人生的全新感受之中，久久不愿意"清醒"过来？ 假如我们确实如此，那就会从心底里需要文学，需要艺术，它正是我们从直觉上把握生存境遇的基本方式，是每个个人达到精神的自由状态的基本途径。正是从这个意义上，文学自有它不可亵渎的神圣性。尤其在20世纪的中国，大多数人对哲学、史学以至音乐、美术等等的兴趣，都明显弱于对文学的兴趣，文学就更成为我们发展自己精神生活的主要方式了。

因此，今天的文学危机是一个触目的标志，不但标志了公众文化素养的普遍下降，更标志着整整几代人精神素质的持续恶化。文学的危机实际上暴露了当代中国人人文精神的危机，整个社会对文学的冷淡，正从一个侧面证实了，我们已经对发展自己的精神生活丧失了兴趣。

闳：我想从创作现象来谈谈对文学危机的看法。按照我的理解，这种危机在作家创作方面有两种表现，一是媚俗，一是自娱。其实这两种方式倒是中国传统文学观念的延续。自古以来，文章乃"经国之大业，不朽之盛事"，看似把文学抬到了一个极高的地位，其实所谓"大业"和"盛事"，只是帝王的业和事。到了现代，帝王的事业不复兴旺，文学的"载道"功能便转换为代人民立言。这也是一个很崇高的事业，每当人民欲言又止之时，文学事业就格外发达。可如今，文学的这一功能逐渐被其它传播媒介所取代，人民自己独立发言的能力也逐渐发达，文学"载道"的事务就又濒于歇业了。在这种情况下，文学的功能只好转移到"缘情"上来,而这不过是自娱的一种漂亮的说法罢了。总之,文学没有自己的信仰,便不得不依附于外在的权威。一旦外在的权威瓦解了,便只有靠取悦于公众来糊口,这便是媚俗的方式。要不然就只好自娱自乐了。这就好比找不到用武之地的拳师,或者去走江湖,靠卖狗皮膏药度日;不然就得回家去,自己打拳健身。

看起来,作家王朔采取的主要是第一种方式。有人说他是个讽刺作家,我却认为,他的作品总的基调是"调侃",而不是讽刺。这两者截然不同,尽管从表现上看,它们是那么相似。讽刺有着喜剧的外观,而其背后有一种严肃性。讽刺总是以一种严肃的姿态批判性地对待人生,它清除人生的污秽,是生命的清洁工。讽刺所显示的批判性甚至高居于作为个体的讽刺者及讽刺对象之上,达到对普遍性的生命价值的肯定。调侃则不然。调侃恰恰是取消生存的任何严肃性,将人生化为轻松的一笑,它的背后是一种无奈和无谓。王朔笔下正是充满了调侃,他调侃大众的虚伪,也调侃人生的价值和严肃性,最后更干脆调侃一切。在这种调侃一切的姿态中,从调侃对象方面看,是一种无意志、无情感的非生命状态,对象只是无谓的笑料的载体。从调侃者本身看,也同样是一种非生命状态。调侃者一如看客,他置身于人生的局外,既不肯定什么,也不否定什么,只图一时的轻松和快意。调侃的态度冲淡了生存的严肃性和严酷性。它取消了生命的批判意识,不承担任何东西,无论是欢乐还是痛苦,并且,还把承担本身化为笑料加以嘲弄。这只能算作是一种卑下的屠弱的生命表征。王朔正是以这种调侃的姿态,迎合了大众的看客心理,正如走江湖者的卖弄嚓头。

王:这当中也包括了迎合大众想发牢骚,想骂娘的心理,大众也因此获得了一种宣泄怨愤的快感。

阂:王朔以这种方式博得了大众的青睐。在调侃中,人们通过遗忘和取消自身生命的方式来逃避对生存重负的承担。然而,现实生存并不因这种逃避而有丝毫改变。从这里也可以看出国人生存境况之不堪和生命力的屠弱。不然,人们何以像抓救命稻草似的乞灵于这一点点可怜而又无聊的"轻松"呢?

从嘲弄和挖苦大众虚伪的信仰到用调笑来向大众献媚,王朔兜了个大圈子。倘若他要迎合得更彻底些,当然还得满足大众必然会有的道德上的虚荣心。王朔果然一改以往嬉皮士似的反道德面目,而以"好人一生平安"的空头许诺来劝善。嬉皮士变成了道德家,这可称得上真正的喜剧。

徐:其实,在文学上,"王朔现象"并不罕见,它是《儒林外史》及以后的谴责小说,和40年代包括《围城》在内的所谓"讽刺文学"的恶性重复。尽管作者们的社会角色迥然不同,但从他们对语言的态度和操作中可以找到许多相似之处。它们都是正统价值观念崩溃后的产物,并都是对文化废墟的嘲笑。问题不在于嘲笑和调侃本身,而在于废墟只对人来说才是废墟。嘲笑也要有嘲笑者。嘲笑者并不是作者的肉体存在,而是被我们称之为人文精神的价值指向。《儒林外史》中还有王冕式的人物,无论他离我们有多么的遥远,但这表明作者还有一种人格和信念的意指。这种意指在《围城》中更加漂浮不定。但是,方鸿渐毕竟还有惶惑、无奈和拒绝,毕竟还指向了某种可能的东西。王朔之为恶性的重复就在于他的文章没有任何结构上的意指。也许在《一半是海水,一半是火焰》、《顽主》中他尚有某些痛苦感和彷徨感,但这些感受在后来的作品中完全被消解了。痛苦的消解是因为认同了废墟,彷徨的终止则是因为不再需要选择,因而就没有也不需要任何可能的人文意向。一旦嘲笑者本人也成了废墟,那么,他就不能指向任何外部世界,于是便只有在玩弄语言的亵渎与嘲笑中获得一种自慰式的快感。

闵:对这样的快感的追求,在所谓"玩文学"派那里有着更为突出的表现,他们以另一种方式暴露出文学创作的危机。王朔是与民同"乐"、"玩文学"者则独"乐"之。他们把文学当作自娱自乐的工具,独自把玩,回味无穷。

徐:譬如,"第五代"导演张艺谋的艺术创作在这个问题上表现得集中而突出。近来极为叫红的《大红灯笼高高挂》中的主人公颂莲是张艺谋努力赋予某种现代人文意识的洋学生。她不用轿抬,而是自己走进陈家大院的,并且还说出了"这里有狗、有猪、有耗子,就是没有人"的"人"话来。但她不仅很快洞悉了陈家大院里的一切,而且立即全身心地投入了与众姨太的争风吃醋中。这个转向似乎可以解释成人物复杂性和艺术处理上的脱节,但在全片的结构中却成了对礼教的皈依,并且嘲弄了对礼教的反叛主题。更重要的是,在电影语言上,张艺谋是对"后现代主义"模仿得比较像的。色彩上,如对红色的大肆渲染;音响上,如捶脚声的音响主题反复出现;构图的对比性,视角的变换,长镜头的运用以及对点灯笼、挂灯笼、吹灯笼的精心刻画等等,都造成了画面具有强烈的感官刺激性的效果。但最强烈的反差更在于影片中使用了在中国人看来最具现代性的技巧,所表现的却是中国文化最陈腐的东西。因而,颂莲的那些"人"话就仅仅成了一种主题上的装饰。张艺谋的真正快感只是来自于对技巧的玩弄。

柠:本来影片中表现什么倒并不十分重要。所表现的事物既可以是陈腐的,也可以是美好的。关键在于这些事物在作品中所产生的功能。这种功能取决于文本的语义指向,从根本上说,它又是取决于作者主观的价值取向。在《大红灯笼高高挂》中看不出张艺谋对其所表现的陈腐肮脏的东西有多少批判意识,相反,他始终在大肆渲染和玩味这种东西。

徐:《大红灯笼》在国内外的反应是很值得关注的。它的技术在西方世界早为人所熟知,甚至已开始过时,但因为它表现的是被称之为"中国文化"的那些东西,而使西方人大开眼界。至于中国这边的亢奋的反应,则来自于对所谓"后现代主义"之类"新潮"艺术的迷恋,而忽略了作品价值取向上的陈腐性。能像《大红灯笼》那样引起东西方人对对方陈腐性的互相欣赏的作品是非常罕见的,如果这里有为张艺谋所追求的好莱坞精神的话,那么这正是人文精神的全面丧失。

张艺谋电影探索的文化动因,是当代文学中的"寻根"意识。例如《红高粱》吧,应该说,对于现代文明生命的萎缩以及被阶级意识或政治革命等"历史动机"所淹没了的欲望或生命冲动来说,它确实有一种反叛和反历史的意味,它把余占鳌式的暴力取代建筑在更原始的个人占有欲上,不仅颠覆了暴力革命的神圣性,也确实意指了某种历史的可能性。但问题在于,它不是指向新的生存可能性及其精神空间,而是指向文化回归的道路。这是为张艺谋所熟悉并且认同的。只是这种文化回归很快就在《菊豆》中透了底。杨天青不仅不能取代父辈而公然占有菊豆,而且还只能作为自己儿子的哥哥跪拜在宗法道德和政治秩序的神座面前偷情。他会犯禁,但欲望的冲动根本无法与道德秩序相抗衡,其结果只能导致自我阉割。至于在《大红灯笼》中,颂莲用自己的脚走进了旧道德规范,因而欲望满足的方式是给定的,她必须在礼教许可的范围内不懈竞争,才可能短暂地获得她的男人。所以,在象征欲望的红色中,"我奶奶"是以认同并接受暴力来满足的,菊豆是在道德秩序下靠偷情来满足的,而颂莲则干脆投身到礼教规范中来获取满足。这是否就是张艺谋的"欲望三部曲"?

阎:以上两种方式尽管有种种不同,却共有一个根本的原则,即"游戏"。曾经有人在理论上公开提出过"文学游戏"的原则,还抬出维特根斯坦的语言哲学和后现代主义的文艺理论来作为根据。

崔:其实这里存在一种文化的误读。西方文化中的游戏概念与中国人常说的"玩"的涵义完全不同。在西方文化观念中,客观世界与心灵世界之间有一道鸿沟,而游戏是联结两者走向自由的唯一通道。它是生命的基础,涵盖了一切生命的体验,包括痛苦、战栗等。我们把"游戏"误读成"玩",使之成了逃离一切真实的生命体验,消解痛苦和焦虑的理论。

阎:"游戏"在其规则范围内,是一桩严肃的事情。我们看到儿童在游戏时,往往是全身心地投入,他自身的体力和智力(即全部生命力)正在此过程中获得充分的显示和肯定。维特根斯坦用游戏来解释语言现象,认为语言即是对语言的使用,即如按规则所进行的一场游戏。在言说活动之外,并无什么语言的本质,而充分使用语言,就能充分显示出语言的本质和意义。人生同样如此,人生并非无意义,而只是说,人生的意义在于人的生存活动之中,人的最高本质即是在自己的生存活动中为自己立法,为自己创造意义,这些原则用之于解释文学,凸现的恰恰是文学创造的严肃性和神圣性。

徐:西方现代主义文学的兴起,有一个价值观念的危机和转型的深远文化背景。语言形式所以被推到一个历史的高度上,是根于西方人对语言与存在关系的理解。因而不仅其游戏规则是严肃的,其游戏态度也是真诚的,他们正是在这种严肃的游戏的投入中,把握并超越个体性存在的独特体验。但中国当代"玩文学"者的那些"游戏"之作,既不表现出对某种生存方式的解构,更没有对存在的可能性的探索与构造,一旦失去了这种形而上的意向性,那么形式模仿的意义就只剩下"玩"的本身,它所能提供的仅是一种形而下的自娱快感。人文精神正是在这种快感中丧失了。

崔:这种人文精神的丧失,在文艺创作上的最严重的表现,就是想象力的丧失。

徐:所谓艺术想象力,当然包括诸如故事的虚构等等艺术处理能力,但更多的是指对于存在状态与方式及其可能性的想象力。我以为,这是一个文学或艺术家的生命所在,它在今天尤为重要。它是在这个原有价值观念全面崩溃的时代中的价值重构能力,也就是被保罗·蒂利希称为"存在的勇气"的那种东西,这在根本上决定了一个艺术家的激情、才华和力度等基本素质。与此相比,故事虚构只是一个技术问题。然而中国当代的许多艺术家却正在越来越丧失这种能力。王朔是一个例子,他的小说描绘出的世界就是废墟,能指与所指是完全等值而同构的,是废墟嘲笑废墟。张艺谋稍有不同,他曾经试图用原始生命力(欲望)来解构历史,但这种原始生命力是无形的,他无法为它给出一个价值指向。而如果不能获得某种个体人格形式的力量,他就根本无法突破更加深固的道德秩序及其心理沉积物。所以,张艺谋从寻根出发反叛历史,最后又重新回归黑暗的历史怀抱。从这个意义上讲,他是在玩弄欲望,"后现代主义"则成了他从这玩弄中获取快感的器具。

王: 张闳刚才谈到的"调侃一切"、徐麟讲的"以废墟嘲笑废墟",都是这个时代人文精神日见萎缩的突出症状。这并不是一个偶然的现象,在某种意义上,它恰是我们精神历程的一个合乎逻辑的结果。你在一连串事件的摇撼下清醒过来,发现自己原来被一种无知的信仰引入了歧途,于是跳起来,奔向另外一些与之相反的信仰。可很快你就发觉,这新的信仰仍然无用,你还是连连失败,找不到出路。在这种时候,你的头一个本能反应,大概就是干脆放弃信仰,放弃寻找出路的企图吧? 你甚至会反过来嘲笑这种企图,借以摆脱先前那沉重的失败感。在严酷的环境中,自嘲确能成为有效的自慰。和理想主义相比,虚无主义总是显得更为有力,因为它自身无需证明。

崔: 理想主义需要以整体的人去建构,他的情感、意志和理性必须达到一定程度的整合,还需要有充沛的生命的意向性。这样的人以理性建立起自己的理想,对它一往情深,努力使它成为自己实践意志和生命意义的基础。而虚无主义则是一个心灵已成废墟的人所唯一能持的哲学态度,他只能用自己的理智来嘲笑自己的情感,用情感来嘲笑意志等等。因此,理想主义总是因自身的矛盾而软弱,虚无主义则因自身的矛盾而强大。

王: 因此,一个人只要有一点点聪明,就完全能用虚无主义来嘲笑(或者说调侃)所有的信仰。这种嘲笑的成功也确实能给那些信仰上的失败者带来某种安慰和心理平衡。也正是因为这种高级阿Q式的精神胜利法的有效,本世纪初以来虚无主义情绪在中国屡屡发作,不断蔓延。周作人的虚无主义还比较深刻,今天的"调侃一切"则浅直得多,更带一点颓废气,一点无赖气。虚无主义也一代不如一代了。

闳: 这应该说是中国式的虚无主义。在西方,虚无主义自有其独特意义。近代的理想主义的信仰和价值依据(无论其为上帝还是理性、科学),通常总是外在于人的生命,而虚无主义恰恰是要瓦解这种外在于人的价值依据,这并不意味着人本身的意义的丧失,相反,它将生命的价值落实到生命本身。上帝死了,人有了更充分的自由,就好比父亲死了,解除了对孩子的管束。但一个成熟的少年将会意识到,他从此必须独自来承担自己的命运,创造自己的生活了。人的充分的自由同时就意味着更多的承担,意味着需要更强的生命力,也意味着他有可能创造出更高的意义,可惜在我们这里,虚无主义竟常常导致逃避和放纵,似乎一旦父亲死了，大家便可以抛弃一切承诺，怎么玩儿就怎么玩儿，这真会令人生出无以言说的悲哀！

王：1987年以来，小说创作中一直有一种倾向，就是把写作的重心从"内容"移向"形式"，从故事、主题和意义移向叙述、结构和技巧，产生出一大批被称为"先锋"或"前卫"的作品。这个现象的产生，除了小说观念的革新、创作者主观感受的变化之外，是不是也暗合了知识界从追究生存价值的理想主义目标后撤的思想潮流呢？再比方说，那批所谓"新写实主义"作家的平静冷漠的叙述态度，真如有的论者所言，是一种有意为之的姿态吗？是否也同样反映出作者精神信仰的破碎，他已经丧失了对人生作价值判断的依据呢？至于这两年流行的以嘲讽亵渎为特色的小说和诗歌，就更是赤裸裸地显露出对我前面所说的那种文学的神圣性的背叛。当然，近几年中国文学的状况相当复杂，造成这些状况的原因更是多种多样，远不能一概而论。但是，从一些似乎并不相关的现象，我却强烈地感受到一种共同的后退倾向，一种精神立足点的不由自主的后退，从"文学应该帮助人强化和发展对生活的感应能力"这个立场的后退，甚至是从"这个世界上确实存在着精神价值"这个立场的后退。

徐：其实西方的后现代主义是经过一系列建构以后的超越性否定。可在中国，根本就没有这个过程，我们处于一个多种历史阶段的人文思潮混作一团的共时性结构中，处在这样的状况中而一味"后现代"，结果很可能是保护了腐朽的文化因素。

王：后退总是一件令人不快的事。你可以闭上眼睛，却无法不感觉到自己的后退。既然不能停下后退的脚步，或者虽然想停住，却缺乏足够的体力，那就只好想办法给这后退一个好一点的解释。我想，这是否就是1985年以后那种用西方思想观念来比附自己的热情的一个来源？类似张宏刚才谈到的用"游戏"概念来比附"玩文学"的现象，还有许多，譬如，用罗兰·巴特的"零度写作"理论来比附"新写实主义"作家的写作态度，用从俄国形式主义一直到博尔赫斯等来比附"先锋文学"，最近则又开始用"反文化"的理论，用"后现代主义"来比附"调侃一切"的态度，比附以亵渎为特色的"痞子文学"……这些比附有不少做得相当精彩，足以使人产生错觉。在这错觉中陷得深了，你甚至真会在自己的头脑中发现种种类似于"现代主义"乃至"后现代主义"的情绪，于是极力将它放大、强化，再一头扎进去……经过如此一番循环，你就非但不再有后退的羞耻感，反倒有一种"前卫"的自豪感了。

后退固然不是好事，但也并不丢脸。遇上了太强大的对手，有时也只能后退。但是，明明是在后退，却要贴上一大堆外国的招牌来粉饰、自欺，那就有点可怜了。我觉得，这种后退而又自欺的现象，把这个时代人文精神的危机表现得再触目也没有了。

柠：前面大家分析了当前文学界乃至文化界的种种情况，似乎由此可以作出这样一个结论：这是一个审美想象力全面丧失的时代。可我一直在考虑，这种结论恐怕是要遭到反驳的。反驳不会是来自王朔那样的流行作家，因为他们的审美经验早已同日常经验合而为一了；也不会是来自"寻根"派或"新写实"派作家，因为他们或认同某种既定的生存条件，或只是抄袭现实；更不会是来自大众文学，因为它的想象力早已指向了各种感觉的享受和欲望的满足：金钱、权威、暴力……唯一可能提出反驳的是先锋小说，因为先锋小说创作中，尚蕴涵着某种可喜的想象力。

以马原为代表的早期小说创作，是把想象力倾注于词与词之间。他们凭借幻想制造出种种新的感受，并试图以新的叙述方式和语词结构来传达这些感受。这是一种重新对故事进行讲述的欲望和新的话语方式的习得过程。但共同的语言符号系统与经验主体之间的间距，是个体的自我意识得以充分实现的障碍。如果在叙事中，意识主体与语言主体的分裂不能合而为一，那么，叙述行为也就纯然是一场语言的游戏，创作中的形式专横倾向也就由此产生(马原后期的创作明显体现了这一点)。在当代中国的文化背景下，文学究竟充当何种角色、承担什么任务的问题，在马原他们那里，仍然悬而未决。

闳：简单地说，早期先锋小说最突出的贡献在于：它将语言如何传达生存感受的问题凸现出来了，也从某种程度上为感受提供了某些可能的方式。至于感受的充分性及在多大程度上对真理性切中的问题，则往往被搁置。

柠：正因为如此，近两三年来，以格非、余华为代表的先锋小说家正在逐渐摆脱马原的影响。他们在创作中努力发挥艺术想象，也更自觉地承担起对存在本质质疑和对生命意义追问的责任。

徐：质疑态度本无可厚非。在一个价值崩溃的时代，对既定事物抱怀疑是完全正常的。但必须指出，怀疑也有两种，一种怀疑指向对世界和自身生命的重新把握，有一个确定的意向性，尽管它在怀疑中并不表现出确定的形态，并且不可言说，但却是使怀疑成为怀疑的依据。怀疑是人的怀疑，怀疑正因是"人在"。另一种怀疑则是取消生命的意向性，也就是"人在"被取消了。因而，它是价值取消主义，它只能导向虚无。中国当今时髦的怀疑主义多属于后一种。

柠：我还是想从另一个角度来看近期先锋小说。《边缘》、《呼喊与细雨》是其中的代表作。从文本的叙事方式来看，这些作品往往从童年回忆切入，叙事构成一种有指向的线性时间，但又不时被回忆中的创伤性记忆所打断。就在叙事力图重现失去时光、唤回童年的诗性记忆的同时，记忆中的创伤性因素却不断地瓦解它，暗示对现实的质疑和对存在意义的追问。创伤性所带来的"震惊体验"充填于幻想的时间结构之中，时间被瓦解为碎片，历史被转换为一个颓败的寓言，小说家则在这片荒废的背景上，凸现出一种因童年的"诗性记忆"被击碎而产生的忧伤和焦虑。

倘若人们的目光一直专注于单向度时间结构的历史，许多复杂的生存体验就可能被遗忘。小说家则以其真诚的感受和回忆瓦解了线性时间的链条，提醒人们：存在被遗忘了。我觉得，在格非、余华等人的近期创作中，尽管依然可见欲望、暴力、性爱、冒险、逃逸、死亡等等主题，但这些主题在整个文本结构中却被瓦解了，或者可以说，任何一种总体性的观念，任何一种乌托邦式的意识，在这里都会被瓦解。这种瓦解未必就是消极的，一旦人们从乌托邦的幻梦中苏醒过来，对存在本身的注意力往往能更充分地焕发。而这种注意力本身就预示着某种新的问题,它可能会激发出某种希望与创造的激情。

当然,问题的另一面也暴露出来了。语词之间及本文结构之间的张力场,固然为想象力提供了空间,但却没有为它规定应有的向度,艺术借助想象达到审美升华的规定性尚无保证。一个作家面临的最大难题,就是精神存亡的问题,或者说"灵魂救赎"的问题。作家如果不能直面并着手解决这一问题,而仅仅满足于作一些反叛和瓦解的工作,就不但会限制其作品的成功,也会导致精神活力和创造力的衰退。并且,作品在其精神价值指向方面的犹豫不定,最终也将会消蚀其对希望的激情。这样,不仅读者不能从作品中获取精神能量,就是作者本人也会因精神颓废所带来的"如释重负"感的诱惑,而丧失精神的力度和自信心,最终无以抵挡来自外部世界的种种压力和诱惑(据说有一些颇有前途的先锋作家也"下海"了)。可见,先锋小说家不但在其作品的价值指向上,而且在其自身生命的价值意向上,都正面临困境。

王:张柠谈到的先锋小说的困境,可以说较为集中地体现了整个社会人文精神的困境。能否从这种困境中突出来,大概正是中国文学,同时也是中国文化生死存亡的关键所在吧。

崔:说得夸张一点,今天的文化差不多是一片废墟。或许还有若干依然耸立的断垣,在遍地碎瓦中显现出孤傲的寂寞(王:例如史铁生和张承志),但已不能让我们流泪。

我也不想对大家谈到的那些文学现象表示痛心疾首。一个走在商品经济道路上的社会渴求着消费,它需要、也必然会产生消费性的商品文学,文学总要为人民服务嘛。但中国的问题并不那么简单,和西方成熟的商品文学相比,我们还不成熟的商品文学却正在冒充社会的精神向导,并沾沾自喜,做作地炫耀其旺盛的"精神"创造力,恰像一个肺病患者在健美舞台上炫耀他的肌肉。其实只是强烈的灯光和橄榄油膜才给人以某种感官刺激,实际上人也只要这个。西方人爽快,承认商品文学只有一个目的——钱,相比之下,中国成长中的商品文学着实让人腻味。真不明白鲁迅说的瞒和骗何以能如此历久而弥新。

我们所感受到的人文精神的危机有两重。首先,我们正处在一个堪与先秦时代比肩的价值观念大转换的时代。举凡五千年以来信仰、信念和信条无一不受到怀疑、嘲弄,却又缺乏真正建设性的批判。不仅文学,整个人文精神的领域都呈现出一派衰势。在商品经济大潮的冲击下,穷怕了的中国人纷纷扑向金钱,不少文化人则方寸大乱,一日三惊,再也没有敬业的心气、自尊的人格。更内在的危机还在于,如果真的有了钱就天圆地方,自足自在,那当然可以不要精神生活,人文精神的危机不过是那批文化人的生存危机而已。但是,一个有五千年历史的民族真的可以不要诸如信仰、信念、世界意义、人生价值这些精神追求就能生存下去,乃至富强起来吗?

我们必须正视危机,努力承担起危机,不管它多沉重。只有这样,才能看到危机的另一面,如张柠刚才所讲的,当代文学中乌托邦精神的消解,展示出新的文学精神诞生的可能性。实际上,可以在整个人文精神领域里来理解这一点。传统的价值观念的土崩瓦解,同时也正展示出一切有形与无形的精神枷锁土崩瓦解的可能性。而另一方面,新的生活实践也必然要求新人文精神的诞生。在这个急剧变动的时代,每个人的心灵中都充满了太多的渴望和要求,都积累了太多的呻吟和焦灼。我们的情感瞬息万变,难以捉摸;意志相互冲突,难以取舍;理智恍惚不定,难以抉择。世界、生活、自我都在走马灯般地乱转,不再能被有效地把握。但是,只要是人,就必定需要把握自己,需要知道这个世界到底是个什么样子,需要确信生活究竟是为了什么。这一切都需要在人的心灵中得到某种程度的整合。这才能有我的世界,我的生活,才能有"我"。倘若既定的价值观念已不能担当此任,那就只能去创造一个新的人文精神来。我们无法拒绝废墟,但这决不意味着认同废墟。如果把看生活的视角调整一下,心灵的视界中也许就会出现一片燃烧的旷野,那里正孕育着新的生机。

从文学上讲,人们需要它展现自己生存于其中的跃动的现实生活和喧哗的心灵世界,并以此呈现当代人投向生活的独特视角和视野,进而揭示当代人内在的生存意向。真正的当代文学应该敢于直面痛苦和焦虑,而不应用无聊的调侃来消解它;应该揭发和追问普遍的精神没落,而不应该曲解西方理论来掩饰它。如果一颗心正滴着血,那就应该无情地扒开它,直至找到最深的伤口—— 这样的文学才能让人流泪。

说到这里,看来文化人是不应改行摆摊了,但不敢说"不必",因为总不能要求人人都有殉道的毅力。不过话说回来,就是遇上了再严酷的时代,我们这个社会也总会有些人铁了心甘当殉道者的。听研究数学的朋友说,在美国,研究数学的人自称为"敢死队",因为那儿数学教授的年薪最低。而这些人因热爱数学而不悔,才有了人数不多却仍执世界数学发展之牛耳的美国数学界。以实用主义哲学为国学的美国尚且如此,以志于道为国学的中国就更不该缺乏这样的"敢死队"吧? 一个社会,竟弄到要靠这样的"敢死队"来维持人文精神的活力,当然很可悲,但是,倘若你还能看见一支这样的"敢死队",那就毕竟是不幸中之大幸,能令我们在绝望之后,又情不自禁要生出一丝希望了。

(原载《上海文学》1993 年第 6 期)

断裂：一份问卷

朱　文

说明

这一代或一批作家出现的事实已不容争辩。

在有关他们的描绘和议论中存在着通常的误解乃至故意歪曲。

同时，这一代作家的道路也到了这样一个关口，即，接受现有的文学秩序成为其中的一环，或是自断退路坚持不断革命和创新？

鉴于以上理由我提出这份问卷。

我的问题是针对性的，针对现存文学秩序的各个方面以及有关象征符合。

通过对这些问题的回答明确一代作家的基本立场及其形象。

问题

一、你认为中国当代作家中有谁对你产生过或者正在产生着不可忽略的影响？那些活跃于五十年代、六十年代、七十年代、八十年代文坛的作家中，是否有谁给予你的写作以一种根本的指引？

二、你认为中国当代文学批评对你的写作有无重大意义？当代文学评论家是否有权利或足够的才智对你的写作进行指导？

三、大专院校里的现当代文学研究对你产生任何影响吗？你认为相对于真正的写作现状，这样的研究是否成立？

四、你是否重视汉学家对自己作品的评价，他们的观点重要吗？

五、你觉得陈寅恪、顾准、海子、王小波等人是我们应该崇拜的新偶像吗？他们的书对你的写作有无影响？

六、你读过海德格尔、罗兰·巴特、福科、法兰克福学派……的书吗？你认为这些思想权威或理论权威对你的写作有无影响？它们对进行中的中国文学是必要的吗？

七、你是否以鲁迅作为自己写作的楷模？你认为作为思想权威的鲁迅对当代中国文学有无指导意义？

八、你是否把基督教、伊斯兰教、佛教等宗教教义作为最高原则对你的写作进行规范？

九、你认为中国作家协会这样的组织和机构对你的写作有切实的帮助吗？你对它作何评价？

十、你对《读书》和《收获》杂志所代表的趣味和标榜的立场如何评价？

十一、对于《小说月报》、《小说选刊》等文学选刊，你认为它们能够真实地体现中国目前文学的状况和进程吗?

十二、对于茅盾文学奖、鲁迅文学奖,你是否承认它们的权威性?

十三、你是否认为穿一身绿衣服的人就像一只青菜虫子?

附录:工作日志

5月1日　与韩东聊天,萌发这个想法。向全国三十到五十位青年作家发出一份问卷。然后在根据反馈的答卷作一项社会调查性质的统计,最终制成一个文本。这个文本也可以叫做备忘录。决定将这个想法付诸行动。

5月2日　和韩东草拟了一份问卷。去后宰门和鲁羊讨论我们的想法,老鲁非常赞同,觉得有意思。

5月3日　分头草拟了一份问卷的前言。我写的前言措词过于激烈。最后决定采用韩东写的前言,开宗明义。

5月4日　考虑将调查的范围扩大,计划发出五十至一百份问卷。草拟了一份名单。

5月5日、5月6日　各自推敲一下问卷,尽可能地使问题回答起来简单。征求其他一些作家的意见。大家表现出了很高的兴致,都在期待着这份问卷。

5月7日　在瑞金北村,和韩东鲁羊三人共同讨论问卷。讨论完之后,请鲁羊执笔将问卷修改一遍。考虑到这次行为是一个作家向另一个作家的提问的形式,所以在"发起人"这一栏中只保留我一个人的名字。

5月8日　忙各人的事情。

5月9日　在三条巷和韩东吴晨骏刘立杆,就问卷作最后一次讨论修改,将原来的十个问题增加到十三个问题。由我回家作最后定稿。

5月10日　打印出第一份标准问卷。请楚尘帮忙复印、邮寄。

(原载《岭南文化时报》)

从一场濛濛细雨开始(代序)

王家新

本文集定名为《中国诗歌：90 年代备忘录》，主要目的是在 20 世纪即将过去的日子里，从理论上对中国大陆 90 年代现代诗歌、对一代诗人 10 年来的写作历程进行回顾，对人们正在关心的一些诗学问题进行分析、认识和回答。因此，所选文章大都集中在"90 年代诗歌"这一论题和目前一场正在展开的诗歌论争上。无须讳言，除了其理论文献价值和纪念意义外，这部文集还有着它的现实针对性。

那么，相对于 80 年代（从早期"今天派"到"第三代诗歌运动"，或从"朦胧诗"到"后朦胧诗"），90 年代诗歌能否说是"另一意义的命名"（程光炜）？本文集的许多作者都倾向于这么认为，虽然他们同样意识到历史的那种相互缠绕、纠结性质。90 年代之所以呈现出显著的不同于以往的诗歌景观和诗学特征，那是有着诸多深刻历史原因的：一是一批从 80 年代走过来的诗人们自身的成熟（不可否认，80 年代末他们所经受的一切对这种成熟起到了重要推进作用），一是 90 年代社会和文化语境所发生的巨大变化以及诗歌写作对这种挑战所做出的回应，等等。无视这些历史变化以及 90 年代创作本身的实绩，反而诡称"'89 后的写作和 49 后的写作有何不同"（于坚），这至少是对历史本身的亵渎。

的确，"90 年代诗歌"不是少数几个诗人和批评家的"幻觉"。"90 年代诗歌"体现了一代诗人的共同努力与诗歌发展本身所经历的一场深刻变化。这里，"一代诗人"并不意指年限或经历的接近，相反，它指的是在这一切上很不相同的诗人（例如朦胧诗人与后朦胧诗人），进入 90 年代后经由自我修正而在艺术认知和写作实践上所形成的一种自觉或不自觉的呼应。正是这种相互呼应，使他们渐渐出现在同一个诗歌时代的地平线上，或同一个历史的话语场中。例如和 90 年代诗歌经常相联系的"知识分子写作"、"个人写作"、"叙事"、"反讽"等，它们并非流派性宣言，也绝不仅是限于某个小圈子里的"知识气候"，它们实际上相当普遍地体现了一个时代对写作的认知和艺术要求。因此，它们不仅体现在目下被强行归属于"知识分子写作"的诗人们那里，而且在众多其他诗人那里以及在一些被划入所谓"民间写作"的诗人那里，也或隐或显地呈现出这种时代性的风尚或征候。这说明了什么呢？这说明中国现代诗歌——在 80 年代人们更多地称它为"新诗潮"、"先锋诗歌"或"实验诗歌"等，进入 90 年代后有了一次看似不事声张、实则具有深刻意义的转变，即由在 80 年代普遍存在的对抗式意识形态写作，集体反叛或炒作的流派写作，非历史化的带有模仿性质的"纯诗"写作等等，到一种独立、沉潜的具有知识分子精神和文化责任感的个人化写作的转变（需要指出的是，这种写作中的个人性质、知识分子精神和对艺术本身的关注，在以前并不是没有,但却被那个时代掩盖了)。的确,这场经由 80 年代而在 90 年代实现的转变,或者说这种艺术认知、写作立场和态度的普遍确立,体现了一代诗人的成熟,并且,它在实际上也把历尽曲折的中国现代新诗推进到一个新的、更具建设性的阶段。

因此,当某些人自去年起出于个人目的而对"知识分子写作"进行攻击以来,许多诗人和批评家在忍无可忍的情势下,起而为它和 90 年代诗歌一辩。我相信他们这样做并非为了某个流派或一己的利益,而是为了维护他们对写作的历史性认知,为了某种对中国诗歌和文学来说至关重要的写作精神和品格。我想,这是目前这场论争中最严肃的意义所在。至于这场论争是否带有一种权利相争的色彩,我的回答也是肯定的——这场由某几个人策划并挑起的"论争",在一种权力欲望和挑衅心理的支配下,从一开始就超出了正常的文学论争范围。但是,被迫应答的一方,却并非为了"争权夺利"(相反,如果出于现实功利考虑,他们最好洁身自好,并落下一个"大度"的美名)。他们可以承受对他们个人的攻讦,(那些可笑的诋毁,能够"骂倒"他们吗?)但他们却不能一再忍受谎言和暴力,不能忍受那些对于诗歌和严肃写作本身的恣意践踏。因此,我在这里完全可以这样说,是中国诗歌的良知通过他们发出了自己的声音。

诗歌是一种古老的技艺,"我们神圣的职业,存在了数千年"(阿赫玛托娃)。一个独立的、有远大目光和创造力的诗人完全有理由超越现实纷争,完全有理由拒绝将自己归属于任何一方。但,这只是问题的一面,另一面是:谁都不可能不与历史发生纠葛就能超越历史,诗人也没有这个特权。而在古今中外一切伟大诗人那里我们感到的是:诗歌不仅体现了人类古老的审美想象力和创造力,它更是历史本身锻造出来的一种良知。如西渡所说,正是这种良知在对任何克隆企图说不,正是这种良知使诗歌超出一般审美游戏而成为人类精神存在的一种尺度,换言之,正是这种良知使诗歌在历史中获得了它的尊严。而在一个良知缺席的时代,我们还能拥有什么?难道我们还需要再付出半个世纪的代价才能看清这一点?

因此,说到底,像"知识分子写作"、"个人写作"这类命题,和中国现代诗歌在其历史境遇中不断接近、锻造自己艺术良知的努力深刻相关;它们不是对身份的标榜,和炮制流派或"自我神话"的行为也判然有别;它们在根本上属于一些中国诗人在其环境中深入认识自身命运和写作性质的一部分。在这样一种历史处境中,中国诗歌最需要的是什么?果真只是对世界"柔软温和"的"抚摸",或对各式"鲜活场景"的津津乐道吗?本文集许多作者对此说不——这倒不是因为他们和生活处于一种对立关系,而是因为古往今来那些伟大的诗歌在目睹他们。一种创伤累累的诗歌良知,可以被暴力践踏,可以被一个消费时代遗忘,可以被当今的"文坛豪杰"们开涮,但它依然在目睹我们。也正是在 90 年代初,在纪念帕斯捷尔纳克诞辰 100 周年的讲话中,一位俄国诗人这样说道:"20 世纪选择了帕斯捷尔纳克,用以解决诗人与帝国、权力与精神独立这永恒的俄罗斯矛盾。"而在我们这里,情形虽然有所不同,而且肯定更为复杂,但存不存在类似的历史要求呢?如果回答是肯定的,那么诸如知识分子的精神或立场就会是一个诗人们不可能避开的问题。谁都渴望做一个纯粹诗人及个人在历史中的自由，但这是在20世纪的中国，到底有没有一种"纯艺术"存在呢？（或，它本身是否也就是一种意识形态呢？）

而90年代诗歌之所以值得肯定，就在于它在沉痛的反省中，呼应并在一定程度上承担了这样的历史要求，并把一种独立的、知识分子的、个人的写作立场内化为它的基本品格。本文集许多篇章涉及到10年前开始的那场艺术转变，而这场在历史震撼和复杂诗学意识相互作用下的转变，除了如欧阳江河说的旨在"结束群众写作和政治写作这两个神话"外，我想还有一个"纯诗"或"纯艺术"的神话。这种"纯诗"写作（它的另一分支似是在80年代中后期泛滥成灾的"文化诗"），如按张枣的描述，显示了一种"迟到的"（相对于西方）对于"现代性"和诗歌自律的追求，它在80年代非政治非意识形态化的文学潮流中自有意义，对于诗人们语言意识的觉醒和技艺修炼也是一次必要的洗礼。但问题在于这种对"语言本体"、"不及物"或"纯写者姿态"的盲目崇拜恰好是建立在一种"二元对立"逻辑上的，因此它会致使许多人的写作成为一种"为永恒而操练"却与自身的真实生存相脱节的行为，并且，它会如此经不起历史的震荡。那么，90年代诗学的意义，就在于它自觉消解了这种"二元对立"模式；它在根本上并不放弃使文学独立、诗歌自律的要求，但它却有效地在文学与话语、写作与语境、伦理与审美、历史关怀与个人自由之间重建了一种相互磨擦的互文张力关系，使90年代诗歌写作开始成为一种既能承担我们的现实命运而又向诗歌的所有精神与技艺尺度及可能性敞开的艺术。

这些，正是90年代诗人们要从根本上去解决的问题。早在像谢冕先生这样的受人尊敬的学者呼吁诗人们关注历史、现实而不要沉弱于"个人抚摸"之前，他们已在与时代生活的遭遇中发现"那个自大的概念已经死去／而我们有这么多活生生的要说"（肖开愚《国庆节》），并且在他们的写作中出现了"历史声音与个人声音的深度交迭"（程光炜评论《词语》语）。只不过这种富于时代感和个人承担意识的写作，已和艾青式的民族史诗叙事不同，和北岛早期社会公正代言人式的写作也有了区别，如同臧棣所说，这种书写把"历史个人化"了：它不再指向一种虚妄的宏大叙事，而是把一个时代的沉痛化为深刻的个人经历，把对历史的醒悟化为混合着自我追问、反讽和见证的叙述。例如孙文波的《散步》，在一种看似散漫的非社会题材甚至非主题化的个人经验叙述中，却处处透出他与这个时代的争执和一个中国知识分子沉痛而无奈的现实感；而欧阳江河自《傍晚穿过广场》以来，则不断完善和发展了一种"既把自己与时代剥离，又委婉地与其拥抱"（陈晓明语）的诗歌修辞学。正是以这些各不相同的个人叙事方式和修辞策略，这一代诗人的写作开始有效地介入到他们的真实境遇中。所以，问题只在于那种对90年代"个人写作"望文生义式的理解，或那种依然是从老式"反映论"出发对诗歌所做出的要求。至于某些人一再攻击"知识分子写作"只是"知识和技术"而毫无"生命痛感"，更不值一驳。只要打开一部90年代诗歌编年史就会发现，早在有人尚在搬弄胡塞尔"现象学还原"那一套去"梦想"一只老虎或"命名"一只乌鸦之前，这些被攻击的诗人们已在他们"存在的现场"了。他们的"知识和技术"，不仅有效地确立了一个时代动荡而复杂的现实感，拓展了中国诗歌的经验广度和层面，而且还深刻地折射出一代人的精神史。这里，我愿引述牛汉在一个诗会上的一段发言："王家新、西川等人以他们的诗证明并非狭窄的'学院派'、'为艺术而艺术'，而是与民族、母体有着较深刻的血肉关联的，他们正成熟起来，正在走向大气"（《诗探索》1994 年第 1 辑。附带说明，我本人并没有参加此会）。我这样引述，倒不因为这位受一代青年诗人敬重的老诗人提到了我，而是深感惊讶：他几年前的这番话，好像就是针对今天的某种论调而发的似的！

同样，正如许多人已指出的：早在有人指责"知识分子写作"诗人"与西方接轨"，甚至诋毁他们为"买办诗人"之前，这些诗人就在一种剧烈而深刻的文化焦虑中自觉反省、调整与"西方"的关系。比如陈东东在经历欧洲超现实主义艺术洗礼后，转向一种令人耳目一新的"本地的抽象"，肖开愚也从对奥哈拉的欢呼中沉潜下来，写出了像《向杜甫致敬》这样的力作；再比如翟永明，"把普拉斯还给美国"（钟鸣语）后，转向在本土文化经验和个人家族史中重构叙事；我本人则从《伦敦随笔》开始，不断以"回头看"的方式对在"西方"影响下长大的一代人的文化矛盾和危机进行了沉痛的反讽性揭示；而欧阳江河的《那么，威尼斯呢》，看上去写的是西方经历，实际上伴随诗人的，却始终是一场"等你到了威尼斯才开始下"的"成都的雨"！因此，我们完全有理由认为这些诗人的写作是一种置身于一个更大文化语境而又始终关于中国、关于我们自身现实和命运的写作，也是一种在"西方"与"本土"、"传统"与"现代"的两难境遇中显示出深刻历史意识和中国知识分子的文化责任感的写作。某些人一再抓住一些文本表面出现的"西方资源"大做文章（其手法恶劣已到了变态程度），那是有意要抹杀这种写作的实质和意义。众所周知，中国现代新诗是在"西方"刺激和影响下才开始自己"迟到的"历程的，这种历史不仅预设了我们在今天的文化困境，而且这种历史进程还远远没有完成。事到如今，我们能否完全把"西方"从我们的语言（现代汉语）、写作甚至文化血液中排除出去，或完全"回归"到那个"有水井处皆咏柳永词"的其乐融融的"文化中国"中去呢？有人不是一面宣称"我为什么不歌唱玫瑰"，做出一付本土姿态，一面一不留神又让"亚当、夏娃"出现在了他的云南山坡上了吗？还有那首《○档案》，不是在西方"后现代"理论和诗歌的影响下才写出来的吗？受到别人的影响，"改写"别人的文本，却又要以"可怕的原创力"来"吓唬盲目的读者"，并把同时代其他诗人们的写作贬为"读者写作"，这不是太可笑了吗？这究竟是一种自信还是心虚？而那些"知识分子写作"诗人，并不忌讳把那些"接轨"的地方一一暴露出来，这并不仅仅因为他们诚实，更因为他们自信，那就是通过一种艰巨、自觉而又富于创造性的劳作，重建一种与西方的对话和互文关系。他们在 90 年代的重要贡献之一，就是把中国诗歌与西方的关系由 80 年代的影响与被影响关系变成了这种自觉、成熟的对话和互文关系。有人恶意指责诗人张曙光写到与叶芝、奥顿、布罗茨基等的对话，"俨然一付与这些大师是忘年交的姿态"，那么，与这些光辉的灵魂成为精神上的"忘年交"有什么不好？这种对话不是造就了像冯至、穆旦这样的在中国现代文学史上可怜得屈指可数的少数几个优秀诗人吗？中国诗人们当然需要有一种本土自觉，但他们依然需要以世界性的伟大诗人为参照，来伸张自身的精神尺度与艺术尺度。他们不会因为无端攻讦而收缩他们的互文性写作空间，也不会因为种种丑化而瓦解"在它的传统中通过艰苦努力建构起来的现代性视野"（臧棣），更不会在一种集体煽情的文化原教旨主义的狂热中丧失他们独立的知识分子文化立场。因为他们知道唯有这样，才能真正地恢复"汉语诗歌的尊严"——如鲁迅在大半个世纪前所做的那样！

从以上澄清和辨析来看，90年代诗歌需要更深入地去认识。在尚未认识前它已被泼上了一头污水，这大概就是诗歌在我们这个时代的命运吧。从多种意义上，某些人挑起的这场"论争"都是灾难性的。首先，它把诗歌由一个精神领地变成了一个权力场，它以一种"权力话语"之争代替了正常的艺术探讨，这不仅严重毒害了诗坛空气，而且也在公众面前败坏了诗歌和诗人的形象；再加上一些媒体不负责任的炒作，使诗歌在20世纪末与其说再次受到关注不如说成为一个被开涮的对象。其次，他们有意识编织了一套所谓"民间写作"与"知识分子写作"相对立的理论叙事，把实际上无限多样化的"个人写作"局面再次强行简化为两派之争，这不仅导致了对90年代诗歌写作本身的歪曲和遮蔽，而且也会给诗歌批评和研究带来有害影响。更值得警惕的是，它会把某些批评变为一种党同伐异的行为。比如近期有一篇评某诗人的文章，某诗人当然可以研究，但评论者的前提却是建立在丑化和否定90年代绝大部分诗歌上的，什么当"知识分子写作"使"当代诗坛陷入窒息境地"时，某诗人怎么样；什么"当晦涩成了大部分诗歌的通病"、"越来越多的诗人远离生活"时，某诗人又怎么样；什么"当整个诗坛都热衷于麦地啊，王子啊，神明呵"，某诗人又怎么怎么样。那么，这是在评论一位诗人呢，还是在描绘一位"救世主"？"文革"期间对某作家的"评论"也不过如此吧。这样的"批评"居然又出现在今天，实在让人惊异。因此，作为一个诗歌的爱者，我个人的希望至少是：一、消除这次"论争"带来的不良影响，回到一种独立的、负责任的、专业化的批评上来，或者说回到一种首先面对诗歌和文本而不被一些理论或派别之争所干扰的阅读和研究上来。90年代诗歌首先是一个文本的实事，它决不像有人别有用心地宣称的那样只有"说法"而没有文本。即使那些"说法"也都不是抽象的理论预设，而是和诗人们具体的写作实践和复杂诗学意识有一种血肉的关联。因此，如果不面对文本和写作本身而仅仅被一些"说法"所纠缠，反而会失去认识90年代诗歌的可能性。至于那种热衷于打派仗的"野路子"批评更不足取。它们以其胡搅蛮缠的风格，不仅使严肃的诗歌批评变成了一种胡闹，也在诱使读者的注意力离开诗歌本身。可以说他们什么都敢说都敢做，但就是不敢面对诗歌文本（除了断章取义），因为这些文本使他们一面对就感到"头晕"，对他们的弱智构成了挑战，更因为这些文本本身就是对他们的论调的反驳。因此，面对尚未得到深入认识的90年代诗歌和这场"论争"，我完全赞同唐晓渡所说，首先不是一个定性、总结或"表态"的问题，而是"重新做一个读者"或不断去做一个读者的问题。只有这样，90年代诗歌的意义、魅力、多样性与丰富性、实质与"真相"（这是这次论争中使用最多的一个词，愈是要掩盖真相的人愈是要抢着使用它)才会呈现出来;也只有经由这样的阅读,倍受伤害的诗歌才能在一片喧嚣中建立起它那无言的力量。其二,坚持对"个人写作"的认知,自觉维护诗歌的多样性和多元化局面。一个较为普遍的看法是,90年代是一个个人化的写作时代。它看上去没有"轰动效应",没有"贡献"出什么流派,没有制造出类似于80年代的那种"集体兴奋",但它对诗歌的贡献正在于它在整体上消解了那种"先锋"意识(实则往往是仿先锋)和文化激进主义姿态,消解了那种集体的、同一的言说方式,而把写作建立在一种更为独立、沉潜的"个人"的基石上。而这对诗歌的建设具有一种实质性意义。然而曾几何时,不仅"民间写作"被煞有介事地炮制出来,而且为了把一批诗人作为"臭老九"打入另册,"知识分子写作"作为一个写作流派或"阵营"也被发明了出来。世纪末的诗坛居然再次被"两条路线斗争"的历史阴魂所攫住。某人在一篇文章中这样断言:"'知识分子写作'这个群体最终必然彻底分化",并且发誓似的说:"我在灵魂里看到了这一天的到来"(他在"灵魂里"还能看到别的什么?),这真是天真可笑得可以。不仅"知识分子写作"作为一个流派或群体从不存在(存在的只是那些在艺术上十分独立,在写作上各不相同的具有知识分子精神和严肃写作态度的诗人),"民间写作"作为一个流派在90年代什么时候存在过? 于坚、韩东果真是"民间写作"吗? 或者欧阳江河与西川是一回事吗? 朱朱、王小妮又属于一种什么"派"? 因此,一种严肃的、负责任的批评应该消解这种"两派论"(与此相联系的,还有那种人为制造出来的"南与北"、"软与硬"、方言与普通话、神话与反神话的对立,等等),使人们在这次"论争"中的注意力重新回到对文本、个体、不同艺术个性和写作实践的关注上来,使写作重新回到"个人"上来。前不久读到西川的《解读巴别塔》,在其末节他写到一个噩梦:城里的人们已"武装起来","有线电爱好者"与"无线电爱好者"正"准备开战"! 而做梦人被一片混乱裹挟不知所措。读到这里,我不知是该笑呢,还是沉痛。我只是希望这种典型的20世纪梦魇不要再来困扰人们!

是呵,世纪将逝。在这时间的临界点,每个人都在遥望,或回顾。岁月匆匆走过,但它也带来了足够多的东西,供我们在这样的时刻反思。作为80、90年代中国现代诗歌的参与者和见证人,我不知是有幸"赶上了"这样一个时代呢,还是在一个错误时间来到一个错误的地点。不过,虽然沉痛、遗憾和某种荒谬感一再充溢心头,我仍心怀感激。我知道历史就这样"造就"了我们。我也知道了无论我们怎样标举个人的自由,历史的谱系学仍会把我们归结到某一代人上去。那么说到底,我忠实于自己的时代。我也希望我们编辑的这部文集对人们理解这一代人的写作史和精神史有所裨益。写到这里,我的思绪回到80年代(这也证实了孙文波讲的"从某种意义上讲,80年代是一个更令人怀念的年代",证实了为90年代诗歌一辩并不意味着对80年代的抹杀)。正是在12年前的夏天,一批后来成为《倾向》主要诗人的朋友在山海关的"青春诗会"上相聚,(我记得那时有人随口吟出了"把玉米地一直种到大海边"! 但奇怪的是我已弄不清这声音出自谁口,陈东东? 欧阳江河? 或西川?)也正是在这稍后一年,我读到西川《从一场濛濛细雨开始》、《长期以来》等诗。我在内心里有了一种更为确切的喜悦。我感到在汉语诗歌中正出现一种提升性力量。我意识到只有这样的诗才能冲破现实修辞的层面，而达到一种对诗歌的精神性和想象力的敞开。当然，一切尚需要磨砺；但，和早期朦胧诗及鱼龙混杂的第三代诗相比，这样的诗注定会伸张我们生命的尺度，注定会给中国诗歌带来一种它所需要的精神和艺术的语言。

一代诗人尚需要磨砺，而90年代带给他们的，却是一些完全超乎想象之外的考验。这种始于80年代后期的对于诗歌的精神性和纯粹品质的追求，在此后一再受到巨大挑战甚或嘲弄。西川那句被人多次引用的话是："当历史强行进入我的视野，我不得不就近观看，我的象征主义的、古典主义的文化立场面临着修正"，而这种自我修正（而非对他人的修正），在耿占春那里被表述为"一场诗学和社会学的内心争吵"。正是在这种深刻的反省和对我们真实生存的正视和深入中，从一代人的诗歌中又引出了一种历史维度和命运维度，一个渐渐有别于80年代的诗歌时代在我们面前展开，用西川的诗来表述就是："从一场濛濛细雨开始／树木的躯干中有了一种岩石的味道"。现在，有人攻击"知识分子写作"诗人"借历史的强行侵入"（请注意他们对西川原话别有用心的改动）而"大行其道"，从而成为90年代的"主流诗人"，甚或"新贵"。那么，我要问的是：当历史"强行侵入"的时候，他们又到哪里去了呢？当严峻的时代要求诗歌对这一切有所承担的时候，他们自己又在干些什么呢？历史的"强行进入"可以有多种形式，在80年代末，它采取的是强力震撼的悲剧形式，而在90年代中期它采用了一种喜剧、广告剧乃至荒诞剧的形式。那么，面对这一切，那些正备受攻击的诗人可以说对得起在这些历史时刻目睹他们的诗歌良知。他们承受住了历史的悲剧震荡和喜剧性变化带来的不同考验——以他们的内在勇气、品质和努力而非什么外在助力。叶芝后期有诗云："既然我的梯子移开了／我必须躺在所有梯子开始的地方。"那么，我想这就是历史的所谓"造就"：它移开了诗人们在80年代所借助的梯子，而让他们跌回到自己的真实境遇中，并从那里重新开始。的确，历史就以这种方式造就了他们，而他们也创造了历史——创造了中国诗歌的90年代，和他们的同时代人一起！在80年代末90年代初巨大的压力和荒凉中，他们的写作参与了对中国现代诗歌良知和品格的锻造，而在此后文化语境的全面变化和严肃文学的危机中，他们在"确立与反对自己之间"（欧阳江河）又获得了一个新的开始：富有洁癖的诗歌开始向现实敞开。然而，这与那种赶浪潮式的所谓"后现代"写作不同，这依然是一种坚持知识分子的叙事态度和文化整合性的写作（比如那些被一些人视为法宝的"后现代"因素，在陈东东、西川、臧棣、孙文波、西渡、唐丹鸿、桑克、韩博、姜涛、胡续冬等人的诗中都有，但他们却把它变成了一知半解的后现代批评阐释不了的东西）；重要的是，在他们对当下语境的卷入中，或与一个更复杂的文化时代的遭遇中，依然保持了诗歌对现实的纠正和转化力量，保持了诗歌本身的精神准则、艺术难度和包容性力量。正是他们的这种努力使人们感到：一个具有整合性的诗歌时代就要到了，或已经到了。

我想，这大概也是一种"真相"吧，或是一些人目前正试图要掩盖或搅混的历史。某些人在今天以向"主流话语"挑战的姿态出现,其目的正在于要抹杀或改写一代人的这种写作史。那么,90年代诗歌是否果真已被某种"话语霸权"或"腐朽秩序"所"窒息"了呢? 这不过是一些人的口实。"知识分子写作"作为一种"转型时代的思与诗"(陈旭光、谭五昌),的确在其写作实践中建立起了自身的某种艺术秩序和尺度,也促成了一个时代对于诗歌的认知和某种"知识气候",但是,这和那种意识形态化的"主流话语"完全是两码事。在我们的这种写作环境中,它永远不会上升为权力或异化为某种"普遍性话语",它只能是一种对"无限的少数人"讲话的那种话语。有人精心编织了一种"知识分子写作""压制""民间写作"的"真相",但它的根据何在呢? 这一切真是荒唐得可以。即使硬要说"知识分子写作"是一种90年代诗歌的"主流话语",那也只能说明了:一种独立的、不诉诸于"先锋"姿态或商业炒作或集团性力量的知识分子的个人写作正得到越来越多的诗人的认同,正不可逆转地成为中国现代诗歌的普遍写作倾向。现在,有人提出"民间写作"或"另类写作"对此进行"挑战",这当然可以;然而,相对于国家权力话语,"知识分子写作"不是一种"民间写作"又是什么? 而"另类写作"如不具备一种独立的知识分子的个人立场,它又有一种什么意义? 因此,"论争"的喧嚣和氛围过去之后,一切仍会归结到这种独立的、知识分子的、个人的写作上来。这是一代诗人几经曲折所达到的对写作的历史性认知,不会改变。因此我想,"朦胧诗"(早期意义上的)在历史中只能有一次,"第三代诗歌运动"在历史中恐怕也只能有一次,而"民间写作"在今天的提出说到底和写作本身无关,它只是某些人的权力相争策略,也只能把水一时搅混而已;但是,一种独立的知识分子的个人写作,却会在中国现代诗歌的进程中构成一种如耿占春所说的"永不终结的现时"——它不仅创造了诗歌的现在,也将会把诗歌的未来包含在它的自我发展中;或者说,它本身已构成了一种向着未来敞开的写作传统。因此,应当感谢这场论争,更应感谢我们在20世纪所经历的一切,在这回首并眺望的时刻,它让我再一次坚定了这种信念。

1999年9月

图书在版编目（CIP）数据

中国现当代文学作品选读.下册/颜敏，王嘉良主编.修订本.
— 上海:上海教育出版社, 2009.8(2024.7重印)
ISBN 978-7-5444-2562-9

Ⅰ.中… Ⅱ.①颜…②王… Ⅲ.①现代文学—作品—中国—师范大
学—教学参考资料②当代文学—作品—中国—师范大学—教学
参考资料 Ⅳ.I216.1

中国版本图书馆CIP数据核字(2009)第153074号

本教材选用了中国现当代众多作家作品，因原作者地址不详，
我社无法一一奉寄稿酬。如有遗漏，请及时与本书责任编辑联系。

面向21世纪课程教材
中国现当代文学作品选读（修订版）（下册）
颜　敏　　王嘉良　　主编

出版发行　上海教育出版社有限公司
官　　网　www.seph.com.cn
地　　址　上海市闵行区号景路159弄C座
邮　　编　201101
印　　刷　昆山市亭林印刷有限责任公司
开　　本　787×1092　1/16　印张31　插页1
版　　次　2009年8月第1版
印　　次　2024年7月第15次印刷
书　　号　ISBN 978-7-5444-2562-9/I·0021
定　　价　42.00 元

如发现质量问题，读者可向本社调换　电话：021-64373213